风之影

SHADOW OF AUTHORITY I

人间

林朴 著

SPM
南方出版传媒
花城出版社
中国·广州

图书在版编目（CIP）数据

风之影：人间浮图 / 林朴著. -- 广州：花城出版社，2017.10
ISBN 978-7-5360-8492-6

Ⅰ. ①风… Ⅱ. ①林… Ⅲ. ①长篇小说－中国－当代 Ⅳ. ①I247.5

中国版本图书馆CIP数据核字(2017)第255385号

出 版 人：詹秀敏
责任编辑：张　懿　陈诗泳
技术编辑：薛伟民　凌春梅
版式设计：姚　敏
封面设计：天行云翼设计工作室

书　　名	风之影：人间浮图 FENG ZHI YING：RENJIAN FUTU
出版发行	花城出版社 （广州市环市东路水荫路11号）
经　　销	全国新华书店
印　　刷	广东新华印刷有限公司 （广东省佛山市南海区盐步河东中心路23号）
开　　本	787毫米×1092毫米　16开
印　　张	31.25　7插页
字　　数	630,000字
版　　次	2017年10月第1版　2017年10月第1次印刷
定　　价	59.80元

如发现印装质量问题，请直接与印刷厂联系调换。
购书热线：020-37604658　37602954
花城出版社网站：http://www.fcph.com.cn

十年磨一剑

今日把示君

微信扫码，
加入《风之影：人间浮图》读者圈，
下载书中精美高清壁纸

— 目录 —

第一卷

第一章 长安 … 3

第二章 建康 … 65

第二卷

第一章 端木宏 … 121

第二章 若恩（Zion） … 180

第三章 姚玉茹 … 243

第三卷

第一章 若恩 … 313

第二章 姚玉茹 … 380

第三章 端木宏 … 443

他们一人一豚,
似是心有灵犀,
久别重逢,
物我两忘于天地,
无限喜悦。

第一卷

微信扫码,
加入《风之影:人间浮图》读者圈,
了解本书写作背景

第一章　长　安

第一节　困于此时局中

耿鹄大喊一声，猛地从噩梦中醒来，心头狂跳，大汗淋漓，他睁眼四望，周遭一片黑暗沉寂，连漏夜人声也没有。他下意识地伸手摸了摸旁边，空空如也，他一下子完全清醒过来，试着唤了一两声："小竺，小竺？"等了一会儿，没有人应他。惊慌变得真实，睡意全无。

他推开锦衾，下床摸黑套上靴子，走到桌前，摸到火种，打开套子，借着火头的光亮找着蜡烛，然后点燃蜡烛，一根，又一根，风吹拂烛光。他余光瞥见自己的影子被投在墙上，鬼魅般摇曳。这让他莫名地胆寒，他将目光收拢，定定地盯着蜡烛上的火焰，许久，才缓缓感觉到一点点暖意与镇定。

手擎着烛台，耿鹄走出乌云阁，乌云阁下空无一人。他下到清凉大殿中，仍没有遇见任何人。他心中又是惊奇，涌起一丝喜悦。他走到后殿，一级一级地爬上天禄阁，穿过数不清的书堆，来到露台上，扶栏向外望去，只见夜空中繁星点点，风蚀月残，天穹下望不尽的楼台亭屋，黑压压的尽在沉睡之中，高大雄伟的长安城墙宛若婴儿的摇篮一般，护住这一片宁静。

他将烛台举得高过头顶，心想，这是此刻长安城中唯一的光亮，点亮在全城最高的地方，他想象着此时酣睡着的臣民，各自做着各自的美梦、迷梦、噩梦、无梦，他冷冷地看着这万事万物，无喜无悲，犹如神，心中的恐惧逐渐消褪干净。

夜幕下寂静的长安城，宏大恢弘，细致入微，像是一块天然的玉石，沉静地半埋在泥土中，这块玉石上有无数个小人，藏身在天工雕成的无数空室里，空室之间有繁若织锦针脚的条条大道，宝石日作夜息，光暗交错，让人望而生爱，贪念难遏。

贪婪的不是他，是风，在他脑后打着卷儿的微风。

他想象着太阳升起,白昼来临,这天禄阁下拥挤着无数人,队列纵分,翘首以待他开口说话,他禁不住大声喊道:"我大秦帝国……"

他的声音在夜空中瞬间便消失得无影无踪,他几乎都听不见自己的声音。只喊了这五个字,他便停下,因忽然记起,苻坚早已降诏自命王国,自称大秦天王,现在说大秦帝国,不免时空错乱,露出马脚来。他暗暗笑了一笑,庆幸不是真的在朝臣们面前说出这样的话来。

成为苻坚的替身,是他做梦也没想过的殊遇,更没想到居然有一天真的替代苻坚坐在秦国国王的位置上,并且已有九个月之久。虽然这几个月待中王休已经将他出现在朝臣面前的频率降到了最低,但三日一会,七天一朝仍然是最起码的频率。他扮演着苻坚,表现得恰如其分,没有露出任何破绽,至少他是这样以为的,王休和这件事的相关贵人们也都做如此评价。

不论在会上还是朝堂之上,他所说的每一句话都不是他自己要说的,而是事前和王休或苻融一起反复演练好的。他曾经有意地更换语序,漏掉一两个关键的词语,多说几句无关紧要的话。这些王休都记在心上,朝臣近侍退下之后,他会严厉地斥责他,全然无忌于衣冠尊贵的悬殊,乃至于出言威胁道:"如果陛下再不注意说话的分寸,那么太子摄政的日程就要提前。"

作为皇帝的替身,他知道迟早有那么一天,会结束这个身份。同时,他也情愿相信,只要自己不过分地逾矩,太子苻宏并不会提前即位,这是当初苻坚被执下的时候各方达成的协议。在这整个局中,他固然首当其冲,但并不是受影响最大的那个。

不用王休提醒,耿鹄也知道,所谓五年之契并不牢靠,并非只有太子有提前摄政的可能性,另一个关键角色苻融,阳平公,苻坚的亲弟弟也可能爆发他看起来绝对不会有的野心来,突然发难,破坏掉整个平衡。他素来的为人看起来不像会这么做,但是有谁知道,谁能保证?

没有人。

不论是哪一种情况出现,耿鹄常常想,等待自己的将是什么命运?是会被当成阻挡某个人登上大位的石子而被碾碎,还是在那个人即位后被当成潜在的危害而杀掉,作为罪犯被流放到某个边镇上;又或是,作为一个不再关乎什么的平民,放出宫城,投入茫茫的人海当中?

所以,无论王休说什么,只如以刀斩水,他也只应付地委蛇一笑。

关于他未来的命运,谁也没有和他说起过。而他会禁不住想,被杀掉固非所愿,但活下来,成为罪犯和平民,又怎么及得上一国之君,即将要统一天下的强大帝国的皇帝呢?

此时淮河以北的中国并襄阳与巴蜀在内,长安城,未央宫城,属于他一个人,这是因为所有人都睡着了，而他还醒着。当人们陆续醒来，他的疆域便急剧缩小，直缩小到他脚下的一尺以内。

他理解这样的现实，虽然不能安之若素，但也享受这一刻。

刚刚他梦见的是在渭南长乐坞堡中时的旧事。他骑着马，带着十几个士兵从百里外接回了两家逃亡到此的难民，大约有三十几口，他正计算着新来的人口可以有哪些补充进畜牧科，哪些补进工程营，哪些可以编进军营作战，哪些需要额外照顾，要匀出多少口粮来。坞堡的大门在望，忽然旗帜一变，变成了秦军的金鸟黑旗，数不清的箭矢由坞堡的墙上飞出，将他身后的平民射倒大半。一个小女孩站在亲人们的尸体当中，衣服上染满血迹，想哭，又哭不出来，既惶恐，又迷惑。

他愤怒地辱骂坞堡内射箭的兵士，一边跳下马奔向那个小女孩，张开手想要把她抱在怀中。他冲到她面前，刚刚蹲下身去，双臂张开，一把匕首猛地刺穿了他的胸膛，那娇怯的小姑娘手握着匕首，脸上浮现出得意的笑容。

他疼得醒来。

他想，那个小女孩是不是就是自己内心中竺笙的投影？

竺笙，他爱着她，依赖着她，可也害怕着她。她是王休派来的侍女，侍候他的贴身起居，也陪他睡觉，帮他释放欲望。这是把他和苻坚的妻妾侍女隔离开来的合理举措，同时也是对他的贴身监视，他一开始就心知肚明。但孤独是那样的沉重，恐惧感更驱使人做出任何事情，包括对她那样一个温婉迷人的美丽少女产生依恋，乃至不切实际的幻想来。

几个月前，一次抵死的缠绵过后，他抱着她，喘息平复下来后，对她说道："总有一天，你会成为我的皇后。"

他时时留意讨好她，这句话和刚刚他在床榻上搏命冲刺，博她的欢心如出一辙。在全然陌生的长安城，在被拘禁中的未央宫，她不是她的侍妾，而是他的希望。

竺笙仍然沉浸在事后的余颤中，她柔声道："我已经是你的皇后了。"

耿鹄纠正："我说的是，真正的皇后，母仪天下的皇后。"

竺笙悚然而惊，身体一下子变得僵硬，喃喃地说道："真正的……你知道，如果你有什么不该说的话，我应该报告上去。"

耿鹄轻咬着她的耳朵，轻声说道："报告给谁，王休么？"

竺笙一边挣扎，一边说道："报告给谁，我可不能给你说。"

"你应该给那个人说，我所有言行举止，都合乎规范，毫无异动，而你应该把他们的动作与想法，都告诉给我。"她一天的大部分时间都陪在他身边，但在他上朝莅会的时候，她会和其他人接触，这一点耿鹄从未亲见，但形同目睹。

竺笙背对着耿鹄，想了许久，她用半边被子卷住自己的身体，坐起来，对耿鹄说道："这件事，你毫无胜算，如果我按照他们的说法去做，或许我还可以活，但按你的要求去做，我的命就在旦夕之间。"

她停了一停，接着说道："人心苦不足，你现在的处境，虽然并不是真正的天王，可已经很好，何苦想太多，自寻烦恼呢？"

"这哪里是自寻烦恼，这是人为刀俎，我为鱼肉。是死是活，我都想由我自己决定，不应该交由一个或许。或许你的命运，在被挑选来做这件事的时候便已经确定，只是你并不知道；但你不该一厢情愿地相信，如果听话，便可以活下去。"耿鹄说道。

"好好地活一天，便是一天，我不会为了不切实际的幻想去做什么，那实在是太傻了。"

"我没有别人可以倚靠，只有你。"耿鹄低声说道，语调怅惘。

竺笙沉静了半晌，才说道："这一次，你说什么我都当没听见，你也不用再费心在我身上了。下一次你再要对我说这样的胡话之前，最好掂量一下，我会报给王休。"

耿鹄并不是一点都不担心竺笙，但他没有别人可以依靠。没有竺笙，他甚至没法得到任何王休愿意让他知道的消息之外的消息。

在一点一点的试探中，他能感觉到竺笙站在他这一边，并没有出卖他的任何轻狂言行，竺笙带给他不少外面的消息，这使他封闭的起居获得了一点点向外看的透明感，让他很长一段时间里得到了更多安全感。但仅仅安全感是不够的。

新年之后，竺笙变得疏离陌生，她的话少了许多，默默做她该做的，绝口不提她看到什么，听到什么。这情形让耿鹄先是有些不适，后来简直抓狂，禁不住产生了向王休提出更换侍妾的念头来，他想，此时的困局是卡在了她身上。如果能谋求换一个人来，或许便会有不同的转机。

但他一直犹豫，因为他知道一旦这样做了，将无法后悔，虽然她并没有答应站在他这一边，但也至少没害他。他仓猝地要求换人，王休多半会同意，但因此他会失去费了好几个月才赢得的一点进展，而或许换来一块更加难啃的骨头，甚至是敌人。有时候，他觉得竺笙这样也很好。

在这样左右为难、暧昧不明里，他觉得自己爱上了她，就好像十多年前他爱着他的妻子那样。

竺笙有着和范文清相似的眉目和笑容，只是更年轻，他拥有着她，好像他往前跨越了许多年，拥有着更加年轻而温婉的她一样。这情景和感受让他尤其不舍。

范文清死于燕国军队的清剿中，慕容令的一支部队突袭了长乐坞堡，虽然坞堡并未失守，但燕军在攻陷外围壁垒时，范文清没能撤进堡垒中。直到燕军退却，堡内清点人数，耿鹄才发现妻子和两个儿子——耿理和耿循，都死于燕军的铁蹄下。他在坞堡上指挥，并未亲见妻儿们如何殒身，但忍不住一再地想象。

范文清被燕军骑兵从背后砍来的一刀杀死，七岁的耿理被长矛贯穿，三岁的耿循死于弓箭。他们本来还希望再要一个女儿，幸好没有。

燕军那次袭击最后被击退，但耿鹄变成了孤子一人，他无心续弦，直到下一次堡垒被攻陷，他成为王猛的俘虏，变成苻坚的替身。他变成不再是自己的人，而是另一个人的影子，自然他不会再有家室之想。长达七八年的时间里，负责此事的人，先是王猛，再是王休，定期给他带来不同的女人，在黑屋子里让他聊解饥渴，仅此而已。

苻坚的被放逐及后来发生的事，使他第一次长久地拥有一个女人，并且是在美屋华榻之上，在敞亮之中，行一切夫妻之事。当他说，有一天她将是他的皇后，这虽然是讨好，但并非全无根据。

他不断用言语去试探王休所能容忍的下限，其实非常保守，他和竺笙说的话，只怕一句也不能传到王休的耳中；但是不是实际上传到了王休耳中，而王休诈作不知呢？他也无法确定。

待中王休是他最为贴近的看守者，但并不是此时困局的关键一方。耿鹄能够感受到，此时困局的真正关键之人是太子苻宏，他怎么想，以及决定怎么做，是这盘棋能否下下去、怎么下下去的关键，但他是完全莫测的一方。王休对他说，如果他不听话，太子摄政就要提前，这是单纯对他的恫吓，还是苻宏意旨的别样传递？

另一个人是苻融，他容易预测得多，他年龄比苻宏大，手握重兵，秦国的官僚体系由他大体掌握，人望充沛，如果他想要接管这个局面，除了名分之外，几乎毫无难度。但他大概没有这个野心，或者说他被困于名分甚多，而甘心充当局面维持者的角色，如果说苻宏能守住不动，那多半是苻融的功劳。

另外一小部分则是苻宏的母亲苟皇后。苻坚的宠妃不算多，但也不少，最宠爱的是张夫人，耿鹄偶然见过几次，最年长的苟皇后则一次也没见过。耿鹄不知道她怎么想，但料想那是无足轻重的一环。

夜更加深沉，被噩梦惊醒所激荡的心神渐渐安宁下来，耿鹄觉得有些困乏，他扶着护栏，心里想，再待一会儿，我就得回到床上去，老老实实地睡去，然后睁眼，开始新的一天。

忽然，他的神经被什么撩拨起来。他敏锐地转身，看见一个黑影从天禄阁的室内走向露台，朝他走来。他看出只有一人，不由得心脏狂跳。心想，这是惊动了守卫么？除了小竺之外，我能单独见到的人没有第二个，这是上天垂怜，给我一个机会么？这是一个什么样的人，我该对他说什么，使他的心思一下子活泛起来？又或者，这是一个刺客，我的生命只剩下须臾的长度。

第二节　参商不相见

那黑影走到他面前，借着烛光，他认出她来，是他刚刚在找的小竺，竺笙。她穿束整齐，紧身灰色短衣，凹凸有致，比日常的裙襦要趣致得多。他有些失望，又觉得她会带来他希冀的消息。

耿鹄揉了揉眼睛，笑着对她说道："我刚刚做了个噩梦，床上一摸，没有找到你，就一个人信步到了这里。你上哪儿去了？"

"如果你想逃出去，现在就是时候了。"竺笙语气平缓，直截了当地说道。

"逃出去？"耿鹄迷糊了一下，心想，果然，这里按说应该有守卫的，"逃到哪里去为好？"

"逃出宫城，在城内待几天，然后往南走，一路不回头，逃到晋国去，我都帮你安排好了，离开这里，你就不再是案板上的鱼肉了。"

耿鹄默然了一下，说道："这事情你之前没给我说过，我一点准备也没有。"

竺笙轻轻一笑，说道："这要什么准备，还是你已经想好，继续当你的假面天王？"

"我在外面什么人也不认识，家人也没有了，我出去能做什么呢？"

"我以为你想要好好地活下去。"她叹了一口气。

"我的确想要好好地活下去。"

"你要想好，也许未来几年你都不会再有今夜的机会，也许你并没有未来的几年。"

耿鹄好像是在辩解："也许你提前给我说，让我有时间认真思索，这时候就会跟你走。"

竺笙幽幽地说道："你不该怪我没给你提前说，这样的机会可遇不可求，我没给你说是怕你满怀着希望又失望，怕你心神不定的时候，被王休觉察出来。"

"你有这个心，我很感激。"耿鹄说道，他没有要松口的意思。

竺笙面色变得苍白，她强笑着说道："感激有什么用呢？我做了一件愚蠢的事情，我的确应该先和你商量好再做安排的。"她说到后来，语调紊乱，好像要哭出来。

耿鹄安慰她说道："不怕，不怕，我这下知道了你一直为我谋划，你也知道我对你的真心真意，接下来我们好好地在一起，虽然我是假的天王，但你是我真的皇后。"

竺笙变得有些痴痴的，说道："可是，我没法和你一样假装，我偷了王休的令牌，调开宫城中的守卫，到早上他便该知道了，我没法假装什么也没发生过。你不走，我一个人也要走。"

耿鹄愣了一下，又仿佛明白过来，他脑子里转了几个念，有些冲动地说："好，我答应跟你走。"

竺笙苍白的脸上飞起一朵红云，问道："真的么？"

"当然是真的。"他伸出手，等着竺笙来拉。

"出去了之后，做一个无名无权的普通人，你可想好了。"

"你走了，我一个人留下来，如同行尸走肉，又有什么意思。"

"不会，我走了，王休会给你派来新的女人，会比我更年轻，或许更漂亮。"

"你和我相处了这么久，还不懂得我的心么？"

竺笙轻轻叹了一口气，伸出手来，拉着耿鹄的手，说道："我不懂得你，又怎么会冒着那么大危险来解救你。"她的语气里有些埋怨，更透着欢喜。

她拉着耿鹄的手，两人离开露台，穿过天禄阁的许多排书，从侧门下到清凉殿。清凉殿大门紧闭，小门虚掩，他们从小门出来，走到宫道上，宫道上空无一人，弯弯折折走了许久，来到未央宫的内壁北门，门开着，走出去十余丈就是未央宫的宫城城墙，顺着城墙墙根走了不远，便有一个宫门，名作银汉门。

银汉门并非寻常通行门径，实则未央宫中将沧池的水排回沉水的一条水道，水道穿过宫墙，可通小船，平常这里有一队内侍看守，有可以升降的铁栅门。此时空空荡荡，铁栅在升起的位置，什么人也没有。

水道里停着一只小船，竺笙先跳了下去，她上船之后，伸手来接耿鹄。

耿鹄退后两步，对她说道："我说的跟你走，就是这段距离了。"

竺笙惨然一笑，她的身躯在船中似乎摇摇欲坠，但立即定了神，说道："你已经让我开心了这许久，多谢你。"

耿鹄说道："你去吧，然后我原路返回去。"

竺笙不甘心地说道："你是在中途反悔的，还是一开始就是准备送我走而已？"

"我是刚刚反悔的。"

"那你不会很快再一次反悔的，对吧？"

"不会。"

竺笙又沉默了一下，说道："你可没问我为什么帮你做这件事。"

耿鹄心中惭怍，说道："我不是一个体贴的人。"

竺笙轻轻摇头，说道："我也不是没想过，你其实并没那么想逃出去，但我非要做完所有事情才来告诉你，我以为这样你会高兴，会为我骄傲，会感激我。我才知道，这很愚蠢，原来我们想的根本不一样。"她扬起头，接着说："我怀上了你的孩子，这是我改变主意做了这件事的原因所在。"

耿鹄心中猛的震动，但他咬住了牙关，没有说话。

竺笙期期艾艾地接着说："我最近不愿意让你动，就是怕动了胎气。"

耿鹄心如猫抓，但仍是不开口。

竺笙等了他一会，见他终不开口，才说道："你还是不肯跟我走？好吧，不管你此时如何绝情，我始终曾经是你的女人。出去之后，我会好好把孩子生下来，好好养育他，你在宫中过你想要的日子，不必挂念太多。挂念一点点是好的，不必太多，反正你也没想着和他在一起。"

耿鹄仍然沉默不语。

竺笙轻轻微笑，说道："你最后能为他做的事情，就是给他起个名字，你告诉我，如果是男孩，你乐意给他取个什么名字，如果是女孩，又叫什么名字好。"她的语气变得温婉柔和，就好像是她留在此地，而送夫君远行一样。

耿鹄心有所动，想了一想，觉得此事像在梦中，荒诞无比，可眼前明明就是竺笙，她还殷切地望着自己，等着自己的答案。哪怕是梦里，他也要起这个名字。他脑子飞转，开口说道："如果是儿子，就取名耿参，人参的参；如果是女儿，便取名耿商，商量的商。"

竺笙说道："好。"

她的微笑挂在脸上，最后看了一眼耿鹄，便转身蹲下，坐在船中，取出桨片划水，轻快地离开岸边。她头也不回，船儿穿过宫墙而去，很快便被遮住看不见了。耿鹄望着水痕浪漾，等到唤也唤不回的时候，心中坚持不动的同时，充满了后悔。

耿鹄顺着原路返回，回到床榻之上，好似刚刚经历了一个梦中之梦，又好像自己身体的一部分像鸟儿一般飞出了宫去。那是他的孩子，他的孩子已经脱离了这个困城当中。想到这一点，他变得格外的踏实，几年以来未有过的踏实，甚至有忍不住偷笑的喜悦。

早膳的时候，宦官发现竺笙没有出现，他们不能和斋戒中的天王接触，耿鹄的早膳便送不进去，很快消息便传递到王休处。

王休今年才刚刚二十五岁，在长安的朝廷大员中，算是除了宗室成员以外最年轻的一人。但他继承了他父亲大将军王猛的衣钵精神，老成持重，听闻消息后神色不变，立即放下手中的事务赶到清凉殿上黑云阁，问清状况，才知道昨夜小竺用了他的令牌，将宦官和守卫统统调去石渠阁。事情显然之后他心中震撼，但仍然不露声色，亲自将耿鹄的早膳送了进来。

他盯着耿鹄的一举一动，耿鹄则假装浑若不觉，慢慢地如常用膳。

待耿鹄用完早膳，王休这才问他道："陛下，小竺是什么时候不在你身边的？"

耿鹄想了一想，说道："大约是昨天晚上吧。"

"她昨夜有侍寝么？"

"没有。"

王休停了一下，问道："陛下是不是交代她做什么事情，然而自己又忘记了？"

耿鹄说道："我交代过她很多事情，可没有一件是要她出去办的。"

王休冷着脸："陛下，这可是从未有过的大事，你最好想清楚，别有什么不该有的冀图，误了你，也误了我。"

耿鹄看着王休，嘲讽道："我能有什么样的冀图？"

王休目光凶狠，说道："你有什么样的冀图也没关系，念头起，念头灭，就好像床笫之事一样，来得迅猛去得也快，但最好别用人命来试。"

"说到这个，既然小竺不见了，你大概要给我换一个女人，我这方面需求强烈，如果有两个三个四五六七个，那就更好了。我心思都花在了这上面，你就不用担心我了。"

王休冷冷地看着他，好一会儿没说话。最后，他换了平常的表情语调，说道："好，我知道了。我今天便会另派一位姑娘给陛下，照顾陛下的起居，帮你泄泄火气。只是，接下来你可别再弄砸了，害人，害己。"

耿鹄没有说话，王休虽然一副年轻人的模样，可说话语气老辣深沉，常令他感到悲凉与恐惧。他悲凉的是王休还年轻，不会像王猛那样忽然撒手尘寰，他有足够的时间和自己周旋，玩自己于股掌之间。恐惧的是，如果说王猛是个凶恶不留情的人，但他至少也有宽厚仁德的一面，在王休身上，他只看得到凶恶不留情的一面。不只是最近这九个月，在过去几年耿鹄都深刻地意识到，不论自己何时死、怎么死，王休都会是那个处刑人。自己不得不以调侃的语调对待他，不然连三天也忍受不过来。

王休皱着眉头，开口说道："小竺现在不在，没人能伺候陛下沐浴，陛下就只有腌着臭去过会了，但愿大臣们不会闻出什么异味来。不过，多佩戴两个香囊应该会好得多。"

王休在墙边的抽屉里找出两个香囊，抛到耿鹄面前的案上。

第三节　纵横之势

三日一会，七日一朝。会是会见单个的朝廷官员或外国使节，朝是诸公各省各部的大臣齐聚未央宫前殿议事。

这一天是会日，排序会见的大臣分别有度支尚书朱序、新兴侯慕容暐、尚书左仆射权翼，以及波斯王国使节甘碧思。王休早已将各个大臣要汇报的事情和耿鹄做了大略提要，把他关心的问题也写在纸板上放耿鹄面前的案几上。他是一定守在耿鹄身旁的，太子苻宏和阳平公录尚书事苻融如果没有特别的事情循例也都会来。

往常的每日一会都安排在承明殿，安排一名金鳞甲卫随扈，但王休思忖再三，将会见地点改在了麒麟阁，随扈也按朝见的标准配齐三名金鳞甲卫。这些调整做完，差不多废了半日工夫，苻宏和苻融下午各自另有事务安排，便通报不亲自参与，只派了邸官来旁听。

朱序是前年才在襄阳战役中俘获的晋国大臣，苻坚爱惜他的坚韧与才华，委任他做了度支尚书，主管原先燕地各州的行政财政。他先前上了奏章，报告所管区域去年的钱粮人口变动的情况，提议在任城南和高平东分别新筑数个城池，收纳流民，由尚书省直管。

耿鹄扮作苻坚的样子接见他，先听他口述其奏章的提要，然后按照王休的提示做若干问题询问，朱序也一一答了。最后，耿鹄循王休的批注提示，对他做出慰勉、封赏，称他兢兢业业，堪为朝中官员的楷模。

朱序退下后，接下来是慕容暐，慕容暐口头报告鲜卑各部近一个月以来的财政人事变动，耿鹄如聊家常般了解慕容氏各位领管的动态，王休批注的拟请求撮合河南公苻忠的儿子苻平娶慕容泓的女儿慕容玉的问题也问了，慕容暐表示赞赏此联姻，但是否可行，还要他亲自前往北地郡去说服慕容泓。王休已经考虑到他会做这样的要求，但这是不容许的。他在纸板上的批注是，写信即可。耿鹄便婉言回绝了慕容暐离开长安的请求，说："去信说一说即可。"

慕容暐之后是尚书左仆射权翼，权翼是戎人宿老，此时正被委以支持将要征伐西域事的后勤重任。

征伐西域是不久前苻融提出的建议，目的是让灭代之后无事可做的以氐人为主的凉州军有事情可做，顺便打通西域各国通道，展开同波斯的贸易。苻融此时已是朝中事实上的中枢，他提了建议，没人可以怠慢。在最后决定之前，许多准备工作已先行展开。

权翼跟随苻坚本人日久，熟悉苻坚的相貌神情，王休不放心，便将权翼的坐席布设得极远，又在耿鹄面前垂下竹帘，虽然不甚自然，但也没有其他办法。

征伐西域一事，几日后便要朝议，权翼仍是先上奏章，会见是口头报告及答疑，耿鹄按照王休所列的问题一一问完，权翼也逐个答复，看起来大体上准备充分。权翼告退时最后说道："老臣还有几句肺腑之言，希望能在陛下面前说出来，不说，我不能自处。"

耿鹄愣了一下，说道："请讲。"

权翼俯首为礼，然后起身说道："老臣听说，古代的圣人能行能止。慨然地去做一件事固然可喜，更可喜的是可以毅然地停下来，不畏讥讽。最近几年，虽然国家没有如征讨燕国那样规模的举国动员，但东西南北四方小的征讨也持续不休，钱粮人力的消耗合并计算，不见得亚于征讨燕国时。灭代之后，二十年来国家的积累，已经差不多见底。老臣核算了一下征讨西域的开销用度，即便胜算极大，但预计用光所有库存也未必能够。而征服西域完成之后，人口和农商的新增入账，至少二十年内不足维持管理驻守和物资进出的支出。所以，征伐西域一事，算来没有益处，老臣想，这件事是平阳公提出，陛下也大力支持，朝中已经没有人敢于说不了。扫兴的事情，只有老臣来做，老臣恳请陛下再三考虑，最好是能够收回成命。"

"左仆射的深思，陛下会再三考虑，过几天朝会，再发诸大臣商议，此时还是预案，说不上是成命。"王休没有预料到权翼会直接提出要终止征讨，便没有批注在纸板上，耿鹄无法回答，所以便直接站出来。

权翼对王休露出鄙夷的神情，对耿鹄再拜伏，说道："西域之事，愿陛下深思。另外老臣想说的是，陛下原先和老臣们相对而谈，无话不说，从善如流，现在陛下和老臣问事，还要垂下竹帘，相隔如许之远，不知是陛下对老臣心生了厌恶，让老臣知辱而退，还是听信小人谗言，疏远大臣。"

耿鹄说道："权先生，你多虑了，朕挂竹帘的缘由，此前已经晓谕各位大臣，是朕重病之后，脸上又出了麻子，不忍各位大臣面见心惊，反而妨碍亲近。"

权翼说道："是，这个缘由几个月前陛下确实已晓谕诸位大臣，但老臣禁不住不信，猜想是不是别有原因。不只老臣不信，朝中许多亲近陛下的人也不信，因为老臣听说，只有跟随陛下十年以上的大臣，见面才垂下竹帘，而能面见陛下的都是入阁不久的新人。这其中意涵，令人无奈，长安城中传言纷纷。如果陛下肯让老臣上前在竹帘中一见陛下，老臣才不会多想，也可同时辟除传言。"

他说着，站起身来，朝耿鹄案前走近了两步，眼见手可以撩到耿鹄面前的帘子。

王休怒喝道："放肆！"他话音未落，侍立两边的金鳞甲卫李准与余当已冲上前，将权翼双手擒住，反剪在背后。

权翼被反手制住，心中愤恨，大声说道："王休，你这个乱臣贼子，你爹知道你现在这副模样么？"

王休沉声说道："左仆射，你冷静些，不然谁也保不住你。"

耿鹄稍微沉默，对权翼说道："朕确实身患疾病，不忍见诸位大臣。不过既然你提出这个要求，朕便唐突一回，让你上前来看，你看过之后，还请体谅朕所经历的病痛，勿要对朕有失望之心。"

王休抬手说道："陛下，既然已经有了垂帘的规矩，便不应该因人而坏。"

"你不必多言。余当与李准，你们放了权先生，让他上前来。"

余当与李准松开手，退后两步，权翼有些吃惊，不知所措地站起来，趋前几步来到竹帘前，他略微犹豫，还是挑开竹帘，走了进来。

他看见帘子后面的"苻坚"，容貌消瘦而憔悴，面颊上皮肤坑洼不平，许多黑色麻子点缀其间，除了仍是一年前的大致形状之外，的确像是病脱了形。权翼看在眼中，忍不住十分伤感，单膝跪下，说道："老臣行事荒唐，愿陛下恕罪。"

耿鹄轻轻叹息："朕让你失望了。"

权翼鼻子一酸，眼泪滚落下来，说道："陛下宅心仁厚，更加凸显老臣的荒唐，老臣自己年纪也大了，可从来未曾意识到要保持威严，老臣错了。"

耿鹄叹息："不是老，是病。"他说得落寞，虽然是假话，也出自真心。

权翼心中涕零，拜别而去。

敞开帘子，让个别老臣近前一观，也是王休和他提前准备好的预案，目的是用来堵塞悠悠之口。可是几个月以来，首次尝试竟然是在权翼身上，这多少出乎王休的意料。权翼是戎人，跟随苻坚快三十年，但和更熟悉苻坚的吕光父子、张蚝、朱彤等人相比，又有所不及，能蒙骗过了权翼，并不代表可以骗过吕光等人。王休脑子里飞速地想，如果征讨西域事宜确定的话，就由吕光为主将，让他长期地远离长安为好。

权翼之后，耿鹄接着见来自远方的波斯王国阿尔达希尔二世的使节甘碧思。甘碧思是一个肥胖而健谈的中年人，穿着奇异的服饰，举止练达，进退有节，他懂得汉语，无须通译，随身带着一名蒙面的女童，为他捧着国书、礼盒。王休第一次见由如此远的国度来的使节，在会前的接触才知道上次对方出使长安，还是在前朝的石虎时代，而那时候长安并非国都，他们只是在此略作停留。

甘碧思奉上了波斯国书及问候，国书他已经翻译好，告知秦国的君王殿下，波斯国前任国王萨普尔二世前年刚刚过世，由他的弟弟阿尔达希尔王即位继承大统，愿两国互相派驻使节，永结佳谊，以加强往来；愿两国之间的贸易愈加顺利。

耿鹄按照王休预先写好的纸板问了诸如波斯国首都在哪里，人口多少，产出何物，走到长安要多少时间，领土四至哪里，国内信奉哪些宗教或先贤，使团这次带来哪些产自波斯的物品，有哪些中国本土所产物品可供输出到波斯，问了许多问题。甘碧思都耐心做了解答。

耿鹄忽然问道："你从泰西封来长安，沿途经过了哪些国家？"这是耿鹄超出王休提词的问题，王休在旁边听了，即便问题本身并无多大的不当，仍心中大怒，只是无可奈何。

甘碧思说道："这个……我有些迷惑，不知道该如何讲说，我国最东方的边境上有一个名作喀什葛尔的据点，我们一行从喀什葛尔出发，途经西域各国，便到了凉州，过了凉州就到了长安。不知陛下所说的各国是否指的就是西域各国？若是西域各国的话，鄙人的队伍经过了疏勒、乌孙、龟兹、鄯善，然后到达凉州，共是四国。"

耿鹄又问道："喀什葛尔以西，都是贵国的领土？"

甘碧思沉吟了一下，说道："是。"

耿鹄接着问道："贵国可有兼并西域的规划？"

甘碧思听了这个问题，十分尴尬，说道："这个我可无法知道，我只是一个小小使团的使者。这个问题，得要问鄙国国王本人，可他也未必会对陛下实话实说。"

耿鹄满意地点了点头，又问道："朕听说贵国西边还有一个大国，名作罗马，和贵国关系如何，和贵国国力相比如何？"

甘碧思既尴尬，又傲气，说道："罗马极为强大，大概是世界上最强大的国家，但鄙国几年前在泰西封大败罗马军团，击毙他们的皇帝尤里安。"

耿鹄若有所思地"嗯"了一声："罗马和我们大秦比，谁强谁弱？"

甘碧思愈加尴尬："我没去过罗马，可不知道答案。我尽可以乱说，陛下也无从分辨是真是假。不过，我有个建议，若陛下真想知道答案的话，就应该向泰西封和君士坦丁堡派出使节。他们经过累月经年的跋涉，才能获得真正的答案。"

耿鹄心念一动，说道："以前朝魏蜀吴三国并立来比，我国、波斯和罗马，谁是魏，谁是蜀，谁是吴？"

王休面色铁青，目光冰冷地看着地面。甘碧思脸一下子涨红，汗从额头渗出，说道："这个，这个，实在不是我该说的。"

耿鹄哈哈大笑，说道："可惜我国还分着南北，待合一之后再来讨论这个话题。"

甘碧思尴尬地随意找了几句长安秀美壮丽的话来恭维。他退下以后，王休令闲杂官员退下，只剩下自己和耿鹄，三位金鳞甲卫一旁侍立。

"今天你格外兴奋，和小竺的消失有关系么？"王休对耿鹄说。

耿鹄反唇相讥道："你耽误时间，让太子与苻融不能到会监督，和小竺的消失有关系么？"

王休面色铁青，半晌不能说话。

第四节　恨憎贪

在麒麟阁用过晚膳后，王休陪耿鹄回清凉殿。路过椒房殿时，王休慢下脚步，叫停耿鹄，指着椒房殿殿前阙台上的一处，对耿鹄说道："你往那儿看。"

耿鹄正想着心事，见王休手指，不假思索地举目往去，不由心头一震，见那阙台的大树上，赫然缢着一个白衣宫女，只是距离稍远，看不清楚面目。

耿鹄有些慌张地问王休："那是谁？"

他以为这是王休的震慑之计，要警告他往后不得胡来。他先是觉得有些可惜可恨，为了让自己恐惧，王休竟然可以牺牲一条无辜的生命。随即他意识到，那悬挂枝头的人也可能就是竺笙本人。想到这一点，他顿时双股战栗，头颅沉重得抬不起来。

王休轻轻笑了一声："你走近些去看。"

耿鹄心中恐惧，但强压抑住，朝阙台方向又走了二十余步。他看清了树上缢着的那人，正是昨夜已从银汉门离去的竺笙。看那悬挂的模样，应该是已经死去多时，心中又惊又怒，他不甘心，又多走近几步，直到看得纤毫分明。

多走的这几步让他脚底发软，头昏眼花，心中恶烦至极，哇的一口吐出秽物来，身子摇晃欲坠，向前踉跄几步，找一棵树扶住，这才没有跪倒在地。

王休慢慢走到他身后，嘲讽道："今天夜里，我就会再送一位姑娘过来侍寝，但是你啊，就别动歪脑筋，再害人家姑娘了。"

耿鹄吐了胃中翻滚之物，胸中烦闷稍解，他大口地喘气，吸进新鲜空气，这才稍微舒适一些，恨声说道："她只是想要逃出宫里，你为何不留她一命？"

王休答非所问："她不重要，重要的是你。她逃出去，是因为你想逃出去。"

耿鹄艰难地说道："可我并没有逃。"

王休叹了一口气："她原本是个听话的姑娘，好姑娘，聪明的姑娘，本来不会做出什么越出规矩的事情来，而她逃了，展现的无非是你的心，你的心在动。我杀了她，是为了给你一个警告，你切切实实可以感受到的警告，不能再把我说的话当成耳边风。"

耿鹄什么也没想，只是反手一掌挥出，拍在王休面门上，势大力沉，打得他头一歪，顿时瘫软在地。三名金鳞甲卫见状，快步跑过来，站成一个三角，但他们并不对耿鹄出手，只是困住他。

王休幽幽醒转过来，慢慢扶着站起身，对耿鹄说道："你打我这一下，我不怪你，但你若再有异动，"他停了一停，继续道，"诸大臣都知道皇帝得了恶疾，今天左仆射又才亲眼目睹，要是忽然撒手人寰，又会有哪里不对呢？"

耿鹄咬牙说道："你这样残忍，你爹怎么会养出你这样的儿子。"

王休笑了一下，说道："你和我爹没接触几次，并不知道他的为人。"

耿鹄也笑道："是了，我忘记使出金刀计害死慕容令的人，正是你爹，又想起你二哥王皮，正是唆使东海公苻阳叛乱的人，你们这一家，真正当得上狡诈无义，不忠不孝。"

王休听耿鹄说起王皮，脸色一沉，听他骂自己一家不忠不孝，更是愤恨，沉声说道："我不为他们辩护，他们做的事，死后自有公论。不过，真正害死小竺的人，可不是我，正是你自己。你要是还不停下，不妨想想在闭眼之前，最后看到的是什么。"

耿鹄气得浑身发抖，切齿说道："我和你原本没有私仇，但今日起，我与你就是私仇。接下来不是我死，就是你死。我死不过一人死，你死却会被灭九族。可怜你爹一世英名，三十年经营，忽然在你手上毁于一旦。你们兄弟几人连同妻子儿女，连上亲族，怕也有几百上千人了吧，可怜之至。"

王休气得面目扭曲，拳头攥紧，狠狠地瞪着耿鹄。可他没法下令让甲卫当场格杀耿鹄，即便下令，甲卫也不会接受。五个人在椒房殿阙台前僵持了许久，耿鹄忽然微微一笑，迈开脚步，独个向清凉殿行去，金鳞甲卫们略微犹豫了一下，闪开道路，在他身后随行。

王休站在原地，怒气继续在身体里发酵膨胀，在每个角落里扩展，毫无止息，将他几乎要撑爆。他看着耿鹄和三个侍卫走远，无意识地追赶几步，跟在他们后面，目送他们进了清凉殿，他觉察到自己怯于面对这个局面，气便忽然泄了，一下子失魂落魄起来。

王休脸上被打的地方还火辣辣的疼，怒气已经慢慢平息下来，他在脑子里复盘整个格局。没错，他掌握着局面，即便耿鹄发了狠话，他依然掌控着这个人，可以任他摆布。但要杀死耿鹄，或者让耿鹄消失，决定权并不在他手中，而在于苻融和苻宏。苻融的决策面更大些，苻宏的意见也不可或缺。

耿鹄在他的实际掌握里，这不用怀疑。他出于对局势的担心，乃至出于对自家安全的担忧，自然可以越权行事，先斩后奏，不论明里还是暗里，没人可以阻拦。但他不得不为杀了耿鹄的全部后果负责。苻宏有没有准备好即位？为皇帝出殡的过程中会不会被人发现他死于非命？吕光、张蚝、姚苌、慕容垂等或手握重兵，或深具影响的大臣会如何反应？会不会酿成全国大乱？这是极有可能的，这原本就是苻融与苻宏合谋逼迫苻坚退位时，最为忌惮的事。

最难应对的，是如何向苻融解释杀死耿鹄的理由。仅仅是自己杀了耿鹄的侍妾而耿鹄出言威胁自己？这说得过去么？这不仅说不过去，此事之前积欠下来的所有祸会一股脑地全由自己承担，耿鹄说的灭族，并非虚言。

三名金鳞甲卫里，王休有把握调动的不过李准与余当，爵位更高的黄孟是苻融亲自点派来的人。所以，即便他想不顾一切地直接杀死耿鹄，也未必有七成的把握。

他又想，我什么也不做，就当他这是毫无可行性的威胁，又会如何？他自信在别的日子里他满可以把耿鹄的话当成毫无意义的狠话，听过就算，但今天他并不是什么也没做，而是真的杀了耿鹄心爱的女人，他本想在耿鹄心中播种下切实的恐惧，这么一来之后却好像栽到了自己心中。

他随便在一处台阶上坐下，想了又想，目光怎么也离不开远处清凉殿上的黑云阁。直到夜幕降临下来，他也没法让自己变得稍微平静一些。脑子里满是如果"我是耿鹄，此时该如何做"的揣想。

自从苻坚离开长安，王休在未央宫清凉殿外设了一队侍卫，约有三四十人，大多都藏身于两侧的厢房，在前后侧门守卫的，不过每门两人，共六人。

黑云阁修建于清凉殿之上，是苻坚礼佛之后用来静修独处的，阁下有十重台阶，五重以下有个平台，由十名宦官驻守听差。平时小竺贴身服侍耿鹄，沟通里外，不让内侍直接见到"病中的苻坚"。

小竺不在了，新来的人还未接上，这个短暂的空隙，耿鹄满可以走出黑云阁，走下台阶，想和宦官说话，就和宦官说话，想和侍卫说话，便同侍卫说话，这是他几个月以来最为盼望的事情。但他目睹竺笙被挂在枝头，腹中孩子也一并往生，伤神过度，三名甲卫送他回到黑云阁后，他倒在床榻上，一动也不想动。

他脑海里浮现过许多形象，闪现了许多念头。浮现最多的，并不是竺笙的，不论是她生的模样，还是死的样子，或是她划着桨片离开的样子，而是王休在他说完话那一刻的表情，那张方正清毅的面孔忽然变得愤怒而恐惧，这让耿鹄感到快意。

他不愿意承认这是因为他爱上了竺笙而王休将她杀害的原因，甚至也不是因为未见天日就死于非命的儿子或女儿，而是这一切早注定，他现在才看清，是十多年前王猛攻陷了长乐堡的罪愆，将报应在王休身上，而使报应不爽，便是他此时的使命。

他有些恍惚地把耿理和耿循的死归罪于长乐堡的陷落，这让他更憎恨王猛和王休，他在心中用最恶毒的言语咒骂王猛，他想象着自己像伍子胥一样扒开王猛的棺木，用长剑狠狠地劈斩王猛的尸体。对于王休，他反而觉得不太愤恨，只是想把他塞进巨大的鱼鳔中，等他呼吸不到空气憋死而已。他迷迷糊糊到半夜才突然想起，并不是那样的，事情发生在更早前的几年，是王猛间接为他报了这个仇，范文清和两个儿子死于慕容令军队，王猛的金刀计正是除掉了慕容令。

慕容令，这个名字他已经多年不再念及，不仅是因为他已经死了，而是因为他死得荒诞，而他自己也进入了一段新的人生。

作为偶然出现在殿上的苻坚替身，耿鹄见过几次慕容垂。慕容垂已经垂垂老矣，在他身上既看不到慕容令的影子，也没有任何还能激发他仇恨的举止。在苻坚离开长安之后，他还没有单独召见过慕容垂，因为王休从来没有安排过。

京兆尹慕容垂，他是可以依赖的吗？耿鹄这样想，鲜卑人遍布关内，是人口最多的族群，而慕容垂是鲜卑人隐形的领袖。王休忌惮他，苻融看来也忌惮他，以致他们一致同意不让他和自己见面。如果慕容垂可以同自己结盟的话，他会同意把仇恨从慕容氏身上移开，移到王休身上。

厘清一个混乱产生了更多的混乱，他能觉察到自己并不愤怒，与其说是愤怒，不如说是焦灼。若干个愿望相互交织所产生的焦灼感，断绝了一些可能性而只能走向另一些可能性的决绝。他试着把这些愿望一个一个梳理出来，挨个地自己问自己，渴求是否真的渴求，痛恨是否真的痛恨。

为小竺报仇的难度太高了，而成为大秦真正的王，大概只比为小竺报仇的难度要略微高一点点而已。他有些难过地想到，自从成为苻坚的傀儡之后，他自己所有的情感，都是虚假的。假装中正平和，假装喜悦，假装愤怒，假装爱，假装恨，假装无惧无畏。而他唯一真实的感受是恐惧。他看似拥有一切，但这一切不包括自己的生命。

恐惧之外，是无边无际的贪婪，稀薄透亮。

他迷迷糊糊地睡去，睡到半夜，忽然惊醒，睁眼见床前立着一个高大的黑影，顿时睡意全消，惊骇得肝胆俱裂，想要逃，却动弹不得。

第五节　忽然转机

那黑影从怀里拿出一物，拨弄了一下，打出火花来，将床头的烛台逐个点着，屋子里亮堂起来。耿鹄惊魂甫定，看出那黑影是自己认识的人，正是金鳞甲卫李准。他没有穿金鳞甲，只是穿着灰色的短衣，手中空着，身上似乎也没有带着兵器。

李准点完蜡烛，又走回到耿鹄身前，双手垂束在腹部，盯着耿鹄，仍是一言不发。

耿鹄感到喉咙仿佛被无形的手扼住，喉咙干哑，说不出话来，他在脑子中搜索了无数的开场白，都觉得说了无益，便说道："我口渴得很，你给我倒一杯水来。"

李准转身去到外室，过了一会儿回来，手中捧着一个杯子，递给耿鹄。

耿鹄接过水杯喝了，说道："你漏夜来到我这里，是要杀我么？"

"今夜不是，但或许不久后，就会有此场面。"李准开口答道。

"那今夜是什么场面？"

"竺笙，是我的族妹，王休并不知道这一点，没几个人知道这个。她预备帮你逃出长安，这事也有我一份。"

耿鹄先是一悲，又是一喜，他略微放心，颓然倒回枕上："我记得她对我的好。"

"她本来可以逃脱，但是惦念你的安危，没有及时出城，被王休的人给捉住了。"

"事到如今，我知道这些，又有什么用处？"

"你不想为小竺报仇么？"

耿鹄一下子坐起身来，说道："想。不过你刚说或许不久，就会有人，或许就是你，有如此时的场景。"

"那你要赶快，赶在那之前就好了。"李准轻轻地说。

"你有具体的想法了么？说来听听。"

"请恕我失礼，"李准在床边沿侧身坐下，接着问道，"你单知道我是金鳞甲卫，但是你对金鳞甲卫了解多少？"

耿鹄愣了一下，说道："你们是剑术上的高手，有过领军的战功，在皇帝身边，是真正的披坚执锐之士，一人可抵数十人，除此之外，我并不了解。"

李准点点头，说道："你没有出过战阵，不知道在军中我们是君王的贴身亲卫，我们不只用手中剑保护君王，还要指挥禁卫军守卫君王。担当金鳞甲卫的人，都有十年以上的战阵资历。"

耿鹄有些茫然地顺着说道："不错。"

李准看了耿鹄一眼，接着说："不止如此，金鳞甲卫最为独特的地方，另有玄机。"

耿鹄问道："什么样的玄机？"

李准似乎嘲讽地笑了一下，又似乎没有，说道："金鳞甲卫原本都是丧师之将。"

耿鹄右边眼角仿佛被什么撩了一下，火烧火燎的，好奇地问道："这是怎么回事？"

"我们本来都是各自指挥一支军队的将军，作战失利，依照军律当斩。苻坚不忍心，就下旨宽宥罪行，留在身边做他的侍卫。最早一位金鳞甲卫就是张子平，之后形成制度，陆续有余当和我，以及俱难、黄孟成为金鳞甲卫。"李准娓娓道来。

耿鹄有一句嘲讽的话就在嘴边，幸好忍住了："原来如此，苻坚，他的确就是这样宽厚，我没有这样的心胸。"

李准又说道："我们中以张子平的剑术最高，但他挡不住我和余当的合击。俱难那天不在，我们被苻融收买，做了不该做的事情。"

耿鹄心中一动："他是累了，才没有选择断然对抗的。"他这里说的他，并不指张子平，而说的是苻坚；苻坚不选择对抗，自然所谓张子平挡不住李准和余当的合击，也就似是而非了。他长期和苻坚单独相处，最能体会他的感受。

李准以为耿鹄说的是张子平，不置可否，说道："总之，已经是这样的了。"

耿鹄双手摊开，问道："然后呢？"

"我欠苻坚的，但是不欠苻融和苻宏的。"

"你说这些，是为了我能信任你？"

李准点点头，说道："今日你对王休大怒斥责，出拳打他，表面看起来危险至极，可也给自己争取到了一线生机，短期内我想王休大概也会有所收敛，睁一只眼闭一只眼，控制得不那么严，来换取与你和解的期望。你接下来的危险，仍然在太子和苻融那边，他们如果知道了小竺的事情，恐怕反应会比王休要直接得多。"

耿鹄恨声说道："我不会宽恕王休。"

"王休负责对陛下的监控，实则他自己并没有太大的好处，却担下了最大的责任，这对他是不合算的，他今天杀死小竺，激怒了陛下，陛下发狠是对的，让他大概意识到这一点。所以，他假令有了退缩的想法，陛下不必做什么，只要容他有这样的想法就可以了。"

他在这一番话里，对耿鹄忽然不再说"你"，而换了"陛下"的称谓，耿鹄立即发现了，忙说道："不错，你看得很透。"

"当今此时，陛下有三个选择。我想，陛下，并不仅想要活下来而已，而是想借此时机，成就一番伟业。小竺说要帮助陛下逃走，虽然我帮她做了一些事情，但我内心是不赞同的。"

耿鹄心内犹然狐疑，不知道该说什么好，只"唔"了一声。

李准接着说道："三个选择，最下策是我仍旧按照小竺的初衷，帮陛下逃出长安城，逃往南方，隐姓埋名起来，做一个可以终老于室的平民。这个最为容易，接下来我仍然可以为陛下做这样的安排，但是我相信陛下必然不甘愿如此。"

耿鹄心中轻轻叹息，说道："的确。"

李准接着说道："中策是陛下想办法挑动慕容垂与姚苌的内乱，外面促使晋国攻秦，内忧外患一起，使苻融和苻宏他们比平常更需要陛下好好地活着，太子不能仓促即位。"

耿鹄"嗯"了一声，"这，听起来不合情理，慕容垂和姚苌虽然都是俊杰，但都只算朝中的边缘人物，他们能搅得起多大的风浪来？至于晋国，国力日渐衰弱，处于守势，自顾不暇，又怎么敢主动出兵攻击本朝？"

李准轻轻笑了一声，说道："想要成就伟业怎么能容易？老子说，天下万物生于有，有生于无，所谓无中生有。陛下接下来的日子里，多看，多思，多谋划，或许会等来不可能的事情。陛下不如想，此刻陛下的境遇，难道就合乎情理吗？"

耿鹄点头道："不合乎。"

"当初苻融谋划放逐苻坚一事，画定了一个小圈子，只有小圈子里的寥寥几人知悉此事，所有操办，尽由这些人来，通过这种方式保守秘密。圈外人一无所知。所以，如果陛下不肯采纳下策逃出禁城，又觉得中策过于保守无为，那么值得这么想：如果知道这件事的所有人都死了呢？所有的知情者一死，陛下便得以假成真，变成真的苻坚天王了。"

耿鹄脑子晕了一下，怀疑自己在做梦，定了定神，他握成拳的手指不停地跳，口中却说道："为小竺报仇只要杀死王休一人就可以了，为了我自己，却要杀死许多人。"

"我计算过，此事知情者大约十人，其中真正主事的人，不过苻融、苻宏、苻硕与王休四人，另外还有苟皇后。其余诸如我们金鳞甲卫，给陛下侍寝的夫人，以及离开国内的天王苻坚和张子平。杀掉苻融以下四五人，大事就可以抵定，其余人等能除掉就除掉，除不掉也没关系，都各自人微言轻，掀不起风浪来。"

耿鹄摇了摇头，说道："除了王休之外，另外四人都是苻坚至亲之人，要杀他们，用什么理由？"

"秦国虽然以武功立国，但苻坚是以仁恕名动天下的，如果杀了自己的太子、弟弟和皇后，所有人都要怀疑陛下的真伪了，那样就算是得手，天下对陛下的信任也就立即失去了，自然不能是以陛下的名义来杀他们。陛下此刻只有我一个人可以驱遣，想要杀他们也做不到。但若是慕容垂、姚苌他们中的某一人在国内起兵，发动叛乱，同时在长安城中制造混乱，混乱里有许多人死了呢？"

耿鹄垂下头，想了许久，才说道："他们中的一二人死于乱中或许还可圆说，但四个人都死在叛乱里，这怎么能做得到呢？"

李准说道："他们不必都死在叛军手上，死在谁的手上也一样。而城中的尸骸足够多的话，他们恰恰都死了，在尸体多的地方出现，又有谁能怀疑呢？"

耿鹄有些疑惑："你这么一说，我倒分不清中策和上策的区别了。"

"中策只是苟延残喘，一个处理不好，就容易酿成大乱，如同当年一统王朝的八王之乱一般，百年来千万人死亡，迄今战乱不休。所以，上策虽难，反而是解决根本之计，最为可取。"他说到这里，脸色一变，变得极为凶恶，"不过从小竺的角度来看，她死前一定恨极了这个世界，这个世界再好，也和她没了干系，我若是她，定然诅咒这个世界就此沦入到血火当中，才稍微解我的心头怒火。"

耿鹄有些难过，他说道："我倒情愿你是来刺杀我的，不论是奉了苻融的命令，还是恨我没跟小竺一起走。你说的这些，仿佛来自鬼蜮，不应该出自人的口中。"

李准叹了一口气，脸色缓和下来，说道："我知道她为何肯帮你了。"

耿鹄假装没听见这句话。

李准躬身说道："请陛下多加权衡吧，人死如灯熄，既不艰难，也不容易。我先告退了。"说完，他悄然转身离去。

耿鹄盯着烛台，烛头上的火，稳定而恬静地燃烧。他赤足走过去，将每一支蜡烛都吹灭，重新回到黑暗中，让他心绪安宁，但刚刚的这一幕，是真实的还是做梦，他觉得无法切实地分辨。

第二天，当日的会见朝臣为空，王休派来的侍妾送到，姓葛名月枚，是一个娇俏爱笑的小姑娘，耿鹄心怀鬼胎，除了让她照顾饮食起居，一根指头也没碰她。

接下来几天，一切仿佛恢复原样，王休和苻融与耿鹄一起会见朝臣，处理政事，偶尔太子苻宏也参与进来。苻宏与苻融似乎对竺笙的事一无所知，言笑、神态和往常无异。

在朝会上，经过大臣们的一番激烈争论，最终决议接受车师与鄯善国的邀请，由吕光率氐汉军队合计七万人、民夫二十万，出兵西域，重建西域都护。

第六节　骗　局

连投了两把撅之后，投得一个卢，稍微缓和一下情势，接着又是一个开。

慕容鄡的脸色变得比猪肝还难看，他死死盯着对面那人的手，想要看出他究竟做了什么手脚。站在慕容鄡身边的人也都屏住呼吸，等着对面的人掷出一个只要不低于"塞"的杂彩来，慕容鄡就会先胜后败，桌上的筹码要全部清空不止，还要欠下一笔不小的债。

他紧紧盯着对面的那只手，心里把所有知道的神佛都拜过了。

一个人从人群中挤进来，一把揪住慕容鄡的肩膀，呵斥道："你又在这里赌！"

慕容鄡吓了一大跳，回头看去，惊魂不定地说道："哥，你怎么知道我在这里？"

慕容宝投了一大把铜钱到盘中，哗啦啦地乱飞乱滚，围观的人一片惊呼，对面那人错愕不已。他揪着慕容鄡挤出人群，出了樗蒲馆，走到一个僻静的街角，看看四周无人，慕容宝才对慕容鄡说道："你可真有出息，成天玩这个，你爹知道你在玩这个吗？"

慕容鄡有些扭捏，说道："哥，算我求你好不好，你可别告诉我爹，你但有差遣，我无不效命。"

"你一下子就猜到我找你做什么了？"慕容宝轻轻一笑。

慕容鄡也笑道："不然你不可能丢下一大把钱让我脱身，你一定找我有事，还是急事。"

"聪明，这件事大概你做得了。"

"好吧，说说看，是件什么事？"

慕容宝又看看左右无人，才说道："有个羊牯叫我遇上了，我们合伙起来诈他一笔，够你在樗蒲馆每天这样输，输一年的。"

慕容鄡有些不满地瞪了慕容宝一眼，说道："你怎么知道我只是输？"

慕容宝哈哈大笑，顺手摸了一下慕容鄡的头，说道："我就是知道，不过那不重要，就不扯远了。我要你做的事情是，你扮作你爹的儿子，我给你引荐一个人，说你可以帮他办件事，但是办事之前，要收他三十万贯钱或一万个波斯银币。我们对半分，你算算看是不是可以足够你输一年的？"

慕容郯嗤笑一声，说道："我扮我爹的儿子，这话怎么说？"

"我是这么告诉那个人的，说你爹是京兆尹慕容垂的弟弟，慕容垂可以随时觐见天王苻坚，你可以帮他把他的国书呈递到苻坚面前，乃至于可以撮合苻坚亲自接见这个人。"

"慕容垂不是你爹，干吗要在我这里绕一个弯，就专门来给我分钱的么？"慕容郯有些疑惑道。

慕容宝笑得直不起腰来："慕容垂当然是我爹，但是我不能直接收他的钱啊。而且，这是一件办不成的事情，所以只能说是骗羊牯的钱，而不是收他的钱。"

慕容郯有些犹豫地问道："什么事情，为何说是办不成的事情？"

慕容宝努力收起笑意，说道："朝中大臣们现在不正在讨论要征讨西域的事情？这人是西域龟兹国的使节，他来觐见苻坚，是求我们罢兵的。你知道这次预计出兵西域，本来就是应车师和鄯善的邀请，而以龟兹和乌孙为主要敌手的，鸿胪卿关周知道这一点，干脆就不收他的国书投递。这人又想办法找了许多人要排上觐见苻坚的号，但是好不容易递上去，又被王休给卡住了，急得火急火燎，所以才偶然让我遇见，投入我的彀中。我灵机一动，就说你是苻坚最宠信的京兆尹慕容垂的亲弟弟慕容德的儿子，也最受慕容垂伯伯的喜爱，你可以出面说服你爹和慕容垂，使他的国书可以呈递到苻坚的面前，甚至搞不好，或者说，搞得好的话，可以让苻坚亲自接见他，让他有机会陈情，求大秦罢兵。而你，不能白干这件事，你要收点儿钱。"

慕容郯听慕容宝说完，心里有些毛毛的，说道："你说这是骗羊牯的钱，那就是说他的国书实际也不会被递送到苻坚面前？"

"正是，收了钱之后，你就消失一段时间。而我，我对这人说的是我姓张名广利，也不在太子东宫，而在鸿胪司。往后就算找人，他在鸿胪司也找不到我的人和名。"

慕容郯思索了一会儿，说道："我出的是真名，我要五五，你得四五。"

慕容宝乜斜地看着慕容郯："这生意是我撞见的，借的也是我爹的名，你怎么敢要五五？"

慕容郯立即就让步了："也好，对半就对半，就抵了刚刚你撒的那一把铜钱。"

慕容宝不屑地哼了一声，说道："你这穷酸样。"

他停了一停，接着说道："这人不是寻常的使节，是个迦南行者。听说是车师和鄯善派人折断了龟兹来长安的大道，商队和使节团都被截下，龟兹国君无可奈何，只有派了他才顺利到达长安。这人看起来不懂外事礼仪，活该是个羊牯。"

"迦南行者，不是有法术的人么，这你也敢惹？"慕容郄吓了一跳。

"什么法术，不过都是障眼的法子，真有法术，怎么不翻天？"慕容宝轻蔑地说。

慕容郄答应下来，两人又说了许久，确认了许多细节。

第二天晚上，慕容郄便在长安城中东市一家名作陌上青的酒家后花园内一树桃花下饮酒，而慕容宝领着那名作檀摩加若的迦南行者，假装一直等在这里，见慕容郄出现，一起迎上去，恳请慕容郄出面帮忙，允诺事成之后一定有重重的回报。

檀摩加若的汉语生涩难懂，幸好有慕容宝在一旁帮忙解释，这才把昨天慕容宝已经告诉过慕容郄的那些情形大体抖落清楚。慕容郄先见檀摩加若相貌丑陋凶悍，不由有些害怕，等说了许多话，才觉得他实则雅致平和、涵养深厚，不由得生出些悔意，不该接受慕容宝这件事，把这样一个人当羊牯来欺负。

这念头只一闪而过，他还是按照预先安排的套路，先是断然拒绝，然后半推半掩地把话题导向了他的确可以请求极为信赖他的伯伯慕容垂为龟兹国递交国书，乃至于奏请天王苻坚接见檀摩加若，把龟兹国和车师两国之间的矛盾在天王面前说个明白的套路上来。

檀摩加若喜不自胜，对慕容郄说道："这事如果能行，可以避免许多生命的死亡，就是积了无上的功德，神祇也会感念，护佑你和你的家人。"

慕容郄见檀摩加若还不谈到酬劳，不由失望，看了看慕容宝，对檀摩加若冷冷地说道："我们鲜卑人有自己的祖先和神祇，有他们的保佑就够了。如果你只是这样，事情就难办了。"

慕容宝忙来打圆场，先对檀摩加若说："师尊，我们不是已经说好的了？"又对慕容郄说道，"这件事如果能成，龟兹国举国上下都会感铭阁下及慕容氏的恩情，还能少得了大大的礼数么，这个你不必担心，也不用在这里说，是吧？"

慕容郄摇摇头，"我们鲜卑人不懂经商，不会耕种，不会纺织打铁，也不怎么读书进学，只懂得打仗劫掠，用性命换取金钱。你们汉人矜夸信奉圣贤之道，话总是说得很好听，可是做事迂腐，十件事成不了三四件，鲜卑人只相信拿到手的金钱，十件事反而可以做成八九件。没有五十万钱，我怎么能让我伯伯凭空地和炙手可热的王休结下怨恨呢？"

慕容宝假装被说得哑口无言，呆呆地坐下来。

檀摩加若说道："只要我们的国书可以递到天王苻坚的面前，只要使我能够面见天王苻坚，后面的事情不论好坏，龟兹国都愿意给阁下奉上百万钱，只是我一个人从延城来，带不了那么多钱。我住所存有十万钱，你看这样好不好？我先奉上这十万钱，外加一颗无价的宝珠，待此事一成，龟兹国的交通恢复，我即刻请国人携带百万之数的钱，来换回这颗宝珠。"

慕容郄愣了一下，说道："十万钱未免太少了。"

檀摩加若说道："还有一颗宝珠，这宝珠是迦南的无上尊品，并非我所有，也非龟兹国所有，我斗胆把这宝珠交给阁下作为抵押，事成之后，我就用九十万钱来赎回这颗宝珠。"

他从怀中摸出一个珠子来，递给慕容郤。

慕容郤有些不大情愿地接过来，仔细观看那珠子，那珠子浑圆光滑，鸽子蛋大小，晶莹剔透，不像是寻常之物。他握在手中把玩，清清凉凉，说不出的消烦解郁之感。他油然地生起要据为己有的念头来，只是这念头一起，好像又被无形之物给打散，只剩下对清凉无忧的亲近与喜悦。

慕容宝一边看着那宝珠，却只觉得平常，他年纪比慕容郤大一些，家境也比慕容郤要好很多，年幼时见过无数奇珍异宝，眼界要高得多。他不愿用宝珠来充数，在一旁说道："这大大的不妥了，师尊。对慕容先生来说，这宝珠毫不值钱，他只收了十万钱，心里一定就耿耿在怀，不能放手办事；对于师尊来说，这宝珠又过于珍贵，万一慕容先生不小心，遗落了宝珠，那他到底是欠下了师尊九十万钱呢，还是欠了数不清的钱？"

慕容郤内心两相交战，挣扎得辛苦，最后说道："没错，我要是给你弄丢了呢？我不但拿不到钱，还倒欠你九十万？"

檀摩加若叹息一声，说道："要是弄丢了，就丢了吧，这东西虽然是无价之宝，但也一文不值。我欠下先生九十万，不论如何都会交到你的手中，请先生放心。"

慕容郤仍是摇摇头："师尊总是这样说话的话，我可就爱莫能助了。"

檀摩加若叹息一声，起身便走。

慕容郤大惊，看了一眼慕容宝，两人眼神飞快交换，期望对方赶紧想出法子来。

眼见檀摩加若要走出花园，慕容郤大声喊道："师尊，请留步。"

檀摩加若转过身来，望着慕容郤，慕容郤有些慌张地举起宝珠，说道："师尊，你忘记了这个。"

慕容宝一把抢过宝珠，对檀摩加若大声说道："宝珠我先收下，师尊，你明天此时，把那十万钱送到这里来，我有个朋友，大概可以帮我抵押出十万钱来；合计二十万钱，交给慕容先生，慕容先生要是还不满意，我也就没法子了。"

他们两人先前眼神交换之际，除了焦急之外，空空荡荡的，什么法子也没想出来。慕容郤想要把宝珠据为己有，却做出要给檀摩加若交回宝珠的动作来。慕容宝急中生智，想出了无中生有的加码空话，宝珠抢在手中之后，一边说着谋骗檀摩加若的话，一边又觉得自己的行为实在污秽不堪极了。

他知道自己是个什么样的恶人，心中隐隐地想，这个檀摩加若有些古怪。

第七节　行于夜路

檀摩加若走出陌上青，往自己在东市的住处行去。这时候天色已经全黑，月隐无星，他没有提着灯笼，要靠或近或远的居屋中的灯光才看得清脚下道路的情况，一会儿明，一会儿暗。他深一脚浅一脚地走，心里为了事情终于有了眉目而大感宽怀。

一个矮小的身影不知在何处开始走在他的旁边不远的地方，那是一个身穿着汉人平常服装的小孩子，他畏畏缩缩地想要靠近檀摩加若，可又不敢。檀摩加若心有所感，知道小孩大概有不得不走夜路的原因，可是却害怕黑暗，便想要靠近自己求得庇护，不由得恨自己手中没有一盏灯笼。他也不敢贸然地冲着小孩招呼，怕他惊恐，反而逃开。就这么走了许久，那小孩忽然转入一处暗巷，檀摩加若这才轻轻放下悬着的心。

又走了几步，前面黑暗中闪现一丝亮光，倏忽而逝，檀摩加若心生警觉，脚步便放慢下来。他干脆停下来，四下张望。

他所站着的地方是一条巷子中间，前面不远处似乎有个口子。他快速地想了一想，觉得此处更像是活路，如果有人要设伏，并不是好的地方。他于是放下心来，继续往前走。走没几步，脚下被什么东西一绊，饶他行得不快，身子也猛地朝前扑去，眼看便要扑倒在地。在空中他身体蜷曲起来，发力侧翻，双足稳稳地落下站住，这才想到，刚刚那一丝闪光，不知是刚刚绊到的绳子，还是有别的金属物的反光。

他能听见黑暗中有人刚刚想要冲出来，却见他又站稳，赶紧招呼着止住脚步的动静，慨然而叹，大声说道："谁在路当中摆块石头，就不怕把人绊倒，我来把它搬开。"他说着，弯下腰去，在地上摸索了一阵子，捡起一块石头，走到墙边将石头放下，拍拍手，又说道，"这下你可再绊不到人了。"

他听见藏在黑暗拐角处的人们的气息声音，不动声色地回到道中，继续向前走。

又行了两个巷口，走到一个开阔之处，有四五条道路齐聚在这里，边上有大树几棵，有十来丈宽阔的土台，土台之上有两根柱子，柱子上各悬着一串三盏灯笼。檀摩加若白天经过这里，知道是一个小集市的所在。这时天色已晚，摊贩都已经收走，留下空地。这里距檀摩加若在长安城中的住处，只有不到一里路程。他走到中间，又站定了。

十来个人手持着长刀短刀，从各个道路上向他围过来，一直走到他近前六七步，都停下来。他们中走出一人，大约三十来岁，身穿黑衣，手提着一把连枷，对檀摩加若说道："师尊从龟兹国的延城来？"他说的不是汉语，而是吐火罗语。

檀摩加若看了看左右，也用吐火罗语说道："我从延城来。"

那人又说道："师尊受了龟兹国相国那古提的授命而来？"

"我受那古提的授命而来。"檀摩加若诚实地说。

"不用说,师尊一定是为了那件事而来。"

"大概是。"如果是在吐火罗地区,他会直接说是,但在中国之地,他不由自主地加上了不那么肯定的语气。

"师尊是个修行的人,为何会卷入这样的事情来,实在是不该的啊。"

"各有各的缘由而已,哪什么该不该。"

"师尊知道我们等在这里是要做什么的了?"

"我知道。"

那人轻轻点头,说道:"我们也都信仰知子,不愿意对尊者动粗,如果师尊愿意放开此事,答应不再做手头的事情,我们这就离开。"

檀摩加若反问道:"你们是车师人,还是鄯善人?"

"鄯善。"

檀摩加若轻轻叹息,说道:"我年轻时在鄯善游历过几年,感觉鄯善和龟兹,乃至其余各国并没什么区别。实在想不明白,鄯善与龟兹,因着一个什么样的原因,非要搞到你死我活的地步?"

那人轻笑,说道:"师尊,这不是我们能解答的问题,这是贵人们的事情,我只要完成我的任务就好了。"

"你完成你的任务,我完成我的。"

那人脸色一变,说道:"原来师尊不肯按照我的提议,放开这件事?"

"自从接了过来,不达到目的,就放不下来,谈何放开呢。"

"我们想要阻止师尊做这件事,非要杀死师尊才能做到么?"

"不错。"

"也好。"

他话音未落,手中连枷已劈头盖脸地朝檀摩加若挥来,檀摩加若不躲不闪,连枷正击在他的额头,发出"嘭"的一声脆响。檀摩加若的额骨陷落下去一个小坑,鲜血迸溅出来,顺着眉骨流下,染红了他半边脸。檀摩加若像是不觉察到痛苦,脸色毫无变化。那人见此情状,心中大惊,跳回闪开一步,问道:"师尊为何不闪?"

檀摩加若说道:"闪得过这一击,还有很多击,不容易闪过,就干脆不闪了。"

"师尊甘心被我们杀死么?"

"不甘心,可是也不忍心杀你们。"

那人把连枷丢弃在地上,说道:"师尊是要用这个手法来感化我等么?"

檀摩加若说道："不能说是，不能说不是，在是与不是之间。"

那人看看左右，说道："这些人都是亡命之徒，就怕师尊死了，他们也不为所动的，何必白白浪费性命呢？"

檀摩加若声色不动，仍是说："你们做你们的，我做我的。"

那人注目良久，点点头，对左右说道："这人不是我们要找的人，我们走吧。"

他旁边有个人手持匕首想要上前，为首那人伸手拦住他，狠狠地瞪着他，那人先还不服气，旁边两人也来拉他，这才软化下来。

为首那人冲着檀摩加若双手合十地膜拜，接着便带这一干人，飞快地从檀摩加若身边走开，分散消失在巷陌之中。

檀摩加若呼了一口气，小心地摸了一摸头骨凹下的地方，面上略有些痛苦之色，更多的是得意。

他正要继续行路时，忽然听到一串若有似无的轻响，不远处土台上的灯笼猛地熄灭，四周顿时完全黑了下来，连一步之外也看不见。檀摩加若摸了摸怀中，不由得有些后悔刚刚将清凉珠给了慕容宝，不然此时举在手中，还可以照见一尺左右的道路。

他摸黑向前蹚了几步，脚下已经踢到土台。他叹息一声，顺势攀上土台，在土台上盘膝坐下，脑中急转，思量该如何应付。

一阵泥土腥味的风吹过，风中似乎夹杂着黏稠的液体，扫在檀摩加若的脸上，身上，触到皮肤的地方，先痒后疼，他伸手在脸上抹了一把，揩在迦南长袍之上。

一阵翅膀扑腾的声音由远及近，围绕着他，使他分辨不了方向。一只鸟猛地落下，停在他的肩头，朝他眼睛啄去。檀摩加若被猛地啄中眼珠，痛得他几乎整个儿地跳起来。他张开双臂乱挥，想要把肩上和头顶上盘旋的飞鸟赶走，鸟还没赶走，脸上又是几道爪子划过，热辣辣地疼。

檀摩加若怒火上涌，口念婆南摩咒，举臂向上，只听"轰"的一声轻响，六七只蝙蝠和三只恶鹊齐齐地震落在地上。

他忍住眼睛的疼痛，在腰间摸出降魔杵，握在手中，心中默念《阿含经》的颂部，顿觉周围瑞光普照，无所不现。他单眼望见不远处立着三个高大的人形，身穿着破碎的盔甲，手中持着弓箭、巨剑和投枪。这三人身后，还有许多翩飞在头顶的鸟雀和蝙蝠。在四周，还有若干只鬣狗张望着，闲闲地围住自己。

一柄投枪从一个人手中奋力掷出，朝檀摩加若的胸前飞来，带来一阵风声。眼见便要插入他的胸膛，檀摩加若手指轻抬，举重若轻地捏住枪头，那枪杆被猛然止住，枪尾兀自上下摆动。

檀摩加若手指轻弹，枪杆已经调转过来，握在了他的手中，他掂了掂，朝掷来的那人投回去，眼见矛尖已到了那人鼻尖，却猛地一沉，矛尖朝下，插入那人身边的土中。

另一个人双手握剑朝檀摩加若走来。那剑十分沉重，剑尖竟然没法抬起来，只能拖在泥地上，发出呲呲的声响。那人拖着巨剑走到檀摩加若的身前，奋起全身力气猛地发力，甩动着巨剑如雷霆般朝檀摩加若头顶劈来。檀摩加若也不躲闪，对那人大吼一声。那人猝不及防，巨剑还未举到最高，手便软了，擎不住巨剑的重量。巨剑失了控制，滚落下来，斩断了那人的颈项，连同那人一起，如烂泥般落在檀摩加若面前的土台之下。

持着弓的那人搭箭拉开弓，见巨剑士失手，赶忙抬高了弓，任箭朝空中射去，在半空中爆出一簇白色的火焰来。

檀摩加若看也不看他，猛地挥手，手中降魔杵脱手而出，冲着一个地方飞去，只听"笃"的一声，杵尖已经钉在了远处树干之上，杵尖有墨绿色的液体。一只鬣狗模样的怪物在地上挣扎了两下，便脱力伏在了地上。其余几只鬣狗正朝檀摩加若扑来，见那只鬣狗被杀，顿时收住了脚步，畏惧得伏抵在地。

投枪士和弓箭士飞快地跑到巨剑士的身边，抬起巨剑士残破的身躯，逃也似的跑了。

檀摩加若停下念诵，四周又恢复了黑暗。他跳下土台，在地上摸索了一会，摸到一柄小小的长剑，只有一尺不到。

他对着那柄小剑，审视良久，开口问道："你是谁，是谁派来的，是车师的泥落，还是胡图澄的枯骨？胡图澄已经知道我来到了长安么？他是有什么样的计划，是想要躲开我的缉捕，还是想要掀起新的波澜？"

小剑安静地躺在他的手中，毫无会说话的迹象。

第八节　花丛间

征伐西域是大事，大事落定，耿鹄抱病大宴群臣，在宴会上略坐了一会，接受百官朝拜之后便行告退。宴会之后，由太子苻宏送使持节吕光出西安门。苟皇后从骊山行宫回到未央宫，连日接见大臣眷属，以作慰勉。

这一天，京兆尹慕容垂的夫人段元妃入觐叙话。叙话已毕，段元妃坐车出宫，车辇经过东花园，瞥见花园里面桃花烂漫，香气诱人，禁不住略微停了一停来看。正好碰见大秦天王"苻坚"与一名金鳞甲卫从前殿步行过来。

段元妃见躲不开，忙下车吩咐车辇避开，躬身拜在路边。

耿鹄没有见过段元妃，得李准指点，知道那是谁，尤其觉得那车辇华贵异趣，车上美人风姿绰约，便做出一副呆相来。见美人下车行礼，车辇避让，耿鹄走过之后并不前行，走到段元妃面前，伸手将她搀扶起来，开口问道："你是谁？"

段元妃还来不及开口，耿鹄飞快地说道："等等，我不准你说现在是谁，我问的是你前世是谁，我好像前世见过你一般。"

段元妃猝不及防被"苻坚"拉住手，又言语撩拨，心一慌，腿一软，摔倒在地，耿鹄忙弯腰拉住她的手臂，用力一拉，将段元妃半个身子拉到自己怀中。段元妃身后的随从都看得目瞪口呆，段元妃又怒又惊，赶忙从"苻坚"手上挣脱，站起身来，退后一步，说道："陛下说笑了。"

耿鹄微笑着说道："朕没有说笑，真的好像曾经见过你一样。"

段元妃镇静下来，说道："臣妾的夫君是京兆尹慕容垂，臣妾姓段，名元妃，在几年前随夫君觐见过陛下一次。"

耿鹄口中咦了一声，对李准说道："你带着慕容夫人的随从到东门去一下，我和慕容夫人有话要单独说一说，不可打扰。"

李准躬身称喏，说着便驱赶着段元妃的侍女们往东而去，有个随身侍女不肯走，被李准低吼一声，拖拽着走了。

段元妃又是一惊，想要追回侍女，却被耿鹄张手拦住，她恐怕再和"苻坚"有所接触，忙退后两步，说道："陛下，这样不妥。"

耿鹄说道："有什么不妥的，我难道还能把你吃了？"

段元妃见"苻坚"越说越露骨，强笑着说道："臣妾年纪已经大了，不能服侍君王。陛下有意的话，臣妾回去之后挑选几位美貌的女子给陛下送进来。"

耿鹄笑道："你哪里老了，我看你还年轻得很。"

段元妃的笑容越来越僵硬："陛下久病初愈，应该善加保养，不该在女色上沉湎，耗费精力。"

耿鹄涎笑道："以往还不觉夫人如此明艳动人，今日一见，恨不当初。"

段元妃身躯颤抖，说道："陛下悔不当初什么？"她蓦然想起清河公主和慕容冲入宫的往事，心中更为惊惶。

耿鹄哈哈一笑，上前一步，拉住段元妃的手，便往道路边上的花丛里拖。段元妃被耿鹄攥住小臂，挣扎不得，想要呼救又不敢，被耿鹄拉着趟了十几步，进到花丛深处，衣衫被花丛挂得凌乱，脸也被挂破了一条口子，微微地渗出血珠。

耿鹄停下来，一手揽住段元妃的腰身，又朝自己怀里拉。段元妃急得流出眼泪，耿鹄见她泪目盈盈，楚楚可怜，面上一抹淡红，不由色心大起，手上用力，将她尽数搂入自己怀中,贴在她耳边说道:"夫人你这一滴泪,足以倾倒长安。"

段元妃见情势不免,横下一条心,款款说道:"陛下对我有情,臣妾不敢不应,但请陛下不要因此为难慕容垂。我从了你就是,不必用强。"说着,她挣开耿鹄的手,自己解下束腰,脱下白底玄鸟花纹的袿衣,铺在地上,她跪坐在当中,垂头不语。

耿鹄忽然觉得有些尴尬,但他也没有多犹豫,也跪下来,猛地扑上去,将段元妃压在身下,段元妃没有抵抗,只把面孔微微侧在一边,并不直视着耿鹄。

耿鹄的双手在段元妃身上摸索许久,感觉和竺笙大有不同,更加柔软从容,予他的感受也就全然不同。他能感到她的身躯由僵硬变得欲拒还迎,心中不由得快意。

他腾出一只手来,解开段元妃内衣的白色丝绦,拉下金丝青鸟开襟,揭开胸前裹衣,想也不想地埋下头去。

段元妃发出呻吟,双手托住耿鹄的头,不知是要推开还是往下按。她此时年纪不过花信,正是如饥似渴的时候,慕容垂已经年近六十,且兼有其他更年轻的夫人分走许多精力,床笫之间从不遂愿,情欲早被压抑许久,被耿鹄这一番作弄,顿时唤醒了她身体里的许多欲望。

耿鹄有些呼吸不过来,又慌张,又快乐,让他几乎忘记了这样做的目的。

他一点一点想起来的时候,差不多已经快成事。他灵光闪现,按住了她的手,说道:"都是我的错。"

段元妃正意乱情迷,听了耿鹄的话,有些茫然无措,手上的动作停下来,身躯紧贴着耿鹄。耿鹄心中叹了一口气,翻身坐到一侧,将散落地上的衣衫盖在她身上,等她热情冷却下来。

过了一小会儿,段元妃面颊上的桃色褪去,恢复如常,她神情复杂,想了又想,才开口问道:"陛下因何而停下来,是妾身不够好么?"

耿鹄说道:"夫人足够好,是朕欲念邪恶,冒犯了夫人。"

段元妃面露失望之色,说道:"陛下不必自责,是妾身出现在了不该出现的地方。"

耿鹄微笑着说道:"也并非如此,实则朕是远远望见夫人,特意等在这里,冲撞了夫人的车驾,强行将夫人俘掠到此花丛中来的。"

段元妃也嫣然一笑:"陛下诚恳,臣妾都知道了。"说着,她徐徐坐起身,在地上拾起内衣,递给耿鹄,说道,"臣妾的内衣一个人不容易穿上,还烦请陛下帮手。"

耿鹄笑着,一边帮段元妃穿上裹衣,一边说道:"此情此景,和我们真的有过春风一度,也没什么区别了。"

段元妃背对着耿鹄,听了这话,转过身来对耿鹄说道:"陛下这样说,大有深意,是陛下想要对外传递的讯息么？臣妾不懂，愿听陛下解说。"

耿鹊收起笑容，正色说道："朕先前的确想对外面传递出朕羞辱了慕容垂的夫人这个讯息，不过我刚刚又感觉到，这样做是不对的，所以收住了。"

段元妃垂下头，说道："这……敢问陛下，这样做的目的何在？慕容氏全族已经甘心臣服于大秦，不会再有什么波澜了。"

耿鹊说道："这其中的关键，现在我还不能讲。但这件事已经发生了，大概要由夫人来承受一些非议，以及慕容垂也是如此。以后会如何，我们或许可以从容计议，不必让它走到糟糕的一步去。"

段元妃抬头，望着耿鹊，说道："臣妾是鲜卑段氏的后人，段氏和慕容氏两姓原本世代通婚，但此时段氏破败，慕容垂娶我，是因为他敬重为他蒙难死去的妻子，也就是我的姑姑。臣妾在慕容家中，既是外人，也是全心一意要保护他全族的一人。"

"朕在宫中，对这些事情所知不多，考虑欠周全，所以有此时的尴尬。"

"若要此事纠正，请陛下下令诛杀臣妾带来的七名随从。"

"这样不妥，便更加欲盖弥彰了。"耿鹊摇头说道。

段元妃嘴唇轻咬，说道："并非欲盖弥彰，而是坐实陛下霸占臣妾的事实。"

耿鹊有些心旌摇曳，说道："可是我并没有。"

"可是你也不能为臣妾辩诬，说臣妾仍然是清白的。"

她一边说话，一边把除了袿衣之外的裙襦穿戴整齐，面容惨淡，说道："臣妾不知道陛下是怎么想的，只是，陛下朝臣妾走来之时，往后的事情便已经注定了，改变不得。慕容垂他能屈能伸，年龄也那样大，不会给陛下生出乱子来。只是臣妾这一次为慕容家又添了许多不能洗刷的屈辱。许多慕容家的人原本就看我不起，这下他们可更有得说了，臣妾在慕容家往后的日子更加难过。单单慕容垂一个人敬我怜我，又有什么用处。"

她语调平和，说到后来，变成自怨自艾，虽然没有落泪，但伤心之处，令人悱恻。

耿鹊看着她，没来由地对她产生了许多怜惜，他冲动地握住她的手，说道："这不是真的，刚刚那些都不是真的。就连你见到的这个我，也不是真的。"

段元妃容他握住自己的手，她以为这只是寻常的安慰话语，心中蹊跷天王"苻坚"说的话竟然如此轻佻，不可理解，眼泪又涌出来。

耿鹊轻轻亲吻段元妃指尖，看段元妃的神色变化，接着说道："你面前有一个天大的秘密，你答应我，要为我保守这个秘密。你为我保守这个秘密，你就不单单是慕容垂一个人敬你怜你，至少我也敬你怜你。你为我保守秘密，慕容垂就不会有任何的危险。"

段元妃被激起一点点好奇，她拭去眼角的泪滴，跪坐端正，说道："陛下请讲，臣妾一定保守秘密，一个字也不敢吐露出去。"

耿鹄怔怔地望着满是期待的段元妃，觉得她比先前远远望见在车辇上看桃花之时的模样更加美艳动人，心中叹息，对她说道："接下来每个字你听好。我不是真的苻坚，我是苻坚的替身，真的苻坚已经不在长安，而是被他的兄弟和太子放逐，他们对外声称苻坚得了怪病，由我来替他，迄今已经有九个月。"

段元妃听了，好一会儿说不出话来，低头沉思，耿鹄也不继续多说，只等她的回话。

段元妃思忖良久，才问道："他们为何要放逐苻坚，又不杀死他？"

"在他们看来，苻坚行事软弱，放纵败在氐人手中的汉、羌、鲜卑各族，唯独对氐人自己最为苛刻，许多作为伤了氐人的心。尤其以去年流放十余万氐人到四方镇守，使不少人被迫亲族分开，到苦寒之地戍边，而显然让鲜卑人占据了国家心腹地带。他们觉得不能再这么容忍下去，所以放逐他，让太子苻宏在几年后正式即位。"

"陛下对臣妾说出这些来，是不肯再做苻坚的替身了么？"

"你觉得我应该安心做他的替身么？"

段元妃长长地叹息一声，说道："臣妾以为，谁做大秦的天王也好，只是希望不要再有纷争变乱，不要再死许多人。"

她说得简单素淡，但好像一盆冷水浇在耿鹄的头上，他觉得自己过去几个月种种的念与望，不论是出于自保之心，还是私欲野心，又或是理想公心，全都被段元妃的这番话轻易地贬斥，指责他不顾人民死活，挑起纷争来。他觉得有些委屈，可无力反驳。他看着段元妃的模样，想起竺笙来，可惜此时他已经不能再拉起她的手，说走就走了。

段元妃见耿鹄出神不语，又说道："臣妾愿为陛下保守这个秘密，也愿意把陛下想说的话带给慕容垂，让慕容家接下来站在陛下这边，如果这就是陛下本来的用意的话。不过，也望陛下不要将慕容家置于纷争的前列，不要让慕容家为你的大业牺牲太多。"

"刚刚你说慕容家大多看不起你，此刻你却净在为他们维护。"

段元妃微笑着说道："我是慕容垂的妻子。"

耿鹄心中愧疚，站起身来，对她额手而拜，说道："我刚刚的作为，荒唐至极，带累夫人的名声受污，但愿我可以做点什么，聊补万一。"

段元妃也站起身来，她凑近耿鹄，轻触他的胸毛，柔声说道："陛下不必太介怀。慕容垂先前带我从燕国逃出来的时候，我才十一岁，什么也不懂。他说为了感谢我姑姑的恩情，所以要照顾我，后来有一年的某个晚上，他便把我当成了他的妻子，我还懵里懵懂，慢慢才懂得男女之间的事情。可是，现在我还没为他怀上一个子女。他有许多子女了，也不是很在乎这一点。"

耿鹄被她的动作撩拨，冲动地说："以后若他不在了，我娶你。"

他停了一下，接着说道："虽然我是苻坚的替身，但苻坚的妻子嫔妃，我一个手指头也没碰过。"

段元妃嘴角上扬，微微笑着，说道："陛下是个奇怪的人，我看不穿陛下到底多大年龄了。苻坚今年应该是四十来岁，可陛下忽而像十来岁，忽而像二十来岁，最多也不超过四十岁。我想求陛下件事，无论如何陛下请别为难慕容垂，他是个好人，虽然年纪大了，可仍然是一个好人。"

耿鹄见段元妃微笑，心中也欢喜起来，说道："我想和他单独见面，给他解释今天的情形。"他迟疑了一下，"也为了可以商议慕容家如何站在我这一边。"

段元妃说道："我要给他说你是苻坚的替身么？"

耿鹄想了一想，说道："暂时不要，你回去坚持说自己未曾受辱即可，偷偷对他一个人说，说我想单独见他，有要事相商，今日和你的见面，是为了向他传递这个信息。金甲卫李准可以信任。"

段元妃颔首，将耿鹄推开一边，从地上取了裰衣在手中，仔细地检查了一番，说道："这衣服上粘的泥土，不太像是未曾受辱的样子。"

耿鹄有些尴尬，说道："那该怎么好？"

段元妃说道："该怎样，就怎样，如果这件事关乎许多人的生死，我一个人的名节又算得了什么。"她停了一停，娇俏笑着，说，"何况你说，他不在了，你会娶我。我会记得这句话。"

"也许会有那么一天。"

两人目光相交，爱欲交织，有许多不舍。

第九节　隐　忍

段元妃从花丛中出来，在未央宫东侧大门寻着自己的随从，随从回到花园道上推了车辇出来，段元妃重又坐上车，离开未央宫。回府路上，她觉得天色晦暗，恍恍惚惚，刚才事情后半段并非真实，更像是出于自己的臆想。

当天慕容垂外出未归，没什么事情发生，经过一夜，长安城里便传遍了天王"苻坚"路遇段元妃，强行留下陪寝的故事，传得有声有色，也传到慕容垂的耳朵里。

慕容垂听了传言，先是觉得蹊跷，继而觉得怒气填胸，但不一会儿就平息下来，他甚至觉得这是一件不错的交易，除了名誉有损之外，对各方都好。

他来到段元妃的房中，见段元妃比起几天前虽略有些憔悴，但神色宛如平常，心中更是疑惑，便遣开了身边的随从和侍女，装作不经意地问起这事来，段元妃听了他的疑问，淡淡说道："确有此事。"

慕容垂略微思忖，问道："'苻坚'几个月前得了怪病，见大臣都要垂下竹帘，大半年来我合计才受召见两次，两次都匆匆忙忙。最近听闻权翼想办法见到'苻坚'的真容，证实确实病得很厉害，所以这事情十分怪异。你和他接近的时候，见他有什么不寻常的地方么？"

段元妃垂下头，说道："我许多年前见过他，他现在比那时也老了，更瘦了一些，有些病容。别的我看不出来。"

慕容垂"嗯"了一声，轻声说道："委屈你了。"

段元妃眼泪迸出，带着些哭声，说道："是我连累你受辱了。"

慕容垂抚摩着段元妃的背，说道："是我寄人篱下，连累的你。"

段元妃这一天来一直在回味和揣摩替身苻坚话语背后隐含的用意，说道："苻坚侮辱我过后，又说他错了，他不该这么做。"

慕容垂鼻子里重重地哼了一声，说道："他知道我不敢有所动作，所以肆无忌惮，还说这些话来恶心我。"

段元妃睁大眼睛，看着慕容垂："他的确知道自己错了。"

慕容垂沉吟一下，说道："这话该怎么听？"

段元妃昨天夜里已经想过无数次该如何说出这番话："苻坚说，这些年他做的许多事情，使他在氐人亲族中众叛亲离，眼见便要面临他哥哥苻生当年的情势，他向我诉说他此时的孤单处境，要我向你传达信息，希望你能出手帮他。他被困在宫中，没有可靠的传递法子，所以拦住了我。他想要和你见面，亲自陈说。"

慕容垂心中一震，喃喃说道："难以理解，不可理解。苻生，他居然自比苻生，这可不同一般了，那么谁又是此时的苻坚？难道是苻融么？"

他这话近乎自言自语，段元妃也回答不了他的问题。他又想了一想，接着说道："你是在说，苻坚其实并没有污辱你，只是明修栈道，暗度陈仓，让外人误以为他的目标在你，实际目的却是在我。所谓污辱云云，只是掩人耳目，目的是要你传递消息给我；他竟然被封锁到如此程度？"

段元妃垂下头，低声说道："他说他错了，便是在污辱我之后所说。"

慕容垂说道："还是不对，如果他有心网罗我，又怎么会真的污辱你而羞辱我？"

段元妃把话说了一半，不得不藏着一半，自然难以自圆其说，她尴尬地发了好一会儿的愣，才说道："他大概不日便要想法召见你，你见了他，当面问他这个问题好了。"

慕容垂仍是困惑，他觉得段元妃似乎是隐藏了什么，但她承认受辱这件事，除此之外还能有什么隐瞒，他是决计想不出来的了。譬如说会不会苻坚想要用这件事来除掉自己？事实是苻坚并不需要如此权术也可以轻易做到；又譬如说自己是不是做错了什么，导致段元妃表面恭顺亲近自己，实则深恨自己而参与到苻坚想要除掉自己的动作中去，这也用不着搞出如许大的动静来。

在段元妃口中问不出别的，慕容垂一边思索，一边信步走去，来到前堂，见弟弟慕容德满面怒容地立在那儿，愣了一下，问道："你为何在这里？"

慕容德愤然说道："难道你还没听说……"他才说了这几个字，慕容垂忙伸手制止："你不用多说，我都已经知道了。"

慕容德被噎住，接着说道："苻坚羞辱元妃，便是羞辱你，也便是羞辱我。我们还要忍下去？"

慕容垂淡然道："不忍的话，你能怎样？"

慕容德说道："关中之地我们鲜卑人有数十万之众，比汉人多，比氐人多，五哥你登高一呼，应者云集，拉起一支队伍来，我们一起端了长安城，兴复我大燕，这和当年姜维想要兴复蜀汉的方式相似，可成功的几率大得多了！"

慕容垂轻轻哂笑："要是没有应者云集呢？"

"那我们就逃回燕地去，四方召集旧部，也可以让大燕重新立起来！"

慕容垂抓了抓额头："这事你就别再提了，你若有心，请季妃有空时多过来陪陪她姐姐，我感激不尽。"

慕容德哼了一声，说道："你以为苻坚这样单单羞辱了你么，他连带羞辱了整个慕容家。十几年前他强要了清河，还有慕容冲，我们当时刚刚灭国，人在屋檐下，不得不低头，忍了。但十几年过去，慕容氏和鲜卑人老老实实地当他的臣民，为大秦东征西伐，立了多少功劳，死去了多少健儿，却被如此对待，你能忍，我不想忍。"

慕容垂默然不语，只用手轻轻地敲击桌面。

慕容德接着又道："苻坚不是对氐人和汉人仁厚得很么，我倒要试试，看我鲜卑人反他一反，他还能以一贯之地那样对待我不。"他转而嘲讽，"所以，五哥你也不必担心被我连累，他或许不能饶了我，但你一定安然无恙。"

慕容垂抓住他的手，语调平稳而笃定地说道："我们不要他的饶恕，不给他饶恕我们的机会。但我们要等待恰当的时机。"慕容德被慕容垂的话说得愣住，慕容垂又拍他的手，徐徐道："不急，不急，如果这件事是真的，时机就快要来了。"

慕容德说道："难道这是假的？"

慕容垂不理会他，话锋一转，说道："我听说慕容宝在城里招摇撞骗，骗人钱财，这事情十分可气，他又不是缺钱花；但他年纪不小了，我要管教他也不容易。慕容郯似乎跟着他鬼混，这事情你可不能等闲视之。"

慕容德一惊，说道："他们都做了什么？"

慕容垂叹了一口气，说道："具体的情况我还不清楚，只是有密报说他从一个西域来的迦南行者那儿骗了不知什么东西，人家在四处寻他，他给人家说的是他之前的一个化名；但关涉到了慕容郯，自然为的是要联系到你和我的身上。"

慕容德怒气上涌，说道："我回去拷问慕容郯去。"

慕容垂说道："你别太急了，徐徐地问，你家慕容郯吃软不吃硬的，你越是逼他，他越是不肯说。"

慕容德走出慕容垂府中的时候，感觉极为怪异，他本来是为段元妃传闻受苻坚污辱之事而来，走的时候却是要处理慕容郯伙同慕容宝一起骗人的家事，这之间落差太大，不期然有些晕眩之感。

他满怀心事地回到家中，召来慕容郯，直入就里地问道："近来你和慕容宝都做了些什么好事？"

慕容郯一惊，说道："慕容宝？我有阵子没见着宝哥了。"

慕容德见儿子狡辩，心头大怒，一记耳光扇过去，打在慕容郯脸上，口中说道："这是你伯伯给我说的，他既不会冤枉慕容宝，也不会冤枉你。"

慕容郯脸上挨打，吓了一跳，听是慕容垂的消息，又是一惊，辩解道："我确实好一阵子没见着宝哥了，不管伯伯怎么说。"

慕容德吸了一口凉气，取出腰间匕首，丢在地上，说道："慕容宝骗了人家多少钱，分了你多少钱？"

慕容郯脸色一变，膝头一软，跪下说道："爹，是我错了。"

慕容德说道："你老老实实地跟我说你都做了些什么，是你做的，你一分一毫也不准推到慕容宝身上，不是你做的，你也别大包大揽。"

慕容郯畏畏缩缩地，把那天慕容宝找到他，合伙欺骗从龟兹国来的使节檀摩加若的事情给慕容德说了，说慕容宝收了檀摩加若三十万钱，一文钱也没分给自己，单单给了一颗宝珠。而慕容宝收了钱之后就销声匿迹，只留下张广利的这个假名，檀摩加若还一时未察觉受骗，时常来到家中找慕容郯，追问所托事情的下文。

慕容郯为了证明自己所说为实，从怀中掏出一颗珠子，递到慕容德面前。

慕容德接过那珠子，略微看了一看，觉得也不算稀奇，便还给慕容郯，说道："我不如你伯伯的才干,虽然他是我哥哥,我还是心里不痛快。本来指望你比慕容宝那个草包强,谁知道你还是输他一大截,先不论骗人不是正道,一个收了钱跑路,一个拿着颗珠子,还跑不了干系。"

"爹,那依你的主意,现在该怎么办?"慕容郤怯生生地问道。

"你去找着慕容宝,夺回他拿走的钱,然后连同珠子一起还给人家,再老老实实地赔礼道歉,请人家谅解你。"

慕容郤面露难色,说道:"现在找到宝哥就不容易了,更不论说要从他那要回钱来。"

"只要你找得到慕容宝,还担心拿不回钱?"慕容德呛道,却没什么怒气。

慕容郤哦了一声,跪在原地,呆呆地不说话。慕容德没让他起来,他便不敢起来,更不敢擅自走开。

过了一会儿,慕容德开口问道:"伯母的事情,你听说了么?"

"听到了下人们在议论,但还不知道具体怎么回事。"

"如果不是发生这件事,你和慕容宝合伙骗人家的事,我和你伯伯还可以真的如同你们谋划的那样,为龟兹国递交国书,帮你们圆下这个谎来。但吕安大军已成,要阻拦是不成的了。现在你伯母受辱于'苻坚',接下来,不论我们怎么想,鲜卑人都要夹着尾巴做人好长一段时间。说不好,还会更糟糕。"慕容德说道,他心里如同一块玉盘一样,一丝儿火气也没有。

慕容郤有些不解,说道:"这怎么会是我们更糟糕呢,又不是我们慕容氏欺负别人,为何受欺负的一方反而更糟糕?"

慕容德叹息一声,说道:"这是非常简单的道理啊,你都不懂。别人欺负我们,满以为我们会怒而造反,所以愈加紧盯着我们,或者干脆先下手打掉我们,我们有没有造反的心根本无关宏旨,重要的是别人觉得我们会不会造反。"

"儿子明白了。"慕容郤的语气低沉下来。

"正因为是如此微妙,哪怕我们本来没有造反的初衷,造反的心也在这样的相互计算中产生了。所以,接下来你要分外小心,不可行差踏错半步。不然,你害的不只是你自己,而可能是城中慕容氏一两千口人。"

慕容郤一下子没听明白,但不用慕容德重复,接下来的一会儿他在头脑里也完整地浮现了慕容德的这句话,慢慢地领会,脸色变得凝重。

慕容德有些怜悯地看着儿子,一时拿不定主意,在接下来可能的变局中,是要他参与其中呢,还是把他排除在谋局之外。参与其中,慕容郤帮不上多大的忙,排除在外却可以寄希望于氐人一贯的所谓仁慈,如果叛乱失败,慕容郤也有很大把握活下来,可以继续统领慕容氏，将自己的血脉流传下去。怕只怕看上去如此浑噩的儿子，就算姓慕容，对未来的本族也没有多大益处，这是慕容德所明确无误地担忧着的。

他沉吟半晌，对慕容郯说道："如果慕容宝一时退不出钱来，我和你伯父商量一下，筹钱来还给别人，不能由这件事递给有心人口实。在此之前你必须老老实实的，如果慕容宝来找你，你当即把他扣押下来，让我和你伯父来处置他。"

他说着，一边把匕首拾起来，别进腰间皮带中，慢慢走出房间，心中想的却是，刚刚说出这些话的，居然不是哥哥慕容垂，而是自己。自己在慕容氏中，从来都是最为好勇斗狠的那个，居然会说出如此周延徐缓的话来，这实在是匪夷所思极了。

第十节 三 问

檀摩加若花了一天的工夫，在长安城中问着慕容德的府邸所在，暗中观察了一日，确认慕容郯确实是慕容德的儿子，打听到慕容德也确实是京兆尹慕容垂的弟弟，兼以檀摩加若十分相信清凉珠匡正人心的功效，就放心地将手边的十余万钱交到张广利手中。隔了一日，因长安城中龟兹国一位商人的捐赠，他又得到二十万钱，赶紧地又交到张广利手中。

交钱过后等了三日，慕容郯那儿却没有任何进展。不仅没有进展，第四日，他在鸿胪司寻张广利不得，第五天，他问起别的属官，都说鸿胪司没张广利这个人，之前谁在值守鸿胪司？说的却是檀摩加若没见过的一人。檀摩加若在鸿胪司这边一路追问下去，发现张广利好像从没存在过世上一般。

檀摩加若便造访慕容德府邸，找着慕容郯，问慕容郯收到了龟兹国为此募集的三十万钱没有。慕容郯说，他也在寻找张广利，说张广利前两天找他借了十万钱走，说有十万火急的事情要赶去扶风郡。而他已经将国书呈递给伯父慕容垂，慕容垂对王休与苻融把持朝政之事也极为不满，所以听了他的推荐，毫不犹豫地便递交了国书到大秦天王"苻坚"的面前。只是"苻坚"看了国书之后并未表态，也没有说同意召见龟兹国的使节。此事进展到这儿，好像陷入到了泥淖之中。

檀摩加若听了，心里又怀疑，又懊悔。怀疑慕容郯所言不实，懊悔自己没有将钱直接给到慕容郯手中。说不清是在安慰慕容郯还是安慰自己，他说道："这事情进展到这里，已经极为难得，如果苻坚有诏令召见那是最好，如果没有，也是龟兹国和西域各国合有此劫，怪不了任何人。"

慕容郯叹了一口气，说道："我爹赋闲在家，我原本想做点事情贴补家用，没想到自己反倒贴出去十万钱。"

檀摩加若说道："檀越不必烦忧，如果张广利这人是个骗子，你被骗走的钱我来赔偿好了，但愿他是真有急事，谁没有一两桩急事呢。"

慕容郄看了檀摩加若一眼，说道："即便师尊赔这十万钱，但这件事我也等于是白做了。"

檀摩加若心中对慕容郄的怀疑又增多三分，可是却拿不出有力的诘问来反驳，只好说道："这件事檀越不会白做的，等大秦朝休兵，延城到长安的商路恢复，我说服龟兹国的大臣，无论如何也凑齐五十万钱，奉给檀越作为酬劳。"

慕容郄冷笑一声，说道："原来师尊还是以为我和那张广利是合伙分赃的。"

檀摩加若心头也怒，但他不形于色，说道："这事情都怪我处置不周。"

他是抱着一丝的侥幸，如果慕容郄真的想法使慕容垂将国书递到了苻坚面前，那么苻坚有什么旨意的话，多半也会沿途返回，此时慕容郄再说什么刻薄的话，他也一概承受，只是在事情有眉目之前，慕容郄如果再找他要钱，他便也要学得聪明些了。

慕容郄倒没有如檀摩加若所担心的那样，他说道："罢了，这事情再等等吧，也许张广利并非骗子，也许苻坚还在思索，我们再等等看。"

檀摩加若从慕容德府上出来，心乱如麻，他不愿回到住处，便在东市一处酒家买酒浇愁，一连醉了三日，第四日，他犹在醉中，一个人坐在了他的案前，对他说道："师尊沉湎在醉乡之中，不再想消弭西域的战事灾祸了么？"

檀摩加若抬起头来，见那人相貌清逸、衣着整齐，怀中抱着一柄长剑，问道："你是谁？"

那人说道："我是受命来刺杀师尊的刺客，姓李，名彦。"

檀摩加若斜乜醉眼，说道："受谁的指示？"

"我不敢说。"

"奇怪，既然是来杀我的，那么你我必有一个人会死在这里，你死了你就不用再担心，我死了你也不用担心泄露秘密，那么，你担的是什么心？"

"这是一个我死了之后也要担心的秘密。"李彦皱着眉头说道。

"懂了。你打算怎么杀我？"

"我想先问师尊几个问题。"

檀摩加若酒略醒了一些，说道："我也有一些不论如何都不说的秘密。"

李彦眉头微展，说道："这无妨，我们不过是尽量让自己感到不迷惑而已，但哪儿能都做到呢。"

"这话说得极好。"

"师尊来长安，究竟是为了什么？"

檀摩加若对李彦的问题有些失望，又有些踌躇，想了一想才说："我是个迦南行者，在延城讲法，受了龟兹大臣那古提的委托，到长安城来求见大秦天王，希望可以平息将要爆发的战事。但我在长安逗留十五日，还尚未确定龟兹国的国书是不是已经递到了大秦天王苻坚的手中。"

李彦给自己斟了一壶酒，又问道："除此之外呢？"

"不是为了此事，我就不来长安。"

李彦摇摇头，说道："委托我来刺杀师尊的，并非是西域战事中的哪一方。"

檀摩加若想了一想，又说道："另外还有一件事，但这件事已经过去十年有余，对我来说，这次来长安并非为它而来。"

"什么事？"

"这就涉及我不能说的部分了，我假设你听而不闻就是了。简单地说，我十年前曾经来过长安，为的是追缉一个知门妖孽，但是那妖孽藏匿起来，我寻了一年也寻不到它，只好返回兜佉勒。这次我来长安，并非为它而来，但大概惊动了它。"

李彦现出略有些焦躁的动静，又问道："除此之外呢，还有什么？"

檀摩加若说道："没有了。"

"那为何苻……"李彦只说了四个字，便闭了嘴，停了一下，接着说道，"刚刚才是第一个问题，师尊请别见怪。我第二个问题是，迦南的神祇，也就是通常所谓的知子，他能知道过去、现在、未来的一切事情么，具有无所不能的能力么？"

檀摩加若觉得这好像才是李彦本来想问的第一个问题，这也是他喜欢回答的问题，便不假思索地说道："知子开悟之前，只是比世人聪慧，远非全知全能；开悟之后，就不限于知和能的了。"

李彦听了一惊，说道："不限知和能是什么意思？"

"他只是使自己超出了知识和能力的限制，不可以再以常人的想象力和常人的言辞来描述他。贵国道藏第一的《道德经》开章第一句，道可道，非常道，就说的是要脱出通常的知识来理解圣人。"

李彦先是迷惑的样子，继而废然而叹，说道："我还以为，以为迦南的神祇洞悉了人世间的奥秘和真相，具有无上的神力，才称之为知子；而你这样一说，我似乎明白了些。可究竟是明白了什么，我却不敢说。"

"知子既有引人开悟的主张，劝人行善解郁，如果同时他具有什么超出常人的能力，十倍不止，百倍千倍不止，就等于是说他欠世间所有遭受苦难的人一个公道了。实际上，他没有这些能力，也不欠任何人的。"

李彦点点头，说道："我有同感，我的剑法还算不错，我本性也好，早年立志于匡扶正义，而我如果没有救下所有受苦的人，就该深深地内疚么？"

檀摩加若脸色有些奇怪，说道："你想救下受苦的人？"

李彦苦笑，说道："曾经那么想过，现在不了。"

"知子去世之后，他的弟子们分为了相互抵牾的两派。一派主张知门的修行，以修自身为宗旨，另一派主张修行，除了修自身之外，更要以普度众生为宗旨。表面上看后者是在前者的基础上更进一步，但这种修行上的主张，差一点就相差以万里计，何况根本的立足点的不同。"

"师尊是哪一派？"

檀摩加若迟疑了一下，说道："我大概算是前者。"

"师尊为了龟兹国而来长安，又或是为了消弭西域的战火，算是修自身么？"

檀摩加若语塞，好一会儿才说道："从辞义上来说，也算得上是修自身。"

李彦抬高声音，厉声说道："不要以辞害义。"

檀摩加若有些错愕地看着李彦，说道："我没有。"他话虽然这么说，气势却忽然弱了下来，全然落在下风。

李彦没有在这个话题上继续追击，而是又快速地问道："我的第三个问题是，修行人如何对待修与自己不同道的人，这些人和不修道的常人相比，距离正道更远么？"

檀摩加若酒已经完全醒了，他仔细地看对面这人，强忍着心口的烦闷，说道："我将他们视作殊途同归者。"

李彦问道："殊途也能同归么，师尊是如何知道这一点的，能否举出确实的例子来证明这一点？"

檀摩加若大汗淋漓，头晕目眩，说不出话来。

李彦哈哈大笑，说道："我就是这样的刺客，这样地杀死你。"他将手中剑哐啷一声掷在案几上，起身翩翩地扬长而去。

檀摩加若未见其来，只见其去，从未有过的狼狈，胸中烦恶至极，之前喝下的酒水从食道上冲，"哇"的一下喷出来；胃里难受稍解，但喉头愈加肿痛。

他觉得自己真的如同死了一般，又在酒家僵卧一日，第二天起身前去找慕容郏，对慕容郏问道："觐见苻坚的事情，有眉目了么？"

慕容郏神情迥异于往前几次见檀摩加若时，积极地说道："略有了一些眉目。"

檀摩加若心中又惊又喜，问道："是如何的略有眉目？"

"苻坚对我伯父忽然说起他近来做的一个梦。他梦见了一个人，这人是他的侄儿，犹如我是我伯父的侄儿。"

"这人不在大秦，或是已经不在人世了？"

"这人还在，不过的确不在大秦的疆域之内。"

"苻坚很想见他的这个侄儿？"

"师尊可知道苻坚的王位是如何来的？"

檀摩加若愣了一下，说道："这个我倒是不知道。"

"苻坚的王位是从他堂兄苻生那儿篡夺来的，他梦见的这个侄儿，便是苻生的儿子，当年苻坚篡位之时，被他的母亲带着逃亡，离开了大秦。"

檀摩加若心中涌起许多问题，说道："你提到这个，是何用意？"

"苻镇，苻坚的这个侄儿离开大秦时才不到一岁，据说他母亲来自遥远的罗马，他应该也是去了罗马。"

"苻坚梦见了这个侄儿，和我想要觐见苻坚，有何关系？"

"苻镇往西方去，师尊从西域来，如果师尊能有苻镇的消息带来，那可就太好了。我有一个预感，如果有苻镇的消息，师尊恳求陛下的事情，大概无有不应的。"

"但我没有苻镇的消息，在听你说之前，我甚至没听过这个说法和这个人名。"

"这是苻坚的一块心病，他的梦见不是没有缘由的。"

"这个可为难，我到哪儿去寻苻镇的消息？"

慕容郃不动声色，说道："不妨，苻坚也还没说要召见师尊，师尊可再等等。"

檀摩加若回到住处，心中怒火燎原，无处发泄，他深深后悔将清凉珠给了自称名叫张广利的那人。夜里他在院子里的席子上翻来覆去，睡不着，他内心一发狠，骨碌地爬起来，披上衣服便出了院子，往西门而去。出了长安城，径向西方奔去。

第十一节　对　策

阳平公府邸，在前庭的明室之中，苻融与苻宏、王休、黄孟四人对坐议事，这是九个月前那次仓促的夺位事变之后形成的惯例。

黄孟作为侍卫，除参与议事外，还要为其余三人端茶奉水。这里是明室，也是暗室，周围三十余步内不许有人，他也习惯如此。

苻宏是太子，地位最尊，就事论事的话，原本应该以太子东宫作为集会的地点，但在太子宫集会的痕迹太重，容易招人议论，苻宏也不想以后谜底揭开之后给人误解，两相权衡之下集会的地点选在了苻融的阳平公府邸。

王休将耿鹄返回清凉殿途中偶遇慕容垂正妻段元妃入宫觐见苟皇后之后出来的车驾，强行驱遣段元妃的随从，将段元妃拖入附近的花丛中加以羞辱之事，对其余三人做了描述。这些情形他并未目睹，乃是事后听闻，赶紧从各个相关的人等处询问汇集而来。他原本以为他自己亲自调查之后，事情真相会和传言有不小的出入，没想到居然大体相差不多。耿鹄确确实实地驱开了段元妃多达七人的随从，将段元妃拖进花丛中，许久才出来。出来之后段元妃鬓发散乱，衣带松弛，神色惊惶，脸上还有被花刺刮破的伤痕；而耿鹄回到乌云阁之后，葛月枚帮他更衣，发现他的内衣里夹杂许多细碎的草叶和泥土。这些都足证传闻非虚。

　　听王休陈说完毕，另外三人一时陷入沉默当中，每个人都觉得此事极不寻常，看起来只是乖张的临时起意，似乎并没有特别的谋划在内，但深居宫中的耿鹄敢于做出这样的事情来，背后所隐含的意义必定不小。

　　苻融沉吟良久，先开口说道："慕容垂上次觐见，是在什么时候？"

　　"已经是三个月前，为东城城墙倒塌重建之事，但当时不是只有慕容垂一人，他是和许多人一起觐见的。"王休稍微回忆一下便说道。

　　苻宏不掩怒气地问道："他凌辱段元妃时，你人在哪里？"

　　"太子殿下忘记了么？臣前天随太子殿下出城送别吕持节，不在城中。"

　　"那么耿鹄身边只有李准一个人？"

　　"本来还有余当，但他忘记了一件东西，又返回承明殿去取，返回来的时候，事情已经发生了。"王休说道，这些本来都记在了奏章上呈报，但苻宏好像根本就没看。

　　苻融问道："他忘记了什么东西，非要此时去取？"

　　"他本人的授牌，在清凉殿外要验过此牌，才可以进到乌云阁中。"

　　"那这么说，并非耿鹄或李准有意支开他的？"

　　"看起来不大像。"王休稍微犹豫，还是决心照自己本心所见地说。

　　苻融问道："那李准本人怎么说？"

　　王休说道："他承认这是他的瞬间走神，转念之差，是他的疏忽和罪过，愿意接受一切惩罚。"

　　苻融轻轻叹了一口气，说道："这是他仗持着我们人少，再惩罚他的话，就要运转不过来了。"

　　苻宏说道："怎么会，耿鹄身边不是刚刚换了一个侍女，换得了贴身的侍女，换一个金鳞甲卫又有什么难度？"

　　苻融一惊，说道："有这样的事？"他转向王休，"这是怎么回事，为何没有禀报？"

　　王休的身体一缩，低头说道："臣以为这是小事，是容易控制得住的。"

苻融又看了看黄孟，轻轻摇头，对王休说道："我竟然不知道这件事，你现在就多麻烦一下，再把这换侍女的事情说一次。"

王休说道："是竺笙，她原本在耿鹄身边好好的，十几天前忽然逃出宫中，被臣抓获，审问之后没有问题便已经径行处决。然后臣补充了葛月枚，仍做和竺笙一样的工作。"

苻融脸色发青，说道："这两件事之间必有关联，只是你和我们都还不知道。"

苻宏说道："王休这件事处置得极为不妥，应该是抓获了竺笙之后，补入葛月枚之前就该在这里通报给我们；段元妃不是竺笙，王侍中自行处理不了，才闹到我们面前来。"

他的语调嘲讽，任谁也听得出来。王休的脸色极为僵硬，说道："臣愿意接受惩处。"

苻融沉吟少许，说道："惩处是小事，重要的是这件事还能不能持续得了。"

苻宏慨然说道："我已经准备好了，我们不须要再维持个假的。"

苻融看了一眼他，缓缓说道："不要因怒而做仓促决定。关于段元妃这件事，我不清楚他是想要激怒慕容垂乃至鲜卑人有所动作，还是想通过段元妃传递什么信息给慕容垂。这之间的差别可不小。"

苻宏问道："有什么区别？"

苻融叹了一口气，说道："这件事当然应该责备王侍中的控制出了问题，但我们不清楚耿鹄究竟已经做了哪些小动作，这就是最大的问题。我们可以彻底地将耿鹄软禁起来，或者干脆让他死，但如果他已经把真相散布出去了，我们又该怎么办？吕光已经领兵出了长安，雍州大部分和凉州全部，实际已经成了他控制的地盘，如果这时候传出真的天王已经不在位很久，在位的是个假的，他会怎么想，怎么做？"他又摇了摇头，说不下去了。

"那叔叔觉得现在应该怎么办？"

苻融的脸色变得极为疲惫，喃喃地问道："看看我们都做了些什么。"

"现在不是后悔的时候，是需要做出决定的时候；吕光对我的忠诚将会不逊色于对我父亲。"苻宏说道。

"臣以为现在由太子殿下即位，就是最好的选择。或者不即位，以天王病躯沉重，不能视事，太子监国，也是妥当的。"王休也附和道。

苻融语气平淡而坚决地说道："还不到时候。"

苻宏的脸色稍微僵硬，说道："叔叔觉得我还没做好准备么？"

苻融沉吟一下，说道："我们说好了要五年后才由你即位的，原本是为了你有充分的时间可以掌握大臣、取信宗室，但这八九个月中，你都做了哪些事情？"

"身在太子位上，许多事情不容易做，登了大宝之后，再做也来得及。"

"即位之后，你将如何对待长乐公？"

"我敬他为兄长。让他镇守凉州。"苻宏想也不想地说道。

苻融点点头,问道:"平原公呢?"

苻宏的语气有些不满:"他也是我的兄长,我会让他守益州。"

苻融又点点头,又问道:"广平公呢?"

苻宏犹豫了一下,"留在长安宫中,做我的幕僚。"

苻融轻轻哂笑,又问道:"中山公苻诜呢?"

苻宏抗声说道:"叔叔难道要问我即位之后如何对待每一个兄长和弟弟,以及堂兄弟?我自然会好好地对待他们,绝对不会再让苻生、苻重和苻洛的事迹再出现在我们兄弟身上。"

苻融不愿理会苻宏的抱怨,转向黄孟,说道:"为何你没给我提起竺笙的事情?"

黄孟脸色大变,才要开口回答,苻宏一旁插话道:"黄将军想必也是和王休一般的念头,叔叔再追问下去也没意义。"

苻融的脸色凶狠,闭口不言。

苻宏又说了几句,王休和黄孟也是嚅嗫不能多说。苻宏想要的议题始终没法往前一步,像是有一道透明的墙挡在他面前,他生了一会儿闷气,自行起身走了。

苻宏走了之后,苻融瞪着黄孟许久,说道:"苻宏性子太急,他是这件事中最为独特的一方,自然有很多自己的考虑在内,你可别随他亦步亦趋。"

黄孟惭愧地低下头,说道:"臣知道了。"

苻融又转向王休,问他道:"你赞同他现在就即位?"

王休稍微犹豫,回答道:"我觉得所谓五年之约,并没有一定要遵守的必要。"

"五年之约的确没有必要遵守,可现在不是一个恰当的时机。"

王休看了一眼黄孟,说道:"那么,殿下,你认为该当如何处置为好?"

苻融叹了一口气,说道:"王侍中,你觉得已经铸成的错误还可以再修补回来么?"

王休悚然而惊,小心翼翼地问道:"殿下的意思是?"

"我想把我哥哥找回来,再把耿鹄换出来。"

王休汗出如浆,说道:"殿下,恕臣直言,如果说之前我们所做的是个错误,那么找回天王来,会是又一个错误。"

苻融说道:"王侍中,我知道你在担心什么。但是你要换个角度想,苻坚回来之后,就算不肯谅解我们,也只是我们几家人吃苦受难,你我受斧钺之刑,但是天下不会乱。这个耿鹄选择慕容垂下手,我已经看到大乱的开端。为着苻氏和天下着想,我觉得我们没有别的选择。"

王休俯首作礼,说道:"天王陛下离去得平静,一路上由张子平保护得很好,在南方隐蔽得也还好,一直隐蔽下去的话可谓安全无虞。但如果我们想要寻他出来,再把他带回到长安——实际上臣不必再重新部署，是早就有所预案的。只是，在传递信息去晋国的过程中，以及天王收到信息的过程，回返长安的路上，臣具体思量了一下，可谓艰险重重。不仅对他艰险，对于我们在长安城中正在隐瞒的这件事，也具有根本的危险。臣说的又一个错误，并非指天王陛下不肯谅解我们，而是所指在这里。"

苻融低头沉思，说道："你说得有道理，但如果我们什么也不做，期待着耿鹄自己知难而退，不啻于掩耳盗铃。总要做点什么才好，但可做的事情摊在我面前，我始终还是选择这一个。如果他在回来途中遇险，我们就恭请苻宏登基，处置耿鹄好了。"

"望殿下三思而再行，最后殿下决定怎么做，臣就依照吩咐去做，决不三心二意。"王休说。

苻融点点头，说道："你找人看好苻宏，别让他轻举妄动，如果有必要，就把他带离东宫，找个妥当的地方保护起来。"

王休又看看黄孟，说道："那么李准是不是要撤换下来？"

苻融沉思了一会儿，说道："暂时不要了吧。但你要遴选好手，专门盯着李准，看他在执勤之外的时间，到了哪里，和什么人接触，都详细地记下来，看看他们已经做了哪些事情。"他转向黄孟，又说道，"你知道我把你放在那儿的作用是什么。"

黄孟抬起头来，"我知道。"

苻融说道："接下来，你还是做你该做的事情，别犹豫，别怕。"

黄孟嗯了一声："我不怕。"

"那我就放心了。"苻融站起身来，没看王休，转身离开了明室。

苻融走后，王休和黄孟紧绷的身体慢慢松弛下来，身上的汗冷却涔涔而下，如同从水池子里捞起来一样。他们对视一眼，觉得各自有千言万语，却都说不出来。

第二天，各地陆续传来消息，晋国荆州刺史桓冲军团分多路入侵襄阳和巴蜀，大出长安的意料之外。苻融运筹帷幄，召开朝会商讨对策。朝会两日之后，决议全面迎敌，苻融以钜鹿公苻睿为中路军主将，领兵三万奔援襄阳地区，慕容垂做他的监军大将。后将军张蚝率军一万救援涪城，扬武将军张崇率军一万驰援武当。派遣令一出，各大臣随即飞奔京畿各处军营，点兵开拔，向各个战区赶去。

苻融写了一封密信，交给王休，由专人往建康送去。

第十二节　鏖　战

益州，涪城，晋军三面环城，唯南门空出。

姚苌拍了拍姚兴骑着的马的屁股，催促他赶紧上路。

十七岁的姚兴面容肃穆，他擎着缰绳，在城门口打了几个转，意犹不舍，但他也意识到终究要离开，黯然地叹了一口气，挥舞鞭子，策马飞奔，往南而去。

姚苌快意地望着儿子越走越远，对姚绍说道："他比我果断得多，以后我们家就看他的了。"

姚绍说道："你如果能多带他几年，岂不是更好？"

姚苌责备地看了弟弟一眼，说道："不必多说。"

他上马，姚绍也跟着他上马，他们身后是两千多名秦军骑兵，大部分人没有穿任何甲胄，只穿着缀着青色衣襟的麻布衣裤，少数人穿着轻甲、锁甲或皮甲，遮住胸口。每个人背上都背着短弓，手中提着长枪。

他们放慢了步伐，马蹄上预先裹上了棉布，让马蹄的声音尽可能轻。队伍往南行了三四里路，转向西方，蹚过汇入涪江的一条无名河流，再转向北方，走了四五里，潜入到一片树林中，悄悄地接近晋军围住涪城西门的军队营垒。

这个营垒和在城上观察的情况差不多，只算得上草草搭成，大约两百多个帐篷，外圈的木栅间断地设置，预防骑兵直接冲击，但未连续成壁垒，更没有设置拒马，多数士兵都在营帐中休息，少数集结在营帐外面向涪城的一侧。

秦军沿着树林的边缘停下来，做最后的集结，形成一条两百多步长、面向晋军营帐的密集冲击线，蓄势待发。这时先前马蹄上裹的棉布，都已经磨穿殆尽，但这已经不打紧。姚苌驱马奔到队伍的前端，以手势发出指令，向各个队长指示攻击的战法。

演示完战法，他将手中的剑放在肩上，口中默念祈求战胜的祷词。士兵们也将长枪搭在肩上，默念祷词。祷告已毕，姚苌挥剑指向晋军营帐方向，猛地往下一劈，策动马匹奔跑起来。

两千多骑兵抖动手中缰绳，让马匹轻快地向前跑起来，马蹄声响如闷雷，从地上滚过。声音惊动了晋军大营，将官们呵斥着，士兵们忙乱地开始集合。

跑了四五十步，冲击线分成十余个更小的楔形，加速向晋军营帐压迫过来。晋军的箭开始零散地从营帐中放出，但很少射中。

在离晋军营帐只有五十步之遥的时候，秦军从马上仰天放出了第一排箭，全数落入营中一块极小的区域，射死许多正在慌忙集结的晋军士卒。二十步的时候又放出第二排箭，这一片箭变为直射，被营帐立木挡落大半。

姚苌一马当先，一百多名亲兵紧紧地护卫在他身边，身体在马上弓得像虾米一样，将冲击力蓄积到最大。

瞬间秦军的洪流冲进营帐，在接敌的瞬间，将力量猛地释放出来。他们挥舞着长枪或刺戳或劈，或是马匹直接撞倒，冲锋面上每个人都杀死了对方一个或几个士兵。他们朝营内继续搜入，将晋军营垒里本来就不成队形的士兵们切分成条缕一般。

每个楔形近乎恣意地在营中继续穿刺，什么也拦不住他们。晋军官兵没有料到从这个方向来的劫营，仓促间无法集结，勉强集结的位置又被拉开距离的骑兵队用弓箭洗刷。两三次冲击之后，晋军营垒中的士兵们已被冲得七零八落，死伤惨重。几名军官好不容易集结起一队人马，预备迎战，也被秦军两个小队反复冲击，很快便崩溃了。

姚苌由亲兵保护着冲击正酣，忽然斜地里杀出一个晋军士兵，一刀斩在他的马腿上，青骓马猛地朝前塌陷下去，他也给飞甩出去，在空中他挥刀准确地将那人的脑袋劈开花。只是落地的时候他被摔了个结实，一时站不起来。他的额头被撞破，鲜血流淌进眼睛，视线模糊，他伸手在脸上抹了两把，才看得清楚，不过满脸都是血了。他的亲兵们立即将他护住，以他为中心布置防御圈。他还要冲出去，被两个亲兵拼命拦住。

他焦急地环顾四周，看到在每个地点上自己人都在追赶杀戮对手，心中极为快意。

不一会儿，营垒中的战斗便告结束。姚苌命令清点死伤，不一会儿数字报告上来，击杀晋军四百四十三名，受伤俘获者三百一十三名，预计逃走了两百多人；秦军计损失一百六十一人、三百六十匹马。

受伤的晋军俘虏被拖到营前，集中释放，个别未受伤的俘虏，秦军在他腿上割出一条大口子，让他站立不住，然后才放走。

姚绍挑了一匹好马，牵给姚苌，对姚苌说道："打成这样，也就可以了。我们还是赶紧回城吧。"

姚苌接受了马，但拒绝了姚绍的提议，傲然说道："现在回城，何必出来？"

姚绍不敢说什么，赶紧去布置防御，不一会他又回到姚苌身边，劝谏道："就算不回城，我们好歹朝城墙靠拢一些。杨亮那边有两支部队在朝我们正面行进，我估计他们的骑兵已经切入我们的右翼，很快便打过来了。我们这点人毫无胜算可言。"

姚苌叹了口气，说道："要是此时城中还有两千人，从东门突出，直击杨亮的中军，那该有多妙。"

"城里只有四百人，如果此时杨亮攻城，恐怕支持不了半天。"

姚苌站起身，对姚绍说道："你带着所有人马齐全的，绕到山背后选个地方埋伏好，放出观察哨，观察这边的形势。我带那三百多失了马的战士守在这里。待晋军步兵同我接战之时，你就从背后攻击他们。"

姚绍倒吸一口凉气，说道："哥哥，你疯了么。晋军那两支部队少说也有三千人，你要做以一敌十的迷梦，也最好有个城池可以凭依，就凭这个营地，和送死又有什么区别？我们现在哪里需要送死，张蚝的援军已经在路上，固守城垣本来也不成问题。"

姚苌笑了一下，说道："我们先失了屯江，又失五城，一路败退到这里，损兵折将，只是这样守住而已的话，我没脸回长安去见苻坚。"

姚绍欲言又止，而终于忍不住，说道："见不见苻坚又有什么要紧的。父亲带着部族从滠头出走西归时，还有两万多户十余万人，这些将士随我们辗转三十年，不能回故乡，只剩下这数千之众，还请哥哥为本族留下骨血，赶紧回城去吧。"

姚绍所言虽然不是瞎说，但极不严谨。当年姚弋仲带着部族离开滠头往还金城，途中不断有人离开、有人加入，成员在不断地变化。至姚襄败于苻坚，过半数的戎人或南迁到晋国的境内，或脱离姚苌的统率。一直跟随姚苌的人并没有经过严格的统计，但最多也不过三千户，而此时姚苌率领的这不到三千兵，有一半并不是戎族人，年龄也多在三十岁以下。但若是对还留在阵中的三十余名姚氏子弟来说，这又完全是对的。这夹杂着真相的假话，是姚氏幕僚围绕姚苌几十年的套话。

姚苌目光如铁，说道："你再胡说八道，动摇军心，我立即斩你于马下。"

姚绍低头策马走开，去部署骑兵重整。

姚苌命令失掉马匹的士兵集结起来，拾起晋军丢弃的盾牌，穿起晋军的甲胄，依靠着四个木栅断面，用盾牌和长枪，结成一个一百多步宽的正面防御阵型。

他令一百多人站在盾阵的后面，持弓而立，两百人持盾和枪守住四个木栅之间。姚绍走之前，留了一队骑兵约莫两百人在营中，听候姚苌调遣。姚苌忙完步兵阵型布置，猛然抬头见一队骑兵还在营中，先是大怒，想要派出传令兵唤回姚绍来痛骂一顿，但他立即就原谅了他。他轻叹一下，领受了弟弟的这份情谊，他将骑兵分成两队，由两个队长指挥，布置在阵型的两翼，等于将阵型宽度又扩展了差不多一百步。

他自己带着十余名亲兵镇守在防御圈最后，心想，这里有五百多人，都是多年跟随自己的老兵，战技娴熟，视死如归，如果姚绍说的没错的话，对面反扑的步兵约有三千人，咬咬牙，应该可以挡下一阵。如果晋军的骑兵从右侧攻来，那没什么好说的，姚绍留下的两百骑兵可以反冲击一次，挫伤敌军士气，对方骑兵背对着敌方城池发起攻击，即便城上的弓箭射他们不到，但恐惧感始终会在，战意难以保持，所以不会是大的问题。

等了一会，晋军的斥候骑兵首先出现在他的视野，他们跑到秦军阵型弩弓的射距之外就停住了，然后朝两边分头搜索。如果是在平时，会有游骑别队去猎杀这些斥候，至少可以驱赶，但游骑别队在之前的战斗中损失殆尽了。

想到自己对敌人运动的状况所知不多，而自己布阵的情况却被对方看得清楚，姚苌心中有些惶恐，他意识到这场仗比预计的要难一些。

又过了一会儿，晋军的步兵队伍出现在姚苌视野中，他们慢腾腾地列好阵型，姚苌数了数，大约有十五六个分队列，正常情况下，大约就是两千人。姚苌想，除开刚刚算是歼灭了大约千人之外，杨亮部属至少还有八千人。围在涪城以东的那一千人来不及调动，北门有两千人，中军还有四千多人，如果面前这两千人是北门的那两千人，那么中军的四千人又到了哪里，是在攻城，还是往什么地方迂回？

他正想着，一个骑兵飞快地跑到他面前，手指着东方，说道："将军，你看那边。"

姚苌扭头朝右边看去，只见一支骑兵出现在自己的右侧，大约有八九百之数，想必正是姚绍所说的来切断自己同涪城的连接道路的晋军，他把两队骑兵又合并在一起，正面面对袭来的晋军骑兵。

晋军骑兵在一百步外才列成冲击线，朝姚苌的阵地冲来。姚苌这时想对身后的骑兵说些什么，他口中念叨了两句，又觉得多说无益，便收束了。

他举起刀，双腿一夹，马刺磕在坐骑腹部，坐骑吃疼，猛地朝前窜出，朝晋军骑队来的方向冲去，他的亲兵们拥着他，形成一个冲击楔形。其余的骑兵在各自队长的率领下，也结成队形，向晋军冲去。

晋军的骑兵两翼突前，中间慢下来，形成一个釜底的弧形，这是骑兵在优势兵力下的常见阵型。以釜底来承接冲击，两侧快速包抄敌军侧翼，形成绞杀。姚苌轻轻驱动缰绳，将冲击方向朝右略偏过来，其他人立即也会意，整个秦军的箭头猛地转向，朝晋军左翼突出面的根部击去。

两军距离已经太近，容不得晋军变阵，姚苌可以看清自己正对着的那员晋军队长脸上浮现出惊恐的神色，手中刀举得怯怯，心中不由得怜悯，冷酷的快意。

两边骑队瞬间接敌，飞奔的马匹冲撞在一起，刀枪与肉体交碰在一起，又飞速弹开，倒下的倒下，飞奔的飞奔。秦军毫不费力地击穿晋军骑列的左翼，越出到晋军冲击线侧后方。

他们毫不停留，顺势又朝左边掩杀过去，晋军左翼被击穿，落地伤亡的骑兵不过几十人，但阵型已全然瓦解。两翼骑兵蓄势冲击而未接敌，茫然无措，中央的骑兵速度慢，一侧受击，便被轻易地切开，军官们正要重整阵型，而秦军已经从背后掩杀过来，瞬间中央骑兵阵型崩溃，四散奔逃。

晋军两翼骑兵的队长一南一北地奔跑，企图拉出距离来重整战线，但努力了一番，已经太接近秦军的步兵阵线，被弓箭一射，心中惊惶，跟着溃散的骑兵朝北方逃去。

姚苌也不恋战，收束骑兵回到本阵，半天时间他连续冲击了两次，体力已经不继，他拼命喘着气，调匀呼吸，心中惶惑不安起来。粗略计算这次冲击杀了对方百多名骑兵，本阵损失三十余名，对方退却以后，还可以在北边阵线上重新集结，大约还有六七百名骑兵和两千多个步卒，这些人和姚绍的别动队大体上可以持平。

但仅仅是这里，远在杨亮中军的三四千人，他们又在如何运动呢？

他原本抱着死战的决心出战，赢得两番小胜后，忽然爱惜起生命来。他不知道姚绍已经到何处，只是心理上对对方步兵倘若此时攻过来的压力变得不可承受，油然生出要撤回城中的念头。如果要撤回去，他带着的两百名骑兵自不待言，姚绍那边理应有足够的观察和机动能力，多半也能顺利撤回，难以脱离的只有自己前面的这大约三百名步兵。敌阵观察到这边后退，掩杀过来的话，难有幸免。

但真的要赌一把，让本阵形成铁砧，吸引敌军攻击么？万一本阵在姚绍在敌军背后发起攻击之前就崩溃了呢？本方有一千多人的别动队，但晋军可有四千人，正在战场的不知什么位置上运动。

他恶狠狠地盯着远处晋军阵型的动静，步兵向前推进了一百多步，又立定下来，那些溃逃的骑兵逐渐集结，好像并未被击溃那样。他内心游移，恐惧渐渐滋生，几乎决定要舍弃这三百名步兵了。

他狠命咬着上唇，疼痛使他镇定下来。他找回了早上出发前的自己，那个自己决定在今天战死，洗刷过去半个月的耻辱，乃至过去二十多年的平庸。

晋军阵容里有一面旗帜奇怪地跳动了一下，跟随着的几面旗帜向侧面转去，然后有几个分队慢慢地转向，前面部队收缩了正面，骑兵队伍填补到收缩的阵线上。姚苌远远望见，立即明白过来，晋军决定后撤了。

他松了一口气，心想，天神保佑。他转身对一名亲兵说道："找到姚绍他们，让他们退回，不要发起追击。"他命令步兵列队回城，骑兵朝前突出，留在最后断后。

两边军队各自缓缓撤军，姚绍接到指令，率军从山脊上撤回，追上姚苌，两人对视，有许多话想说，却说不出来。

第十三节　向死求生

回到城中清点人数，秦军出阵共折损了两百零七人，战马损失四百多匹。姚苌心中计算杀伤晋军人数差不多接近八百人，算起来虽然战果可观，但谈不上扭转局势，兵力对比还是差不多一比四的劣势，如果接下来晋军继续攻城，自己手中这支部队不善守城，城池陷落仍将是两三天内就会发生的事情。

他正忧心，军士来报，说北门和东门的晋军正在拔营，他心头立即转为一喜，策马奔向北门。上了城楼往晋军营寨眺望，果然见晋军正在拔营，焚烧带不走的杂物。

他瞭望许久，确定不是杨亮的虚诈之计，这才松了一口气。他盘算着等晋军撤退，自己须要领军慢慢跟在后面，伺机收回五城，如果有机会再回到屯江的话，自己绝对不会再犯丢掉屯江的失误。

想到屯江，他便又想起折损在屯江溪口之役的五千戎人子弟，心中一阵绞痛。

他扶住城墙，待疼痛缓缓下去，脸色苍白，汗滴在额头冒出；刚刚鏖战一番也没有的虚脱之感在这时候出现，姚苌心里阴云笼罩。

一个军士上前禀报，说长安有御使到来。姚苌点了点头，命带来此处，他一边让人抬出藤床，他躺了上去，舒张全身的筋骨，放松下来，这才稍微舒适一些。他感觉自己身体大不如前，不由得深深后悔当年轻狂孟浪，使儿子姚兴出生得太迟。姚苌今年已经五十三岁，还在前线率军征战，随时可能死掉，这支队伍姚兴恐怕接不下来。

他昨日决定今日出城和杨亮死战，写下遗书请天王符坚照看姚兴，使他能继承自己的益都侯爵位，几年以后他能出任官吏，以姚氏在陇西及益州各郡的人脉，大约也能顺顺利利地步上正轨，没准比自己现在还强。但戎族大酋长的虚位、南安姚的传承、对金城烧当戎人部族的影响力，恐怕却从此断了，而那本来是姚氏的根本，眼见要保不住了。

军士领着几个衣着华贵的官员匆匆登上城墙，来到姚苌身前，为首那人姚苌认得，乃是长安朝中的秘书监朱彤，他手中提着一把宝剑。姚苌觉得十分讶异，立即翻身下藤床，对朱彤说道："朱先生，怎么你会到了这里？"

朱彤对姚苌拱了拱手，说道："下官奉天王旨意，前来探视将军的军情。"

姚苌有些失望，又坐回床中，说道："先前崔鹏崔郎中已经来看过了，而且张蚝的援军已经在路上，此时和那时没什么变化。"

朱彤低声对姚苌说道："陛下还有旨意要我传达，请将军站起来接旨。"

姚苌心中狐疑，站起来恭敬地垂手立好。

朱彤这才开口说道："陛下传下口谕，对此前连番败退，士卒损伤惨重，极为震惊，要将军在接旨后十日内克服五城、屯江，如果逾期不能，请以此剑自裁。"说着，他将手中的佩剑，递给姚苌。

姚苌有些发蒙，他来不及细品符坚所传递口谕的意思，先把佩剑接了过来打开看，见剑身寒光闪亮，宛如水波，正是符坚常佩带的湛卢剑，心中十分茫然。

朱彤见姚苌反应不怒不惊，他疑心姚苌没有听清，上前一步，说道："将军听清了我刚刚说的话么？"

姚苌点了点头，疑惑地问道："他要我自杀？"

朱彤放低了声音，说道："陛下是要你尽快反攻，夺回屯江，将战线恢复到晋军这次开战之前的位置。"

姚苌仍然有些迷糊，说道："那他给我这把剑做什么？"

朱肜说道："陛下对屯江、五城之败，非常生气，所以给将军下了死命令，要将军尽快止住败势，并在从今日起的十日内，收复五城和屯江。如果战事不利，这才……要将军用此赐剑自裁，以谢国人。他的用意并非要将军自杀，而是强调扭转战局的重要性。"

姚苌沉吟了许久，说道："这不像是天王向来的做派。"

朱肜说道："陛下近两年来改变了许多，这类事情之前的确不会有，可近两年已经出现不止一次，长乐公苻丕，以及兖州刺史彭超，都接到过这样的死令。长乐公运气好，限期之内打下了襄阳，彭超运气就没那么好。"

姚苌说道："那岂不是我现在就自裁，于各方都好？"

朱肜悚然而惊，问道："此间局势真的如此之糟？"

姚苌长叹一声，说道："如果你早一天到，或许更糟，今天经过苦战，我军好歹杀伤晋军千人以上，重挫了他们的锐气。"他没说已经望见对方撤退迹象，料想朱肜是文官，即便扶着城墙看，也看不出个所以然来。

朱肜沉吟说道："其实我瞧着陛下此举，和之前对长乐公及彭超的作为，并不相同。"

姚苌恨恨说道："我这条命是他给的，他何时想拿回去，我姚苌绝不皱眉，这二十多年已经算是白得的了。"

朱肜凑近姚苌，低声耳语："你让左右人等都退下，我有话要对你说。"

姚苌听了，让身边几位亲兵都远远离开，朱肜也让随从下城楼去等。

待十步之内只剩他们两人，朱肜对姚苌低声说道："接下来的话，将军听起来大概会觉得怪异，但别着急得出结论来。"

姚苌嗯了一声，也低声道："先生请讲。"

朱肜停顿了一下，轻轻说道："九个月前，陛下得了一场怪病，病愈之后，行为和此前迥然不同。而这个月起，长安城内开始有传言，眼下在宣成殿上接受大臣们朝见的，并不是陛下本人，而是一名替身，而陛下本人传说在八个月前已经薨了。氐族苻氏大概是担心太子苻宏年幼，镇不住朝中大员，所以想出这么一个法子来，想以此过渡一段时间，再瞅准时机让太子即位，度过这个危机。"

他一边纯以别人的口吻说出这话，一边紧盯着姚苌的反应。

姚苌听了，先是嗤地一笑，笑了一会，然后正色起来，说道："我出阵屯江之前，曾经与陛下辞行拜别，他和我竹帘相隔，但身形和说话，都和我熟悉的陛下毫无差别。人说他垂下竹帘，是因为怪病毁了一些容貌，我一直都相信，从未怀疑。你今天这么一说，惊醒了我这个梦中人。"

"这大半年，陛下发的诏令大体上平淡无奇，但细细咂摸，实际和往前迥然不同。你可以说陛下大病，变得中庸保守，这也是一种理解。但如果说是替身按照苻融及王休的安排来发，似乎更加合乎情理。不过，这一道命令发下来，有些奇诡，并不像是最近几个月的诏令风格，倒像极了陛下病前，所以这一路上我在想，这预示了什么样的动向。"

"依你看，是什么样的动向？"姚苌有些紧张地问道。

"这或许是陛下，或陛下的替身，不甘于替身身份，又或是自觉危险在即，所以向将军发出了求救信息。"

"你说这是假的苻坚，向我发出求救的信息，表面上却是要逼我自裁？"

"虽不中其不远矣，所以将军要不要去夺屯江，那不是问题，问题在于将军如何理解这个旨意，做出妥当的反应？"

"但是如果我十日内不夺回屯江，不自裁也就算抗旨了。"

朱彤微笑说道："我不懂军事，原以为夺回屯江，以将军之力，就算不说易如反掌，也是把握很大的，但既然将军觉得夺回屯江无望，那我为将军献一策。将军不必再想反攻晋军的事情了，而应该连夜潜回长安，想办法见到陛下，把他的想法探个究竟。"

姚苌沉吟说道："我潜回长安，去见陛下，还是他的替身？如果先生所说的传闻并不确切，那么我见到的就是真的苻坚，又或者我就算见到了假苻坚，他以我擅离职守，而下诏治我的罪，多半也是杀掉我，这比赐死的后果可要坏得多了。"

"大概所谓困兽之斗，也就是如此了吧。"朱彤语意飘忽地说道。

"而我唯一的指望是他既是假的苻坚，又确实如先生你所说，是在对我发出求援的信息，我还有一线生机。总而言之，我是在赌这各种的可能么？"

"不然将军就只有试试看能否攻下屯江了。"朱彤似笑非笑地说道。

这看起来像个玩笑，更像个具有深深恶意的梦。姚苌垂头想了一会儿，说道："这赐死令如果真是苻坚本人下的，那也罢了，我攻不下屯江，奉旨自裁就算是还他当年的恩情，但若不是苻坚本人，我领命受死，岂不是天大的笑话？"

朱彤点了点头，说道："这也是我一路上所想的。"

姚苌躬身额手行礼，说道："先生的提醒，一语惊醒梦中人，这其中的恩情，我就不多说了，若顺利渡过难关，今后唯先生马首是瞻。"

朱彤笑着说道："将军才说得上是马首，我小小文官，不足挂齿，但愿将来和将军肝胆相照、同气连枝、共同进退。"

姚苌读书不多，但也登时理解对方是借机讨好自己，心中又是感激，又是傲气，心想自己自以为每况愈下，常怀忧丧志，但朝中还是有重臣极为看好自己，在危急时刻，果断伸出援手，可见自己还有连自己都没有发现的潜力，他想到此，精神为之一振。

朱彤来传达天王的旨意，自然要随军监督，姚苌喊来姚绍，要姚绍照应朱彤未来的吃住用度，履行职责，交代姚绍统领城中所剩的一千五百多名骑兵，守好城池。如果晋军开始撤退，便远远跟在晋军后面，伺机而动，或接收晋军所弃的城，或追杀散出队形的分队。而他将要连夜赶往长安，会晤极重要的人，此间军情，全由姚绍一人掌握。

夜里，晋军围城的部队还将退未退，姚苌在城墙上最后眺望一番晋军的营垒，亲自挑了两匹好马，备好草料干粮，换了轻便的布衣，怀着无比烦乱的心思，出涪城西门，独自一人向长安方向奔去。

第十四节　歧　路

天边露出鱼肚白的时候，姚苌已经过了梓潼，经过一夜驰骋，人困马乏，姚苌放慢速度，在马上掏出干粮吃，离开大道找了条小溪饮马，饮完马喂了草料，他将马拴在一棵树上，自己找了个僻静处，席地而眠，睡到下午醒来，吃了东西，换马再上路，尽量避开大道和城郭。

他夜行晓宿，这样行了两日，便过了剑阁。

剑阁是三国时的军事重镇，地势险要，城郭险要，山道陡峭，路边还留着许多姜维军营的痕迹，已经荒废百年，空无一人，姚苌在这里走过，想到自己数十年征战，犹落得差不多两手空空，连性命也堪忧，心中无限感伤。

过了剑阁十余里，山道陡然变得更加狭窄，林木茂密，姚苌骑着一匹马，还牵着一匹马，十分不便，速度反而慢下来。他意识到这个情况，立刻做决断，选了较健壮的一匹，将另一匹缰绳解开，任它跑开。刚开始的时候，那匹马还跟随左右，一会儿便跑不见了。这一取一舍也仿佛具有命定之数的意味，让他又失魂落魄好久。

半夜，他越过两座山包夹的脊路，忽然看见前面不远处林中深处透出灯光，感觉有些奇怪。他见过的异象甚多，从不迷信，此刻也一笑置之，继续赶路。行了不久，又见前面路边林中有灯光。他心想这次真和以往不同了，往回看去，黑压压的一片，不知道是走得远了被遮挡住，还是恰好熄灭了。

他仍是选择不加理会，又行了一会儿，看见前面路边有一座孤零零的茅草屋，透出隐隐的灯光，周围树木稀疏，一眼就可以看出端倪，似乎没什么怪异。他向来见怪不怪，从不轻易好奇，也不害怕妖魔鬼怪，此番终于下决心过去探看个究竟。

他骑马走到那小屋近前，灯光更加分明，就是平平常常的一个戎人小屋。他下马系好缰绳，推门而进，见里面杂乱地堆着奇奇怪怪的东西，叫不上名字的物件，大体上是草药或动物肢体制成的标本，中间还有像是蛇虫一样的东西在蠕动和鸣叫。屋子东边一张椅子，上面坐着一位老者，蓬头垢面，穿着破碎成麻布片、看不出颜色来的百衲法衣，手上握着一把铃铛，半闭着眼睛，似乎睡着了。

姚苌对这场景并不陌生，就算多年不见，因为这便是戎人神官的模样。他觉得那老者的模样，似乎有些眼熟，但一时想不起来是谁。

他走到老者面前，拜了三拜，席地坐下，用戎语对老者说道："尊敬的神官阿爸，我是从远方而来的赶路人，看见灯光，过来问一问，我现在在哪个头领的地盘，距离他的住所有多远？"

老者睁开眼，定定地望着姚苌，开口说道："你来了。"

姚苌有些摸不着头脑，说道："我，你认得我？"

老者坐正了身躯，说道："那个人就是你，姚苌，你是所有戎人的头领，连同我也是在你的土地上。"

姚苌吃了一惊，说道："神官阿爸，你知道我是谁？我并不是所有戎人的头领，戎人没有统一的头领，而我只是孤身一人的赶路人。"

老者的身体抽动了一下，他举起手中的铃铛，在空中摇了一响，说道："你将会是，你将会成为所有戎人的头领、戎人的王。"

姚苌心中一动，问道："这是卜卦算出来的么？"

"这是天神的意旨。"

姚苌说道："现在氐人统治稳固，而我戎族人口又少，四散而居，我手头的兵马连两千人也没有，而我丢弃了他们，在仓皇地寻求逃命之法。我要怎么做，才能成为所有戎人的头领，是将要发生什么变化么？"

老者闭上了嘴，并不回答姚苌的话。过了许久，见姚苌仍坐着不动，他从背后掏出一根木棍，一边作势要打姚苌，一边说道："你该走了。"

姚苌坐起身，仍跪着说道："还望神官阿爸多加解释一番。"

"啪"的一下，木棍落在姚苌头上，打得他生疼，接着又是一下。老者并不说话，只是怒目相向，手中的木棍毫不停歇地朝姚苌身上打来。

姚苌没奈何，站起身来对老者又拜了三拜，这才转身要走。老者用木棍拦住他，说道："你再行一日，会遇见一条岔路，左边较近，右边较远，你要选择近的那条。"

姚苌狐疑，但他也不多说，点头称是。

出了茅草屋，姚苌正要上马，只听"轰"的一声，他转身一看，先前他进去的茅草屋已经轰然倒塌，不只倒塌，而是变成一地草灰，只有几根焦黑的木梁半埋于灰烬中。他惊得一激灵，登时想到刚刚见到的这个神官模样像是谁了。他想，父亲姚弋仲若三个月不修剪头发胡须，差不多正是这个神官老者的模样。

他跪下对着灰烬磕了几个头，这才起身上马。上马跑了一会，姚苌觉得自己身躯仿佛轻了许多，马匹也因此跑得轻快，心中大喜。他想，自己将成为戎人的王，而不只是一个部族的首领，他甚至连这一点都算不上已经有许多年了。死去三十多年的父亲从天神那里获知这个未来，专门显灵来告诉自己，姚苌不由得心中悲喜交加。

他又想，如果那真是父亲显灵，他专门等在这里，不知道有没有见到前一天经过的姚兴。爷孙俩相见，就算姚兴不认得爷爷，但爷爷自然知道那是他的孙子。

姚弋仲儿子多，孙子也多，可姚苌自信姚兴是最好的那个，爷爷见了他，自然格外的欣喜。他想到这儿，喜悦溢出胸腔，不由得仰天大笑，笑声在山路上传出许远，又空旷，又寂寞。

不过，姚弋仲作为南安赤亭戎的酋长，一生最恨部族中的神官，说他们装神弄鬼，干涉酋长的政事、早年离开南安而到滠头，便是因为想要脱离神官谱系对部族的控制，他为何会化身神官的形象来指点自己呢？姚苌隐隐想到这一点，但在纷乱的思绪中只一闪，便沉底不见了。

一日后，姚苌行到由一片山分开的两条道路前，姚弋仲所说的岔道大概就是这样。左边道路狭窄，往山间蜿蜒去了，一望可知不好走。右边道路宽阔平缓。

他想起父亲所说的话，不由又有些犹豫。这几日他夜行晓宿，便是为了避开行人，尤其是各地陆续开拨来的援军，此时此处，离长安来的张蚝大军本部，想必已经过了汉中。汉中到剑阁的这两条路，为了驰援涪城，张蚝自然会选平坦而近的那一条。眼前右边这条路算得上平坦，但它到底是远还是近呢？这可看不出来。

平坦的道路利于行军，走这边的话和张蚝的部队迎面撞上的可能性很大，姚苌犹豫再三，还是走了右边这条道路。

走了半夜，天刚亮起来，他行得疲乏，正寻思找一处休憩的所在，可以妥当地躲开由对面而来的军队，忽然听见远处传来马蹄声，听声音至少骑队在数百人之众。

姚苌心中一惊，忙环顾左右，见两边山势陡峭，树木全无，实在无处可躲藏。他脑子急转，想了若干闪避的法子，但全都一一否决。马蹄声越来越近，他心中叹息，翻身下马，牵着马让在路边等候，只盼望过来的骑队将领警觉性不高，随意盘问几句，当他是路过的平民，就放他过去。

骑兵瞬息便到，排成队列从他身边飞掠而过，几百人都过去了，姚苌刚刚以为已经蒙混过去，一名将领从队列后面骑马赶上，大声叫道："前队，停！"

前面骑队慢慢地停了下来，几名将官骑马围住姚苌，为首一人开口问道："这不是姚将军么，我们正在赶往涪城，涪城已经陷落了么？"

姚苌一惊，随即后悔先前下马，此时他需要仰头才能望见那人，他惭愧地抬起来，见那人相貌陌生，年纪不太大，想必是低级军官，只是恰好认得自己，说道："涪城还在，晋军已经后退，我军正追击中。我要回禀天王的询问，所以正往长安赶。"

那人又看了姚苌几眼，语气一变，厉声问道："姚将军，你难道一个人回长安么，竟然不带一名随从？"

姚苌登时知道遇见的并非低级军官，因为他专挑随从的事情来问，这原本是容易解释的一环，反倒不问为何身着布衣，而非甲胄官服，这才是解释不了的。解释不了也许是他没意识到，也许他知道却藏着后手，先挑不紧要的问，留着紧要之处预设陷阱，危险至极。

他想不出别的话说，只好说道："涪城还在，我并非弃军而逃，确实是去面见王上的。"

那人语气转为和缓，说道："那请姚将军上马，我们去见张将军，看他怎么说。"

姚苌翻身上马，由几名骑兵簇拥着，又往前走了小半天，才到张蚝本阵的行营，张蚝和姚苌多年同袍，一起东征西讨，情谊深厚，听说姚苌来了，赶紧迎接出来，他见姚苌身着布衣，神色悻悻，自己中军的几名军官紧紧包围着他，看出苗头不对，只说道："你怎么一个人来？"

姚苌也不说话，下马便往张蚝的营帐走，张蚝跟着进了营帐，刚刚截获姚苌的那人也跟着进来。姚苌见不能摆脱那人，无可奈何，只好对张蚝说道："晋军已经退却，我要赶往长安去伸冤，有人说我有意连败，引晋军入益州，所以便一个人往长安去面见陛下。"

张蚝点了点头，拉住截获姚苌那人，给姚苌介绍说道："这是长安令苻登，是陛下的侄孙，阳平公委托他随军监军。"

苻登对姚苌拱了拱手，对张蚝说道："姚将军说回长安，与我们所知的军令不同，将军应该派遣轻骑快速赶到涪城，了解状况，询问先前出发的秘书监朱肜，看情况究竟为何。在情况明了之前，姚将军应该跟随我们，接着往涪城开拔。"

张蚝眯缝着眼睛，盯着姚苌看，想了一会儿，对姚苌说道："苻登说得不错，确实应该如此。我不能让你一个人往长安去。"

姚苌说道："原来朱肜和你们是一同出发的，你知道他到涪城来给我传的什么令么？"

张蚝说道："朱肜比我们晚一天出发，我并不知道他传令的内容，只是知道他也往涪城去，给你传令，想必是陛下鼓励你坚守城池，以待援军。"

姚苌冷笑一声，说道："原来长安方面果然有状况。"

张蚝对苻登说道:"你赶紧去派出一队人马,以最快速度赶往涪城去落实情况,一有消息,立即回报。"

苻登领命去了。待苻登走出营帐,张蚝的神情放松下来,关切地对姚苌说道:"这究竟是怎么回事?"

第十五节　麒麟之缢

姚苌叹了一口气,说道:"此事一言难尽,又兼有许多怪异,我也还稀里糊涂,不知道是怎么回事。"

张蚝说道:"最好你说的都是实情。丢了涪城又有什么关系,我原本预想涪城你守不住,守不住就退往成都,我这边援军到来,再夺回丢掉的城池,又有什么大不了的。但你一个人往长安赶,的确容易招惹非议。"

姚苌心中有鬼,说道:"朱肜给我传的令,陛下是要我用手头的两千多兵马,击退杨亮,十天内夺回屯江,如果做不到,便令我自杀。"

张蚝倒吸一口凉气,"这不像是陛下的作风啊。去年他给苻丕虽然也下了这么一个诏令,可那是苻丕在七倍于对方军力而久攻不克的情况,和你手中只有两千兵完全不可同日而语。"

姚苌说道:"朱肜自然不敢假传圣旨,那么就是陛下想要借机清除掉我了。"

张蚝分外严肃起来:"理由呢?"

姚苌犹豫了一下:"朱肜有一个猜想,他说近来长安城内有一个传言,陛下……"他说到这里便停下来,张蚝是从长安来的人,知道的话自然知道,不知道的话自己便也无谓多说一遍。

张蚝立即打断了他,责备说道:"朱肜和你交情很深厚么?他来给你传一个流言,你就信以为真,丢下大军,一个人仓皇北逃?"

姚苌苦笑说道:"如果他不是给我带来陛下让我自杀的旨意的话,我自然不会信他说的所谓流言。困兽犹斗,何况是人。"

张蚝说道:"关于陛下的传言,流传的不是一天两天,前不久权翼近到陛下身边,证实传言并不可信,你的这个尝试,恐怕要失望。"

"权翼,权翼。"姚苌在口中念叨了两番权翼的名字,权翼也是戎人,是父亲的老臣,后来跟随哥哥姚襄,三原之战戎军败灭后,权翼成为苻坚的谋臣,和自己再无往来,虽然没有往来,但也是朝中和自己渊源最深的一个人。

这一瞬间他脑子里转过许多念头。他想起自己在守备屯江时忽然兴起打猎的念头。打猎时被晋军突袭,切断他和主城联系,虽经浴血奋战,仍折损了大半人马,先丢屯江,再丢五城,一路连败退到涪城。晋军围而不攻,留出一门不围,让他有隙退却。他偏偏不退,刚刚出城作战获得小胜,又传来荒诞不可理喻的苻坚旨意,朱彤带来离奇的猜想,策动他冒险北返,而途中遇见神官老者,以父亲的形象,先说他将成为戎人的王,而却指点他走上被截下的道路。凡此种种,令人呛然。他叹了一口气,喃喃说道:"为何偏偏是他,老天真要亡我姚氏不成?"

张蚝接着说道:"我们一起征战多年,算是过命的交情,可是这下我不敢帮你,只能对你保证,若你出了什么意外,姚兴便是我的儿子,我帮他延续你的传承。"

他说这话,倒好像姚苌已经是一个被定罪的人,乃至死人一般。

姚苌有些失魂落魄,说道:"多谢。"

张蚝走出营帐,不一会儿进来两名军官,轻轻地抓住姚苌的肩膀,将他带出营帐,领到另一处较小的帐篷中,将他收押起来。姚苌不用看也知道,接下来帐篷外一定是内外两层兵士严密看着。他决心听天由命,在帐篷中央坐下。

当天张蚝的中军大营并未开拔,第二日开拔走得也不远。姚苌被羁押,不能骑马,便跟随步兵行进,坐在步军营的辎重车上。这样走了三四天,才刚刚到剑阁,传来消息,说行在前面的骑兵已经和姚苌部队会合,正往五城赶去。张蚝听了报告,分出一支三千人部队,继续往涪城前行,主力部队掉头往长安方向返回。

张蚝抽空来看过姚苌三四次,但彼此都没有什么话可说,常常一语不发。十余天后大军返回到长安猇亭军营,姚苌被关押到栎阳牢中,等候发落。过了几天,侍中王休来看他。

姚苌见了他,首先想到的是问姚兴的情况。还未及开口,王休在牢室之外对他说:"朱彤已经回到未央宫,向陛下面陈了你弃军而逃的事情,陛下命我来探视你,问你有什么可以辩解的。"

王休的话令姚苌出乎意料,他想了一想,摇摇头说道:"我没有什么可以辩解的。不过,我有一事不解,陛下为何不亲自提审我,问清情况,只是单单听朱彤禀报?"

王休说道:"陛下之前病重,一度不能视事,病情稍微好转以后,便很少见人,能不见就不见,这你又不是不知道。"

"凡事要问两造,单单听取一造的说法,未免不公允。"姚苌说道。

"你说两造,难道你和朱彤之间有过节不成?"

姚苌愣了一下,说道:"我和他并没有什么过节。"

"你说你也有话说,我就是来听取你这一边说法的,可你说你没什么可辩解的。难道你对我没什么话可说,而到了陛下面前,还有话可说?这样说起来,你是觉得我有什么问题不成,难道是我在迫害你?"

"我们往日无怨,平心而论,我没认为你在迫害我。"

王休话锋一转,说道:"陛下改变了许多,他已经不是往日的他。"

姚苌心中一动,惊讶地说道:"此话怎么讲?"

王休说道:"每个人都会变,他也不例外。往日他英明神武、裁断公允,现在他逐日昏聩,做出的糊涂事会越来越多。"

"糊涂事……陛下预备对我做如何惩处?"

王休叹了一口气,缓缓说出:"如果今天我没带回什么你要讲的话能够足以改变局面的,御前会议建议将你比照俱难的前例,削职为民,永不叙用。不过,永不叙用还有另一层意义,大概你也听说过,那就是成为陛下身穿金鳞甲的贴身侍卫。只是,陛下他已经亲口否决了这个建议。他要你死,用绞刑。我也不知道是为什么。"

姚苌心往下沉,说道:"他要我死,我不能不死,但我始终不明白,我究竟犯了什么过错。"

王休说道:"损兵七千四百人,丢失三座城池,虽然是不小的罪责,但依照你的官职功绩,或许不至于死罪,也许你没犯什么过错,只是首当其冲而已。"

姚苌呵呵冷笑,说道:"我当年欠他一条命,现在还他,也算是公允。"

王休说道:"姚兴半个多月前回到了长安,你的亲笔书信被送到我这里。他此时应该在家中,如果没人给他通风报信的话,他会以为你还在涪城。"

姚苌沉默了一会儿,说道:"我死之前,想要见他一次,有些话给他交代,求你加以安排。"

王休摇了摇头,说道:"你为他着想的话,就不应该见他。你在信所提及的遗愿,我都帮你盯着,一定遗漏不了。"

姚苌觉得有些羞愧,但仍不甘心,低三下四地说道:"我只是有些作为父亲的话,要盼咐他,决计不敢说出什么不该说的话来,求你格外开恩,满足我这个小小愿望。"

"我帮不了你这个忙。"王休抬高了声气说道。

姚苌心中火起,恨声说道:"要么见姚兴,要么见苻坚,两个都不要我见的话,我死之后,化为厉鬼,诅咒你大秦每战必败,亡国绝种!"

王休目光炯炯地盯着姚苌,说道:"后天,陛下会在楼台之上,看着你死,事实上你可以望见他,也算是你见着了他,他见着了你。"

姚苌出于愤怒,哈哈笑道:"我明白了,我明白了,果然是你在其中捣鬼,原来苻坚已经死了的传言也是真的,你怕我在假苻坚面前一站,立刻便揭穿他的真假。苻坚一死,你们氐人的大秦立即就土崩瓦解。我死，也值得了。"

王休并非氐人，他见姚苌陷于疯狂，叹了一口气，不再说话，转身而去。

两天后的傍晚，姚苌被奉以美酒佳肴，姚苌知道大限已到，从容地吃完。狱卒带他上马车，往长安城中行去。进了长安城，又往未央宫走，进未央宫又行了一会儿，最后来到麒麟阁侧殿前停下，姚苌认得这地方，不由得心中冷笑。

他被带进侧殿中。侧殿中正室被收拾一空，只留下当中一张案几，靠墙边摆着一个木柜和一个木桶。地上铺了地毯，地毯上撒了一层白色的丁香花屑，屋子里弥散着淡淡的香气。

在门口，狱卒被宫中的宦官所替换，宦官为姚苌卸下了镣铐，为他更衣，以清水擦拭身体，换上白色的长袍。清洗完毕之后，宦官请姚苌在案几前坐下，一个人奉上食盘，盘中盛着一壶酒，一个杯子，杯子已经盛满，一双筷子，一碟醋渍蚕豆，一碟煮牛肉。

姚苌拿起筷子，夹起蚕豆吃了两粒，饮了酒，对旁边侍立的宦官说道："王休今天不来这里么？"

宦官回答："侍中在侧殿等候。"

姚苌又问："陛下呢？"

宦官愣了一下，说道："没听说陛下要来。"

姚苌冷笑一声，不再说话，他快速扫清了食盘里所有的酒肉，将杯子往地上一摔，说道："没有别的了，可以动手了。"

宦官们将墙边的木柜抬到姚苌背后，请他背抵靠着木柜，一个宦官拿出一根白绦，环在姚苌脖子上，白绦的两端抛到木柜的背后，那里有一人接着，将白绦拉紧，但还不马上用力。两名宦官上前一左一右将姚苌双臂擒住，一人在姚苌面前，对他说道："姚将军，预备上路吧。"

姚苌闭上眼睛，他感觉脖子上的丝绦猛然收紧，不自觉地奋力挣扎，但手臂被两边宦官压住，动弹不得，他拼命吸气，对抗喉咙被箍得越来越紧，血液上涌，脸被憋得通红肿胀，说不出的难受，恨不得此时有一杆枪在自己胸前戳几个洞口。脑子里轰隆隆作响，他灵智一闪，问自己道："我为何还在挣扎，我原来这么不舍得死？我始终没对狱卒们喊出苻坚是假的，就是始终还存着最后活命的念头。但这样也不错，至少姚兴会好好的。"

想及于此，他便停下了挣扎，安心等待死亡的来临。

| 第二章　建　康 |

第一节　委　蛇

　　风暴在海面上快速地聚集力量，天色变得阴翳厚重，负责观测气象的船只放飞了鸽子，向海岛传递信息，然后升起风帆，全速逃离。大约半个时辰之后，甬东岛上已收到了鸽子传来的信息，岛中央议事大厅的门前躲避暴风的黄色旗帜被升起来，随即岛上南北两端高处也升起了黄色旗帜。

　　峡湾里的战船、运送船以及捕鱼的船只都被拖进侵入山谷内部的水域，开不进去的大船，也驶入峡湾，主动搁浅在浅滩，用绳索固定在岸边的树上。原本安置在低地的岛上居民带着干粮和柴火，也躲进山谷。

　　在地势平坦的岛屿中部的岸边，造船工场上还有几只正在建造中的船只，孤零零地矗立在沙滩的船台上，被麻绳尽可能地固定住。杜之谦带着几个年纪相仿的小伙伴在工场中穿行，他们被安排来仔细地检查造船工场中物资器材堆放与在建船只的龙骨固定情况。

　　几个人年纪都在十四五岁到二十岁之间，杜之谦年纪最大，王怜之最小，孙玥是其中唯一的女子。她刚刚过十六岁生日不久，穿着和其他人一样的青色棉布裲裆，除了相比其他人略显矮小之外，几乎看不出属于女子的纤细体态来。不过，质朴的衣服掩不住她明媚俏丽的容貌，反而形成极强烈的衬托，若有人远远望去，定然只看到她如花朵般的容颜，好像阳光透过乌云的边缘那样，虽然被遮住一部分，但显得光亮处的明艳。

　　她抿着嘴，似乎有些心思，认真地挨个检查船台上的每一条绳索是否系得结实。

　　"不知道这次的风会从哪一边来，但愿顾大叔他们的船队不会遇到，遇到可就有大麻烦了。"于宜一边狠命拽着船上的绳索，一边对孙玥说道。

　　虽然杜子谦要求大家分散检查，但于宜始终不自觉地挨在孙玥的近旁。

孙玥用脚试探船板上一块上胶的位置，检查有没有塌陷和松动。这并不是这次要检查的项目，她有些走神了。

于宜提到的事，孙玥内心里也在念想。她一边觉得很担心，一边又觉得担心是无益的，在海面上行走，遇见风浪而倾覆，出航而不再回来，本来就是海上人的命运。

甬东岛上的人并不是生来的海上人，绝大多数人来到海岛上还不到两年，但是他们都被教育要抛弃在陆上时的观念，要形成新的观念。这观念，首先就是生与死。海上没有陆上的酷吏地主的盘剥，但是海上有无法抗拒的风浪，有更为具体的神。

"听说往北方去的船队发现了一个新的岛，但是还不知道有多大，探险的队伍走了十几里，也还没有遇见人迹，他们担心进得太深回不来，所以直接回到了船上。"于宜又换了个话题。

孙玥还是没有说话。她近来在父亲和哥哥们那里听到一些风言风语，关于岛上几千上万人究竟选择南下还是北上的问题，她比其他人知道的要多些，但这不能以任何形式泄露出来，她得把自己的嘴关得更严些。

另一些动向是关于她自己的，看起来是父亲正处在想要和她正式商讨某件不能和她轻率讨论的事情的前奏，虽然还什么都没有挑明，但她能感受到那是件什么事。很明显的，父亲只是一艘船上的队长的于宜大概并不会成为这件事里的一人。想到这里她不由心生怜惜，转过头去仔细看了一眼于宜。

于宜是一个眉毛细致、目光温柔、面容俊秀的少年，性格内敛，察言观色，不紧不慢的。他看见孙玥看着自己，徐徐说道："我在想，夷洲岛距这里六七百里，北方的岛屿距此又有三四百里的话，以后我们有些人怕是要分开，一南一北，彼此相距千里以上。"

孙玥啊了一声，她以为自己走神听漏了什么话，问道："你到底在说什么？"

于宜有些腼腆："我是说，甬东岛太小，供应不了许多人，这里不是我们的长久之计，绝大多数人始终会迁徙到大一点的岛屿上去。之前是往夷洲迁徙，但他们又发现了北方岛屿，如果那儿也适合居住的话，想必也会往那儿移居一些人，现在在一起的许多人，将来大概不能在一起了，有些人会相距千里，难得再见了。"

孙玥哦了一声，于宜说的不过是寻常人们讨论的话题，她是孙泰的女儿，她知道未来并不会这样。她沉思了一会儿，说道："我可没你想得那么远，我家还有许多人在丹徒呢，为何一定要在一起？亲人散居各地，相互想念就是了，居在一起，不相来往的也多。"

于宜安静了一会儿，又问道："你是愿意去南方，还是北方？"

孙玥稍稍沉思，说道："我大概还是想去南方。"

"如果我能和你分在一组就好了。"

孙玥没想到他突然说出这话来，心口跳了一下，脸飞红起来，她扭转了身子，背对着于宜，假装什么也没听见。

船台后面斜刺里忽然闪出一人，冲着两人促狭地说道："你们这对小两口，背着大家悄悄地在说些什么呢，让我也听一下。"

孙玥和于宜齐齐看去，却是嬉皮笑脸的王怜之。于宜猛地绕到他背后，将他一下子抱摔在地。王怜之毫不示弱，和于宜扭打起来。他们原本各有武功，但寻常嬉闹不可认真，扭扯着很快就在地上滚作一团。

孙玥在一边唾道："你个小屁孩子，胡嚼什么舌头，小心我告诉你姐姐去！"

王怜之从于宜手中挣扎着爬开来，哈哈一笑，说道："自然就是我姐姐说的，不然我这样的无知少年，怎么会知道这样的事情呢？"

孙玥恨恨说道："枉我当她是姐姐，她竟然这样背后编排我的坏话，回头我连她一块儿收拾！"

王怜之一下子愣住，张口结舌了一下，叹了口气，说道："好吧，明月姐姐，是我错了，我编排我姐姐了，这话不是她说的，就是我自个儿说的。你要罚，就单单罚我一个人。不要去找她。"

孙玥冷笑道："你说这话也晚了。"说着她气冲冲地转身便要走。

远处忽然传来嘈杂而惊恐的人声，有女人的尖叫和孩童的啼哭，孙玥站住脚，凝神静听。

于宜说道："是峡湾那边，他们正在往里撤，躲避台风。"

孙玥脑子里飞快地转，猛然被吓了一跳，说道："该死，一定是罔象和委蛇。"她这么说着，已经飞快地跑起来，于宜赶紧跟着她。王怜之犹豫了一下，也跟在于宜后面。三人跳过造船工场的低矮围栏，跑上一条上山的泥路，向山上跑了几百步，已经可以望见大半个峡湾。峡湾的浅滩上许多人在狂乱地奔跑，峡湾一侧宽阔的山洞里还有人不断地跑出来，有些人提着包裹，有些人搀扶着老人孩子，也有些人朝里面冲。

孙玥从泥土路上朝一边跨出，从山坡上坐着朝下滑去，瞬间已经到了峡湾浅滩上。她冲着山洞口跑去，越跑越快，于宜有些惊讶自己身为男子，居然赶不上她，又惭又怒，见王怜之跟在后面，心中稍觉宽慰。

一个男子提着一把长刀也往山洞中去，孙玥经过他时，伸手阻拦了一下，呼吸急促地喊道："你别去，你不能进去。"她一边奔跑，一边用身体阻拦住那人去路。于宜跟在后面，他来不及说什么，猛地一把将那男子推到地上，那男子被掀了个跟斗，手中长刀几乎划到他自己的手脚。他爬起来时，孙玥已经跑进了山洞，一个虎虎生气的少年站在洞口，做出不准有人再往里冲的手势来。

洞口宽阔，洞里面更加宽广，其中三分之二是水面，其余是岩石和滩涂，滩涂又在其中仅占小部分，更多的是高出水面许多的岩石，构成了一个巨大而凹凸不平的平台。山洞顶部有许多透光的罅隙，使得里面虽然光线较外面暗淡，但大体上并不影响视线。

孙玥才冲进去，便听见低沉而骇人的吼声，以及水声拍打的声音，有人在焦急地呼喊，还有几十个人正在慢吞吞地攀绕岩石，往洞口这边挪来。空气中弥散着血腥味，让人心惊。

她顺着吼声来源，在滩涂上绕着岩石高台奔跑了大半圈，才见到前面岩石上有个牧奴站在边缘，手中一条竹竿，拼命在空中划弄，一条巨大的黑色腾蛟半浮半沉地游在水中，丑陋而凶恶的蛟头随着竹竿挥动的方向起舞，爪子和尾巴拍打着水面，口中发出低沉的吼声。

孙玥冲着那牧奴喊道："这是怎么回事？"

那牧奴扭头见是孙玥，大声答道："有人割破手腕朝水中滴了许多血，把委蛇引了出来，有人被咬伤，拖下水去了，这下该怎么办？我也不知道怎么让它平息下来。"

孙玥恍然大悟，她在滩涂上快步地走到那腾蛟的近前，张开手，口中默念口诀。

岩石上那牧奴大惊，喊道："明月，你别离得太近了，走远些再念咒语，快绕到我背后来。"他一边将手中竹竿挥舞更加遒劲生风。

那腾蛟觉得有异，骤然停下随着竹竿起舞，转头望向孙玥，它的身躯也盘卷着扭过来，作势便要扑上滩头。

于宜拾起地上的一根木棍，也和岩石上那人一样挥舞，他不但挥舞，还快走几步，跨入到水中，拦在腾蛟要扑向孙玥的线路上。那腾蛟又望向于宜，蛟头轻轻摇晃，似乎是陷入犹豫当中。它没有冲向于宜，但它慢慢地游动，朝着岸上的孙玥而去。

孙玥忍住慌张，默念着口诀，她等待着空气的血腥气息骤然变为芬芳的那个时刻。

腾蛟的动作越来越快，距离孙玥只有几步，眼见便要扑在她身上时，一个变化发生了，这变化是看不见的，好像只是空气里发出的一声轻微无声的爆破，令腾蛟猛然停了下来。

腾蛟的嘶哑吼叫平息下来，水声也安静下来，随之，它发出了像牛鸣一般的哞声，先是怯生生的，然后有些像是讨饶，接着又有些撒娇的意味在。它的身体也似乎缩小了一些。

孙玥停下念咒，她朝水中走了两步，水淹没到她的大腿位置，腾蛟也滑行到了她的面前。她伸出手去，轻轻安抚腾蛟的头，腾蛟像是寻常宠物一般，低首蜿蜒，刚刚的凶相此时一点儿也没有了。

先前站在岩石上挥动竹竿的那个牧奴跳下岩石，走入水中，从孙玥手中接过腾蛟，还有些惊魂未定，"实在是多谢你了，幸好你在附近，不然我还不知道该怎么使它平静下来。"

孙玥问道："它伤的人在哪儿？"

牧奴用手指了指水中一个方向，说道："在那儿，拖下去很快就没动静，已经是没救了。"

孙玥又问道："这人就是刚刚你说的割破手腕滴血来引罔象的人么？"

"正是。"

孙玥松了一口气，说道："幸好，那也只是那人活该，不知他是有意这么做的，还是无意。"

"这我就不知道了。委蛇本来潜得深，不被血腥之气吸引，根本不会到水面来，这下它暴露了行藏，我只有另外找个地方去关住它了。"

孙玥想起一事来，又问道："罔象呢，它没有放牧在这里么？"

牧奴琢磨了一下，才说道："原来你不知道，罔象已经到了在海上放牧的阶段，自然不在岛上。"

孙玥哦了一声，轻轻点头。

牧奴给孙玥行了个礼，泅游着将腾蛟带到另一侧山壁边上，在水中消失不见了。

孙玥转身，见王怜之站在岩石上，抱着双手，远远观看。而于宜站在水中，先前比她还接近暴怒中的腾蛟，明显是为了阻拦腾蛟扑向自己，心里略微触动。

第二节 善与恶

他们三人走出山洞，劝说正要出洞的老人们返回刚刚的位置躲避，水中腾蛟的危机已经解除。出了山洞，孙玥忙着拧干裤腿上的水，于宜和王怜之分头劝说逃出山洞的人返回，毕竟台风就快要来了。

做完这些，三人一起返回造船工场刚刚的位置，重新开始检查船板的工作，各自有许多话要说。

王怜之先开口说道："师公豢养的这两条腾蛟，不知对上了战船会如何，体量感觉还是略小了一些。吓唬乡民可以，但是他们连十人的小船也撞不翻。"

"腾蛟当然不是为了对付战船，是为了修炼成龙的，成龙之后，水上不论什么战船，统统都不在话下。"于宜说道。

王怜之冷笑一声，说道："成龙？这世界上哪里还会有龙，这不过是荒诞无稽的传说罢了。"

"如果能寻常看见，也就不稀奇了。"于宜轻轻摇头。

孙玥在一旁缓缓说道："怜之家是造船的，一孔一眼、一钉一铆地拼合成大船，不喜欢水里的生物，觉得法术不可信，是可以理解的。不过，我也有些好奇，如果腾蛟成了龙，对上敌军战船，是不是真的能够轻易掀翻。"

"师公对于腾蛟如何成龙，一直语焉不详，他甚至没说到会成龙，成龙这个说法只是我说的，我在杂书上看到，未必符合师公的原意。"于宜说道。

孙玥沉吟一下，说道："师公教我训蛟的口诀，我也能大体上驾驭，但始终觉得它过于嗜血，我不信嗜血的动物会有灵性，会是修道之人的帮手。我还是愿意相信不论是罔象，还是委蛇，都没法成龙。要是成了龙，多半也是恶龙。利用恶龙做帮手，倒好像我们也是坏人了一般。"

王怜之简明扼要地纠正说道："是师公，不是我们。"

于宜犹豫地说道："口诀只是表象而已，不是口诀驯服了蛟龙，而是……"他自己也迷惑得很，找不出恰当的表达来，"我们假设是口诀驯服了蛟龙，那这种驯服机制究竟是什么，这口诀是谁创制的，作为蛟龙怎么看待这口诀，它是把这口诀看作是另一种使它听得懂的语言么？而我们自己也不懂这语言是什么，怎么有信心说驯服了它？"

孙玥也有些迷惑，说道："口诀难道不是师公创制的么？看起来好像不是。"

"再有，我也不同意蛟龙成龙之后多半是恶龙的说法。"于宜飞快地插了一句。

"不是恶龙，难道还能是善龙？"孙玥有些气鼓鼓地问，但她带着笑容，觉得于宜的说法也并非荒谬，还很有趣。

"我看，咱们还是别讨论这个问题了吧。"于宜飞快地说道。

孙玥猛然抬头，见杜之谦和杨同兴两人迎面走来。杜之谦开口问道："别讨论什么问题啊，你们这边都检查完了么？"

孙玥看看于宜和王怜之，不答反问道："对了，你们没有听见刚刚峡湾那边发生的动静么？"

杜之谦说道："听见了，可是，我们的职责是检查这里。"

"但你一定好奇那里发生了什么，这样心有旁骛，一定会漏掉许多检查的地方。"孙玥说道，不自觉地在杜子谦那边找茬子。

杜之谦低头摸了摸鼻子，抬头对于宜说道："我没有旁骛什么的。飞云和影隼船和它们的资材，你都检核无误了吧？"

于宜迟疑说道："我们刚刚……去了峡湾那边看看，才回来，还没检查到飞云号。"

杜之谦也不说话，径直朝着飞云船龙骨走去，跳上船台，对固定船体的每根绳索都重重地拉拽了一遍，确认没有松动，接着跳下来，俯下身去对龙骨底部的每块殿木仔细地推拉。其他人见状也慌忙散到旁边几条船边，一一细致检查。检查完之后，他们把油布在每艘船的一头展开，拖曳着覆盖船只，用木钉将油布四角牢固地钉在地上，做完这些，才又纷纷聚回到杜之谦身边。

杜之谦看看人聚齐，表情严肃地看着众人，说道："上次岛上过飓风，毁掉霁云舰和春雨两条船，不然昨天往夷洲去的船队便可以多带去两百人。岛上的大梁木也是伐一根少一根了，这次要是再有损失，我们都脱不了干系！"

王怜之说道："没关系，我们还有罔象和委蛇，没准还有更多我们不知道的。"

他语气中略带着嘲讽，杜之谦脸上微微露出些愠怒，沉声说道："原来你们刚刚在议论这个。"

于宜赶忙说道："刚刚峡湾那边发出的声响，就是委蛇被惊，浮出水面来攻击躲藏进去的人们，还好明月及时赶到，把它安抚下来，不然难说会如何呢。"

杜之谦看了一眼孙玥，表情有些复杂，说道："这时候那里面人正多，幸亏你赶去了，别人大概还真的都不行。"

孙玥犹豫了一下，问杜之谦道："你觉得蛟蛇是通人性的，还是不通人性的？"

杜之谦摸了摸耳朵，说道："你知道，我不能回答这个问题，哪怕说自己的看法也不行，实际上，"他叹了一口气，又说道，"这东西本身是保密的，这下子被许多人看见，接下来不知道会有多少流言蜚语。"

当然了，他是杜子恭的亲孙子，虽然也和别弟子们一样称呼杜子恭做杜师公，但他也的确不合适表达对蛟蛇的看法。

孙玥也叹了一口气，说道："我裤子浸了水，拧也拧不干，我要先回去，可以吗？"

杜之谦点点头，说道："你先回吧，这里剩下的事情还有我们。"

孙玥嗯了一声，快步离开，心中想着委蛇的去向。

见孙玥走远，杜之谦对剩下几个人说道："我不是要堵住大家的嘴，但这个问题大家还是都别再惦记着了，岛上已经太多各种各样的意见，激烈得要爆掉。"

王怜之说道："其实大家都知道，只是没有今天这么接近过。我们听你的吩咐就闭嘴不说了，但是山洞里差不多有一两千人都看见了，能怎么样？"

杜之谦手指轻轻地敲着自己的额头，想了一会儿，才说道："可以解释为幻觉，许多人一起发生的幻觉，是我在那儿施放的幻术。事实上，在那么大的空间里，大约只有杜师公才能做到对许多人施法致幻，就当我夸张吹牛吧，勉强是说得过去的。"

"幻术好解释，可是当场有个人死了，这可怎么圆？"王怜之说道。

杜之谦一惊，说道："有人死了，有多少人？"

王怜之说道："至少一个人，沙滩上有血迹，人是被拖进了水中。"

杜之谦又敲着自己的额头，良久抬起头来，说道："这可为难，我回去好好想一想。"

他一抬眼，看见孙玥神色悻悻然地走回来，问道："你回来做什么？这里不缺你一个，我们差不多好了，好了就一同回去。"

孙玥口中嘟囔着说道："我才出门，便遇见了陈琨远远地从对面走来，我不想和他打照面，便回来躲一躲。你们也暂时别出去。"

杜之谦哦了一声，说道："好吧，那我们就多检查一会儿。"他便吩咐众人再对两条船做检查。

王怜之先听孙玥说要避开陈琨，已经不以为然，见杜之谦也附和，心中好奇，对杜之谦说道："你干吗怕他，我们干吗怕他？"

孙玥呼吸有些急促，不耐烦地说道："都说了你是小孩子，你什么都不懂。"

王怜之转头望向别人，见众人也都并不疑惑，明显和自己不同，心中更是不解，对着孙玥说道："我不信这岛上还有你爹和我爹，还有杜师公，他们解决不了的问题，难道这陈琨比你爹、我爹和杜师公都更厉害？他只是你爹的副手而已啊！"

他双手摊开，一脸的疑惑。

王怜之的父亲王道及是甬东岛上不言而喻的主人，带着最初的三十几家人从陆地渡海至此，在这里开辟出生计来，奠定了海岛的基础。他们人数不算多，但既是墨家的一个分支余脉，精于机关制造，逃到海上的十几年，改为专注船舶制造。他们又是当年横贯于陆上悲壮慷慨的乞活军余部，既有自强独立的信念，也有组织管理的规划谋略，在孙泰来到海岛之前，这里已经隐然是一个人口虽然很少，但独立的小王国。

孙玥的父亲孙泰本是天尊道在晋国的扬州治下会稽郡的一方祭酒，带着几千名被南迁来的侨民夺走土地的天尊道徒来到岛上，之后数年又陆续从陆地上导引来几万个天尊道徒，居住在甬东岛和周围小岛上。有了这些人口，建造船只，征募士兵，甬东岛便俨然百多年前汉中的张鲁政权一般。

杜之谦的爷爷是天尊道名师杜子恭，精通道法，影响力遍及扬州，更是岛上连接建康朝廷要员的枢纽，用怀柔之计，使晋国朝廷坐视甬东岛壮大，而不至于立即出兵讨伐。

他们三人，可谓是岛上的三巨头，虽然还没有具体的约定，但孙氏为主的天尊道徒为躯干四肢，王氏为主的乞活军为大脑，而以杜子恭为精神导引的结构大体分明。在这个架构里，仅仅是孙泰副手的陈琨的确占不了什么分量。

不过，孙泰和杜子恭两人都是象征性的领袖，平时很少管什么具体的事务。王道及主管实务之外，陈琨具备实职，算得上实务上的另外一极。岛上诸多事务，但凡和预期有所错失的，负责追究责任的人常常都是陈琨，有惩无奖，怕他的人众并不止这一群少年，只有王怜之没有感受而已。

王怜之停了一下，似乎想出什么道理来，朝孙玥趋前一步，说道："难道他胆敢意图对你做出下流的事情来，你不敢给你爹说，才这么怕他？"

第三节 窥 望

孙玥听了大怒，就要上前去揪打王怜之，这是他们更小时常有的事，但她似乎也意识到这是不妥的，便只是做了个吓唬王怜之的动作，半步也没迈出去。

杜之谦对王怜之摇摇手，说道："怜之，你别胡说八道了，明月说得对，你什么都不懂。陈琨是令人讨厌，我们还是都离他远点儿好。"

他对孙玥说道："那么，他是往议事大厅去了？"

孙玥心烦意乱地点点头。

杜之谦沉吟一下，张手示意众人跟着他。他走到工场边上一艘失火烧毁的战船残骸旁，这里距离议事大厅直线距离最近，但被工场的矮墙隔着，兼有船身阻挡，外面人看不见里面，里面人却可以看出去。

他把众人召集围成一起，说道："现在是岛上的关键时刻，他们几个人在议事大厅里开会讨论了几天，还没个结果。"

王怜之仍然是满脸不解，问道："我还是不明白，陈琨有什么好躲的？"

杜之谦没想到他还在纠缠这个话题，想了一想，叹息道："我也不知道该怎么和你说，你只要记住这一点就够了，不招惹他和怕他还是有所不同的。"

王怜之看了看众人，说道："难道你担心我们中有他的眼线？"

孙玥不满地说道："都给你说了，你什么也不懂，你为什么不闭上嘴！"

杜之谦制止住王怜之还要辩回去的意图，说道："眼下最重要的，就是他们在议事大厅里正讨论的，我们岛上的这上万人，以及周围岛屿上的上万人，乃至于还在大陆上的几十万天尊道徒，该往何处去的问题。这是事关许多人生死的问题，轻忽不得。简单地说，我们不可能再像现在这样下去了，既往南边派船去探索，又往东边海中探索，北边的岛屿又继续探索，还不时去骚扰一番晋国。这简直是混乱极了。"

跟随在杜之谦身边，一直没说话的杨同兴开口说道："是的，我也觉得应该选个方向全力以赴，现在四面出击，虽然常有好事，但从长远来看，和找死没什么区别。我不信我们都能看明白的道理，大人们却直到现在才知道不对。"

杜之谦扼要地纠正说道："不是不知道，只是相互掣肘的结果罢了。"

他立在船舵边，透过缝隙远远地望着议事大厅前的小道。众人茫然而紧张地盯着他看。

但小道上并没有什么异样，议事大厅外面看上去也是一副安静的样子。

良久，于宜开口打破沉默道："我觉得还是向南，往夷洲去比较好，毕竟那里已经有了立足点，有几百人在那边。他们探索了许远，发现大片可以烧荒耕种的土地，又没什么当地人，至少目前还没遇上。"他的这句话好像安慰了所有人，气氛一下子略微松弛下来。不止一个人轻声呼气，说出但愿孙王两位主事者也这么想之类的话。

王怜之说道："我也想过这个问题，孤注一掷地选择一个方向未必妥当，或许最后是你们天尊道向南，我们乞活军向北。"他停顿一下，发现不妥，又说道，"不对，我也是天尊道弟子啊，说起来乞活军那边只有我爹和我姐姐了。"

孙玥说道："如果真有这么回事，我去陪芹姐姐到北方去。"

王怜之口齿伶俐地反驳道："你刚才才说要收拾她来的。"

孙玥怒道："我要收拾的是你。"

王怜之说道："你都说我说晚了。"

杜之谦叹了一口气，说道："你们俩别总是拌嘴。恐怕你们都说错了，我们既不会去夷洲，也不会去那北方的岛屿，那儿可能就是扶桑，是有人居住的。我听说他们还是更倾向于回到西方的陆地上去，在陆地上占据一块地方，建天尊道的国。"

杨同兴说道："返回陆地上其实也不错，只是陆地上要么归秦、要么姓晋，哪儿还有地盘让我们去占呢？"

杜之谦说道："现在来说自然没有。返回陆地，无非就是要么向秦国投靠、要么向晋国投靠。在血缘文化上，我们和晋国原本是一体，和秦国略有不同。我们本来都是南人，是在司马家的治下过活不下去了才逃出来的。而我们的理想原本是要建立一个平等自由的国家，回去的话，这是要放弃么？"

王怜之道："我家是从北方而来，不过从未做过秦国的人民。"

于宜说道："若是要和他们两国分别去谈，我看我们还是要有个字号才好，现在岛上连一面统一的旗帜也没有，别人问起来，你们头领是谁，还勉强可以说姓王。但别的什么都没有。一群流民去谈归顺，和一支队伍去归顺，可完全不同。"

杨同兴笑道："谁说没个字号，我们名声在外的有个水官大帝，不知具体指的是杜师公还是明月的爹。"

于宜撇嘴说道："水官大帝的说法不过是骗骗人罢了。"

孙玥冷笑道："人说望风而降，你们这些人，连风还没望到，自己便要想找个主子投靠了。"

她这话一出，场面一下子僵硬下来，孙玥之外的人先面面相觑，又一起看向杜之谦。

杜之谦说道："明月说得没错，是我们在胡说八道。怜之的爹爹铁骨铮铮，最早逃来海岛，开辟出这一番事业；明月的爹爹和杜师公都深恨晋国，这岛上的人，还有许多已经前往夷洲的人，都是受晋国的侨官压迫，以及感慕天尊道的道，才从各地辛苦辗转而来，他们是断然不会再投降晋国。"

杨同兴说道："我也是乞活军的后代，乞活军只不过想活下来而已。"

孙玥瞪了他一眼，对着杜之谦说道："你前面也说了，他们还是想返回陆上去。我们有不同意见，可以反对的么？"

杜之谦沉吟一下，说道："是有人这么想来着，但杜师公大概并不赞同。"

王怜之说道："那么是谁在这么想？不是我爹，我爹断然不会这么想。"

孙玥愣了一下，说道："你们两个这么一说，难道这样主张的人是我爹？"她有些悻悻然的，顿了一下，才接着说道，"我也不信。"

杨同兴说道："不如我们还是别说了，等结果就是了。"

杜之谦有些尴尬地说道："是我不好，我自己关心这个，就把大家引导到这儿来了。"

一个细声细气的小孩子声音在众人身后响起："辛苦我找了半天，原来你们都藏在这里！"

众人吃了一惊，转身一看，都认得是萧乾，杜子恭收的关门弟子，今年才七岁，烂漫可爱，他常随在杜子恭身边，最得师公的宠爱。

杜之谦轻声责怪道："岛上马上就要过台风了，你怎么到处乱跑？"

萧乾说道："师公见你们不在，才要我出来找你们的。"

杜之谦说道："我们在船场检查防风防火，忙完了便回去。烦请你先回去通报师公一声，免得他担心。"

萧乾摇头说道："师公要我将你们带回去才行。"

杜之谦无法，对众人说道："既然各位自信检查无误，那我们便赶紧回去。"

杨同兴忽然手指向大厅处，说道："嘘，大家仔细听，那边有动静了。"众人皆耳朝着那个方向仔细倾听，眼睛紧盯着大厅正门。却只听见有人声，听不见说的是什么，人人均想，这里距离大厅有十余丈远，能听见声音，大厅内吵成何种程度可想而知。

大厅大门被猛地打开，一个人气呼呼地走出来，重重地把门摔上，径直而去。王怜之有些颤声地说道："那是我爹。"

众人也都看见，惊诧，随即望见又有一人从里走出，那人走出来之后，看上去有些心绪茫然，在门前立了一会儿，又回头往大厅中看去，摇了摇头，这才晃晃悠悠地往外走去。

孙玥心里念叨："这是我爹啊，可别有什么事情。"她看了一眼众人，众人也都关切地看着她。

除了萧乾不明所以之外，每个人都在想，真实情况可比自己想象的要复杂得多，刚刚自己所说的话，和眼前看到的情况相比，多么羞愧。

杜之谦领着大家回到岛上北边山崖下的名师府中，此时风已疾劲，吹得谷中呜呜作响，像是有永不停歇的纷乱号角，又像是鬼哭狼号，众人心中都沉甸甸的。但此刻杜子恭并不在名师府内。

萧乾奇怪地说道："我出门的时候师公明明还在，他要我速速找你们回来的，我可没对各位妄语。"

杜之谦摸摸他的头，表示安慰。

几个人忐忑地等了许久，仍不见杜子恭回来，杜之谦见天色渐晚，风声更为凄厉，暴雨将至，便吩咐大家返回自己家中。

他们都是岛上首领或将领的子女，家都安在岛屿的避风处，对抗风雨不成问题。几个人一起出了名师府，穿出山谷。待到和杨同兴、王怜之分道扬镳之后，孙玥对还跟着自己的于宜说道："今天你可别再送我了，我一个人回去。"

于宜愣了一下，问道："为什么？"

孙玥向前走了两步，说道："我这会儿心情不大好。"

于宜追上来两步，说道："是为了你爹和王怜之他爹争吵的缘故么？"

孙玥有些冒火，说道："我们并没看见他们争吵啊。"

于宜说道："对，都是我们猜想的，所以不用为这个想得太多了啊。"

孙玥叹了一口气，说道："有些事情，你不太明白，你和王怜之一样，很多事情都不懂。"

于宜指着孙玥家的方向，迟疑着说道："我家也在那边儿的。"

孙玥像是为难他一般，说道："你略微绕一点儿回去吧。"

她有些气鼓鼓地转身快速地走，走了一会偷偷地望回去，见于宜还愣在原地，并没跟上来，这才放下心来。

第四节　太上不能忘情

回到家中，孙玥看见父亲一个人在中厅呆坐，面前案几上摆着酒盏，没有菜，坐在垫上，一手撑在案上，低头沉思，像是泥塑一般。

孙玥想起过世的母亲曾经给她说的，父亲每有这样的姿势，说明他郁烦至极，他又不懂纾解，最是折损他自己的身体。

她悄悄地走到父亲身边坐下，给自己也斟了一小杯酒抿了抿，问道："女儿今日在船场帮做防风的事情，看见王叔叔暴跳如雷地从大厅走出来，随后看见爹爹也出来了。爹爹和王叔叔是不是闹什么别扭？"

孙泰脸上阴晴不定，迟疑了一会，才说道："你王叔叔暴跳如雷倒是有的，不过事情和我无关。"

孙玥哦了一声，心情略微放松，接着问道："但爹爹你也是失魂落魄的。"

孙泰强笑着说："真的有那样显露在外了？我的涵养修为被你诋毁得可不轻。"

孙玥抿了抿嘴唇，对孙泰浅浅一笑，说道："那王叔叔究竟为何那样失态，说起来他是这岛上的主人，我们其他人都是寓居在这里的，是谁惹恼了他？我们要为此而担忧么？"

孙泰不答反问，道："明月儿，你在这岛上的少年中，可有喜欢的人？"

不知道从什么开始，孙玥已经预计到父亲某个时刻会对她问出这个问题来，她也有自己预备的答案，不能说全无准备，但这下孙泰真的问出来，她仍然一下慌了神，心头扑扑直跳，脸红耳燥，不知从何说起，停了一下才说道："这要看爹问这个问题做什么。"

孙泰伸手握起酒盏一饮而尽，鼓起勇气问道："明月啊，我的明月儿，你觉得怜之那小子如何？"

孙玥听了心中一腔热血涌上来，眼前发黑，她脑子转得极快，马上把许多事情关联在一起，但这关联让她伤心欲绝，她嗓子一下子哽咽，问道："难道王叔叔是因为不喜欢我，觉得我配不上王怜之，才那么暴躁的么？"

孙泰有些惊诧，愣了一下才说道："我刚说了，你王叔叔的气恼不关我的事，自然也便不关你的事，难道你的事情不是我的事情？"

孙玥刚刚觉得自己仿佛被抛上如山高的浪尖，听了孙泰这话，方又轻飘飘地落回地面。但她的眼泪已经不自觉地流出来，抽泣着说道："王怜之比我小，我当他是弟弟，我可不会喜欢他。"

孙泰叹了一口气，说道："这件事和你王叔叔发脾气无关，但也可说有关。"

孙玥抬起头，怔怔地望着孙泰。

孙泰倒了半盏酒，灌进喉咙，才说道："今天本来我与王怜之的父亲，以及几位祭酒一起，商讨如何加快建船的事情，岛上食物和用度都不足，要加快朝夷洲大营转运人口的事情，那边也需要增派战士保护。途中陈琨加入进来，本来也讨论得好好的，陈琨忽然大叫一声，晕厥在地。"

孙玥稍微猜到接下来会如何，低头把玩酒盏，并不说话，只是听。

孙泰接着说道："我们几个大惊，正要施救，他悠悠地醒转过来，只是醒来的却不是他本人，声音不像平日的他，口气也不像，说的话更不像。他自称是太上老君，像太上老君附体一般，咿咿呀呀地说了许多我们不懂的卜卦之辞。你想以你爹的修为，居然十有八九都听不懂，可偏又听得出并非胡诌，由不得我不信。最后他念了一段偈语，这短偈语却清清楚楚，不仅说得清楚，还挥笔写了下来，说什么'仙山路迢，水舸难浮，返身是岸，再起重华，老树新枝，芹配蓝田，如琢如磨，玥与怜之'。说完，便又倒地晕过去，醒来之后，还问我们发生了什么事情。"

孙玥有些迷糊，最后一句她听明白了，可是前面还有许多疑问，便问道："仙山路迢，水舸难浮，是喻晓我们不要渡海去夷洲么？"

孙泰点了点头，说道："不错。"

孙玥想起在船场杜之谦与于宜的话，不由问道："那我们该往哪儿去呢？"

孙泰没有回答她的问题，而是自顾自地说道："我瞧着陈琨晕厥过去的模样，倒不像是装的，附身传偈，原是我天尊道内的最高秘法，除了杜师尊与我之外，外人并不能知道其细处，做不得假，但陈琨晕厥之后的一举一动，和秘法所记，分毫不差。照我看，倒像是真的。"

"爹你自然不会编排，但会不会是杜师公授意陈琨……"

孙玥话说了一半便停下，她知道杜师公并不喜欢陈琨，相比于自己的弟子孙泰，杜师公和王道及更投契得多。他们两人更想泛舟于海上，在海外寻找一个去处，建立独立的王国。反倒自己的父亲才是一直以来畏惧渡海，想要回到大陆上去的人。所以，如果说这个偈语是为了让岛上的人们做出返回大陆的决策，自己的父亲最有这样作弊的动机。而陈琨是他的副将，则进一步提高了这个可能性。

她又想，若是作伪，痕迹未免太显然了一些。父亲虽然是天尊道此刻在岛上最大的那个祭酒，可也只是一名祭酒而已，席间如他所说，还有好几位祭酒也在，他们难道看不穿其中的花样？但假如，有那么一丁点真是如此，父亲为了反对渡海，居然将自己编排进故事去，这……她想到这，不由得眼泪又落下来。

孙玥心中两个小人交战，左右为难，为父亲辩护的那个小人略微占了一点上风。但如果并非父亲作弊，那么就要承认这个附身传偈是真实的，如果偈语是真实的，内容就不得不认真对待了。

孙泰见孙玥埋头哭泣，开口问道："你定是怀疑爹串通陈琨来作弊对不对？"

孙玥抬起头，泪眼婆婆地望着孙泰，说道："我想您是一定不会把明月儿牵扯进来的。"

孙泰叹了口气，说道："我自然不会。不过既然我们已经说到这里，你王叔叔大发雷霆的缘由便也可以讲给你听了。他就是听了我给他解释偈语时暴怒的，大概偈语的内容让他没法接受。我预料到这一点，但偈语说得太直白，让我从中转圜的余地都没有。"

孙玥低低地问道："是芹与蓝田这句，关于令芹姐的事情么？"

孙泰又是迟疑一下，才说道："蓝田是一个人，你不知道是谁，若是知道，你恐怕也会……"他没能找到一个词来描述，便卡在这里好久，他最后直截了当地说道，"蓝田便是你杜师公。"

孙玥愣了一下，讶然失笑，她瞬间想明白了许多事情，对孙泰说道："太上老君是神仙，好容易才下凡附身一次，居然为了安排令芹姐嫁给杜师公，让我去嫁给王怜之？这两个人的嫁娶，居然和岛上大事关系在一起，这个太上老君也太不像神仙了。爹，你们不觉得这很可耻么？"

孙泰面上又是委屈，又是愤怒，又是惭怍，但他压抑住自己明灭不定的情绪，沉声说道："不许妄言。假如天机真是如此，你能怎样！"

他停顿了一下，使语气缓和些，接着说道："男娶女嫁是小事，也可以是大事。寻常人家的男女嫁娶只能影响自家人，连邻居也影响不到，自然是小事。但王家和我们家的嫁娶，就不只是两家人的事情，是两家的正式结盟，会影响岛上和海上几千家人的命运，为何不能和岛上事务关联在一起了？你对天尊道的学理理解近乎为零，你对成年人的事情也不大理解。"

孙玥对王怜之没什么不满的，如果说这世界上有什么是不言而喻的，她和王怜之的结合就是某一种的不言而喻。此刻被点穿，惊讶也好，羞涩也好，不安也好，但总之这是对所有人有益的。即便王怜之的年龄比她略小，心性还不沉稳，而她先进入了对男女之情有所体味的阶段，这是不那么匹配的地方，但她谈不上有意中人，于宜并不算，即便他很明显地在试图讨好她，这都不是什么大问题。问题并不在她和王怜之身上，而在于王令芹，她将要面对一个不言而喻的耻辱的未来。

孙玥内心愤恨地想，最重要的是，究竟是谁，为了什么而这么做，不惜同时污辱一个少女、一个父亲，以及一个德高望重的老人。

她想不出有谁会这么做，可以这么做，愤恨的焦点渐渐聚集在一个人身上。她面带讥诮，笑着说道："天机？是杜师公么，一百几十多岁的人了，倒要娶一个十七八岁的小姑娘，就是这样的天机么？你们这些大人，要达到自己的目的，装神弄鬼，做事忒也无耻了些！王叔叔辛苦养大的女儿被你们这么糟践戏耍，他怒得对，换了我，我也要和你们翻脸，把你们一个个都赶出甬东岛去！"

孙泰有些慌张，又有些恼怒，沉声说道："你在说什么！"

"我说你们都是骗子！"

"啪"的一声，孙泰不假思索，挥手一记耳光，重重扇在孙玥脸上，斥责道："住嘴。"

并不仅仅是为了父亲这一记耳光，还因为别的什么，怒气瞬间胀满她的胸中，孙玥立起身来，手撑在案几上，对着父亲不顾一切地喊道："你们这帮人，无耻，无耻，无耻，无耻，无耻！"

孙泰脸色怒意陡增，重重一拳击打在她的脸上，孙玥整个儿地飞了出去，摔在两步之外的地上。

她有些意外自己居然没有晕过去，脸上火辣辣地疼。她瘫软在地上，面贴着地，眼中只看到案几的脚，口中仍然无声地喊道："无耻，无耻，无耻，无耻。"

委屈与绝望如潮水一般将她淹没，但她被愤怒所阻隔，哭不出来。

第五节　善心恶念

孙泰手足无措地站起来，转身找出一捆绳索，将孙玥抱到她的房间，捆在床头。

他静静地守在孙玥身边，待她看起来平静一些，才说道："这件事，没有人想要这么做，你说的无耻，就太过了一些。王怜之是王叔叔收养的儿子，令芹却是他亲生的女儿，你也是我亲生的女儿。你若不想嫁王怜之，我便不奉真君的谒，总会找到法子来应对的。"

孙玥冷冷地看向一边，不去看父亲，也不说话。

孙泰又说道："你王叔叔是个英雄，他虽然一时愤怒，回去之后也会冷静下来，认真思考一下他可以做的选择。他可以来和我协商，一起找出解决的法子来。"

孙玥心里忽然奇异地一跳，但她仍然忍住，只是目光转向父亲，想看清他说这句话时的表情。

孙泰沉默了好一会儿，他在揣摩孙玥所想，说道："你还是在怀疑我操纵了此事？我没有，不是我。"

孙玥眼睛明亮亮的，她不记恨父亲刚刚打她，开口说道："我不信太上真君会做这样的事情。任何人都不会相信，任何正常的人都不会相信这一点。"

孙泰叹了一口气，说道："你还没有完全冷静下来，这么说实在有很大的偏差。也许有人不信，但也会有人相信。"

"会有笨蛋相信的，也会有明眼人不相信。"孙玥说道，她觉得自己的话大有可议之处，但在这个时刻，哪儿能完全妥当地说话呢？她期望父亲能够把握她质疑的合理性就够了，有没有人相信哪里重要，有没有人不相信才重要。

"岛上的人都信任我，这会儿，只有你不信任我；我也没有必要做这样的事，尤其没有必要把你牵涉进来。"

孙玥心里焦灼地想要大声呼喊，可被绳索捆绑着，她不想自己挣扎得难看。

"你不同意我嫁给王怜之还不够，那不够洗刷你的清白，"孙玥愤恨地说道，"最好的证明方法是，你去把陈琨杀掉。"

孙泰的目光一下子冷下来，他盯着女儿，好一会儿才说道："太上真君附身在他身上传偈，只怕现在他要杀我，我也不敢反抗。"说着，他再检查了一番绳索，他要绳索系得牢靠，又担心勒得太紧，使女儿难受，"王道及容易做些，他不是我天尊道弟子，他自可不必奉真君的偈。但此事一出，这岛上的家，可能就不能像以前那样亲密，不得不分开一阵子了。"

孙玥听见"分开"二字，心中咯噔一下，先前她内心狂怒时，摆在她心中各处的小物件腾空而起，在空中相互碰撞、翻飞，当她平静下来，所有东西也慢慢地落回到原来位置，什么也没损坏，看起来只要重新整理就可以完全恢复原状了。她冷静地把所有事情聚拢在一起，细心地梳理其中的关系。

"此事杜师公知道了么，他怎么说？"孙玥问道。

"杜师公当然知道，当时他就在议事厅中。他说什么有什么用呢，他不会像你一样质疑这是有人作弊。如果说有人作弊，他自己第一时间就会想到我，但他并没怀疑我，我看得出这一点。"

孙玥哦了一声，她忍住了要说出杜师公本人也有嫌疑的话，而是说道："怪不得我们回去找不着他，原来他就在那里。"

她想起白天峡湾里的腾蛟来，对孙泰说道："爹，你知道罔象和委蛇么？"

孙泰见孙玥忽然转向其他话题，虽然有些奇怪，也觉得这样很好，说道："我怎么会不知道。我至少是第三个知道杜师公在豢养这两只怪物的人，你起码排在十名以外去了。"

"今天委蛇的牧奴在放牧时，一个不小心，让委蛇蹿到了水面，正好在峡湾的山洞中，被许多人看见了，还咬死了一个人。"

孙泰手抖了一下，神情不变，说道："居然有这样的事情，我倒不知道。"

"是我赶去念咒平息了委蛇的惊恐，让它又潜回水中。"

孙泰脸上浮现出赞许和感激的神情来，说道："很好，不然麻烦可大了。"

孙玥已经完全镇定下来，说道："爹，我刚冷静下来，又想了一下，觉得这事情没那么委屈了。我是为令芹姐姐抱不平，但杜师公也未必会按这个偈语去做，他那么大年纪了，对不对？王叔叔也是大可以拒绝的，杜师公不能拿他怎么样，谁也不能拿他怎么样，对不对？"

孙泰有些违心地点点头，说道："也许吧。"

孙玥接着对孙泰说："毕竟我们是客人，王叔叔他们才是主人；从来只有客随主便的道理，没有反过来的。"

她甚至露出微笑来，对孙泰说道："爹，我哭完了，我不再乱闹了，你给我松绑好不好。我想去找芹姐姐，陪她说会儿话，她是我最要好的朋友，她要是知道自己……现在该有多难受啊。"

孙泰一边伸手抚摩孙玥的脸庞，一边说道："明月，你这样善良，就像你娘一样，自顾不暇，还想着别人，爹这一点不如你。"

他迟疑了一下，还是将孙玥身上的绳索解开，"台风快到了，你还是明天再去吧。"

孙玥从床上跳下来，她用力揉搓脸上的伤痕，虽然很痛，但这么做是为了不留下瘀青。

孙泰看了，深觉自己刚刚过于冲动，歉疚地说道："明月，对不起，爹不该这么对你，这真的是最后一次了。"

孙玥回头冲着孙泰微笑了一下，什么话也没说。

她急急地换了襦裙，梳头洗脸，揣着一点糕饼，披上蓑衣便跑出家门。孙泰看着她忙碌，不住猜想她究竟准备做什么，是如她所说去安慰王令芹，还是其他什么人，他都觉得没法确定。他想把她拦下来，觉得狂风大雨、天黑路滑，怕有意外，可又觉得此时拦住她，只会适得其反。

他还有一点点贪心，觉得事情未尝不会朝好的方向发展；附身传偈，上一次都是三十几年前的事情了，顶好的是一切事都按太上真君的安排来。

此时天色已经全黑下来，雨水淅沥沥地下。孙玥提着灯笼，深一脚浅一脚地顺着大路，来到半里外一处大院的外面，并没有去敲门，而是绕到院子后面，身体倚靠着一棵大树，对着一扇点亮烛光的窗口里面的一个人影，心绪激荡，自问自答，不知不觉间伫立了许久。

待里面的人吹灭了蜡烛歇下，她这才又朝着另一个方向走去。走了许久，来到岛上高地鞍处的木屋区，这里是孙泰从他的祭酒辖区带来的最初那批一百多人的驻地。

她走到一排木屋的后面，在地上拾起一颗石子朝其中一扇窗户扔去，"啪"的一声。

过了一会，那扇窗户被撑起来，露出一个人的脑袋朝外张望，借着灯笼的光亮，看清楚窗下立着的人是孙玥，那个人大吃一惊，骨碌地便从窗内翻出来，慌张地摔了个跟斗，落在草丛中，乱滚带爬地站起来，笑着说道："怎么是你。"

孙玥盯着眼前衣冠不整、满脸泥水的于宜，开口道："我要你帮我做一件事。"

于宜沉吟了一下，笑容收起，说道："好，是什么事？"

"白天的事情你知道，我要去杀那个陈琨，我要你助我一臂之力。"

于宜呆了一下，有些迟疑地说道："陈琨是你爹的副手啊，你要杀他，你爹那里知道了么？"

"我一人做事，决不连累到他身上。"孙玥接着补充了一句，"也不会连累到你身上，我只是让你帮手，你不需要露面。"

"对了，白天的事，白天发生了什么事？"于宜这时候才醒悟过来。

"呃，"孙玥一下子语塞，她既没法给于宜说她父亲讲述的议事厅中所发生的附身传偈，也没准备好编一个说得过去的谎话。

"你是认真的么？"于宜没有要追问的意思，他轻轻地问道。

"当然是认真的。"

"我会帮你，"于宜说道，"但陈琨那里戒备很严，你想要怎么杀？"

"夜里也不怎么严，我使出幻术困住他，伺机动手，你便在旁边留意，看我有没有失手，有没有惊动旁人。如果我一个人困他不住，你再出来帮我朝他胸口补一刀。"刚刚在王令芹窗下时，孙玥思索过这个过程，好像在她眼前演过一般。

于宜觉得浑身发冷，说道："然后呢？"

孙玥接着说："然后我们各自回家，装作什么事情也没有。"

"如果我们被发现了呢？"

孙玥傲然地说道："你放心好了，我都揽在身上，这事情本来就是我一人之事，我不怕后果，只担心我一个人应付不过来，杀不了他，那可不甘心。"

她从袭衣内摸出两把尖刀，递一把给于宜，有些凶狠地说道："希望你不要害怕才好。"

于宜犹豫了一番："不行，我要和你一起担责，我才答应做这件事；而一起担责的话，你必须告诉我杀陈琨的理由，否则我不仅不帮你，我还把你捉去，交给你父亲。"

他见孙玥露出不快的神色来，赶紧又补充了一句："你可以骗我，我就是要一个理由。"

孙玥轻轻地摇头，说道："你不爱去，就不去吧，我一个人去就是了。"

她轻巧而决绝地转身。

于宜什么也没想，立即跟了上去，走在孙玥身边，好像自己刚刚根本没有要挟过她。

第六节　摄魂夺魄

雨点打在屋顶，在瓦片间流淌成河，冲落在屋檐下的石头上，发出哗啦啦密集如织的声响，平常海岛上遇到这样的天气陈琨睡得格外安稳，今天却无法入睡，心事重重地盯着窗外。

陪寝的侍妾一觉醒来，如往常一样去给他压掖被角，见他还睁大着眼睛，柔声问道：

"老爷要不要热些汤水来喝？"

陈琨唔了一声，侍妾便穿衣下床去，点上油灯，拨了拨炭盆，让火燃得更旺一些，然后出门，不一会儿，端来一碗加了干桂花的蜜糖水，陈琨半坐起来，接过喝了半碗，正要夸耀侍妾的体贴，忽然嗅到一阵异香飘来，并非碗中的，便问道："现在是什么时刻？"

侍妾转身出去，看了看房外的漏刻，回来说道："差不多是子时三刻左右。"

"平常这个时候猫可叫唤得厉害。"

"想必是各自找着伴儿了呢，就不叫了。"侍妾笑着说。

"差不多是这个时刻了。"陈琨有些紧张。

"这个时刻，是什么时刻？"侍妾好奇地问，她一边说着，一边预备再解衣上床。

陈琨摆了摆手，示意她不要问，制止她上床来，说道："你回自己房间去睡，把门窗关得紧紧的，听见什么动静，只管不理会。"侍妾吃惊，哦了一声，也不多问，赶紧把床上自己的衣物抱在怀里，走了出去。

过了一会儿，她又走进来，怀中抱着的衣物都不在了，手中反握着一把尖刀，另一只手背在身后，立在陈琨面前，定定地看着他。陈琨怀中已经抱着一柄朴刀，薄被被蹬到了床下，也冷眼地看着她。

侍妾开口问道："你拿着刀，是要杀我么？"她的声音仍然是柔柔的，语气有些生硬。

"你是谁？"陈琨反问道。

"我是……我是被你害死的人的冤魂。"侍妾稍微犹豫了一下。

"我从军快二十年，杀过的人数以百计，冤魂是不少的。除非你说出个姓名来，我才信你真是被我害死的冤魂，而不是有人装神弄鬼来害我。"

侍妾语塞，停了一停，才说道："你今天才装太上老君的鬼来害人！"

陈琨脸上现出痛苦之色来，他轻轻地说道："我没装真君附身，那是真的。"他接着说，"我昏迷了，什么也不知道，不记得了，发生的所有事都是别人告诉我的。"

"昏迷了？"

"这还要解释么？"

"并不需要。"侍妾向前走了两步，站得离陈琨更近，她的手仍然背着。

"王家那姑娘不是天尊道的门徒，不会懂得这摄魂的法术，你是明月吧？"陈琨猛然说道，他整个身子都绷紧，预备着面前的侍妾突然扑上来。

"是又如何？"

陈琨仿佛笑了一笑，说道："你还是个孩子，不明白其中的隐秘所在。"

他仔细地看着这名侍妾，既想要看出附身法术有何特别，又想始终不流血地化解干戈。

他的侍妾有好几个，一时想不起这个的名字来，但睡之前他们亲热过一回，他的欲望发泄在她身上，摸索过她身上的肌肤，高耸的或隐秘的，进入过她的身体深处。他精力旺盛，肆无忌惮地蹂躏她，她也全力迎合。他脑子里想着孙玥稚嫩娇俏的模样，和面前这具艳丽肉感的躯体重叠起来，别是一番意味，这是他平时在她身边经过时从未敢于这么做的。他想到这一点，为自己的邪恶想象感到微微得意。

"什么隐秘的所在，你在笑什么？"

"岛上的大事向来由黑豆投壶来决策，现在他们想抛开这个方式，所以联手设了这个局。"

"什么叫黑豆投壶？"

陈琨察觉到自己的欲念在消退，而同时不流血的可能也在增加，轻吁了一口气，说道："简而言之，岛上之前二十几个人手中都握有黑豆，重大事情需要共同决议，议定而后决。而议定就是靠计算投往瓦壶中的黑豆数量，来确认哪一种意见占了上风。虽然孙家和王家本就是岛上最大的两家，但大概他们还不满足，所以要通过婚姻结为更加紧密的一家，才有今天下午这样的闹剧。两家联姻之后，你爹就是最大的受益者。"

他望着侍妾的表情变化，才接着说道："你难道没有想过，此时你做的，就是下午有人对我做的。而那个人，不是杜师公，就是你爹。"

侍妾怒道："你胡说八道。"

陈琨笑着说道："是不是胡说八道，不久之后便可以见分晓，等等看怕什么呢？"

侍妾哼道："你哪里还有什么以后。"说着猛地上前一步，挥刀便向陈琨胸口刺去。

她出手极快，陈琨已经稍微放松了警惕，未料到她突然发难，身子向旁边一滚，仍是未能完全躲开，被尖刀撩破手臂。他不暇多想，挥刀朝对手手中的尖刀荡去，却打了个空。

侍妾一击不中，鬼魅地一笑，调转刀口奋力朝自己胸口插去。陈琨大惊，下意识地撒开朴刀，翻身伸手去抓侍妾手腕，但是没抓住，眼见着尖刀"噗"的刺入侍妾胸膛，鲜血飞溅他一脸，他腿一软，两人一起跪倒在地。

陈琨正茫然间，侍妾先前藏在背后的另一只手中的刀轻轻挥出，如切豆腐一般，切过陈琨的喉咙，先是脖子上的一条红线，随即鲜血喷涌而出。

陈琨愣了一下，喉咙中闷吼一声，张开双臂，将侍妾抱在怀中。侍妾的身体将他撑住，两人便跪着立住，一动不动了。

孙玥和于宜藏身在庭院当中的大树里，见陈琨中刀，孙玥便要跳下，于宜张开手臂挡住她，悄声说道："此事有些不对。"

孙玥才施了摄魂法术，头昏眼花，手软脚麻，用力推了于宜两把推不开，只好低声问道："有哪里不对了？"

于宜说道:"他刚刚说,他没装真君附身,又说这是杜师公做的。"

孙玥不解其意,呛道:"这话我也会说啊。"

于宜说道:"依然不对。"

孙玥见他态度坚决,便藏身回树丛间去,一边仔细观察院内的动静,一边问道:"那你说,到底有哪里不对。"

"是你让那女人自己刺自己的?"

孙玥虽然惊诧,还是想了一番,说道:"动作太快,我不记得了;但我既然控制着她,自然是我做的决定。"

于宜面色变得有些恐惧,说道:"我一时心软,没坚持问你为何要杀陈琨,还以为只是你一时之气,但这事情和杜师公扯上关系,会不会真的和杜师公有干系?"

孙玥四下又望了一遍,庭院里一片寂静,睡在外边厢房的值守守卫毫无察觉,这才说道:"杜师公要杀陈琨的话,倒是洗清了他的嫌疑。"她这句话一说出口,忽然觉得这话才真正大有可议之处,脑子里顿时一片混乱。

"不管怎么说,你还是得手了,我们赶紧回家吧。"

孙玥先前还不觉得,经过于宜一问,回忆其杀死陈琨之前他说的那些话,顿时觉得这事并不简单,确实有许多事令她更困惑了。

她默默地跟着于宜从树上走到墙头,再从墙头跳下。两人悄悄地溜出陈家宅院,各怀心事地走了许久,来到一处,这里是他们平常从名师府回家路上分开的地方。两人站住,都觉得此时道别不同以往。

于宜看着孙玥,问道:"陈琨怎么也算是一号人物,你说明天岛上会不会乱上好一阵子?"

孙玥沉默了一下,说道:"我不知道,大概不会,但愿不会。今天能顺利得手,我要谢谢你,如果不小心留下了什么蛛丝马迹,你也放心,我一人担责,不会连累你。"

于宜摇摇头,说道:"不是说好了,我们一起担责的么?"

孙玥面色有些惨淡,轻轻摇头,说道:"你不懂,我就算被发现,受惩罚的只是我一人,不会连累到我爹和哥哥们,而如果你被牵扯进来,你的责任大概比我更大,受惩罚的恐怕不止于你一人。"

于宜被噎住,说不出话来。

孙玥走近一步,拉起于宜的手,说道:"明天见。"

于宜身躯一震,手就要抽回,但还是忍住了,有些扭捏地说道:"明天见。"

孙玥身子转了一半,脚下没动,又说道:"还不知道明天,风暴会不会过去。"

于宜问道:"你是说从海上来的风暴,还是岛上自己的风暴?"

孙玥叹了一口气，没有回答他的问题，而是说道："多谢你陪我来做这件事。"

于宜微笑着说道："你来找我，我很感激。"

孙玥低头轻笑一下，又收起笑容，说道："接下来岛上或许会发生一些事情，不是关于陈琨的事，而是关于更多人，很重要的事情。这些事我们都没法自己做决定，为什么会那样也超出了我们的理解力，或许很荒谬。那时候你才懂得我这时的心境。你对我的好，我会一直都记得。"

于宜默然，他隐隐感觉到更大的风暴隐藏在暗中，而孙玥并没打算提前告诉他，过了一会儿，他才说道："我也没怎么对你好。"

孙玥仿佛轻松了一些，她撤回了手，说道："我知道。"

于宜抬起手，做告别的手势，食指和中指并在一起，搭在鼻尖，孙玥则是右手放在胸口，低了低头。虽然只是一瞬间，两人均觉得时间慢得如同过了许多年，各自转身的时候，才觉得松了一口气。

第七节　皎皎者易污

中道而别，各自回家，孙玥脑子里关于于宜的感伤很快便被刚刚刺杀陈琨的情景所取代，她回忆杀死陈琨的过程，仔细想其中的问题所在。快要到家的时候，她又忽然被另一种左右为难所控制住，不知道是该真的悄悄回家，当全然没有这件事，还是回家之后给父亲和盘托出，让他提前做好应对。

她又想起王令芹来，刚刚她在王令芹房间外默默望着她，猜想她已经听说了这件事后的心境如何；她投射在窗纸上的影子看起来还是很平静，像是大海一般沉静无波。

她喜欢王令芹，像一个真正的妹妹那样倾慕自己的姐姐，愿意为她做一切事情，但她实际做的却只是孩子气地去把带来这个坏消息的陈琨杀死，而对她未来将面临的处境，嫁给一个糟老头子，哪怕他德高望重，在众人心目中宛如神一般，这也是极为糟糕的，并没有一分一毫的帮助。

此时已经接近黎明，她所梦着的梦，是一个噩梦，还是美梦？

她胡思乱想，百结莫解，脚步仿佛都搅拌在一处，不知该往哪里去，忽然觉察到身后有人。她转身看去，吓得浑身哆嗦，竟是杜子恭师公背着双手，不远不近地立在路中望着她。

杜子恭身材魁梧，面容威严，身披一袭青灰色的鹤氅，在路中立得笔直，倒像是一直矗在那儿，绝非悄悄地跟在后面。孙玥犹豫了一下，还是走到杜子恭面前，恭敬地称呼道："师公，明月有礼了。"

杜子恭眉头微皱，开口问道："你气愤陈琨假借老君之意，为你和王令芹胡乱强行婚配，所以夜里悄悄潜入，用幻术来杀他？"

孙玥不敢撒谎，垂头说道："是。"

杜子恭接着问道："你已经得了手，接下来打算怎样？"

孙玥说道："弟子激于气愤，还未想好便动手了，不过弟子猜想还是应该给我爹坦承，早做准备，我也愿意接受惩罚，不然岛上恐怕有一番内乱。"

杜子恭点了点头，说道："得手之余，其实你心中也不免猜想，恐怕此事并非由陈琨而起，而是我在其中作祟。只是你不知道我是想干预岛上事务，还是我为了我个人的淫欲之心。"

听了师公这番话，孙玥心中一阵慌乱，她很想抬起头来，看着他的眼睛，大声地对他说："以你这样的年纪，怎么好意思去玷污比你孙子还小好几岁的令芹姐姐？你难道不知道，这样也一同玷污了我们心目中对师公的尊重。"然而她只是在脑子里喊出这样的质疑来，她不敢这么做，而是更加垂下了眉头，说道："弟子不敢。"

杜子恭轻轻地叹息，说道："是我的错，我喜欢令芹这孩子，令芹也喜欢我，我和她两情相悦，却困于年纪，无法在一起，不得已只好用了这么个障眼的法子。"

孙玥心中冷笑，忍不住抢白道："令芹姐姐怎么会喜欢……"她没说下去，强行把后面的话咽了回去。

杜子恭有些茫然，喃喃说道："她就是……"他也不知道该如何辩解，甚至无法说出"不信你便找王令芹去问"这样的话。

他有些后悔对孙玥讲出事情真相，但如果不讲，贪图淫欲，霸占少女这个罪，就算是用了神仙的幌子，也终属惊世骇俗，过于乖张离奇。他早到了不惧流言的境界，但对此事，内心仍不免有一点点想要对人辩白的渴望。

孙玥冷冷地说道："弟子还不懂男女之情，还以为陈琨为了自己私心挑拨离间，所以深深恨他，便出手将他杀了。"

杜子恭说道："不错，我就是为了自己的私心，编造了这个故事。"

孙玥脑子里飞转，问道："把弟子和王怜之配在一起，难道是王令芹的主意？"

杜子恭愣了愣，说道："不关她的事，这是我的主意。"

孙玥心中愤恨，说道："弟子以为这实在是画蛇添足，若没把弟子牵涉进来，弟子便不会来刺杀陈琨了。"这并不是她的想法，只是她认为这么说，会更加凸显杜师公和王令芹的荒谬。

杜子恭说道："我这一生教过三百多个弟子，明月啊，你的天赋造诣算是最高的三人之一，但你以为，以此时你的修为，能把陈琨刺杀得了么？"

孙玥一愣，有些不大肯定地说道："莫非，那也是师公的障眼法？"

"错并不在陈琨身上，我自然不能让你把他杀了。"

孙玥吁了一口气来，说道："这样也好，那我也就没给我爹惹出祸事来。"

"你对自己不明白的事情，总有独特的执着，非想弄明白不可，可是，你不知道刚强易折、皎皎易污的道理。你还有什么不明白的事情，一起说出来，我解说给你听。"

孙玥想了想，抬头说道："我没什么不明白的地方。"

杜子恭噎住了，说道："你不乐意我做什么也就算了，我不勉强你，但令芹渴望你的理解，渴望得到你的祝福。"

孙玥心中感觉到一丁点疼痛，声音颤抖地说道："我怎么祝福啊，我不懂，也不会。"

杜子恭接着说道："所以我说你不明白的地方，我会解释给你听。"

孙玥僵了一会，想起刚刚陈琨所说的话来，说道："你们真的打算废掉黑豆投壶的方法么？"

杜子恭愣了一下，说道："从根源上来讲，是的，没错。"

"为什么？"

"这事情说起来可复杂了，但简单地说，岛上意见过于纷纭，这是不好的，王道及的那一套也不合适此时此刻的处境，而你父亲适合。"

孙玥心中冷笑："但是你要娶王道及的女儿。"

杜子恭略微迟疑，接着说道："我做了一个梦，梦见所有人都死了，在夷洲的上清营里的人都死了。在海上的人死了，这个岛上的人也都死了。我们都死了，我也死了，只剩下一点灵智漂浮在所有尸体的上面，望着大家。"他脸上流露出被压抑着的焦灼和恐惧。

"所以你说要'反身是岸，再起重华'？"

"这是一个启示。要回到陆地上去，和以往转折太大，很多人转不过这个弯来，如果依然是黑豆议事，定然又陷入长期争吵不休。而我并不知道灾难何时就会发生，所以这事只能用非常手段来处置。"

好一会儿的沉默之后，杜子恭接着又说道："此事事关重大，你要保守秘密，不可对任何人说起，尤其是你的父亲；虽然他是获益者，但获益只是表面上的，他的责任更重大了。他对我做的，并不知情。"

孙玥点了点头，轻轻地说道："连其他事情，我也一并都没听说过，我是梦游到这儿的，现在，我要回家，回到床上睡觉去了。"

杜子恭叹了一口气，说道："你走吧。"

孙玥倒退了两步，才转过身，麻木地迈出脚步，慢慢地走。走了一会儿，她感觉杜子恭已经从他立的那个地方消失了，但她不敢转头去看。

慢慢地朝前走，她觉得愤恨在离自己而去，胸腔中只剩下如漫天倾泻的冷雨那样的失望和疲沓。她仿佛看到自己心中的那一点火焰在微弱地飘摇。她在想，自己和那些小伙伴们，连同王怜之在内，已隔了一条深深的鸿沟，对王令芹姐姐的亲昵与热情就此被冷却下来，隔绝开来。她懵懂无知地闯入到一个不能和任何人说起的秘密中去，和父亲无法说，和任何其他人都无法说。她想，我便是一只不再鸣叫的鸟儿。

山脊上的道路熟悉而令人厌弃，不知道是她憎恨两旁的那些树，还是那些树憎恨着她。

她走着走着，忽然脚下踩空，跌入了深渊之中。

第二天早上，风停雨歇，天空依然阴翳，岛上又恢复了忙碌，有些人在议论昨天峡湾里发生的蛟龙现身的故事，可也有人说那是天尊道弟子在练习幻术；有人说一个叫李七的人被恐怖可怕的蛟龙拖到水里咬死了，也有人说这个人一个月前就被派到了大陆上去，根本就不在岛上。除此之外，一切像什么都没发生过一样。

台风过后，春天开始来到这个岛上，然后是夏天、秋天和冬天。袭击晋人航道的战船从峡湾里开出去，孩子们在沙滩上奔跑追逐，一天天长大，战船是他们的背景，战船上的人们是他们的背景，天地万物都是他们的背景，他们是这个世界的主角。成年人总是很快地奔行着，忽然倒地，腐朽在泥土中。

孙恩立在云龙号的船尾，手扶船舷，孙字旗在他头顶猎猎地作响，他若有所思地望着远处渐渐没入海平线的岛屿，感觉自己像一条正在自投罗网的鱼。他不喜欢面朝大陆的航行，相比陆地而言他更喜欢岛屿，比岛屿更好的是在大洋中的一条船上。但如果这条船正向大陆开去——这种悖论让他浑身感到瘙痒。他曾对王道及说，如果一定要朝大陆驶去，只有在船底装上轮子，让船爬上陆地，才会治愈他的这种病。

王道及当时耸了耸肩，虽然他能制造各种天马行空的机械，但他并没有打算满足孙恩这种奇特的爱好。孙恩统领的这只船是岛上最近一年才新建造好的。船上可搭载将近五十人，其中二十个底舱桨手，七八个人负责甲板上操作四桅风帆，其余便是披坚执锐之士。船上配置了足够四十人用的钩镰枪和弓箭，船的前端还有三门巨弩。无论船只的构造与人员的配置，都和传统的战船迥然不同，如果不想接舷，任何晋军的战舰都没法追上它，是专门为单船破袭的战术而设计的。

孙恩要回到船舱中的时候，忽然怔了一下，他感觉到好像有人在注视着自己，那人亲近又陌生。他环视四周，除了无边无垠的海水之外并没有别的。他从来不是一个敏感的人，但他忽然体味到一股无可名状的悲伤袭来。

这是出师不利的征兆么？他暗问自己。

他们在海上航行了一天，才远远望见陆地。黄昏时他们在长江口攻击并且俘获了两艘从永嘉返航京口的晋军战舰，孙恩令凿沉一艘，另一艘分派了几个人操船，突入到江口做前哨侦察，主船远远地跟在后面等待。夜里从哨船上飞回的飞鸽传信说京口水军大营有战船巡航江面，十分严密。孙恩思索了一番，令船乘着夜色贴近北岸驶入江口，沿江而上。

夜里他们的船只有惊无险地越过京口大营，清晨时候他们已经看到建康石头城城墙，他们将在这里反复侵袭，引起晋国的注意，将在东海沿岸守护的舰队吸引回长江江面。

桅顶的观察哨忽然朝他喊道："前面有一支挂着荆州桓字旗的漕船队。"

第八节　棋　局

建康城中，青云棋馆，丹杨尹王恭正与秘书丞王国宝弈棋。

一局棋下完，王恭指着棋盘上一片棋子，对王国宝说道："这一片棋我本来是有机会拿下来的，被你的一手闲棋分了精神，带到左上去，等要连回来的时候，好几个位置都占不稳，迟疑之间，这才有了真正的丢子。"

王国宝面无表情，说道："从闲处着手，本来就是弈棋常见套路，这不用复盘的时候再说，倒是你对此毫无察觉，要到连的时候才猛然醒悟，你比当年学棋的时候，已经退步得太多。"

"我若是只管下自己的，不去想你在想什么，就无所谓从闲处着手了。"

王国宝笑了一笑，说道："棋盘上三百六十一格，不论攻防，都划出了限度，你面对那么大的空当，在我布局时，要想不为所动，这不仅是难，而是根本做不到。因为你不能不算，不算是死，算了，就落在了我的后面。"

王恭默然，拂乱了棋子，问道："当今此时的格局，闲棋下在哪里好？"

王国宝想了一会儿，说道："天尊道。"

王恭又默然了许久，又问道："如果我下在这里，谢安会怎么做？"

王国宝想也不想，说道："对付闲棋的手段是，你要比对方想得更远，最高级的境界便是借他的棋力，杀他的棋子。或者，简单粗暴，自己不做布局，只看对手，对手做什么，你一味做打断就是了，攻其不得不救，所谓'唯不争莫能与争'。棋盘上规则与变化比现实中要简单得多，现实中施行的不是棋谱，是兵法。"

王恭俯下身去，表示感谢受教。

随之，许多事情得以紧锣密鼓地展开，都部署得像是纯粹的闲棋，而和紧迫急要的朝务完全无关，其中最首要的一件，就是王恭陈请皇帝司马曜，建议他召见天尊道在龙虎山的宗师张昭成来建康，考察学问，匡正天尊之道的正源。

两个人中，王恭中等个子，衣着简朴而整洁，身姿绰约，有所谓神仙之态，王国宝身材伟岸，也相貌堂堂、举止翩翩，是个世家子的模样。

不同的人对王恭的评价相当一致，但对王国宝的评价则分歧很大。有些人说他是才子，有些人说他是庸人，有些人说他趋炎附势、翻云覆雨，有些人说他思维绵密、忠心为公，有人说他贪婪，也有人觉得他贪婪只是清淡的一种，实则他无欲无求。

王国宝比王恭大十岁，王恭幼年从王国宝学棋，年长之后两人交集不多，王恭仕途顺遂，而王国宝虽然贵为谢安女婿，但仕途一直温温吞吞。王恭三十岁的时候，他的官阶已经远超过王国宝。两人志趣很难说有共通之处，王恭以严正闻名，而王国宝恰恰相反，唯一还保持往来的原因，就是偶尔一起下棋了。

迦南行者支道林说下棋是手谈，通过下棋，可以绕过语言，对对手的思维性情有最本真的了解，王恭既同意，也不同意这一点。和他弈棋的王国宝，聪慧而从容，与现实中的王国宝判若两人。他的这一点心得使他即便公开厌憎王国宝，私下却还保持着与他弈棋的习惯。王国宝也不记恨王恭在众人面前对他的倨傲和抨击，他始终待他如当年跟他学棋的那个少年。

当然，这一切都局限在他们弈棋的一部分，除此之外，王国宝憎恨王恭如王恭憎恨他一样多。

王恭三十岁后擢升很快，得益于他的妹妹成为司马曜的皇后，更得益于他来自一个稍微低一点的门第。统一王朝自南渡以来，先是王敦、王导，继之以桓温，现在则是谢安主政，德高望重，权势集于一身，大臣强势，则皇帝艰难于呼吸，这是古今皆同的道理。皇帝要找到新的可以倚靠的大臣，势在必然。而新的可以依仗的大臣，必然出于较低的门第，这也是不论聪明人还是糊涂人都懂得的道理。

但司马氏擢升大臣，在王与马共天下，此王非彼王的格局下，王恭想再进一步，已是难于登天。王恭所说的当今此时的格局，说的正是这样的情形。

王恭需要另起一手，来打破僵局，王国宝既对形势有充分的观察和了解，又能脱出利益关系，所以能下出许多妙招来。他略作指点，王恭思忖之后，觉得十分有理。这并不算两人的共谋，但也和共谋相去不远。

王恭有王恭的谋，自然王国宝也有他自己的谋，最重要的就是搬开谢安这块大石头。

唆使王恭去和司马曜建议匡正天尊道，赢得民心，撇清和各地各样的杂牌天尊道的关系，是王国宝的自起一手。和王恭与谢安的直接对抗不同，王国宝并不和某个具体的人处得僵持，他是和差不多整个品评体制僵持着，就如同桓玄与大半个朝廷僵持着，孙泰、杜子恭与整个陆地僵持着一样。这也是他乐于结交桓玄与杜子恭的原因所在，他们内在都是以弱抗强的，这可以说得上是一种同病相怜。

和司马道子则是另一个结交逻辑，正如王恭此时是司马曜的智囊和倚靠，而他是司马道子的。皇帝司马曜和会稽王司马道子的兄弟感情很好，这感情通过某种奇怪的方式在王恭与王国宝之间传递，使他们既相互憎恨，又相互爱惜。

谢安忠于司马曜，又是他的岳父，前者疏，后者亲，本来一正一负抵消了，但谢安自以为可以管束他，这是王国宝所无法接受的；谢安和王恭表面没有矛盾，却有着最深层的对抗，因着这一层关系，王国宝愿意为王恭定下扶正天尊道的策略。

他相信王恭是个聪明绝顶的人，一言不足以兴邦丧邦，但足以使聪明人在坚固的大堤上掘出足够宽的口子来。他对大堤没有成见，他只是乐见足够宽的口子。

另一日，在距离卫将军府一墙之隔的一个院子里，王国宝大大咧咧地躺在正中的胡床中，面前站着这里本来的主人——行止尉崔泽。

行止阁是谢安自行创建的一支队伍，以刺探敌国情报为务，也负责排查敌国派到本国的间谍。这类队伍晋国一直有，但都不成军，多以军队主将的特定幕僚专司负责，人事及组织架构从未稳固化。而谢安拿出自己田庄一半的收入，指定专人建构组织和长期经营，形成固定的队伍，并且企图使它常规化。而他肯这样做，也是受一位老友的做法所启发。

宁康六年时，谢安得了开府仪的权力，这个之前只有成员，而成员全都挂靠在别处的组织总算有了自己的办公地点，就设在谢安卫将军府隔壁院子里。院子虽然不大，只有两进半，门口甚至没有站在明处的守卫，却是一处通天接地的枢纽所在。

崔泽个子高大，相貌粗犷，眼神凶狠，一望可知是领军将才，但却服服帖帖地坐在王国宝下手，听他叮咛。

王国宝躺得舒泰，来时路上所流的汗都已经干了，才开口对崔泽说道："古话说得好，飞鸟尽，良弓藏；狡兔死，走狗烹。意思是没有了敌人，朝廷也就不养军人。军人都不养，何况你们这些并不上阵前作战的人呢。"

崔泽赔笑着说道："还好，现在倒还没有到那种时候，此时北方压力强大，正是'良弓展，走狗欢'的时节。"

王国宝微微笑着说道："那为何行止阁的费用还要谢安自己来出，朝廷没有为你们出一文钱。去年谢安几个庄园治水不畅，被海水倒灌，收成不佳，我听说连累你们今年的费用也缩减了一半。"

崔泽叹了一口气，说道："我们这样的队伍，历来都是由掌军的大臣私人出钱来组建运作的。"

王国宝语气和缓，但进逼的意味浓厚，他问道："那当掌军大臣卸任了以后，新的掌军大臣不认可你们的作用,又或者不信任你,你以为你们这支队伍会如何?要不然干脆掌军大臣犯了重罪,你以为你们会如何?"

崔泽叹息道:"这个问题别人或许不会想,卑职又怎么能不常常想呢,但卑职想了很久,仍然没有答案。愿宝兄有以启发。"

"根本之道,在于让行止阁为朝廷认可、愿意供养的正规队伍,而不再是掌军大臣手下的私军。你要向皇帝效忠,而不是忠于某个大臣。"

崔泽眼睛放光,说道:"宝兄,你已经有了具体的想法么?"

"我之所以提到'飞鸟尽,良弓藏'那句,无非是因为朝廷现在还意识不到崔将军所领的这支部队的重要性。他们意识不到,那就帮他们意识到。"

崔泽快速地思索了一番,不得要领,只好含混地说道:"卑职也朝这方面想过,但这样做恐怕弄巧成拙,反误了自己的前程。"

王国宝哈哈大笑,说道:"崔将军,我可不是劝你谋反啊。"

崔泽听了一惊,忙辩解道:"卑职绝不是那个意思,你也是知道的,可别吓着卑职了,卑职不经吓!"

王国宝收起笑,忽然转了话题,说道:"以将军之见,最近这两百年,在我们这东吴之地最为脍炙人口的故事是什么?"

崔泽愣了一下,他首先想到的是伍子胥复仇的故事,可伍子胥那是差不多快一千年前的事情,并非两百年内,他绞尽脑汁,说道:"你难道是要说周处除三害的故事么?"

王国宝脸上透出失望的嘲讽来,说道:"笨蛋。"

第九节　三国旧事

见崔泽惭怍,王国宝慢慢地说出答案来:"是孙策啊!"

崔泽愣了一下,说道:"宝兄是说,许贡的门人刺杀孙策的故事?"

王国宝瞪着他,好一会儿才说:"可不是么。"

崔泽脸色一变,说道:"这件事卑职自然是知道的,但卑职不明白何以启发现在该怎么做。"

王国宝笑着说道:"孙策一代枭雄,怎么就会着了不入流的许贡门下几个流传不了姓名的门客的道呢?"

崔泽说道:"自然是因为孙策轻妄骄狂,以及彼时他军中并没有专司安全反间的军士所致。"

王国宝说道:"这要分为两方面来说。第一,孙策军中没有专司反间的部属,对于所有暗中流动的阴谋,他宛如个瞎子。他假使没死在许贡门人手下,也会死在别的阴谋者的刀下或者下毒的酒杯。"

崔泽点点头,说道:"第二呢?"

王国宝说道:"谁来提醒他这一点。"

崔泽愣了一下,好一会儿才期期艾艾地说道:"行止阁设立并非为了保护皇帝和建康城的安全,而是刺探敌国,和防止被对方刺探。再说,你说谁来提醒,卑职但愿不是自己想多了,对你的意思有所误解。"

王国宝轻轻叹息,说道:"如果你同意孙策之死在于他手下没有人专司反间的人手这一点,那么我问你,何以设置了人手就可以很大程度上避免他被刺呢,是否因为这些人手比孙策本人还要勇悍?"

崔泽想了一想,说道:"不是,是因为这些人是专职去做,所以比分心来做的人会更有机会发现对手的阴谋。这是专心和分心的区别。"

王国宝摇头,说道:"就领去俸禄的角度而言,这的确有所区别,但还不够达到问题的实质。"

崔泽赔笑着说:"这个卑职就想不明白了,还望宝兄指教。"

王国宝淡然:"专心不专心只是末节,重要在于要有同理之心。如果是你要刺杀皇帝,你会如何去做?从无到有,一点一点地制订计划,并且以真的会实施这些计划为前提。你只有通过这样的手法,才会真的知道对方在怎么做,你才可以反过来有所针对地防范,差不多能杜绝大部分危险。"

崔泽心中认为王国宝说得简直太对了,但这话根本就不能说出来,他也没法接上王国宝的话。他脸色发白,口中嚅嗫,心中翻滚。

王国宝语锋一转,又说道:"孙策轻狂,自然是重要原因,但他手下到底有没有专司反间的人呢?其实我们并不知道。以我个人之见,以孙策之勇而被刺杀,尤其在于此事出于偶然。"

崔泽脸色略微恢复,说道:"偶然?卑职不能理解宝兄所说。"

王国宝笑了一下,说道:"非偶然不足以成事。"

崔泽想了一想,说道:"国宝你的意思是,谋划一件事,知道的人要少,准备时间要短,看起来要像是偶然所致,这样做事才容易成功。"

王国宝说道:"大体是这样,临时起意,见机行事,这样对方才无法预防。"

崔泽直截了当地说道:"你说这么多,是想要卑职去刺杀谁?"

王国宝听了仿佛一惊,说道:"我不过和你闲聊,哪里说到要杀人了。"

崔泽说道:"卑职见宝兄举例孙策旧事,难免想到宝兄是暗示行止阁要刺杀某个重要人物。幸好宝兄刚刚说过并不是要卑职谋反,不然我又难免想歪了。"

王国宝眼珠转了几转,才说道:"崔将军,我不懂武学,但我心常揣摩武学的修为境界,我说给你听,你给我点评点评,我说得对不对。"

崔泽说道:"宝兄请讲。"

王国宝说道:"我揣摩武功的境界,概括言之也很简单,就是无心。何谓无心呢?云以无心出岫,临战之时,无胜败之心,无忧无念,猝然而作,一击而退。"

崔泽默然了一会儿,说道:"卑职不敢说宝兄得合乎武道,但对卑职而言是有进益的。"

王国宝话锋又是一转,问道:"这几天有许多流言,说北边儿的秦国有重要的使节过来,此事究竟为何?"

崔泽说道:"卑职也不清楚流言从何而起,大概是有人特意散布的。不过和流传的说法不同,这个人并非秦国使团的例常使节,也说不上重要,只是秦国的中书令王休之下的一位官员。"

他停了一下,接着说道:"卑职和这人交道频繁,有直接的联络,所以卑职知道他本人算是特别的使节,但'重要'二字却启人疑窦,"他说到这里,顿了一下,压低声音,接着说道,"他给我投了密信,说是决心投靠我方,有重要情报带来给我们,预计三天后他到建康,卑职便会安排和他见面。"

王国宝哦了一声,说道:"有趣。"

崔泽接着说道:"这事情凶险得很,并不有趣。"

王国宝奇怪地问道:"为何凶险?"

"该人是透过我,但并非只见我一人而已,而是说这份重要的情报一定要面呈卫将军。但谁知道他是不是别有所谋?我最担心的就是他其实是个刺客。"

王国宝沉思了一会儿,说道:"谢安已经知道了么?"

"已经呈报过卫将军了,不过他还没确定要不要和那人见面。"

"崔将军武功高强,本来不用担心,但如果在场,又没拦住刺客行刺的话,那可大大地不妙。"

"那人武功不在我之下,如果真的暴起发难,我恐怕拦不住,所以我给卫将军的建议是不见。"

"不见就不能取信于对方,恐怕就没有那个重要的情报。"

崔泽有些惊讶,说道:"卑职并不肯定会有什么重要情报,或许是他为了求得面见卫将军的机会而编造出来的，越害怕越会是真的啊！"

王国宝沉思了一下，面容铮铮，说道："我觉得这世界上根本没有两难的选择，如果是我，我便选择看起来比较糟糕的那个，而不会选择安稳的那个。如果正好那人真的是刺客，我会很高兴。"

崔泽默然不语，心中暗想，你自然是希望刺客将卫将军除掉，就没有人可以约束你了。

王国宝接着说道："这件事我就不给你参谋了，你自己考虑。我要说的另一件事情是，七日后钟山道上，或有契机，你不妨亲自领两三个你绝对信赖的侍卫，埋伏在那里相机行事。"

崔泽又一愣，说道："原来宝兄你还是有刺杀的目标，却给卑职绕了许多个圈子。"

王国宝双手一摊，说道："你大可以不去。我只说了这是个契机，从卜卦中来的启示从来暧昧不清，我并没说要杀谁，或许你到了那里，发现其实是救人。"

崔泽又忧又喜，说道："这是宝兄卜卦来的么？"

"是。"

崔泽又迟疑下来，说道："卑职是个武夫，最在意的是号令清楚。卑职所做的事情也容不得半分模糊，所以和宝兄一番谈话，进益颇多，但宝兄要卑职去钟山道上，如果没有详细的说法，卑职不得不担心事情坏的一面，想来想去，更宁愿假装没听见。"

王国宝哈哈一笑，说道："你不愿去就不去吧，我没法把话说得很清楚，此事牵扯颇多，说得多了，倒好像我在其中有什么阴谋。而实际上会发生什么事情，我一点儿也不确定。我只是好奇，想看看那究竟是怎么回事，也许你觉得危险，要是不危险我才不关心呢。"

"宝兄唯恐天下不乱的本事，卑职内心是羡慕得很。"崔泽有点儿皮笑肉不笑地恭维。

"我没什么阴谋，在朝廷中无权无派。我们之前的默契是，你提供情报和关键的执行，我做推波助澜的推手，为的就是让行止阁成为朝廷的队伍。我就只有这么一点点小喜好，可昭天日，天日可昭。"王国宝掩饰不住地笑着说道。

"宝兄的用心，卑职感激不尽，但这样做的目的，究竟何在呢？"

王国宝淡然道："都到什么时候了，我以为你不需要再问这个问题了呢。"

"我刚刚想了想在钟山道上会遇见何人，会让宝兄用孙策来做比喻，结论是，卑职会遇见谢玄，又或者是皇上本人，而宝兄又让我不假思索地猝然而作，看起来更像是要卑职去刺杀皇帝。"

王国宝叹了一口气，说道："你若是现在想多了，恐怕到时候就危险得很。我没有任何要将军去刺杀谁的意思，只说那可能是一个机会。你的人在那里，不会白白地杵在那儿。我不敢说朝廷会立马认可你行止阁，但把你从谢安手下脱离出来，变成朝廷的官员，大致六拿四稳。"

崔泽脑中纷乱，说道："卑职知道宝兄和卫将军不和睦，但卑职不禁想，如果宝兄利用卑职去陷害卫将军呢？如果卑职出现在那里，活着尤可以自辩，若是现身在皇帝面前，却又被击杀，卫将军可就难逃谋反的嫌疑。"

王国宝哈哈笑道："崔将军，你的想象力比我还更远一步，不过你的担心实在是荒诞不经。我和谢安虽然相互看着心烦，可我终究是他的女婿，关系这么近，他被诬以谋反，我能有什么好果子吃。就算我有会稽王的援护，不一定收监流放，但永不叙用恐怕难逃吧？我这么辛苦运作一番，就只为了落得个永不叙用？"

崔泽点了点头："不错，卑职就带几个人到钟山道上去，只是为了随意狩猎一番。"

王国宝看了他许久，诚恳地对他劝勉道："记住，无忧无念，一击而退。"

第十节　替身泥偶

刁逵盯着镜中的自己，干瘦、佝偻、毛发干涩、眉梁不端，想到的是孟子说的那句话，目光昏沉，意谓心术不正。

他感觉到有点儿难过，不仅难过自己相貌不佳，也难过自己姓刁。他不喜欢这个字，自然也不会喜欢这个姓，他常想自己是中了什么诅咒才会生到这家，要永生背负着这个常令人窃窃私语、另眼相看的姓。

他也没法和别人讨论这个问题，只能把它沉甸甸地藏在心中。

他心意消沉地正了衣冠，走出卧房，穿出许多重院子，鼓励自己要打起精神。他走到刁府正门，正等仆役牵来马匹，迎面走来刁府门房的孙二郎。孙二郎年纪比刁逵过世的祖父还老，可是许多人叫他一声二郎，他也乐意这样。

孙二郎见他面色有异，便出口问道："小主，你这是到哪儿去啊？"

刁逵是他父亲的长子，父亲一没，他还暂时没有爵位和官职，虽未脱小主的身份，但刁府上下已经没人可以节制他。他平时颐指气使，待人十分恶劣，但为着年纪的原因，一向对孙二郎另眼相看，这时他忍住火气，说道："出去有点儿重要的事情。"说罢，他侧过身，不想搭理孙二郎。

孙二郎趋前一步，一把揪住刁逵的肘袖，说道："小主，我看你印堂发青，有人要对你不利，你出去不得，还是好好地待在府上，有什么事情，你要小子们去给你办。"

刁逵先是一怒，立即便止住，沉声说道："孙二郎，我是要办一件极重要的事，这事情别的人办不了，我必须亲自去。"

"这事情危险得很,别人不能办,不办就是了,犯不着小主亲身犯险!要是出个意外,只剩下两位幼弟,刁家可怎么办啊!"孙二郎焦躁地说道。

刁逵大怒,张手便扇了孙二郎两个嘴巴,呵斥道:"老东西,平时给你几分颜面,你就不知好歹。我要做什么,用得着你管么?"说完,他转身便走。

孙二郎被打得蒙住,仍不死心,扑上去跪下抱住刁逵的腿,说道:"老奴不敢扫小主的兴,可此番情景真的凶险,小主你就听老奴一次吧。"

刁逵的腿脚被孙二郎抱住,哭笑不得,他嘴上恭敬,下脚却不留情,使劲蹬了孙二郎两三脚,孙二郎就是死抱着刁逵的大腿不肯松开,僵持许久,竟然呜呜有声地泣泪齐下。

他一哭,刁逵也觉得有些不忍,便说道:"好,那我问你,这事情今天不办也行,明天办也可以,后天也可以,但是你要告诉我,是这件事整个办不得,还是今天办不得,明天就可以?"

孙二郎见刁逵服软,顿时欣慰,他站起来思索了一番,说道:"我也不知道,只是我看小主印堂发暗,暗处之中又有呈三角的猩色,命相上到了即刻险恶的地步,所以我才拼命拦阻。但小主的话令我又想,避得开一时,避不开一世,大劫之事是避不开的,不如主动去面对。我又想了想,其中的凶险也不是没有法子可以克制。"

"有什么法子可以克制?"

孙二郎凄然一笑,说道:"我幼年时随天尊道学过一些障眼的法术,此时或可一用。只是需要小主听我的安排,略微受些肮脏,不知小主肯不肯?"

刁逵沉吟一下,说道:"我都听你的,你尽管施法。"

孙二郎找来笤帚撮箕,在地上扫了许久,好容易攒了半抔土,捧起来在刁逵头上迎头倒下,尘土沾满全身。落在地上的土孙二郎又扫进撮箕,再给他兜头盖脸地倒下,如此者三,那半抔土差不多都到了刁逵头上、脸上、身上、衣衫上。刁逵先已经被告诉要受些肮脏,不以为冒犯,反而觉得极为有趣,坦然受之。

待土都到了刁逵身上,孙二郎站在他身后,口中念念有词,猛地一拍刁逵的背,只听若有似无的一声嗡响,沾在刁逵身上的尘土陡然朝前振出,在刁逵身前一尺处停下,悬浮在空中。那尘土先是淡淡的,然后慢慢变化,结聚成形,最后变成和刁逵一模一样的人形。

刁逵见了大喜,笑着说道:"孙二郎,我不知道你还有这样的本事,早知道,我许多事情求你帮忙,不用费这么多的周折。"

孙二郎说道:"法术是禁忌,哪儿能随便使用,但凡得利,总要在别的地方报回来。"他停了一下,又说道,"这土偶和你心意相通,你想着去哪里,它便会去哪里。它看到的便是你看到的,它听到的便是你听到的,而你说的就是它说出来的,有什么不测之事,应在它的身上，便化解了你的灾厄。"

刁逵心中一动，拉着孙二郎的臂膀，说道："孙二郎，刚刚我那样打你踢你，十分对不住，你别放在心上，我以后对你和大家都好好的。我再不要这么暴躁。"

孙二郎轻轻叹息，说道："偌大的刁府，上百人口的衣食，接下来要靠你来负担，实在是辛苦了你。"

刁逵眼睛有些发红，但他忍住了，挥了挥手。

孙二郎请刁逵坐下，闭上眼睛。他在一旁站着，又念起咒语来，让刁逵形象的土偶行走起来。那土偶一行走，刁逵闭上的眼睛忽然打开，但不是坐着的自己所看见的景象，而是附身在那土偶中一般，看到真实的那个自己端坐在藤蔓架下的麻床上，而孙二郎俨然守护般立在一旁，嘴唇微微翕动。

在土偶身上他刚刚开始还有些不惯，走到府门外时，便已经完全习惯了这个替身。两个仆役跟在他后面，全没发现主人有什么异样。

他骑上马，信马由缰，不一会儿便来到乌衣巷的一处府邸门外，敲门进去，由仆役引着穿过许多勾栏回廊，带来的仆役被留在盛园之外，在花园深处，见着一位锦衣玉面的年轻公子。

他认得那便是王谧，正是他今天本来要找的人。

他有些担心，担心王谧看出来自己并非本尊，而是一具尘土幻化而成的土偶来，心下惴惴的。刁逵离王谧远远地，便双手作揖为礼，开口说道："我出门时跌了一跤，跌得灰头土脸，收拾停当赶来，误了约好的时间，还望稚远兄体谅。"

王谧眉头微皱，说道："既然跌了一跤，那就在家休养好了，干吗还要勉强过来。"

刁逵听了，心中咯噔一下，赔着笑："这件事太重要，岂敢不来。"

王谧抬高了嗓音，说道："那要是这件事始终办不下来呢？"

刁逵早已预料到王谧有此反诘，说道："这事关令尊建威将军的名声，只要稚远兄认真去办，不会太难，不会有办不下来一说。"

王谧脸色一沉，说道："你在威胁我么？"

刁逵说道："我怎么敢，我还要靠着稚远兄呢。"

王谧语气缓和一些，说道："我问了尚书台主办此事的同僚，你要继承你父亲子爵一事，他们说你未任常职，没有军功，继承之事查无依据。这事情我只能帮着说说，要使上力气很难。"

刁逵怒气上涌，说道："我是宁愿降等继承爵位的，这样对朝廷来说也有节省，本来是我朝的惯例，和有没有常职、有没有军功有什么关系呢？"

王谧摇了摇头，说道："你何不再多等几年，等你任了军职，积累了一些军功之后，再来申请继承爵位一事，便顺理成章得多。你当朝廷都愿意把爵位授给那些没有根基的赳赳武夫们么？"

"如果我没有发现你买程宏之的缺额，由刘裕冒名补递补羽林郎之职的话，我只好多等几年，但既然发现了，自然要好好地利用一番。"刁逵冷笑道。

王谧默然："你还是打算威胁我。"

"我是在求你。"

王谧背过身去，像是在思索什么，良久，他转过身来，说道："好，你再给我一个月时间，我一定全力以赴。"

刁逵微微一笑，说道："一个月就一个月，一个月过去我还拿不到爵位继承的封令，我就不找你了，直接去找该找的人。"

王谧面有愠色，"谁是你该找的人？"

刁逵说道："这个，稚远兄还非要我说出来么，像是碎伢崽的玩戏一样。"

他这么说着，退后三步，说道："打搅稚远兄，弟告辞了。"

王谧脸色阴晴不定，追着刁逵的步说道："迫道，慢慢行，不要着急，等我的消息。"

听着王谧服软的话，刁逵心中喜悦，假装没听见，急急走出建威将军府。上马之后，他对两名仆役说道："你们先回，我还有其他事情要办。"

遣开仆役，刁逵打马朝建康城南的西口市行去。在西口市的两处赌场寻了一遍，却不见要找的那人。

他走回街面，举目四望。猛回头，见一辆车马快速地从自己身后掠过，马车上坐着两人，前一人是红色襦裙的下女，专心致志望着前面。后面正座上坐着一位黄衣少女，发才及笄，静怡清润，宛如天人。刁逵和她目光正对上，心中怦然一动，心想这是哪家的女儿，不知道自己可求娶得否？

他再仔细看那车，车上雕饰虽然简朴，可车与马俱是上品，绝非朝中二品以下官员可以享用的。他自嘲地摇摇头，打消了刚刚荒唐的念头。

他信步而行，在瓦官寺门前，撞见一人，身着玉林监的蓝色卫衣，一个人牵着马匹，正盯着寺前一口大铁锅里翻腾的茶水出神。

刁逵走到那人身后，大声说道："程宏之，原来你在这里。"

那人吓了一跳，转身看是刁逵，说道："原来是你。"

刁逵翻身下马，对被称作程宏之那人又说道："这施舍的茶水，有什么好看？"

程宏之转过身去，仍盯着那铁锅里，说道："看那茶叶的沉浮。"

刁逵哈哈一笑，说道："你不好好在家陪着臧爱亲，跑到西口市做什么，莫非你的赌瘾又犯了？"

程宏之听见臧爱亲三字，猛然一震，转过身来，狠狠地盯着刁逵，说道："你说什么？"

刁逵见他眼神凶狠，既有些害怕，又在意料之中，颇有些得逞的快乐，说道："我既然说出了这个名字，你自然知道我在说什么。"

程宏之转身就走，说道："我已经还清了你的钱，你还要怎的？"

刁逵追上去，说道："你是怎的忽然有了那么一大笔钱，可以还给我？"

"这不关你的事，我既然输得起，也便还得起。"程宏之有些慌张地说道。

"你有寡母和两个未成年的兄弟，还有怀孕的妻子，没有祖产，靠着羽林监每月的两贯俸钱，吃穿都不足用，还在外面偷偷养着一个相好，如此局促，怎么会忽然还得起我的四十贯钱。你是靠偷蒙拐骗，还是靠给富贵公子卖屁股得来的？"

程宏之先是愠怒，听到卖屁股一言，登时大怒，不假思索，抬手一拳击在刁逵面门上。刁逵猝不及防，脸上中拳，身体朝后踉跄两下才站住，口中吐出带血的唾沫，牙齿已经松动了几颗。

虽然脸上疼痛，刁逵却愈加兴奋，对程宏之说道："打得好，不愧是我刁家的孙子。"

程宏之盛怒之下挥出一拳，拳头收回的时候，便已经冷静下来，说道："这一拳是惩罚刁兄的言辞无礼，没有冒犯的意思。我刘裕是贫户出身，除了一把蛮力之外，没什么值得刁兄惦记的。刁兄有差遣的地方，尽管说出来，小弟自当用命去做。"

原来这人本名姓刘名裕，程宏之乃是他假冒的名。

刁逵受了一拳，却得到刘裕的软话，心中快悦，说道："你和王谧之间的小勾当，我就不去深究，你冒程宏之的名进羽林监，我也不到处说，不过你养在外面的那位小娘子，我恰好也喜欢得很，不如我再给你二十贯钱，你把那甘璎小娘子让给我如何？"

刘裕沉吟了一下，说道："我和甘璎之间，只是同病相怜，并没有什么私情，所谓养更是没有的事，她是她，我是我。刁兄对甘璎青眼有加，花些工夫去接近她就好。"

刁逵轻轻冷笑，说道："我没有刘兄的俊朗人材，哪儿那么容易讨得小娘子的欢心。而我刁家门第虽然不高，也算本朝的世家，没道理去娶这位勾栏瓦肆出来的小娘子。我不过是求一时欢愉而已，要是费太多的工夫，恐怕算是误入歧途。"

刘裕走了几步，才说道："刁兄公私分明，小弟实在佩服。甘璎那边，小弟愿意为刁兄去说合。"

刁逵忽然有些疑惑，说道："刘裕，程宏之，你这样答应得太快，我可是有些疑心，你往日不是这样的人，是不是有什么缓兵之计，又或是在部署什么败步求活之策？"

刘裕叹了一口气，说道："刁兄在樗蒲案上是胜家，又暗地里查明了我的许多状况，所谓敌暗我明，刁兄已经立于不败之地，我还有什么可以挣扎的。"

"可是你却拿到了派往北府军中军大帐备骑的调令，又得到甘璎的垂青，我实在是嫉恨得很。"

"如果小弟可以把北府军备骑的机会让给刁兄的话，小弟一定这么做，可是这办不到啊。时日漫长，总会有机会报答刁兄的。"

他言辞说得极为诚恳，刁逵也觉得自己有些逼人太甚，说道："那个也就不去管它，反正我的骑射是不如你，再给我一年时间，或许……"

刁逵猛然停住，一把匕首已捅穿了他的胸膛，握着匕首的正是刘裕。

刁逵没有觉得疼痛，只觉得有些茫然，他左右看，发现他们不知何时已经到了僻静的街巷深处，阳光阴冷下来，四周一个人也没有。

他想了一想，开口说道："你……竟然如此胆……大……"话未说完，口中咯出一口鲜血来。

刘裕冷着脸，拔出匕首。刁逵这时候感觉到一丝刺痛，身体不受控制地仰面倒下。刘裕左右看看，又在刁逵胸口捅了几下，见刁逵先还扭曲挣扎，渐渐地便不动了。

刘裕擦拭干净匕首揣回腰间，四下看看无人，拍拍刁逵的马匹，见那马匹精壮，不由得贪慕，一边跨上了自己的马，一边一只手牵引着那马，一人两马转出小巷。

第十一节　断　离

刚转出小巷，迎面撞见一个中年人，络腮胡须，身穿素色交领袍服，背手而立，气定神闲，微微侧对着刘裕，像是已经在这里等了他一会儿。

刘裕心中有些发毛，想要直接快步越过这人，心中又惴惴，停下马来对那人说道："你站在这里做什么？"

那中年人微微笑着，说道："我什么也没看见。"

他这话一出，刘裕心中更慌，说道："你没看见什么？"

那中年人说道："你相貌堂堂，自然不是为了夺马才杀的人。"

此处距离大路已经不远，刘裕沉住气，继续问道："你看见了什么？"

中年人冲他拱了拱手，说道："我姓耿，名鹄，只是路过，刚见你姿态神情像要对那人不利，我一时好奇，跟了进来。但我在这里站定了，没有转进巷口去，里面发生了什么，我什么也没看见。"

刘裕打了一个寒战，说道："那你想如何？"

耿鹄眼中有许多倾诉的渴望，但他轻轻摇摇头，装作不在意地说道："可惜现在不是时候，如果你不是要快些离开此地，我倒想和你结识一番。"

刘裕点点头，说道："好极，我记下你的名字了，若今后有缘再见，定和你好好地叙一叙。"

耿鹄哦了一声，说道："还没请教阁下的姓名。"

刘裕心头飞快闪了若干念头，说道："我姓程，名宏之。程宏之就是我。"

他一边说，一边催动马匹，朝前走去。耿鹄望着他走，眼神中似乎有些不舍，想要留住他多倾谈一二，踌躇一下，终于什么都没做。

刘裕行出巷口，阳光复又照在身上，有些暖意，顿时觉得刚刚有如在幽深峡谷中行过一般，惊魂甫定。他走出西口市，才拍马急走，朝南篱门狂奔而去。不多时他便已经身在建康城的南篱门之外。

他在去嘉兴的大道上踌躇许久，将杀死刁逵、遇见耿鹄的过程仔细想了一次又一次，推敲耿鹄的话中意思，终于拿定主意，寻了一家农户将刁逵的黑马寄养下来，拨转马头，往城中返回。

建康城中和半日前并没有差别，刘裕骑马行到接近百官大道的盐市，在一家名作春雨馆的酒肆门前停下，他把马拴好，上了二楼，推开一个房间的门，悄悄地走进去。屋内有一个年轻女子，唇红齿白，眉目间透着异域风情，浑不似汉家女儿，正在拨弄箜篌。

她便是刁逵口中所说的甘璎，见程宏之来了，欢喜地说道："多日不见，你做什么去了？"

她笑盈盈的，想起前几日也是在楼上，难得的暖阳天，喜鹊在枝头鸣叫，清风徐拂，她蜷倚在这个人的怀中，望见御道上走过一队刚从皇城出来的波斯使节队伍，对他说道："你常说我像是羯人的后裔，我说我才不是呢，我的祖先来自波斯，就是这些人所来自的地方，比羯人来的地方离晋国还要远得多。"

程宏之哦了一声，对她说道："那我们要不要走到他们面前，去问问你故乡的情况？"

她心头猛地一跳："他们穿的衣服可真漂亮，不知道我要是穿上他们的服装，会不会也很好看。"

程宏之宠溺地对她说道："你穿汉人的衣服就很好看，我没见过比你更好看的女子。"

听了他的话，她的心中很甜，可也有一点惆怅，说道："我想走到他们面前去看看，看看他们脸上的细处长什么样，他们胡须的样式又怪异，又亲切，我想走到近处看个究竟，可是又怕他们一下子认出了我，而我连一句波斯语也不会，那该有多糟糕。"

程宏之拉住她的手，说道："你想不想去波斯看一看？我想去看看，看看那里的女子是不是都长得和你一般。"

甘璎有些扭捏，说道："波斯很远，我的祖先不知道走了几百年才到的晋国。我爹都和汉人长相差不多了，我娘是汉人，妹妹和我长得便很不一样。家里人见我生得这样，都很惊讶。"

程宏之呵呵笑着，说道："几百年那是走走停停的缘故，专门去的话，我想一两年便也足够了。"

甘璎转过身来，面对着程宏之，说道："你真的愿意带我去波斯么？"

程宏之的脸色变得凝重，他认真地想，轻轻地点头。她兴奋地扑上去，亲吻他的面颊。

这些在抬头的瞬间一闪而过，她猛然看到程宏之上衣有些血迹，皱了皱眉，起身走到他身前，扯着那沾染血污的地方说道："怎么有血，你又和什么人打斗了么？"

刘裕这才注意到身上的血迹，他赶忙脱下短衫，丢在地上，说道："没打斗，但的确出了一些事情，我要离开建康，走之前，要来和你坦白交代一番。"

甘璎一下子收住微笑，说道："离开建康，你要往哪儿去？"她不问他出什么事，只问他往哪儿去。

刘裕拉着甘璎的手，在窗前的小桌前相对坐下，对她说道："我是来向你坦白的，我不叫程宏之，我真正的名字是刘裕。我也已经有了妻子，我不该哄骗着你。"

甘璎脸上本来就白皙，听了刘裕的话，更加苍白，她上身轻微地摇晃，低声问道："这和你身上的血迹有什么关系？"

刘裕说道："刚刚这秘密被一个坏人揭穿，连累到我的一个朋友，我不得不出手将他杀死，所以建康城我是待不下去了。我是天尊道门徒，甬东岛上天尊道的杜灵师祖正在四方招募人马，既然建康待不下去，只有去投奔杜灵师祖了。"

甘璎沉默许久，目中含泪，声音颤抖地说道："我知道了这个秘密，你也把我杀了吧。"

刘裕有些慌神，说道："小璎，我是个骗子，我不该哄骗你，欺骗你的感情。"

"你既是要离开建康城，离开你的妻子，也是要离开我么？"

"是。"

"你如果已是逃犯，不愿连累你的妻子，可是我不是你什么人，为何你不想着带我跟你一起走？"

刘裕有些迷糊，说道："你要跟我一起走？"

甘璎目光涣散，凄然一笑，说道："谁要跟你一起走，我还有妹妹和老爹，我要养活他们，还想嫁个好人家呢，为何要跟着你走？"

她垂下头，低声地抽泣起来，刘裕站也不是，坐也不是，停了许久，他站起身来说道：

"那么,我要走了。"

甘璎抬起头,眼中变得空洞,喃喃地说道:"你可以一走了之,什么也不说,为何偏要来告诉我?"

"我不能让你空等着我,然后发现我是一个骗子。我要在你面前亲口告诉你这些,哪怕你不肯原谅,我也做了我该做的。"

"从今往后,我们就断了,再也不见面了么?"

刘裕慌乱地点点头,说道:"我永远记得清溪桥上初见你的那一刻,记得我们第一次握手、相拥、亲吻。我们的身体并没有越过雷池,这也是很好的。"

甘璎痴痴地看着刘裕,身子朝前倾向刘裕,轻轻说道:"我一直等着越过雷池,你现在想要,我们就越过去,好么?"

刘裕愣了一下,摇了摇头,说道:"我已经认了罪,就不能再错下去了。"

甘璎轻轻地笑了一声,如释重负,说道:"你刚刚说你叫什么名字来着,我没听清。"

"刘裕。"

甘璎口中轻念刘裕的名字好多遍,才说道:"我记住这个名字了,可惜,这个名字没给我片刻的好,我却要用一辈子去憎恨它。"

她语气平缓,说得却是刻骨铭心一般,刘裕听了,只觉全身冰凉,不知身在所处。

甘璎最后冷笑道:"刘裕,你欠我的情,不必留着,反正你也还不上。你把它完完全全地还到你妻子身上吧,我没见过她,可是我为她心疼,为她心碎。"

她语气虽然极冷,热泪却涌出,迷蒙了双眼。

刘裕失魂落魄地出了门,他再骑上马,往自己家中狂奔。

城内有部队调动,包括刘裕所在羽林监的卫兵也在调动之列,赶往城中各门各路各桥处设卡盘查。他倒绝不认为这和刁逵被自己所杀有关,因为耿鹄自然不会去报告有司,有司的追缉既没有这样快,也不会布置得如此大,一定是出了别的重要事情。

他也立即想到,出的事情越重要、越乱,刁逵的尸体被人发现后的追查便越不容易,自己便也就越安全。他穿街走巷,心情庞芜,恍然有危险已经过去的感觉。

他才一进已经破落许多年的家门,二弟刘道邻便眼红红地迎上来,语带哭腔地说道:"娘又病了,这次严重得很。"

刘裕心中一惊,忙转进屏风后看,见母亲萧氏睡在床上,昏迷不醒,几日不见,已经形销骨立,眼睛紧紧闭着,并不像是睡去,而像是在辛苦挣扎,样子就好像父亲当年过世前一般。他心中大急,立即摸出怀中的两贯钱,对刘道邻说道:"你请杨先生来看过了没,开过方子了没,煎药服下了没,我们已经欠了杨先生多少钱?"

刘道邻又快要哭出来，说道："昨天晚上娘忽然咯血，咯了许多口，我已经请杨先生看过，他开了药，我煎好勉强给娘喝下。喝完之后娘就昏睡不醒，杨先生说娘病了许多年，寿命已经快到了，他的药石也无能为力，劝我们不要再费钱。"

刘裕伸手按住刘道邻的嘴，要他不要再说。他低头沉思了一会儿，对刘道邻说道："杨先生是外人，他自然说无能为力，但她是我们的娘，怎么能不再费钱什么的，你拿着这两贯钱，再找杨先生以外的医生去看看。我也想想别的路数，如果药石不管用的话，试试药石之外的法子。"

刘道邻接过刘裕递来的贯钱，破涕为笑，说道："哥哥，我们一起想法子，怎么也不能让娘死！"刘裕还没说什么，他又接着说道："道规还太小，依仗不得，幸好哥哥回来，不然我还真不知道该如何是好。"

刘裕心绪烦忧地摸摸弟弟的头，让他赶紧去找医生。

刘道邻走了之后，刘裕一人伴在萧氏床前，他摩挲着萧氏的手背，想了许久，对她说道："娘，你要坚强些，别总想着你成了我的负担。我混账了许多年，才刚刚要变好起来，还指望着让你享几年的福。你做了一世的好人，可别在这件事上让我怨恨你。"他想了一想，又说道，"爱亲还有三四个月就要生产，你也想看看孙儿，抱抱孙儿，不只是你自己抱，你也替爹抱一抱孙儿，你说好不好？"

他感觉到母亲的手在他手中微微地用力握了握，但她仍昏迷不醒。刘裕眼圈泛红，胸腔颤抖，强忍着才不放声痛哭出来。

第十二节　女　书

车辇在万涛别院门前停下，先跳下来一个穿着红色襦裙的小姑娘，她跳下来后回身搭手，接下来一位穿着黄色衣衫的少女。黄衣少女手中捏着折叠的半张纸，微微皱着眉头，似乎有一些烦恼。

她走到万涛别院大门前，径直推开走进去，门廊里仆人迎上来，见是她，忙打招呼说道："姑娘又来找桦姑姑啊，她不在家里，今天一大早便出去了。"

黄衣少女大为失望，她问道："她说她去哪儿了么？"

仆人躬身答道："桦姑娘去哪儿不会给小人交代，小人真的不知道。"

黄衣少女哦了一声，说道："好，我知道了，她回来之后，你给她说一声，说我来找过她了。"

仆人忙躬身称是。

黄衣少女走回到车驾当前，由小姑娘扶着，又上车坐好。小姑娘也爬上车，坐在她身旁，轻声问道："那我们回去，还是怎么着？"

黄衣少女也小声说道："自然是去找她，回去能做什么，距离五月初一日可没几天了。"

小姑娘忧心忡忡地小声说道："小姐为她们可操了不少的心。"

"我是下一年的召集人，还没把所有东西都学会，连字都还认不全，怎么做召集人。"

小姑娘怯生生地说道："依我看，小姐不该牵涉进去，这事情有些不对。"

黄衣少女叹了一口气，说道："有些事情，你不会懂，慢慢就懂了。不过你也不用担心，明年的五月初一日之前，我会把你以后的生活安排得好好的再去死。"

小姑娘"哇"的哭出声来，才哭出一声，她立刻掩住自己的嘴，满脸委屈，无声地抽泣了一会儿，身子探出车门朝前看了看，看前面赶车的人似乎什么也没听见，回转身来红着眼睛对黄衣姑娘说道："小姐，虽然我身份低微，但我求你把我也加进来好不好，我想要一直陪着你。"

黄衣少女拍了拍小姑娘的肩膀，说道："自然并不是因为你地位低的缘故，是因为你还太小，至少等你到我的年纪再说。"

小姑娘一下子又哭起来，但她没出声，肩膀一抽一抽，不再说话。

黄衣少女叹了一口气，探出车门对前面车夫说道："去闾口巷殷太守府上。"

前面车夫答道："好嘞。"鞭子一甩，马车又辘辘地跑起来。

车中，小姑娘抽泣地低声问道："不是应该去南郡公府么，为何去殷茵姐家？"

黄衣少女迟疑了一下，才说道："我估计桦姑姑也在南郡公府，但我和桓柏子不算熟悉，你又是这个样子，我不敢一个人去，我找殷茵姐陪我去。"她语气一转，指着小姑娘说，"你可要乖乖的啊！"

小姑娘哦了一声，收起了抽泣，乖乖的不再说话。

黄衣少女姓谢名熏，是大晋冠军将军、领兖州徐州两州刺史谢玄的小女儿，今年刚刚十六岁，随着她同行的小姑娘是她的侍女俞蓉，才十三岁。

几个月前，比谢熏才大一岁的姑姑谢若桦忽然给她透露，自己预备和姐妹淘一起结伴自杀。谢熏听后吓了一大跳，赶紧问个究竟。她原本自信自己知道缘由后可以规劝姑姑，使她改变主意，但听了谢若桦的讲述之后，却觉得感同身受，如一夜长大，也陷入到身为女性的惶恐与悲凉之中。

借着谢若桦的引荐，谢熏陆续结识了她这个姐妹淘的其他人，有前南郡公桓温的女儿桓柏子、侍中郭怀清的女儿郭如意、前吴兴太守殷康的女儿殷茵、北府军参谋袁晖的女儿袁璟。

她们年纪相差无几，袁璟年纪最大，十九岁，殷茵最小，十七岁。谢熏的年龄比她们都小，又是谢若桦的侄女，这两点无形中做了隔离，虽然她称其他人作姐姐，但她并不被算作这姐妹淘中的一员。

谢熏央求谢若桦把她也算一份的时候，谢若桦先是拒绝，被她缠得没法，便给她分派了一个任务，让她做下一年的召集人。这一年的召集人是桓柏子，姐妹淘所有的活动，包括相约赴死，都由桓柏子来安排。

谢熏在她们旁边看了许多日子，对如何活动有了认识，虽不那么情愿，但也算欣然地接受这个任务。等她们五个自杀之后，她再联系自己的姐妹淘们一起做这件事，要把这件事一直传承下去。

自杀，结伴一起自杀的意义何在呢？她向桓柏子问过这个问题。

桓柏子宽厚地看着她，给她解释说道："造物者不仁，以男人作为人的范本，这世界根本没给女人留下作为人而活着的空间，他使女子生而柔弱，地位高于牲畜，而低于人，只能任人处置。"

桓柏子的说法，谢熏开始并不认同，但桓柏子稍加引导，举了许多例子，她再假想排除了自己身为谢玄女儿的身份，将要面对如何任人宰割的局面，也逐渐心生出许多悲凉之感。

"我们再也不想这样下去，不能让男人觉得女子只能逆来顺受，作为他们的附庸而存在。女人没能力像流民那样集结起来和他们打仗，唯一可以抗争的就是，不按照他们给我们规定的方式活着，集合起来捐弃自己的生命，做最为壮烈的抗争。"

谢熏听得懵里懵懂，接着又问道："可如果那样，我们都已经死了呀，抗议还有什么用处？"

"和牲畜一样活着没什么不好，这是我们常麻醉自己的。我们现在必须去死，是因为往前没有人为我们做这件事。而以后会有很多女人，千千万万的女人，会因为我们做了这件事，获得和男人一样的地位。"桓柏子说道，神情妖魅而认真。

谢熏还在咂摸这句话的味道，桓柏子又接着说道："姐妹们选择一个时刻，一起离开这个世界是纯净的。不是原本打算苟且偷生，只为了某一件不好的事情降临而激愤求死，我们不是那样，而是对所有不好的事情、对男人们显示出我们的态度。"

那个时刻，桓柏子的脸色有着如流光溢彩般的色泽，像是寺院中的神偶一般，那庄严让谢熏感动得想哭，也让她坚定地参与进来，见证她们的勇敢赴死，留下记录，并志愿让自己成为下一年的召集人。

记录，是用一种独特的文字来书写。谢若桦懂得一种和汉字相似，但又完全不同的奇特文字，这文字由她的母亲教传下来，只有书写之法，没有发音，她母亲称之为瑶书。

谢若桦把这文字教授给姐妹淘的成员，用来相互传递信息。虽然这并没有特别的实用性，她们是有一些秘密，寻常汉字也可以胜任，写得别人看不懂不是什么难事，只是习用这种迥然不同的文字，使她们获得别样的乐趣和默契，使她们更为坚信自己在做一件正确的事情。

谢熏加入她们得晚，学得有限，早上起来，抓紧时间练习，发现有几个要紧的字不会写，便来找谢若桦请教，谢若桦竟然外出。她料想谢若桦多半和桓柏子在一起，又怕在南郡公府遇上跋扈少年桓玄，便预备找上殷茵，以壮行色。

车行了一会儿，便到殷太守府上，谢熏让俞蓉待在车上休息，俞蓉不肯，一定要跟随着谢熏，谢熏没法，和她一起下了车，叩开殷家大门，由殷家的奴仆引领，进到大院内一处亭阁中，见着殷茵。殷茵正在凝神刺绣，地上还堆满织物，她见谢熏来了忙起身招呼，问道："今天是什么风把你吹来？"

谢熏坐下，用恳求的语气说道："我有事要找我姑姑，但她不在家中，我估计她在南郡公府，但那儿我一个人不敢去，想请姐姐得空陪我一起去。"

殷茵面上露出为难之色，放低了声音说道："我爹禁止我外出，他好像听到了什么风声。"

谢熏一惊，也压低声音："什么风声？"

"我不知道他都听到了什么，不过前几天回来，神情就不大对，专门针对我，我觉得他是不是知道了什么，才不准我出门。"她接着补充道，"不过到那天，我还是可以偷偷出门，只是就不用回来了。"

谢熏听了，忽然觉得有些沮丧涌上心头，说不出话来。反倒是殷茵捏着她手腕，低声安慰："你不用担心，事情本来就会是这样的。"

"那我只好一个人去了。"抑郁持续了一会儿，谢熏想到这已经不是认字那么简单的事情了，而要做更多的商议。

殷茵微笑着，点了点头。

谢熏站起身来要走，眼睛余光瞟到极光鲜艳丽的刺绣来，情不自禁伸手过去捏了捏殷茵放在床边的一堆衣物，随口问道："你在绣些什么？"

殷茵仍是低声道："是路上穿的衣服。"

谢熏哦了一声，又问道："怎么要那么多？"

"桓姐姐喜欢我的手艺，她说她的手艺比不上我，请我连她的一同绣好。"

谢熏心里咯噔一下，说道："我也差不多不会呢。"她心想，我到时候又该找谁来帮我？

殷茵没有说话，她和煦地微笑，站起身来抱了抱谢熏，就放她走。

第十三节 狭路相争

谢熏和俞蓉回到车上，怔了半晌，吩咐车夫往南郡公府赶，不一会儿便到了。南郡公府比建康城里其他官员的私邸都要气象森严，大门前的台阶都要高出几阶。谢熏不曾独自来过，她下车，看了俞蓉一眼，鼓足勇气上前去叩门。过了许久大门才开，探出半个人的身子，问道："你找谁？"

谢熏被那门人的语气呛住，停了一下，才回答说道："我找桓柏子。"

门吱吱地被打开，谢熏跨过门槛，却见门廊里的门人垂手肃立，没有一个要引路的意思，不由得有些茫然失措，她怯怯地说道："麻烦引一下路。"

门人们面面相觑，一个人开口说道："柏子姑娘禁止我们去她的院子，她的朋友向来都是自己走去的。"

谢熏心中有些怒气，但也无法可想，她点了点头，凭着一丁点印象，便往里走，俞蓉懵里懵懂地跟随着她。两人在硕大的南郡公府里乱走了一阵子，误走到桓柏子另一个妹妹的院子，才被仆人遥指着来到桓柏子的院子前。

桓柏子的院子有两进，前院门廊里守候的侍女问了来意，仍是毫无表情地要谢熏自往里走。谢熏忍住气，昂头进了正院，这里谢熏印象较为深刻，轻车熟路地走到桓柏子闺房的前厅，正好从里面走出的两名侍女见到谢熏进来，略微诧异，略作施礼，擦身而过，并不阻拦。

进了前堂，桓柏子并不在，谢熏听见一些隐约的奇异声音，那声音来自桓柏子的闺房中。谢熏有些迟疑，但还是轻轻地走进去，走到一半，她觉察出异样来，想要停下脚步，已经身在转角处，望见里面的景象。

桓柏子和谢若桦两人搂抱在一起，谢熏顿时觉得失去听觉，呆呆立在那里，半步也挪不开。

俞蓉跟在她身后，见到里面的情景，也猛地收住脚步，张大嘴巴，惊恐地拉住谢熏的袖子，想要把她往外拽。

谢熏听力恢复过来，她退后一步，又一步，拐角遮住了室内的春光，她这才有思索的能力，心中快速地转念，她们这是在做什么，这我可还不知道，是什么仪式么，她们为什么要这么做？

谢熏觉得似乎明白了什么，又不确定到底是什么，她要找谢若桦指教瑶文的念头飞到了九霄云外，变得荒唐可笑。

她从一开始就不喜欢桓柏子这人，是因为她是全城人都不喜欢的桓玄的姐姐，但她说出的话又如此打动她的内心，令她发现新的世界。此时此景的暧昧场景，谢熏拿不准这算是一种嘲讽，还是她所不知道的某种理想的践行。

她快步走出正院，几乎跑起来。在棋盘一样的南郡公府里，她祈求不要走错路，最好是能直接回到大门外。然而她走在一条两边长长院墙夹住的通道时，迎面看见了她不想撞见的那个人，桓玄。

桓玄今年才十三岁，身材比同龄人要高出一截，体形瘦削，相貌峻峭爽朗，但常板着脸，好像所有人都欠着他的恩情一般，失之于老成，就好像他不是十三岁，而是三十岁那样。

在他还要小的时候，谢熏就见识过他的跋扈，他当街鞭打一个北府军的军官，因为那军官给他让路的时候稍微迟缓了些。

即便桓玄没有官职，但那个军官是桓玄的父亲桓温一手提拔，而桓玄继承了恒温的南郡公爵位，所以那军官也算是他的臣属。这一点让谢熏尤其不高兴，因为她的父亲谢玄、谢若桦的父亲谢石，乃至谢家官品最高的谢安都是由桓温提拔的。桓温对许多人都有栽培之恩，这一点没得改变，很多人因此不喜欢桓玄，谢熏虽然小，也不免这个俗。

去年谢熏跟着谢若桦来桓柏子这里，有次在路上遇见桓玄，桓玄目光像钉子一样盯着谢熏看，看得她怒气上冲，却发作不得。桓玄走后，桓柏子对谢若桦打趣说道："我弟弟看上了你侄女。"

谢若桦没有如谢熏期待的那样直接否决桓柏子的话，而是婉转地说："可惜他们差着年龄。"说得好像如果并不差着年龄，她就会乐于推动让两家结亲一样，她都没有首先问问谢熏的感受是怎么样的。这一点或许不至于到让谢熏怀恨在心的程度，但至少是如鲠在喉的。

她在这一刻忽然想起这番对话，恍然悟到桓柏子与谢若桦并非她们所宣称的那样是为了女性的尊严而相约赴死，而是为了别的什么。

桓玄站在巷道的口子上，他一边望着谢熏，一边正和一个人说话，说完了那人垂手告退，桓玄朝谢熏走来。谢熏垂下头，想要从桓玄的身边走过去，桓玄张手拦住她，对她说道："你是来找我姐姐的么？"

谢熏站住，脑子里念头飞快地转，只简单答道："是。"

"但愿你没沾染她的恶习气。"

桓玄的话此刻赢得了谢熏稍微一点点认同，她含混地嗯了一声，便要绕过桓玄，但桓玄又伸出手来拦住她的去路，说道："你是因为我年纪小才不喜欢我的么？"

虽然有些吃惊，但谢熏也并未全无准备，她冷笑了一声，说道："我看不上德不配位的家伙。"

桓玄有些愠怒，压抑住说道："我年纪不到，还没机会立功建业，你怎么知道我德不配位？"

　　谢熏反唇相讥，说道："你怎么知道我在说你？"

　　"我这就上书给皇帝，辞了这南郡公爵位，你又有何话说。"

　　"不关我的事，请你让开。"

　　桓玄上前一步，抓住谢熏的右手，说道："我去找你爹提亲，你爹敢不允么？"

　　谢熏挣扎了两下，没有挣脱，她怒气上冲，也不多说，左手勾出一记重拳，"嘭"的击在桓玄下巴上，桓玄啊了一声，身子向后摔倒在地。他惊讶过度，一时竟然没有翻滚着爬起来。

　　谢熏理也不理，径直走开。不一会儿找着路，出了南郡公府，上车前谢熏便吩咐车夫说道："再去殷太守府上。"

　　回到车中，俞蓉给谢熏握拳叫好，谢熏却没心思理她，靠在靠背上，浑身只觉得疲惫脱力。

　　又来到殷茵面前，她还在埋头刺绣，见谢熏又出现在面前，殷茵有些惊讶，问道："怎么，若桦姐不在桓柏子那里么？"

　　谢熏路上已经想了许多问题，她问殷茵道："那个日子，五月一日，当初是怎么定下来的？"

　　"五月初七，桓柏子便要出嫁。所以她想赶在那之前，把事情办了。"

　　"原来是这样。"谢熏有些恍然大悟之感，她接着便把刚刚在南郡公府桓柏子那里所见到的情形给殷茵说了，殷茵听了，面上现出红晕来，含笑说道："这事我大致也知道的。"

　　谢熏有些愤愤地说道："这难道是正常的么？"

　　殷茵将手头的刺绣放在腿间，怔怔地想了一会儿，才说道："你年纪还小，不太懂得这方面的事情，再长大些就会慢慢懂得了。那是……"

　　她越说到后面，越不那么肯定，边说边轻轻地摇头。

　　谢熏有些失望，说道："可是，这和桓柏子说的就不太一样啊！"

　　殷茵好像理解谢熏的意思，淡淡地说道："是不一样，可也没什么不一样。"

　　谢熏脑子中灵光闪现，理清脑子里的头绪，说道："桓柏子相约姐妹们自杀，是因为她和我姑姑有私情，她不想出嫁，所以最初应是她和我姑姑两人相约殉情，她们不是为了什么一切的不公平，也不是为了抗争什么。然后不知怎么的便说动了你们来陪她们一同去死。她们固然有自己不得不去赴死的理由，但是你们另外三个却是被蒙蔽的，相信了她说的鬼话，除非你们也……而我也相信了。"

　　殷茵叹息了一声，说道："我们没有。你说得都对，可是，你不觉得这个世界，的确没什么好留恋的么？也许我们死了以后去的那个世界会对女人好一些。如果不是都有这个感受，大家又怎么会忽略她们两人那么显然的事情？"

谢熏摇头，说道："我的感受却变了，我觉得这很蠢，我们是受了她俩的蛊惑，我们是陪同她们的。"

殷茵默然了一会儿，说道："我也觉得，其实很蠢。"

谢熏央求殷茵说道："所以，茵姐姐，你们别再做这件事了，你先停下来，我一个一个和她们去说。"

殷茵深深凝视着谢熏，说道："我们都没想到，你是这么一个搅局的人。我怎么都可以。但是，你姑姑和桓柏子大概要不喜欢你了。"

谢熏感受到殷茵的关切，心中温暖，微笑着说道："茵姐姐，你还不知道，我刚刚在她府上遇见桓玄那小子了，他不知好歹地惹火了我，我揍了他一拳，现在他们一家都该不喜欢我了。"

殷茵笑出声来，她把腿上的刺绣推开，站起身来对谢熏说道："我和你一起去璟姐姐家，我和她要相熟些。然后我们再去如意家。"

谢熏大喜，上前搂住殷茵，说道："我们这就去。"她猛然想起刚刚在南郡公府桓柏子闺房里看到的那一幕，不期然地松开手，退后了两步，神色也为之一变，心中茫然。

殷茵奇怪地问道："你怎么了，我身上扎手么？"

谢熏有些尴尬，说道："我大早上的跑出来，还没吃东西，肚子有点儿饿，姐姐这儿有什么吃的没？"

殷茵嫣然一笑，她走出房间去，不一会儿端来一盘藕饼，对谢熏说道："虽说饿一点好，但我还是舍不得你饿着。"

谢熏取了一块藕饼，咬在嘴边，心里却在想殷茵的这句话，觉得迷惑极了。

第十四节 卜 巫

刘道邻请了两位医生来看过，捡来三服药，将药煎着后，他见哥哥心有旁骛，对刘裕说道："哥哥，你去忙你的吧，这里一切有我，道规下学回来，他可以打我的下手。"

刘裕守着母亲，心中却一直在另一处，他听见弟弟这么说，忙点点头，歉疚地摸摸弟弟的头，再望一眼母亲，狠心出门上马，往建威将军府去，叩门求见王谧。

王谧正愁坐着，见他来了，又是欣喜又是惊惶，先说道："上午刁逵来找我，他说他发现了我为你买羽林监空缺，你也不是程宏之之事。"

刘裕嗯了一声，说道："你怎么回应他？"

王谧说道："他之前是暗示，今天便明示了。他想胁迫我在尚书台帮他安排继承他父亲原先爵位的事情，这事情虽然难办，但也不是完全办不到，只是要费些周折；我和他没有交情，总是能推就推。这下估计得下心去办了。而我担心的是，这事情始终是个把柄，这次满足了他的要求，可下次又会如何？我正好想找你商量，你就来了。"

刘裕本想说刁逵已经没有了下次，心中一动，又忍住了，说道："我这次来，是想找你借二十贯钱。"

王谧听了，有些失望，问道："钱倒不是问题，但你已经还了刁逵的钱，怎么又需要这么多？"

刘裕说道："我母亲病了，这次病得不同以往，耗费可能要很多。你放心，我已经不再赌了。"

王谧想了想，说道："我怀疑这次我们被刁逵缠上，便是因为你输得太多，又还得太爽快，他起了疑心，才一路摸排到后面的事情。你要是还接着赌，我担心我到时候也救不了你。"

刘裕叹息："既然你怀疑我借钱还是去赌，那我不借了。"说罢，他转身便要走。

王谧忙拉住他，一边吩咐身边的奴仆在账房那边取二十贯钱来，一边对刘裕说道："你是经天纬地的大才，陷于赌博之中，实在是太可惜了。"

刘裕心中不快，乜斜盯着王谧，说道："一口咬定我赌，你还肯借，你还敢借？"

"我咬定你赌是我的事情，你说母亲病了要借钱治病是你的事情，你是以你最重要的事来求我的举手之劳，哪有什么肯不肯、敢不敢？"王谧认真地说道。

刘裕听了，心中触动，收起倨傲，认真地说道："我母亲病了要钱治病是实情，我说我没再赌博也是实情，但眼下我还有个天大的麻烦，令我彷徨，不知何去何从，想请你为我指点一二。"

"什么麻烦？"

刘裕深吸一口气，说道："刁逵见过你之后，也来找过我了。我听闻他调查出程宏之之事来，心知这是个深沉的麻烦，择一个僻静处便把他一刀杀了。所以你不必再担心他。我杀他选在僻静处，相信没人看见，但我之前欠他许多赌债之事众人皆知，而今天在西口市上时，也未尝没人看见他和我在一起。所以即便不那么快，但很快也会调查到我头上，我不知道还有半天还是一两天的工夫我可以留在建康城中。"

王谧听了，口中倒吸凉气，说不出话来。

刘裕接着说道："臧爱亲有孕在身，母亲重病在床，两个弟弟尚幼，而我不得不离开建康，这实在糟糕。我所彷徨的是，我要行向何方，才能不负众人？我想请你来帮我占上一卦。"

"你有哪些去向？"王谧问道。

刘裕略一沉吟，说道："往东去到海上算一条，我是天尊道徒，孙泰和杜灵师祖正在海岛之上招募道友，共襄大事。你说我将来要成就大事，我常觉得在大晋这样唯重门第的制度内，我一介平民要出头，实在难上加难。"

王谧摇摇头，说道："也未必，我推荐你到北府军中充实职，便是看到如刘牢之这样的流民也可以凭军功封爵，世情在变，本朝也并非一成不变。你想去海上，虽然他们现在声势不弱，有些天象看起来站在他们那边，但我以为不大明智。"

刘裕不置可否，接着说道："要么便去北方，秦国虽然是敌国，但他们政治修明，没有世家门第的负担，更重军功，即便不出刁逵这事，我也是一直更想去秦国的。只是家有老母幼弟和妻子，才不得而行。"

王谧仍摇摇头，说道："秦国是异族，你忘记了么？"

刘裕叹了一口气，说道："还有就是去西方，经凉州过西域，去到那波斯之地。不再追求军功之途，学人做点小生意。开始没有本钱，我就去给人做护卫，积攒本钱，熟悉沿路的状况。假以十年二十年，我一定可以富裕还乡。"

王谧听了，默不作声地走进他书房内室，取出一捆蓍草秆，回来摊在桌上，取出一截放在旁边，其余分成两堆，以四四之数相除，三变之后，得出第一个变爻，六爻之后，王谧用笔写下卦文，思索一番，冷笑一声，将写着卦文的纸撕碎揉作一团丢在地上。

刘裕看王谧摆蓍草秆，一路算数，看得头昏眼花，见他写下卦文又撕毁，忍不住说道："是不好的卦象么？"

王谧摇了摇头，说道："是我学占不精，得出一对风马牛不相及的卦文来。"

他低头沉思一番，命仆役洗净一个小香炉来，将刚刚用过的蓍草秆投在其中，点火烧成灰，投入水中，全数饮下。刘裕几番询问，想要拦阻，王谧一一推开。饮完草灰水不久，王谧忽的倒地晕厥过去。

刘裕和近旁仆役大惊，赶紧将王谧抬放床上，探看他鼻息如常，只像是睡着了一般。王谧睡了一会儿忽然醒来，睁开眼睛，对刘裕说道："你不要离开建康城，三日之内，你在秦淮河上布网，若能网起一条黑色的鲤鱼，可救你母亲的痼疾。"

刘裕有些不解，说道："这是你梦里看来的，这和我行向何方有关系？"

王谧也是一愣，才解说道："你这人，我不是都说了你不要离开建康城，你还要行往哪里去？"

刘裕问道："可是我杀了刁逵，这也是不要紧的么？"

王谧眼睛翻了几翻，说道："刁逵没死，他用了独特的法术，想必是有人代替他死了。他没死，可他见着了你杀他的狠劲，近来是不敢再有动作了。"

刘裕更是疑惑，说道："有人替了他死，这如何解说？莫非是我刺杀的部位不对，他侥幸活了下来？"

王谧说道："刁逵的确是死了，可又没死，我只能推断你杀的是他的替身。但是如何的替身，我却不得而知。"

刘裕手扶额头，觉得困惑而不可理喻。

王谧接着说道："先前占卜，得出本卦是'大哉乾元，万物资始'，而之卦却是'龙战于野，其血玄黄'。大致的解意是你现在情况本来很好，未来却有可能变糟糕，这和你说的杀了刁逵一事预备逃难之说难言契合。我有些生气，所以撕毁卦文，用我师父教的法子，直服蓍草灰，在梦中得到更加清晰的启示。我梦中看见你在秦淮河中布网，又分明看到黑色的鲤鱼跃入你的网中。我反过来想，'大哉乾元，万物资始'一定说的是你的顺途就从这里开启。"

刘裕问道："人都会做梦，梦中所见包罗万象，这万象之中，哪些是有意义的征兆，哪些又是虚相，我们从何而知？"

王谧定定地看着刘裕，良久不言，最后叹了一口气，说道："这实在一言难尽，你的这一问，实在就是世间最大的困惑。"

他想了一会儿，又开口说道："我自小信奉天尊道上清派，熟读黄老经书，虽然没有得授符箓，但辩解义理，我自信不输给任何人。最近几年颇爱知教的篇章，对上面所讲的道理也深以为然。但天尊道和知教之间，哪一个才是正道呢？我常有左手与右手互搏之惑。"

刘裕心中一动，说道："左右如何互搏，都是同一个身子，难道左手打去，右手不知躲闪或者格挡，又或是左手真能下重手，将右手伤到不成？"

王谧脸色有些苍白，说道："你不修天尊道和知教，所以你不晓得知与道之辩是这时候庙堂上的显学，从道士到迦南行者，从民间到府内，从外官到深宫，连皇帝都孜孜于此。但他们都要耍嘴皮子而已，还不算真的比拼，真的比拼的话，我刚刚的晕倒只算是一碟开胃的小菜，不死许多人，怎么证明谁是真章？"

刘裕沉默，左手和右手忍不住轻轻比画。

王谧接着说道："我就是那所谓亦道亦知之徒，身体左边是天尊道，右边是知教。我不争谁是谁非，我想让它们容纳于我。"

刘裕点头说道："这是极好的。"

王谧叹了一口气，说道："而我听闻遥远西方的国度有国名曰波斯，名曰罗马。波斯有拜火神之教，罗马有拜亚里斯之教，都各自迥然不同。可惜我还没能看到它们的经书，如果读进我的五脏六腑去，他们还可以和平相处么，会不会把我分裂成战国七雄？"

刘裕听到波斯的国名，心中又是一乱。

王谧又说道："刚刚我用的占卜之法来源于易经，算是儒家的方术之一。而我服下蓍草的草灰，用的是占卜所用的蓍草，行的却是戎人的巫术。算上天尊道和知教，以及拜亚里斯之教，拜火神之教，这世界可谓颠三倒四、横七竖八。"

有一个问题在刘裕心中由混沌逐步清晰，可仍然不能把它精炼成句，正思量间，王谧说道："你问从何而知征兆与虚相，我想来想去，只能回答你说，无定见。"

刘裕怔了好一会儿，才说道："这也是一种清谈么？"

王谧嘴角上翘，说道："可惜我没能生在清谈的时代；要是生在何晏的时代，我能把他辩得怀疑人生。"他轻笑着，语气一顿，接着说道，"现在是你这样的人的时代，你们孔武有力，果决坚毅，没有包袱，没有退路，要么湮灭不闻，要么一鸣惊人。我能做的，只不过是结交你，助你一臂之力，能在世家门第坍塌没落的未来给自己谋个座位。"

他刚刚说到战国七雄时的激越与迷惘并存，忽然转回到世家的话题来，整个人又变得沉静而明智。

刘裕轻轻摇头，心中轻叹，我怎么能算没有包袱呢？所谓世家高姓的时代在没落，他也还完全看不出。但他没讲出这些，而是转移了话题，问道："你生活在深门大院里，怎么会懂得戎人的巫术？"

王谧说道："当年戎人的头领姚襄率部归附本朝，不久又离开南方回他戎人的故土，有些戎人不肯往北方去，便留在了扬州。其中有一位年老的戎人神官流落到建康，成为我家的门客。我随着他生活了六七年，跟他学得戎人的巫术。"

刘裕哦了一声，他心里想的是，天尊道、知教、儒教、戎人巫术，拜火神之教，拜亚里斯之教，世间神明种种，要信哪个都很容易，"准"却只有一个。这些神明中只有一个是"准"的，别的都是虚妄；还是所有神明皆虚妄，根本就没一个是真实的？

他觉得脑子里装的东西实在太多，都没法思考了，起身说道："我明天到秦淮河边去设网，就看接下来是戎人的巫术准，还是易经更准些了。"

第二卷

微信扫码,
获取《风之影:人间浮图》
复杂人物关系图

| 第一章　端木宏 |

第一节　素履无咎

　　五月，正是乍暖还寒的时节，霁云厚重，东边天穹有隐隐的血色，地动不已。白鹭洲下，天色如晦，冷风阵阵。大小船队零零落落散布在江面，随着江水缓慢地向北漂流。
　　有支挂着"桓"字军旗的漕船队列，头尾连缀着十来条漕船，每只船七丈来长，桅杆三丈多高，风帆半张，载荷沉重，舷板只高出水面数寸，漕船间由短粗铁索扣连成一体，像一只蜈蚣般随着江流微微扭动。
　　一条小扁舟由一根绳索系着，远远地拖在最后。
　　小扁舟头上站着一高一矮两个人，高的那个年纪苍老，须发皆白，瘦骨嶙峋，身穿麻布道袍，头戴黄冠，手中拄着一根木杖，身躯站得笔直，朝江左眺望。矮的那人是个还只十六七岁的少年，面带稚气，长眉深目，相貌神俊，有凌然不群之姿。他身穿草灰色道袍，背负褡裢，褡裢下束着一柄无鞘的桃木长剑，一手搀扶着那老者。
　　小舟中间坐着一人，和老者一般穿着黄色道袍，只是全身上下包得严严实实，连眼睛也不露出，倒好像一捆立着的麻袋，十分怪异。雨舱的后面，一对木桨收拢在小舟的两侧。一个渔夫穿戴模样的人裹紧麻布，蜷缩成一团，睡在船尾。
　　少年见老者朝东望了许久，却不说话，忍不住开口问道："师伯，你在看什么？"
　　老者没有马上回答，过了一会才缓缓说道："还没看到，等天再亮堂一些，很快便可以望见建康城的城墙了。"
　　少年咦了一声，说道："我还说建康城在前面，原来在左边。"
　　老者纠正道："古人讲究东方为左，但不是以左右为东西，这一点你要记牢。建康在江的左岸，不论你顺流往建康去，还是逆流到庐江去，建康都在江的左边。"

少年点头说道："我记下了，以前常混淆，听师伯这个例子，我便明白了。左右也可以是南北，都取决于你本来面向什么方向，可这一点却极难和人讲清楚。"

老者叹了一口气，说道："近来我眼中老是有些黑影晃动，大概是快要瞎了。不知道此次到建康去，是否还能活着回到龙虎山。"

少年笑着说道："兵来将挡，水来土掩。若有坏人出来坏事，有我和麻泽在你身边护卫，师伯尽可放心。出来之时我师父课过一卦，好像是什么素履，往无咎，我不太懂是什么意思，大致是没什么危险的。"

老者微微笑道："你可以对付看得见的坏人，但这一个你对付不了。"

少年奇道："有什么人是看不见的？"

老者说道："这个人的名字叫作老，不是老子的那个老，是衰老的老，它来无影去无踪，无形无骸，谁也逃不掉，躲不开。"

少年明白过来，安慰老者说道："师伯，我是我教中的鬼官将军，人的生死由我掌管，你既不用担心有什么坏人出来坏事，也不用担心疾病衰老。我看你怎么也还有十七八年寿命的。"

老者望向前面的漕船，说道："想要活得长久，是人的贪念。贪念不好，容易使人执迷，陷入到贪念之中。"

少年不解，问道："师伯的意思是？"

老者说道："我希望此行达成目标，胜过我活着回到龙虎山中。"

少年仍然不解，说道："我还是不明白，师伯的意思是，看得见的敌人使我们没法好好达成目标，还是那个看不见的老，使师伯你没法回到山中？"

老者现出一丝苦笑来，不是为他自己，而是对着少年，问他道："看得见吗？"

少年越发糊涂，说道："师伯，我不明白。"

老者叹息，说道："这世界上的事情，如果像左右那么容易分辨识记，该有多好。"

少年嘟囔了一句："师伯，你又来了。"

老者转了话锋，说道："你太沉迷在剑法之中了，以为世界上的事情就和两个人手持着两柄剑相对峙那么简单，几招就分出胜负；胜就是胜，负就是负，十分分明。不过这样也好，眼中只有对手和对手的剑，其他什么也不放在眼中，也就没那么多忧愁了。"

少年先以为又要承受老者的说教，"也好"的时候语气便已经转为温和，他就没那么抵触，再听到"忧愁"二字从老者口中说出，忍住笑，说道："师伯，您这几天和平时活像两个人。"

他情不自禁地转头要和身后那个坐着的人分享这句话，头才转了一半又收回来，心想，即便是在平时，麻泽师兄也比师伯还要木讷古板。

老者也浮现微微的笑容，他语气温和而游移地说道："我这是马上要回到故乡，才这样的吧？"

少年有些怜悯地望着老者，问道："没有这次奉令出使建康，您就不能回到故乡吗？"

老者没说话，他对少年的稚拙程度感到了一点失落；稚拙是没法指出和纠正的，它像蛇的皮那样，会随着身体慢慢成长，在某个时刻自然蜕掉。少年人会长大，长大就不会问这样幼稚的问题。

少年也意识到老者在冷落这个话题，他没再继续问，而是快速地换了一个话题，说道："师伯，很多人不相信我的剑法其实就是天尊道的剑法，说我其实是有别派的剑术老师。我这次来建康，除了辅佐您觐见皇帝之外，也有要证明这一点的目的。"

老者哦了一声，问道："你打算怎么证明？"

少年说道："我要在建康城中设比武场，比武场上挂一面旗帜，上面绣着'天尊剑法，天下第一'的字样。我在比武场上，十天之内接受任何人的挑战。如果我赢了所有人，自然就证明没人可以教我，也就证明我的剑法乃是源自天尊道。"

老者轻轻摇头，哂笑道："合一道不以剑法为立身之本，龙虎山天尊府的剑法只是寻常的剑法，从未出过剑法的高手，和你用来杀了许多人的剑法相比，在我看来也确确实实大有不同。你想的这个法子表面看起来有道理，其实不过是牵强附会而已。"

少年脸上现出些愠怒之色，说道："哪里牵强附会了？"

老者叹息一下，说道："宏儿，端木宏，我对你并没抱着什么陈见，只是单纯说理，你的法子何其不通，其实根本证明不了什么。如果说确实有人暗中教了你高明的剑法，而他有所图谋，命令你不可泄露他的行藏，他自己自然也就不会来和你争这天下第一，这同样满足你会赢了所有人的条件，难道这就能证明没人教你么？这是很简单的道理。"

他停了一停，见少年仍愤懑，似乎还想不明白，又接着说道："我也不是说你真的有这么一个剑法师父，也姑且不说这天下第一有多么虚妄，所谓十天之内不败给别人，就足证你的剑法来自合一道，道理上一点儿也说不通，我都不信，何况其他人。"

这个名唤端木宏的少年眼睑低垂，欲言又止，脸色红了又青，他不期然地退后小半步，手从老者的手肘下移开，委屈地说道："师伯，我并没有做什么错事啊，为何您依然这样怀疑我？"

老者扭头看了一眼端木宏，说道："我并没有怀疑你，只是此间的形势恶劣，你切不可抱着自以为是的想象，把别人想得如自己一般简单。这是你师父嘱托我要交代你的，你只要过了自以为是这一关，其他的都容易学，我们是不怎么担心的。"

端木宏盯着水面，怔怔地发呆。

老者又开口道："山外有山，天外有天，你在龙虎山上，就算在江州剑法无敌又怎么样呢，在扬州，在建康，你怎么敢保证不败？如果败了，难道反而肯承认你的剑法并非出于合一道么？"

端木宏叹了一口气："可我还是想这么做，我喜欢赢的感觉。"

老者摇头："你这是堕入了迷途；剑术是小道，龙虎山上不怎么看重，也因此对你的心病不当回事。"

"我只是想要赢，又不偷不抢不骗不赌，这算什么迷途？"少年略微梗着脖子说道。

老者本来想说他过于"执着"而妨碍天尊道本业的修行，但心念一动，端木宏自打剑术在天尊府上出了头之后，哪儿还有本业修行？叹了一口气，说道："你当然可以这么做，在我面见了皇帝之后；你师父没有交代我们返回龙虎山的时间，我猜在他亲自赶来建康之前，你都是自由的，可以做你想做的事情。"

端木宏脸上的阴霾飞快地散去，说道："我不会败的，师伯，我不会败的，这一点你放心好了。"

"你没败之前总以为自己不会败；败一次之后，也许觉得败了也并非坏事。"

"我的剑是不会败的。"

"没有谁是不败的。"

端木宏飞快地扭头看了一眼坐着的人，说道："我师父其实心里很明白，他知道我剑法的奥妙所在。我的剑法只是表面的形式而已，或许我根本没学到什么剑法。我掌管着生死，那些死掉的人，他们总会死于一个具体的形式，而我就是赋予他们死亡形式的人。"

"这一点我和你师父谈过，不像他说的那样。你就是沉迷在剑法中，沉迷在你自己自创的剑法里，相比这些剑法，鬼官所修的生死符法才不真实得多。"

"不是这样的，并不是这样。"端木宏急切地辩解道，他张口结舌，不知道该如何对师伯讲明白这个道理。

老者轻轻叹了一口气，不再多说。

两人激烈地争论了一番之后，忽然沉静下来，只听见欸乃的水声。

端木宏是龙虎山合一道天尊张昭成的关门弟子。船上此时除了船夫和端木宏的另两人，老者是张昭成的师兄季子推，而舟中坐着始终沉默不语的那人，是季子推的侍奉弟子麻泽。十几日前他们从龙虎山天尊府出发，奉张昭成的指令，前往建康城，代替他觐见皇帝司马曜。

龙虎山合一道此时刚刚传到第五代天尊张昭成手中，虽然天下的合一道徒都奉天尊的名，可天尊府却始终不服南方的水土，困顿到快要维持不下去的境地。不仅各地的天尊道祭酒渐渐独立称府，不再和龙虎山相往来，连毗邻的黄茅岭，也来了一帮自称茅山道士的家伙，起了道场广收信徒，进逼到天尊府的鼻子底下来。

几年前天尊府每年能收两千多石教民捐献的谷米，这两年不过五百石，算上自家田地出产，所得已不足维持百人教团的饭量。去年张昭成的大弟子刘丰带十几个弟子出走北方，给了天尊道近年来最沉重的一击。

困顿时刻，张昭成总结了过往天尊成功与失败的经验，得出结论是，既不该像张陵那样躲进深山寻成仙之道，此刻龙虎山的窘迫足证张陵当初暴得大名乃是出于意外，他的成功后代无法再现；但也不该像他的祖爷爷张鲁在汉中做的那样，建立起政权来割据一方，那是孤注一掷地消耗掉教团的运气和人望而无法长久。

最好的位置是，张昭成这样认为，是教宗之首陪伴在帝王身边，做帝王的老师。依仗帝王和世家的支持，扩大影响力，将影响力体现在人心中，而不是组织编伍上，这才是合一道得以生存和发展的最好方式。

但想得再好也只是想想而已，几十年里，单单听说朝中这个大官信天尊道、那个大官信合一道，可是能帮龙虎山说得上话的，一个也没有。即便做不了帝王师，如果每年有谁能给龙虎山拨付几百石的米，也足以救龙虎山上的教团于水火，可是连这也没有。

眼看着再有几年，天尊道就要再次剧烈地缩减，失去数百年的荣光，变成寻常的地方巫教了，此时朝廷忽然给张昭成下达了征召令，可谓不期而遇的久旱甘露。

不过，张昭成所以为天尊，除了他是张盛的儿子之外，更因为他计算周全。他权衡利弊之后，托称此刻恰好他的足疾犯了，疼得无法下地，无法走到建康，所以征召令只能委托他的师兄季子推代行。季子推是上一代天尊张盛的大弟子，学道的资历比张昭成还要老，朝廷也不会认为龙虎山对征召令有所怠慢。

端木宏是张昭成的关门弟子，被誉为龙虎山年轻一代弟子里最有灵气者。不过对于合一道而言，灵气实则是世人眼中的呆气，呆气就是不通时务。不通时务是不屑通，讲究精气神不用在凡俗的知识与谈吐，而投射在精神力的培固上，这是道家无法言说，也无法身教的秘密。

另外，端木宏天生的鬼神体质，以及在剑术方面出乎意料的造诣，使张昭成大为惊异，将教中不传的符箓鬼官将军授给他。这荣耀等于可惜他不是张昭成的儿子，否则便会是下代天尊的继任者。

所以，即便并非张昭成亲征，这两人也算得上此刻龙虎山能派出的最强阵容：一对在前面探路的棋子。

第二节 坠 江

端木宏的呆，是真的呆，极容易陷入到心无旁骛的境界中去。他正在内心反复思量如何在建康城中的某处，设立一个适合比试剑法的比武场，挑战或接受他所听说过的扬州剑法高人的挑战，如果有不知名而剑法更高的人自动参与进来就更好了。

他所知的扬州剑法高手有三个人。

头一位是顾渐，据说四十来岁，在当朝宰相谢安门下做个清客，就住在建康。平时有剑客找上门去和他切磋，总是客客气气地接待，无有不应。而比武往往在一招到两招之间便决出胜负，胜的都是他，倒下失败的那人也绝不身上见伤，因此他被誉为扬州剑法第一。端木宏固然自负，但脑子里想到这一点，就禁不住紧张得浑身发抖。他猜想这人的剑法的路数和自己极为相似；但又有很大的不同，自己的剑式每一招都会杀人，没直接死去的人受到的折磨更甚，最后也难逃一死。而顾渐不仅发出的剑法犀利，更能收发控制自如，水平不知比自己高了多少。

陈通其次，他三十来岁，传说寄身在南郡公桓玄府中，剑术极高，不爱比剑，平常也不和外面的剑士切磋，真实的水平难以品评。只知道这人在桓温死前接受托孤，要他贴身保护桓玄。桓玄能在怨声沸腾的建康城来去自如，便受益于此人的周密部署保护，乃至主动出手，狙死针对桓玄的刺客。

秦升第三，擅长类似棍法的重剑，传说中的战绩也是无往不利。只是他性情温和，总是客客气气地谢绝比武，因为不堪各地剑士的叨扰而干脆隐居在京口的乡下。他如果听到建康比剑的消息而肯来的话，大约一两天也就赶到了，但多半是不肯来。他不肯来便只有自己去了。

端木宏在龙虎山上时对这三人便耳熟能详，以他的见识，击败这三人后差不多算是击败了扬州的剑术顶尖高手，自己便算是揽江州扬州两地剑术第一的名号；达成这个目标之后，有可能的话便要启程往北方秦国的长安去，挑战北方的剑法高手，去见识那山外之山、天上之天。

这是他在龙虎山上第一次比剑胜利之后，意识到自己是自己之后，内心就空出来的一大块缺口，只有靠胜利填补，但总也填不满。

他正遐想，忽听得水面上"哗啦"一声响，如洪钟半响起，扭头看去，见几丈外江面上一条足有丈余的蓝色大鱼翻跃出水，展开蓝色透明的翅膀，在空中飞出了曼妙身影，然后落入水中，犹见水中形迹疾速向前，不由得叫道："好大的一条鱼啊！"

他冲着船尾兴奋地喊道："张大哥，那是什么鱼？"

躺在船尾那渔人半坐起来，睡眼惺忪地瞧了一阵，才说道："你不是江边生长的人所以不知道，这鱼名作江豚，常在江海之间往来，虽然不常见，但也不稀罕。"

端木宏目光紧盯着那大鱼在水下游来游去，心驰神往，喃喃道："我若是那鱼儿就好了，自由自在，想去哪儿就去哪儿。"

那姓张的渔人对端木宏说道："鱼儿可不自在，大江大河虽然自由往来，但这往来却有边界，它没法上岸，也没法飞到空中，它跃出水面那一段距离，只算滑行，可不算飞。河水比土地小，土地比空中更小得多了，说来说去，人其实是比鱼儿自在的，不过鸟又比人要自在许多了。"

端木宏听了，不由赞叹道："张大哥这话大有深意，我师父可讲不出。"他偷偷看了一眼师伯，见他没什么表情，这才放下心来。

那姓张的渔人哈哈笑道："这可不是我的话，是我从一个迦南行者那里听来的。"

端木宏好奇地问道："迦南行者，是什么人？"

渔人不料他有此问，一下子结住，怔了一下才说道："迦南，是南方外国来的修道之士，是拜一个名叫知子的神祇的。"他接着说道，"那行者还说了，比鸟儿更自由的，是人的心。可惜人心长在人的身体里，人的肉身束缚了人的心，所以人心不得自由。"

端木宏哦了一声，他对飞鸟的自由有所感，但此时天上并没有什么鸟儿飞过，他对迦南更没什么兴趣，再后面的话更是奇怪，直接就听而不闻了。

他见那只江豚又从远处游了回来，在小舟旁边停下，从水面探出头来张望。他心性大发，趴在船板上探手去摸。江豚顺从地游得更近，给他抚摸头部，发出唧唧之声。

他从怀中掏出不舍得吃的面饼，撕了一半，掰成一小块一小块，投喂到江豚的嘴边，那江豚嘴唇一动一动，呼的一下把水中的面饼都吸了进去。

它游得离船更近，用尖尖的嘴轻轻地叩着船舷水下的部分，像是在感谢少年。他们一人一豚，似是心有灵犀，久别重逢，物我两忘于天地，无限喜悦。

他浑然不闻空气中有弦动之音，虽然也许听到了什么声音，但他沉浸在快乐中，也就充耳不闻，直到一支点燃箭头的火箭啪地落在几尺外的水面，火焰入水熄灭之前，那一点光亮的闪动，才偶然晃动他的眼帘，使他抬起来头来张望。

那只江豚也似是受到了惊吓，猛地一下蹿开，游开几步，恋恋不舍地潜下水中。端木宏看见有许多点燃箭头的火箭，已经射在了前面漕船的帆与船身上，噼噼啪啪地燃烧起来。空中还有许多接着飞来的火光，一波又一波地覆盖下来。

漕船上的士兵叫嚷着从低矮的船舱中涌出来，但是他们手中只有长刀，连一个盾牌也没有，只好匍匐在船板上，惊恐地盯着火箭飞来。着火的船上士兵们慌张地从江水中舀水灭火，船只上的着火大多很快被扑灭，但有两只船上的火势越来越大，混乱中许多士兵张皇地跳进江中。

漕船领头的战船上凑出了几把弓，开始零星地对射回去。但他们弓力相差甚远，射出的箭稀稀落落的，甚至还不到半程便掉入江中，能射中敌人船只的一支也没有。

端木宏顺着火箭飞来的方向看去，看到几十丈外的江面上驶来一只大船，那船行得极快，不一会便已经从漕船队列的前方行到船队的后方，和端木宏站立的小舟相望不过七八丈，看得更加分明，那船形如梭状，高约五丈，长十来丈，三支桅杆风帆全张，船体下方十余个排桨飞快地挠动。那船上甲板中间站立着数十人，列成两三排，每人面前置放着一个明火盆，弓箭手们如同呼吸吐纳般搭箭、点火、张弓，韵律而齐整地放出一排排火箭，朝着漕船船队飞来。

端木宏看得心驰神往，对季子推说道："这都是些什么人，竟然敢攻打官兵？"

季子推面色有些奇异，说道："说起来，他们倒也是我天尊道的门徒。"

端木宏又是咦的一声，迷惑地道："我教门下居然有队伍，我怎么从来不知道？那我们还能去见司马曜？这帮浑人、妄人竟不知道我们在这里，朝着我们放箭，射中我们该当何罪？"

季子推纠正道："我们是合一天尊道，他们却是天尊道。"

端木宏有些疑惑："我只知道我们既是合一道，也是天尊道。"

季子推说道："两者本来是一体，我教全称应是合一天尊道，不过名称较长，民间听起来显得繁冗，许多人便缩减为天尊道。这帮造反的人一直以天尊道相号召，久而久之合一天尊道和天尊道便渐渐有所区别了。"

端木宏点头说道："是了，我合一道是正派，天尊道是邪派，司马曜请我们去见他，自然是分得清正教与邪派的，他正要依仗我们去镇住邪派的。只是倘若正教人士被邪派的箭射死，那可枉费了皇帝的苦心，他还不免想，什么狗屁正教高手，竟然不如邪派末流。"

他转身对依然纹丝不动坐着的麻泽说道："麻泽，你瞧见了，也听见了，我们上阵破邪之时，正在此刻。"说罢他拔出背后长剑，接着道，"把我丢到那船上去。"

季子推伸手阻拦，说道："那些人看起来并非针对我们而来，不要去！"

端木宏说道："我看正像是针对我们而来，麻泽，快扔我！"

麻泽话也不说，站起身来，一把托起端木宏，举到自己头顶，朝着大船方向奋力地掷出。端木宏的身体看起来轻飘飘的，麻泽毫不费力，端木宏像是一支长矛般被飞出十几丈远，"啪"地一声稳稳地贴到了大船的主帆上。

端木宏单手挂在帆杆上，用剑虚指着下面的弓箭手们，大声说道："呔，合一天尊道鬼官将军端木宏在此，尔等乱贼，还不乖乖跪下投降！"

大船上诸人放箭正酣，未料对面船队尾巴的一艘小船上忽然有一个少年如同神兵般从天而降，飞过来贴在主桅杆的帆上，挂得稳稳当当的，忍不住喝彩，而听了他的话，所有人都愣住，有些箭手已经点上火的箭便胡乱射入江中，扭头定定地望住端木宏。

站在前排的一人身材伟岸，相貌堂堂，手中持一根彩色丝带包缀的木槌，用作号令指挥射箭，他收起手中的木槌，几步跃到端木宏脚下近前，仰首拱手说道："鄙人是天尊道水官大帝座下前锋营指挥使孙……英，率队攻打晋狗的船只，并非针对足下，既然小兄弟也是天尊道弟子，大家井水不犯河水，何不欣然作壁上观？"

端木宏见那人年纪正当壮年，身形健壮，装束整齐，与其他人不同，哈哈笑道："谁与你们是同道中人，我合一天尊道是正教，你顶着天尊道之名，败坏我教声誉，我要为我师父清理门户！"说罢，他轻轻跃下，抬手一剑刺向孙英。他的剑虽然只是木剑，但剑法诡异，刺得迅疾无比，逼得孙英倒退两步，将弓横在胸前，做出防守的姿态。

端木宏脚步向右侧滑开，转向离他最近的一名弓箭手，剑尖飞快地一送，刺向那人的手臂，那人猝不及防，来不及招架闪躲，手臂已经被刺穿个洞。众人尚看不清他的是木剑，单单是他的快和狠，已经让所有人都看呆了。

还未待那人倒下，端木宏的剑已抽还回位，变作撩式点向紧挨着自己的另一人的咽喉，那人横过弓臂要招架，端木宏的剑又已经变撩为刺，如毒蛇吐芒般刺中他的胸口。众人只听见一声闷响，这人仰面倒下。他的两个剑式，连接得行云流水，毫无中断，就好像使出第一招之前，已经预想了第二招，又或者两式原本就是一式，只是两个人恰好立在了中剑的位置。

他不理与他正面相对的孙英，步伐快得如鬼魅一般冲向人群，所过之处，只听见弓弦断裂的声音、木剑刺穿躯体的响声、身体倒地的声音、火盆倾覆的声音乱作一团，十几个弓箭手挤在一起，本来就没什么闪转腾挪的空间，加之惊慌过度毫无招架之力，被如撞木块一般纷纷倒下。每人身上都留下一个洞口，鲜血喷涌，说不出的惊骇。有些人立即就死掉了，有些人发出揪心的惨呼声。

才一接战，甲板上除了端木宏和孙英两人，已经没了其他还站着的人。倾覆的火盆里的火油流淌在地上，火焰噼啪地在甲板上燃烧起来。

孙英既惊且怒，他得空从船舷上抓起一支钩镰枪，枪尖向前，护在胸口，怒目望着悠然得色的端木宏，说道："阁下的剑法，妖异得很，我没听说过天尊道有这样的剑法。"

端木宏笑道："我今天也是第一次听说我天尊道，"他呸了一声，纠正说道，"我合一天尊道居然有你们这样作乱的贼子。"

孙英瞪着端木宏手中的剑，恨恨说道："阁下这把剑居然是一把木剑，木剑怎么能够这样锋利，又怎么能这样坚韧？"

端木宏看了看自己手中的剑，说道："它的确是木剑，桃木剑，驱鬼之用。锋利坚韧不是因为它本身有多锋利坚韧，是因为它刺的是牛鬼蛇神。"

孙英目光像要喷出火来，他大声叫道："上下船舱的人听好，转舵回营！刘四关好舱门，别叫这个贼子跑到下面去了！李志、王通，落尾帆升中帆，小心躲避贼人。放炮求援！"

端木宏对孙英笑笑，说道："擒贼擒王，你就是那个王么？"

孙英奋然说道："小兄弟剑法高明，鄙人着实佩服，不过下手恶毒，我天尊道弟子何时与官府沆瀣一气去了，这个我却是不知。"

端木宏撇了撇嘴，说道："我年纪小，你可不要诓我。我师父说了，当朝哪个大官儿不世代信奉天尊道？我合一天尊道本就是和官府那什么什么一气的。"

孙英收起钩镰枪，趋近一步，压制脸上的怒意，语气又和缓下来，说道："鄙人料得不错的话，小兄弟是我天尊道龙虎山一支，龙虎山是我天尊道发轫之源，普天下天尊道门徒谁敢不敬。前些日子我叔叔还和昭成师兄有书信往来，昭成师兄对杜名师的许多主张颇为赞赏，等杜名师大事成就之后，龙虎山定当是新朝中最为贵显的一支。"

端木宏见大船离自己的小舟越来越远，心知对方行拖延之计，他毫不慌张，笑道："可巧了，我师父就是张昭成，他可没对我说过和你狗屁叔父有什么书信往来，倒是那船上的那一位，真的是受我师父托付，去见……"

他不全然是个口无遮拦的少年，硬生生地收住话，接着说道："龙虎山之外，都是邪魔外道。你是个有名有姓的人，跟我一起去见官，这船上的其他人我就当没拦住吧。"

孙英心知言语不能打动端木宏，就算船一路驶到海上，仍需一战，便说道："也罢，今日我和你拼个鱼死网破。"说着脚下一蹬，使出全身力气，将钩镰枪朝端木宏胸前扎去。他知端木宏剑法诡异，若让他先发，自己毫无还手之力，也不留力图变，只盼一击命中，不然便是自己脖子被对方的剑尖戳穿，血溅当场。

端木宏身形一闪，轻轻让过刺来的枪头，横着剑身往孙英手臂上拍去。眼见要拍中孙英的手臂，忽听见江上"哗啦"一声水响，水中跃起一团黑影，重重地撞在端木宏身上，将他整个人撞得飞起来，余势不消，那黑影与端木宏一起，从船的另一侧滚进江中。

第三节　无用之用

季子推远远望着端木宏忽然掉下江去，眼见着那艘大船调转船头，越去越远，江面上却毫无声息，只觉得手脚冰凉，心也跟着沉下去。

季子推不记得自己多少岁了，算来应该是六十四岁，但他表面看起来似乎更老。

他是龙虎山合一道天尊府中年纪最大、辈分最高的人，须发皆白，淡泊无求，比之中年微胖的天尊张昭成更有仙风道骨的风貌。

在现任的天尊张昭成看来，季子推实在说不上有什么才干，学黄老之道，真的信了无用之用，忏悔之道，钻在牛角尖里，无法变通出来。季子推上山数十年不曾掌管钱粮，不曾主授符箓，不曾带兵驱鬼，不曾担当祭酒，门徒寥落得只剩下一两人。总而言之，季子推辈资虽高，在关系敏感的天尊府谱系内，没人会嫉妒他。

大概也是因为这个缘由，他此刻立在这条船的船头。

半个月前，晋朝前将军、丹阳尹王恭的使者秘访龙虎山后，张昭成和他的一众师兄弟闭门讨论三天，推想了这个征召令无数的可能，分析此次去建康的种种收益和危险。

最大的收益便是能让合一道在各地蜂起的各样天尊道中，蒙得皇帝的垂青，甚至可能是排除其他教派的认可，这是王恭的信件里提到的。其次是至少可以获得朝廷持续稳定的钱粮资助，这对于收支窘迫已久的合一道来说，可谓更为现实的甘露。

危险则是，这一切可能是镜花水月。镜花水月不算糟糕，糟糕的是这可能是一个陷阱，虽然龙虎山的天尊现在式微已极，但还算前朝钦点的正牌，牺牲掉张天尊去成就一个什么府的祭酒，也具有相当的可能性，比如钱塘的杜子恭，多半便会作如是想。

所以，综合权衡之后，推诿张昭成脚疾，以使者之名代行征召，到建康觐见皇帝司马曜，再相机行事，这事关重大的差事最后落在了季子推身上。季子推在走路行船的几日里，反复回想与揣摩此行的究竟由来，对他而言，这是一个突然和意外的使命，不能说他不愿意去。恰恰相反，他不仅愿意去，更愿意死在任上；在这一点上，谁也没法和他相争。

说到死，他去年春天已经死过一次，睡在床上没了呼吸，身上一点暖意都无，僵卧两天两夜，天尊府上下都在商议怎么给他出殡，他忽然又醒转过来，好像只是长睡了一觉而已。这一反复，可谓前倨而后恭，在山上山下都给他赢得了更多的声誉。

临行前一晚上，张昭成在静修之室中单独见他，对他说道："此去建康，当然不仅仅是一次觐见那么简单，据孝伯公那边转告，皇帝那边流露出的意思是，他本人想要加入我合一道，并以此昭告天下尊崇我道之意。这没有写在信件里，是由使者口授而来的。"

季子推只是听，没有接话。

张昭成表情复杂，说道："既然这次你去见他，他便入你的门下，做你弟子。"季子推读得懂他的表情，那意思差不多是说，我虽然舍不得把成为帝师的机会让给你，但是相比起去建康的危险来，也只有让给你了。

季子推还记得那一瞬间自己的感受，一方面他脸慢腾腾地发起烧来，既羞涩，想要立刻拂身而去，找个地方躲起来；这感受和他的年龄实在不相称。另一方面，他又切切实实地兴奋，知道自己绝对不会推辞。

几十年来他除了是前任天尊的尚存弟子之外，乏善可陈，别人当他无用，他也承认自己淡泊万事，但他始终隐约地觉得自己之所以还不肯死，是在等着一件什么大事的发生，也许就是此事。

季子推点了点头，但还是什么也没说。

张昭成眯缝着眼，一直盯着季子推，他脸上的表情一直在变化。在终于确认季子推不会开口推辞，这才击掌唤进端木宏。

"这件事情极为敏感，不可事先张扬。皇帝领受符箓之前，有关的情事一丝一毫都不可泄露。孝伯公叮嘱一切事小心为上，我让端木宏随你去建康，一路护送。他剑术十分高明，又精通驱鬼辟邪，若杜子恭那边听到风声，出手阻挠，他也应付得来。"这话他是对季子推说的，也是对端木宏说的。

季子推不把端木宏视为张昭成派给自己的监视者，如果要找监视者，应该找一个不是那么呆的家伙。而且，同为不通世故之人，端木宏和季子推平时接触不少，情若他的半个弟子。

季子推一直没有开口，这时说道："我要带上麻泽，我老了，起夜不便，他可以随身照料我。"简单答应下来并不足揽下此行的使命，提出要求是更好的应对之策。

张昭成并不在乎这个，轻易地点了头。人数太少，也难为使节，麻泽怪形，早就不被容于山中，跟季子推一起走，正是其宜。

龙虎山上下，除了季子推之外，没人知道麻泽的真实身份和秘密，他和麻泽之间也并不是真正的师徒关系。事实上，麻泽才是他的引导者，这是他们两人之间的秘密。

自蹈死路和成为帝王之师的两难就这么安排妥定，张昭成单手握拳，兴奋而顿挫说道："我合一道三百年沉浮，发扬光大，就在此际。"那一刻这个人又嚣张，又隐藏在胆怯后的神情，烧烙在季子推的脑海中。

袭击过去许久，漕船上的士兵将季子推乘坐的小舟拉近到末尾的漕船边上，前几日在庐州渡口截下他们的那位军官乐闻，穿着半身甲胄，手中托着头盔，站在甲板上，神情严峻。

他隔船对着季子推拱手作礼，说道："那帮天尊道贼人实在嚣张得很，居然敢在此地攻击官兵，小人守备不力，让季师受惊了。我听说小道长落水了，他是怎么落水的？"

季子推淡淡地说道："我师侄他一个人攻上贼人的船，被打落下水，并非自行落水。"

乐闻脸上现出怀疑的表情，哂笑道："隔得这么远，莫非小哥飞过去的不成？"

他话音未落，便见季子推旁边的麻泽猛地跳过船来，一把抓起身边一名士兵，毫不费力地举在头顶，略一发力，朝着船首方向投掷过去。那兵士吓得哇呀大叫，瞬间已飞过七八条船，扑通一声，神准地落在第三条船的甲板上，摔了个屁股蹲儿，全然没有伤着，只吓得哇哇大叫。

季子推淡淡地说道："就是这样飞过去的。"

乐闻脸上的愠怒瞬间消失，赔笑道："我天尊道果然神通广大，小人这队人马一路护送，只有苦劳，没有功劳。好在前面不远便是石头津，总算是平安到达，小人也就卸下了一副重担。"

季子推说道："贫道此行借了将军的船力，实在感激不尽。"

"倒是还有一事。"乐闻说着他从身后拉过一人，"前将军叮嘱我家将军照应季师一行途中，原本指派了一位道友随身听遣，季师雅好清净，不肯上大船，所以也就一直没着落此事。现在小道长落水，生死未卜，实在是很悲伤的一件事，只是入觐事大，季师身边恐差使不便，还请季师接纳这位道友。"

季子推见那人年纪三十来岁，面容中庸，身材微胖，一身俗骨，短打装束，似道非道，心下便有些不喜，说道："多谢将军美意，我还有麻泽道友在身边照应，所以……"

他话还未说完，乐闻已单膝跪下，说道："小人只是听令行事，还望季师垂怜，若是小人就这样回去复命，将军问起恐不好交代。"那人也跟着跪下。

季子推心内转了无数念头，昭成师弟说此事严守秘密，怎的才出龙虎山十几里便出事端，十余人首尾相截地拦住他们，说要留下几十万的买路钱才准过，活像这些人从未听说过龙虎山的名头，端木宏杀了好几个人才脱险。及到江边上船，便被眼前这位军官以晋朝振威将军桓冲的手令为名，名作护送，实为劫持地走在一起，提前雇好的船夫派不上用场，也不准回，生生地将小船拴在船队之尾。临近建康城船队被攻击，折损了端木宏，此刻桓冲的军官又要塞给自己一个弟子，这该如何理解？如果端木宏还在这儿，这位军官还敢于强行推销这位道友服侍左右么？他既不惧怕这位仁兄的下跪，也不怕别的威压。

乐闻见季子推迟疑不答，哀声道："小人的一家都是天尊道门下道众，虽未录符箓，但从来乐捐好施，勤加修行，那日小人一见季师，便知我天尊道复兴有望，心中实在是高兴得很，恨不能投进师父的门墙，早证飞升之道。可惜军籍在身，不能长随季师左右！"

季子推见他话说得十分低声下气，心中叹了一口气。他隐约地觉得若是自己强行拒绝，乐闻多半也无计可施，可是接下来到与皇帝见面之前，还是会遇到这样数不清的麻烦，那些麻烦则是推脱不得的，既如此，又何必为难眼前此人？

他认命地点了点头，说道："既然是将军有意安排，我也不拂美意，只是话要先说好，他只是跟随此行数日，不算入我门下，待我回返龙虎山上，还请他回还他所来的地方。"

跪下那人如释重负，起身轻轻跃到季子推乘坐的小舟上，稽首说道："弟子名唤作李清，自小便入了我合一教，领了符箓，今日有幸服侍师父，实在三生有幸。"

季子推抬手对他略作回礼，仍对着乐闻说道："我那师侄本事十分了得，他虽然落水，但未必肯死，还烦请将军上岸之后，通报各处，若能把他救回来，我合一教上下都感恩戴德。"

乐闻说道："小人一定照办，但愿小师父平安回来，助我天尊道，助季师一臂之力。"说罢，他起身再作礼，躬身而退。

季子推望着江水流动，挂记落水的端木宏，心中始终沉浮不定，他转身对李清说道："你的名字倒是极有趣，只是不太合我教的规范。你跟随我这几日，我便唤你作麻桓，麻是我的弟子名号，这位名作麻泽，你可称他师兄。不过他不爱说话，他对你的话有回应便是，没有回应，也不必等。"

他始终觉得桓冲忽然插了一脚，十分无礼，在给李清起名上也不忘点明一下。

李清合手说道："谨遵师父教诲，弟子今日起便是麻桓。"他接着说道，"弟子还有些东西放在前面船上，即刻便回。"说着后退半步，奋力地跳上前面漕船，隔不多久背着一大包东西回来，面带喜悦地说道："师父一路上颠簸辛苦，弟子随身带了香炉净盆，等到了地面，可以好好地洗一洗风尘。"

季子推见他的包裹鼓鼓囊囊，却并没有露出有一把剑的形状，不由问道："你可会剑术，你连剑也没带上一把么？"

麻桓略有些惊讶，答道："弟子自幼不曾学剑，不会剑术。"

季子推不由自主地想，走掉了一位极擅长剑法的弟子，补进一位不曾碰剑的假弟子，看在不会剑这一点上，似乎这假弟子比那个真弟子还更像样子，更像合一道本来的模样。

第四节　故园道阻

季子推说道："接下来，我们恐怕还会遇到不少危险，如果你不会剑术，就跟紧一点你麻泽师兄，他可保护你周全。"

麻桓有些惊讶："弟子虽入了天尊道，但只学了一点求神驱鬼的仪式，不知道我天尊道还有剑术之道。"

季子推说道："合一道确实剑法只算平常，刚刚落水的端木宏剑术惊人，号称百人敌，可是刚刚才落水失了踪影，剑术再了得，也不济事。"

麻桓憨笑道："如果接下来还遇到危险，弟子虽然鬼神之术不精，也不会剑术，但是奋起胸膛帮师父挡下明枪暗箭，绝不会有片刻的迟疑。"

季子推见他笑得真诚，直言就要为自己挡明枪暗箭，毫不模棱，心中又有些怜悯，接着问道："你家中还有哪些人？"

麻桓边思索，边答道："弟子亲族五服以内一起算上有百多人，家中父母俱在，有一个哥哥、一个弟弟、两个妹妹，有妻，有小儿女各一人。"

季子推心有所动，喃喃道："很好，很好，但愿我们此行别再遇上什么危险，不然我对不住你的妻儿父母。"

他们所乘小舟前面的麻绳给拉得绷直，开始向前移动；前面船队休整停当，又继续前行。

才坐下，麻桓眼睛忽然泛红，喏嚅了一下："弟子此行虽是受振威将军的指派，来服侍师父，但也有一些私心，说来话长，但既然拜入了师父门下，哪怕只有短短的几日，几日之后便不再是师父的弟子，弟子也不敢有所隐瞒。"

季子推看了一眼身旁的麻泽，说道："哦？你慢慢说，我听着。"

麻桓顿了一顿，清了清嗓子，鼓足勇气说道："弟子本来是扬州的土著，全家都是天尊道的信徒，家中长辈又多是振威将军治下的军吏，父亲年老之后，本人承继父亲的役职，几年前随振威将军迁到荆州，在荆州本地娶妻生子，和还住在扬州的亲族与父母兄弟分开了来。几个月之前我弟弟从永宁来，告诉弟子家中状况，原来他和全族人一起改信天尊道中的水官大帝，变卖土地房屋，举族迁到海中的一个岛屿上，好像叫什么甬东岛，兴建船舶，筹建军队，欲与朝廷对抗。刚才我们遇到的那只大船，想必便是那水官大帝的战船。"

季子推对水官大帝几个字并不陌生，即便许多年不下龙虎山，也大致猜得到是什么东西，心中叹息，但他没什么可说的，只是倾听。

麻桓看了一眼季子推，见他没什么询问，继续说道："弟子的兄弟想把弟子也拉过去，不过弟子不信他说的什么水官大帝，不想丢弃自己的官职，更不舍得把妻子和年幼的儿女带到千里之外的海上什么岛去，所以便婉言谢绝了。此事弟子也没和振威将军提起，本来以为就算过去了。

"后来，甬东岛的船队渐成气候，对海边各郡的骚扰加剧，乃至于常常攻入到建康城外的江道上。朝廷不知为何不加招抚，也不讨伐。不仅如此，去年年末以来常有恐怖的传闻，言及水官大帝将要导海水反灌陆地，所有不信他的人都将会被淹死在水中。不久之后，果然海边几个郡城便遭飓风袭城，海水倒灌，伤亡十分惨重。总而言之，今年以来天相诡异，各地地动频繁，传言纷飞，人心惶惶，总之信水官大帝的人是越来越多了。

"弟子的父亲后来又有书信过来，信上继续劝说弟子，说水官大帝所奉的，才是天尊道的正道，水官大帝引领道众避灾远害，要弟子留意变化，及时变通。弟子自小得授天尊道符箓，但困于俗务，实在算不上对教义有所研究，继承父亲的役职后，更是几乎完全荒废成为一个俗人，所以父兄之言，弟子未必全然没有听进去。但又相当肯定他们迷入了邪道，接下来毁家之灾难免，每想到此，内心就沉痛得不可言说。

"几日前振威将军要弟子跟随师父入觐朝廷，将此行师父所见何人，所言何事密报给他。弟子知道这是细作的行为，何况施行于本道的道长，弟子原本是不愿意来的。但弟子此刻的内心迷惑，正盼望得到本道亲师解惑，因此也就毅然地来了。

"刚师父问起弟子的家人，弟子就全盘坦承。对振威将军未曾提过的，在师父面前都和盘托出。但愿师父能够解开我的困惑，就算只做几日弟子，以后也长奉本教香火。弟子决不敢做有损师父和师门的事。若真有什么危险，弟子说出愿为师父挡下刀剑之言，决不轻诳！"

季子推听完麻桓一席话，心中五味杂陈，好半天说不出话来，许久才说道："杜子恭那一套当然是邪道，我这次去建康，有机会见着皇帝的话，就要向他言明。不过如果他听我的话，朝廷多半会向甬东岛大举用兵。你想要保你全族，就要尽快说服他们赶紧离开那里。"

麻桓听完，跪下，虔诚地顶礼膜拜，说道："师父说的，弟子都明白了。"

"那就好。"

季子推刚才说完，觉得自己的话十分敷衍乏味，他本来预备好麻桓还有许多问题要提出来，然而竟没有，麻桓做出一副心悦信服的样子，季子推心中仿佛一脚踏了空。

他心想，所谓解开长久以来的困惑，居然就这么简单？眼前这人看起来愚钝，可也不像是装的，如果是装出来的，他讲那么多自己的故事，在骗我什么，我又相信了他什么？

他又想，传说中杜子恭善于神通变化，到底是真是假？如果是真的，接下来我与他大概正要狭路相逢，我又如何对付他的神通？

季子推知道自己没有任何神通，没有变化之术，没有摄魂之法，不能凭空地造出饮食，不能点化金银。他知道天尊府上下也没有任何人懂得传说中的法术，除了不可言喻、难得验证的驭使鬼神、得道升天之外，长生是假的，辟谷是假的，搬运是假的，捷足是假的，神游是假的，连看病吃药都十有七八是假的。要之，差不多所有宣称为神通的东西都是假的。相形而下，端木宏的剑法看得见、摸得着，能够实实在在地打败敢于上门挑衅的各色人等。

杜子恭名声冠绝江东，季子推不敢假设他是浪得虚名。

龙虎山诸人提到杜子恭，大多是将信将疑的神色，信他传说中的神通同样是靠各色作弊手段而得来，疑的是其中有些恐怕是真的。因杜子恭的神通之名并非流传于一地一隅，不止一时一事，见识过的人怕也有几十万人，有些神通看起来根本没有合理的解释，似乎难以作弊。长久以往，这种将信将疑便难免化为天尊道的正脉传承实际已在杜子恭而不在张昭成身上的忧虑，这是张昭成内心恐惧，不敢亲自前来建康的根本原因。

想到这里，季子推又回头看了看麻泽，麻泽一动不动地站在身后，像个蒙住头的木偶一样。麻泽在身后，永远可以使他安心。麻泽可以保护他，除了衰老之外，可以不让任何力量伤害他，哪怕是像端木宏那样的剑法高手忽然举剑刺向自己，也伤不了一分一毫。

只有季子推一个人知道，麻泽并不是他的弟子，甚至并非人类；是上天对他个人的悲怆命运给予的补偿、缔结的某种契约，他唯一遗憾的是，这契约只补偿给他自己，而他无力转赠给合一道。

他伸出手去，搭在麻泽的肩膀上，像是在勉励他什么，而实际是他在求助，请求他出力撑起他内心塌陷下去的那一块。

麻泽扶住了他，使他不至于摔倒。他顺势坐了下来。

季子推懂得，拦在自己面前的对手，杜子恭首当其冲，最为棘手。双方所使出的手段将最为激烈。端木宏落水，不知是意外，还是已算一次交手，而自己这边落了下风。并不情愿参与其中的麻泽，以及看起来没什么本事的麻桓，连同自己一起，面对杜子恭，能有什么胜算？

即便迈过杜子恭这一关，后面还等着茅山道，茅山道之后，则是更大的知教。

杜子恭分得那些生在江东之地而被北方来的侨居者夺走土地，无立锥之地的贫苦大众，只知有天尊道，不知有合一道。茅山道所主张的炼丹之法比合一道的符水之法更具时代感，可见可服的丹药在长生和成仙的修行之路上比修桥补路、忏悔赎罪显得直观而简便，因而也更有诱惑力，容易让逃到南方的达官新贵们追捧。而那些历来信仰合一道的世家子弟，喜悦老庄之道的义理和文学之美，已有许多转而服膺外来的知教的学说，甚至季子推这次要觐见的皇帝司马曜，众所周知也是先拜过知教的老师的。

合一道已经被社会抛弃，要重振声威，已经没有了轻易取胜的机会，唯有直入就里地说服司马曜，以他为契机，举一反三，一举扭转局势。

但要怎么说服司马曜呢？这个皇帝究竟在想什么，什么是他的急欲缓求，哪里是他的柔弱处，怎么才能取信于这个据说有鲜卑人血统的皇帝，哪怕季子推一路上思索不停，走到这里仍然是一点思路也没有。

这个问题纷繁杂乱，季子推陷进去许久，又茫茫然出来，突然前面船上有人高声喊道："石头津到了，石头津到了，各船预备落帆下碇。"

季子推抬头望去，见右边高耸的石头城城墙、角楼、旗帜，包括天上的云彩，他甚至听到了许多种乡音，人的声音、钟的声音、鸟的声音、船木碰撞的声音，都混杂在一起，正是常在梦中所见情景，和五十多年前差不多是一模一样的。

我回来了，我也不再离开。季子推这么想，这么勉励自己。

第五节　建康的诡影

一艘战船，十七艘漕船，并一只小舟停靠进石头津上的一个码头，士兵们都集结到领头的那艘战船上，漕船被扬州军储营的船牵走，他们返程不会带着空船回去。

石头津外不远处所遭遇的那次袭击造成了船队三名士兵落水失踪，几乎都死掉了，而十来个受伤的士兵将留在石头津军营中养伤，伤好后再返回荆州。这个安排引起没有受伤的士兵的嫉妒，随船返回辛苦不说，住在靠近建康这等繁华都城的军营中，又没有长官的监管，领着出差的饷钱，简直是神仙过的日子。

乐闻请季子推师徒在船上稍微停留，他要去石头城府内司申请入建康的令牌，然后再亲自送他们到南郡公府上。季子推懒得去想为何由说好的竹枝馆换到南郡公府，更不用问出来。他想，上善若水，水，流到哪里都是水。如果这是阴谋设计，自动入彀还更好些。

乐闻先带着几名士兵，到军储营仓库盯着量完他们所运来交接的粮食，来的时候漕船装运着两万石粮食，经江面一役，大约有三千多石被烧毁，或者过火无法验收，总损失超过一成，按例回去不仅拿不到奖赏，还有杖责之灾。

如果不是他同时还奉了押送天尊道使节的任务，尤其是考虑到荆州地面将要再起战火的传言，他几乎就要动别的心思了。

做完交接，乐闻转到军储营后面，府内司军储营主簿王景在房间中等着他，乐闻让随从等在门外，他一个人走进去。

王景多年之前也是扬州刺史桓冲的部下，是乐闻的平级同僚，桓冲移防荆州，他不愿跟着过去，留下来在家赋闲两年，然后才有机会投到谢玄主持的扬州军中，积累功劳做了石头城军储营主簿，已经比乐闻低了一阶。

他把填好的接收文书交到乐闻手中，安慰他道："你这其实已算不错，最近天尊道水匪猖獗，长江水道还好，近海各郡的水道上，有些船队被整个儿点燃，连保护的战船都逃不出来。"

进码头的时候，乐闻看到石头城城墙上也有被火烧过的痕迹，不用问也知道意味着什么。他收藏好文书，好奇道："真的有这么糟糕，驻扎在京口的水师呢？统领还是谢石吧？若是在海边还好说，毕竟海上太广阔，这里可是建康城，水匪是怎么绕进来的？"

王景取了两个酒杯并一壶梅酒，他给两个杯子斟满梅酒，推给乐闻一杯。

他捻起酒杯，先喝了一小口，然后仰头干完杯中酒，又给自己倒了一杯，咧嘴轻笑道："水匪们又不正面结阵，他们把船伪装成我们的船只，悬挂大晋的旗号，虽然近看是不像的，但在江中也算是通行无阻。看准目标就突然搞你一下，搞完就跑。这样的战法，水师哪儿有那么多船能够预备得住。本来海边各郡情况都不大妙，水师分兵各处防御，疲于奔命。"

乐闻看着面前的酒杯，说道："分兵在各处，这是最蠢的法子，对付这等各处骚扰的蟊贼，不该等他们上门，一个一个地化解袭扰，而应该集中船队，犁庭扫穴，直接打到它的老巢去，一战可定。"

"我军陆地上往北打是不行的，打这种海岛上的蟊贼，又能废什么气力？只不过是这伙蟊贼在朝中有人罢了，朝中有人啊，你懂得这是什么意思么？"

乐闻虽然是长期在荆州，但也曾在扬州累年为官，是对朝廷中的种种怪事，多少有所耳闻，他跟着干笑了两声，从怀中摸出一个小包裹，塞到王景手中，说道："小弟有点儿家中私事，仍然想进城盘桓两天，还望兄行个方便。"

王景捏了捏包裹，又递还给乐闻，说道："你在建康能有什么私事，不就是去见桓玄那小子呗。桓家虱子多了不痒，那桓玄哥儿也是朵奇葩，不低调行事，四处惹是生非，建康城内不知有多少人嫌弃他。"

他停了一停，正色道："不知道多年以后，我是得尊称你一句乐将军呢，还是我带着我孙子去给你扫墓，指着坟头说，这人是你爷爷的好友，你爷爷有机会就劝他不要不识时务，一味作死，他从来不听。他运气好，逃过许多回，但运气不会一直好下去。"

乐闻听了，奋起一拳，轻轻打在王景肩头，笑道："我真的有那么不识时务么？"

王景挨了乐闻一拳，哼了一声："你是朝廷的官，还是他桓家的官？"

乐闻叹了一口气，说道："振威将军自然是朝廷的官。如果他不忠于朝廷，就算先前桓温没抓住时机上位，他死了之后，朝廷最好的州郡、兵马不也都还在振威将军手中么，振威将军比起桓温并不弱，如果他不主动让出扬州来，朝廷能拿他怎么样？他现在在抗击大秦战斗的一线，时不时就有一场恶战，比躲在建康的贵人们如何？连你也这样对他另眼相看，我为他心寒。"

乐闻说的是当年桓温身处朝廷大位，权倾一时，时人都对他即将要篡夺大位的趋势看得一清二楚，无人可以阻挠时，谁料到他竟没有篡，犹犹豫豫地自己病死。可以说整个国家几十年的国运、几百上千万人的性命，都因他的一个念头所改变，或者说因他的一个念头而没有改变。

尔后继承他绝大部分兵权与官阶的弟弟桓冲，仍然有左右朝廷走向的实力，却主动将大晋此时最大最富庶的扬州刺史之职缴还朝廷，自己带着一部分军队去镇守北方大秦主攻的荆襄地区。桓温的嫡子桓玄尚幼小，继承了南郡公爵位，在桓冲走了以后，成为整个建康城内最为独特的一人。

王景也不能不承认这一点，"桓冲是个老实人，朝廷自然不是以他为戒备的。"

"桓玄今年才十三岁，朝廷以他为戒备，这话不可笑么？"乐闻笑着说道。

"他现在才十三岁，活动的能量可不比他爹二十几岁时候弱，再过几年呢？桓家的羽翼遍布天下，连北府军里也有许多，朝廷不放心他这说法或许太虚泛了些，但连我也不放心他。我常疑心，朝廷这么放任小混蛋，就是为了找到口实将他斩草除根。你和他走得这么近，我担心的就是这个。"

乐闻脸色一变，仍不死心，收起先前的随便，正色道："兄不收弟的礼物也没关系，但偏偏我这一次去见桓玄，重要性比起之前所有加起来还要重要，兄不帮我这次的话，我不敢走。"

"如果你是动了从险地脱离的用心，为兄倒是可以帮你，不要一文钱的谢礼。"

乐闻叹了一口气，说道："我忠人之事，不能不去，如果兄不肯帮这个忙，弟不得不铤而走险，去别处想办法，那可的确是危险得很了。兄真的要这么不怜惜弟么，往后在弟的坟前，兄要怎么说？"

王景脸上有些发狠，他很明白乐闻给他道出的问题实质，思前想后，鼻子重重地哼出一声，从腰间取下一枚令牌，捏在手中，并不递给乐闻，接着说道："最近城中有事，不同以往，是来真的，不是假的。"

乐闻一把抓住王景的手，掰开手指，抢过令牌，笑着说道："多谢兄的关照，还望兄说说，最近城中有什么事情？"

王景站起身来，走到门口看了看，回转到乐闻身边，压低声音说道："传闻北边有个十分要紧的人物要来建康，与皇帝密会。而城中有重要的人想要拦截下这人，不让他和皇帝见面，城外各门，城中各处表面上增加了许多哨卡检查，实则部署了更多暗哨人马，见有可疑人等，会不由分说地都绑下拘到东府城去。"

乐闻心中一惊，也小声说道："北边的人物……不对，若是要和皇帝见面，自然是由大臣来安排的，既然是大臣从中斡旋，设置关卡通道又怎么拦得住呢？何况，斡旋会面的大臣不会向皇帝告发么？"

"寻常使节自然大大方方地通关过卡，进竹枝馆，递交文书，会见大臣，再由大臣领着觐见皇帝，但这不是寻常使节啊，并非按照这个形式进京，多半还是像你一样，偷偷地潜入城内。所以，反对这次见面，又或是别有企图的有力人士，自然可以假借关卡盘查之名，劫持使节。"

他说到这里停下来，略微思索一下，才又接着说道："或者像你这样的呆瓜。"

乐闻略微沉思一下，说道："反对此次见面？桓将军正在荆襄和氐秦作战，莫非是两边在谈判，但桓玄又怎么能调度兵马呢？自然不会是他。那又有谁？"

王景谨慎地望着乐闻，快速地做了个口型。

乐闻看明白了，心中一惊，说道："兄劝小弟都是为了弟好，但弟这次不能不去。"

王景又斟了一杯酒，缓缓说道："可不是么，桓玄才十三岁，要有什么动静，至少也要等上几年，他成了年才算。哼，离开桓家，哪怕掉了一级，也是我这辈子做得最正确的决断，桓家现在成不了事，大家都心知肚明，是茶杯里的风浪，但也会淹死许多不识时务的蚂蚁，闷头乱闯的蚂蚁。"

乐闻心中纷乱，讪笑着说道："兄指点的是，不过小弟身陷局中，也是没有法子的事，只能处处小心了。"

"如果这块令牌在西明门被拒了的话，那是你天大的福分，我劝你一句，乖乖地退回来，一直回到船上，赶紧启帆回到荆州，别再想别的法子了。你是忠于桓冲，不是桓家，更不是桓玄。"

乐闻忙点头说好。王景看得出他不过是虚与委蛇，心中还是急着要去办事，自己说了那么多话，只算是尽到心意，心情低沉，也就不再多说。乐闻匆匆告辞，回到船上选了两个身手矫健的亲兵，甲胄披挂整齐，外面罩上便衣袍服，将季子推师徒三人及行李一起移到岸上。

他又找来一架牛车并一个车夫，载着季子推师徒三人，乐闻与两名亲兵骑马跟在一边，离了石头津，往建康城西门而去。

第六节　西明门外

出石头津的东辕门，才走了一箭之地，乐闻见前面路上烟尘渐起，他忙招呼牛车靠边而行。不多时一队数十名衣甲鲜亮的骑兵，几名旗手手擎绣着"王"字的旌旗，踏着碎步从他们身边轰隆而去。乐闻心头狂跳，强打精神目送对面的骑兵走过，惊魂才定。又上路走了没多远，只听得一人一骑从后赶上，正是那支骑兵队伍为首一人，那人飞奔过来停在乐闻马前，对乐闻拱了一拱手说道："阁下从石头津而来，可曾见到自龙虎山而来的一群道士？"

乐闻躬身拱手还礼，说道："小人未曾见到什么道士。"

那人口中嘟囔一句，也不多说，调转马头飞奔去赶前面的队伍。

乐闻见那人走远，才撩开牛车的布帘，对季子推说道："季师要入建康一事，恐怕已经泄露出去。情势不明，小人情急之下，说了谎话，还望季师莫怪。"

季子推微微点头，他一路走来，身心俱疲，但自强撑着，上了牛车之后，他才放松下来。有些昏昏沉沉，半睡半醒，听而不闻乐闻言语中的抵牾之处。

乐闻放下布帘，让牛车继续前行。

石头津到西篱门前的驿道大约六七里，道路两边之外有许多民居杂落分布，除了担心擎着王字旌旗的士兵又赶上来之外，乐闻也害怕王景所谓的暗哨人马，若是有人藏在屋后突然发难，他这一行人可全无防御之力。他有些后悔，心想该多带些士兵出来。但多带兵士的话，路上难免会被盘查得更严，军储营的通行令牌怕就不好用了。

乐闻先让两名士兵跟在后面，自己走在最前面，将牛车夹在中间。走了不远，心中始终不安，又命两名士兵赶上来，跟在自己身边。这样他仍觉得不妥，但三人都拖在后面的话，鬼祟的行迹未免太过，让季子推他们起疑，在最近几里路上出状况，十分不智。

他这么犹犹豫豫的，行不多久，一车三骑便来到西篱门门前。

西篱门是建康外城墙上的西门，外城墙只两丈多高，城墙由土夯而成，并不是守备的重点，甚至常年无人守备。乐闻听王景警告，原以为这里就有官兵把守，不料却空无一人，他暗自庆幸，对车中说道："季师，此处便是西篱门，是建康城外城的九道门之一，过了此处我们便算入了建康城。"

季子推用手撩开布帘，朝外看了一眼，又飞快地放下。他记得此处的景观，只是他记忆中是出西篱门，出西篱门的那一瞥，跳动而慌张，此时要穿过城门的景观和几十年前仿佛相同，却是静止而乏味的。

过了西篱门，大道猛地朝南折去，将要蜿蜒到秦淮河口，再沿河朝城中行去。乐闻勒住马，望向西明门，就在三四里之外而已。这里到西明门之间是一片砍得光秃秃的白地，没有道路，只有零星的杂草和低矮树桩点缀其间，都在建康城与城外支城西州城的城墙上士兵视线所及之内，谅也不会有什么暗哨埋伏。想到这一点，乐闻心念一动，转身对赶车的车夫说了，不走大路，直接走下空地，径直到达西明门。

车夫一听，老大不情愿，因为地面不平容易损伤车轴，乐闻权衡一下，又给车夫加了两倍的钱，车夫这才同意。

一行人行下道路，向着西明门而去，乐闻心中愉悦，心想只需要把季子推一行送进西明门，在大司马署前转向南行一里，便到南郡公府，交给桓玄，此行便可以交差了。满打满算，大概还有四里地而已，以百里路计已过九九之数。

他心里一边盘算路程，一边留意路上动静，祈愿不要再次有人从背后赶上来查询究竟，他们没走寻常路，从后面行在道上的人看来，极不寻常。

他心知不可奢望西明门和西篱门一样没有守卫，即便有石头津的令牌，也要及早编好入城的说辞才好，毕竟带着季子推一行，和自己单独过关的情形并不相同。

他正在胡思乱想之际，耳边忽然传来数声梆子响，心胆一寒，还不及思索，他已飞快地俯身到马匹的颈项上，一边拉紧手中缰绳，一边以靴子后跟的马刺猛磕马腹，战马吃痛瞬间窜出两步。随即他听到几声闷响和惨叫、两名士兵坠地的声音、马匹惊乱的叫声。

他瞬间的反应救了他一命，但也并没救多久；他始终还是要调转马头去看究竟发生了什么，而这时一支箭紧跟着呼啸而来，正射进他的肩胛。乐闻感觉仿佛被利斧劈在肩上，闷哼一声，仰面重重地摔落在地上。他并没有感到十分疼痛，只是已经呼吸不过来。

他看见就在不远处，几个人从地下跃起，每个人手中都提着一把黑色的弩弓。他自知命在须臾，满脑子都在想，射箭的人算好了自己会掉头来看，是在自己还未掉头之前箭已经射出了，否则决计不能像这样猝不及防地射中自己。他一边想，一边心中满是赞叹，不顾口中充满了带血的泡沫，倔强地发声赞道："好。"

这些人身穿着和泥土色近似的衣服，或者根本就是在衣服上悬挂了一层夹杂着草色的泥灰，他们面上也抹了灰土，匍匐在地，仿佛和地面融为一体。他们先射倒了那三名骑马的士兵和驾驭牛车的士兵，这才从地上站起身来，慢慢地围向停下来的牛车。

赶车的车夫跳下牛车，飞也似的跑了。这些手持弓弩的刺客对他视而不见，任他逃去。其中一人从背上的箭袋中抽出一支弩箭，走到牛车前，撩开牛车的裙帘，打量了一番车上端坐着的三人，对着季子推说道："道长一路辛苦了，不知道长该如何称呼，可是张昭成？"

季子推眼睛扫了一遍，看清所有人后，才说道："贫道季子推，不知道阁下拦下我等，有何指教？"

那人略微有些吃惊，问道："你不是张昭成呢，张昭成呢？"

季子推说道："张昭成是我的师弟，他足疾不能走动，我代他而来。"

那人略沉吟一下，换作狡黠一笑，说道："不知季师来建康城做什么？"

季子推想了想，说道："贫道为宏道而来。"

"我原本想问问季师宏的什么道，不过此刻紧迫，容不得我慢慢瞎问。我就直说了吧，我奉了杜师尊的命，来请几位到师尊的府上盘桓几日，坐而论道。"

"我们这是要进城，和前将军、丹阳尹王恭见面，不能从你的命。"他侧身对麻泽说道，"我们不去，我们还是自己走吧。"

麻泽对着季子推点了点头，麻桓看麻泽点头，也跟着点了点头，他快速站起身，在车上走了一步，走到赶车人位置坐下，挡在季子推身前，便去拉牛车的缰绳。

"啪"的一下，那人将手中箭杆打在麻桓的手上，让他疼得松开缰绳。他接着哈哈大笑道:"季师这么一句简简单单的不去,实在轻蔑了我等兄弟的一番辛苦,这地上躺着的几位,大概会觉得欣慰,可他们又高兴得多久?我来此之前,还以为季师是一个口吐莲花的饱学之士,没想到和村夫一般见识。"

季子推闭口不言,心想,张昭成如果面对这样的情景,他会如何?

那人见季子推不说话,便道:"杜师尊有言,若是活的季师不肯来,死的也可。"他盯着季子推看,猛地手上用力,将弩箭戳进麻桓的腹部,麻桓疼得大叫一声,伸手抓住那人的臂膀,那人手顺势一拖,将麻桓拖下车来,摔在地上。麻桓不肯松手,死死抱住那人的胳膊不放。那人另一只手逮住麻桓的头往车轮一撞,将麻桓撞晕过去。

麻泽起身跳下牛车,站在那人身前。那人被麻泽盯得发毛,正想说:"你还来?"麻泽也不多言抬手抓住那人手中的弩箭,一把抢在手中,双手轻轻一掰,啪的一声折为两段。

那人倒退两步,从腰间抽出一把短刀来,笑道:"这位蒙脸不敢见人的道长身手敏捷得很啊,他要来教训我们弟兄了。"话音未落,便举刀朝着麻泽胸口劈去。

麻泽毫不退让,挺身而进,那人刀"噗"的一下砍进他的肩膀上,他的拳头也"咚"的一声击在那人的胸前,那人闷哼一声,便如风筝一般轻飘飘飞出七八丈远,摔在地上一动不动,眼见是不活了。

围着牛车的其余人等慌忙退后两三步,相互招呼道:"这厮有点儿妖异,大伙儿小心了。"他们上好手中弩箭,齐齐对着麻泽,麻泽旁若无人,一步一步走近离他最近的那人,那人眼见麻泽欺近,心中恐惧,步步后退,不敢将箭射出。

距离稍远的一个弩手终于忍不住,扣下扳机,朝着麻泽后背射出箭去,旁边几人听了弩响,心弦一松,也都各自扣下扳机放箭。

这些人源自广陵岐氏,娴熟弓弩战法,合作无间,心意相通,几支箭已将麻泽肢体去势封锁得严严密密,箭一发出,各人心中俱都一宽。无论麻泽身形再快,无非就是身上中几箭的区别。

麻泽并不躲闪,几支箭全都啪啪地射在他的身躯上,却全都弹落下来。麻泽放弃他紧逼的那人,转身面向射箭的人们。那几人见射在对面怪人身上的箭全都弹开,都愣了一下,才想起再装填弩箭,只是这次麻泽却不是慢慢走近,还未等他们拉弦搭弓,麻泽便如离弦之箭般冲撞过来,以看不清的疾速,撞在一个人的胸前,将他撞飞,然后是下一个,再接着是另一个。几名弩手都被他这么撞飞起来,落在或近或远的地上痛苦挣扎,一个也爬不起来。

一个没敢射出弩箭的人丢开弓弩,没命地朝西篱门方向奔去。麻泽也不追赶,目送着他跑了百多步远,看见远处有数骑迎面飞奔而来。

那人见来了许多骑兵,掉头又朝北方跑,没跑多远就被一名骑士追上,一枪戳倒,倒提在马上，朝季子推的牛车处奔来。

麻泽将麻桓抱上车驾，展开衣服擦拭伤口，所幸箭尖刺入得并不算深，麻泽撕碎了衣襟给他绑好。

赶来的那队吏服骑者，为首一人年可二十许，清瘦干练，目光沉毅，他策马检视了现场状况，命左右将躺在地上未死的弩手一一拿下，才来到季子推面前，对牛车上坐着的季子推拱手说道："敢问道长是从龙虎山天尊府来的么？"

第七节　清　气

这句话，几天前也从此刻已经倒毙在地的乐闻口中问出来过，也带着数十名士兵，然后不由分说地把他们的小船系在船队的末尾，一路来到建康城外；端木宏坠水之后，还强塞给他一名弟子。季子推看了看身旁的麻桓，心中便很想说不是，这是自己生来软弱任性与逃避的秉性，只是在这里却已经逃避不了。

他迟疑了一下，终于答道："贫道季子推，从龙虎山而来，受天尊张昭成之命，来到建康城，觐见皇帝。"

发问那人连忙翻身下马，躬身作礼，说道："弟子迎接来迟了，弟子是丹阳尹王恭麾下从事中郎陈卓，受丹阳尹的嘱托，前来接引师尊一行。"

季子推在心中默念了一下陈卓这个名字，问道："你自称弟子，莫非也是信奉我合一道的弟子？"

陈卓恭敬说道："弟子才得授百五十将军箓，还未授道士符箓。"

季子推说道："不错，但愿你功德精进，早授道士符箓。"

陈卓笑道："承师尊的福愿了。我原本要乘船赶到石头津上恭迎师尊，不想建元寺的水陆法会封了淮河进出，只好率人马赶到石头津，所以迟了一会儿。到石头津不见师尊，我本以为师尊还在途中，弟子便在石头津上设了帐篷旗帜，预备留人等候几日，却又想起途中遇见师尊乘坐的这辆牛车，先前弟子没能尽职问个究竟，便匆匆赶来查看。还好天佑我道，没出什么乱子。"

季子推以为自己早过了万事不关心的境界，听了水陆法会心念一动，问道："水陆法会，那是个什么东西？"

陈卓本想询问那位当面对他撒谎，此刻却倒毙在地的军官的事情，但他脾性和缓，也不急于岔开，答道："那水陆法会乃是知教中的盛大法事，当朝会稽王司马道子，他原本也信奉我天尊道的，但近年来他颇亲近知门的学者，此处水陆法会便是他出钱操持举办，由行者讲法，大肆施舍饮食，说什么普度众生。"

季子推若有所思，喃喃道："知门……"他问陈卓道："何谓普度众生？"

"弟子听说，知门讲究六道轮回，但这何谓六道轮回，弟子也是不知，只听说人死后若不得轮回便会苦不堪言。不得轮回是因为死后无亲人祭祀，或生前的罪愆过于深重。这水陆法会祭祀一切亡魂，那些未得轮回的冤魂苦鬼受祭之后，便有望普度，回到轮回之中。"

讲到这里，陈卓偷偷笑了一笑，这是他自己为了接近某位女子而恶补来的知识，虽然不甚理解，却也为讲得似乎自己都觉得明白而得意。

他接着说道："说起来，这水陆法会也是一桩积累功德的善事，只是在弟子看来，这次建元寺所办的法事未免过于张扬奢侈，哗众取宠了一些。"

季子推点头说道："这普度轮回一说，听起来玄之又玄，施舍饮食倒和合一道仿佛相似。我合一道讲究治病、驱鬼、求长生、教人忏悔罪过、修桥补路、守望互助，都是平常人所做的平常事。"

陈卓笑道："知门比我天尊道懂得人心的经营，常人喜爱浮华，便给他看浮华，常人憎恨不平，便给他许诺轮回，常人若是不信它，便诅咒他不得轮回。恩威并施，这一点我天尊道是大大地不及了。"

季子推有些陷入到自我的迷思中，他问道："你倒不认为知门的神通比合一道高，也并不认为合一道的神通比佛法更高么？"

陈卓赶忙摇手，说道："弟子怎敢。弟子只是说，经营人心这一条是极重要的。"

"倘若我天尊道的神通比知门高，那百姓自然更加信服我天尊道。如果道民们都转投知门，自然是因为知门神通比我天尊道高，这个道理一清二楚。"季子推当然不这么认为，但他觉得偏颇出真见，陈卓先前的话足以激发有益的见解，他便明知偏颇而这么说，等着陈卓来驳斥。

陈卓淡然道："这世间能有几人见过神通？所谓神通，多半都是骗人的，能骗几个愚夫愚妇罢了。"他和季子推周旋许久，终于忍不住，接着问道，"敢问师尊，这地上中箭的几位军士，是何来由？"

"他们从浔阳津上接着我师徒几人，一路护送过来。领头那人自称是姓乐名闻，奉了振威将军桓冲的军令，护送贫道一行来到建康。"季子推说到这里，便省略了乐闻先说送自己到竹枝馆，后来又改口说去南郡公府之事。

陈卓摇头："按说他们不该知晓此事的，他们行的不是护送，是劫持。"

他走到乐闻尸体旁边，在他身上摸索一番，找出一个铜牌军令来，审视许久，慢慢回到季子推面前，说道："师尊此行本来事属机密，但恐怕已经走漏了风声。"

这话近似的意思也在乐闻嘴中说出来过，季子推感觉自己的记忆出现了错乱，仿佛只有眼前此境才是真实的，过去几日种种，连同刚刚发生的杀戮，不过是惊梦一场。可身边麻泽之外的另一人是麻桓，并不是端木宏，这是唯一确凿的事情。

陈卓见季子推不答，便接着说道："此中状况，已然牵扯了不少人进来，待弟子查个究竟。不过此时弟子便先引导师尊到城中竹枝馆中住下，好好休息。丹阳尹今日还在京口大营军中办事，他明日一定能到建康，和师尊会面。"

这时一名兵士走到陈卓身边，和他小声耳语，听完之后，陈卓神色古怪，对季子推说道："师尊两位弟子真是好身手，那几个贼人一死五残，身上倒都没什么创伤。我天尊道真有神通！"

说罢，他爬上牛车，亲自执鞭，驱车前行，他随身带着的几名骑兵留了两名，看守现场，其余几骑赶到前面开道。走没多久便到了西明门近前。

西明门是建康的内城门楼，门前有一条宽十余丈的护城河，河上立着一座木桥通往城内，西明城门高十余丈，门楼高耸，巨大的城门看起来如同铸铁一般沉重，城门前百多名盔甲鲜明的兵士持枪立在尖木拒马之后，气象森严。

陈卓驾牛车行到拒马之前停下，起身拉开裆帘，并围帘一并取下，将车上人完全敞开在众人面前，一边对守门的队长大声报道："丹阳尹麾下从事中郎陈卓，奉命丹阳尹之命接合一道季子推道长一行三人入城。"一边从怀中掏出入城令牌给予守门的校尉校验。

守门校尉仔细瞧过，招呼一骑快马向丹阳尹府邸上报。又过了许久，等那一骑回报过来，守门校尉这才抬手放行。

陈卓侧身对季子推说道："我家主人本就是建康城的太守，守门那军官认得我，可还是要耽误许久时间，那桓家的官想用军储营的令牌蒙混进城，平时也便算了，在这几日可谓找死。他死在城外，倒算干净，不然追究到南郡公那里，又是彼此难看。而师尊入建康觐见一事，恐怕就要传得沸沸扬扬了。"

季子推默然不语。

穿过西明门，景致与城墙外风景恍然一变，与山中的寡淡相比，更是两个世界。建康西城多富庶人家，格调不如城东贵族园林的宽广奢侈，不如城南世家高门的庭院深深，却也精致琳琅、浮华生动。他望着路旁街景，贩夫走卒，饮食杂货，旗幡如阵，远处青檐白墙，绿树红花，亭台楼阁，丝竹之声隐约，乡音也是隐约，季子推心中满是苍凉。

从西明门进城，在皇城外大道上行至中枢大道，折向南行，不多时便到了一处竹林掩映之处，往里行上片刻，又进入一片松林，松林中有一座幽静典雅的馆舍。牛车停在馆舍门前，陈卓先跳下车，搀扶季子推下车，将他师徒三人导引进馆。

此处竹枝馆乃是朝廷修建给各地来建康办事官员住宿的所在，地处幽静，按官员等级分为几处别馆，彼此不相沟通，王恭给季子推安排的住处，乃是外官最高的三间别馆中的一间，名作"太一居"，宽敞素淡，不染微尘，幽处生香。

陈卓安排季子推三人住下。此时已近黄昏，陈卓让人送来饮食，里里外外仔细检查再三，确信没有疏漏，便向季子推告辞，说明日下午王恭前来拜会。

陈卓走后，季子推唤过麻桓，检查他伤口无碍，沉默良久，开口对他道："既然你都来了，我也不赶你走。"他说这句话，自然是因为麻桓帮他挡那一箭，即便他不挡，有麻泽在，那人也必然刺不中，但他既然以身相挡，也见得了心意。

在来的路上，季子推不免想，端木宏落水生死未卜，麻泽处理不了一般事务，自己若是死了，谁来给自己料理后事呢？也许上天就是指派麻桓来做这件事的。

麻桓伏下身去，叩首说道："弟子愿长随师父左右。"

季子推说道："桓家有什么阴谋，与你无关。还有，你不可向外人吐露你师兄的事情。"

麻桓垂泪低声道："弟子谨记师父教诲。弟子并不知这里究竟有何机巧，弟子之前给师父所说的话，没有半个字虚诳。"

季子推盯着他的眼睛，点头道："好，很好！"

他沉吟许久，对麻泽说道："你把装束去掉了，让麻桓看看。"

麻泽转身走到窗前，放下了竹帘，这才回到季子推和麻桓面前。他将身上道袍逐次脱下，整齐叠好，最后将头巾摘下摆在床头。然后说道："我在这里。"

这是麻桓第一次听到麻泽的声音，一片空灵，听不出男女、年纪，以及任何情绪，他简直怀疑自己到底听见了没有。他眼前是明庭窗前的香案，香案上有一个精致的黄铜香炉，窗外是沙沙吹动的竹林，除此之外，什么也没有。他屏住呼吸，什么话也不敢说。

不知过了多久，天色已经全黑下来。季子推打燃火折，点亮蜡烛，对着面前空空如也的所在，说道："今天你不该出手，险些惹出事端来。"

他唠叨："麻桓也不该去拦，那个人只是嘴巴上凶狠，他不敢真的伤我。"

"不过，我都回到了家，我六十四岁了，我还有几天可活呢？"

蜡烛爆出一个花火。麻泽没有说话，就像他一直以来的那样，麻桓忍不住伸出手去试探，他的手指触到一团温暖的清气，在他指尖缠绕。

第八节　幻　境

端木宏才一入水，便看见一个五彩十色的世界。

颜色斑斓的巨大的鱼，在赭红色的天空中悠闲地游动，更为巨大的船底在天际构成了数千里长的绮丽云层，慢慢地变幻，阳光从某个折面散射出温暖的光芒，均匀地洒在一切存在之上，就好像给世界涂染了一层稀薄的蜡。山峦高耸，植株青翠，在和煦的风中轻柔地摇曳。他在空中轻轻地坠落，不知飘浮了多久，落在一处山谷中的草地上，透过山峦的缺口，他可以望见远处的海。

他从没见过海，但他知道那便是海。

面前不远处是一处十几丈高的瀑布，山崖上的流水冲刷在岩石上，被打碎成白色的泡沫飞起来又落下，聚集成一个碧蓝的水潭，水潭四周乱石堆砌，翠竹掩映，绿色当中，一丛红色的花朵点缀其间。一只白色毛皮的独角老虎在水潭边上，偶然抬起头来看他，又若无其事地低下头去饮水。

但此刻山谷中静谧无声，没有风声，没有鸟鸣，没有流水的声音，没有一切细碎的声音，就好像置身在一幅画中。

在这幅画中，他闻到一丝丝甜而淡雅的芬芳，这让他稍微放松。然而他发现自己空着双手，什么也没有，他抬头望着天上，他的那把木剑怕不有几十里长，飘在天空中，慢慢地移动。他情不自禁地伸手去够，但立即就明白过来。

在这里，端木宏感觉有人在审视着自己，那个人也许藏匿在竹林中，也许就是那只白色的老虎，他张嘴想要招呼，但还没有出声便又咽了下去，因为他听不到任何声音。

他向竹林走去，竹林中有一条铺着鹅卵石的蜿蜒小径，他顺着小径走向林中，不知走了多久，便来到一处院落门前。他不假思索，推门而进，吱呀一声，声音就都回来了，他听见山谷中的风声、水声、虫鸣鸟啼之声，还有在照壁后两个女子之间柔柔软软说话的声音。

一个女子说："听我哥哥说，往夷洲去的航道上有个小岛，岛上种了许多桃树，桃树开花之后，在船上远远望去，就跟仙境一般漂亮，可他们往来几次，都没登上岛去看看。"

另外一个女子哦了一声，说道："可是我听说桃花香气不怎么浓郁，用来渍取精油的话恐怕不成，我家有些旃檀，回头我拿来给你。"

端木宏略微迟疑一下，绕过照壁，走进庭院，见院中有个凉亭，凉亭下坐着两个十来岁的少女，一个身穿淡绿色襦裙，相貌恬静柔美，另一个身穿蓝底碎花杂裙，面容娇俏动人，她侧身坐在绿衣少女旁边，眉头轻锁，像受到了惊吓，又像在曲意奉承着那位绿裙少女。两人浑若没看见走进来的端木宏，仍然继续说着话。

绿裙少女微微一笑，说道："倒并不是要制取香粉，只是我忽然有个念头，想把桃花的花朵收集聚拢起来渍在酒坛之中，埋上一年数载，想必开坛时滋味和色泽都是很好的。我没见过这样的做法，可唤作桃花酿。"

蓝裙少女笑着说道："这桃花入酒原就有的，在南边倒并不稀罕，我爹皈道的时候全家也跟着入道，让我抿过一小口，酒有些苦，要加蜂蜜才镇得住。"

绿裙少女又说道："男人常把女人比作花朵，我仔细看过花朵从萌出蓓蕾，到逐步张开，盛开，到凋谢，结出果子的过程。女人似花朵，我们常以为他们说的是女人的面庞，面如桃花，其实不对，他们赞美花朵，说的其实是女人的阴部。"她探出手去，手掌探向蓝裙少女小腹下面的部位。

蓝裙少女有些惊恐，她一手抓住绿裙少女探来的手，阻挡她的前进，她扭捏着，责问道："芹姐姐，你这是怎么了，你为何要对我说这些，你怎么变成这样？"

绿裙少女笑道："你的脸长得这样好看，下面两腿之间也一定美得像朵花儿，美得让男人疯狂。"

蓝裙少女由惊而怒，吼道："你……你，无耻！"她手中忽然多出一把短剑来，对着绿裙少女。

绿裙少女的笑容一下子凝住，她飞红了脸，抽回手，起身拂袖而去。她与端木宏擦身而过，浑若不见端木宏。

蓝裙少女垂下头去，过了一会儿，才抬头看向端木宏，眼眶泛红，欲言又止。端木宏见她楚楚可怜，心中转了无数念头，开口问道："我看到的，并不是真的，对吗？"

蓝裙少女轻轻摇头。

"我记得刚刚我才被什么东西撞落江中，怎么会到了这里，此处是你造的幻境么，莫非你也在水中，那条江豚就是你幻化而成的？"

蓝裙少女神情恻然，说道："我毕竟学艺未精，让你这么快就看穿了。"

"你和那船上的天尊道是一伙的么？"

"船上那人是我的哥哥，我不能让你杀了他。"

端木宏点了点头，说道："可你为何不在船上，而在水中？那江豚是真的，并非你幻化而成，若你原本在船上，幻术可及不了那么远。"

蓝裙少女起身走近端木宏，拉住他的手，柔声说道："我想我已经死了，只是魂魄不散，附身在这江豚之上，不知道往哪里去，茫茫然跟着哥哥的船到了长江上，这才遇见了你。我从前没喜欢过人，一见了你，才知道喜欢是何种滋味，可惜我已经死了。但如果不是这样，我也不会对你说出来。"

端木宏有些懵懂，说不出话来。两人拉着手对视了许久，端木宏感觉到自己的心被她的眼睛融化了，沉入她目光的潭水之中。一种从未体验过的情感在胸口慢慢升腾起来，他轻声说道："我也喜欢你的。"

蓝裙少女"嗤"的一声笑出声来，展颜说道："虽然我已经死了，但我还是怕你不喜欢我。你这样对我说了，我就放下心来。"

　　端木宏也笑着说道："我年纪还小，这世间许多事情都还不懂得，不过男女相互喜欢之后的事情我还是略懂，我端木宏，愿娶姑娘为妻，不过，在这之前还要请教一下姑娘的芳名。"

　　蓝裙少女愣了一下，低声说道："我姓孙，名玥，一个王加一个月的玥，小字明月，船上那人是我的堂哥，名叫孙恩，可不是孙英，那是他胡诌了骗你的。"

　　端木宏张开双臂，将孙玥揽入怀中，说道："好，从今以后，我端木宏与孙玥两人便在一起，永不离分。"

　　孙玥仰头望着端木宏，手指摩挲他的面颊，叹了一口气，痴痴说道："可这一切并不是真的。"

　　"对我而言，这就是真的。"

　　"我的身体沉在了东海的深处，想必已经化为泥土。蒙你厚爱，愿意娶我为妻，我已经心满意足，感激不尽。你的剑法很好，自然可以去甬东岛上，我不在那儿了，只求你能去到岛上找到我的爹，告诉他，他的明月儿始终还是找着了喜欢的人，请他别再难过。"

　　"我一定去！"

　　"我不是真的，有这一刻已经很好，今后你当然可以喜欢别人，娶别的女子为妻。"

　　"你还不知道，我是合一道的鬼官将军，专司驱鬼役鬼之事，你如果是鬼，我也自可跨越阴阳，和你长相厮守。"

　　孙玥呸了一口，说道："傻瓜，我可不是什么鬼，我只是愿望不散，精魂也一时未散而已，时候一到，自然就消散了，找也找不到我。何况，这世间哪有什么鬼，杜师公说过，天尊道的鬼道并不是真的，和幻术一样，都不是真的。"

　　端木宏心中一动，说道："原来你也是天尊道弟子，杜子恭是你的什么人？"

　　"杜师公，他是我父亲的师父，也是我的师父。"

　　端木宏沉吟一下，说道："我一直以为他是个坏人，没想到他竟然是你的师父。"

　　孙玥脸上的表情复杂，脸贴着端木宏的肩胛，轻轻说道："我是他的弟子，可不能决定他是好人还是坏人。他若是坏人的话，也不能说明我是坏人吧？"

　　"当然，你这样好看，怎么会是坏人。"端木宏宠溺而沉迷地说道。

　　孙玥微笑，如同绽开的花朵，说道："真的好看吗，还是你在骗我。我和刚刚那位姐姐，谁更漂亮一些？"

　　"当然是你，你的那位姐姐，看起来倒好像坏人一般。"端木宏宠溺而沉迷地说道。

孙玥笑容僵住，说道："也许是因为我心里始终有点疙瘩，情不自禁地把她想象成坏人，那是我的念头，真实的她并不是那样的，她是个好姐姐，也是个好人。"

端木宏低下头，轻轻地想去吻孙玥的嘴唇。他不懂得男女之情，只是自然而然地那么做了。孙玥闪躲了一下，又主动迎上来，两人的嘴唇轻轻相碰，飞快地离开，嘴唇柔软而温暖，沾了一点湿而浅淡的芬芳。

孙玥呢喃道："有这一刻，我已经很满足。这是一场迷梦。你醒来之后，我们就永远也不能再见了。"

端木宏愣了一下，说道："为什么？"

"我已经累了，没法再维持很久，我还能结聚这个梦境，一定已经消耗了我所有的精魂。"

"我想要把你救回来，我醒来之后就去想办法，你再坚持一下，哪怕很辛苦，请给我一点时间，让我可以救你回来，我不想和你分开。"

端木宏这么说着，眼睛湿润，声音颤抖，周围的空间微微扭曲起来，刚刚鲜艳的色彩变得稍微浑浊。

孙玥努力维持着脸上的笑容，说道："我的身体早已在海底腐朽，你现在看到的我，只是不肯消散的念头。你不能因着一个念头再造出一个人来，那并不是我。我终于遇见你，已经心满意足。我们是这样特别，不要堕入了寻常男女的俗套。"

端木宏心中纷乱，恨意渐起。他扪心自问，张昭成将自己收为门徒，授以鬼官将军符箓，传授鬼神之术，和天尊剑法结合，貌似剑法高明，取人性命如探囊取物，可这有什么用呢？命运或鬼神似乎给他开了一个巨大的玩笑。

他抓紧孙玥的手，说道："是我在你的梦中，还是你在我的梦中？"

"自然是我在你的梦中，不过是我让你发梦，此刻你还正漂浮在江水之中呢。"

"等我醒来之后，你便消失了么？"

孙玥没有回答他的问题，而是说道："我以前总觉得时间还早，自己还小，懵里懵懂，不知道世事丑恶，也不想知道，等知道的时候就已经晚了。"

端木宏脑子里念头飞快地转，问道："世事丑恶……你可是受害于刚才和你说话的那位姐姐，以及，杜子恭？"

孙玥摇了摇头，说道："那是王家的姐姐，和我最要好了。她没害我，是我自己不小心失足跌下山崖的。"

她微笑着说出这一点，眼眶中猛然盈满泪水，这让端木宏更加心痛怜惜，他分不清她眼中的晶莹，是哭着笑还是笑着哭，或许此时，哭笑本为一体。

孙玥接着说道："只是，我发现她没像我喜欢她那样喜欢我，有些失望。刚刚你看到的，并不是真实发生过的情景，她没那么……夸张，只是我对她有所埋怨，胡思乱想。"

周围的空间又扭曲了一下，端木宏也注意到了，他知道梦境随时会消逝，抓紧时间问道："那你说的世事丑恶，所指为何？"

孙玥睁开眼，有些迟疑和迷茫，说道："我不知道该怎么说。"她停了一停，又说道，"今后你若遇到我杜师公，切记不要与他为敌，要避得远远的。我虽然有些恨他、怕他，但他并没对我做过什么不好的事情。"

端木宏口中喃喃念着："但你也不能肯定他做了。"

孙玥点了点头，"我跟杜师公学道十年，我的幻术便是他传授的，我爹也是他的弟子，按说我该尊他敬他才对，可是他竟然和王姐姐……"她几乎把禁忌之事说出来，幸好及时地收住了口。她歉疚地对端木宏说道："是我太幼稚了。"

端木宏面色凝重："你其实在怀疑，怀疑杜子恭对你施了幻术，使得你跌下山崖的吧？"

孙玥摇了摇头，她想要否认，可是说不出话来。她的面色变得苍白，身体开始抖个不停。端木宏抱紧她，试图安慰她，但这没有用。

他感觉到四周骤然寒冷，影像变得支离破碎，天空和庭院都在轰隆坍塌。他搂紧了孙玥的身体，趁她还是一个可以感触到的实体，在她耳边说道："你说的其他事情我都答应，但此事不可，我要上岛去，当面向杜子恭问个清楚，若是他害了你，我非取他的性命不可。"

他这么说，心中想的是，是的话此时心中的愤恨还可以找到宣泄的口子，如果不是杜子恭，要是这件事里根本就没有什么坏人呢？

孙玥伏在端木宏的肩头，温暖地微笑，尽量维持着她形体的轮廓。

然后这一切都消失了。端木宏觉得怀中变得空空荡荡，自己仿佛置身在漆黑无光的空间中，黑暗维持了那么一会儿，先有无数的光从上下左右渐渐亮起，他又重新听见江水哗啦作响，睁开眼，他看到自己浸在冰冷的水中，枕在一篷漂浮的水草上，随着江流缓缓漂行。

时已日中，太阳不冷不热地在天空中隐现。任何表明刚才的幻境存在的痕迹都没有，只有手上和肩膀上似乎还残留着孙玥留下的一点余温。端木宏的木剑好好地抱在怀中，这令他有些怀疑，或者是奢望，是不是孙玥的精魂悄悄地附身在了这把桃木剑上，他想，如果能这样那该有多好。

第九节　洄　流

在一个洄流的河湾处，一张布设在水中的大网拦住了端木宏，网上连着的一根绳子拉动了远处系在一棵树上的铃铛，听见铃铛响，一个身材魁梧的青年从草丛中跃出来，欢心喜悦地朝着设网的所在奔去，跑近了一看，却见渔网围着一个小道士，在河水中溜溜地打转，心中又是失望，又是骇怪，忙将渔网拖了上岸。

他解开渔网，见那道士面容平静，浑不若落水之态，倒像才从酣眠中醒来，不由心想，王谧所说的是一条黑色的大鲤，并不是人，但此人是个道士；他又想，莫非黑鲤通灵，见被捕捉便即刻化为人形，来哄骗我以求脱网？他左右为难了一瞬，随即想到，此刻能解我母亲病厄的，不是此人，还能是谁？

他扶那道士在岸边一棵树墩上坐好，自己整理衣衫，纳头而拜，说道："弟子是扬州丹徒郡人刘裕，母亲近日患上重疾，命在旦夕之间，恳求小师父出手，救我母亲一命。"

端木宏在龙虎山上对这样的一幕早司空见惯，一来他并没学过制药看病之法，二来他知道所谓救命不过是偶然，少数人不来求药求医也可以自然痊愈，多数人不论如何祈求挣扎，靡费金银，劳动四方，终究敌不过命数。被救了的人和家属对医者感恩戴德固然有之，救不了的病疾导致怨恨和麻烦的更多，他不想蹚这浑水。

眼前这人身形魁梧、气魄雄壮，不是言语轻与的角色，端木宏淡淡地说道："凡事皆有命数，不可强求，你有这份心，你母亲能感受到，她便也知足了。"

刘裕脸色微变："弟子一门都信奉天尊道，平日有钱捐献，无钱时出劳力修桥补路，不一而足，还望小师父看在同门之谊，施加援手，弟子感恩戴德，一生都为道门勤加贡献。"

端木宏问道："此处是哪一方，主管的祭酒是谁，你既然是天尊道门徒，平日里对道门做的贡献很多，为何不求祭酒开坛作法，请符治病？"

刘裕迟疑了一下，才答道："我们这里的祭酒姓张名承，他此时不在本地，已经很久不在此地，但我母亲的病很重，拖延不得。"

端木宏冷冷说道："你看，这便是你母亲的命数了。我此刻虽然在这里，但不会画符作法，你掳了我也毫无用处。"

刘裕被噎住，心中惘然，跪在地上，想了一下才问："敢问小师父从何处来，原本是去往何处？"

端木宏又想到了倏忽而来又倏尔逝去的孙玥，心下茫然，说道："我从我来的地方而来，去我要去的地方。"

刘裕腾的一下立起身来，厉声说道："小师父，弟子不知你因何事江中漂流，但既然撞进我的网，那就由不得你不出力。"说着他转身从怀中摸出一捆绳子，便要来捆端木宏。端木宏见状，轻笑一声，说道："你何不问问我手中的剑，看它要不要跟着你走。"

刘裕又是一愣，说道："若我剑上胜过了你，你便肯救我的母亲么？"

端木宏没想到他有此一问，说道："剑上只有生死，哪有胜负。"

"小师父不用担心，我跟人学过几天剑术，剑上自有分寸，不会伤及小师父，小师父手上的是木剑，想必也伤不得我，总之小师父答应若比剑输给我，便为我母亲治病。"说着，他抛下绳子，又从草丛中摸出一把长剑来，面带笑意地望着端木宏。

端木宏怜悯此人有些痴，不忍杀他，说道："不瞒你说，我刚刚从长江上的一条船上坠落，落水之前，就用这把木剑杀了十来人。我学的是生死之剑，和寻常的剑术不太一样。不然我又何妨随你去你家，装个样子作法救人呢？我从龙虎山而来，但没学过寻常道术，有杀死人的法子，没有救人之术。"

刘裕脸色变化了几番，还是毅然说道："我既然求小师父，自然不能不信小师父说的话。只是身为人子，不能救母亲于病厄，就算活着，和死了又有何区别。小师父既然撞进我的网中，我便要有个结果。不论小师父作何考虑，我都要试一试。"

说着，刘裕拔出长剑，将剑鞘丢弃在地上。

端木宏心中犹豫，想，我此刻究竟应该是去找师伯会合，还是去甬东岛上找杜子恭问个究竟？这是在水中他便在纠结的问题。他觉得无论做何种选择，都无法让自己安生，更别说眼前这个不知所谓的求医人。

从刘裕执剑、拔剑、掷剑鞘的动作，端木宏看出他剑法不过平平，根本到不了和自己一别苗头的水平，自己连第二招也不用就可以击败他。只是，刘裕声称是为了自己的母亲求医，并非剑法比拼或对合一道的挑衅者，不论是杀他还是伤他都是极为不祥的事情，自己实在不应该出手。他想，若刘裕出剑，便拼着身上被他刺个窟窿，之后他便有暇抉择了。

刘裕手中持剑，走了两步，忽然收起剑，躬身说道："我差点忽略了，小师父身上还是湿的，十分不舒服，动手也不便，我生火给你烤干不晚。"

他不由端木宏分说，将剑放在地上，跑到林中抱出许多树叶来堆在一起，又用几根树枝架起支架来，点燃火堆，然后做出手势，请端木宏宽衣烤干。

端木宏有些疑惑，他自己全不以湿衣为意，刚刚上岸的时候，衣服吸满了水分穿在身上还略感沉重，这么一会儿过去，水已经滴得差不多了，虽然贴着皮肤，可也没什么，他自己都不在意，反而刘裕在意，放下剑来生火，要他烤干衣服。他略微迟疑了一下，脱下衣服——挂在树枝支架上，只有内裆不脱。

刘裕忍住笑，躬身说道："小师父，我们都是男人，你不用担心。"

端木宏有些羞涩，坚持不脱，说道："男男也有别。"

刘裕背过身去，走得远远的，大声说道："只有你一个人了。"

端木宏这时候也觉得胯下有些湿痒，飞快地脱下内裆，挂在树枝上，然后跑到河水中清洗一番。他在龙虎山时都没有这么坦荡于天地间过，在这样陌生的地方反而不得不全身赤裸,感觉极为怪异。

他将大半身体藏在水中,警惕地望着岸边火堆和烤着的衣服,四下张望,担心有人闯进来。刘裕坐在远处林子边缘,那边大概不会有人进来。

他这么提心吊胆许久,望见烤着的袍服色泽已经变浅许多,急急忙忙爬上岸,匆匆套上衣服,这才松一口气,大声对刘裕喊道:"我已经烤干衣服穿好了。"

刘裕走了过来,在端木宏身前三步站定,拱手说道:"小师父,我们非要比剑你才答应救我母亲的么?"

"我是怕我救不了。"经过烘烤衣服这番周折,端木宏的语气缓和得多了。

刘裕轻叹一口气,说道:"王谧的话不会有错,我只能试一试。"他从地上拾起长剑来,指向端木宏,"小师父,承让。"

端木宏为难地将桃木剑抖一个剑花,斜斜地指向地面。

刘裕见他动作怠懒,剑指地上,眼睛却定在另一处的地上,十分心不在焉,心中略有些愠怒,知道多说也无益,便轻呼一声:"看招了。"

他向前跨出一步,挥剑斩向端木宏手臂。他这招式看来极为粗鄙,不成剑式,乃是因为他怕伤了端木宏,去势也不算快,并非要砍中对方,而是逼他有所动作。

端木宏见刘裕使剑用斩不用刺,吃了一惊,但他下了铁心,立定不动。

刘裕见端木宏毫无躲闪抵挡,心中惊骇,不及收手,他赶忙手腕一翻,剑身"啪"的一声重重地拍在端木宏上臂。一击得手,心里愤恨,推开一步,正要开口抱怨。端木宏臂上吃痛时,脑中灵光乍现,轻舒了一口气,说道:"我答应去救你的母亲,但你也要为我做一件事情。"

刘裕听言,先蒙了一下,然后"扑通"跪倒在地,叩首说道:"弟子知错了,师父答应救人,宛如再生父母,就是要弟子办一百件事,也是万死不辞。"他感激之余,便悄悄地把小师父的小字给拿掉了。

说着,他再拜起身,从林中牵出一匹骏马来,要请端木宏坐上去。

端木宏看着刘裕忙碌,忍不住说道:"你不先问我要你为我做什么?"

刘裕恭顺地说道:"师父盼咐我做什么,我就做什么,定然全力以赴,做得好做不好,是另外的事。在事情没有添加还价的余地,我怎么能顾虑师父让我做什么就退却呢?"

端木宏从来没听过类似的话,觉得大有启迪。他原本也是要推辞骑马的,见刘裕说的话好有道理,也就顺从安排。他骑上马,刘裕在前面步行牵着马。

两人缓缓而行,穿出一小片树林,便望见建康城墙。刘裕指点着说道:"此处便是建康城,弟子一家就住在西市口。"又走了一段,刘裕指着一处所在,说道:"那里便是道场寺，乃是建康城内最大的寺院。"端木宏顺着刘裕手指的方向看去，只见一片塔林掩映在绿树之中，隐约可见红墙青瓦，气象庄严，他对寺院不明所以，也懒得去问。

不多时两人转入一条大道，大道两边行人渐多，红男绿女，饮食杂货，端木宏只觉目不暇接，头昏眼花，不知道这是五色乱目，还是饿得眩晕。刘裕牵着马转入一处街巷口子，又走了一会儿，渐渐僻静，和先前的大道却是别一番破败景象，在一户草庐前停下来，对端木宏说道："师父，我们已经到了。"他又躬身下拜，问道，"瞧我这礼数，弟子还未请教师父的姓名。"

端木宏答道："我姓端木，单字一个宏。"

刘裕口中念了一句："原来是端木师父。"说着，他将马缰绳系在门前石柱上，扶端木宏下马。端木宏随他推门而入，只见屋内地面洁净，布设陈旧，桌几简陋，一个被洗成灰色的屏风隔出一个小间，小间后大床上棉被中僵卧着一人。床前悄立着一个消瘦的中年男人，听见人声，扭头见进来的人是刘裕，原本平静的面孔一下子变得愤恨，沉声说道："你不是该到京口去报到么，回来作甚？"

刘裕低声说道："儿子原本是该去报到的，不过行前和王谧告别，说起母亲大人的疾病，王谧便让我请来这位端木师父，请他施法画符，为母亲大人消灾免病。"

中年男人怒气不减，他看向刘裕身后的端木宏，勉强压低了声音，说道："鄙人刘翘，我这个儿子……他也太唐突了些。"说着，他让开身子，将床上卧着的病人亮出给端木宏看。端木宏也不说话，趋前两步，拉开覆及她面上的被子，褪到中肩处，见那妇女形销骨立，面容憔悴发黑，气若游丝，看起来比中年男子苍老许多。

来的路上端木宏已经想好了如何作法，看过病人之后，他略作思索，问了刘裕他母亲的姓氏与八字。

刘裕母亲名作萧文寿。端木宏在床头便写了以香案火烛立下坎水之阵，略念了一番咒语，要刘裕拿来黄纸笔墨，一张正面写小太上真君的名讳，背面写下"临兵斗者皆数组前行"九字，另一张写上萧文寿的名字及八字，两张黄纸一并折叠成方块，穿在木剑上，以红烛之焰焚烧成灰。

然后，端木宏将纸灰倒入一碗清水之中，用手指搅散。这是他身在龙虎山上耳熟能详的做法。他额外添加的一点是，割破了自己的手掌，滴了六七滴血进去，一并搅匀，让刘裕搀扶着他母亲勉强喝了半碗。

第十节 难舍离

符水喝下须臾，刘裕便见萧氏眼中神光大增，心中喜悦，对她说道："娘，您感觉可好些了么？怎么道邻不在？要不要我把道规接回来，让他们也高兴一下？"萧氏目光柔和，抚摸着刘裕的手，艰难吐字道："道邻到舅舅家归还瓦罐去了，道规才开始进学，莫分了他的心。你也要听话赶紧从军去，你现在有了自己的家，不要以我和弟弟们为念。"

刘裕眼中微微泛红，声音哽咽，说道："儿子这次出门，原本以为再也见不到您了，没想到有缘遇见端木师父，是他救了我们一家。"

萧氏听言，便要强撑起来下床拜谢，刘裕忙按住她，说道："儿子替您拜谢端木师父就好。"

说罢，他起身走到端木宏面前，这小隔间里过于狭窄，两人走出隔间来到前厅，刘裕这才重新整理衣衫，跪地叩首，言道："弟子叩谢，师父救我母亲的大恩，无以为报，凡弟子力之所及，全凭师父差度，不敢有违。"

这时刘翘也在一旁深深作揖，将手中一个小包袱塞到端木宏手中，说道："家贫室寒，无以为谢，这是我多年来四方搜集，积攒下来的一点材料，聊表心意，虽不值钱，但小师父将来或许用得上。"端木宏推辞一番，不得已接下，揣在怀中。

待刘翘走开，端木宏对刘裕说道："此件事情已了，你也说任我差度，你便尽快和你父母道别，我们便要上路了。"

刘裕有些惊讶，抬头看着端木宏说道："我父亲……"他话音未落，只听门呼的一声被推开，如一阵风般闯进一个人来，扑向刘裕，刘裕一个转身，接住那人，两人抱在一起。端木宏见那人比自己年纪还小好几岁，比刘裕更是差了许多岁，猜想那便是他弟弟之一。端木宏扭头见刘翘看着那人的眼神目光柔和，和先前瞧着刘裕的埋怨全然不同，不由心中一动。

两兄弟拥抱一番，拉着手展望对方，一个说："我在门外见着你的马，出卖了你的踪迹。"一个说："我请了位师父来给母亲治病，药到病除！"两兄弟虽然才几日不见，已像是隔了三秋。随后刘裕拉着弟弟的手，先是拜谢端木宏，再进到隔间中和母亲道别，再拉着刘道规到门外，细细密密地叮嘱一番，将两贯钱交到弟弟手中，说道："这次我走，什么时候回来可说不准，你要好好照顾母亲，听哥哥的话，家中一切，便委托你俩兄弟了。"

刘道规说道："哥哥和师父吃了饭再走。"

刘裕瞧了瞧屋内的端木宏，说道："家中存米恐怕不够，我还是带师父出去找点儿吃的。"刘道邻点了点头。

交代完家事，刘裕便引着端木宏辞出家门，又走出一段距离，端木宏这才对刘裕言道："我要你做的事情，便是要你做我的向导，送我去那甬东岛。"

刘裕一听，眉头微皱，说道："先前师父问弟子为何不求助本方祭酒，弟子说他恰好不在本地，其实是有所隐瞒了。真实情况是他带着本地几十户道民，一起投奔甬东岛去了，已经半年时间，音讯全无。此时国内各处设了不少关卡，严防天尊道道民往海上出逃。闯陆地关卡我们二人大概不成问题，但去海上，既要有船，也要有识得水路的船工，怕是此刻不容易找到的。"

端木宏说道："我从山中来，对山下事情一点也不懂得，但有位朋友嘱托我去甬东岛，为她办一件事，此事极为重要，我要把这事情办了，决计不能有负于她。"

刘裕思索了一下，说道："既然是师父主意已定，弟子豁出性命也把此事为师父办好。但此事需要用船，路程遥远，牵涉颇多，师父且随我住下，容我徐徐安排。"

端木宏点了点头："若是不能立即出发，你便再为我做一件事情，打听打听皇帝的皇宫如何进，我要去找我的师伯。"

刘裕听了此言，登时愣住，跟着端木宏走了几步，才嚅嗫："弟子只是羽林监中见习从事，无官也无职，此事怕是比去甬东岛更加麻烦得多。敢问师父因何事要找皇帝，师父的师伯为何在皇宫中？"

端木宏观察了一下刘裕的颜色，心知此事的确是难，说道："我和我师伯在江上走失，我师伯便是要到建康觐见皇帝，我找着了皇帝，自然也便找着了我师伯。"他想了一想，叹了一口气，说道，"其实找着了师伯也没什么话说，最多告诉他一声，说我要到甬东岛上去了。他要办的正事，我没心思帮他。"

刘裕笑道："既然皇帝和师父的师伯在一起，师父告诉师伯去甬东岛，那这事可就给皇帝也知道了，皇帝往下那么一吩咐，各处那么一阻拦，我们便铁定上不了甬东岛。"

端木宏想了一想，说道："你说的没错，我们便不找我师伯，只去甬东岛，不做其他的想法了。"

刘裕既敬畏这个才认识就给自己帮了大忙的小师父，又觉得他言语幼稚，颠三倒四，心中不免又轻慢又谨慎。端木宏交办的两件事中，看起来他和岛上的叛民似乎并无瓜葛，自己并不用担心卷入麻烦之中；反倒是要找入皇宫的门路，和自己此刻身上所背的危险却有所关系，便用三言两语给自己拨冗解困；而端木宏毫无争辩便同意了，刘裕心情大为舒畅，接着问道："师父之前没去过甬东岛，此番去，是为了找人，还是为了找什么物件？"

端木宏没有回答他，刘裕擅长察言观色，见端木宏不答，知道他不愿意说，也就不开口再问。

一路上两人无话，刘裕牵马驮着端木宏越过新桥，在秦淮河边上一处陈旧的宅邸前停下，这里是刘裕婚后由他岳父赠予的住所。刘裕与刚刚新婚、比他小一岁的妻子臧爱亲一起住着，此时端木宏别无去处，刘裕便将他带回自己的家中。

臧爱亲听见门响，挺着刚刚显怀的肚子，笑盈盈地出来迎接，见丈夫带着个身着道袍的少年，心中有些惊讶，接过刘裕手上的马鞭和长剑，凑近刘裕耳边，还用手掩着自己的嘴，极为轻声地说道："没料到你今日回来，家中无酒无肉，没法儿招待你的朋友，怎么办，怎么办？"刘裕也轻声说道："不妨，我身上带着些营中的吃食。你回屋休息便好，我与小师父略停便走。"

臧爱亲掩不住失望地"哦"了一声，她朝端木宏道了万福，又有些气鼓鼓地瞪了他一眼，转身进了内堂。端木宏见她身姿婀娜、言笑晏晏，与刘裕默契无间，不觉又想起孙玥来。

刘裕引着端木宏在堂前地上坐下，端木宏见这里同是家徒四壁，除了比刘裕父母家略微敞亮之外，也没什么区别。坐下来他才觉得浑身酸痛，腹中饥鸣如雷，刚想找刘裕要吃的，刘裕已双手奉上两个树叶包的团子，说道："师父半天来还未吃东西，想必已经饿了，弟子手头只有这点儿吃的，粗糙寡味，师父先将就着，晚些时候弟子再买来些吃食孝敬师父。"

端木宏接过两个团子，见一个是煮熟的糙米捏成，中间掺了一些碎鱼肉，另一个则是青菜团子。他饿得狠了，冲着饭团一口咬去，竟然咬在了手指头上。

刘裕在一旁说道："弟子想来想去，现在要找到一艘船去海上，找民船不容易，恐怕不得不找一条官军的船只。弟子前段时间在丹阳郡城受训，城下码头配有两条快船，常在丹阳郡城与京口之间往来。弟子想带师父偷偷上了这船，等船去京口公干时，我们就在海上劫了这船，驶往甬东岛。"

端木宏不假思索地说道："这样很好，你尽快安排。"

刘裕点了点头，恭敬地说："师父先歇息一番，弟子这就去做些准备，争取今夜我们就能潜入进去。"

端木宏嗯了一声，心中忽然觉得有些歉意，他记得刘裕的父亲责怪他为何还不到京口营中报到，可见到京口营中报到一事极为重要；还有，他的妻子孕相已显，眼见就要生孩子了。刘裕却要错过入营，更俨然是一番公然叛乱之事。自己虽然救了他的母亲，但这样让他搭进自己的一生来，或许连累到他的弟弟与妻子儿女，这代价未免荒诞。

他又想，孙玥此时精魂未散将散，自己在这里决不能耽得太久，自己一定要快些去见着杜子恭，问个明白；又或是她精魂不散，还有别的什么法子可想。

刘裕见他面色变化，阴晴不定，不知在想什么，便退出房间。他也同样饿得厉害，但没有吃的，这下只能吞口水哄骗肚皮，好在他习惯了饥饿。他徘徊了片刻，骑上马往乌衣巷建威将军府上去。

不多时便到，可到了门前，他又有些犹豫，并不下马，勒住马缰绳，垂头思索良久，最后他摇了摇头，调转马头，直往丹阳郡城奔去。

第十一节　爱　亲

刘裕推醒端木宏的时候，端木宏感觉自己才刚刚合上眼，他僵硬地坐起来，睡眼惺忪，问刘裕道："现在是什么时候了？"

刘裕笑着说道："现在天光尚早，弟子给师父带了几个粢饭团子。"说着，递给端木宏三个饭团。端木宏肚子还饿，接了张口就吃，谢道："可麻烦你了。船只的事情如何了？"

"我去看过了，可巧，正好有一只船停在丹阳郡码头上，不过要明天晚上才发出到京口去，我们须得今夜悄悄潜入船上躲起来，不然明日白天人多眼杂，要混进去恐怕有些麻烦。"

"我们是要夺这艘船？"端木宏本来想过必然是这样，但刘裕这么说了之后，他还是有些讶异。

"这时候没有民间的船只敢去海上，始终要用强迫，与其强迫庶民，不如抢夺官家的船只。"

端木宏完全赞同刘裕的看法，他三口并作两口地吞下饭团，起身说道："留在这里左右也是无事，现在就随你去。"

刘裕拦住他，说道："不急，此刻营中人还多，晚些再动身，把握大些。"他从身后移过一条展开来的褡裢，里面装着七八个饭团和两个水囊、两块猪肉干，他接着说道，"接下来几日的食物我也一并都预备好了。"

端木宏又坐下来，赞叹道："还是你考虑得周全。"

刘裕笑道："师父过奖了，弟子家贫，又是老大，自小就要应付各种状况，凡事不敢不多预计思索一番。"

端木宏心中有个疑问，这时候便问出来，说道："我见你父亲对你十分严厉，对你弟弟便要好得多了，莫非，你两兄弟不是同一个父亲？"

刘裕听言，脸色骤变，停了一会儿才缓缓说道："我父亲已去世多年了，不知师父在何处得见我的父亲？怪不得师父之前要我和父母告别，我还奇怪。师父这么问，莫非师父在家中见着我父亲的鬼魂？"他说着，已流下眼泪来，"不知道父亲成鬼之后，音容是否有所变化。他……因为我母亲的事，大概真的不怎么喜欢我。"

端木宏怔怔地说不出话来。刘裕接着说道："我和两个弟弟，都是同一个父亲，不过我和弟弟们不是同一个母亲,我的亲身母亲生我艰困,才生下我不久便去世了。我是吃着姆娘的奶,由弟弟们的生母养育长大的,便是今日由师父施法救治的这一位。"

良久,刘裕又说道:"我从前不信鬼神,有今日的事情,我便信了。"臧爱亲不知什么时候走到刘裕背后,在后面抱住他,默默地流泪。

刘裕转过身去,对她说道:"我要和小师父去那甬东岛,今夜便出发。先前我去京口,你还不肯回你父亲那里,但这次你是一定要回去的了。"

臧爱亲点了点头,她优雅地弹去眼中泪花,用手指了指腹部,说道:"你的孩儿在这里,你要答应他,不可好勇斗狠,不论去哪里,都要好好地回来。"

刘裕看了端木宏一眼,对臧爱亲柔声说道:"我必定会好好地回来。我有看见未来的能力,我不会有事的。我看见多年后的一天,我们家比现在阔绰多了,富丽堂皇,一窝小崽子到处乱跑乱跳,我们管也管不过来,只好由他们去。你比现在壮实得多了,怀中抱着最小的一个,我在一旁,挥毫写字,最大的这个在给我研墨展卷。"

臧爱亲轻笑出声,道:"不要脸,别人听了,还以为你是王羲之。"

刘裕也笑道:"我本来想说我在一边舞剑,怕你说小心别伤着了孩子,这冤枉我哪儿背得起,话到嘴边硬生生地改成了写字。"两人含笑对视,融在了一处。

端木宏年纪尚小,却也渐渐懂得男女之间的情事,他背过身去,羞看刘裕与臧爱亲的执手对视,却又想起坠落江中所经历的那个幻境,他禁不住想,若刘裕的父亲已经死去多年而自己能见,那孙玥究竟是刚死未散的精魂呢,还是尸身已腐的鬼魂?原来这世上真有鬼魂,师父张昭成给自己授鬼官将军的符箓,究竟是对自己虚与委蛇的糊弄,还是自己于神鬼之域确实有其天赋与命势?

他从怀中取出刘翘硬塞给自己的那个小包袱,打开一看,里面是一个精致的小木匣子,打开一看,里面盛着几根如尾指般大小,看起来像是木炭一样的东西,用手轻轻一触,触碰处便坍塌成灰,同时他感觉自己恍如置身于莽荒之地,狂风卷着雪四处乱飞,漫天遍野无可名状的哀号之声充斥于耳膜中。他悚然而惊,赶忙合上木匣,揣进怀中,四周又一切如常,仿佛什么也没发生过。

他立起身来,对刘裕说道:"我们早些出发吧。"他神情严肃,仿佛一下子长大了十岁,他站立的姿势好像一刻也不要停留。

刘裕有些窘迫,忙应声说好。他收拾褡裢背在自己身上,臧爱亲为他取来佩剑,他收好剑,低头亲了亲妻子,便跟随着端木宏出了家门。

出得门来,端木宏才见天色已经昏暗,刘裕双手摊开,抱歉地说道:"我们这次去海上,一路乘船,乘马不便,弟子便把马牵到市上卖了。不过这样一来,我们须走着去丹阳郡城，好在路程并不算远。"

端木宏说道："步行不妨，只是你若卖了马，今后从海上回来，还能再买回马匹么？若买不回，你还能去京口报到么？"

刘裕笑道："我本来已经误了行期，从军这条道是行不通的了。待这次送师父上岛以后，我便去会稽，有个兄弟在那边贩盐，他一直拉我入伙。"

端木宏胸中有许多话，却说不出什么，他有些奇怪，自己从来都是嘴上扒拉得比脑子转得更快的人，从前在龙虎山天尊府，对世事俗务一概不知，对万事万物都有着一种无畏的欢快，这才离开师伯不到一天，经历了这许多事情，就好像自己闯入一块忧愁之云，忽然地消沉下来。他闷闷不乐，只跟着刘裕行走，两人沿着河边走了许久，天色渐渐黑下来，一座巨大的城堡展现在他们的面前。

丹阳郡城是建康内城之外、外篱之内的七座屯兵堡垒中的一座，它的城墙有七丈多高，城围两三里，修筑得比建康其他几个支城更为陡峭坚固。东西方向开有两个城门，城下环绕着一条护城河，另有一条由人工挖掘的水渠由城内通向秦淮河。

刘裕带着端木宏顺水渠一侧悄悄潜行到城墙下水渠的入口处。他解下衣服，先把褡裢包了个严实，举在头上，他示意端木宏跟着他，先越过齐腰深的护城河，走到城墙根下，再扶着水渠的边缘，一步一步地往里走。刘裕个子高大，水渠的水才淹没到他胸前，而端木宏被水淹没到下巴处，幸喜有一只手可以扶着河岸。两人深一脚浅一脚地朝着城内摸去。走了大约十余丈，便越过了城墙，来到丹阳郡城以内的一侧。

水渠穿过城墙之后往城内延伸得并不算远，尽头是一个几十丈宽的大水荡，水荡旁边不远处有几处木屋，却看不到火烛，黑洞洞的，像是没人。水荡中漂浮着一条将水荡平分为二的木桥码头，码头一侧停着一艘四丈多长的风帆战船，另一侧则空着。刘裕领着端木宏从水中走出，爬到岸上，躲在一处角落中将身上水擦干，穿好衣服，看看四下无人，便飞快地绕到码头上，踩着搭好的两尺宽木板，登上了战船。

此时战船上一个人也没有，刘裕有些庆幸，他本来预计还要遇些周折才可以到达底舱，这下便可以大摇大摆地走过去，把身体好好地摆放在底舱靠船尾的那个角落里，用几个木箱挡住过往人等的视线，则大功告成。这是预先的腹案，他指导端木宏立即把这些事情办了，须知即便这只是通联船艇，船员不过十人，他们此时不在，但谁知道什么时候就回来了。

端木宏对狭窄的黑暗空间有些不安，换了今日之前他觉得自己会忍不住发狂，但他安静地蜷缩成一团，将木剑放在身边。

刘裕和他头顶相对，横在另一侧，低声交代道："还要等上大半天船才开呢，师父嫌无聊尽可以睡觉打发时间，不过我们可别同时睡着了，不小心打了呼噜，惊了回来船上的兵士，那可糟糕至极。"

端木宏点头称是。

刘裕接着又说，"弟子现在有些困，要不弟子先睡，师父听见有人上船了，又若是弟子打呼噜了，便揪弟子的耳朵，把弟子叫醒。"

端木宏说道："今天你辛苦了，你睡吧，我来听着动静。"不一会儿，端木宏便听见刘裕那边传来绵长细密的鼾声，在一片静谧中，分外清晰可闻。他想，刘裕刚才的话，是说等有人回到船上以后他发出鼾声才叫醒他呢，还是不管有没有来人，只要他发出鼾声便叫醒他？那这时候要不要叫醒他？他左右为难了一番，心想若是没人来，他呼噜声再大又有什么关系？

他这么一想，睡意忽然浮泛起来，上眼皮禁不止要落下来，坚持了一会，终于没忍住，整个人跌落入黑甜之乡，不知过了多久，也或许只是瞬间，他打了个激灵，人一下子清醒过来，听见不止有一两人快速地登上船板，甲板上的火烛亮起来，光亮经过许多折射，打在他的脸上，他吓得忙伸手去推刘裕，却见刘裕早已经起了身，调转了身子的方向，拨开箱子朝甲板上看了。

他学着刘裕一般扒住箱子缝朝外看，只见影影绰绰的晃动，什么也看不见，只好尖着耳朵仔细听。

他听见一个中年人的声音说道："这件事情事关重大，我只能面见了谢将军才能当面讲出，别的人，即便是你我多年交道，我也不能放心。"这人声音短促，听起来毅然决断，语调也和端木宏平日听人说的话大有不同，他不懂得什么南音北声，只觉得此人不是本地人氏。

另外一人也是个中年人，声音较为明快，一听便是南人之声，说道："你我交道多年，交易多年，说得上知根知底，有时候我觉得，和我这边的同僚相比啊，咱俩才是过命的交情。不过，我还是不知道你是不是仿效那三国故事里的郭循，所有之前的铺垫不过是为了最后得一机会面对谢安将军，欲行不轨。到那时候，我要说自己是清白的，只是因为愚蠢才让谢将军遇险，谁又会相信？"

端木宏开始听那人说的是薛将军，后面才听见说的是谢安将军，心中一动，想起在谢安门下做清客的顾渐来，不知道这样听起来危机重重的时刻，顾渐会不会陪在谢安的身边。可似乎后一个人不肯让前一个人见到谢安，十分啰唆。

第十二节　长安来客

先发声那人又说："你尽可以让人对我身上检查个遍，我身上不带任何兵器。"

声音明快那人冷笑说道："你何必带兵器，说你有万夫不当之勇是夸张，但二三十人足可应付。若你来行刺，自然也不会想全身而退，拼死一击，哪怕你空着手，在杂兵手上夺一把兵刃，谁敢说有把握阻止住你？"

先发声那人叹了一口气，说道："我愿手脚受缚，只愿面见谢安大人。"

声音明快那人愣了一下，好一会儿才说道："老魏，你究竟遇见了何等的难事，竟然肯这样决绝？"然后是一阵子寂静，没人再说话，但脚步走动，似乎有人真的在绑声音雄浑的那人。

端木宏听见有人从码头快速地拾阶而上，来到甲板上，开口说道："崔泽，不要绑他。"听起来这是一个老者的声音。

老者似乎略停了一停，接着说道："鄙人就是谢安，敢问魏先生专程到此，于谢安有何指教？"

端木宏吃了一惊，心想，他是原本已经在附近了。又听声音雄浑的那人语气激动地说道："果然是谢将军没错，在下魏无咎，在大秦担任谒者仆射，率团出使建康，能见将军一面，实在是三生有幸。"

端木宏心里复述了一遍，心道，原来一个叫魏无咎，是北边大秦的官员，一个名叫崔泽，想是晋朝的什么官员，还有谢安，这个是大名鼎鼎，如雷贯耳，若说当朝文武百官，除了司马曜，端木宏就只听过谢安的名字了。甲板上就这三位，大概还有其他的人，可都没说话，就听不出了。

他听见崔泽说道："魏先生言说有重要的机密需面呈谢将军。"

魏无咎接口说道："不错，正是。"

谢安说道："魏先生准备单单透露一个讯息给鄙人，还是想转投我晋朝效力？"

魏无咎说道："这个问题，在下还来不及想，不如搁置一边，待谢将军听了呈报的事件之后，再由谢将军来定夺。"

谢安言道："这样也好，鄙人便听你要报给我的事情。"

魏无咎略停了一下，说道："刚刚崔将军担心在下仿效郭循刺杀费祎的旧事，这是擒贼擒王的道理，古今无有不同，无往而不利。崔将军担心有道理，但谢将军你且放宽了心，在下并非为此而来。在下要禀报谢将军的是，眼下就有一位大秦极为重要的人物藏身在这建康城内，在下此次出使建康，便是要向他传递一个要紧的讯息。"

场面沉默了一会儿，谢安对魏无咎说道："你先说那要紧的讯息是什么？"

魏无咎有些尴尬，说道："我只知道这讯息要紧，却不知道内容究竟是什么。"

谢安说道："这位极重要的人物是谁？他藏身于何处？"

魏无咎说道："这位人物我也不确切知道他是谁，不过，大秦皇帝苻坚的亲笔书信却是指定要交给他的。"

谢安问道："那书信何在，你看过了那书信？"

魏无咎答道："在下偷偷拆开了书信，见信上的抬头为博林吾弟，信上大体的意思是希望他的这个兄弟收到信之后，日夜兼程地赶回长安，苻坚有重要的大事要找他商议。"

谢安嗯了两声，另外两人也没有说话，端木宏猜想魏无咎将书信呈递给谢安，谢安在看信。良久，谢安说道："你怎么把这封信送给收信的这人？"

魏无咎答道："在下将此信送到建初寺法显行者处，那人自然会去取。"

谢安沉思良久，说道："没听过苻坚和人有结拜之义，说吾弟，难道苻坚真有一个弟弟在建康？苻坚的弟弟，不知道哪一个弟弟名或字是博林的，以我之见，这名字多半有假。"

魏无咎有些慌张，强作镇定地说道："若是寻常的细作通报，便不会经我的手送过来，不论他是谁，至少是大秦苻坚本家亲王及三公以上的人物。"

谢安又陷入沉思中，过了一会儿，才说道："这人潜入建康，目的会是什么？若我们设法把他挖出来，拿在手上，恐怕也没什么意义，反而……"他语气深长地停了下来。

魏无咎说道："这样的人来建康，自然为的是结交贿赂大臣，真正重要的大臣，为大秦将来攻打晋朝埋下伏笔。"

谢安不置可否，转而说道："敢问魏先生在大秦犯了什么罪行，要铤而走险做这件事？"

魏无咎凛然说道："在下离开长安前，不小心杀了一个人。"

谢安也不深问，接着说道："这封书信中的内容，未必便是我们看到的内容，或许有些暗语，只有收信的人才明白。还烦请魏先生将此信重新封好，递到法显行者处，我派人盯住法显，伺机缉捕来取信的人。待此事有了眉目，我们再来商议魏先生本人的事情。"

他接着又赶紧补充了一句："鄙人之所以在这里，是因为我听说魏先生同时联络了王国宝。这孩子不成器，没什么经验，我怕他听了魏先生的讯息好大喜功，惹出什么祸事来。所以，我这里给魏先生专门交代一句，这件事，不可再与王国宝说。"

魏无咎愣了一会儿，才说道："恐怕长安拘我回去的使节，不日便到，又或者是一名刺客。但愿此事早有分晓。"

谢安不置可否，说道："这里是丹阳郡，魏先生耽搁久了，恐有不便。"

魏无咎说道："今日得见谢将军，也算得偿夙愿，在下便先行告退了。"

接着端木宏便听见有人匆匆下船的声音。他刚刚要舒口气，眼前猛地一暗，在黑暗中他看见一对阴森森的眼睛盯住自己，顿时骇得头皮发炸。电光火石间他心中转了无数念头，瞬息间决意已定，抬手推开面前的木箱，从藏身的隔舱中爬出来，大大咧咧立在那人面前。

那人伸手揪住端木宏道袍前襟,端木宏刚想说话,那人右手扑面一掌击在端木宏左耳下侧,端木宏顿时觉得天旋地转,瘫软下来。他身体虽不能动,但知觉还在。

那人将端木宏挟在腋下,又朝端木宏钻出来的缝隙中看了两眼,见里面再无其他人的痕迹,这才提着端木宏从底舱顺阶梯来到甲板上,将端木宏往地上一掼,对仍在陷入沉思的谢安说道:"县公,卑职失察,刚刚在底舱巡检,发现了这个小毛贼,不知道偷听了多少。"

谢安抬头看了一眼端木宏,淡淡说道:"是个合一道的小道士,为何他会藏身在这里?"

那人说道:"卑职一个时辰前才检查过此处,若说偷偷藏身在此,定是恰好在这个时辰以内混进来的。这样的事情之前从未有过,的确相当蹊跷。"

谢安沉吟了一下,说道:"此事十分重大,不可存侥幸之心,不能让他从这里走出去,再者,他未尝没有别的同伙,你要妥善处置。"

说完,他转身缓缓走到踏板处便要下船。

端木宏眼珠转动,看见谢安步履蹒跚,走上踏板时更颤颤巍巍,好像一阵风吹来就会将他吹落水面上。踏板太窄,没法上来一个人扶他,两名侍卫紧张地立在岸上,张开手预备着接住他。待谢安的脚步踏上码头,所有人才松下一口气来。端木宏这也才有暇扫视甲板上站立着六七人,都穿着和刘裕差不多花纹的布甲,手擎火把,刚才擒住他的那人,正背着双手,甲胄华美,有一张干瘦而冰冷的脸。码头之上,还立着列好队伍的数十名盔甲铮亮的卫士。

待谢安和卫队走远,那张冷面孔蹲下来,在端木宏脖颈上轻轻揉了几下,然后将他提溜立起来,端木宏身上有了力气,顺从地立定,望着那人,等着他问话。那人沉吟了一下,简捷地说道:"你是怎么到这儿的?"

端木宏心中盘算已定,答道:"我从长江上落水,漂流至此,见到有条船,就爬了上来。"

那人接着问道:"你受何人指使?"

端木宏答道:"我师父乃是合一道天尊张昭成。"

那人又问:"你刚刚听到了什么?"

端木宏叹了一口气,答道:"我听了一耳朵,可全没听懂。"

那人哼了一声,伸手一指端木宏的身后,说道:"一派胡言,你看那人,是不是你的同伙?"

端木宏心中一震,扭头去看,见身后空空如也,什么也没有,还在狐疑,只听耳畔风声扫来,他反应倒快,顺势往地下一滚,避开袭来的一掌,旁边几个侍卫一起抽出佩刀,树起刀丛,将他围在中间。

端木宏双手按地,半蹲半跪,恨恨地瞪着出手袭击他的那人。那人一击不中,心里有两重的诧异,哼道:"身手倒是敏捷,可你终究逃不出去,还不如束手就擒,我可免你一死。"

端木宏也不答话，猛地朝离他最近的一名侍卫扑去，那侍卫猝不及防，被他抱住握刀的那条臂膀。刀手错愕不已，还来不及动作，又见端木宏大口一张，狠狠咬在自己手背上，痛彻入骨，吃痛不住，便撒了手。端木宏不等佩刀落地，手一伸便拿到那把刀。刀既已入手，他也便闪回中间，凭刀而立。

领头那人见端木宏身手了得，轻易便从侍卫那里得了手，微微叹息，从腰间摸出兵器，是一对模样怪异的拳刃，刃不长，只宽出护手一分，与其说拳刃，更像是拳套，这对兵器看起来中正雍和。他将拳刃套在双手之上，对端木宏说道："小师父若像刚刚那样装怂，任我摆布，不过是被我押起来关个几日，怎么忽然漏了习武者的马脚来。你手中既然有兵刃，那就和我来过几招好了。"

端木宏先前手中没有木剑，所以寻机去抢夺兵刃，待将对方的佩刀夺入手中才后悔不迭，军中佩刀比之道家所携带的长剑要重得多，何况端木宏用的是木剑，这分量的差别更是有如天渊之别。更不用说他练的剑式以击刺为主，一边开刃、刀背厚重的刀对他而言毫无用处。长刀一握在手中，他已经知道无望取胜，自己绝使不出伤人的招式，心中已经灰了大半，见对方手中的怪异兵器，心中更是泛起寒意。

他强打精神，开口说道："我的剑不收无名之鬼，你是什么人？"

对面那人开口只答了两个字："崔泽。"

这个名字并不在他的名单上，他既不使剑，看起来也不过尔尔，只是端木宏手中没有他自己的剑，桃木剑在船舱中。

为了拖延时间，端木宏说道："你为何不问我的姓名？"

崔泽哑然失笑，说道："我记不得那么多名字。"他朝前跨上一步，身体微微弓起，双手握拳，一前一后，拱卫在胸前。

端木宏修研的剑法在于先发制人，若在平日，他不多想便出招了，但此时拿着一柄刀，心中万般迟疑，递不出招去，心中犹想，若我现在投刀认输，这个崔泽会不会也不拿我怎么样？

崔泽见端木宏面露胆怯，虽然自信战意和局面上自己都占了上风，但他记得端木宏能躲开自己脑后一击，以及骤起夺刀，动若脱兔，实在难以小觑，所以他又向前逼近半步，但仍是双拳护在胸前，谨守守势。

端木宏见对方欺近，虽然他不懂得拳理，但直觉上也觉得对方若再逼近一步，自己手中的长刀便没法施展开了，心一横，默念临阵决，猛地发力，挺刀朝对方的肩胛处刺去。他这一招剑式蕴含着多种变化，全看对手如何格挡躲闪。

崔泽见对方以刀代剑，刺向自己右手肩胛，心中已有成算，他向前跃一大步，以自己的肩胛迎向对方的刀尖撞去，端木宏没料到崔泽这样应对，心中盘算不及，稍一迟疑，招式便已用老，失了变化之势。

眼看刀尖将要刺中崔泽的肩胛之际，崔泽肩膀一沉，妙到颠毫地避开刀尖，他的两个拳头，一齐朝前擂出，一个拳头重重地击在端木宏的胸部，另一个拳头击在小腹。端木宏只觉胸口如被重锤猛击，嗓子一甜，浑身脱力，握不住手中的刀，刀当啷一声落在甲板上，他向后跟跄两三步，跌倒在地，胸部的刺痛让他喘不上气来。崔泽的拳刃在他身上留下两个窟窿和七八条口子，喷涌而出的鲜血染红了他半边衣衫。

崔泽一招制敌，心知对方虽身手敏捷，看来剑法也甚是高明，但毕竟实战的经验有限，轻易被自己骗过，以此事此境，将他就地处死，难言不可惜。他收了拳套，从腰间抽出匕首，走到端木宏身前蹲下来。

他仔细地端详这个人年轻的面庞，他见过许多处于这一刻的人，他们呈现出完全相同的样子，不论他们姓什么，曾经多凶狠、多荣耀，多么希望活下去，他们的脸都一样苍白而恐惧，而片刻后他们都将失去所有生命的光彩，平等而永恒。没有更多的迟疑，他将匕首尖抵在端木宏的喉头下凹处，用力地刺下去。

第十三节　念消愿散

脚下踏空，坠入山崖，在死亡来临之前的最后瞬间，孙玥的灵智忽然澄明，她奋力地一跃，逃出了她自己的身体。她的精魂并没有像天尊道的道法中所讲的那样，悬浮在空中，而是和她的身体一起落入了水中。很快他们就又分开了，她的身体被卡在了岸边的岩石间，而她自己顺着山谷中的溪流，流进大海中。

她被海水禁锢在水面之下，无法脱离水的束缚。在最初意识到坠崖失去了身体的时刻，她哭泣、消沉、绝望，自弃了许久，同时也没有等来精魂的消散。她困惑、焦躁、怨恨，然后学着接受这一切。

她以为这就是死后的世界，但这个世界空空荡荡的，她看不见别的魂魄，无论是人的还是鱼的，或是鸟儿以及其他任何动物的魂魄。反过来说，她看得见他们，仍然具有生命的一切活物的形象。她想这一定是哪里弄错了，她有自己该去的地方，只是还没有去。

她像一条鱼那样，熟悉新的状况，她能够跃出海面一点距离，但感受不到呼吸的气息，也能潜入到几百米深的海底，这是甬东岛附近的穷极了。如果还有更深的海底，她也愿意试试，可她舍不得离开海岛。

她围着海岛环游，希望能看到认识的人，她也真的看到了几个，但她没办法和他们打招呼。虽然他们生活在海岛上，但没人朝水中看，没人会看见一个蓝色的影子在水中焦急地游动。

几天之后，她在海边看见父亲和哥哥们，以及伙伴们，有王怜之和于宜，他们穿着白衣，束手站立在海水之中。她看着于宜，心想，他终于知道了那天晚上所说的未来的变化是什么，变化比她欲言又止的还多。但人群中没有王令芹，许多天前的一次寻常告别已成了永别，她甚至不记得和她说过的最后一句是什么。她忍不住想，现在已经过去了多久，她已经和杜师公成亲了么？

这些人在海水中半跪着，为她祷告，父亲哭得像个傻瓜，和他的身份，和他平时的做派一点儿也不般配。他将置放着她身躯的独木舟推向海中，舟中摆满了各色盛开的鲜花。借着一次次地从海水中跃起，她着迷地一次次看着安眠中的自己，她先前单单知道自己漂亮，现在才第一次觉得自己是那样的美，沉静而安详，安详得不像她自己。这份安详，是死亡所带来的。

她忍不住想，自己根本不讨厌王怜之，在十五岁以前，甚至是喜欢他的，之后她成长得比他快，但他迟早也会长大的，如果能嫁给她，并且活着，那该有多好。

她随着那条独木舟，随着自己的身体，漂向大海的深处。在离岛很远很远的某个地方，独木舟进了水，慢慢地沉入海中。在水中，她看见自己的脸上仿佛现出解脱的神色。她向自己的身躯撞去，企图重新合而为一，但她的身躯冰冷地拒绝了她。

她守着自己的身体，舍不得离开。鱼儿啃咬她的身体，她就把它们赶开，但她身体的肌肤日渐腐朽、塌陷，变得不忍亲近。

她返回甬东岛，成日在水中游荡，不知道时间的流逝，或许几天，或许几年，在毫无指望的游荡中，忽忽欲狂。

有一天，她随着一条战船从岛上驶向大陆，进了长江的江口。她望见一个人站在一条小船上。本来只是擦身而过，但他的眼神抓住了她，她猛然醒悟自己在等什么，她觉得心中绽放了一朵花，如沐春风，心旌摇曳，又如遭重锤，心灰意冷。

她把那个人从船上推入江中，好让她进入他的梦境，她营建了一个幻境，在幻境中她诉说对他的喜欢，而他竟然也恰好喜欢她。她不知道那真实与否，就如同杜子恭在教她法咒的时候说的，真实若虚。

除了附身在鱼的身上，偶尔跳出水面之外，她无法离开水体。他上岸之后，她远远近近地跟随着他，既憧憬，又绝望。

她跟随他而来，她望见一个坏人骑在端木宏的身上，手中的匕首将要刺下去，她没有多想，飞快附身在水中的一条蛇，猛地蹿出水面，飞到那人身上，紧紧地卷住他的脖子，张口朝他的眼睛咬去。

　　崔泽猝不及防，他揪着蛇身，急切间扯落不得，倒转匕首，往脖子上用力一抹，斩断了那条蛇，也割断了他自己的喉咙。

　　念消愿散。

　　如瀑布般喷发出的鲜血洒落在端木宏脸上，温热而黏稠，他有些怪讶和迷糊，他以为这是从自己身体里喷出的血，但他没感觉到一丝疼痛，就连身上的那些疼痛好像也消失得无影无踪，有那么一瞬间，他在想，这就是死亡的感觉么？直到崔泽的身躯颓然倒下，压在他的身上，匕首落在一旁。周围的侍卫发出惊恐的叫声，乱纷纷地扑上来，他才猛然醒悟过来，他奋起全身力气，推开崔泽的躯体，推开两个被吓呆了的侍卫，跳起来踉跄地冲到船舷边，跃入水中。

　　这是他一天内第二次从船上坠落入水，但这一次和前次大有不同，他僵硬地撞进一片冰冷得多的水中，刚才消失了的痛楚一下子又回到他的身体。他能感受到水中弥散开来的热血的味道，这比刚刚受伤的时候还要使他惊恐。

　　他拼命地划水，却止不住地往下沉，河水不深，没几下便踩到了河底淤泥。唯惊惶未定，他在水中漂来荡去，连喝了几口水。慌乱中他抓住水底的一块石头，将石头抱在怀中，让自己在水中立定，立稳之后他慢慢镇定下来，屏息四望，水中一片漆黑，望见水面上有些光亮晃动。

　　船上众人各自举着火把在水面上张望，想要发现端木宏的踪迹，有些人急着收抬崔泽的尸体，其余的人只呼叫鼓噪，没一个敢下水来追。

　　这好像是一个噩梦，一切都影影绰绰，看不清楚，陌生而怪异，充满了危险和逃亡的意味。和噩梦不同的是，这个噩梦没法醒来，而可以走出去。

　　端木宏向着水面光亮相反的方向慢慢走去，走了十余步，回想来时见到水荡的形状，便又朝左转，试探着走了几步，便觉河底逐步向上，他走到让头能够露出水面的位置，探出鼻嘴来呼吸换气，一边观察周围的动静。他想，刘裕还躲在那儿么，他能否安然地脱困？没有了他的引导，我得要自己去想许多事了。

　　但愿他平安，也但愿他在逃离的时候，不要落下了自己的桃木剑，端木宏心里这么祈愿，但那到底是不是一把独一无二的桃木剑呢？他并不知道，只是情愿把它当成是独一无二的。

　　端木宏顺着水道，朝城外摸去，很快便穿过城墙。他爬上城墙对面的河岸，隐藏在芦苇荡中，气喘吁吁，头昏眼花，气力不继。他知道这是失血过多之故，可能没什么大碍，但也可能很糟糕。

他不敢在此久留，刘裕不在他身边，他不知道自己身处在何地，也不知道该往何处去，只好不辨道路地乱走，只愿能找到一处僻静的所在，可以稍作休养恢复。

他在河岸上走了好一会儿，分不清出南北，只认准离丹阳郡城相反的方向摸去。

不知走了多久，他忽然发现自己闯入了一片连绵不绝的精致巷陌中，这里道路平直宽敞，院墙高挑，红色的灯笼在道路上投射出橘色的光晕，映照在朱门之上，呈现出陆离的斑斓；庭院朱门错落有致，花树越出白墙，暗香流动，隐隐有弦乐之音。这一切对端木宏而言都很陌生，他掩着身上的伤口，下意识避开灯火明亮的地方，在巷道阴暗处茫茫然走了许久，仍不见出去的路。

他听见有车轮辚辚的声音和马蹄声在远处滚过，一会儿就走远了。

他越走越是昏沉，眼前发黑，黑暗中闪过无数的幻象，这些幻象如电如幻，还来不及看清轮廓便一闪而逝。他脚步越来越软，好像踏在棉花上。忽的脚下一绊，身子朝前摔出去，鼻子狠狠磕在地上，这让他略略清醒。他勉力爬到一处黑暗角落里，用手在身上摸索了一遍，多数创口都已经凝结，只有胸口和腹部两个窟窿还在不住地涌出鲜血。他的身上一会冷，一会儿热，伤口突突地跳动。渐渐地他不能思索，他用力地压住那两个伤处。

瞌睡飞快地占据他，他做了许多努力来保持清醒，还是头一低，睡了过去。

他梦见自己从躯壳上的创口处钻出来，化作一只白色的小鸟，展翅而飞，飞上树梢，迎风扶摇，飞入云端，说不出的畅快喜悦。初试飞行的欢乐过后，他仍记得自己要往海上去，往一座名作甬东的海岛去，他天然地懂得辨认方向，山川河流在他的翅膀下飞快地后退，城池、道路、船只，世间万物诚如草狗般渺小，他飞出海岸线，飞进蓝色交融的海天。

自由就是这样御风而行，他足够快乐，但仍然有一点点挂牵，他仍然记得在一个黑暗的角落里，他的身体仍然抱着一个念头，不肯撒手。

第十四节　人　心

夜里，季子推又梦见自己的父亲。他端详着自己，那是一个还只有七八岁的总角孩童，父亲也不过是一个中年人，目光慈祥，充满怜爱。他和父亲之外的四周，家人和仆役们慌乱地走动，院外是重重围困的火把，气氛抑压得几乎要爆炸。

父亲忽然收起了怜爱的笑容，转身对着一个季子推印象中面目已模糊的人说："你带他走得远远的，不论生死，都不要再见。"那个人不由分说，把季子推从母亲的臂膀间扯开，他挣扎得越厉害，那人的一双手就箍得越紧。

他看见哥哥姐姐们惊惶地站在一起，看着他被抱走，走出父母的视野所及，走了不知多远，藏在一个隐秘的黑暗之处去。

不知过了多久，听得府中一声巨响，火光冲天，四周的火把显得黯淡。那些火把先是围成一个晃动的圆圈，猛地从一处向内陷进去，涌动着，跳跃着，然后往中间汇集在一起。

季子推看到后门被撞开，几个手擎火把的兵士冲进来，随后更多的人冲进来，他们在季子推面前几步的距离冲过去而没有看见他们。待这些人经过之后，那个印象已含糊的人抱着季子推猛地跃出，飞快地投入到夜色掩盖的外面世界。

他忽然记得当天晚上似乎有雨，冰冷的雨。在雨水中他们不知道穿过多少条相似的迷巷，都像是在原地转圈，总也走不出来。

他心里默默地念叨，我可是走了出来的，我当时被救了出去，这困在迷巷中走不出去的情景，并不是回忆，只是恐惧。

夜里他还做了几个梦，醒来之时都已经不记得了。睁眼之后他不知自己身在何处，迷迷茫茫许久，身体僵硬而疼痛。他起身穿好衣服，呼吸吐纳，在床前做了一套五禽戏，松开筋骨。

见师父已经起来，麻桓赶紧起身，端来清水，叠被焚香，打扫房间和庭院。

天色还未亮，麻桓便听见远处有快马奔来，不一会儿居室外脚步纷沓，有人来叩门，陈卓在门外说："师尊起来了么，丹阳尹王恭，特来拜见师尊。"

麻桓忙去开门引进二人，与季子推互道寒暄，分宾主坐下。季子推见陈卓身前的那人，头戴一顶漆纱笼冠，身着淡紫襦袍，年龄正当三十许，面容清俊沉毅，仪态内敛，人如其信。

王恭见季子推年可七旬，面容倦怠，神气微弱，心中不由得有些失望。

陈卓先开口说道："昨日之事，我已如实禀报给丹阳尹，他极为关切，即刻放下手中诸事，从京口军营中连夜赶回建康，今日一大早便来和师尊见面。"

季子推点了点头，从怀中摸出一封书信，递给陈卓，陈卓接过来转呈给王恭。

王恭抽出信笺，飞快地读完，开口说道："原来张昭成脚疾不能来，这次由师尊代行，虽然不是最好，但也不错了。"

他接着说道："都是我大意，不该让贵师徒独自从龙虎山行到建康，以致中途被歹人挟持，几乎误了大事。循例本该派遣一队人马过去龙虎山接师尊，然后传檄沿途各郡官员派员接力运送的，只是皇帝担心如此太过张扬，我便也就大意了。"

季子推叹息一声，说道："这也算是一种试炼。"

王恭又言道："挟持师尊的那人，是荆州刺史振威将军桓冲的部下，桓冲这人以我看一向谦逊有节，忠于朝廷，难以想象竟然会做出这样乖离之事来；这事也可有别样的解释，我就不展开来说了。总之，师尊平安到了这里就好。"

陈卓躬身致礼，插言道："听闻振威将军师驻扎襄阳，拜了知门道安为师，醉心知门的事，他来插一脚，固然不合情理，但也不是全然无迹可寻。"

王恭看了他一眼，说道："你真信这是桓冲做的，而不是桓玄？你这是为桓玄那小子开脱。"

陈卓有些委屈，说道："卑职和桓玄没有来往，自然也不会给他开脱。要将这事情和桓玄联系上，略有些牵强。"

王恭沉声说道："有些事情你不知道，知道了你就不会这样说。"

陈卓无奈："倒是在西明门外袭击师尊的那几人，容易查明，是那王国宝门下的宾客。"

季子推问道："王国宝是什么人？"

王恭轻嗤一声，蔑声说道："那是个卑鄙小人。"他停了下来，他察觉到自己略微失态，平静了一下，才接着说，"王国宝此人，官职虽然不高，不过秘书丞，但身处要津之地，身为中郎将之子、当朝宰相的女婿，攀附在会籍王身边，趋炎附势，阿谀重臣，结交朋党，门下养了一群宾客，行事专以祸乱朝纲，动摇国本为意。此时盘踞在甬东的孙泰，便与王国宝勾结，朝廷拖到现在还未用兵，迟迟疑疑，便是拜王国宝这奸贼所赐。他两人都是妖道杜子恭门下的同期弟子。"

季子推稍微沉吟，说道："贫道是山野村夫，对于朝中事可谓一窍不通，阁下说的这些，我听得云里雾里，谁人奸邪，谁人忠贞，对贫道而言毫无意义，阁下不如直入就里，把贫道该知道的都说给贫道听。"

王恭目光炯炯，说道："分辨奸邪忠贞，这是最根本的事，怎么会毫无意义？"

季子推说道："若此刻阁下所说的王国宝在贫道面前，他说同样的话，只是奸邪之徒变为阁下，贫道该如何对待？"

王恭愣了一下，说道："奸邪与忠贞，口头的确说了不算，若师尊在建康待上一段时间，自然会有自己的判断。"

他语意退让了一步，但声势不减，接着说道："师尊此来，目的是要为帝王做指引，所以并不需要阅历朝廷中的俗务，只要坚持天尊道的本心和教义，以智慧为根、原则为茎、故事为叶、教训为萼，来给皇帝讲解便已经足够，师尊说该知道的什么云云，并非我所能言及。"

季子推听了，又陷于困惑之中，本心是什么，教义又是什么，这个问题说来简单，也复杂得不可方物。根茎花叶什么的，更是缥缈难明。如果是两个道士做义理之辩，季子推满有信心将对方驳倒。但不用言明他也能猜到，帝王师这件事，朝臣有所期待，君王也同样有所期待，迎合他们的期待，这才有国师，这才有拨付到龙虎山的米粮。但王恭期待什么、司马曜期待什么，自己却并不知道。

季子推哑口不语，王恭见季子推再无异议，徐徐而言道："自永嘉之祸以来，本朝南迁已快六十年，皇帝换了九位，不变的还是大臣多半出自高门大姓。高门大姓的这些大臣们有家无国，利用手中权势敛财夺地，欺压士民，无所不用其极，激起本地人的同仇。本地豪族原本已向司马家束手归心，可是朝中争斗不休，最后牺牲总落在本地豪族出身的大臣身上。如此反复者再，谁还能与司马家同心同德？偌大一个帝国，内地里早已分崩离析。"

这些季子推都知道，不仅知道，他还有更深的感触。但他什么也不说，默默地听着王恭言说。

"北方的秦国励精图治，君臣一心，国力强于我朝数倍，对我晋朝虎视眈眈。司马家能拿什么与大秦抗衡？靠什么凝聚民心士气，扭转颓势？

"后汉由太平道之乱而亡，但并非单单亡于太平道。我朝混沌之治不改，未来或亡于天尊道，或亡于大秦，或亡于乱政的大臣，叛乱的军头，十年之内你们如果还没死的话，便可以看到。可亡之道历历可数，救亡之道又该如何呢？

"前汉以来，养民生息从来都是国策，但国与民争利，官与民争利，说争字太轻，难道人民有力量和国家和官府争么？该说抢夺才贴切。不论治乱，历来不变，现在尤其猖狂。何也？此事无关某位皇帝是有尧舜还是有夏桀的秉性，而是关乎举国上下有没有一个共心。"

王恭一边讲，一边留意季子推的神色。季子推面无表情，只是听。

"什么是共心？儒生以为家国一体，皇帝的角色和一家人的父亲相同，皇帝可以像父亲治理家庭一样治理天下，天子之心便是这国家上智下愚的共心。这是扯淡，若天子是个白痴，又该如何？一家之中兄弟犹然相残，大臣之间的攻伐杀戮更是事属平常，但一个人身上的左手却不会去斩断右手。所以，讲天子之心是不对的，冠冕堂皇之下，存有太多的上下其手的漏洞，而常人之心才是关键所在！

"国与家有太多不同，但一个国与和一个人却没什么不同。"

季子推听得头皮发麻，王恭的每个字每句话他都认真听，但差不多全然不懂。他分神想到了孟子的"吾善养浩然之气"，听起来，这位王恭俨然小孟子的气势。但他说的话，如果他没理解错的话，实在和道家的清静无为的理想相去太远了些。

那句"朝中争斗不休，最后牺牲总落在本地豪族出身的大臣身上"，格外打动他，他透彻地理解每个字的含义，因此，他确信这个人说的其他话也都是对的。

王恭继续说道："这个心字，听起来极为虚幻，各人都可以自圆其说一番，夹带进不少自己的私货。但也简单，化天子之心为常人之心而已。何谓常人之心呢？不是师尊你的心，不是我的心，不是陈卓的心，不是那位小道长的心，而是所有人相同的部分，去掉那些不同的部分，去掉那些贪欲图多的心，剩下来的便是所谓人同此心的那个心。"

他情不自禁地站起身来,走了两步,说道:"孔子之道早已腐朽不可用,大晋当今之计在于以常人之心为心,以合一道为中枢,另立新教。"

唯独这句话季子推听懂了,他那颗老朽的心脏忽然跳动得激烈起来。

第十五节　闻　道

王恭接下来话锋一转,说道:"朝中有不少高门世家世代信奉天尊道,为的是服药炼丹求长生,与民间信奉天尊道为的是吃饭治病驱邪全然不同。敢问师尊,到底哪一个才是真正的天尊道?"

季子推口中有些发干,不知道该如何回答。若说治病驱邪赈灾的天尊道才是真的天尊道,岂不是公然将自己置于作乱的水匪一边,若说天尊道主攻服药炼丹成仙,那也并非事实,最近才崛起的茅山道有更为鲜明的表现。而他听得出王恭和站在他背后的那位皇帝对此是不屑的,这两种道教不是真正的道教,连自己所主张的忏过赎恶、捐献劳役也不是。

他想,我奉师弟的委托,不是为了要辩个道理清白而被赶出建康而来的,是为了先在建康站稳脚跟,接下来就是师弟他们的事情了。他暗暗咬紧牙关,什么也不说。

王恭等了一下,见季子推不答,开口代他回答道:"都是,也都不是。单单炼丹服药不做治病赈济的,不是天尊道,单单烧符治病不求长生的,也不是天尊道。以妖术蛊惑人心,割据一方的,更加不是天尊道。"

这一番话,季子推听懂了,虽然他觉得实属说三道四,流于表象,并不涉合一之道的精妙义理,但仔细咂摸,也都没什么不对,就是拿到天尊府的法坛上去讲,也颇有拨乱反正之义。若此时在座的是张昭成,大概会说王恭所说未窥得合一道门径,而季子推会在表面之外,肯定他糅合各方的用心。

"以常人之心为心",这句话没那么容易理解,虽然季子推觉得自己理解了,但他立即想到每个人对这句话的看法未必尽然相同,也就埋下了纷争的源头。

以合一道为教当然没什么问题,简单地说,真的这么确立纲领,那么在进一步订立细则的时候,连王恭也要靠边站,这是龙虎山的禁脔。

不过,听了王恭这一番说教,季子推不由心想,昭成师弟还说什么合一道要做帝王师啊,当真是山里人的天真可笑,他完全不知道这边的实际情况,这个力推合一道觐见皇帝的王恭乃是怀着一番改革除弊、另立新教的用心,而不是把龙虎山的若干宿耆请到建康享福,或是拨付几千石米粮供应龙虎山。

他真心希望此时是张昭成听王恭说这些话,而不是他,但他也要在场,想看看张昭成此刻会是何种表情。

按照王恭的意图，合一道就算是做成了帝王师，也不过是被帝王师而已。或更加确切的说，是被做了出头橡子。表面风光，实则郎当。郎当的龙虎山天尊府碌碌无为，坐吃等死，唯剩下一块招牌，其余什么也没有。王恭这番话说出来，即令皇帝司马曜加入合一道，诏令天下以合一道为国教，所谓发扬光大，也只是这块招牌交换出去，借尸还魂而已。

季子推脑中飞快地思索，即便完全不同于预期，此刻也可进不可退，王恭是个聪明人，而我也不笨。想到这一点，他脑子里的纷乱变得舒顺，忽然感觉到自己变得年轻起来，甚至脐下都开始有些微微发起热来。

王恭最后说道："皇帝难见，我尽快安排和你一起入宫觐见皇帝，还请师尊将我刚刚说的话多少消化一二，不至于和皇帝对谈时像现在这样的茫然，费了我撮合的苦心。"

季子推点头应诺，他点了头以后又后悔，觉得自己犯了违心之戒；但这时候真的要和王恭来争辩一番么？他触及这个念头便立即退缩了。

王恭又说道："杜子恭这几天可能藏在城内，师尊一定小心为上。他没请到师尊过去，恐怕来硬的也未可知。待我们见过皇帝之后，此事便可公开，也就不怕他横加破坏了。"

季子推正色说道："如果能提前会一会杜子恭，也是好事，我对他算神往已久，想知道他的法术和龙虎山的法术究竟有什么异同。"

王恭皱了皱眉头，说道："法术？真有什么法术？"

季子推含笑不语。

"子不语怪力乱神。"王恭恳切地说道。

陈卓在一边说道："我都想留在师尊身边，看看杜子恭如何施展他的妖术，而师尊怎么灭他的神通了。"

"胡闹。"王恭瞪了他一眼，冷冷地说道。

王恭离去之后，季子推在明堂中又正身坐了很久，沉思了很久。王恭描绘的前景其实是艰难极了，但他的进取之心也稍微被王恭点燃，然而这是一个错误的时刻，他眼中的黑影愈发增大，他想到在山中众人的推演此行的结果，死亡。

他让麻泽和麻桓坐在自己身边，入定了许久，开口说，更多的是说给麻桓听：

"我早就已经老了，老得快要死掉。我一直准备好死在山中的，要是能死在春天那是最好了，落下最后一口气之后，由众人抬到坡上，一把火焚烧成灰，将灰埋在盛开着桃花的树下。坟上立着牌位，上面写着'合一道大祭酒季子推之墓'的字样，长长的、白色的魂幡在风中飘扬。只为了这一点，我也但愿不要死在别的时节。

"我并不姓季。子推，那是前代天尊给我起的名字，我不能再用自己的姓氏，因为我的家族被人陷害，全家被杀。可怜我活到现在，连原本的名字都记不大清，到底是'同'还是'挺'，又或者是'毅'？又或者我并不是我，活下来的这个人并不是我，我只是以为自己是那个逃脱了的人。

"总之，我就从这儿逃到龙虎山上，前代天尊收我做了他的第一个弟子，给我起这个名字，他说，'推'实际上是'退'。他说天之道在于一个'退'字，夫唯不争，天下莫能与之争，退让不争，退而求其次。他已经经历许多，给我起这个名字，道的却是他心中的块垒。他眼中的黯淡与困惑，至今我还记得。

"于是乎，我做了山中道士，诵经忏悔，画符治病，与神鬼契约，为人间补路。我不知道若不做这些事，还能做点什么。我安守自己的天命，不妄言，不欺瞒，不越规范。可是我的心中，并不信《道德经》与《想尔注》，与其说不信，不如说不懂。我不过是个依样画瓢的道士罢了。

"我不信也好，不懂也好，却是算不上'不欺瞒'了？倘若我去和天尊说我不懂《道德经》，他才不会让我不做大祭酒呢，他只会翻出经书，从头到尾，一句一句地解释给我听，然后问我听懂了没有。有那么十几个年头，他便只有我一个弟子。

"山中四季变化，草木生发，开花结果，落叶枯死，风雪雨电，星辰转移，万物好像都周而复始，没有尽头。刚刚进到山中时我还是一个孩子，没几年就变成了一个少年。人在少年时啊，就和鸟儿一样轻快、自由、难以捉摸。有一年在山下，我遇见一个少女，那少女冲着我一笑，那一笑比山中的桃花更美，这世界上没什么比得上，不知来自哪里、去向何方，但好似一瓢冰雪，浇灭了我心中的一团火。

"又有一年，天尊说我家被朝廷宽恕，恢复了爵位，让我下山回家，别再回山上。我不愿意回去，他便赶我下山。可不久后我又回到山上，因为我证明不了我是这家人的孩子，我另一个幸存的弟弟继承了父亲的爵位和官职，他不承认有我这个哥哥。走之前我找到父母的坟墓，在墓前跪了一夜，哭了一夜。天下之大，我却无路可走。我攀上钟山的峭壁，预备跳下去结束我的烦忧，就是在那个夜里，麻泽救下了我。

"我回到山上，继续做道士。多年以后，天尊得了一种怪病，什么样的符水丹药也医治不得，最后喉咙溃烂死掉。他并没有成仙，但他们偏要编故事说他飞升成仙了。开始时谁也不信，还当个笑话来看，等当笑话看的人都慢慢死了，往后信的人才越来越多。

"天尊是我最亲近的人，情同父子，情若兄弟，埋葬他的时候，我没有掉泪。因为他和我太亲近，他家中一直有些不好的谣言，不时地流传，他死了再不能为自己辩白，所以我不能哭，也不能走。

"我没走，也是因为我没有别的地方可去，山中岁月，便那么恍分惚分地过，好多年过去了。有一年弟子们给我做寿，他们说我有六十岁了，我说我才五十岁啊，争执了好久，只能由他们去。此时我究竟是六十四岁呢，还是五十四岁呢？我也说不上来，如果少了十年，是谁将它偷走的？

"昭成师弟让我来建康，因为我们所有人推演的结果都是死字。他说不上喜欢不喜欢我，只是对皇帝的征召还抱有一线希望。所以，我心中也没有什么不平。只是我来了，就不想再回到山中，我想以我原本的身份来面对死亡，但我究竟是谁？

"这一生我有好多不明白的事情，我以前做的都是小心翼翼地绕开它们，不去问究竟，因为所有不明白的事情，总还有掩饰的面具，有种形式上的雅致。如果揭穿了，一概丑陋不堪，我不愿这样。接下来几日，想来是我的最后几日，但愿我可以做得不同。

"生而为人，有人的躯体，有手，有脚，有口，却不得智慧，不得自由。生而为父母的儿子、祖先的余绪，我很惭愧。我的名字应该是愧。

"我总算还没忘记自己姓周。我死之后，请你们把我葬在我父母的旁边，在我牌位的背面写上：'晋朝，扬州人周愧，埋骨于此'。"

| 第二章　若恩（Zion） |

第一节　新时代

　　君士坦丁堡城内西南街区，一个大院子里的两层建筑的露台上，两个人相对而坐，桌子上他们各自面前一杯清水，有一搭没一搭地聊着天。

　　大主祭纳西恩的助祭博诺是来访者，他瘦高个，四十来岁。主人帕索诺是一个胖子，年纪也差不多，他是一个名叫互助会的民间组织的现任执事，也是一名珠宝商人，他们坐在屁股底下的这个露台属于帕索诺名下一个工坊。工坊制作昂贵的陶器，转轮发出的声音嗡嗡地传来，干扰着两人的对话，这并不是一个非常适宜交谈的所在，却是两个人奇妙地达成默契一致喜欢的会谈地方。

　　他们不知道在什么地方忽然讨论起了关于阴谋的话题，博诺说道：

　　"你见多识广，应该会同意，这个世界上根本没有那么多阴谋，既没有藏在地毯下面阴谋暗杀他们的君主的可憎之人，也没有人能经常真正闹出那么大的动静，除了真正意义上的巧合。你也应该同意，这个世界上既没有魔鬼，也没有天使，没有地宫，没有街头艺人唱诵的那种恶龙或者鬼魅。多数人都会死于疾病或者不小心滑倒，有些人甚至在平地上滑倒也会摔出他们的内脏和脑子。那些著名的政治人物、将军或者有钱人，他们的寿命往往不如服侍他们的奴仆，并且他们通常都不死在床上，而是水沟和丘壑。这很悲哀，但能让我们稍微明智地想到，平庸是福气。生活就是如此乏味，即便我们想找些有趣的话题，聊不了几句，我们就会认识到那是一场吹嘘。"

　　"可不是么，但是，这样说是否有一些渎神呢？"帕索诺有些迟疑地问。

　　"我当然不会公开地讨论这个，但这是我的真实想法，难道你不这么想？"

　　"我会对这一点感到好奇，你的真实想法是这样，那么纳西恩主祭呢？"

"我敢打赌,他如果有信得过的朋友,并且他恰好有兴致聊起这些,他的话不会和我的话截然相反。"

"真的是这样么?我还没有认真地想过。"帕索诺微笑着说道。

"只有最愚蠢的教徒才会狂热地相信传导的那些神迹,而没有任何怀疑,而任何怀疑都是水坝上的蚁穴;这是来自塞里斯的一个譬喻。"

"我会保守这个秘密,哪怕它按你的说法是心照不宣的。"

在确认这个世界上根本没有这多阴谋,更不会恰好出现在他们的面前,博诺转移到更为世俗的话题,从北高卢的莫瑞里海岸的牡蛎谈到西西里岛的吞拿鱼、安克雷的牛肉、亚历山大领区的骆驼掌,以及来自波斯的香料,还有克里特岛的马萨卡地区的葡萄酒、旧罗马拌着冰雪的牛乳冻。但这些都太远了,不是他一个刚刚才摆脱贫寒的大主祭助祭可以负担得起的,他或许偶尔吃过这些东西,但只有博斯普鲁斯海峡的鳕鱼才是他唯一可以常常光顾的美食。对于鳕鱼而言,只有盐才是最好的烹调作料,不是蜂蜜,也不是任何一种草药或者草药组合。

帕索诺一边听,找准时机附和,心里一边不停地想,他提到这些东西的目的是什么,索取贿赂么?博诺虽然毫不掩饰他可能并不像典型的阿卡夏教徒那样正派,但迄今为止还从未向他索取过贿赂。刚刚提到的这些食材即便再昂贵,相比一笔可能达到数百枚金币的生意也太渺小了;何况,昂贵的食物对于一个阿卡夏教徒而言过于招摇,也许比偷偷养一个稍微懂得安分的情妇更容易惹来祸端。

帕索诺终于忍不住打断他,说道:"助祭大人,你的博学把我说得都饿了,但是我今天要出一批供应罗马的瓦罐,实在出不了门,只有改天,改天我请你,我们找一个更适合谈话的地方,最好就靠近某个适合吃饭的地方。"

博诺咂了咂舌头,似乎还意犹未尽,他说道:"你知道,我正是靠这样的法子来缓解我的焦躁,食物是人类最为永恒的欲望,有时候你觉得你已经饱了,可隔不了多久,你又能感受到饥饿的火死灰复燃,把你的胃细熬慢炖,这个时候,你就会知道,欲望与克制欲望,是万事万物的根本。"

帕索诺轻轻地敲着桌子,说道:"那么,我们今天的正事究竟是?"

博诺拿起杯子喝了一口水,他喝水就像喝酒的样子让帕索诺内心感到不快,但他忍住不表达出来,换了一个坐姿,预备听他进入正题。

博诺放下水杯,说道:"这一年以来,纳西恩大主祭都在关注一件事情,就是关于我们称之为恶魔的东西,开始真实地出现,许多地方的主祭和祭司都向君士坦丁堡发出了求助的报告,而我们的解决手段还很有限。"

帕索诺有些失望，他忍住了想要指出博诺才说根本没有恶魔的说法，或许他说的恶魔和魔鬼并不是同一个东西，说道："我们对恶魔一无所知，我们虽然没有遍布全国的机构，但我们也有足够的手段了解各地的轶闻，截至目前，我们还没有见到过什么恶魔，那种有迹可循，可以被杀死后摆放到众人面前研究的魔鬼；如果说这是某种比喻，我们相信用匕首和毒药可以解决一切。"

博诺嘲讽地轻笑，说道："不管你信不信，这是新的时代，新的时代已经来临。"

帕索诺收起刚刚不经意流露的嘲讽，谦卑地说道："只要助祭大人肯经常光临寒舍，我的脑子就可以跟上新时代，随后是我的身子，然后你们就拥有互助会忠诚的服务。"

博诺耸了耸肩，他凑近帕索诺，压低了声音，说道："皇帝陛下通过可信的管道，向纳西恩主祭传达了他对于仲裁结果的意见，他的意见是，他不会干预教会内部的事务，只要这件事不被闹得太大，不激起不必要的纷扰，或者过于剧烈的反抗，我们，也就是你们就可以放手去做。"

帕索诺心头剧烈地跳动，说道："这倒是我们最擅长的。"

博诺点了点头，表示非常赞同。

帕索诺接着说道："所以，之前未完的部分我们可以继续部署了；不过，事情已经过去了很久，你要给我讲讲现在的情况，有什么变化么？"

博诺望着远处的闹市区，有一点走神，好一会儿他才开口，缓缓说道："几天后，格雷戈里主祭将启程去安克雷，他奉命去接任教区的新主祭之职，而阿里斯托主祭将返回君士坦丁堡任用，纳西恩主祭希望在格雷戈里主祭到达之后不久，你们就能把阿里斯托主祭带离这个尘世，而绝对不让他的行踪接近君士坦丁堡。"

帕索诺吁了一口气，说道："好，听起来还是很简单，事情办完之后，我来找你，好好地吃一顿，或者连续吃个好几天。"

博诺轻轻笑了一下，表示赞同，但他接着说道："还有，阿里斯托主祭下面的两个祭司也需要一并干掉，分别是卡斯托姆祭司和格瑞姆祭司，尤其格瑞姆祭司是个危险人物。"

帕索诺有些惊讶，他问道："危险是指什么？"

博诺弹了弹指头，说道："是说他的思想很危险，他本人没有保护他自己的能力，但让他脱逃是不可接受的，没准儿会激起边远教区的变乱，或者在君士坦丁堡的同情。"

"我会给执行者交代清楚这一点。"

博诺接着说道："现在是一个关键的时刻，而这次委托是关键时刻中关键的一部分，再怎么小心也不为过。"

"我们不需要知道背后的故事，也可以保证完成得很好。"

博诺忽然提了一个问题："说真的，你从来没想过要信仰阿卡夏教么？我可以做一个很好的引荐人。"

帕索诺吓了一跳，他的心扑通乱跳，幸好他是个胖子，这些变化都隐藏在他厚实的胸膛下，他摸了摸胡子，说道："我只信仰金钱，我记得托德说过，我们这种人进入天堂比骆驼穿过针眼还难。"

博诺不置可否，说道："接下来很快会发生的是，阿卡夏教将不是这个国家最重要的宗教，而会是……唯一的宗教。"

帕索诺手轻轻地抖了一下，他说道："我要开始准备散去我的财产了么？"

博诺笑了一下，说道："有准备总是好的，万一天国真的来临了呢。"

帕索诺强忍着厌恶，笑着说道："好吧，如果那一天来临，别的坏蛋会假装自己是一个好人，我也能够。"

"我不会说我们全都是好人，但大部分总是好的，重要的是，亚里斯会让信仰他的人变得更好，如果说他之前不是那么好的。"博诺停了一下，接着说道，"希腊和罗马的众神不引导人向善，这是它们将会被禁止的唯一原因。"

他站起来，远眺着海峡，背对着帕索诺，说道："最后还有一件事，关于孟菲斯主祭的意外去世，这件事已经过去两年，教会对他的死因依然感到迷惑，大主祭坚持认为他死于某个隐藏在黑暗中的势力的刺杀，而不是表面上看起来那样被食物噎死。我知道这件事会让你很为难，但还是希望你能帮我们留意一下。"

帕索诺目光变得锐利，像刀一样，但一闪而逝，他语气谦和地说道："我会留意。"

博诺没有回头，他自顾自地朝露台的楼梯走去，一边说道："我知道你很为难，但我们谁不为难呢？"

第二节　诺提斯

博诺走了之后，帕索诺呆呆地坐了许久，他需要把博诺传达的新形势好好地消化，然后他吩咐学徒去找来洛里斯。

平托·洛里斯在前面的库房内做监工，他大约接近四十岁，相貌与体格和多数这个年龄的人相差不多，既不显得突出，也不惹人生厌，神态和动作沉稳，行事给人可信赖的直觉。在组织里他更喜欢被人称为"红龙"。这是一个又暴烈，又拒人于千里之外的代号，既代表他是这里效率最高的执行者，也暗示着他本人有些不为人知的经历。

帕索诺见到洛里斯到来，直截了当地对他说道："纳西恩的那个委托，我们可以接着执行下去了。"

洛里斯有些惊讶，但并不流露出来，说道："这个委托原来是休斯在负责的，你这是要换我接替他？"

帕索诺点点头，说道："这个委托比以前更重要了，休斯无法胜任。"

洛里斯沉思了一下，说道："不，你是觉得他不赞同你的决定，所以完成得不够好，所以才找我来。实际上，我和他一样反对我们接受这个委托，原因很简单，我们是诺提斯，我们都不该接受来自阿卡夏教的委托。"

诺提斯是互助会的实质，但它隐藏在互助会的深处，除了诺提斯本身的十二名成员之外谁也不知道这个关系，包括互助会的绝大部分人。互助会的大部分人以为自己是一个刺客事务的委托平台，一个比松散略紧，但绝对谈不上是固化的组织。组织的执事由执行者们和正式的刺客成员选举产生，好像每隔几年就会固定地换一个人来做。

帕索诺打了一个哈欠，说道："我在那次会议上说过，接受这个委托不等于和他们站在一起，正好相反，如果我们妥善地完成某件事，会使得阿卡夏教又再动乱起来，就像过去的斗争那样，那就是值得去做的事。"

"这个判断看起来好像是自欺欺人，我想没几个人会赞同。"洛里斯说道。

帕索诺表情变得严峻，说道："我是现任的执事，我不能容忍有不同的声音。你要质疑我的判断么？"

帕索诺不是任何一种龙，但他是诺提斯的头儿，也是互助会的首领。洛里斯垂下头，他想了许久，才说道："你可以不告诉休斯，然后把这件事完全地交给我，我来挑选成员，决定具体怎么做，我只接受这样。"

帕索诺立即同意了，他说道："可以。你当然应该重新组建队伍，人员由你挑，当然不告诉休斯的话，你就不能选他原先的成员了。以及，所有的准备都要重来，而我只给你们三十天时间。"

洛里斯做了个手势，表示他接受这个要求。他接着问道："怎样才算是妥善地完成它？"

"但愿我没判断错，所谓妥善就是，既让我们的委托者以为我们完成了任务，而实际上并没有，他们要很晚才发现这一点，越晚越好。他们给的委托费当然很多，我不能说我不在乎这些钱，我更在乎的是，不让他们发现我们实际的立场。我不在现场，我没有资格要求得更多，你要做具体的判断和决策。"

洛里斯表示理解，帕索诺从隔壁的密室取来去年的资料卷宗，补充了博诺刚刚新交代的内容，然后给洛里斯交代地点和人物的信息。目标是安克雷地区的地区主祭阿里斯托，以及他手下的两个祭司，确认的方式是完整的尸体由君士坦丁堡去的人验收。

第二章 | 若恩（Zion）

洛里斯抱着资料回到自己的居室，在躺椅上躺了半天，脑子里飞快地闪过互助会里可以挑选来完成这个任务的人员。

选对成员是完成任务唯一真正重要的事情；不仅仅是这个任务本身的要求，也是此刻互助会波澜诡谲的形势的要求。通常他会仔细地思索一个任务的具体所需而挑选最合适的成员，但鉴于帕索诺的重视程度，以及这个任务将要发生在远离君士坦丁堡的安克雷，他必须选择最好的成员，提供足够的余度。

互助会里像他这样的执行者有七人，意味着互助会最多可以同时接受七个不同的客户的委托，在执行者之下有三十几名刺客，刺客的人数并不固定，不仅仅是因为不低的战损，更是因为执事们总会进行更深一层组织架构的谋划，有些人在完成任务的过程中被证明具有某种天分，就直接被吸收到执行者也无法接触到的体系中去，从人们的视线中消失。

通常，一个较为复杂的任务会由一个执行者率领着三到五名各有所长的刺客组成团队来完成。由于这个任务不能让休斯和他的团队知悉，以及出任务在外的人们，剩下来给洛里斯挑选的刺客并不太多。

他考虑了许久，让正在君士坦丁堡可供调度的所有人选都在脑子里过了一遍，这些人的适当性同时以可能的人员组合固定下来。他像一个计算尺一样反复地运算过许多次，这些计算都在他的大脑里完成，这不是个轻松的活儿，最后决定下来的时候，他仿佛重病一场。

人选除了他自己之外还有三人，包括了娴熟匕首技法、擅长近身格斗的狄图斯，相貌出众、貌美迷人、精于下毒，擅长用魅术获取机密情报的盖娅，以及已经是一个老头子，但在刺杀任务的统筹策划上经验丰富的赫克托。

洛里斯在多年前带狄图斯执行过两次任务，就战斗的部分而言，狄图斯是最好的刺客。在其中一次的袭击中，洛里斯疏忽了对方的一个隐蔽哨位，从那儿多涌出来的六七个士兵几乎断送他们的性命。而狄图斯危难之际挺身而出，一个人就解决了其中四个敌兵，洛里斯靠着他硬撑出来的一分钟才刺死任务的目标。但他的谋划能力表现不佳，这使得他从未进入执行者的递补名单中。

盖娅是个美貌的少妇，二十七八岁，有着令绝大多数男人沉迷的绝色相貌，身姿婀娜绰约，穿着考究，一举一动都散发出成熟女性的诱惑来。洛里斯仅仅知道这个，他曾经注意过她，但从未挑选过她进到他的队伍里。这一次或许有所不同，他首先想到并选择了她，而不是另外两个可能的女性。

赫克托历练丰富，和洛里斯一起完成过许多次任务，他多年前曾经是一名执行者，那时候洛里斯还是学徒和刺客。很多年后，他们的关系颠倒了过来。

他用半天时间把他们从城中各处找来，简要地给他们做了他们将要完成任务的简报，他一边说，一边想，这个任务从整个流程而言看起来都非常普通，很难说得上如帕索诺所说的休斯无法胜任，问题的关键点究竟在哪里，仅仅是诺提斯的需求么，除了这个，帕索诺还隐藏了什么？

听完洛里斯做的简报，狄图斯也有些失望，在这样一个针对和平居民的刺杀任务中，看起来根本没有需要战斗的部分，他起的作用非常可能局限于撤退时的保护，甚至连这一点都没有，而沦为一次纯粹的旅行。报酬少就不说了，战斗评定过少也会影响他今年的晋级。

他双手抱在胸前，说道："这个任务或许让克罗斯来就够了，非得要我去么？"克罗斯是一年级的学徒，在一百多名学徒里排名最末几位，不出什么意外的话会被直接淘汰；狄图斯用这种方式来形容挑选他完全是浪费。

洛里斯隐藏自己差不多同样的感受，诺提斯的要求很可能也不需要战斗的部分，他强硬地说道："我不想浪费口水，如果你觉得这是个荒唐的任务，我挑选你是错误的，那现在就离开好了。"

狄图斯站起来，朝门口走了两步，又折返回来，说道："也许你嗅到了什么危险，不然你不会选择我，我是最好的，你欠我的，你一直想要还我的人情。"他自信地坐下来，挑衅地看着洛里斯。

盖娅第二个开口，问道："我想知道，这个任务的难点在哪里？"

洛里斯犹豫了一会儿，才说道："它是有一些黑暗的部分，但我不能讲，我和你们一起到安克雷去，你们做你们该做的，我来控制不能讲的部分。"

"即便那会危及到我们的生命？"盖娅说道，她是质疑的口吻，但她望着洛里斯的眼神很有趣，像是看着情人一般，让他有些惊讶。

"对。"洛里斯简单地答道。

盖娅看了一眼狄图斯，说道："我和他不同，我说退出，我就会真的退出。"

"你现在可以离开。"洛里斯说道，他有信心她不会走。

盖娅手按在桌子上，似乎她下一刻就要站起来走出这个房间，但她停了一下，放开了双手，说道："队长，我没有问题了。"

洛里斯望向赫克托，赫克托摊着双手，说道："我向来都没有问题。"

洛里斯对三人说道："各位都心知肚明，当你们留下来，从这一刻起各位的生命不再是自己的，而属于我，就好像一个人为了从压倒他的大树下逃脱而砍断手和脚那样，任何牺牲都是可能的，这是我们的传统，也是我们的方法。"

狄图斯、盖娅和赫克托肃穆地望着他，这番话通常不会从一个普通的任务的执行者口中说出，这番话往往代表了任务实际的艰巨。

洛里斯盯着所有人，他确信他们都再无异议，而会将他们托付给自己。他轻轻地点了点头，目光稍微抬起，望着墙壁上一个空白的地方，开口念祷："周遭黑暗，只有前面一道门前亮着光，我站在门口，没有踌躇，没有彷徨，也没有怀疑。我感激那些我所知道的，敬畏那些未知的，所知和未知并没有什么不同，它们本质上是一样的。我活过百千岁月，也预备下一刻死去。我站在这里，不只是为我自己，不只为我认识的那些人，也为其他人，世界上所有的人本质上是联结在一起的，众神亦然。我推开那道门，啊，群星在上。"

三个人跟着默默念诵道："群星在上。"

第三节　刺客任务

当天夜里，洛里斯和三个人离开君士坦丁堡，策马飞奔了三天，第四天早晨来到将近六百里外的安克雷。

他们找了距离安克雷神庙不远的两户农户，分别租下一个院子，相隔不太远。洛里斯和盖娅以夫妻的名义住在一起，狄图斯和赫克托以父子的名义另外住在一起。他们花了半天时间休整，便外出做相关的准备。

洛里斯和赫克托在一起，他们把安克雷神庙周围所有的通路都走了个遍，还到神庙内去坐了一会儿，认真地观察神庙内每一个教职人员，把他们的行踪都记录下来。他走近并确认其中一个老者就是刺杀名单中的阿里斯托主祭，赫克托用炭笔和羊皮纸，把他的样子画了下来。

第二天，他们又重复了一遍这个流程。下午盖娅和狄图斯也来到神庙，辨识路径和确认所有教职成员。他们此时已经知道卡斯托姆祭司和格瑞姆祭司另有分支驻地，于是一路询问着跑了两个地方，认人，认路，做好记录。

夜里，洛里斯召集了众人在家里开会，围着一张点着油灯的桌子，汇总各自的所见和所闻。

赫克托让狄图斯先说，狄图斯并不推辞，说道："就我所见，他们完全没有武装，所有人都没有威胁。即便是那些年轻人也一样，没有一个人受过打斗的训练，连一年级学徒也可以轻松地收拾他们。神庙的位置恰恰好，城里的巡逻队在晚间十点经过，之前和之后毫无危险可言。当我们做完什么之后，大约只要二十分钟就可以从神庙撤退到安克雷的南门外，事先准备好马匹的话，一个小时就可以藏进附近的山里面。城外非常安全，甚至没有夜间的巡逻队，就这个任务的容易程度而言，我实在不知道该怎么描述。"

他快速地说完，示意盖娅接着说。

盖娅看了一眼洛里斯，说道："我只是认了人，谈不上有什么进展，我打算明天和周围的居民聊聊，以及和神庙里的人聊聊，然后才能得出结论。我的计划要取决于红龙的具体计划；我们似乎还没有完全了解任务的……细节。"

赫克托嘀咕着："我还没什么可说的。"

洛里斯手撑在桌子上，说道："在来到安克雷之前，我对任务的具体形式还不敢妄下结论，这两天观察下来，我大体上形成了计划。请各位听好。"

他环视三位成员，确保他们都在认真地听，才接着说道："表面上看，我们来这里是为了杀死阿里斯托主祭和他的两个手下，而实际上并不是。恰恰相反，我们是要保护他——阿里斯托主祭，通过假装杀死他的方式来保护他，避免他被我们或类似于我们的人所杀害。这样的情形我们几年前在罗马曾经干过一次，狄图斯对具体形式不会陌生，我猜这也是帕索诺安排我来做这个任务的原因。"

狄图斯和赫克托相互看了一眼，盖娅抱着头，靠在椅子上，身体后倾，有些冷漠地看着洛里斯。

洛里斯等着他们发出异议，这是可能出现的状况，因为在出发之前他严重地隐瞒了任务的面貌，这会使得成员们错误地决定是否加入。但等了一会，没有人抗议。

他接着说道："所以，接下来就很简单了，我们要物色一个和阿里斯托主祭长得相似的本地人，把他捕获并且囚禁起来。然后我们在神庙里物色一个软弱可乘的人，让他帮我们把毒药投送到正确的位置去，除掉阿里斯托的两个祭司。趁着混乱的时候，我们将阿里斯托主祭劫持出来，并且用这个挑选的替身来替换他，当然是已经死掉的替身。"

洛里斯停下来，看着赫克托，赫克托快速地抬了一下眼睛，表示认可他的安排。他又望向盖娅，盖娅仍然仰着头。他没有在这里停顿，他有的是时间和盖娅确认这一点。

他接着说道："然后，我们要把阿里斯托主祭送到恰当的地方去，这个地方在哪儿，我并不知道，我猜我们可以在完成上一步以后，当面问阿里斯托主祭哪里对他来说安全，但我又很怀疑这样做会弄巧成拙，他不一定会领情，我会再考虑这个环节具体的安排。"

他说完之后，房间里沉默了好一会儿，仍然是狄图斯第一个开口，他带着明显的质疑的语气说道："罗马那次可不包括送他到哪里去，只持续了几天，危险解除之后就结束了。而且，那是在罗马。"

"有什么区别？"洛里斯发问道，"所有的任务都有相似性，也都完全不同。"

"当然，你说得对。"狄图斯如同轻率地发起攻击一样，飞快地退出战场。

赫克托思索了一会儿，说道："互助会接了这个任务，但是是完成完全相反的工作，这任务听起来好像不是为了金钱，我们是卷入了什么政治斗争么？"

第二章 | 若恩（Zion）

洛里斯立即纠正了他，说道："互助会永远也不会加入到政治斗争中去，如果政治斗争中的一方用金钱来表达他们的意愿，我们就是斗争中的一方，但我们是干净的。不管最终谁胜谁败，我们拿走我们应得的，可以全身而退而不会受到惩罚，因为这一次的受害者下一次也可能会找我们解决他们的问题。我们、他们，所有人都充分了解这一点。"

赫克托轻轻地摇头，洛里斯的话并没有回答他的问题。

盖娅开口问道："这就是你说的黑暗的部分么？"

洛里斯点头承认，说道："黑暗的部分是我们实际在违反雇主的委托。"

赫克托问道："那么，委托我们反过来执行的雇主是谁，总不会是你。"

洛里斯语带责备地说道："你怎么会问出这样的问题？"

赫克托有些惭愧，但他还是接着说道："通常我们不会同时接两个雇主的委托，执行相反的目的，而这竟然发生了，所以即便我们不能问关于雇主的问题，但你对此也没有感到什么不妥么？"

洛里斯说道："当我说这是黑暗的部分的时候，这个字眼已经表达了我的态度。"

盖娅抬起头来，看了一眼洛里斯，很快把目光偏转开去。在目光交汇的那一瞬间，洛里斯看到盖娅眼中满是厌倦。他心里有些不安，但具体是什么，他并不知道。

狄图斯把自己的匕首和短剑"哐当"一声丢在桌子上，这对于其他人来说也许意味着我不干了的泄愤表达，但狄图斯不是这样的人，他只是需要经常表现自己还在场，提醒别人不要忽略他。其他三个人都知道这一点，他们各自内心仍然争辩，但都不再说话。

第二天，赫克托化装成一个乞丐，在安克雷城中四处游荡。安克雷并不很大，他花了一天时间就差不多结识了城内所有的乞丐。在这些人当中，他找到一名年龄、长相都和阿里斯托主祭相似的人，即便不那么像，适当的化装，包括被毒死后的肌肉僵硬的变化都可以弥补这一点。

他和乞丐攀谈，邀请他喝酒，在半醺中知道他来自色雷斯，年轻时当过兵，中年丧子，嗜好就是饮酒、赌博，折腾完田产，被老婆抛弃，终于流落到这一步。赫克托对这样的人生轨迹毫不同情，他借着还要请乞丐继续喝个痛快的理由，他甚至没有问乞丐的姓氏是什么，就将他带到一个无人之处，一拳打晕，背着带回了住处，用铁链锁起来。

盖娅戴着面纱，只露出眼睛，在神庙附近转悠了一整天，既窥看，又走近搭话，终于选择了神庙里的一人，看起来既软弱，又强烈地压抑着的一个人。如果说有人生来就是要给人做牺牲品的话，那么他就是这样的人。

隔天，盖娅穿得如同端庄的少女一般，她可以轻易地假扮成只有十六七岁的样子，没有妇人的风情，而像个未经人事的处女，但这次她选择了两者之间的形象；悄悄地来到神庙附近，跟踪着这人离开神庙。在某个路口假装偶然撞上了他，她摔倒在地，然后他去扶她，而她似乎被他的谦和有礼以及眼神所吸引。短暂的交谈之后他们分开，一会儿之后她又出现在他的面前，像是迷了路。她找他问路，问去城中阿佛洛氏忒神像处该怎么走。那是在安克雷城中一个偏僻的所在，的确不太好找。那人轻易地相信了盖娅，带着她前去。

盖娅装作拘谨，开始时什么话也不说，但也在适当的时候发起攀谈，说自己来自君士坦丁堡，对这里一无所知。她在每一句里都设下陷阱，即便他有所警惕，第一句不会，第二句不会，第三句不会，也总会有一句话使他想入非非。她和他说着话，贴近他的身体，不小心触碰他的胳膊，进一步地使他动心，还让他觉得是自己起了邪恶的念头。

他自然轻易地着了她的道，因为她既娇柔可怜，又美丽无害，好像和他还具有某种灵魂上的牵绊。他后来对她说的一句话足以说明这种牵绊：当她出现的时候，他感觉生命中过去的每一天都在为此刻而受苦，但完全值得。

这是盖娅所受的训练，也是她的天赋，她天生是来害人的，用别人的尖刺去伤害他。而他的名字叫斯汀，恰如其名。

第四节　交叉点

夏天来临以后，安克雷变得干燥少雨，阳光并不十分强烈，但希拉克亚山脉阻挡了风的到来，使得整个地区笼罩在沉郁的闷热中，尘土浮在空中，大部分人躲在家里，街道上空空荡荡，乞丐靠在阴凉的墙角打着瞌睡，只有那些逼不得已要出门的人匆匆走过。

安克雷的神庙位于城市的西北角，有庞大的前厅和两翼的厢房，两个年轻人正在前厅的一面内墙上的脚手架上做着手头的活计，一个是若恩，他个子不高，黑色的头发，长着所有人第一次见到他都会惊叹的俊美面容，目光深邃动人；另一个是卡里乌斯，他比若恩高一个头，金色头发，五官线条遒劲，他的体格壮硕，动作协调而细腻。

若恩正好掀开窗帘，他要检查窗棂上的状况，以往有许多铁钉杂乱地钉在上面，看见一个人从街角向着神庙走来，他对卡里乌斯说道："你说过那个最不可能来神庙的人，叫什么名字来着？"

卡里乌斯正在搬动一根条凳到祝祷间去，他说道："是那个鞋匠么？我忘记他叫什么名字了。"

若恩有些兴奋地说道："他是个鞋匠么？那我正好要找他，莎拉要穿第一双鞋了。"

卡里乌斯扛着椅子，仍然耸了耸肩，说道："我们那儿的女孩子要到成年才穿鞋，有些人甚至一辈子也不穿鞋。"

正说着话，神庙正厅的木门被推开了，一个人匆匆忙忙地走进来，若恩迎过去，对他说道："愿主保佑你。"

那个人有些局促不安地说道："我要找阿里托斯主祭。"

若恩正要请他等等，阿里斯托主祭从楼梯口走下来，对那个人说道："我就是。你有什么事情要请主帮忙？"他今年五十几岁，身材中等，满脸胡须，头发蓬松地由一截麻绳胡乱地束着，身穿本地人常穿的短袍，腰间束着草草割成的皮带，手持拐杖。

那个人焦躁而惶恐地看着他，对他说道："我的儿子，弗兰，前天上午无缘无故地昏迷过去，醒了以后身体热得像火炭，胡言乱语，身子还一个劲地抽搐。都已经两天了，没有任何变化，他不能进食，连水也只有灌进去。他就快要死去了。"

阿里斯托主祭听了，和缓地说道："朋友，我之前没有见过你。"

那个人愣了一下，满怀歉意地说道："我住在城东面的洼地里，是一个鞋匠，名叫特修斯。主啊，请你救救他。"

阿里斯托严肃地说道："特修斯，你信主阿卡夏么？"

特修斯有些慌张地说道："我……很少来神庙，但也不是完全没有来过。"

"即便你不信主，主也愿意帮助你。不过，在你找到我之前，你们还给了他什么样的治疗，这是我要知道的。"

"他母亲给他煎了一些草药喝下去，除此之外，我们什么都没做。"

"你们没有去拜别的什么偶像吧？"

特修斯立即否认，说道："没有，我们不信希腊的神。"

"神会帮助你，你先等等，我们略作准备，这就去看你的弗兰。"

特修斯流露出欣喜的神色来，说道："感谢……主的仁慈。"他深深地鞠了一躬，又指了指门外，意思是他会在门外等候，然后转身出门去了。

阿里斯托对若恩说道："你待会儿跟我一起去。"他看了看卡里乌斯，又对若恩说道，"斯汀还没回来么？"

若恩想了想，说道："他还没回来。"

阿里斯托沉思了一会儿，说道："我们还不能去弗兰那里，我要先去见一个人。"

他走出神庙的门，若恩忙跟着他身后也走了出去。出了门，阿里斯托对在廊下等待的特修斯说道："你先回到你儿子身边，我们随后就到。"

特修斯又变得有些慌张，说道："固然是好，可你是否能找到我们住在哪里？"

阿里斯托宽厚地笑了一下，说道："我知道你，特修斯，我也知道你的家在哪里。"

特修斯不自信地点了点头，他画了一个十字，但顺序不对，他没有意识到这一点，或者他并不知道这一点，转身离去。

阿里斯托看着特修斯的背影，沉默了一会，才对若恩说道："他们总是要绝望的时候才来寻求阿里斯的帮助。而阿里斯总是不会拒绝他们。"

"你要去见那个人，需要我陪你一起去么？等下我还要给窗户刷漆。"若恩问道。

"你随我一起去。"

说着，阿里斯托朝着神庙东南方向走去，那边有赫里托总督分给神庙的几亩田地，每个月有几个信教的农民过来帮他们耕种或收获，田地的尽头是一栋木屋子，若恩知道里面住着梅林一家。他禁不住想，给生病的弗兰治病，难道要到农夫梅林家拿几头蒜么？

阿里斯托敲开了梅林家的门，他们一家人都在，和他们一家在一起的，还有一位身材高大、三十几岁的异乡人。之所以若恩看出那是一个异乡人，是因为他穿着干净的托加长袍，留着精细裁剪的头发和胡须，看起来比阿里斯托主祭更像一位主祭。他冲着阿里斯托和若恩和蔼地笑，但并不开口说话。

梅林紧张而局促地看着阿里斯托。阿里斯托对他说道："我和这位朋友有几句话说，要占用一会儿你们的屋子，可以吗？"

梅林如释重负，说道："当然，老爷。"说着，他拉着怀中抱着幼子的妻子，以及两个儿子，匆匆忙忙地离开了屋子。

阿里斯托找了一张凳子，坐下来，若恩站在他的身后。

阿里斯托对着那个异乡人做了一个请坐的手势，那个人从近处拿起凳子，走到阿里斯托面前坐下。他看着若恩，好像想说什么，阿里斯托用罗马语说道："他没问题，可以留在这里。"那个人默许了，摆正坐姿，等着阿里斯托发话。

"几天前我在磨坊旁就看见了你，你来到这里，为何不直接来找我？"阿里斯托主祭说道，他温和地笑着。

那个人也笑了一下，好像被人揭穿了小把戏，但他没有回答阿里斯托的问题，说道："我叫格雷戈里，从君士坦丁堡来。"

"纳西恩大主祭他近来身体可好么？"

格雷戈里仍然没有回答他的问题，或者说问候，而是从怀里取出一卷莎草纸，递到阿里斯托面前。阿里斯托接过莎草纸，展开来看了一眼，问道："你是一个人来到这里的吗？"

格雷戈里说道："我带了两名学徒来，他们现在在城里。"他接着补充了一句："他们和纳加尔在一起。"

阿里斯托假装没有听见纳加尔的消息，接着问道："安克雷现在有两名祭司，按说他们都是由我提拔的，他们也会被新来的人替换么？"

格雷戈里说道："纳西恩大主祭委托我来，只是为了接替你的教职，别人怎么样，他没有给出意见，我想我在几个月内不会变更他们；实际上，他们的去留取决于他们自己的意愿，主祭，你完全明白我在说什么。"

阿里斯托"嗯"了一声，接着问道："除了罗马语，你还使用哪些语言？"他的神态好像正在雇佣短工的手艺人。

格雷戈里想了一下，说道："我的母语是罗马语，古典或白话我都没有问题，希腊语算得上熟练，希伯来语，以及加拉提亚语，我学了大约十年加拉提亚语。"

"但你这是第一次到加拉提亚语地区？"

格雷戈里点了点头，说道："是的，我还在练习中，在君士坦丁堡说加拉提亚语的人并不多，信仰阿卡夏的人更少。"

他这句话勾起了阿里斯托的感慨，他说道："差不多二十年前我也是这样过来的。很快就会好的，在日常时间里，你并不需要大量说加拉提亚语，多数信徒或者潜在的信徒，他们都会说希腊语，或者米拉拉语。"

格雷戈里笑着，温和地说道："以后可能不会这样了，如你所看到的，纳西恩大主祭认为，安克雷教区的发展甚慢，愿意信仰阿卡夏的本地人太少，很难支撑继续往东的拓展，就是这次人事变动的主要原因。我接手之后，会完全用加拉提亚语来传教，反正那些懂希腊语的人也都懂加拉提亚语。"

格雷戈里毫不留情的谴责让气氛顿时变得有些难堪，阿里斯托沉默了好久，才说道："刚好这里有个讲加拉提亚语的本地人来求助，他的儿子弗兰得了一种怪病，我想请你一起过去看看。不过他们一家还不是阿卡夏的信徒，他们只是来碰一碰运气的。"

格雷戈里说道："这是一个好的契机。"阿里斯托完全同意他的见解，他没有一个人先去弗兰家，考虑的也正是这一点，他想让从君士坦丁堡来的人也参与进来，证明他对当前的局势洞若观火。

格雷戈里和阿里斯托站起来，向门外走去，若恩跟在他们两人身后，现在他已经不想着给莎拉做鞋子的事情了，他想，如果这个格雷戈里是从君士坦丁堡来，接替阿里斯托的主祭职位。那么，他作为阿里斯托的助祭，会是依然留在安克雷，还是跟随阿里斯托回君士坦丁堡呢？

他深沉地想，这两个方向，我有没有选择的权利，还是只能听任主祭们的安排？

第五节　驱　魔

　　阿里斯托果然知道特修斯住在哪里，他领着格雷戈里和若恩两人，走了几里路，穿过两个蔫搭搭的苹果园和一条干涸了的沟渠，来到安克雷城的另一端，找到特修斯的鞋店。一个女人在鞋店门口瞭望，她看见阿里斯托领着两个人远远走来，欢呼一声跑进屋内，过了一会儿，十几个男女老幼跑出来，将阿里斯托一行围成一团。特修斯在阿里斯托的身边，不住地诉说弗兰病情变得更加恶化，阿里斯托安慰他，要他坚信以太的力量。

　　特修斯分开围着的家人，带着三位来访者到弗兰的病榻前。

　　弗兰被绑缚在床上，面色发紫，如蜘蛛网般的血丝布满面庞，他此时正在昏迷中，口中发出刺耳的低吼声，作为一个七岁左右的儿童，他的身材算是高大的了，而且十分健壮。这种情况相当罕见而诡异。通常被魔鬼魔住的情形容易出现在那些十分瘦弱的儿童身上，但弗兰显然不是。阿里斯托在床前看着弗兰，沉默不语，格雷戈里也心事重重，他们的表情让旁边站着的特修斯心中忧惧不已。

　　阿里斯托按照通常的法子检查完弗兰的牙齿和舌头、耳朵和鼻孔，手指甲和手指的蹼间纹裂，摩挲着他的头发，看里面是否藏着伤口，然后走出了房间，格雷戈里跟在后面也走出来。

　　阿里斯托想了想对格雷戈里说道："我觉得这不太像是邪魔附体，除非又出现了一种新的邪魔。"

　　"我看也不像我们才刚刚熟悉的那种恶魔，但总会有新的恶魔，毕竟这里算是阿卡夏的边疆，总会有新鲜的危险等着我们来探索。"格雷戈里说道，他稍微有些兴奋，但仍然保持着矜持。

　　阿里斯托摇了摇头，说道："我在这里快三十年了，从未见过类似这样的邪魔。"

　　格雷戈里善意地嘲讽道："你可以把它写进你的笔记，带回到君士坦丁堡去，给大主祭大人呈阅。但我们在这里，要用通常的办法来给这个孩子治疗，如果通常的法子不管用，就用超出常规的法子，我们不能退缩。"

　　阿里斯托有些虚弱地说道："也许我们可以等一个晚上再来。"

　　"等多久都行，我现在还没有接任，我只是还在路上的使者，孩子的父亲并没有向我求助。"

　　阿里斯托想了想，他决定还是继续进行驱魔的仪式，他召集了特修斯的一家，对他们说道："托德热爱世人，阿卡夏是他的使者，我知道你们还不是阿卡夏的信徒，但你们来找到我们，这是对的，我们不会因为你们暂时还没有信仰托德而放手不管，我们将鼎力帮助你们渡过这个难关。"

他停了一下，让特修斯一家好好消化这句话，然后才接着说道："我所能做的，就是为这个孩子洗礼，在他还没有相信阿卡夏之前，圣水帮助他建立起对邪魔的初步抵抗。这种抵抗不能完全奏效，要想摆脱恶魔的侵扰，得靠你们所有人帮他祈祷。以太帮助一切相信阿卡夏的人。如何证明你们对阿卡夏的信和爱？我要你们从现在起，禁水和绝食，以对饥渴的忍耐证明你们对他的信赖。这不是一种交换，这是一种你们发自内心的承诺。"

弗兰的家人们起了一阵骚动，但谁也没说什么。阿里斯托主祭举起手中的圣水瓶，威严地说道："接下来的事情会更难，要挽救这个孩子，必须毫无保留地相信以太，比起禁食更重要的是，忏悔你们的罪恶。恶魔本质上是一种罪恶的火。"

阿里斯托忧虑地看着弗兰的家人，他们看起来对他的话将信将疑。他说这不能是一种交换，但交换似乎是这些人唯一懂得的逻辑。如果他们不愿意做出承诺，又该怎么办？自己是否还要出手照料弗兰，又或是因他们并不虔诚，甚至隐瞒着不可祝福的罪孽而驱魔失败，他们反而会对以太加以憎恨，就因为他们一度寄希望于他。

他拿不定主意，脑子里一团乱麻，转身回到绑缚着弗兰的房间。在床前，他把圣水小心翼翼地洒在弗兰身上和四周。

他企图摇醒昏迷中的弗兰，让他亲吻阿卡夏的圣像，但弗兰怎么摇也不能醒来。阿里斯托正在犹豫是否将圣像凑到弗兰的嘴唇上来最终完成这个仪式，格雷戈里走上前来，直接将阿里斯托手中的圣像按到弗兰的嘴唇上。

一声凄惨的号叫从弗兰喉咙里发出，他猛地蹬直了身体，眼睛睁大但空洞无物地望着阿里斯托，阿里斯托飞快地将手中备好的一块圣饼塞到弗兰口中，然后将他的嘴捏着，使它闭合起来。

阿里斯托情不自禁地想象圣饼在弗兰口中被舌头和上颚揉碎，被唾沫沾湿变成糊状的情景，这想象令他又兴奋，又恶心。

弗兰略微挣扎了一会，逐渐平静下来，又过了一会儿，脸上的紫色看起来有所消散，迸露在皮肤上的血丝颜色由深变浅。表情也没有刚刚那么痛苦，但他仍然在昏睡中，片刻也没有醒来，身体微微抽搐。从以往的经验来看，这是驱魔奏了效的迹象。

格雷戈里带着些许肯定的语气说道："如果在一张地图上，标注出所有关于恶魔的报告来，东部远远要多于西部，这是否意味着，这是从波斯传来的某种疾病，或是……恶魔？它们在向西推进，以我们所不知道的方式。"

阿里斯托轻轻地摇摇头，说道："我猜并不是这样，我和几个学士讨论过这个问题，在北部和西部传来的报告更多，即便是大罗马地区和君士坦丁堡附近也有。我认为这不是一个从什么地方传向另外地方的问题，这是一个全局性的问题。"

"依你之见，这意味着什么？"格雷戈里谨慎地问道。

阿里斯托仍然紧紧盯着弗兰昏睡的表情，一边说道："我不想去触碰以太到底是什么的问题。"

他的话可以说没头没脑的，以太是什么这个争论不休的经典问题和驱魔毫无关系，也和魔鬼从哪里产生、将要蔓延去何方的问题毫无关系。他只是在撒气般地宣泄情绪。若恩在一边看着，他能感受到两人表面上做出合作的样子，但本质上在对抗着的态势，觉得过去十年学经过程中所培育出来的逆反心理在上升的同时，维护它的情绪也在上升。

站队在即，但若恩的内心是迷惑的，考虑到他过去十年一直是在阿里斯托这边，他充分相信自己忠诚于阿里斯托主祭所宣导的所有，这种感受可谓奇怪至极。

他们从弗兰家离开的时候，弗兰家的亲戚已经走完了，只剩下特修斯和他的妻子，以及弗兰的弟弟肯。阿里斯托有些失望，但他压抑住这种失望，对特修斯说道："该做的我们都已经做了，能不能奏效要接下来看弗兰对阿卡夏的信和爱有多强烈。"

特修斯说道："如果他能够痊愈，我们全家都愿意洗礼成为阿卡夏的信徒。"

阿里斯托叹了一口气，忍住了想问他所说的全家是指还留在屋子里的四个人，还是刚刚挤在房间里的十多个人，淡然地说道："我前面说过，这不是一种交换，但阿卡夏乐于证明他的力量和仁慈。"

如果并没有能证明呢？这个问题他想也不会去想，他已经习惯了这样。

说完，他与特修斯道别，格雷戈里和若恩紧跟他离开了特修斯的家。在路上，谁都没有说话。

回到安克雷的神庙，关上主祭室的门，阿里斯托对格雷戈里说道："我刚刚想好了，我不会回到君士坦丁堡去，我预计继续往东去，到还没有教区的地方去开拓新的据点。"

格雷戈里略微有些惊奇，迟疑着，看起来像是为他着想似的说道："东方并不是没有阿卡夏的传播，只是距离君士坦丁堡越远，教义越扭曲，越是异端；我不知道君士坦丁堡会怎么看待你的决定，我个人不赞同。"

"异端？那我去纠正它，带去正确的。"

"据我所知，主祭大人，你也被判定为异端。"格雷戈里这么想，他并没真的这么说出来，说出来的是，"你的年纪不合适再往野蛮人的方向前进了。"

阿里斯托笑了一下，说道："他们不是野蛮人，他们某种程度比罗马和君士坦丁堡更文明。我会做一份财务清单留在这里，你明天上午就可以过来清点接收。"

格雷戈里想了想，说道："可以的。"

阿里斯托接着说道："我等下会召集教区的祭司以及相关人等说明这个情况，既然你说祭司的人事不会变动，我就如实通知他们，其他人的去留由他们自行抉择。"

格雷戈里又是干脆利落地答道："好的。"

阿里斯托说道："那你请先回到你在梅林家的住处去吧。"他这句话没有加进任何嘲讽的意思，但听起来就是嘲讽。

格雷戈里点头致意，有点儿机械地转身离开了主祭室。

阿里斯托对若恩说道："你立即把所有人都找回来，包括格瑞姆祭司和他的学徒、卡斯托姆祭司、纳加尔助祭和斯汀助祭，还有塞缪尔。今天晚餐后我给大家做个告别。"

若恩应了一声刚刚要转身离开，阿里斯托叫住了他，说道："等等。"

若恩惊讶地看着主祭，半转过身来，阿里斯托神情看起来有些踌躇，他说道："接下来的话，你要郑重地听，我刚刚说的，我要去往东方，而其他人去留由各自自行抉择，这并不包括你，你要跟我一起走，有一个伟大的使命在等待着你。"

若恩完全转过身来，他垂着手站在阿里斯托的桌子面前，等着他接着讲下去，但阿里斯托似乎又犹豫起来，扬了扬手，示意若恩赶紧去办手头的事。

第六节　以　太

晚餐前所有人都到齐了，大家按照年龄和职位为序在长条桌前排座，阿里斯托主祭坐在最中间。若恩和塞缪尔一起做的酸面包和烤鳗鱼被分割好摆在每个人面前，每人还有一个石榴和几个蜜渍的橄榄，每个人面前都放着一个酒杯，但只能喝水，因为阿里斯托主祭不小心把剩下葡萄酒的数量写进了交接清单。他向席间的各位表达了歉意，但这个理由听起来只是个活跃气氛的小笑话，除了已经离开本地的人，在座的人喝过阿里斯托主祭的葡萄酒的平均不到一次。

他们气氛如常地吃完晚餐，阿里斯托环视左右两边的人们，开口说道："这是我最后一次坐在这里和大家一起共进晚餐。我接到了来自君士坦丁堡的调令，有一位新主祭明天将会来接替我。"

这个消息在所有人赶到之后，晚餐之前就已经私下传遍了，所以并没有激起波澜，所有人都在关注接下来阿里斯托会讲些什么，这关系到所有人接下来的命运。

阿里斯托停了一会儿，才接着说道："这一年来大家的日子都不好过，因为我们在等着某种发落，现在，尘埃终于落地。我不能假装大度地说这不是对我所持主张的惩罚，也不能闭上眼睛说这不是一场你死我活的斗争。是的，这实际就是一种惩罚，接下来也会演变为持续的斗争，直到我死去。"

这仍然是大家之前就知道了的事情，无非是还未来到和已经到来的区别，所有人都没吭声，只静静地听。

阿里斯托说道："我是一个五元素派，君士坦丁堡的人会这么说，所以我不配再继续担任一个地区的主祭，但他们实际又没有真的这么说，他们只是说因为这个那个原因，要我回君士坦丁堡担任其他的教职。过去一年，有十七个教区的五元素派的主祭被调回君士坦丁堡或者罗马，其中有至少四个人在几个月以后被杀害，别的消息也许还在路上。"

这是在座的人们所不知道的事，或者说有些人知道一部分，有些人全然不知。大家都竖起了耳朵，仔细地听。若恩心中想，主祭多数年事已高，去世也很正常，说是被杀害会不会太过偏激一些？

阿里斯托拿起杯子喝了一口水，放下杯子，接着说道："过去三百年，五元素派和四元素派为了以太而争论，以太是单独存在的，还是它实际是四元素的某种位格？以太的本质和我们可以观察到的它的状态，是阿卡夏教会内部争论最多的议题。争论的本身无可厚非，但对以太经书的不同理解不应该成为你死我活的斗争。打个比方，格瑞姆祭司，你觉得这个杯子距离你更近，还是距离卡斯托姆更近？卡斯托姆祭司，这个问题也是提给你的，你认为你离这个杯子更近，还是格瑞姆离得更近？"

他双手撑在桌子上，将自己的杯子包在中间，有意无意地挡在杯子和他身边两位祭司之间。他接着说道："这就是以太的态的实质。格瑞姆祭司，你可以因为卡斯托姆祭司不同意你离他更近的观点而迫害他么？卡斯托姆祭司，你会因为格瑞姆祭司和你相反的看法而去刺杀他么？

"我想你们都不会那么做，这也是五元素派在过去赢得皇帝认可的时候所做的选择，我们什么也没做，我们让这个讨论停留在讨论，我们认为讨论的存在使我们更为纯净。我们不会揣摩争论的一方内心的动机是否善良。我们都相互认识、彼此了解。我们让问题停留在本身，而不是变成一场实质上是争夺权力的斗争的表面。纯净的讨论使我们无法真正知道以太处于何种状态，而亚里斯究竟是什么样的情况下，距离他更近。可事实就是，以太的态的争论的实质是有人认为他们知道亚里斯确切是什么样子的，但又同时认为他们不知道亚里斯确切是什么样子的那些人是隐藏进阿卡夏教会中的邪魔。"

阿里斯托看了看所有人，有些人呆呆地出神，有些人刻意隐藏眼神，有些人盯着自己，有些人在切开橄榄。这构成了一个光怪陆离的画境。阿里斯托禁不住想，我这是在自说自话，他们和我想的根本不同。但他停不住，接着说道：

"这是一个简单得要命的命题，我会一点点木工，我看看纳切尼做的椅子，我就知道他的手艺比我高明很多，我愿意承认他关于木工手艺的一切见解。但我和四元素派的那些主祭们有着差不多一样的经书研究能力，他们所读的经书我都读过，他们所信奉的道也为我所信奉，要我承认他们居然知道水杯确切距离他们有多远而我不知道，还不如让我先承认自己是个傻瓜。"

他说着，开始有些发怒，但他保持着让大家知道他仅仅是发怒而不会做出发疯的动作来的程度，他并不凶恶。

"是的，当我们大家都停留在讨论的程度，我愿意认同我们都是怀着对阿卡夏的信和爱在做这件事，讨论愈加深入具体，我们离真实就越近，这是我们热爱亚里斯的一种方式。但有人要动用驱逐与流放、迫害与暗杀的手段，我只能相信一点，我们或他们两者总有一方是恶魔——他们非常克制地称呼我们为异端，而我还不知道自己竟然就是恶魔呢。

"君士坦丁堡公会议结束的一年时间里，我有时候会觉得沮丧，认为继续抗争下去没有意义，如果君士坦丁堡给我安排一个闲职，我会欣然接受。不过，今天下午这个闲职真的摆在我面前的时候，我意识到这是不对的。"

阿里斯托这时候停下来，他注视着纳加尔，纳加尔避开阿里斯托的目光，低下头去。

"我将拒绝君士坦丁堡的职位，我选择继续向东方去，为阿卡夏开辟新的疆域。你们中间有谁愿意和我一起去？"

大家都保持着沉默，阿里斯托有些尴尬，他以为至少会有两三个人应和他，桌上的沉寂超过了他的想象，他脑子里转过许多念头，最后，他有些失去控制地说道："五元素派始终是个少数派，就因为这样。"他的话没人听得出是谴责还是沉痛，他自己也不知道。

又冷场了一会儿，斯汀忽然开口说道："主祭大人，我愿意跟随着你。"他说出这句话以后，眼神变得无畏，抬起头来看了看每个人。

好像是溺水时抓住的一根救命稻草，阿里斯托欣慰地点了点头，虽然他对斯汀来首先表这个态并不满意，这既像是他的私相授受，又似乎隐藏了什么潜在的危险。斯汀是他的外甥，他是靠着阿里斯托主祭的关系才进入神庙任职，他从来既不突出，也不勤奋，从修业来说，他差不多是最差的那个。

卡里乌斯紧接着说道："大人，我也想跟着你。"

他的表态这才激起了大家的情绪，接下来每个人都这么说了一句，甚至连可以留下来的格瑞姆和卡斯托姆也都这样说了。尽管看起来程度上是有着明显差别的，而若恩他紧闭着嘴，一言不发。

阿里斯托仿佛在冰天雪地里走了一遭，回到炎热的夏季，他对身旁两人说道："卡斯托姆祭司，众所周知你在这场争论里并没有表现出特定的立场来，我认为你留下来也不会有什么危险，关于离开教区的事情，你要再三权衡一下。格瑞姆祭司，你是一个五元素派，我知道你同时也是蒙坦努派的同情者，我很高兴在往东方去的旅程里有你这个可以争论的对手。"

格瑞姆有些自嘲地说道："我不是蒙坦努派的同情者，我就是一个蒙坦努。"

蒙坦努派的人数比五元素的更少，他们在教义的阐述上更为异端，甚至连五元素派也觉得蒙坦努派近乎异端，不过并没有严厉地对待他们，而使他们一直是五元素派的友军。

阿里斯托没有接这个茬儿，他对其他人说道："今天夜里大家就收拾好行李，明天等我和新主祭清点完财物，决定离开的人，我们就往科洛内地区去。"

科洛内，是帝国第十一军团刚刚从波斯人手中夺下的地区，在座的所有人包括阿里斯托在内，只知道这是一个更为东方的地名，那儿居住着罗霍人，但对那里会遇见什么一无所知。

纳加尔说道："我们去了科洛内，如果顺利，在那儿建立了据点，新的据点和君士坦丁堡的关系是什么？"

阿里斯托稍微愣了一下，说道："和君士坦丁堡的关系是，我们信仰同一个亚里斯，和他为我们描述的天国。我们相信五种元素构成世界，以太、水、火、气和土，但他们认为是四种，以太是总的形态，而不是单独的形态。仅仅是这样。"

格瑞姆猛地拍了一下桌子，大声说道："说得好，阿里斯托，怎么我以前不知道你这么激进？"

阿里斯托轻轻地摇头，反问道："你不知道吗？"

"我从来不靠猜测，只有他自己亲口说出来，才知道他是不是一个蒙坦努。"

"我当然不是。"阿里斯托反唇相讥地说道。

餐桌上弥散着一种奇怪的气氛，说不清是兴奋还是恐惧，貌合神离还是信仰坚定，每个人都像饮了酒一般兴奋，甚至有少许的癫狂，说的话有许多都超出了平常的规范，有些达到了亵渎的程度。阿里斯托感受到一点点末日的气氛，他心里对自己说："一切本来就是这个样子，我不应该要求得更多了。"

第七节　爱与毒药

斯汀，和他的名字一样，他觉得自己生下来就是一个痛苦的产物。而这源于他有一个过度抱怨任何事情的母亲，无论是谁，包括斯汀在内，他们做的任何事情都不能让她满意，除非是没有惊动她，否则得到的总是如暴风雨一般的痛骂、挖苦，或是嘲讽，让人感受到她发自内心的恶毒。这种发自内心的辱骂，对别人并没有太大的伤害，但对于儿子来说，和杀死他也没什么区别。他每天都会死上两三次，然后又活过来，同时他的心灵并没有如别人一样在这个过程中生出茧巴来，他内心那一块总是柔软和新活的。

她倒是很少动手揍斯汀，这似乎比斯汀同龄人的母亲们好多了，但他宁愿她动手，或者至少动手的程度和言语的尖刻保持在一个适度的比例上。他常不无悲哀地想，自己对这个世界的畏惧感更多地来自母亲的言语，而不是拳脚。至少他的同龄人们比他正常多了。

父亲提供了一个忍受的榜样，他对来自所有人的，包括他的妻子、亲戚们、朋友们，以及他的客户的所有欺负和侮辱都回以着平和的，唾面自干的卑微，他尽力降低在所有人面前的存在感，这使其他人不太容易注意到他，即便取笑他、欺辱他，也能够尽可能地短促。这种忍让也许因为他是一个逃兵。斯汀常常想作为一个逃兵究竟是一种什么罪愆，是一瞬间的还是长久的。他有许多结论，但缺乏印证。

他自己也不怎么样，瘦弱，毛发稀疏，敏感，不聪明，他自己也不喜欢自己的相貌，更别说别人。他跟着父亲学习了一年的木工活儿，他的手艺停滞，让他父亲这样的人也敢于大声地抱怨，说他不是这个材料。

最后看在姐姐的分上，他的舅舅阿里斯托主祭收留了他，让他来到安克雷，做了一名助祭。或许是巧合，安克雷神庙里每一个和他年龄相仿的助祭或学徒，个子都比他高大，言谈举止都胜过他，哪怕对于阿卡夏教的认识和虔诚都比他来得深厚，他暗自埋怨为何舅舅让他做了一名助祭，而不是一名学徒，那会让他自在得多。

见到莉莲安的那一瞬间，他觉得自己像一支搁置在布满灰尘的储物室里的蜡烛忽然被点亮了，往常他不是全然没有这样的感受，不过类似的那种点亮瞬息便熄灭，但这次不同，那个少女朝自己走来，对他说道："我迷路了，找不着去阿佛洛氏忒神像的路，你可以帮帮我么？"

他忘记了自己是怎么回答的，或许他当时什么也没说，他呆住了，觉得这位少女如同洁白的天使一般，忽然地出现在自己的面前，他忍不住要避开她，又觉得不能再退让。

他晕乎乎地凑上前去，给她指路，回答她的各种问题，知道她的名字叫莉莲安，而他略带着畏惧地介绍自己的名字，而她看起来有些欣喜，对他的名字，这让他感到温暖。

他看着她在阿佛洛氏忒神像面前虔诚地祈祷，泫然欲泣，不知道她有着怎样的故事，但他知道了她信奉旧神，有着旧世界的淳朴无邪，或许也隐藏着旧世界的危险。他不知道那是什么，但他愿意去尝试，他甚至觉得自己代表着刚刚粗暴崛起的新世界，去和神秘莫测、正被摧残着的过去的时代讲和。

斯汀和莉莲安在罗马人开的酒馆里吃了一顿南瓜炖羚羊肉，还喝了一点酒，这使她开心而感激。她的感激反过来使他觉得这辈子从来没有一个人待他这样温柔而契合，她的一举一动、一言一行就好像管风琴一样的旋律熨帖着他的心房。他慢慢地放松下来，开始去感受这个少女，随即发现了更多的美好，与诱惑。

她孤身来到这里，为了纯净的信仰而来，如此单纯和轻信，甚至还没有找好可以落脚的地方，她隐瞒着这一点，躲躲闪闪的，娇小而固执的自尊心。她要他离开，而他敏锐地注意到她的困厄，以及被这种困厄难住而走向堕落的可能性，他关心她接下来的打算。最后，他为她找了一间旅店住下，为她付了房钱和担保金，以及一些零花钱。

在离开回去神庙的路上，他已经开始幻想未来的一切。

他住在神庙里，每天能离开神庙的时间并不太多，只有大约三个小时，而这些时间他本来应该到市场采购谷物菜蔬和肉类，并且把采购来的食物分割好，送到总共大约几十户贫困家庭去。这是一个运作方式，城里的富人向神庙捐款，捐款的一部分将用于向布施穷人，以换取他们对阿卡夏的热情，和提供必要的人力来帮忙扩建神庙，举办盛会等等。另外神庙承诺照料的几位孤寡老者，斯汀也必须每天都去问候。阿里斯托主祭尤其注重这一点，每天晚上都会加以询问。他和她在这缠绵悱恻的两天里，几乎什么也没做，既没有到市场上去采购，也没有去问候孤寡，尤其可怕的是，他把不属于他的钱用在了鲜花和美食上，甚至买了一条银手链送给她。他希望自己的行为配得上莉莲安这样一位从天而降的天使，一朵圣洁的鲜花，一个命中注定由他来爱护的女子。

"为了你，我会做出任何事来，即便是背叛亚里斯。"

"真的吗？"

"我愿意经受最极端的考验，来证明这一点。"

"这是一颗毒药，你把它化开，抹在瑞格姆和卡斯托姆祭司的酒杯上。"

这两段对话并没有连接在一起，而是隔了许久的时间和许多呢喃之语，才前后逻辑相关地联系起来，那之间是斯汀一生中最幸福的一天一夜，之前和之后都是黑暗的。

斯汀接过莉莲安递给他的蜡丸的时候，还没有反应过来，他有些迷糊地想："为什么莉莲安知道格瑞姆和卡斯托姆祭司的名字？"他立刻这么问了："你怎么知道他们的名字？"

莉莲安伸出一根指头，掩住他的嘴唇，说道："我是为了你而来，不是别的。"

斯汀有些惊讶，说道："为了我，可是……"他不知道该说些什么，过了一会儿，他还是忍不住问道，"我还是想知道这是为什么，你可以给我透露一点么？"

莉莲安眼泪涌出来，说道："你不这么做的话，就再也见不到我。"

斯汀以恳求的语气说道："毫无疑问，我会为你做这件事，即便你是要我把毒药涂到主祭大人的杯子里，我也会去做。但是，你不能稍微怜悯，把为什么要这么做的真相告诉我，让我知道自己的罪愆究竟有多大？"

莉莲安偏过头去，双手抱在胸前，像一只受到惊吓的小鸟，瑟瑟发抖。

斯汀想要抱住她，可是感觉到了距离和鸿沟，如果他不同意的话，他把语气放得更为柔和，说道："我愿意为你这么做，但是我想知道这是为什么。"

莉莲安的眼神变得坚强，好像要从某种犹豫中走出来，语气坚定地说道："你别再问了，我是不会说的。"

斯汀的心变得更加柔软，说道："好吧，我不问了，我去做。不过，做完这件事，你会跟我一起离开这里么？我们到西部去，找一个仍然希腊化的城市，我们重新开始这一切。"

莉莲安用泪眼望着他，先摇了摇头，又轻微地点了点头，说道："这没有你想的那么简单。"

当然了，没有那么简单，世界上的事情哪有简单的，斯汀完全认同这一点，说道："那你告诉我，我来学着承受。"

莉莲安凑近他，在他面颊上亲吻了一下，说道："有些事情，以后我会给你交代清楚，但重要的是，现在我们都必须活着，好好地活着。"

斯汀有些茫然地回应，说道："活着，那是肯定的。"

莉莲安接着说道："你不会背叛我的，对吧？"

斯汀说道："当然。"

莉莲安纠正他说道："你应该说，就如同你一样。"

斯汀喃喃地说道："就如同你一样。"

莉莲安摇摇头，说道："我们重新来一次，斯汀，你不会背叛我的吧？"

斯汀紧接着说道："就如同你一样。"

他紧接着问道："莉莲安，你会永远爱我吗？"

莉莲安好像松了一口气，她嫣然微笑，说道："就如同你一样。"她的声音有些飘浮，近在耳边，又好像远在天边。但斯汀决定放下心来，他把毒药细心地揣进怀里，和莉莲安挥手告别。

他走了之后，盖娅穿过半个城区，回到洛里斯租的院子里，洛里斯正在二楼的窗户边上观察外面的情况。她走到他身后，顺着他的视线望去，发现他并没在观察神庙的方向，而是神庙一侧的一幢农户，她盯着看了一会儿，没看出什么所以然来。

洛里斯对她说道："我们太专注于神庙，差点儿漏过了重要的东西。这家人户中不知在什么时候住进了一个人，准确地说是三个人。而刚刚阿里斯托主祭带着他的助祭去拜访他，接着他们一起离开，在这个时候当然不会是件寻常的事。"

有件事情他没给盖娅提，那就是之所以发现这个人，是因为狄图斯在街头遇见一个可疑的陌生人，他出手狙击之后，那个人带着伤逃到了这里，而他们还有另外两个人，其中一个人是首脑，是此刻他们正说起的那人；那个狄图斯攻击的人，显而易见的是在跟踪着斯汀。

"我已经把毒药给了斯汀，他会想办法把毒药下到两位祭司的杯子里，如果他们很快有餐会的话，我们现在需要考虑劫持和替换主祭的方式和时间了。"

洛里斯严肃地说道："毫无疑问，他们很快会有餐会。我猜那个人就是来接任阿里斯托的新主祭，他本来想悄悄地在这里住下，观察一阵子，然后再做决定，某种程度，就和我们一样。或许他是来看我们是怎么执行的。"

"所以呢？"

洛里斯没有直接回答，他坐回他的椅子，用手使劲地抱住头，轻轻地摇，一边说道："斯汀表现得如何？他坚定么，他能够做他该做的事情么？"

盖娅摇了摇头，说道："也许会，我不那么确信。我好像还从来没有接触过像他这样完全是个空白的角色，有些时候我觉得抓住了他的心，又有些时候我怀疑是不是用力过当，不过，我想他喜欢我，他愿意和我生活一辈子。"

洛里斯问道："你和他上床了么？"

"没有，但我给了他一些甜头，这就够了。"

洛里斯有些不满，语气稍微为严厉，问道："为什么不？"

盖娅反问道："你比我更懂得男人么？"

洛里斯耸耸肩，说道："当然不，我也不懂女人。"

然后他陷入沉思之中，盖娅接替他盯着那间农户，同时也望着神庙的方向，没多久，阿里斯托主祭和另一个年轻人回到神庙。那个名叫若恩的年轻人，盖娅曾考虑过将其作为诱惑的对象，他也具有某种压抑着的力量，容易被利用。而很快放弃他的理由是，盖娅察觉他并非独身，他的肢体和缓而稳定，就算会上钩，也未必会顺从地接受摆布，如同斯汀那样。

第八节　新启示

过了一会儿，神庙里的两名学徒分别朝两个方向走去，盖娅背对着洛里斯说道："你说得没错，他们今天晚上就有餐会。"

洛里斯站起来，站在盖娅身后，说道："今天夜里可有得忙了。"

"需要把赫克托他们叫过来么？"盖娅问道。

"不。如果你的斯汀正确地投放了毒药，那么今天晚上神庙内可不会平静，我们当然不会在这个时候去劫持阿里斯托主祭，我们应该当着君士坦丁堡人的面劫走他，然后半天或一天后他们在城外找到他的尸体，所以，那大概是在明天和后天，赫克托应该已经有了具体的安排。"

盖娅转过身来，面对洛里斯，额头抵在他的下巴上，他的手先前轻轻放在她腰上，隔着衣服也能感受到温度，这下转到了她的小腹上，他也没有要撤回的意思，这种少见的亲昵让她有些迷乱情迷，她稍微犹豫了一下，低声问道："你想要我么？"

洛里斯愣了一下，说道："想，可是不能。"

盖娅问道："为什么？"

洛里斯撤回了他的手，说道："有人说性爱之后会更加专注，而我不这么认为。"

盖娅退后半步，靠在了窗口上，说道："那你不该来挑逗我。"

洛里斯看着盖娅的眼睛，有些沉陷在她的蓝色瞳仁当中，他说道："抱歉，我的确不该那么做。"

盖娅目光垂下，问道："你打算接下来怎么做？"

洛里斯说道："我会去拜会那位君士坦丁堡来的人，看看他的究竟。而你，你要一直守在这儿，确保今天夜里会发生些什么。"

盖娅说道："斯汀做完了他该做的，接下来他会怎样？"

洛里斯有些诧异，说道："他除了背负一些罪恶感之外，什么也不会，我们不会想拿他怎么样。"他沉思了一下，接着问道，"你以前经历过许多类似的情景，你会这样问，是对他产生了愧疚感，还是别的什么？"

盖娅轻咬嘴唇，说道："如同你想把主祭送到哪里藏起来，我也想把他送到一个遥远的地方去，他不应该被孤孤单单地留在这里。"

洛里斯有些疲乏，说道："你怎么想都好，我不会干预你，不过前提是我们妥当地完成了任务。"他不禁想如果刚刚他没有回绝她的提议，她会不会不产生这个荒唐的念头；还是她更早就有了这个念头。

他接着说得更明白："喜欢你的男人很多，你不可能让他们都如愿。"

说着，他穿好外衣，下了楼，往君士坦丁堡来人所寓居的那户人家走去。他敲了门，门打开，洛里斯见到了那个人，那个人并不意外洛里斯的拜访，他把洛里斯让进去，坐下。

那个人抢先开口说道："我是格雷戈里主祭，从君士坦丁堡来。"

洛里斯说道："我是平托·洛里斯，也许他们称呼我为红龙。"

格雷戈里喃喃地重复了两遍红龙的名字，说道："这名字听起来，像是一种外号，而不是你真正的名字？"

洛里斯侧过脸，说道："这是一个诅咒，以及我对待这个诅咒的方式。"

格雷戈里有些疑惑，问道："是个什么样的诅咒，我可以帮上什么忙？"

洛里斯说道："大概不行。"

他们沉默了一会儿，格雷戈里问道："你也从君士坦丁堡来么？"

洛里斯轻轻地点了点头。

格雷戈里的表情舒缓下来，说道："我本来还想等几天，但今天，就在刚刚阿里斯托主祭找上了门，我只有提前履任。"

洛里斯直截了当地问道："你为什么还想等几天？"

"我在想办法说服两位祭司，我不想让他带走所有人，这不仅丢人，而且对我接下来的工作不利，没有他们，我要花很多时间去说服本地的信众。"

"格瑞姆和卡斯托姆？我听说格瑞姆是个危险的人物。"

"我和他谈过，他没有你们想象的那么坚硬，对于阿卡夏教的未来，他表现出他了应有的热情和理性。我认为他是有可能留下来的。"

"你知道我是谁，以及为什么来这里吧？"洛里斯转换了话题，问道。

格雷戈里沉默下来，过了一会儿他才说道："我知道这件事，有人跟我说过，但我不知道确切的情况，坦白地说，教会做这样的安排让我感到羞耻。"

洛里斯不相信他的话，也不想掺和进去，说道："你的感受如何和我无关，我关心的是刚刚你和阿里斯托主祭见面，你们都聊了些什么？"

"他拆穿了我隐匿在这里的把戏，心照不宣地忽略了我隐匿在这里做什么的问题，他邀请我一起去给一个本地的孩子驱魔，但我们拿这个魔鬼无能为力。"

洛里斯脑子飞快地转，他拿不准格雷戈里隐藏了什么，或许他什么都没隐藏，而是都向他和盘托出了，也许这就是实情，追踪斯汀的人也许只是想和他谈谈。这里实际没什么可威胁到他们的，除非他做错了什么、遗漏了什么，没能发现，直到回到君士坦丁堡才发现。但格雷戈里背后是不是还隐藏着别人，在暗中窥视这一切，这是否是针对诺提斯的圈套，这是他想要知道的，但他设计不出怎样的问题从对方嘴里套出话来。

他最后放弃了，起身告辞，说道："你不应该把我当成是坏人，我们都在为新世界的秩序服务。"

格雷戈里客气而敷衍地回答道："当然。"

回到自己院子这边，洛里斯开始有些焦虑起来，他预感到事情不会按照他们计划中那样发展了，因为格雷戈里提到他在说服两位祭司留下，而且看起来颇有把握的样子，但实际上这时候斯汀投送的毒药大概已经融化了，没准已经涂抹到两位祭司的酒杯上。他有必要去强行终止么？从情理上来说，当然不，因为发出任务的是君士坦丁堡的人而不是格雷戈里，他不需要听命于格雷戈里。但另一方面，格雷戈里希望保留的人被暗杀的话，他当然会归罪于自己，说不定还会把正在进行中的事讲给阿里斯托主祭听，并且企图保护他。

杀掉或保护阿里斯托主祭，是身为互助会和诺提斯成员的悖论，原本他设计出用假的尸体换出阿里斯托主祭的策略来解决悖论，而这个策略面临着被格雷戈里所破坏的可能性，他会辨认出那具尸体并非阿里斯托本人么？如果他能判断出来的几率不大的话，那么活着的格瑞姆或卡斯托姆则几乎一定会，他会如何向君士坦丁堡报告他们这次行动的执行结果？他甚至认真地考虑杀死格雷戈里的可能性，但那又回到那个难以证明的假设上，格雷戈里背后还有隐藏在更加后面的人在盯着，等着他跌入陷阱。

他左右为难，希望快点儿听到神庙里传来骚动。

晚餐时间很快就过去了，神庙内灯火如常，一片宁静，什么也没发生。盖娅脸上有些失望，但她什么也没说，她望着洛里斯，希望他说点什么。

洛里斯在黑暗中沉默了许久，才说道："我要去和阿里斯托主祭谈谈。"

他说的谈谈，并不一定是像去拜会格雷戈里那样敲门拜访，也可能以别的方式，比如像盗贼一样潜入到神庙里，偷听、偷看、偷拿些什么。

他接着补充了一句，说道："接下来你找个时间和斯汀再谈谈。"

盖娅咬着嘴唇，点了点头。

洛里斯换了一身黑衣，从窗口轻轻地翻出去，抓住墙缝往下行，两三下着了地，他弯腰潜行，避开人迹和可能的高处视线，很快接近了神庙后门。他推门而入，在神庙后边的一幢独立的储藏小屋后他略微停留一会儿，一边观察周围的动静，一边留意神庙内人们的动静。

等不住在神庙的人们逐渐离去，他摸进神庙，藏在讲经台的后面。学徒们最后把大厅和走廊的灯灭掉之后，他悄悄地走出来，在黑暗中站了一会儿，见还有一个房间亮着灯。他朝那房间走过去，透过门的缝隙往里看，里面有两个人正在说话，一个是阿里斯托主祭，另一个是他的助祭，洛里斯记得他的名字叫若恩。

洛里斯看看左右，他绕到走廊尽头，从窗口翻出去，贴着墙角来到主祭室的窗口下，侧耳倾听。

洛里斯凝神地听，里面传出的两人对话他无法完全听懂，他使自己努力记得这些话，而仅有懂得的部分已经足够向他打开一扇大门。下午的焦虑接近一扫而空，他庆幸做了正确决断，那就是来到这里，不只是接受了这个委托来到安克雷，更是潜入到这扇窗户下，而获得了新的启示和开端。

若恩和阿里斯托主祭的对话并没有持续多久，听起来他并没有被后者说服，还是决心留下来做一个平庸的助祭。

洛里斯对他的这个决定既不赞同也不反对，但他能从中感受到一些新的东西。比方，安东尼如果杀死了幼年的屋大维，那么他将会成为罗马的皇帝，但安东尼无法预测未来，所以他不会荒谬地去杀死一个幼儿。但在这个晚上，对于洛里斯而言，未来似乎成为一个可以摸得见的长卷，如果他什么也不做，未来可能会是一个样子，但他如果出手杀掉这个之前看起来毫无威胁的年轻人，未来则可能会是另一个样子，完全不同的样子。

他对两种未来的差别并没有好恶之分，正如他的职业常常需要排斥善恶，但这是他第一次意识到自己和这个世界的奇妙关系，这种关系究竟为何，殊难描述，唯绝不是没有关系的，而这一点是诺提斯行事的根本逻辑。

第九节　使　徒

晚餐过后，若恩和其他人一起做完所有杂务，并且是留给此地的最后一次杂务，预备回家之前，他敲门走进主祭房间，对阿里斯托说道："主祭大人，明天我们不做康多么？"

阿里斯托猛然醒悟过来，说道："是的，我太糊涂了，我忘记了明天这个时刻，我们应该做完康多再出发，你提醒得恰到好处。"他看着若恩，接着说道，"虽然晚餐的时候你没有表态，但你一定要跟我走。"

若恩垂下头，说道："我也想跟着主祭大人，但我和别人不同，我有杰西蜜和莎拉在安克雷，我不能丢下她们。"

"其他人都不重要，甚至我也不那么重要，但你一定要离开这里。"

若恩有些恼火地说道："我从来不知道我有这么重要。"

"你必须要意识到，今天，此时，这个场景并不是偶然的，是一年前就注定了的，和我无关，和格雷戈里无关，和今天的变化无关，仅仅和你本来是谁有关。两年前，你父亲去世之前几个月，他曾经给我写了一封信，他想要让你回到君士坦丁堡去，说这是你母亲生前的意志，我给你父亲回信说，恐怕这是无法办到的，你已经信仰了亚里斯。"

若恩纠正说道："那是我的继父。"

阿里斯托愣了一下，说道："当然。"

"我母亲生前的意志是什么？主祭大人往科洛内去，如果我不应该留在安克雷，那为什么我不应该前往君士坦丁堡？"若恩心中一动，问道。

"你的继父，他在信里面详细地写明了情况，包括你的情况和你母亲的遗愿。你自己是知道的，你并不出生在君士坦丁堡，不是一个天生的罗马人，你来自比科洛内遥远得多的东方，那个地方罗马把它称作塞里斯，产出丝绸的国度，你的亲生父亲是塞里斯的国王或皇帝，犹如君士坦丁堡的氐奥多西，而你就是阿卡氐乌斯。"

若恩摇了摇头，这些他早就知道，但更像是一个床边童话，小时候听妈妈讲过，但长大之后她很少提起，乃至于完全不再提了。他不说话，只是听。

阿里斯托关切地看着若恩，继续说道："其他所有人到科洛内为止，我们还没有做好成为异乡人的准备，而你将以那里为起点继续前进。你可以一个人，也可以在我们中挑选你的伙伴。塞里斯非常遥远，但也不是远在天边，越过了波斯，就到达塞里斯。"

若恩轻轻嗤笑了一下，说道："我从来不知道这个，没人告诉我，或许杰西蜜会喜欢这个故事，但我不喜欢。"

这并不是事实，他心知肚明，至少，他懂得一门在这里谁也不会的语言，是非亲生父亲从小教他的，他母亲稍微会那么几句，而她任由乃至期许他学会这种看起来毫无必要的语言。他在君士坦丁堡的大约十二年里，这是一件刻意隐瞒的事情，更别说来到安克雷。杰西蜜也不知道这一点，而他从未考虑过教莎拉说这门语言。

阿里斯托接着说道："亚里斯爱每个人都一样多，但每个人能为亚里斯做的，有些人很少，有些人却可以做得很多。"

"我可以为亚里斯做些什么？"

"塞里斯，是一个人口和幅员可以媲美罗马的大国，或许更大更富有。那儿还是一片空白，你可以把亚里斯的观点和描述带到那儿去，利用你本身的学识和虔诚，借助你皇子的身份和影响力，建立新的教区，脱离关于以太的无聊争论的新的教区，使亚里斯的学说可以纯净地传播，理性地争论和进益，你也因此将成为一名伟大的使徒。"

若恩摇摇头，有些为难地说道："我没有要想成为使徒的决心，我也预计不了自己是否有足够的忍耐。"

阿里斯托有些失望，说道："若恩，你这是怎么了？你是我们这里慕道之心最为坚定的那一个，谁也比不上你。你想成为一个至善的人，恰好你是塞里斯皇帝的儿子，你可以为亚里斯做得比我为亚里斯所做的还多一百倍，甚至是一万倍。"

他变得有些狐疑起来，继续说道："难道格雷戈里在这几天已经找过你，和你说过什么了？我很怀疑这一点，没人能给出可以交换你的忠诚的东西。"

"他并没有找过我，下午我还是第一次见到这个人。"

阿里斯托摊开手，说道："那你告诉我，你真正不肯走的原因是什么？"

若恩有些无奈，但他还是回答道："当然是杰西蜜和莎拉。"

阿里斯托来回走了几圈，说道："你是说你安心留在此地，做一名农夫了？"

"我无法让我对亚里斯的信和爱，与对她们的爱变得对立，而我留在这里是唯一既能热爱亚里斯，又保持对她们热爱的方式。"

阿里斯托有些气愤，说道："有时候这就是会对立的，托德难道没有自己的妻子和女儿么，他不喜欢自己好好地活下去么，但他对世人的爱，使他离开亲人，献出自己的血和肉。"

若恩沉默了一会儿，说道："我还没有准备好。"

"如果你觉得此时还没有准备好，那就永远也准备不好。"

"主祭大人，我不是一个孩子了，你不用对我这么说。"

阿里斯托厌恶地想，这等于是在说其他人，包括托德在内，是个不谙世事的孩子，这太无礼了。他疲倦地坐回凳子上，手撑着额头，抵御深沉的无力感。

若恩低着头，站了一会儿，他意识到阿里斯托没什么要多说的了，便躬身行礼，说声"明天见"，便自行离开。

阿里斯托挥手想要把他留下来，口中却不知道能说什么。

转身出了主祭的房间。他在神庙门前的廊下站一会儿，他祷告了一会儿，心绪依然无法宁静下来。夜里气温凉爽下来，虫子在地里发出若隐若现的呼应，若恩确信没人在注意自己之后，便离开神庙，穿过几条街区，来到一个有着高墙的庭院门前。他敲开了大门，一名奴隶引着他走到庭院的中央。

他看见好友塞纳戴着头盔，上身披着锁链甲，手持剑和盾，四周围着几名战士，分别拿着长枪、剑、锤、盾，挨个向塞纳出招，塞纳脚步快速地移动，要么用盾格挡，要么用剑反击，将对手逼退。若恩没想那么快去打搅他，他站在旁边，心想，如果他是那么的沉迷在训练中，等一下我悄悄走开也好。

我当然不是来找他征询意见的，我不需要这个，我只是有些烦恼，甚至也不是烦恼，我只是想到这里看看，若恩心想。

塞纳眼睛余光瞅见若恩，他收住步伐，举起剑，做了个停止的手势，战士们收起手中的武器，跑到旁边列队站好。

放下剑和盾，塞纳取下头盔，一瘸一拐地朝若恩走来，那是他几年在第七赛西亚团服役时，在阿德里亚地区与蛮族作战所负的伤。他仍然阴沉着脸，目光像老鹰一样警惕而富有攻击性，但若恩觉得他的面庞比上一次见到的时候略微坚硬了些，神采内敛。他好多了，这让他觉得安心。

若恩说道："今天有许多事情发生，我很迷惑，想听听你的意见。"

塞纳用毛巾擦了一把汗，语气有些僵硬地说道："有什么事情能够迷惑住你，以前都是你给我解惑答疑，什么时候变成我能给你意见了？"

"我是认真的。"

塞纳微微点头，说道："好，我听你说。"

他们俩自然而然地并肩走在围绕着大花坛的小径上，若恩说道："君士坦丁堡的大主祭给阿里斯托主祭发出了调令，他会离开本地。他要求我跟他一起走。"

"你是他的助祭，他这个要求很自然，但你不想离开安克雷么？"

"我不想离开，因为杰西蜜和莎拉在这里。"

"你这样想很自然，但是短期的离开并不是什么大问题，帝国的领土如此广袤，远离自己的亲人是常见的事情。何况你回君士坦丁堡，待上一段时间以后，再把她们接过去，这很好。"

"阿里斯托主祭不去君士坦丁堡，他预备去科洛内地区，建立新的教区。"

塞纳仿佛轻轻笑了一声，说道："如果你说你害怕去那里，我恐怕会嘲笑你，那里有我们的军队，你们没有安全之忧。"

"事情比你想象的要复杂一些。"他觉得自己陷入了托词的套路，同时他也不知道该如何解释，干脆沉默了下来。

继续走了一会儿，塞纳开口说道："我不会嘲笑你，也不会批评你，但如果是我处于你的位置，我会带着对莎拉的爱，远离我最本能地想要留在的地方。她需要你的爱，但也不是那么多，远方是一种神奇的药剂，它会让你的爱更加深厚和长远，激发你自己，让你变得更好。而你留在莎拉身边，她现在会依恋你，感到快乐，但当她长大以后，会觉得你平庸无奇，讨厌你，甚至憎恨你。这是一种庸人的爱。"

若恩很能理解塞纳为何这么说，这是他自己和他父亲之间关系的投影，他想说，我和你不一样。但这话他对阿里斯托说过一次了，他不好意思再继续这样说出口。何况，他承认这的确是一种庸人之爱，他在心里对自己质问道："我真的是一个庸人么？"

塞纳接着说："至于杰西蜜，就更不用说了，她要是忠诚，她会一直等待着你，她要是对你没那么忠诚，即便你留在身边，她也会逐步和你貌合神离，不仅她会逐渐厌倦你，你也会逐渐地厌倦她，你们俩最终会成为仇敌。"

若恩有些不快，说道："我不会厌倦杰西蜜，她也不会厌倦我。"

"你应该经历一些黑暗的时刻，才不会一直这样幼稚。"

"照你这样说，黑暗仿佛是一个人成长所必须要的东西，但是如何把握其剂量？过多或者过少定然是不好和不足的，恰如其分的点在哪里？"

塞纳哑然了一下，说道："没有什么可称为恰如其分，没人能把握剂量，所以有些人到死也不成熟，有些人则过早地死去，或者变成我们所说的邪恶之徒。"

若恩嘲讽地说道："原来黑暗，才是世人的引导。"他立即觉察出这样说不妥，他收住了嘴，而塞纳也没有深究，他陷入到深思之中。

若恩话峰一转，接着说："阿里托斯主祭给我指示了一个新的使命，单单给我的，我的目的地并不是科洛内，而是塞里斯，他要我把托德阿卡夏的意旨带到东方去，那个出产丝绸的国度，你应该听说过。"

塞纳打了一个口哨，从沉思中醒来，他诚挚地说道："若恩，我收回前面说的话，我说不批评你，也不嘲笑你，但毕竟还是一种冒犯。塞里斯太远了，没人知道它确切有多远，我想它比不列颠更远，那里不适合你，我想不出适合任何人，那就是个狂想，只适合迷恋于赚钱的波斯人。不过话说回来，这个荒唐的使命为何会落在你的身上？"

的确很荒唐，刚刚若恩就是这么感受到的，但是他没有择出这个简单的词语来描述，而塞纳立即就抓住了这件事的特征。

第十节　凡　人

若恩沉默了一会儿，才说道："据说我是塞里斯的皇帝的儿子，严格说是前皇帝，王国大概已经不在了。"

他说出这句话，气氛好像一下子诙谐起来，塞纳微笑着摇头，想说什么，但又忍住了。

若恩接着说道："你听说过去年在君士坦丁堡开的大公会议么，这件事也与那有关。"

塞纳毫不在乎地挥了一下手，说道："我真的搞不清楚你们教会的那一套。"

若恩想，那是挺复杂的，而且讲述起来的话很难不带入自己的善恶评价来，他沉默了一会儿，接着说道："你也说那是个狂想，而你知道我并不是一个狂热的人。"

塞纳耸了耸肩，说道："也许你真的是塞里斯皇帝的儿子，那你或许可以换个角度，那里有属于你的权力或财富，你留在安克雷或君士坦丁堡可以做什么？你什么也做不了。继续保持教职的话，你大概爬不到君士坦丁堡的高层去，最多做个小地方的教区主祭，甚至只是祭司。离开教会，你又能做什么，做个商人么，我没看出你有这样的天赋。"

"我不会离开教会。"

"那就去到东方，去塞里斯证明你对托德阿卡夏的爱。"

若恩叹了一口气，说道："那么，我应该和你道别了么？"

塞纳若有所思，说道："路途遥远，也许你需要一个伙伴，你看我怎么样？"

若恩听了，心中生出奇怪的感受来，问道："如果说我去塞里斯是因着对阿卡夏的热忱与爱，你愿意去那么远，为的是什么？"

"为了证明我对你的爱。"塞纳脱口而出地说。

若恩感到喉咙一紧,他没有马上说话,又走了几步,才说道:"如果你给我一个说得过去的理由,也许我会邀请你跟我一起去塞里斯。"

塞纳沉默了一会儿,说道:"你肯定不是塞里斯皇帝唯一的儿子,路上会遇到多少危险先不去说它,假定你平安地到了那边,你以为会受到你的兄弟姐妹们的夹道欢迎?而且,如果你是塞里斯皇帝的儿子,你为何会在君士坦丁堡长大?也许你父亲的王国已经湮灭,你过去以后,不过是一个看起来模样和他们所有人都不同的混血儿,也许他们不知道你的真实身份更好。"

"是的,你说的这些我都想过了。"

"你需要一个可以保护你的人,你走那么远,不是专门去送死的,你要活着才能证明你对托德阿卡夏的爱。"

"但你刚刚说的话,不是主所祝福的。"

塞纳站在原地,脸涨得通红,有些暴怒地喊道:"我不需要你来指导我。"

若恩转过身望着他,想起大约十二年前,他第一次和塞纳见面时的情景,两个半大的孩子,当时说些什么已经记不得了,但大约也是这样的暴怒和茫然。这是友谊么,还是和友谊有所不同的情感?他不知道,但至少亚里斯还没有造出恰如其分的词汇来代表它。

他也不记得他们上一次还可以拥抱着道别是什么时候,现在他们最多点点头。

"我要回去了。"若恩迈开脚步,毫不停留地朝大门走去。

"你会去的。"塞纳在他背后喊道,"你应该去。"

若恩回到家的时候,油灯还亮着,莎拉枕在妈妈的臂弯里酣睡,杰西蜜也睡着了,恬静而安详,若恩在床前坐下,凝视着妻子。她卷曲的头发,细长的睫毛,微翘的嘴角,柔和而有弹性的皮肤,她脸上和身上所有弯曲的线条以及阴影,让他想起她曾经是一个多么美丽可人的少女,现在也依旧美丽迷人,而今后她将逐年衰老,和她的妈妈一样,被时间和劳累折磨得不成人形。以太经书所描述的天国里没有青春这字眼,亚里斯大概不懂得生命所经历的另一种痛苦,或者他不在意。

他的手指划过她的嘴唇,不小心碰到了她,杰西蜜醒过来,她依恋着枕头,抓住他的手,对他说道:"罐子里还有些牛奶。"

若恩俯下身去亲吻了她的脸,在她耳边轻轻说道:"你去洗个脸,清醒一下,我有话要对你说。"

杰西蜜有些吃惊,她的睡意退去一些,她小心地把莎拉挪出她的臂弯,将她摆正在她本来应该在的位置。她坐起身来,略微清醒了一会儿,站起身来到屋外的木桶里舀了半瓢水洗了脸,清凉舒服的同时,她略微有些慌神,因为若恩这样做是不寻常的。

她回到屋里，坐在若恩的面前，将他的手拉在自己的手中，等着他说话。

若恩轻声对她说道："我要离开一阵子。"他在回家的路上仔细地想过各种开场白，但说出来的不是他本来选择的。

杰西蜜同样轻声地问道："一阵子是多久？去哪里？"

若恩说道："或许一年，去东方，一个名叫塞里斯的地方。"

杰西蜜略微放下心来，说道："那等你回来的时候，莎拉已经会讲话了。"莎拉现在也会讲话，但只会说"爸爸""妈妈""抱""不要""要""走"这几个简单的犹太语词汇。杰西蜜不知道塞里斯在哪里，她以为就在加拉提亚，或者旁边。她以为一年是由几天的行程和三百五十多天的布道构成。

"我走了以后你会很辛苦，对不起。"

杰西蜜摇了摇头，说道："爷爷奶奶会帮忙，洛里也会帮忙，你不用太担心。"她停了一下，接着问道，"你什么时候走，能等到七七节吗？爸爸妈妈他们准备得很隆重。"

若恩无声地笑了一下，说道："我们大概明天就要出发。"

杰西蜜失望地哦了一声，埋下头去。若恩搂住她，心中思绪如潮。过了一会儿，杰西蜜顺着他的躯干爬上来，凑到他的耳边，轻柔地说道："你想要吗？在你走之前，你应该好好地慰劳我。"

若恩没有说话，他的手直接褪下杰西蜜的衣衫，她挣扎了一下，便任由他去。他们像两股修长的生面一样交叉地揉在一起，四肢和四肢交战，头颅和头颅相接，或者再进一步地打乱接敌的次序，变为头颅和躯干的交战，四肢对躯干的紧缚，他们肌肤震颤，温润而炽热，滚烫而湿润，彼此陷入彼此，但又没法真正地变成同一团。

"你不如平时哦，"杰西蜜娇柔地抱怨道，"到底发生了什么？"

若恩有些愠怒，他没法在言辞上加以辩白或解释，唯有用行动来证明自己并非不如平时。他更加努力地战斗，但这场战斗唯一的裁决官是杰西蜜，她或许会为了更高的山峰而对他撒谎，这在以前就有过。她虽然爱他，温柔地爱着他，但从来都缺乏对他的肯定；她会用不那么诚实的小欺瞒来获得更多，不仅仅是她自己获得更多，她认为若恩也会在这个过程中获得更多，而不是惰性般的感觉满足。

杰西蜜推开若恩，脸上有些愠怒，她对若恩没回答她的问题感到失望："你一定有事没对我说。"

"我能说些什么呢？"若恩躺倒在床上，无奈地说道。

"真话。"

"我……"他摇摇头，"我说的都是真话。"

第二章 | 若恩（Zion）

"我能感觉出来，你瞒着我什么。"

若恩觉得倦意上涌，他想结束这场对话，但刚刚才激情一番，而事情还没有结束，这样也很奇怪；即便是寻常的一天这也会很奇怪，何况他会离开，差不多是永久的，杰西蜜以为是一年，他欺骗了她，但他的身体在各个习以为常的动作里流露出这一点，没法瞒过她。强行隐瞒当然是个选择，声称这是女人过度的敏感，但考虑到他不再回来，这就是个残酷无情的决定，并且会在今后证实她是对的，对自己的卑劣早有预料。

"每个人早晨出门，都可能不再回来。"

"所以并不是一年，而是，你不再回来了？"

"我不知道具体的时间，那不由我来控制，但我会回来，为了莎拉，如果我回不来，你的感觉就是对的。"若恩字斟句酌地答道，他觉得这样说也没什么不对，他所有的考虑都是为了避免让杰西蜜伤心，也许他在离开安克雷一百里地的地方就死去了，根本说不上去塞里斯这样遥远的行程，犹太人会懂得这样说的实质。

"塞里斯……"杰西蜜的肩膀开始颤抖，她一只手掩住了双眼，另一只手按在左胸口，她无声地哭泣，像一座悲哀的雕像。

若恩看了看门外，他觉得自己或许该走出去，在屋檐下睡一晚，他犯了错，搞砸了，但他不会动摇决心。

杰西蜜张开双臂，面向着若恩，她蛾首低垂，说道："我还想要个孩子。"

"莎拉还不够么？"

"爷爷还想要个外孙。"杰西蜜的声音悲哀又温柔。

"一个晚上怎么能保证怀孕，怀上又怎么能保证是男孩？"

"只是再试一次。"杰西蜜恳求道。

他们的身体重新交织在一起，重新开始刚刚进行了一半的事，他放慢动作，手上按压的力度加大，他希望这可以略微弥补他的谎话给杰西蜜带来的痛苦，如果此刻的欢愉可以积攒下来在未来的岁月慢慢释放的话。

"但你会回来的，对吗？"杰西蜜咬着他的耳朵说道。

"我会的。"

"你发誓。"

"我会回来。"

第十一节　行走于大地上

早上最早起来的塞缪尔发现了斯汀的尸体，斯汀的尸体扭曲地趴在托德的神像下，面色发黑，嘴角流出混着血的口水干结成一条红色的印记，他的身体压在一摊水上，发出略微发霉的谷物的臭味，一个杯子跌落在旁边，杯子里还有葡萄酒的残痕。

塞缪尔挨个去唤醒阿里斯托主祭和其他人，以及所有昨夜住在神庙寝室里的人，人们一个个地起来之后，被发生的事情所震惊，都围在斯汀的尸体旁边，默不作声，等待阿里斯托主祭看过以后表态。

阿里斯托蹲下去掰开斯汀的嘴，查看他口腔中的痕迹，闻了闻他嘴角的气味，然后站起来，拍了拍手上的灰尘，对其他人说道："每个人都会死，但这样死是不义的。"他叹了一口气，好像一下子苍老了很多，颤颤巍巍地踱回到主祭室去。

其他人对他所说的话，仿佛明白，又仿佛不明白。纳加尔和卡斯托姆祭司的学徒卡恩一起把斯汀的尸体抬到神庙背后的墓地边上的凉棚下暂时存放，塞缪尔用水将尸体下的污迹清扫干净。

卡斯托姆祭司走进阿里斯托主祭的房间，对他说道："你仍然坚持今天出发么？"

阿里斯托抬起头，说道："当然。"

"出卖主托德的比伯，在后悔中上吊自杀。斯汀是个比伯。"

"我还好好地坐在这里，斯汀没有出卖我们，他酒里的毒药是从君士坦丁堡带来的，本来是为我准备的，他为我喝下了这杯毒酒。他是个愚蠢的孩子，不知道这根本解决不了问题。"

"斯汀或许不是君士坦丁堡过来的人所下的唯一棋子，别的人不会像他这样爱你。"

阿里斯托知道卡斯托姆说的是什么意思，他摇了摇头，说道："我没有必要减少对所有人的信赖，既然我的命运已经注定，我希望接下来那个人要么逃走，要么把毒药下到我的杯子里，而不是像斯汀那样自杀。或许把毒药下到我杯子里是更好的选择，那样，魔鬼的交易就终止了，而不是继续去毒害下一个无辜者。"

沉默了一会儿，卡斯托姆说道："你知道接下来我会变成一个四元素派。"

他的这句话比斯汀的死更让阿里斯托感到痛苦，他的脸有些扭曲，仿佛有两个齿轮在他的体内撕裂他的血肉，终于，他深吸了一口气，说道："当五元素派彻底消失以后，也就不存在四元素派了，他们是相互依存的，没有正，也就没有负，负是因为正而存在的。"

卡斯托姆微笑了一下，说道："政治和哲学不同，永远都会有另一派的。"

格雷戈里推门进来，他看了一下两个人，对阿里斯托说道："我来得太早了么？"

阿里斯托摇了摇手，从背后的木箱子里取出一叠莎草纸，递给格雷戈里，说道："所有的都在这里，你有空的话，我陪你一一清点。"

格雷戈里接过莎草纸，轻轻放在桌子上，说道："我相信你的廉洁，不用清点。"

阿里斯托并不坚持，他说道："我把你来接手的事情和大家说过了，也告诉大家需要做出自己的选择，留下还是离开。卡斯托姆祭司将会留下来，而格瑞姆祭司，他选择和我一起离开。"

格雷戈里和蔼地说道："教区重建的事情，以后就由我来费心好了。主祭大人，愿你的远行顺遂平安，将托德的意旨带给更多的人。我们有许多分歧的地方，但我们的出发点是一样的。"

阿里斯托主祭有心要在这里继续争论一番，如果不是斯汀的死使他悲怆的话。他只点了点头，拿起拐杖和准备好的亚麻布包，径直走出主祭室。他看见若恩朝自己迎面走来，对他说道："你已经知道发生了什么吗？"

若恩点了点头，他来得比平时晚，但一来就知道了斯汀的死讯。

阿里斯托接着说道："今天不合适做康多了，我想为斯汀主持葬礼，这将是我们在这里的最后一件事。"

若恩提醒说道："看起来斯汀是自杀的，这样做是否合适？"

阿里斯托对他说道："不应该纠缠于他死的形式，重要的是他死了。每个人的死亡，都是我们的失败、恶魔的胜利。"

若恩不这么看，形式也很重要，甚至不低于事情的实质，但他和阿里斯托不同，即便没有斯汀的死，他也不会争辩。

若恩和几位助祭和学徒一起，为斯汀挖好了坑穴，将他的尸体装进棺材，小心翼翼地用垂臂吊放进坑穴，一把白色的野菊花撒在棺材的上面。阿里斯托主祭召集了众人，格雷戈里和他的随从也站在人群中。

阿里斯托对众人说道："斯汀，我们亲爱的朋友和伙伴，他今日离我们而去，我们这些活着的人，既为他的离世深深地感到悲伤，也为他蒙神宠召，获得永恒而感到欣喜。"他的语调平稳而坚定，和平时他主持的葬礼一样，好像斯汀不是他的侄儿，也不是死于一个突如其来的阴谋。

他的双手举向天空，继续说道："万能的神，我向你祈请，这个男人，他已经离开我们的世界，获得解脱。我们将他交由你，祈求你引导他，走出黑暗，免受所有的债和苦痛，到达你的国，永恒之地，永永远远，生生不息。"

若恩静静地听，他觉得阿里斯托主祭的语调富于情感，然而又是压抑着的，充满悲悯与克制，这也是若恩着迷于阿卡夏教的原因所在，人性和神性是不同的，但又相互联系，就好像昨夜与杰西蜜的狂欢，人性要么是愉悦的、要么是痛苦的，但都是短暂的；而如果注入神性，便成为庄严而永久的了。

阿里斯托主祭接着对众人说道："活着的人，知道自己必将要死。死了的人，不再有这样的自知，他们将不获得赏赐，他们的名无人纪念。他们的爱恨与嫉妒，将消失殆尽。在阳光下所行的一切事，他们都不再有份。作为生者，你们手头上所有的事，要尽力去做。"

若恩知道，这是并非在葬礼上当讲的话，这多余的话，是借斯汀的死来勉励众人。他看向格雷戈里，格雷戈里面容肃穆，他身边那两个陌生人低着头，也默默祷念。他们明明是凶手，却看起来和行凶之事毫无关系一样。

若恩感觉自己分成了两个，一个仍站在原处，另一个走了出来，手中握着一把短剑，走到格雷戈里面前，大声地说道："你们收买了斯汀，要对他的死直接负责。"然后一剑朝格雷戈里的胸口刺去。

他得手了，剑刺进格雷戈里的胸膛，鲜血飞溅，格雷戈里手捂着中剑的部位，五官拧作一团，跪在地上，随之侧倒下去，像是被屠宰的羊。若恩被自己的臆想吓坏了，他收回了思绪，偷偷看了一眼那边站着好好的格雷戈里，什么也没发生，不会有什么发生。

阿里斯托走到墓坑边上，拾起一把泥土撒到棺材之上，他是斯汀在这里唯一的亲人。其他人一起用铲子将土推下去，将墓坑填埋平整。做完这些，所有人分成两部分，留下的和将要离开的。阿里斯托这时才注意到若恩背着亚麻布行囊，他完全放下心来，在心里面嘀咕了一句："感谢亚里斯。"

格雷戈里走过来，对阿里斯托说道："你走之前做的最后一件事是主持一个葬礼，而我到来的第一件事，也将会是主持一个葬礼。"

阿里斯托没有说话，他看着格雷戈里，等着他继续说下去。

"我来之前去过弗兰家，他今天早上去世了，正如你所说的，魔鬼胜利了。"

阿里斯托觉得有些疲惫，但这疲惫来得不是时候，他冲着格雷戈里点了点头，表示对他的感激。过去一年，他曾经成功地驱过许多次魔，每一个中邪的女人和儿童驱魔过后都健康地活着，这是他这一年多以来的第一次失败。

"我该收手了么，不只是这里，而是我自己，永久地。我将会退出，作为休假，这是托德允诺我的假期么？"阿里斯托默默在心里问自己。

他拄着拐杖一步一步地离开墓地，走出神庙，顺着大道走出安克雷，朝着往东的方向走去。从这一刻起，他便不再是一名教区的主祭。决心离开的众人也默默地跟在他身后。开始，他们不成队伍，拖得很长，慢慢地后面的人赶上来，形成了稳定的队形。

教区的人民听到了更换主祭的消息，他们站立在路边目送着阿里斯托他们离去，大多表情肃穆，少数人则在议论斯汀的死，斯汀的死据说和一个他新近结识的女人有关。

如果这时有人可以在高空中观察他们，他会认为阿里斯托这一行人好像夜空中可以观察到的彗星那样，阿里斯托是彗头，格瑞姆、若恩、卡里乌斯和纳加尔簇拥着他，好像慧头拖拽着的彗芒，塞缪尔和卡恩背着铁锅远远地吊在后面，像是彗尾。

阿里斯托头脑里想象着另一幅画面，视角低平得多。他想，在最初开始的时候，托德也是这样行走在大地上的。他先是一个人，随后是使徒汤姆，然后是约翰，接着所聚集的人越来越多，而有了阿卡夏教；我只是一个无名之辈，但我愿意坚持托德的道，如他一般地行走于大地。

第十二节 死 亡

安克雷往东，开始的时候还有路，后来便时断时续，有时候有路，有时候没路，他们尽量从一个村庄往下一个村庄走，在村庄他们容易补给，但距离大路越来越远。

第一个夜里他们在安克雷东部二十多里的河谷地宿营，一切均好，没出什么岔子，第二天他们行走了十个小时左右，每个人都疲惫至极，找到一处靠近水源的森林宿营。

他们吃了一点点面包和煮好的野菜汤，格瑞姆祭司赞美这样的方式，他说道："这才是阿卡夏教徒本来应该过的生活方式。"

阿里斯托表示不赞同，说道："如果再这样走个十天，我就该倒下了，衰弱而死。"

格瑞姆反唇相讥地说道："在这十天里，你的身体会好起来，比现在还好，而不是一直变糟。"

阿里斯托有些气呼呼地说道："十天并不长久，也许几天以后我们就知道谁说得对。"

格瑞姆耸耸肩，说道："我四处转一转，看看能不能给你套一只兔子回来。"说着，他爬起身来，拍拍屁股，大声说道，"有谁要跟我一起去的？"

没人应答他，年轻人们似乎都感到比老人们更疲乏，卡恩说道："我累坏了，脚都不听使唤，看在明天还要走更多的路的分上，你放过我吧。"

格瑞姆哼了一声，在火堆里拾了一根火把，一个人往林子深处走去。

其他人都早早地找地方睡下了，阿里斯托见若恩还没睡，招呼他到自己身边坐下，对他说道："我很感激你愿意加入到我的队伍里来。"

"我的一位朋友劝我这么做，他说服了我。"若恩言简意赅地说道。

"他比我更了解你，你信任他。"阿里斯托微笑着说，"我给你的理由或许太沉重了。"

"是塞纳。"

阿里斯托知道塞纳这个人，也听说过关于他的风言风语，他没有继续说下去，而是转移了话题，说道："你知道吗？相比与你父亲，我和你母亲的关系更为密切。她在去塞里斯之前，和我妹妹伊拉是密友，经常来我家做客。她不像一个罗马人，更像一个希腊人，她喜欢音乐，她能把里拉琴拨弄得很好听，她时常会弹一些新的曲调，用符号记录下来。"

若恩记得小时候家里有一架里拉琴，但他没听妈妈弹过，他问道："她是一个罗马人，为什么会去那么遥远的塞里斯？"

阿里斯托没有想到若恩问这个问题，他重复若恩的话："她为什么去那么遥远的塞里斯……"他陷入了一点迷惘中，沉思了一会儿才说，"她大概是偶然从波斯商人那里得到了一卷塞里斯国所产的绸缎，非常美丽，她不只是把丝绸当成是宝贝，她为那种东西着迷。我不能说她因为丝绸而与家人不告而别，她还有别的和她的父母兄弟所忤逆，总之，她与家人不告而别，跟随一个波斯的商队离开君士坦丁堡，几年以后她回来，怀里抱着你，你的父亲跟着她。"

若恩又再纠正地说道："我的继父。"

阿里斯托说道："是的，据我所知，他甚至算不上你的继父，他是你真正的父亲手下的一个将军，你父亲去世以后，他保护着你们母子两人从塞里斯逃回君士坦丁堡。但他对你母亲崇敬有加，或许算不上你的继父。"

若恩觉得有些啼笑皆非，他觉得"崇敬有加"和"算不上你的继父"这两个句子之间充满讽刺，他反过来纠正说道："但我一直称呼他爸爸，这是妈妈的要求。"

阿里斯托若有所思，说道："大概是因为你母亲她不喜欢君士坦丁堡的社交吧，她需要有个人来保护她的清净，她不想自己成为珀涅罗珀那样的贵妇。"

若恩想到了杰西蜜，在他离去之后，除了莎拉的爷爷奶奶之外，没人可以保护杰西蜜的清净，但他们有什么理由那么做呢？他一边这么想，一边说道："不只如此，他们后来还是生活在一起了。"

阿里斯托脸上略微有些惊讶，说道："她去世都快十年了，很可惜她没见到杰西蜜和莎拉。"

若恩忽然觉得有些尴尬，他轻声地说道："我在想，作为神的仆人，我们谈论这些是不是恰当的？"他这样想，也这样说出来。

阿里斯托严肃地说道："你的这句话，新来的格雷戈里主祭会喜欢，我想大约纳西恩大主祭也会喜欢，他们把托德看成是亚里斯的本体在人间，他们用神性来否定人性，而你知道我不是这样想的。作为人，我们无法，也不应该去掉世俗的那一面。"

若恩有些沮丧，他对阿里斯托说道："请原谅我，我并不是真的那么想。"

"我并不是要怪你，而是指出一个微小的症结所在。我们和他们，并不是截然分开的。"

"我会好好地琢磨。"

"说到这个，我应该把几年前你父亲写给我的一封信中的涉及到你的内容说给你听，我当时没有理会到他信中的用意，后来我回想起来，或许这也是亚里斯所做的安排。"

若恩恭顺地说道："我已经准备好了听。"

阿里斯托换了一个姿势，让自己躺着稍微舒服点儿，然后才说道："罗马到塞里斯的商路很长，大约有几千里吧，我不知道，但总之大约要走上一两年。路上要经过许多不开化的地区，各种落后的野人部族，以及波斯帝国，你知道，波斯和罗马算是世仇，他们的统治和罗马不同，变化莫测，时而允许通商，时而禁绝商路，两国时而交战，时而和平，经常好几年没有一支商队从那边过来。"

若恩觉得阿里斯托说的话很奇怪，他讲的内容可以从任何人口中说出，但最不可能从他口中说出，而他正经历这最不可能。

"通常敢于跑这条商路的是波斯人，波斯人和罗马交战不休，而同时，波斯离塞里斯国也很远。没有商队往来，便没有从塞里斯来的消息。你继父说，他几年前才听说原来你父亲的王国还在，并没有如他们猜想的那样被倾覆，事实也许说得上恰恰相反，篡位者将国家治理得强大而理性，他心地仁厚，宽恕了你父亲所有的亲族——包括他的其他儿子，也就是比你年纪更大的哥哥们。"

"那个新的统治者，也是你父亲的弟弟、你的叔叔。你父亲姓苻，叫苻生，你的名字原本叫苻镇。我猜你现在的名字，就是你的塞里斯名字的罗马读音。"

若恩觉得有些轻微的灵魂出窍，他说道："原来如此。"

阿里斯托接着说道："塞里斯不逊于罗马，甚至更大。这是你父亲所说的。他在信件里和我讨论了将你带回到塞里斯的可能性，他宣称这是你妈妈的意愿，我猜至少有很大部分是他的主张。我当时回绝了，我说你已经献身于亚里斯，而亚里斯没有要往东方去的计划。"

"但你现在要求我前往塞里斯。"

阿里斯托严肃地说道："是的，但是是以阿卡夏教会使者的身份去，而不是以你叔叔的侄子的身份，如果这能帮助更好地传播知识和信仰，我也会非常欣喜你能利用好自己的身份。"

若恩思索着说道："以阿卡夏教会使者的身份，但是你会坚持要求以太是哲学的态，而不是物理的态。"

这差不多是一句彻底的谎话，为了掩饰若恩本来的想法，一种以进为退的手法；决定去塞里斯，首先起作用的是若恩脑子里含混的父亲的形象，一个他从未见过的人的形象，以及通过母亲和继父说出来的真真假假的关于他的传说，这构成了一个巨大的黑洞。他想要使这些含混的印象变得真实而具体，不是阿卡夏教的扩张，更不是阿卡夏教内的哪个派别的救亡图存在驱动着他告别杰西蜜和莎拉。

阿里斯托想了一会儿，才说道："虽然你是我的助祭，但是我从来没好好问过你这个问题，你到底相信哪一个，对于你而言，以太到底是物理的，还是哲学的？甚至它究竟是位格，还是独立存在的一种物质？这进而牵涉到你究竟是五元素派，还是四元素派。我不会强求你的观点，这是你的立场，你总不能在这个问题上没有立场。"

"我怎么会是四元素派呢？"若恩有些急切的委屈。

"我想你当然不是，但这根本不重要，重要的是你会独立思考后面的问题，你需要建立你自己的立场，你不会一直是我的助手。"

若恩有些沮丧，他当然不会自以为是阿里斯托永恒的助手，但想到要离开他，还是感觉没有准备好。他说道："如果我成功地到达了塞里斯，并且在那里建立起新的教区，按照五元素派的主张阐述和解释经文。而君士坦丁堡自然很快会知道这一切，他们派出使者，用一个四元素派的主祭来接任我，我该怎么做？是不承认君士坦丁堡的权威，还是像我们现在一样流亡。我坚持己见的话，会是一种分裂吗？"

阿里斯托闭上了眼睛，他说不出话来。

若恩等了一会，见阿里斯托没有回答，他接着说道："我接受了考验，投入亚里斯的怀抱，跟你学习教义经文，到今天不过十二年，比起你和君士坦丁堡的各位主祭们，我慕道的时间没有你们的三分之一那么长。我对经文的很多地方懵里懵懂，不能领会其精要。你怎么能有信心，相信我在离开你，离开阿卡夏原有的世界之后，在漫长的旅程之中，一个人面对黑暗与诱惑，能够恪守阿卡夏的道？在我最后到达那陌生的国度，我所传达的阿卡夏的信息是否准确而完整？也许此时此刻我是纯净的，但你怎么知道当我一个人经历这一切之后不会被污染、被诱惑、被腐化？我没有准绳和标杆，我怎么知道我是对的？"

他情感的波动一部分来自对杰西蜜和莎拉的愧疚，也来自对死去的斯汀的同情，他的眼角湿润，内心澎湃。

阿里斯托睁开眼，说道："你弄错了一点，阿卡夏是个组织，组织由许多人所构成，即便他们不为以太的态而争辩，也会为其他事情而争辩，并且闹到同样不可开交的地步。你的问题不在于对经文的学习和研究，也不在于阿卡夏的精神是否传达得准确而完整；他们有意把经文和阐释弄得那么复杂，使普通人无法予以置评。我不是说要你传达错误的信息，而是说你无须为此担忧。阿卡夏真正的道是简单的，那就是爱。神爱世人，所有的一切都可以拿来和这个最基本的道做检验，爱就是你的准绳，你出于爱躬行越多、磨砺越多，你就越发分明地看见神,接近神。"

他抓了抓头发,说道:"然而你的担心是有道理的,我不知道如果君士坦丁堡来接管你的教区,你该怎么办。这不是神的逻辑,这是人的逻辑。也许我会说,是的,不承认君士坦丁堡的权威,就像昨天晚上在晚餐上我说的,新的教区和君士坦丁堡毫无关系。事情远远没有这样简单,这会导致什么样的结果,我害怕得说不出来。"

他摇了摇头,倒头睡下,用帕子遮住了脸。

若恩似乎听见林子里发出什么响动来,啪嗒一声,就好像一个人踩断了一根枯枝,但这时候是湿润的夏季,森林里不该有这么干枯的树枝。他想起格瑞姆祭司去捉兔子了。或许那响动是他弄出来的。

夜里凉悠悠的,若恩睁着眼睛,透过头顶的树枝枝杈数天上的星星,一遍又一遍地回想早上他假装像每天早上那样和莎拉告别的情景,不过多地拥抱她,亲吻她,即便他知道她根本不会觉察到什么不同。莎拉已经懂得格外依恋他,越多越好;她细声细气叫唤爸爸的声音令他心如刀割。

第二天一早,人们发现格瑞姆祭司被人用绳子吊在宿营地不远的一棵树上,一根铁钎从他的口中穿入,从脖颈穿出,另一根铁钎在他胸口贯穿,两根铁钎形成一个斜斜的十字。从血液凝结的程度来看,他上半夜便已经死去了。

卡恩爬上树,解开绳子,纳加尔在下面接着,好让格瑞姆的尸体不至于硬邦邦地摔在地上。阿里斯托没什么表情,其他人好像也都预料到如此。他们花了半天时间给格瑞姆挖出一个墓坑,用麻布将他的尸体裹住下葬。

阿里斯托给格瑞姆的悼词格外简单:"活着我就是阿卡夏的使者,死了才得平息。"

第十三节　笨　拙

当若恩说起塞里斯的时候,塞纳感觉心脏奇异地跳动了一下,身体在快速地复苏,就好像枯木得到了春天的信息一样。他觉得这个名字与自己相关,而不仅仅是和若恩相关。也很自然地,他想到要以若恩的保护者的名义一起去。他知道塞里斯非常遥远,也非常危险,但没有比去塞里斯更好的重新唤起生命或用掉它的方式了。

塞纳对生命有和其他人不同的体验,这也和若恩有着直接而微妙的关系。

他的生命,塞纳觉得他的生命在几年前的那个下午已经结束了,像移动的山一样的西哥特骑兵黑压压地忽然出现在他这个见习百夫长面前,近得就在他鼻尖前面,近得他来不及安排一次投枪的攻击,之前在他面前的其他罗马方阵不知在什么时候撤开了,让他忽然暴露在敌军的骑兵面前，这是何等的不可思议。

在那个下午之前，他已有过两年多和野蛮人交战的经验，亲手手刃过四名野蛮人，其中至少有一人是个贵族，这样说很奇怪，但也只能这么说，那个人有更好的装备，是一支战斗队伍的首领，甚至有两个贴身的侍卫。他缴获了一把镶嵌宝石的尖刀，这把尖刀也遗失在这场战斗中。

他的方阵由一百二十六个未经充分训练的二线青年士兵组成，守卫一百多步的正面，直接冲击这个正面的骑兵或许超过一千人，他第一次见到这样汹涌的敌势，并且出现得如此突如其来，直接出现在使用投枪所要求的最近距离上。他被吓得魂飞魄散，除了高喊"盾墙"之外还来不及做任何事情。

西哥特人毫无悬念地碾压过他和他身边的方阵，他的身躯被一支长矛刺穿，被冲击力带得朝后飞了十几码才落在地上，疼痛最初只是一瞬间的，随后晕乎乎的像在做梦。他倒在一块盾牌上，感觉自己的生命在一点一点地流逝，看见对方骑兵越过了自己的防区，冲进后面罗马人的方阵中，并反复冲击，罗马人纷纷倒下。

他没能看到，但是可以想象那是怎么回事，所有罗马士兵组成的方阵都像立起的木棍被轻易地击倒，士兵们成片地倒下，没有倒下的士兵们朝着身后的阵线溃逃。他们将还没有被西哥特骑兵攻击的自己人的阵线往后推，这形成了连锁反应，所有人都挤在一起，平常娴熟的阵型转化此刻全部失灵。罗马的士兵像他们所看不起的农民和城市平民一样惊慌失措，茫然地挤在一起，完全忘记了平日的训练和可怜的战斗经验。他们忘记了什么是防御阵型和反击姿态，像绵羊一样茫然地站在原地，双腿战栗，双手张开，被西哥特骑兵从马上轻易地砍死或者刺死。

目睹这惨景，也许是绝望，也许是失血渐多，塞纳的意识越来越稀薄，在大火点燃之前终于失去了知觉。

一个小时之前，塞纳还行走在自己的位置上，指挥着自己的士兵列队移动，全神贯注在穿梭于战阵的骑士军官的号令。在他的前后左右，有几百个和他率领的差不多的方阵在缓缓移动，在大的步兵方阵的左侧，还有几十个骑兵队列飘忽地不断快速往复奔走。这些都让他觉得非常安全，甚至是过于安全，以致让他有自己的百人队无法及时地接敌而导致军功评定可能会空白一片的忧虑。

黄昏的时候，外侧的方阵开始接敌，和习惯的那样，处于内侧的方阵在骑士军官的指示下朝外挤压，替换下疲累和伤亡较大的外侧小队，一切如常，塞纳怀疑直到深夜，即便野蛮人的攻击不歇，他的这个百人队也无法真正进入交战。他呵斥着走神的士兵，要前排的战士把盾牌举在肩部的位置，要后排的战士打起精神来。越向前进，越是欢快，这情景塞纳常常回忆起来，他把这形容为无知的巅峰。

一个小时之内，罗马大军的阵线完全崩溃，随即西哥特人点燃的大火烧死了绝大部分留在战场上的伤兵。

塞纳在战场上尸体堆里昏迷了一天后才醒转来，借着夜幕他爬回罗马一方的战线，除了他自己以外，他的小队没有人活下来。像他这样爬回来的人全军大约有两百多人，最终能站起来回到军中的只有十来人。他回到君士坦丁堡之后很久，才知道在这里七个罗马的军团被击溃，包括他所在的第七赛西亚团，四万多人阵亡，皇帝瓦伦斯也死在战场上。

这是一次羞耻的、动摇国本的惨败，有相当长一段时间里，君士坦丁堡在考虑迁都的可能性。

他带着无法完全治愈的腿伤回到安克雷家中，父亲希望他继承经营家族的香料生意，他毫无兴趣，心如槁灰，对一切都不再感兴趣。他父亲预备安排他和安克雷的行政长官的女儿结婚，他非常正式地拒绝了，他表示自己心灵无法承受常人所要经历的一切，他只是一个活着的死人。

若恩的访问能给他带来少许慰藉，把他带回到他从军之前的少年和青年的岁月中去。

他离开安克雷去从军，是为了若恩。他爱他，但这是被禁止和唾弃的，甚至若恩也不能理解他，他像面对着一堵墙，尽管他是更高大而有力的一方。

在战场上的弥留之际，他满脑子里想着的都是若恩，想念他各个时期的模样、语气，鲜活的若恩形象给了他坚持活下来的力量。当他回到安克雷时，若恩已经结婚，有了一个可爱的女儿，和他真正分隔成两个世界。

现在，突然有一个变化出现，使若恩和他的妻子女儿们分开，使他离开安克雷，离开阿卡夏教的世界，离开罗马帝国，去向混沌莫测的东方；塞纳第一个闪现出的念头是，他有理由陪伴在若恩的身边，这种想法一瞬间形成，刺激着他脱口说出"为了证明我对你的爱"的话来，即便遭到若恩立即的冷遇，也没什么可以阻挡的了。

若恩走之后，他认真地思考如何恰当地保护他，他对自己的人生已经没了指望，既不指望过上自己想要的生活，也不指望自己能够成为家族所期望的那样，但他或许可以有一种遂意轻快的活着的方式。

第二天一早，他取出所有私人积蓄，遣散了他率领的安克雷第九小队，这是由他父亲付钱，为安克雷提供守卫役务的队伍。然后他重新招募了这支队伍，有两个本地人不愿意去遥远的东方，其他都是帝国各地区的游民，他们乐于去远方试一试机会。他有了十个士兵，装备是现成的，他按照他的理解命令裁缝做了一面阿卡德的旗帜。

他挑选了三匹马，一匹自己骑着，另外两匹由一名他的副官驾驭和牵引，其余九名士兵穿戴着轻步兵装备上路，还有一辆辎重车，最底下的一个箱子里装着一千枚金币。他设法让市政官帮他开了一张路条，路条上指定他率领这支队伍到科洛内公干。

他猜想在遥遥路途上，这支军队可以不断扩增，最终形成一支名副其实的军队，成为若恩的有力保护者，不论他作为塞里斯的王子，还是阿卡夏教的使徒。

他们有意比阿里斯托主祭晚离开安克雷一天，但很快地追上了他们，远远跟在后面，小心地不让他们发现。塞纳在色雷斯与西哥特人作战中学到的侦察术在这里派上了用场，几天下来，他们牢牢地吸附在阿里斯托的队伍后面，一点儿也没有被察觉。

士兵们为了丰厚的赏金而跟随他，虽然只有十个人，但一切都和正规军没有差别。他们尤其对追踪阿里斯托主祭这件事感到有趣，人人都在想，塞纳少爷脑子发昏了，花十倍于城防队的佣金来雇佣军队，没有生命危险，也不训练和急行军，就为了闹着玩。

他们夜里宿营的时候也按照严格的罗马军团警戒的规则，选择地点，挖掘工事，执勤和巡逻分别由不同的人按照班次、全副武装地担当。但这没有持续多久，在第四个晚上，他们的营地被人偷袭了。

正好是塞纳的巡逻班，他只听见草丛中窸窣作响，正在犹豫是什么蛇虫，脖子一凉，一把匕首已格在喉咙下的大血管上，一只胳膊抵在背上，一推一挡卡了个结实。他还来不及出声，便见值守哨也同样被背后草丛中站起来的人影给制住。

塞纳被带到一里之外的一处，途中为了给他醒一醒神，擒住他的人将他翻转过来，两拳狠狠地打在他的脸上，然后飞快地又调转过去。一男一女正坐在岩石上等着他，男人直入就里地问道："你们是哪儿的队伍，做什么的？"

塞纳脸上正疼得厉害，他先提了一个要求："我要坐下来。"

男人做了一个请的手势，塞纳在他对面的一块小石头上坐下，这让他不太满意，因为这块石头太矮，他坐下之后比对面的那个男人要矮上一个头，但这也没办法了。

塞纳仰着头，说道："我是安克雷的护卫队队长，我的名字叫塞纳，带队去科洛内去公干。有公文在我的怀里，你可以拿去看。"

那人皱着眉头，没有搭理公文的茬儿，继续问道："你们要去科洛内，放着好好的大路不走，为何跟着一队阿卡夏教的疯子，往山中走？"

塞纳哑了一下，说道："大概是巧合，我们并没有跟着谁。"

"你不肯说实话，难道期望我平白无故的就放了你么？"

塞纳沉思了一会儿，说道："你们是谁，如果我不知道你们是谁，我是不会回答你们的问题的。"

他说得坚决，他披挂整齐的甲胄提高了他的说服力，男人和女人对视了一眼，男人接着说道:"我是互助会的洛里斯,你可以叫我红龙。我们接了一个委托,要暗中保护阿里斯托主祭平安地到达他任何想去的地方。"

塞纳听到红龙的名字,他轻轻地嗤笑了一声,嘲讽地说道:"什么人会给自己起红龙的名字?"

洛里斯轻轻地笑,说道:"你已经知道我是谁,并且我把我们的目的也告诉你了,现在该你告诉我,你跟着他们的目的是什么了。"

"我已经告诉过你了,不相信那是你的事情。"塞纳有些恼怒地说道。

洛里斯则是轻描淡写地说道:"即便在罗马和君士坦丁堡,互助会也不受王法支配,更别说在几百里外的深山里,为了安全起见,我干吗不一刀把你杀死,你的那些士兵,他们能不能醒来见到明早的太阳,都取决于你。"

塞纳抿了抿嘴,他认可了洛里斯的威胁,说道:"我为了保护那群疯子里面的一个,他是我的朋友。"

洛里斯长久地盯着塞纳,说道:"纳加尔?若恩?卡里乌斯?还是另外那两个小朋友?事实上,我看不出你这样做的目的何在,他们都是普通人,看起来没有什么危险。"

"若恩,他是我的朋友。"

洛里斯沉吟了一下,说道:"若恩,他有什么秘密么?"

"我听说过互助会,你们接受有钱人的委托,完成各种不法的勾当,你知道么,我也算是有钱人,你们负责接受委托的人在哪里,我要和他谈一谈。"

洛里斯又忍不住笑,说道:"我们有兴趣听取任何秘密,而你不用担心这个秘密会给你和你的朋友带来祸害,因为我们天然中立,你要委托我们也可以,但是我们想先把前一个问题弄清楚。"

背后的人把匕首又架在塞纳的喉头。

塞纳觉得真正陷入了泥淖中,他垂下头,说道:"若恩是一个遥远国度的王子,我要护送他去塞里斯……"

"好的,够了。"他背后那人打断了他的话,走到前面来,说道,"你说的我们都已经知道了,我们没有冲突。"

他停顿了一下,接着说道:"你走吧。"

塞纳有些不敢相信,但他立即站起身来,转身踉跄而去。

望着塞纳离开视线,擒住他的那人喃喃说道:"他走错方向了,要到天亮以后才会发现自己和队伍走丢了。"

对塞纳自称洛里斯的那人走过来,说道:"看起来他和他的部队对我们没什么危险。"

真正的洛里斯手捻着下巴,说道:"我依然担心,也许还有我们尚未觉察到的危险,跟在阿里斯托主祭和若恩后面,也就是跟着我们。"

狄图斯说道:"赫克托会解决的。"

洛里斯嗯了一声,但语气一转,说道:"他是很有经验,但是他解决不了一切。"

第十四节　神的代理人

盖娅守在窗口,尽可能地监视着神庙里发生的事情,尽管有些地方看不到,但看得到的部分足以使她掌握所有发生的事情。她望着阿里斯托和其他人离开神庙,但没能看到斯汀,这使她有些心惊。她继续观察了半个小时左右,在留下来的人里也没有看到斯汀。

她换装出门,绕着神庙走了一圈,看到神庙后一座新的坟茔,尽管没有立碑,没有斯汀的名,但也一下子都明白了,脚步一下子变得沉重,心头空空荡荡的。回到住处,她对洛里斯说道:"斯汀死了。"

洛里斯好像早就知道这个,平静地说道:"我很抱歉。"

他说得并不那么抱歉,而只是虚应故事,他按住盖娅的肩膀,声音低沉地说道:"每个人都会死。"

盖娅懂得洛里斯在说什么,这是他在提示自己的越界,当一个刺客为自己伤害了别人而内疚难过的时候,这是危险的时刻。

盖娅坐在床沿边上,有些疲惫地问道:"接下来我们该怎么办?"

洛里斯背对着她,说道:"我们并没有失败,接下来还是按照原先的计划,先杀死卡斯托姆,然后是格瑞姆,最后我们给格雷戈里一具尸体,让他能向君士坦丁堡报告阿里斯托主祭的死亡。"

"这里已经用不上我了,我可以离开么?"

盖娅的声音有些异样,洛里斯转过身,看着她,盖娅脸埋在双手里,双肩微微颤抖,他有些惊讶,问道:"你为斯汀感到难过?"

盖娅用手指揩去泪,缓缓地说道:"我为我自己感到难过。"

洛里斯走到她面前,温柔地抱住她的肩膀,安慰地说道:"你有半天时间可以为自己感到难过。"

他出了一趟门,回来的时候带着一朵白色的郁金香,递给盖娅,说道:"我替你在斯汀的坟墓上献了一束花,这是那束花里开得最好的那朵。"

盖娅感激地望着他,将郁金香花朵放进怀中,贴在心口。花瓣有悠悠的凉意,一会儿就和体温相同了。

晚上，洛里斯召集会议，告诉大家情况发生了变化，但变化的只是任务的地点，不再是在安克雷，而会是在去往科洛内的路上。事实上，下午他出去的工夫，已经将卡斯托姆击杀在神庙里，并且是在格雷戈里的面前；出于某种愤恨，他下了重手，徒手将卡斯托姆祭司的脖子生生地折断。接下来他们要杀的人只有格瑞姆，以及将流浪汉带在身边，在合适的时候把他变成尸体，当成是阿里斯托交给格雷戈里。

没人会反对继续完成这个任务，但连迟钝的狄图斯也感觉洛里斯的话还没有说完，未说的部分比已经说出来的部分多得多，他们看着他，并不急于表态。

"我有一种不好的预感，相对于格雷戈里和阿里斯托来说，也许我们是隐藏在黑暗里的剑，但我们并不知道是否黑暗里还隐藏着对准我们的剑。"洛里斯谨慎地说道，他观察着每个人的反应，事实上，所谓隐藏在黑暗里，实质上也包括了在光明中的视而不见。

"你注意到了什么迹象？"狄图斯说道。

"我还没有找到，只是感觉有这个可能性。"

"多数直觉是错误的。"

"你说得没错。"

洛里斯停止了和狄图斯的拌嘴，接着对众人说道："所以，我们应该分开。我和盖娅顶在最前面，我们跟着阿里斯托主祭他们一行。而狄图斯藏在我们后面，跟随着我们，监视是否有人盯着我们，这是你在这里的最大理由，你是我们的关键。赫克托留在最后面，查看企图追踪狄图斯的人，同时保持这人质在你的手中。"

所有人都觉得这是个可行的方案，通常要钓出追踪者，一重诱饵就足够了，而两重诱饵说明这件事有多严重；而话说回来，人变得更加分散了。

洛里斯犹豫了一下，接着说道："但是，阿里斯托主祭现在不是最重要的那个人了，最重要的人是若恩。我们在确认阿里斯托主祭脱离具体的威胁以后，将转而保护若恩，前往塞里斯国，那个据说出产丝绸的东方国度。"

仍然是狄图斯第一个开口发难，他问道："虽然我们都发了'群星在上'的誓言，但之前这是一个三十天就能完成的任务。要是去一个'据说'的东方国度，这得要多长时间？也许是半年，一年，或者更长，我们的佣金该怎么计算？"

"去年你挣了多少？我按去年各位的佣金的三倍付给大家，如果失手，也会有一倍半的抚恤金交给你们名单上的继承人。"这是互助会现成的规矩，如果洛里斯本人也死去，则所有的佣金将一笔勾销。

狄图斯立即便同意了，说道："好吧，算我一个，毕竟你的名字是红龙。"

赫克托瘪了瘪嘴，说道："我想的是，也许你可以用另一种方式来对待大家。塞里斯太遥远了，我们应该是更加坦诚的伙伴，而不是想，管他呢，反正他是红龙，他是可信的。我想知道这一切是为什么，即使我自己不参与到是否值得去那么做的判断，但我不想一直担心这是个什么谜语，并且死的时候都不明白。"

洛里斯双手撑在桌子上，垂着头，他在斟酌所有这三个人的可信度，以及自己到底想要什么；他有些迷惘，作为一个诺提斯，保护的应该是阿里斯托，也许继续保护若恩，将他送到一个新的目的地去散布反君士坦丁堡的力量是合理的推论，但这个推论是否合适由前线指挥官来定？他不确定这一点。

"我不在意佣金的多少，但这个任务时间太长了，我也想知道为什么。"盖娅也说道。

"互助会不像各位所以为的那样，是一个唯利是图的刺客联盟。在它的内部，还有一个名叫诺提斯的组织，是一个秘密的组织，除了诺提斯成员之外，别人都不该知道这个。我是互助会的执行者，也是诺提斯的成员，帕索诺先生也是。这是秘密比较大的那部分，而秘密比较小的这部分是，诺提斯是因反阿卡夏教而形成的组织，它所有一切的宗旨，是阻止阿卡夏教的扩张和成长。它为何要这么做？简单地说，诺提斯是希腊与罗马旧神传统的捍卫者，它站在阿卡夏天然的对立面。

"有趣的是，我们接下了一桩阿卡夏教内铲除异己的生意；而我们想要保护阿里斯托主祭的原因，是因为他是阿卡夏教内部的少数派。过去几十年经验告诉我们，阿卡夏教内部两派之间的斗争对阿卡夏教会造成比我们在外面所做的任何努力都来得更大；同样的，保护若恩也是为了这个。阿里斯托主祭设想他可能会成为一粒种子，把阿卡夏教带向塞里斯，因为他恰好是一名塞里斯的王子，这形成了他更为重要的原因。作为反君士坦丁堡的潜在力量，我们应该保护他，但他如果在本质上扩大了阿卡夏教的力量，则我们又应该毫不犹豫地清除他。

"这就是我们将要去塞里斯的原因所在。"洛里斯最后说道。

听完之后，众人沉默了一会儿，赫克托说道："我的祖父是一个德鲁伊教徒，虽然从我父母那一代就不再是了，幸好他们也不信仰阿卡夏教，从这个意义上说，我也可以算是旧神传统的追随者。"

狄图斯看起来想说什么，但他忍住了，洛里斯没去打搅他，而是问盖娅道："你呢？"

盖娅简单地说道："我跟着你。"

"那么，各位，我们已经形成了新的共识么？"

没有异议，这是刺客们第一次得到那么深入而诚恳的任务提示，使他们相信，历经再多的艰难险阻，花费漫长的时间，冒着生命危险都是值得的，他们被赋予了历史的使命，哦，当然了，不是为了自己，而是为了所有人，推开黑暗中的那扇门，窥见门后的世界，群星在上。

他们在第二天就追上了阿里斯托队伍的踪迹，洛里斯和盖娅两人绕过他们，行在他们队伍的前面几里处，狄图斯在后面几里外跟着他们。

狄图斯按照洛里斯的要求，夜里潜伏接近阿里斯托队伍的宿营地，瞅准时机结果了格瑞姆的性命，他残忍地对待他的尸体，希望借此形成对其余人的震怖。

赫克托解开囚禁的流浪汉的枷锁，和他开怀地畅饮，说之前囚禁他是为了确信他不是官方的奸细。而他有一张贺拉斯河谷地带的藏宝图，需要找一个绝对可以信赖的伙伴一起去发掘宝藏。那人立即就信了，他告诉赫克托他的真名叫迪亚列斯，而他之前告诉过他的名字阿伽门农是假的，是为了让赫克托相信他有一个显赫的家世。

他们烂醉了一天以后，才收拾行囊，买了两匹马，向贺拉斯河谷地行去。

第十五节　凯尔特人

第三天、第四天，都没出什么事情，没人再死于非命。阿里斯托的队伍出了山谷地，走了一天舒坦的平地，除了路面软硬适度，走起来不费力之外，因着平坦的地势，他们可以随时眺望有没有什么可疑的人跟着他们，然而结论是没有，至少两三里的距离内没有。

第五天他们不得不又进入到山谷中，地势起伏使他们又变得容易被追踪和伏击，所有人都感觉厄运很快会降临到谁的头上。阿里斯托感到了衰弱的开始，夜里他亢奋得睡不着，早上眼屎糊满眼睛睁不开，脊椎和四肢疼痛得直不起来身子。他让若恩搀扶着他走，走了许久躯体才不那么僵硬，他让若恩放开他，重新挂起拐杖。

他对若恩感慨道："我背离了托德的道，过去十年过得太舒服安逸。"

"你只是老了。"若恩说道。

"身体的衰老应该换来头脑更加睿智，我这些年来一无是处。"

"头脑帮助不了你走这么远的路，你要是一直这么埋怨下去的话，你会到不了科洛内的。"

若恩正说着，忽然听见远处传来马蹄声，由轻微而至低沉，由低沉渐渐放大，然后他们望见远处飞扬起来的尘土。若恩想，这是一支军队，这是一支罗马的军队，如果是一支从安克雷去科洛内的罗马军队就更好了，他心里这么祈愿着。

马队越来越近，渐渐地他们能看见骑在马上的人，他们大约有三十来人，并没有穿着任何盔甲，多数人赤裸着上身，被阳光晒成通红的颜色，身上的汗反射出玻璃碴似的光芒，有些人系着布绦，杂乱无序。他们一手握着缰绳，一手拿着各种各样的武器，斧头、锤子、连枷和盾牌。

若恩有些失望，他们不是罗马的军队，看起来更像是野人的劫掠骑队；而他们没什么可劫掠的，固然不会有财物上的损失，但生命则受到了威胁，在这儿谁会倒下呢？

马队奔到阿里斯托他们身边停下来，将他们团团围住，阿里斯托站在前面，若恩和纳加尔紧挨着他。

马队中一个身材高大的中年男子策马奔到阿里斯托的面前，他满面髯须，眼神威严，用加拉提亚语说道："你们是什么人，从哪儿来？到何处去？"

阿里斯托也用加拉提亚语回答道："我们信仰亚里斯，正向科洛内地区去。"

那个男人说道："你所说的主是指阿卡夏教的那个亚里斯么？"

"阿卡夏是亚里斯的旗帜，托德是他的使者。"阿里斯托说道。

那个男人迟疑了一下，说道："难以想象，我居然撞见了你们。老人家，我们想要信仰亚里斯，你可以帮助我们么？"

阿里斯托吃了一惊，他停顿了好久才说道："神爱世人，他愿意拥抱所有人。"

男人翻身下马，走到阿里斯托面前，单膝跪下，说道："我是莱昂部族的首领，莱昂修斯·瓦加，我们是诺安人，也是被罗马称作是伊苏利亚人的本地人，在本地人当中我们又算是异乡人，我们是海上来的凯尔特人的后代。不知道我该怎么称呼你？"

阿里斯托请莱昂修斯起来，问道："你可以叫我阿里斯托祭司。你们，是指在这里的所有人，还是有更多的人？"

"我们在附近有一个临时营地，大约有六七百人，更多的人生活在聚集地安纳托，大约有一万多人，在北边奥克塔山脉的南麓，有我姐姐统帅着的部族，他们有两万多人。我们不像罗马人那样建立城市，我们随着季节的变化而迁徙。"

"你们愿信仰亚里斯，托德欣喜万分，我愿意帮助你们。"

莱昂修斯露出欣慰的神色，他站起来，说道："请你跟我们回到营地，不会耽误太长的时间。"

阿里斯托看了一圈周围自己的人，说道："我们可以走着去。"

莱昂修斯要骑士们都下了马，他对着阿里斯托做了一个请的姿势，然后先一个人朝着他们来时的路走去。阿里斯托快步地跟上他，其他人也随之跟上，下马的骑士们牵着马，跟在阿里斯托的门徒们后面。

向北走了几里，他们来到了伊苏利亚人的营地。十来个人在营地外迎接他们，有三名妇女和一个六七岁的孩子，以及几个侍卫。

莱昂修斯翻身下马，那孩子尖叫着扑向莱昂修斯的大腿，抱住他的父亲，亲吻他的耳朵和面颊。莱昂修斯容许这种亲昵持续了很短的时间，然后将他转交给一名中年妇女。那个孩子名叫兰斯特，今年七岁了，是莱昂修斯的独子，第一次随他离开安纳托到临时的营地，他背着一把按比例缩小而铸造的长剑，处处刻意学习着他的父亲。

莱昂修斯领着阿里斯托一行进了营地，给他介绍说这个营地是安纳托聚集地之外的一个临时性驻地，他们甚至还没有为它命名。莱昂部族在这里搭建了几十个帐篷，大约有六七百人在这里，都是精壮的青年，绝大部分是男人。他们在这里打猎、放牧，也有若干人按照某种默认的规则在特别的地区从事劫掠，还有十几个女人在这里负责做饭，兼协助处理打来野兽的皮毛。

莱昂修斯将阿里斯托请到他自己的帐篷里坐下，他首先将他的七位勇士召集来，当众宣布阿里斯托祭司和他的随从们在营中将会受到最高的尊崇，他也向阿里斯托祭司介绍这七位部族的勇士，包括率领骑兵队的斯考特，步兵队的兰伯特，艾克托尔，弓箭队长耶希尔，和卫队长徒利，军事参谋摩尔，以及大力士基尔。

阿里斯托对于这些人毫无兴趣，除了基尔之外他一个名字也没记住，他尽可能礼貌地对所有人微笑。在他们高大粗壮的个子、裸露肌肉的身躯、凶神恶煞的样子，以及粗鲁的说话方式面前，他感觉自己远离了阿卡夏的世界，而步入到蛮荒纪年之中。他心中暗暗叹息，不知道这是对是错。

一个卫士走进帐篷在莱昂修斯耳边耳语几句，莱昂修斯站起来对阿里斯托歉意地说有紧急的事务要处理，请阿卡夏教徒们稍微休息一下，他随后再来。说着，他领着七位勇士离开了帐篷。刚刚被挤得满满的帐篷一下子空下来，若恩这才松了一口气，他问阿里斯托道："我们要在这里停留一段时间么？"

阿里斯托简单地回答道："亚里斯自会有决断。"

这时，几名少女捧着一种阿卡夏教徒们看起来十分奇特的饮料进来，每人一大壶。那饮料淡黄色，泛着带有渣滓的泡沫。给若恩斟酒的那个少女十七八岁，长相甜美，目光温柔流动，有着一头金黄色的长发，富有韵味地束在一起。

那少女没有和别的少女给他们倒满酒之后就转身离去，她微笑着盯着若恩，若恩被她看得有些不好意思。她冲着他说了一句什么，若恩没听懂，下意识地反问道："什么？"

那少女意识到若恩听不懂她的语言，换了生涩的希腊语说道："我刚刚说，你和其他人长得不一样，像真正的异乡人，你来自哪里？"

若恩有些尴尬，他望了望卡里乌斯，卡里乌斯没有搭理他，自顾自地端详着装着饮料的杯子，这杯子是松树根雕成的，杯子外壁上借着根茎的本来形状雕成夸张变形的人和动物，拿在手中，既沉重，又结实。

若恩没有法子，只好说道："我从君士坦丁堡来。"

那少女微笑着说了一个若恩听不懂的词，若恩愣愣地看着她，她接着说："我见过许多从君士坦丁堡来的人，你一点儿也不像。我说，你是个骗子。"欢笑着跑出了帐篷。

若恩稍感被奚落，同时心思有些被那少女软软的口音和甜美的笑容吸引住，这构成了某种故事的前奏，他熟悉这种故事。他尝试着抿了一口手中的饮料，觉得有些像酒，但味道非常淡，还有一些像是食物腐烂的气味。

他有些疑惑地问阿里斯托："这是什么东西？"

阿里斯托皱着眉头，说道："这是西方北边野蛮人酿的酒，通常叫它啤酒，在帝国境内罗马人聚居的地方是罕见的。也许这里的人才刚刚学会这种酿酒方式。"说着他举起面前的酒杯，大口大口地喝起来。

卡里乌斯也学着阿里斯托那样大口地喝，但酒一入口，全都吐了出来，一副苦不堪言的样子，阿里斯托有些惊诧，对他说道："这是你家乡的酒啊。"

卡里乌斯摇摇头，他说道："我没喝过这东西，我来安克雷时才九岁，我甚至不记得我曾经见过这样的东西。"

阿里斯托脸上浮现出微笑来，这是他几天来第一次微笑，他说道："不，你见过它，你只是忘记了。事实是，你父亲给我带来了两大桶这种啤酒，我是为了要腾出木桶来才学会喝它的，后来喝完了，我很想念它。"

卡里乌斯耸耸肩，又喝了一口，这一次他没有吐，也没有能立即吞下去，含在嘴里犹豫了一会儿，这才闭上眼睛吞咽下去。

"你父亲见到你这样，会说你已经彻底罗马化了，他也许会很伤心。"阿里斯托说道。

若恩喝了两小口，他觉得和葡萄酒相比，这种酒的确充满了野蛮人的气息，他情不自禁地想，丝绸代表了雅致，塞里斯比罗马更精致，他们所酿造的酒也会比葡萄酒更醇美么？

第十六节　克洛伊

他们都喝完了杯中的啤酒，酒劲开始上来的时候，面面相觑，却不知道该从何说起。又过了一会儿，莱昂修斯带来了两位穿得色彩斑斓的人，一个老者，一个少年，他对阿里斯托说道："诺安人有自己原本的信仰，自己的神，有祭祀的习惯，和阿卡夏教是全然不同的。但我们决心放弃原先的这一切，追随阿卡夏的指引。"

"这追随是对的。"阿里斯托说道。莱昂修斯所提出的这种模式和阿卡夏教传道的模式完全不同，但在这个时候，他又怎么会去拒绝呢？事实上，他委托若恩返回塞里斯，多多少少是类似的。

莱昂修斯接着说道："我说的放弃是说我们愿意毫无保留地信仰托德的教义，将旧神统统抛弃掉，但我们并不是从土里长出来的，我们有自己的传统，我们和罗马人是不同的，所以，我想请祭司告诉我们，如果亚里斯愿意接纳我们，我们该如何开始？"

阿里斯托简洁地答道："从开始相信开始。"

"当然，我们相信，而且愿意证明这一点。"

莱昂修斯接着介绍他带来的两个人，说道："这是安吉斯和罗格，我们的祭司，我想请他们首先接受你们的洗礼，再由他们将你们的教义传给我们的族人。"老的是安吉斯，年幼的那个是罗格，他们在莱昂修斯介绍过后，将右手放在胸前，表达致敬。

"这不是我们的方式，我们的方式是向所有人直接传达主的旨意，我们不通过中间人来传递。"阿里斯托犹豫了一下，决定还是宣告出这一点来。

莱昂修斯说道："安吉斯和罗格，他们并不是中间人，他们将是我们部族里的祭司和诗人，他们熟悉所有关于我们的历史和神话的那一套，让他们成为首先受洗的人。他们受洗以后，向你们学习，掌握关于阿卡夏的知识和经文，再传达给族人，我们的族人熟悉他们、信任他们，通过他们，可以很快地让整个部族接受阿卡夏。"

阿里斯托在两难之间，他想了想，说道："你说的没错，这的确是一个最快的方式。"他来回地踱了两回步，对莱昂修斯说道，"我将留下来帮助你们建立对于托德的信仰，这是一切之中最重要的，我会另外派人去科洛内，完成我本来的使命。"

莱昂修斯欣喜地说道："感谢托德让我们遇见你，这正是神的意旨体现的方式。"

"首先，我们需要建立一个新的神庙，要让人民看到托德的样子，看到十字形象，让他们有专门的场合来亲近托德，领会托德的意旨和宣讲。"

"也许这个神庙应该建立在安纳托聚集地。"莱昂修斯说道。

"那儿将会变成一个城市。"

莱昂修斯兴奋地附和道："是的，没错，那将会变成一个城市。"

阿里斯托接着说道："神庙建好之后，我将首先为你洗礼，然后才是他们。"

莱昂修斯脸上闪现了一丝惶恐，不过稍纵即逝，他说道："这样最好，我将成为莱昂部族受洗的第一人。"

"正如你们伊苏利亚人既是独立的，又是服从罗马帝国的，新的神庙和教区建立起来以后，既是顺从君士坦丁堡的，也是独立于它的。"

莱昂修斯欣喜地、没有丝毫迟疑地说道："这正是我想要的。"

阿里斯托不无担忧地问道："我也许不该问这个问题，但我也确实想知道，在这里会有人暗中反对阿卡夏教吗？"

莱昂修斯沉思了一下，说道："即便有，我敢说也不成气候。"

阿里斯托觉得自己在不自觉地扮演自己所反对的角色，他也为这个辩护，这是因时因地的必要制宜，他发誓自己不是一个坏人，不会去做那些被人们所共同唾弃的事情，不会有人被流放被暗杀。他装作如释重负的样子，说道："那我们就没什么问题了，让我们开始这一切吧。"

莱昂修斯给他们拨付了两个帐篷，一个做起居，另一个装满了食物和啤酒，因为营地的许多工作还有几天才能收束，然后他们才可以起拔回安纳托去。

他们休息了一天，体力恢复的同时，感觉又回到了原先的生活，除了人员上有些变动之外，少了斯汀和格瑞姆，然而多了安吉斯和罗格，他们的年龄和角色也对应得差不多，甚至性格也有相似之处。安格斯带着一些对旧教的眷念和对新教的天然排斥，罗格少年老成而细致。他们和所有人都处得很好，这让若恩时常感觉到是格瑞姆和斯汀变换了模样，依然活在他们中间。

通过罗格的介绍，若恩知道这里其实算是一个秘密营地，目的是保护在附近一条有金沙的河里淘金作业的队伍。表面看营地里猎人和牧者居多，但大部分都是守卫，更像是专注保护着营地的卫士，莱昂修斯所说的七勇士，差不多是部族里全部的军事首领；而他们不会在这里待很久。

和许多游荡在伊苏利亚地区的诺安人一样，莱昂部族既不是罗马与希腊人，也不是波斯人，他们比两者更早由大陆跨越海峡来到半岛上，广袤的半岛提供他们足够的流浪场所，他们不臣服罗马，也不效忠波斯，他们和除了自己以外的本地人相处得不算融洽，但也能和平共处。他们不筑城，不事农业商业，狩猎、冶金与手工业并重，偶尔也干劫掠的勾当；他们不和罗马人，也不和其他土著开战，他们唯一的敌对者是多耶特部族，而在几年前他们还同属一族。

"多么神奇啊。"若恩有口无心地赞美道。

夜晚来临的时候，莱昂部族的人们在营地的中央点燃了篝火，忙碌了一天的男人们围坐着在长条桌前烤肉、饮酒、掰手腕、戳手指。女人们也有一张长条桌，她们聚在桌子上玩弹珠游戏。莱昂修斯和阿卡夏教的客人们坐在一起，一个少女坐在莱昂修斯身边，拨弄竖琴，清唱歌曲，用的是更为古老的语言。

才坐了一会儿，莱昂修斯便向阿卡夏教的客人们告辞，因为他在，年轻人们放不开而过于拘束。阿里斯托也赶忙一起告辞，莱昂修斯便拉着他一起走了，他有许多东西要学习。

莱昂修斯一走，篝火场上的音乐风格立即为之一变，变得欢快活泼，年轻人们走到女人们面前，恭敬地邀请她们入场，女人们也都爽快地起身，跑到篝火场内，和男人们一对一对的，随着音乐的节拍翩翩起舞。诺安人是凯尔特文化的组成部分，在传统舞蹈里，男女既是一对对的，也是相互关联的。他们像是训练有素般舞动、走位、交换舞伴，以不同的、火热的、野性的姿势，魔术一样变化的队形，形成一个集体狂欢的乐动节奏，让舞蹈中的人们热血沸腾，大汗淋漓，也让观看的人们脸庞发烫，如痴如醉。

这样的生活，这样的场景，对于若恩来说非常陌生，在君士坦丁堡的十来年他还没有到可以参加舞会的年龄，到了安克雷，他很快就结识了杰西蜜。杰西蜜来自管教十分严格的耶特家庭，又是城里少数族裔，谈不上有什么社交活动，犹太人的聚会在他们结婚之前，只邀请若恩参加过两次，而那两次他没能融入进去。

若恩有些羡慕地望着场内的十几对男女，他们轻快而富于变化的舞步让他内心浮动，酒精也推波助澜，他有些兴奋，对卡里乌斯说道："你应该去邀请一个女孩儿，跳上一曲。"

卡里乌斯盯在某个角落，说道："我在看。"

若恩顺着卡里乌斯的目光看去，他看见几张桌子之外，有一位少女静静地坐着，对音乐无动于衷。她侧对着他们，长发遮住了她半边脸庞，若恩不能确切地看清她的模样，但感觉她是俏丽而优雅的，他说道："没有人邀请她，为什么你也不去，只是单单坐着看？"

卡里乌斯摇了摇头，说道："她大概是莱昂修斯的什么人，我一直在注意看，没人邀请她，所以我在犹豫，如果就这么上前邀请，会不会有些唐突。"

若恩在他背上拍了一下，说道："你如果不去，我就去了。"

卡里乌斯做了一个请便的手势，一边继续喝着啤酒，他对啤酒的兴趣看上去要大于对女人的兴趣。

若恩犹豫了一下，上前几步，一直走到那少女的跟前，谦卑地开口说道："女士，我是否有幸和你跳一支舞？"

那少女抬起头来，若恩不由得愣了一下。这个时候他看清这位少女正是昨天给他奉上啤酒，并且说他是骗子的那个。此刻她梳妆得更加成熟，头发挽着黄色纱巾，散落了一半在肩头，端庄静丽，眼睛迷人，身材被束紧了的袄子凸显得丰饶，皮肤白皙，看起来不再像是只有十七八岁的样子，而像是画像中的丰饶女神一般。若恩觉得有些尴尬，歉意地说道："没想到是你，我在那边没认出你来。"

少女抬起头来望着若恩，表情有些倦怠，看上去心事重重，她扭头示意，说道："请坐。"

这不太合乎常规，因为她身边的座位都是她的女伴的，而她们随时会回来。即便男人和女人可以在篝火场上自由地跳舞，但没事和女人们挨那么近是众所周知的忌讳。本来，如果她拒绝他的邀请，那么若恩该做的是致意后走开，然而她邀请他在她身边坐下。

若恩更尴尬了，他站在原地，硬着头皮问道："你不想跳舞么？"

"今天，我不能。"

若恩明白过来，他摸了摸自己的后脑勺，对她说道："那么改天，有机会的话。"他指了指他来的那边，意思是他要回去了。

少女站起来，对他说道："不能跳舞，你可以陪我出去走一走么？"

若恩觉得不妥，但他不能这么拒绝一个少女的邀请，于是点了点头。

那少女站起来，她稍微蹙着眉，同时微笑着，感谢若恩肯陪同她外出。

她走在前面，若恩跟在后面。俩人一起走出营地虚设的入口，她便放慢脚步，顺势挽住了若恩的手臂。若恩稍微惊讶，但也没有推开。两人像情侣一般顺着山路往上走，没多久来到一处山梁上，在这里可以望见营地的大部分，此时天色已经完全黑下来，晚风轻柔地吹，夜空里繁星点点，营地里篝火正盛，音乐声仿佛已经隔得很远。

少女停下来，她松开挽着若恩的手，朝前走了两步，再转回身来，面对着若恩，目光流动，顾盼生辉，说道："我的名字是克洛伊，外乡人，你呢？"

第十七节 报 复

若恩觉得将会发生些什么，作为一个成年已婚男子，他充分地知道刚刚克洛伊拒绝跳舞的理由意味着什么，但跳舞是跳舞，别的是别的。他点了点头，说道："若恩。"

克洛伊轻轻地在嘴里念了几声若恩的名字，似乎想要把它记下来，然后才说道："你是阿卡夏教的祭司么？"

若恩一下子有些失落，他本来期待这是一次具有暧昧意味的夜游，他能保证自己不做出格的事情来，但希望体会到和一个美丽的少女产生少许的情愫所带来的内心悸动，也许是她柔软而娇嗔的话语，也许是贴颊之欢，并不要更多，只要使他能嗅到她身体的香味，略解心中的情欲之火就可以了。自从离开安克雷之后，他觉得这种欲望每天都在增长。但当她提及祭司之后，这些遐想被推得远了很多，因为看起来她是希望进行某种告解，因而他也将被加诸许多的束缚。

他认真地说道："还不是，我是阿里斯托主祭的助祭。"

"不是也没关系，反正我并不是你们的神的信徒。"

"我可以帮你做点什么？"若恩尽量让自己的话不那么泄气。

克洛伊轻咬着嘴唇，目光变得凌厉，盯在某个角落，说道："我被一些事情压得喘不过气来，我想找个人说，你负有保守机密的责任么？"

若恩迟疑了一下，说道："我不太确定，但大体上是这样的。"

克洛伊面朝着营地，狠狠地说道："我恨这里每一个人，我希望他们都去死。"

她的这句话来得很突兀，和她在片刻前的形象完全不同。

若恩心猛地一跳。他站在她身旁，也面向着营地，那儿有许多人，好几百人，而他觉得自己差不多对于一切都一无所知，所知的，只有以太书的经文对于所有人性的解释。但这些经文和现实究竟如何联系，是他这些年来一直感到疑惑的问题，而他没有找到答案。

他沉默了许久，才说道："宽恕他们，他们做的自己不知道。"这是一个较为安全而周延的回答了，他需要听她说出更多的信息，才能够做进一步的判断。

"我不要宽恕，我想要他们去死。"克洛伊既像孩子一样无礼，又确实带着愤恨。

像蜜一样甜，是克洛伊给若恩留下的最初印象，她爱笑，这是第二个印象；刚刚他还没有认出她之前的那种静雅而充满诱惑的形象，这些似乎此刻都统统不见了，她更像是一个女武神一般，目光犀利而尖锐，拳头紧握，压抑着愤怒。

"他们对你做了什么？"若恩有些揪心地问道，他希望不要是某些事情，他知道这个世界不会顺着自己，而他有这个愿望的出发点也是可议的。

克洛伊停了好久，才切齿说道："一切。"

若恩没法把眼前这个人和一天前给他端上一壶啤酒的那个笑靥动人的少女联系起来，他只好接着问道："具体是什么？"

"我的父母和我的哥哥们，都被他们杀害了，他们以为我还小，不会记得是谁杀害了我的家人，所以把我交给没有子女的夫妇抚养，我称之为婶婶的那个人，和我其实并没有血缘关系。"

"他们，"若恩犹豫了一下，问道，"他们是谁？为什么要杀害你的家人？"

"他们是所有人，这个营地的所有人。"

若恩轻轻地摇头，凶手只会有一个，或几个人，克洛伊好像把凶手以外的所有人也都一并指责着，这是一种奇怪的情绪，既不理性，也不符合善良的原则，至少她口中的那个婶婶抚养她长大，是善良对待她的，否则她怎么会好好地在这里。

"每个被杀死的人都有罪，至少在杀人者看来是这样，"克洛伊有些嘲讽地说道，"你是来评判他们是否得到了公正的审判吗？你在意原因，而不在意他们被杀害了这个事实。"

若恩感到了一点狼狈，他不该问为什么她的家人会被杀害这个问题，这一点儿也不像一个修习了将近十年经书的助祭会说出的话。

他勉强地辩解道："罪不是由杀人者来审定的，是由神来决定的。事实上，我们通常会把罪孽混为一谈，这是不对的。"

"神？他来判断谁有罪，谁没有罪，然后有些人就成为惩罚者么？"

"神会亲自施加惩罚，如果必要的话，而不会假手于人，神秉承公正，他是公正的，凡人所不能的。杀人是单纯的恶，但和罪无关。"

若恩唯恐自己站在了同情克洛伊的一侧而失去了对真相的判断，他只能尽量把自己的立场朝着他理解的克洛伊试图引导他的另一方去矫正。

"公正不在凡人的手中么？我们不能依靠公正来判断自己、判断别人么？"

"我无意这么做，公正是我们常引用的标杆，但实际并不能这么做，这会使我们更为仇恨，无法平息内心的愤恨。"

克洛伊冷笑一声，说道："你这么说，倒是一点儿也没错。"

"那么，你现在因为什么而感到迷惑？"若恩已经出了一身的汗。

克洛伊指着山坡下的营地，说道："表面看起来和谐相处的一族人，这只是个结果而已，他们把不同意见的人都杀害了，不论底下蕴藏着多少愤怒，表面看起来都是平和的。"

"这不是阿卡夏所乐见的。"

"那么，对于复仇这件事，阿卡夏怎么看？"

若恩脑子飞快地转，说道："如果你是亚里斯的信徒，我会告诉你，亚里斯希望你把想要报复仇人们的愿望交给他，由他去运筹，展现天理的昭彰，而你自己，要从心里把仇恨放下，爱这世界上所有的人，即便是你所恨的那些人。"

克洛伊似乎听懂了，又似乎没听懂，她直接地道："我没法不去恨。"

若恩喃喃地说道："这的确不容易。"

克洛伊接着说道："我是想问你，在神看来，报复可以是无限的，还是必须是有限的？"

若恩有些不解，问道："你说的无限和有限分别是什么意思？"

克洛伊说道："无限就是他们杀了我的家人，我可以把他们所有人都杀死，有限就是我必须找出具体是谁杀了我的家人，然后把这个人杀死。"

"他们。"若恩为这个词所代表的残酷意义而打了一个寒战，不知道是被克洛伊的话所惊悚，还是山风变得寒冷，他也无法立即回答她的问题。因为这事关重大，他需要仔细地思索，回忆阿里斯托当初是怎么教诲他的，事实上他承认自己对此一无所感，只是出于知识的学习而习得的，然后字斟句酌地说道："亚里斯反对所有的报复行为，报复是亚里斯才可以做的事情。"

"我听说，在你们的经书上有说过，以眼还眼，以牙还牙。这不是报复是什么？"

若恩愣了一下，他觉得克洛伊比他想象的要更坚毅、更有准备，而自己是仓促上阵的那一个。

他想了一会儿才说道:"那是亚里斯代为信徒主持的正义和原则,不是赞同他的信徒自行报复,而这种报复可能因为双方实力的悬殊而无力实施,这会导致公平的坍塌;也可能会被滥用而伤及更多无辜,使得报复变成无限之事。所以,亚里斯希望人们放弃报复,而把复仇之事交给他来代行。亚里斯所代行的报复之事,也不是立时就来的,它需要等待,顺应一定的规则和一系列复杂的逻辑,让后果最为纯净化,不会产生更坏的结果……"

若恩忽然停了下来,他感觉到自己说辞的无力,他自己都不相信,更没法向一个还没有接受过洗礼的少女讲述这样绕口的规则。

"你接着说,好像还没说完?"克洛伊说道。

"如果你愿意听,我当然愿意说下去。"

克洛伊摇摇头,问道:"亚里斯在哪里,他住在星星之上么?"

她的语气忽然变得飘忽,从刚刚的愤怒和刚烈的火山上回到了她本来的那个样子。

"我不知道亚里斯的国确切在哪里,但是当我们信仰亚里斯,亚里斯的国已经在我们的心中。"

克洛伊摇了摇头,说道:"这是一个愚蠢的原则,我没法这么想象。"

若恩也无法想象,即便他慕道多年,并且成为了一个饱读经书的祭司,他也没法想象亚里斯具体的国是什么样,并且,他也赞同这是愚蠢的,这一点他连阿里斯托主祭也不敢如实坦白。

她又转移了话题,问道:"你真的来自君士坦丁堡?"

若恩点了点头,说道:"的确。"

"你的长相和其他人迥然不同,没有人告诉你这一点吗?"

若恩有些气馁,说道:"至少我的皮肤没那么黑,如果你去过君士坦丁堡,你会见到许多皮肤黝黑的人,当你见过他们,你就会觉得这个世界充满了不同,但所有不同,都是亚里斯的造物;他没有明确说出这一点,但不同本身就是一种美,从美的角度提示我们不要被单一的逻辑所约束。"

克洛伊露出惊讶的神色来,这使她变得和缓起来,好像刺猬猛然收起了尖刺,她有一点恢复成为那个甜美的少女形象,喃喃地说道:"我没离开过伊苏利亚,我听说过安克雷,但也没去过。"

她提到安克雷,若恩的心不由自主地抽动了一下,他看了看天和四面都已经在黑暗中的山峦,说道:"已经很晚了,我们该回去了。"

克洛伊抬起头又埋下,问道:"你还会在这里待多久?"

若恩看着她,说道:"我不知道,这取决于阿里斯托主祭,但大概不会太久。"

"照你说的,亚里斯所主持的报复转眼即到,也许你会看到,但愿不会误伤到你。"克洛伊说道,她说的话很重,但她的表情却是轻松的,甚至还带着一丝微笑。

若恩的心猛烈地跳,克洛伊的话听起来有些像虚张声势的恫吓,也很具体,具体得可以数出日子来;但这很有疑问,她干吗恫吓自己呢?何况,对于整个营地而言,究竟有什么可以威胁到它,可以说得上报复的,他完全没有概念。

他有些严厉地问道:"你都做了什么?"

克洛伊简单明了地说道:"我做了我该做的一切。"

若恩摇摇头,说道:"一切……如果包括忍让就好了,亚里斯不会赞同你的报复行为。"

克洛伊轻蔑地说道:"他什么也没有阻止,他没有阻止坏人的恶行,没有阻止信徒受到伤害,更别说还不是他的信徒的人受到伤害,他什么也不会阻止,在过去的某个时刻没有阻止,在未来也不会,不是吗?既然如此,他也不会阻止报复,他不会出手他所反对的一切,事实上,他根本就不存在,他是你们这些凡人所捏造出来的。"

若恩觉得脚下在坍塌,克洛伊看起来随意的一句话,击中了他长期以来的怀疑所动摇的信仰宫殿最薄弱的所在,他有些晕眩、迷惑,眼前发黑,脚底软绵绵的,他不由自主地抬起手来,想要拉住什么。

他看到克洛伊虽然有些疑惑,但还是伸出手,拉住了他,阻止了他朝前摔倒。

当她的手触碰到他,手指尖上那一点若有似无的温暖像是水中的一根稻草,使他迅速恢复了活力,而邪念渐张。他张开手抓住了她的手腕,将她拉进自己怀抱中。一边环住她的腰肢,一边坚决地亲吻在她惊恐的唇上。

克洛伊的嘴唇非常的轻柔,也许还有一丝清甜的啤酒香味,这是若恩想象出来的,他只想吮吸她的嘴唇,这是他溢出规范的极限,或许一步一步他还可以走得更远,变成一个纯粹的坏人,但这一刻他还不是。

他有些惊恐地发现自己欲念崛起,身体紧紧地贴在她身上,把她往地上压去,就好像对待杰西蜜那样。克洛伊没有抗拒,她的眼神有些畏惧,又有些迷离,和若恩一起柔软地倒在了地上,他们颠倒着朝山坡下滚去,一棵矮树才将他们拦下来。

| 第三章　姚玉茹 |

第一节　茉莉花的骨朵

　　天水郡的西门外，一片杏林当中，炎热的下午，低矮稀疏的篱笆围成的一个小院子，一朵白色的茉莉花似是无意地落在院门前青石阶上的凹缝中，在风中微微抖动。一块石子不知从什么地方飞来，"砰"的一声打在门板上弹开。一个人骑着马快速地逃开，马蹄上预先包好了两三层棉布，纵然还有些声音，也算得上蹑手蹑足了。一片云遮住了太阳，阴影撒开，蝉鸣为之一抑。

　　过了一会，一个紫衣少女吱呀一声推开门扉，她一眼看到石阶上那白花，俯身拾起，空空地握在拳中。她四下张望，不见人影，飞快地抬起手闻一下花香，装作摸了一下鼻子，为的是不露破绽，她自己觉得好笑极了。

　　她关上门，静悄悄地走过院落，在厢房外隔着窗子对里面的人说道："娘，好像并没人来敲我们家门呢，您听错了。"

　　里面一个中年女人叹息了一声，说道："玉茹啊，我还以为是你舅舅回来了。你为什么不站得久一些，也许舅舅怕我怪他，才躲起来，见到是你他才敢回来。"

　　姚玉茹分辩道："我在门外张望了一会儿，确实没人。"

　　屋里"哦"了一声，不再说话，姚玉茹静静地又站了一会儿，转身回到自己屋内。

　　她在自己的床沿坐下，定了定神，伸开手，盯住那朵白色茉莉花，想着心事。过了一会儿，她从床头梳妆台中取出一个小木匣，将花朵装入其中。小木匣中装着十几朵小花，有些已经发黄枯干，她也不舍得丢。她坐到镜子前，细细地妆扮。她盯着镜子中的那人看，那人娇俏天真，目光凝澈，冰肌玉骨，宛如画中人。她一边觉得那很美，一边觉得自己并没有那么美，那或许是一面魔镜，照出的是自己多年以后的模样。

她盯住自己看，思绪天马倏忽，离魂万里。她有时候忘记了自己是谁，有时候忘记自己身在何方。有时候她觉得一口热血要从腔子里呕出，有时候又惊魄冰冷，仿佛已苍老。这时间是属于她自己的，不是她母亲唠叨诉苦的对象，和她父亲复杂的眼神紧紧揪住，更别说他们给她说的那些不着边际的话，而她必须规矩地回答，忍受没来由的训斥。

　　她坐了一会儿，回到窗前的小桌子前，小桌子靠墙的位置摆放着许多小瓷瓶，桌上堆着许多采撷下来的百里香，花朵和叶子被修剪好，分开堆放，用不上的枝杆丢弃在桌下。她伸手取了一个瓷瓶，打开木塞，在瓶口轻轻地闻了一下，香气慢慢溢出，她全神贯注，努力辨识香气的细处。

　　良久，她盖上木塞儿，将瓶子放回原处，以手支颔，想了一会儿。

　　她抓了一把百里香叶子，放在一个木制的研磨盘里，用木杵一下一下地捣成碎末，连同汁液一起小心翼翼地收集到小瓷瓶中，那小瓷瓶中先前装了捣好的杜松粉末，用棉布层层地封好。接着，她抓了一把百里香花朵倒进研磨盘，脑子里不停地转，细想前几次花与叶的分量，略微犹豫，从里面取了一些花出来，然后，又是一下一下地将花细细捣碎。

　　她把先前的瓷瓶打开，将捣碎的花朵并汁液一起一点不剩地倒进去，切了几片檀香木放进去，接着往里滴几滴水，手指探进去搅匀。

　　外面的院门被推开，脚步声一直到窗外才停下，有人砰砰地敲窗，她有些不快地问道："小四还是小宝？"

　　"是小四。"一个少年的声音回答道，"老爷吩咐我请你过去。"

　　"我不想去。"她直截了当地说，但仅仅是说说而已，她不敢违背父亲的要求，一点儿也不敢违背。小四也知道这一点，他没有从窗外走开，也没有多问，只是等着。

　　姚玉茹从桌子上的另一个瓷瓶里倒了两三滴酒到装着百里香碎花碎叶的瓶中，轻轻地摇匀，心中祈祷道："但愿这次的香气能够持久些，次序也不乱。"她用棉布将瓶子封好，在棉布上放了一粒豆子做记号，放在桌子最靠里的位置。然后，她站起身，拍了拍身上，好像刚刚的过程中沾染了许多花叶的尘土。她略微整理了一下头发和襦裙，走出房间，见小四蹲在窗前，用个小树枝在地上画着什么，她居高临下地说道："我们走吧。"

　　小四扔掉了小树枝，站起身，赔笑着说道："姐姐今天可没让我久等。"

　　姚玉茹没说话，等小四走在前面引路，她才在他身后一两步的距离跟着。她向来不愿意去父亲那儿，跟在仆人后面，让母亲看到，自然知道是父亲在使唤她过去，而不是她自己要去父亲那儿，这微小的区别她很小的时候就知道。

　　小四乖巧懂事，一言不发地在前面引路。两人出了院子，马车停在外面，姚玉茹上了马车，小四坐在她旁边。马车行起来之后，姚玉茹才问道："今天是来了什么人么？"

"自然是。"小四小心翼翼地说道,"应该是个很大的官儿,随从就有二十来人。"

姚玉茹有些倦怠,说道:"他要是没人拜访他了,我也才清静。"

小四笑嘻嘻地问道:"姐姐刚刚又是在配制香水么?我略微闻到一点点儿味道。"

姚玉茹稍微关切地问道:"好闻么?"

小四点了点头,说道:"好闻。"

"其实不算好,味道不纯、不雅,过于绵密,而不持久。"

"我觉得比香囊气味好闻多了,姐姐你的香水调制出来,交给老爷去卖,这是新鲜的东西,一定可以风靡雍州凉州,大赚一笔。"

姚玉茹不屑,说道:"我是为了有趣,我才不要交给他去卖钱。"

说着话,马车很快便到了姚府门前,停下来。车帘挑开,姚玉茹看见果然门前拴着许多马匹,站着许多士兵。士兵们也看见她,齐刷刷地看过来。她装作没看见,下车和小四进了大门,穿过六七进院子,来到正院。姚玉茹一个人来到前厅门前,见前厅里父亲姚竞和一位军人模样的人对面坐着,正说着话,将军身后侍立着两个军官,盔甲鲜明,气势威严。

姚玉茹心中轻轻叹息,悄无声息地走到姚竞身边坐下,轻轻对他说道:"爹,我来了。"

姚竞年纪四十许,中等个子,穿着一袭青色长袍,皮骨峻峭,脸色严谨,精干利落。他见女儿到来,起身给对面那位将军说道:"承蒙谬赞,这就是我的闺女,小字玉茹。"又对姚玉茹说道,"这是吕光吕将军。"

姚玉茹轻盈地起身,对对面的吕将军行了个福礼,说道:"玉茹这厢有礼了。"她借着侧身行礼的由头,将脸轻轻地别过,不正眼看那位吕将军。她虽然不正眼瞧,可也瞥见吕光和父亲年纪差不多,可身材伟岸、气度超凡。

吕光点了点头,也说道:"有礼有礼,我素来听闻姚家的大女儿相貌秦州第一,今天有幸得见,果然名副其实。"

姚竞谦虚说道:"这些没影子的话,听听就算了,不必当真。"

吕光呵呵一笑,直接对姚玉茹说道:"姚姑娘,平时有什么喜好?"

姚玉茹脑子念头乱转,说道:"玉茹平常爱和人玩六博棋、赌钱、骑马、写诗。"她不管不顾地把她所知社会风评不佳的事情全说出来了,只想对方对自己评价降低,最好立即就不再理会她了。

吕光和姚竞听了,表情各自不同。吕光笑着说道:"姑娘喜好接近男子,气魄不凡,将来必有一番建树。"

姚竞知道玉茹的把戏,听吕光这样评价,尴尬一时不知道该说什么。

吕光接着又问道:"姑娘平时看什么书?"

姚玉茹想了一想，说道："玉茹不怎么看书，刚刚识字会写而已。"

吕光有些失望，说道："还是要多读点书才好。其实，读书有什么难的，天王苻坚最重视的事情就是开办学堂，教习经典。"

他忽然提到本朝的兴学政策，和问姚玉茹平时看什么书的问题已经离题万里，姚玉茹心中想要反驳。可她只是这么想了一下，还是觉得吕光说得更对，便把话吞下了。她想，吕光这人非常奇特，和之前来拜访父亲的许多人大不一样。他也是为了他的儿子来观察我的么？可父亲了得，儿子未必佳，这样的事情常有，就好像我的父亲，不如爷爷；反倒是那些资质平平的父亲，或许会有好的儿子。

她想到这儿，扭头看了一眼姚竞，姚竞也正盯着她，目光忧虑。

第二节　误入仙境

姚竞扭头对吕光说道："有教她读一些书，《诗三百》《论语》之类，不过是女子，读读也就过去了，并不要求领会得有多深。"他担心吕光过于服膺苻坚的主张，要对姚玉茹当场考验一番，说话的声音不由得越来越低。

吕光有些自嘲地说道："我家吕绍，也不怎么读书，难道我们真的是蛮夷？我气急了就把他捆起来打，但是过后才知道，打是没用的，还是要言传身教。"

姚玉茹见过父亲打弟弟姚尹的样子，姚尹古灵精怪，十分可爱，但到了被打的关头，也鬼哭狼嚎，狼狈不堪，那场景和成年男子的庄重完全搭不上边，她想着那场景，不由嘴角露出轻蔑的微笑。

吕光的余光瞅见姚玉茹的神情，虽然第一眼印象觉得这姑娘很好，言谈几句之后，感受便每况愈下，此时见她露出嘲讽的神色来，顿时觉得这姑娘轻佻，心中稍微失望。但他也还抱着一线的期望，并不任由火气流露出来，而是款款软软地笑着，和姚竞岔开话题，又说了一会儿，才告辞离开。

姚竞送吕光出去，不一会儿回来，在姚玉茹对面坐下。

他一直紧盯着吕光的脸色变化，吕光情绪深藏不露，姚竞也能窥探一二。他看得出吕光对自己女儿印象似乎不错，哪怕有些不快的地方，也能容忍，这是个好的迹象，说道："你也猜到了，这是长安朝中的大将吕光，为他的儿子吕绍而来。有人撮合你们两个，他今天来就是为了看看你。"

姚玉茹不假思索，说道："我不愿意。"

姚竞并不生气，只是问道："你连吕绍人也没见到，为何不愿意？"

姚玉茹想了一想，说道："你不也没见过吕绍，为何就愿意让我嫁出去了？"

姚竞并未回答姚玉茹的问题，而是岔开道："你刚刚说你平常爱玩这个那个，便是为了激怒吕光，他没吃你的骗上你的当，不过他回去一想，或许会觉察出来你是不想嫁给他儿子，所以故意胡说八道；如果是这样也还不坏，但他如果想成这是我的授意，是我对他桀骜不驯，那可就糟糕了。"

这是父母常用的胁迫之法，姚玉茹早领教过许多回，她实在不知道该怎么让父亲知道这对说服她毫无意义，只会让她更加拂逆他们的意愿。她微微叹气，说道："不会的，他怎么会认为是你在授意我捣乱，人家一看，都知道你是想嫁女儿的，你是个商人，商人无非待价而沽，只是那姑娘不愿意。"她给自己分辩的同时，不自觉地嘲讽，她说出话来，又觉得话有些重，不由后悔。

姚竞脸色稍微发红，说道："你是不知道吕光是谁！吕光是氐人现在最显赫的将领，现在手中掌握重兵，正预备开赴西域，攻下西域诸国，重建大秦的西域都护府，未来是要开府仪的。虽然我们家此时有钱，可只是有钱，一不小心触犯了什么禁忌，就什么都没了。吕绍是他的嫡长子，如果你可以嫁给他，才算是一步登天。"

他本来想说可保平安，可不知为何鬼使神差地说成一步登天，说出来之后，自己心中也是咦了一下。

姚玉茹毫不示弱，反唇相讥道："嫁给当今太子，才算一步登天，嫁给一个将军的儿子就说一步登天什么的，未免眼光太低。"

姚竞被噎了一下，接着说道："我以前让你见这个见那个，虽然打的就是把你嫁出去的主意，但终归还是随你的意愿，你喜欢就嫁，不喜欢就不嫁。可你现在也二十三四岁了，照汉人的习俗，早就出嫁许多年，可能儿女都五六岁了。可你还在踌躇不决，还在想着要嫁给太子，你只是说说而已就算了，要是真的这么想，全然不切实际，你说我该怎么想？"他仍然压抑着火气，试图把道理说清楚。

父亲的话戳中姚玉茹的痛处，年龄渐大，是她心头的隐痛，再美的女子，对于年龄也总是最敏感的，而所谓想着要嫁给太子的不切实际，更是委屈了她，那只是她随口说说，抵牾父亲所谓的一步登天。她暗自喜欢的那人，只是一个普通人，之前任何一个父亲有意撮合的人地位权势都远远超过他，连刚刚站在吕光身后的那两人，也一定都远胜于他。

反过来说，对于她的身世家庭而言，那个人也同样的不切实际。他不切实际，她也不切实际。

所以，蹉跎很久，他们只是双目对望、情意脉脉，但始终还没迈出任何一步来，也许永远都不会。

姚竞语气决绝地说道："你如果还有一点点父女之情，那么明天，就至少认认真真地和吕光的儿子见上一面，如果你还是不喜欢，我便也承认勉强你不得。"

虽然最后还是留了余地，不是非要她嫁，可前面的话已经够姚玉茹受的了，她冷冰冰地问道："要怎么见？"

"这个可以再商量，你想怎么见，我看他们会随你的意思。"

姚玉茹想了一想，说道："那请他本人来老院子那边，下午，一个人，敲门，我来应门。"

姚竞先好像觉得可以，很快又觉得不妥："这样恐怕不太好吧？"

姚玉茹起身，说道："你觉得好不好有什么关系，你把这要求转告那个吕绍，看他怎么对待便是了，这是我的方式。"

说着，她给父亲行了礼，便往外走。

姚竞在她身后追说道："那你要保证，不可故意对人家有轻慢。"

她点了点头，但头也不回。

她不爱到姚家院子来，是因为不想见到父亲，可这里也有两个妹妹和最小的弟弟，她和辛夫人的关系也不错，只是不肯让自己的母亲伤心，而避见辛夫人，辛夫人也知道这一点，能避则避开，但时常托人带一些香料给她。她调制的香水里，基香的材料主要便从辛夫人这里来。

到了后花园，两个妹妹正在这里玩耍，一个十七岁，名作姚玉黛，一个十岁，名作姚玉青，弟弟姚尹不在这儿，想是和他母亲在一起。两个妹妹中，玉黛和玉茹长得相像，是玉茹多年前的模样，但大概没有她好看，像是看起来相似的美玉，表面之下的纹理略显素淡。玉青年纪既小，体态要瘦削得多，更像她母亲的样子。玉茹和玉黛在秋千上并肩坐着，玉黛也在学着玉茹调制香水，她没有姐姐研究得深入，两人聊聊花草，只算请教。玉青还懵里懵懂的，在花园里四处乱跑，采撷花朵来让姐姐们开心。

姚玉茹和妹妹们相处了一会儿，眼见晚饭的时候将近，便起身告辞，一个人走出姚家院子。在门房，她没有要马车送她，而是要了一匹马，承诺明天便送回来。门房自然不敢违拗大小姐，很快便给她牵来一匹枣红马。姚玉茹上马，往天水郡北门奔去。

出了北门，行了几里路，望见一处军营，姚玉茹将马放慢，慢慢地朝军营行去，行到约一里之遥时，策马离开道路，上了一处山丘，在一处高坡停了下来，驻足不前。她在马上望着军营的旌旗，呆呆地怔了许久。她希望那个人正好抬头看到自己，又希望绝不要有这样的事情发生。

天边渐红，夕阳西沉，在沉静伫立的当中，姚玉茹心中已经历经了许多变迁，既如万马奔腾，气势如虹，又如秋水长空，空无一物，在反反复复的拟想中，心被压抑得疼痛。她拍了拍枣红马的脖子，问道："你可以跑得有多快？"枣红马摆了摆头，好像在回答，但也什么也没说。

姚玉茹最后再望了一眼军营中，差不多什么也没看见，便策马往回走。她行到北门，并不入城，而是往东边奔去，东边是开阔的平地荒野，开始她还只是放开缰绳，任由马儿撒蹄奔跑，仿佛要将烦恼远远甩开一般，随即她感受到速度带来的快感，她拉紧缰绳，使枣红马越跑越快。她伏在马背上，和马仿佛贴为一体，枣红马浑身如同绷紧的弓，四蹄翻飞，奔驰如风。

阳光照射在天水郡的城廓上，在荒野之上投射成为一道数里长的阴影，枣红马载着姚玉茹疾驰，姚玉茹感觉如同自己卷集起了风，她居于风眼之中，既猖狂，又恐惧。

她看见自己飞奔在城廓的巨大阴影内，阴影外阳光明晃晃地铺洒在地上，形成分明的界限。出于她意识中的本能，感觉在阴影内是安全的；但阴影之外明明什么也没有。她害怕枣红马不小心跑进阴影中，又很想这么做。

风吹促她缭乱的发梢，她内心的忧虑与冲动不断成长，忧烦和阳光错落辉映，帮助她下定决心。她策马掉头，从阴影边缘猛地飞跃出去。

一大片强烈的光突然打在她脸上，让她惊慌失措，眼前发黑，瞬间什么也看不见。

她轻轻地"啊"了一声，丢开缰绳，抱住马儿的脖子，头埋进马鬃里，闭上眼睛。枣红马似乎也惊惶了一下，但很快稳定下来，甚至没有放慢脚步。

奔了不知多久，姚玉茹逐渐适应光线，慢慢睁开眼睛，看见自己左旁竟然是一面巨大的湖泊，波光粼粼，连接天际，右边则是戈壁上难得见到的一片森林，莽莽然不知有几万里。她回头看去，看见远处的城郭和一条几乎看不到的灰线蜿蜒在前，宛若海市蜃楼。

第三节　残　局

姚玉茹有心策马回转，但又为发现这一大片湖水而激动，这时她忘记自己的忧愁，想到的是离天水郡不远处竟然有这样一个壮丽的湖泊，不由大感开怀。她策马沿着湖畔徐徐前行，想要探知这湖水究竟有多宽广，源头在哪里。

不知道行了多久，人与马忽然踏入一片绿荫世界，曝晒的阳光变得柔和纤细，树林由远及近，自己已置身其中，大树参天，古萝缠绕，氤氲流动，恍如仙境。玉茹惊觉变化，回头再看去，竟全然望不见塞外风光，不能辨何处是来时路。她也不多么慌张，信马由缰。又走了一会儿，听见前面流水潺潺，湖水被山脉逐渐收窄，缩为一条小溪，溪水依山而盘绕，不知源头还有多远。

看见溪上横跨着一个雕梁画栋的华亭作桥，华亭下间中有两个人，对坐下棋。

玉茹心想，是了，我竟然不小心走入了仙境，这几个人一定是神仙。她有些兴奋，想来又相当失望，因为先前看到的那湖水显然便也不是凡间的湖泊，天水附近并没有这样的一个湖泊。她轻轻地下了马拴好，走近亭子，这时候她能清楚地看到亭子里的那两个人。

一人是彩衣小童，年龄看上去不到十岁，坐在棋局左侧，笑意盎然地盯住他的对手，像是已经棋盘上得了先机，坐在他对面的那人年龄也不大，身穿白色长裾，年纪大约二十来岁，轻俊儒雅，他双手托腮，眼睛盯在棋盘上，冥思苦想，应是在棋盘上落了下风。

两人各有所注目，充耳不闻。玉茹走到近前，白衣儒生侧过头来，伸出一根指头，放在唇边，要她噤声，然后继续转回身去研究战局。彩衣童子冲着她做了个鬼脸，也转过头去继续笑盈盈地盯着白衣儒生。

玉茹凑近一步，再看那棋盘，原来他们下的是一种围棋，她小时候见父亲与人下过，虽然不懂得下，也略知一二。白衣儒生执黑，尚在右下角占住一片之外，也不甚牢靠，其余三个角已经被白子蚕食殆尽，虽然还布着几个子，但都是僵子，唯在中间还有一小片活气，双方各抢了几个点镇住，局势尚处于未定之中。玉茹不谙棋理，单单看剩下的棋子，知道彩衣童子赢面极大。

白衣儒生想了许久，走出一步棋，彩衣童子立即应了一手，双方走了几步，盘面局势愈加紧迫。白衣儒生说道："这样不行。"把棋子又摆回原来的盘面。这样走了几次，玉茹才醒悟过来，原来他们是在摆残局。

几次不克，白衣儒生便只思索，不再动棋子。最后，白衣儒生开口说道："这盘棋黑方前面折损太多，现在勉强布成一个牵连死守之式，白方如果自己不出错，我是无力回天的了。"

彩衣童子有些嘲讽地说道："你期待我出什么错？自己填死一大片棋么，你说吧，你要哪一片？"

白衣儒生转头望了一眼姚玉茹，想说些什么，犹豫了一下还是没说，又转回棋局苦苦冥思。

彩衣童子也瞥了一眼姚玉茹，对白衣儒生说道："你上一次入定之前我就给你说过，棋局的胜败不在对弈的你我，而在于棋局自己的生息。你以为你在弈棋，其实不过是棋在移动你我而已。这个残局没有死，有它自身的生息之道。"

白衣儒生专注地望着棋盘，点点头，又摇摇头，说道："当然是我在下棋，如果不是我下棋，难道棋子自己会动么？"

彩衣童子笑道："痴人，你始终想不明白，你在棋盘边执子，就以为自己是黑棋的主宰？你不妨这样想一想：你不是你，而只是棋盘中的一个棋子，有人在下你这个棋子，那是怎么一番景况？"

白衣儒生抬起头来，思索说道："你难道是说，我在下这盘棋，我又同时是其中的一个棋子，我既是棋盘中的一个棋子，又在下整盘棋？"

"有何不可？"

"师父，我真的不懂。"白衣儒生面上现出些许痛苦的神色来。

彩衣童子语气变得有些严厉，说道："一定要再把你投进棋子中去，在看不见摸不着动不得之境，你才能体会到这一点么？"

"我刚刚在里面禁锢了千年，不想再进去。"白衣儒生说道。

"那你看，这局棋该如何是好？"

"我想投子认输。"

"你真的想不出破局的方法来？"

"我实在是想不出来了。"

"这局棋所兆示的时局，已经近在眼前，你想不出来怎么翻转，它便要发生了。"

"发生了会如何？"

"自然就是白胜黑负。"

"可是如果反过来，同样也是一胜一负，一胜一负和一胜一负之间，又有什么差异，难道我们认为其中一个是好的，另一个是不好的么？"

彩衣童子看着姚玉茹，口中说道："自然有差异，晋朝是中华的正统，氐人是胡人。现在胡人压过了中华，你解得开这个棋局，晋朝才有翻转的胜机。"

"可是晋朝朝政废弛，无进取之心，黎民痛苦，氐人虽然是氐夷，但氐夷用华夏的圣贤之道治国，方兴未艾，由它取得胜利，结束华夏大地的分裂格局，减少黎民的痛苦，岂不是更符合天之道么？"白衣儒生说道。

"九天之上的众神，可不如你这么想，他们还是中意司马氏一些，近来司马氏又有一些动作，更讨他们的欢心。所以，这局棋，你非破了它不可。"

"非破不可？如果棋局本身解不开，你是说，在棋理以外的手段也可以使用？那么，你可以偷偷地下几步错手，不多不少地送给我几个子，不就破了棋局？"

彩衣童子看起来是个孩童模样，个子、声音、服饰都是小孩子模样，唯独神态不像，他此时长长叹息，说道："我是棋手，偷下错手，就是在拂逆天意，真的那样去做了，不能算棋局的破局。你忘记了刚刚我说的，你是盘中的一个棋子，我也是。"

"所以你打开了天水郡的结界，放这个小姑娘进来？"白衣儒生有些错愕地说道。

彩衣童子轻轻地点了点头，说道："你已经连败九场，如果这一局仍是破解不了，便又会被送回棋子当中，禁锢千年。"

"这个姑娘看上去并不会下棋，她能为这局棋做些什么？"

"下界之内，有比你手法更好的棋手么？"

白衣儒生压低了声音，以几乎听不见的声调说道："我有点儿明白你的意思了，但是我们真的要这样做么？"

彩衣童子语调如常，说道："天水境中没有旁人，不怕别人偷听，你觉得你明白了什么就直说出来，不要错过了时机，过后又说，原来你领会错了我的意思。"

"她可以完全不用懂棋理，随手把棋局搅乱，也算得了数？"白衣儒生语气急促，低声问道。

"也算。"彩衣童子郑重地点了点头。

两人齐齐地扭过头来，望向姚玉茹，什么也没说，可是意思至为显然。

姚玉茹有些慌张，她镇静了一下，说道："你们刚刚是在说我？"

彩衣童子先点了点头，白衣儒生也赶紧跟着点了点头。

"既然随便来个人，就可以搅乱这个棋局，为何偏偏是我？"

"你在恰逢其时之时，恰逢其处之处，怎么能说随便呢。"彩衣童子说道，"很多事情乍看起来是随意的，但其实有着内在的依据，也许是多个力量在一起角力的结果，就如同拔河的游戏，许多人都在使力，但是绳标纹丝不动，一个人加入进来，改变了胜负，这个人需要问，为何偏偏是我么？你人在这里，又何必多问？"

彩衣童子这么说，语气沉着，他身上虽然什么也没改变，但看起来已经完全不令姚玉茹还觉得他是个儿童了。

姚玉茹想了一想，说道："可我还是不会做这件事，因为我是戎人，也就是你们所说的胡人，既然我是胡人，为何要站在汉人一边？"

"你母亲是汉人，你就不是胡人。"

"但我爹是戎人，所以我不是汉人。"姚玉茹反唇相讥地说道，事实上她从来以为自己是汉人，只是这里与彩衣童子说话别了苗头，偏偏要反着来。

彩衣童子有些无奈，说道："那么你自己呢，觉得自己是汉人，还是戎人？"

姚玉茹对这个问题想得并不太多，她从小到大跟着母亲的时间多些，读的书，接受的教育，都是属于汉人的，她对戎人的语言，传统反而所知不多。另一点更显然，她父亲姚竞从血缘上来说虽是戎人，但他早从部族里走出来，做的生意，生活的习惯方式，早和戎人没了关系。所以彩衣童子问自己觉得自己到底属于汉人还是戎人，姚玉茹说自己不是汉人，但答案显而易见是偏向于汉人的。

她叹了一口气，说道："我觉得这盘棋，该怎么样就怎么样，不应该对它做什么。"

彩衣童子脸色变得有些恼怒，厉声说道："你决定还是不动这里的棋局么？"

姚玉茹心中略为挣扎，还是说道："不动为好。"

彩衣童子露出些懊悔的神情，说道："你既然已经站在这里，听了许多天机，却什么也不做就回去，得罪的神仙可不止一个两个。他们都不是和善的人，得罪了他们，你这辈子会遇到许多灾祸，绝不顺遂。说不定我碰着了什么机会，也要坑你一把。"

姚玉茹毫不畏惧，傲然说道："最好你还来得及找别人做这件事，我可不会做。"

第四节　仙　人

白衣儒生有些为难地说道："结界要花一天的工夫来打开，天上一日，地上一年，现在再找别人，已经是来不及的了。"

彩衣童子说道："晋与秦之间谁胜谁负或许不重要，但对应着不同的将来，秦胜则意味着一个生灵涂炭的未来，晋胜则可以少死许多人，从慈悲心的角度来看，后一个就比前一个好得多，而这是你可以做的。我们不用胡汉来分，分善恶，你再想一想。"

姚玉茹轻轻冷笑，说道："我忽然想到，你们俩和我父母一样，总把我逼得处在不得不去做某件事的境地，有不得不如此的前因，不得不如此的情理，没有别的选择，我自己想不想做，想怎么做都毫不重要，如果我不按吩咐的去做，便是错的，凭空地欠了他们，欠了你们好大的人情，惹下好大的麻烦，将来遇到灾祸不幸，就是此时我任性胡为该受的惩罚。"

彩衣童子神情有些尴尬，说道："你说的也不错，父母心和神仙之道是相通的。"

白衣儒生叹了一口气，说道："姑娘，我们不能勉强你，你按照你自己的心意去做吧。"

姚玉茹手撑在石桌上，闭目冥想，她第一个念头是，如果天上竟然真的有神仙，他们可以因为自己选择不破残局的棋而憎恨自己，那么反过来，如果自己愿意配合，他们会因此而祝福垂怜自己，可以央求神仙保佑我喜欢的那个人忽然转运，飞黄腾达，可以有资格去父亲那里提亲么？次个念头是，我只是个凡人，为何却能做神仙也做不了的事情？如果我不做，也不亏欠任何人。

这两个念头在姚玉茹脑子里转来转去，谁也占不了上风。她踌躇之余，猛然又想到，这个彩衣童子所说的善果和恶果是真实不虚的么？如果他说的情况实际恰恰相反，自己出手改了天之道，逆天改命的罪愆将会何其之深？

她心旌摇曳，一会觉得应该选择搅乱棋局，一会儿又觉得万万不可，不知时间过了多久，她终于得出结论来，功可以辞谢，罪却无法躲避。她对那两人说道："我想好了，我还是不能做这件事。"

彩衣童子大为失望，语气尖刻地说道："我知道是什么原因，妇人之仁而已，早知道我该找一个男人来做这件事。"

白衣儒生语气和缓得多，说道："既然你已经想好，我们便也不能勉强。"

姚玉茹觉得有些恍惚，想起一件事来，对白衣儒生关切地问道："刚刚你们说的，这局棋如果破不开，你就要重新被打回棋子中禁锢起来，禁锢千年，这也是真的么？"

白衣儒生微笑了一下，说道："这是修行上的关隘，不是你想象的那样，不必担心。"他略一沉思，又说道："我想去下界走走，看一看繁华世态，听一听众生喧哗，想请姑娘带着我下界，不知道姑娘可否愿意？"

姚玉茹有些迷糊，说道："我该怎么带你下去？"

白衣儒生从棋盘中随意拈起一个棋子，说道："我本是石中精魂，有幸雕琢成棋子，被我师父点化成仙，现在又要回到棋子之中，也算合宜。姑娘随身带着这枚棋子，我就可以随着棋子再下到凡尘。"

姚玉茹听了，第一个闪念是不可，转念一想心便软了，说道："好，我带着你。"

白衣儒生脸上现出宽慰之色，转身对彩衣童子说道："师父，我想随这姑娘走一遭，三年之后，你来寻我。"

彩衣童子表情复杂，纠结了一会儿，说道："去吧，去吧，我也是要到天官大帝那儿去请罪的，要留你一个人在仙山之中，也怪寂寞的。那么，三年之后，我下界去寻你。"

白衣儒生说道："多谢师父。"

说完，他人忽然消失不见，他拈在手中的棋子凭空而落，"啪"的一声落在地上。

姚玉茹一惊，赶忙蹲下身去，将棋子捡起来，拿在手中端详，是一枚白子，棋子由石头雕成，光滑圆润，晶莹剔透。

彩衣童子先还在生姚玉茹的气，这时走到姚玉茹面前，叹息说道："这孩子心太急，如果没这么急，棋艺还可以更高，未必不能解开这局棋。"

他才是一副孩子的模样，却老气横秋地说白衣儒生为孩子，姚玉茹先觉得两人的关系十分怪异，这会儿却已经习以为常似的，她说道："他是挺急的，我还没问他名字，他也忘记了告诉我。"

彩衣童子说道："他原本没名字，我给他起了一个，名叫秋，他上一次行走于世间的时候，世人都称他为弈秋。"

姚玉茹将棋子握在掌心，问道："你是他的师父，你又是谁，你为何看起来年纪比他小那么多？"

彩衣童子愣了一下，才说道："我喜欢现在这个样子，不喜欢老态龙钟的样子。"

姚玉茹先觉得这彩衣童子处处咄咄逼人，实在是不喜欢他，听了他这句话，咀嚼这句话背后的意味，顿时对他大有好感，说道："这样是很好的，我也不喜欢老。"

彩衣童子乜斜了她一眼，说道："你并不是偶然才闯进天水结界的。"

姚玉茹有些诧异，问道："那是什么原因？"

彩衣童子挠着耳朵，说道："你的天资很好，肯修行道法的话，没准会成仙；可惜我不收女弟子。"

姚玉茹哂笑，说道："我从来没有要学仙的念头，我只有凡人的心。"

彩衣童子又是轻叹，说道："那样也好。"

姚玉茹说道："我要回去了，我该怎么回去？"

彩衣童子哦了一声，说道："出去比进来容易，我即刻便送你出去。"他停了一停，接着说道："我先前给你说过，你不肯走动这局残局，会有许多神对你不利。若今后遇见生死之厄，我送你一物保命。"他在空中虚画几下，手中已多了一道符纸，折成一卷，递到姚玉茹的手中，说道："此符可以替你一条性命。不过再多的，我也做不了了。"

他微笑着，孩童般的面孔忽然变得似乎苍老，有些苦涩。姚玉茹手拿着符纸，那符纸轻轻飘飘的，比纸还要轻柔，猛地一沉，沉入了她的掌中。姚玉茹一惊，摊开手掌来看，见掌中在两条纹路之间，又多了一道细而长的横纹。

只听一声如同铃响之声，姚玉茹忽然脚下一空，眼中一花，向前跌去，爬起身来再看已是在天水城外的野地里，哪里有什么茵茵松柏，小桥流水，雕梁画栋华亭和仙人，此时满天星斗，朔野风大，夜露冰冷，枣红马安静地伫立在一旁，宛如做了一梦。不过手中的棋子还在，提示她刚刚一切并非梦境。

她匆匆上马，辨别了方向，朝西门奔去，到了家，拴好枣红马，蹑手蹑脚，想要悄悄地回到自己房间，却听见母亲房中传来声音，冷冰冰地说道："你终于知道回来了。"

姚玉茹在母亲房间外站好，说道："我到爹那儿去了，下午他让小四来唤我过去。"

"放你的屁，"母亲狠声说道："你现在撒谎的胆子越来越大了，你去你爹那儿是三天前的事情，这三天你到哪儿去了？你爹在全城到处找你，他说你根本就不在天水城内。"

姚玉茹悚然一惊，随即便明白过来，她想说点什么，可又不知道说什么好。

母亲在房间里接着说道："你给我进来。"

姚玉茹心中一沉，但还是乖乖地走进母亲的房中，母亲李氏点了灯，披上衣服，愤愤地坐在床沿上，见玉茹进来，脸色鄙夷，盯着女儿看了许久，说道："把衣服脱下来。"

姚玉茹知道母亲想要做什么，她心中愤恨，可也无可奈何，把衣服一一脱了下来，她记得将棋子卷作一团，用襦裙包在一起。脱完后，她双手抱在胸前，全身赤裸呈现在李氏的面前。

李氏走下床来，从上到下，逐一检查姚玉茹的身体，像一只猎犬一样。检查完毕，李氏没觉察出有何异样，感觉还算满意，走回床前坐好，语气稍微和善一些，说道："你爹说，前天有个叫吕绍的年轻人到这里来见你，他来了，可是你不在。我见那年轻人温文尔雅，很是诚恳。只可惜，你又错过了。"

那是玉茹感觉今天下午才定好的约定，而不是三天前，想好以这种方式见面的时候，她多少觉得那是一次尚可期待的见面，因为这至少会带来和另一个人叩动她心扉的方式相似的感觉。她已经准备好和自己不切实际的执拗告别，和不切实际的那个男人告别，而让自己走回到父母所期待的轨迹上来，可刚刚被母亲用检查一头被寻回的牲口的方式，看看她有没有受到伤害的方式，已让她心灰意冷。事实上，检查牲口不会像这样屈辱和无助，母亲在意的不是她身体的损伤，而是一种叫作贞操的东西。

女子的贞操，始终会以某种丑陋而野蛮的方式失去，让她感到厌恶。这时候，没有身为人的尊严，任何优雅绮丽都跟她无关，母亲在这个时候议论一个男人，只让她感到更多的羞辱。她咬紧了嘴唇，什么也不肯说。

李氏还有许多话要说，可胸中恶烦，也说不出话来，她挥了挥手，让女儿出去。

姚玉茹如蒙大赦，赶紧从地上抱起衣服，走出母亲的房间，在黑暗中摸索着回到自己房间，房间里素淡的香气让她紧绷的神经放松下来，她穿上衣服，将棋子取出，放在桌上新调好的那个香水瓶旁边，凝视了许久，对棋子说道："我已经后悔了，我应该动你们的那盘棋的，如果你师父肯收女弟子，我也想留在你们那儿，不要再回到这里来。我没按你们希望的那么去做，连累了你，真是对不住。"

感觉中只是一个时辰的工夫，实际却过去了三天，她睡上床之后辗转反侧，不知道她还不知道名字的那个人，是否曾经来过。她想去看看门前石阶上有没有茉莉花，是一朵，还是两朵？

可能是被过于厚重的黑暗压抑着，她缩在被褥之下，全身僵冷，一动也不敢动。

第五节　榆中乱局

金城郡的榆中小城，偌大的姚氏大院空落落的，仅有一处住着人的别院中，几个侍卫守在院门外。

里面的一间厢房中，一番还算激烈的云雨过去了，风停雨歇，雷良芹披起由长安带来的薄纱，坐在床边对着铜镜盘整弄乱的头发。她心情愉快，低声哼着戎语的歌谣。

姚晃躺在雷良芹的身后，盯着镜子中她的身体和面孔，诚然仍是那样圆润而清秀，即便她的气息已经缓和下来，身体的翕张仍然显著可感，让人意识到她是一个多么具有生命力的尤物。然而他能感觉到自己已经厌倦这一切，这不完全出于刚刚到达顶峰后的下滑，而是发生得更早。他能觉察到自己的冲动和热情只能维持刚刚褪下她衣服的那一刻，之后不过是勉强维持，疲于奔命地完成后面的事情，潦潦草草。也许她还很年轻，经历的男人还少，还不能察觉到其中的微妙差别，但姚晃愿意承认这一点，他早就过了对自己都撒谎的年纪。

他想到长安城里的妻子张氏和一对儿女，他们一切都很好，和同僚们的妻子儿女没什么区别，但他们对自己在榆中的事情一无所知，对于未来将离开长安，回到一个可谓蛮荒的乡下的可能性也一无所知。不过，那不会构成什么立即的危机，他能大致肯定。

反过来说，镜中这位女子对他而言，蕴含着无穷的危机，他本来应该更加谨言慎行，免得再进一步地陷入被动，但他不能。这种不能是出于对女人身体无穷的贪欲，还是出于策略上的必要，姚晃自己也说不清。

他假装认真地对雷良芹说道："你应该把衣服穿上，我已经老了，经不起你的折腾，你会把我毁了。"

雷良芹说道："我听说你只有三十岁，三十岁可不算老。"

姚晃立即想到在长安时他所受到的那种普遍的批评，批评他纵欲过度，未老先衰。他伸展了一下筋骨，说道："你听到的都是错的，我差不多应该有四十来岁了。"

雷良芹白了他一眼，说道："我又不是傻子。"

姚晃扑过来，从背后搂住她的腰，说道："你就是个傻子。"

雷良芹唔了一声，说道："我的确是傻，知道你有家室，还把好好的身子给了你。"

"因为你是个坏女人，你天生注定要毁掉我。"姚晃把她拉倒拖回到被子中。

雷良芹低声笑着，说道："你真的想要自己被掏空么？"她还没有发现姚晃的异常，但已经意识到自己的需求是无穷无尽的了，她背过了身子，等着姚晃再次做点什么。

姚晃顺势下了台阶，他翻到一侧，说道："我们先说正事。"

雷良芹轻轻地叹息了一声，说道："你要说的是哪一件正事？"

姚晃问道："我们先来梳理一下，看看都有哪些正事？"这一年来他给雷良芹说过许多话，他不确认她记得哪些，忘记了哪些，看重哪些，厌憎哪些，他必须知道这一点，才好做下一步的计划。

雷良芹微笑着回想了一会儿，说道："你的正事太多了，我不掺和，你单单说要我做什么就好了。"

"我这次来，是为了在部族里征兵。"

雷良芹没有说话，她抱住了自己的双臂，离姚晃更远了一点。

姚晃心中有些忐忑，接着说道："我听说你下个月和王若完婚，你真的愿意嫁给他？"

雷良芹脸色猛然凝固，说道："你有什么好的法子，让我不嫁给他么？"

姚晃有些头晕目眩，说道："或许有一个法子可以。"

雷良芹嘲讽地哦了一声，说道："什么样的法子？"

姚晃呆了呆，鼓足勇气说道："酋长不允许你们完婚的话。"

雷良芹愣了一下，随即说道："王若是王化吉的弟弟，他干吗不允许？"

姚晃决定孤注一掷，说道："王化吉并不是真正的酋长，他只是暂代酋长之职，没有得到朝廷的敕封。你知道，赤亭戎的酋长世世代代都应该姓姚，这是历朝历代的惯例。"

雷良芹脸上的表情变得有些扭曲，好像是要哭出来，她极力让自己镇定下来，说道："你们姚家的人都已经离开榆中了，没有一个人还在。"

"我可以回来。"姚晃说道。

雷良芹猛地用手把他推开，推到床边，手脚并用，要把他推下床去。姚晃要竭力抵住才不至于掉下去，他梗着头，说道："你不信么？"

雷良芹咬了一下嘴唇，说道："赤亭戎已经只剩下一个空壳，你还回来做什么？"

"我就算是为了你，又如何，这难道不好么？"

他见雷良芹脸色变得红润，心中有了把握，接着说道："我是为了你，也为了赤亭戎。"

"你为了你哥哥来族里征兵，不是为我，也不是为了赤亭戎。"

"赤亭戎这些年酋长位置不定，许多大姓出走，我如果回来，第一件事就是请彭家、党家、毛家几姓人回来，他们都回来了，赤亭戎还算空壳么？我们戎人有自己的语言，却没有文字，我要做的第二件事，便是要创立戎文，使我们的历史可以记录下来，以后子子孙孙世世代代，知道自己从哪里来，祖先是谁，做过什么。"

雷良芹的语气软下来，说道："你戎文说得也不熟练，还想这想那的。"

姚晃诚恳地说道："我好歹还会，我的儿女们都不说戎语了，我想改变这个。"

雷良芹想了想，改换了主意，她翻身依偎着姚晃，咬着他的耳朵说道："你如果回来做酋长，我虽然不能嫁给你，但是甘愿一直做你的女人，给你多生几个儿子。"

"我回来以后，想娶谁就娶谁，为何偏不能娶你？"

"巩美人不会允许的。"雷良芹叹了口气。

"我一直在想，究竟谁才更适合族里的大神官之位，巩美人么，我可不这么认为。"

雷良芹勉强一笑，说道："我做你的女人已经很好，不会再想着大神官的位置了。"

姚晃说道："这是我哥哥开的先例，酋长和大神官天然就是一对，我们要是不遵守，也算是败坏了老规矩。"

雷良芹脸上阴晴转化不定，说道："你说的也没错，巩美人和王化吉私下苟且，众人也都看在眼里，可谁也不敢说什么。"

姚晃摇了摇头，说道："他们是狗男女，可我们不一定是，我可以娶你。"

"那你的妻子怎么办？"

"她是氐人，我不带她回来，她可以再找一个人嫁掉。你不必担心这个。"

他眼睛的余光瞟到一只鸟儿停在支起的窗棂上，晃着脑袋乱看。雷良芹也看见了，她啊地低声惊呼，将半裸的身体藏在被子下。那鸟儿似乎也受到房间里两人动静的惊吓，扑愣愣地飞走了。

姚晃笑道："是一只惊弓之鸟。"

雷良芹推开了他，起身穿上衣服，说道："你成天像公狗一样到处蹭，我就算当上你的女人，日子又怎么会好过，不如找个可靠的汉子嫁。我一时糊涂，可不会一直糊涂。我现在不忍心和你断，可也不会指望你会变好。"

她不像刚刚在镜子里顾盼自怜，忙碌地收拾好自己，神色慌张，也不跟姚晃说一句话就走了。

姚晃有些惊讶雷良芹的反应，但他立即就归咎于自己没有预兆地要来第二次，不知道其中是哪个动作惹恼了她。

他躺在床上，仔细地分析刚刚自己说过的话和雷良芹的反应，心想自己到底在这个女人心中是更稳固了，还是相反，分析了一会儿，并没有确定的结论。这时，他的侍卫在门外喊道："主人，归顺王的使者求见。"

姚晃心里痛骂了一句，什么狗屁归顺王，口中应道："请他进来。"他疾如闪电般地快速看了一番床上地下，看可有雷良芹仓促间留下的什么痕迹。

他检视未完，使者已走了进来，对他弯腰施礼，恭敬地说道："归顺王殿下听说姚先生回来了，想请姚先生过去议事。"

姚晃装出一副虚弱的样子，对使者说道："请你回复化吉，说我今天身体有些不适，刚刚才服了药，现在不大适合去拜见他。明天午后，我一定上门致歉。"

使者有些为难，不过稍微扭捏了一下，还是说道："既然如此，那我就把这个消息带给归顺王。不过既然姚先生身体不适，还是少在城中走动为宜，榆中乡下不认识贵人的乡民很多，怕冲撞了贵人。"

姚晃抬了抬手，表示知道了。使者行礼，转身离开。

第六节 神 官

使者走了以后,姚晃又发了一会儿呆,这才起床穿戴整齐,吃了两块米糕,喝了一碗羊肉汤做午饭,然后他一个人出门,骑马往榆中城砦东边的神官祠行去。进了神官祠,在塔屋门前下马系好缰绳,进门拾阶而上,到了三层望台,才见着有祠官守卫,对那人说道:"我是姚家的姚晃,求见大神官阿娘。"

祠官见说是姚晃,赶忙进望台通报,过了一会儿他出来引姚晃进去,走了几层短楼梯进到矮小的大神官阁。

年迈的大神官姜月仪一个人在房间里当中的床凳中躺着,她身材瘦小,形容枯槁,比一副枯骨强不到哪里去,正静静地闭目养神。姚晃走到她面前,跪下三叩首,然后起身,坐在一旁的垫子上,开口用汉话说道:"嫂嫂,我是姚晃,受姚苌哥哥的委托来见你。"

姜月仪睁开眼睛,冷淡地望着姚晃,并不说话。

姚晃接着说道:"嫂嫂,我是姚晃啊,是我哥哥最小的那个弟弟。我小的时候,你还抱过我。"

他说出嫂嫂这两个字的感觉实在很奇怪,因为他才刚刚三十二岁,而姜月仪是一个六十几岁的老妪,这都怪他是姚弋仲最小的儿子,他最大的哥哥比他大上七十几岁,如果他们都还活着,围坐在一起的那情景简直会让他觉得恐慌崩溃。幸好他此时只用面对一位,即便如此,面对姜月仪也让姚晃想到,天哪,这是一个什么鬼魅的世界,他能坚持不逃,已经算很有责任心了;说姜月仪还抱过自己,则完全是信口猜想,用来拉近关系的。

姜月仪仔细辨认姚晃了一会儿,好像认出他来,也用汉话问道:"你从长安来,还是从天水来?"

姚晃躬身答道:"弟从长安来,经过天水,恰好姚竟侄儿不在,所以没能见到。"

姜月仪哦了一声,又问道:"姚苌可好吗?"

姚晃迟疑了一下,说道:"他不太好,刚刚在巴东吃了败仗,姚兰、姚景、姚方等人在作战中阵亡,姚晖受伤回长安养伤。"

姜月仪身体震动了一下,姚晃知道她是听到了姚景的名字,恍惚间以为是姚竟,而这无须更正她也能立即回过神来,所以他没有多嘴补充。

过了一会儿,姜月仪开口问道:"他还剩下多少人?"

姚晃挺直了身躯,答道:"一千四百来人。"

姜月仪面容抽动了一下,好像是笑,又好像是哭,她说道:"你这次来,是为了什么?"

姚晃正了一下容，恭敬地说道："弟受哥哥的委托，来榆中赤亭戎征兵，哥哥要弟务必征满四千名十六岁以上的男丁，另外还要自备五千匹三岁龄左右的骏马。"

姜月仪鼻子里哼了一声，缓缓说道："我记得你爹在时，他手下兵马常在五万上下，你哥哥在时，最少也有一万多两万人，到姚苌时，他现在就只有一千多人的兵马了，离败灭也就不远了吧？"

姚晃觉得汗从后背浸出，瞬间湿了衣衫，说道："时运不济，被晋军打了个偷袭，如果正面对阵，我们还是胜多败少的。"

姜月仪说道："三年前他募走的那三千人，现在大概已经没有了。所以这次他没脸回来，派了你回来做这件事。"

姚晃觉得自己仿佛被放在火里烤，燥热无比，说道："胜败乃兵家常事，只要哥哥手里还有兵，就不算输，没了兵，才是真的输了。"

姜月仪沉默了一会儿，说道："真的要赤亭戎一族的男人都死光，姚苌才认输么？"

姚晃尴尬地解释说道："嫂子，这次是真的不同了。哥哥保证这次是最后一次到族里募兵。他刚刚被大秦天王苻坚授了龙骧将军的印绶，升了官，带的兵更多了，不过，没有自己的亲兵，即便是有了大军，也不容易指挥得动。这才是我回来募兵的原因所在。"

姜月仪冷笑，说道："你不是说他刚刚打了败仗，大秦的制度是败军之将还要升大官？"

姚晃却觉得姜月仪语气里似乎有了些缓和，忙赔笑着说道："哥哥吃了败仗是真的，升龙骧将军也是真的，具体其中有什么奥妙弟也不是很清楚，但这确实是真的。"

"你知道我两年前就已经离任，也不大管族里的事情。你应该找王化吉和巩美人，他们才是此事说话有用的人。"

"嫂嫂，此事事关重大，如果不能成，姚氏几十年的牺牲，赤亭戎人民几十年的牺牲付出，就都白白地付诸东流了。你是巩美人的师父，你的话她要听。何况，你退而未全退，她未完成就任的仪式而仍在候任之中，你说什么，她不能不听，她肯顺从的话，王化吉也才会顺从。"

"你怎么知道王化吉和巩美人两人不愿意？"

"我在长安有些耳目，听说巩美人在通过关系在朝廷里为王化吉疏通，要朝廷正式册封王化吉为部族的归顺王。这件事十分微妙，他们也并不是全无把握，如果最后成真的话，那么赤亭戎今后就和我们姚家没什么关系了。既然如此，他势必不按哥哥的吩咐募兵了。"

"你们姚家谁都不肯回来，宁愿在外面活得像野狗一样，也不肯回来，还要占着位置不肯放给别人，却要榆中无休止地供应人力，这样做合情合理吗？"

姚晃正色说道："嫂嫂说得对。我是我父亲最小的儿子，我没有哥哥们那样的才能，在外面闯不出个名堂来，我想回到榆中，回到部族里，担任酋长的位置。"

姜月仪稍感意外，她陷入沉思，然后说道："你究竟是想自己当部族里的酋长，把你爹丢下的摊子接续上，还是变着法子来帮姚苌募兵？"

姚晃诚实地回答道："这两者我都想要。"

姜月仪哑然失笑，说道："两年前如果你有这个想法，或许还来得及。"

姚晃仍是老老实实地说道："在几天以前弟弟我也不能有这个想法，因为这本来是哥哥的位置，但现在他封了龙骧将军，是不会再想回榆中来的了，他要全力以赴地投入到朝廷的事务中去，那是一个更大的天地。我想，这是我应该站出来帮他，帮部族的时候了。"

姜月仪语带嘲讽地说道："好，如果是你，你告诉我，除了姓姚，你有什么可以拿来和王化吉争，拿什么遏制王家？"

姚晃俯身叩首，说道："这就要仰仗嫂嫂了，嫂嫂肯定不忍心让哥哥的基业旁落在别姓人的手中。其次，以哥哥在朝中此时的地位，足以压住王家。此时比起过去三十年来，是我赤亭戎和姚氏崛起的最好时机。我一个人不足道，只是上天恰逢其会地让我在这里，恳求嫂嫂助戎姚一臂之力。"他前一个哥哥指的是姚襄，后一个哥哥指的是姚苌，不用区分，姜月仪也听得懂。

姜月仪许久没有说话，姚晃朝她看去，看见她眼神正盯着一个方向，他也扭头看去，发现她盯着一只花色毛皮的猫，那只猫三足着地，一足半曲悬在空中，似乎正要迈出一步，可又审慎犹疑。等了好久，那只猫才迈足落地，落落大方地走掉了。

姚晃心想，这其中有什么玄机和寓意？

姜月仪等猫走远，这才开口说道："我有三个弟子：巩美人、彭启静和雷良芹。她们分别由我传授术法，司掌不同的领域。巩美人是继任的大神官，她主祭祀传承，与祖先与鬼神通灵。彭启静主役使山中的生灵，主持男人们渔猎、畜牧的祭典。雷良芹是最小的一个，跟我学习占卜治病，复活草木与动物的秘法。"

姚晃心中惴惴，问道："嫂嫂忽然说到这个，是有什么要教诲弟弟的吗？"

姜月仪无声地笑，反问道："你来榆中有几天了？"

姚晃心头一震，说道："两天。"

姜月仪又问道："这两天你都做了些什么？"

姚晃心慌乱跳，强行镇定，说道："弟住在姚家老院里，没有到处走动。"

姜月仪目光炯炯有神地盯着姚晃，看得他更加慌乱，低下了头。姜月仪说道："我知道你做了些什么，并且不止我一个人知道。"

姚晃方寸大乱，说道："嫂嫂，我错了，我知道错了，我以后再也不敢了。"

姜月仪脸上露出鬼魅般的凶狠来，说道："我没有要干涉你的意思，也没什么要指责雷良芹的。我只是说，你要小心。"

姚晃头伏在地，声音颤抖地说道："弟一定更加谨慎，不敢造次了。"

姜月仪抬起一只手，在空中攥成拳头，狠狠地捏紧。姚晃听见隔壁房间传来猫被抓住的惨叫连连，他还在惊讶，姜月仪拳头张开，隔壁那猫的惨叫立即便停歇下来，悄无声息，就好像先前那有人抓住了那只猫，扼住了它的脖子，警告它之后，又放走了它。

姚晃抬起头来，惊疑地望着姜月仪。

姜月仪吁了一口气，语气和缓下来，说道："事情的关键在于，为了要达成目的你能够忍受死多少人。死的人越多，解决得越快，死的人少，就解决得慢。"

姚晃稍微镇静，脑子里飞快地转，他抬起头，目光变得炯炯有神，似乎心领神会。他也知道世间事并不简单，姜月仪到底怎么想，赞同还是反对，支持还是不支持，她自己会做些什么，她并没有确切地说出来，但她提到了死人，死多死少各有分际，这对于一个总共没见过几次面的弟弟而言，已经足够坦诚的了。

他想到这，说道："但凡有变动，总会要流一点血，流得少当然最好，但是实在控制不住，多流一些血也无可奈何，重要的是最终达成目标。弟已经做了少许预备，现在来拜见嫂嫂就是沟通此节的。"

姜月仪陷入沉思中，好一会儿才说道："我会帮你约束巩美人，你对王化吉要先礼后兵，一定要流血的话，请局限在他一人身上，先发制人，不可酿成节领间的械斗。"

姚晃恭敬地颔首，起身告辞，骑着马回了住处，派出几个侍卫各处部署，自己悄悄去见了几个家族的节领，一直忙到半夜才歇下。

第七节　酋长之位

第二天吃过午饭，姚晃率领着三四名侍卫来到王家院子，王化吉已在家中等候。他们像小时候一样拥抱过后，分宾主落座。候任大神官巩美人悄无声息地出现在屋子里，坐在王化吉的身旁。她是一个或许年轻时也漂亮过，但现在已经逐渐失去颜色的女人，第一眼很难让人喜欢，但姚晃偷偷看了她几眼，每看一眼，都觉得多了几分喜欢。

王化吉三十来岁，身材瘦削而高挑，头上包着帕子，身上穿着蓝色罩袍，脖子和手上戴着许多银饰。这对于姚晃是完全陌生的装束，他对父亲完全没印象，也没有哪个哥哥是这样穿戴的，他心里想，这就是戎人的传统么？如果要我也这样穿戴，我是该顺从，还是对这个传统加以变化？

饮酒叙旧已定，王化吉开口说道："姚兄弟，你这次回到榆中，是为了何事？"

姚晃说道："我受我哥哥的委托，送一封信给你。"他从怀中摸出一封书信，递到王化吉旁边的案几上，又接着说道："他知道你不识汉字，所以让我同时带口讯给你。他现在急需人手，要你在三十天内，募集四千个十六岁以上三十五岁以下的男丁，另外还要五千匹三岁龄以上的马，其中母马最少一千五百匹，募集齐后，由我带回长安。"

王化吉仍然把信拆开来看，即便只是做个样子，他仔细地辨认了信纸上的文字一番，然后递给身旁的巩美人看。他思索了一会，眉头猛跳，不动声色地说道："现在部族总共才三千多户，不足三万人。这个抽法，有些人一家大概要出两个人才够。"

姚晃接着说道："三十岁以上的男丁，三年后可以返回。"

王化吉说道："金城刺史也找过我要抽丁，他们要的人不多，我也拒绝了，毕竟姚将军朝中为官，我们戎部是不受地方管辖的。"

姚晃沉着脸，说道："戎部不受地方管辖，凭借的就是姚家的特权，现在是你们践行对我哥哥的义务之时。"

王化吉低头沉思了一会儿，说道："我听说现在关中的流民不少，在流民里募兵较为容易，姚兄弟你看这样行不行，我在族里争取募到一千个青壮年，另外我筹集两百万钱，请姚兄弟用这钱在关中就近募集流民，大体上也能募到两三千人了。"

姚晃脸色严峻，说道："有两百万钱？这是你自己的钱，还是族里的钱？"

"自然是族里的钱，我自己哪里有这么多。"

姚晃讥讽说道："族里什么时候这么有钱，恰好，我在长安，收到这边不少人联名检举你贩卖人口，私运盐铁，你总算还是公私分开的，原来赚来的钱是进的公账。"

王化吉有些发怒，但他压抑怒火，仍然耐心地解释说道："哪有什么贩卖人口，私运盐铁，这些钱还只是个数字，小部分是历年积存下来的公帑，大约有六七十万，这是公库里现有的。其余一百多万还并不存在，是我要花些时间找各姓各户募集。毕竟花了钱就让各家可以替代兵役，大家大概都愿意。你要明白，两百万还是个虚数而已，并不存在。"

"如果这样，那我可只好长驻在榆中，仔细清点一下户数了，顺便查一查公账了。"姚晃气势逼人地说道。

"姚兄弟要回榆中长驻，我当然欢迎，只要不耽误姚将军的事就好。"不过，他的怒气越发上来，忍不住又加了一句："你要是拉一拉历年来我们奉公所交的钱，抽走壮丁的总数目就更好了，那更好看。"

"历年相加？敢情你昨天吃了饭，今天就不必吃，明天也不必吃，否则算起来这三十年来你一共吃了多少米肉，加起来想必也是大数目，你何德何能，可以吃得下这么多？"姚晃声色俱厉地反唇相讥。

王化吉被说得一愣，语气缓和一些，说道："我现在暂代驻地酋长，即便我支持姚兄弟的索求，也没法办到，榆中现在有四十七个大姓，共有六十三个节领，已经形成了新的议事方式，没有他们的支持，我一个人说了也没用，推行不下去的。"

戎人部族以户为基本单位，同姓的户联结为节，每个节设一位节领，有些节的人丁格外庞大，所以会有不止一位的节领。之前姚弋仲姚襄做酋长的时代，节领地位不高，但姚苌长期在朝中为官，姚家也几乎没人待在榆中，所以节领在族中的议事地位不断提高，王化吉所说虽然有所夸张，但也是有所本的。姚晃对此略有所知，但并不深知，他之前以为酋长和大神官能够有所配合，便大致顺利。

姚晃面色严峻，目光转向王化吉身边坐着的巩美人，问道："这位是？"

巩美人浅浅一笑，说道："我是巩美人，当下候任的大神官，严格地说，仍然还只是神官而已。"

姚晃说道："原来是阿娘，我还是第一次见。"他站起身，对巩美人跪下，按照对大神官的礼仪，匍匐叩首两次，然后起身，问道："不知道阿娘怎么看这件事？"

巩美人受了姚晃的礼，微微笑着说道："酋长的事情就是榆中赤亭戎最大的事情，这不用多说，只是这次酋长要的超出了榆中的限度。我想化吉也有心无力，抽走这些健儿，不仅我们没法和周围各部争水源、山林、土地，剩下多数都是妇孺，各家各户的生活都更难了。这实在是一件极为严重的事，还望姚……先生能再三斟酌。"

姚晃目光凶狠，看着两人，说道："这事真的那么不可为么？"

王化吉说道："我看姚兄弟还是回长安给酋长陈说一番，说榆中现在的人力确实已经到了枯竭的程度，需要再多生息几年；请他收回这次的成命，或者，大幅度地降低这次征兵所需的员额。"

巩美人还想说什么，欲言又止，终于什么也没说。

姚晃脸色铁青，在王化吉身边转了几转，忽然拍了拍手。两名侍卫飞快地从屋外冲进来直扑向王化吉，将他从席榻上推倒，用绳子捆了起来。先前随姚晃进屋的侍卫用刀架在巩美人的脖子上，令她不能动弹。巩美人先有些惊慌，随即便镇定了下来。

控制下局面，姚晃才说道："我哥哥是本族的大酋长，他信任你，才把榆中的管辖事务交给你处理，你如果做不了，我只能勉为其难，代行酋长之位。"

王化吉作为赤亭戎最大的王姓人家的节领，既贵且富，家中有十几个侍卫，他几年以来实际担当酋长的角色，榆中城砦的几百士兵也受他节制，本地无人能及，但他完全没有料到姚晃竟然直接出这样的手段，被姚晃用三个侍卫擒拿住，绑出房间的时候，家中侍卫们还懵然不备，眼睁睁地看着主人被制伏，随即这些人也被解除武装。

姚晃从长安来榆中，身边只带了十来名侍卫，到金城郡的时候，他找刺史吕骞借了五百名骑兵，远远地跟在后面。昨天夜里，他派人接着这五百骑兵，将他们部署在城砦外的打谷场。姚晃和侍卫们绑了王化吉一家七口，连同巩美人一起，押到打谷场。

姚晃令王化吉家的十几个侍卫，在榆中城内挨家挨户敲门，找着赤亭戎四十七姓的节领共六十三人，除了两三人不在城中之外，尽都请到打谷场，围成半圈坐好，大神官姜月仪被请来坐在其中靠前位置。

王化吉一家被绑缚在一起，由六七名姚晃的侍卫守着。五百骑兵中的一半下马执戟，围成方阵，另一半分成两队，骑马列在方阵外的两侧。三四百名被解除了武装的城兵被用绳子围在一起坐在地上，置于骑兵队的监视之下。

姚晃和众人对面坐着，他让巩美人坐在他身边，另外两个神官彭启静、雷良芹坐在巩美人的身后。雷良芹穿着和昨天不一样的衣服，神情漠然，脸色苍白。彭启静是个三十来岁的妇人，姿色平庸，姚晃以前见过，但从没说过话。

待人都到齐，姚晃对众人开口说道："我在长安，接到在座几位乡老的联名举报，说王化吉贩卖人口，私运盐铁，僭称归顺王。我哥哥，赤亭戎的大酋长姚苌听了很生气，委托我回榆中来查明真相。"

他用汉话来讲上面这番话，因他的戎语不足以表达清楚复杂的意思，而赤亭戎历经迁出迁回几十年，汉话已经算是第二语言，无人不会，甚至因为容易记录，在议事上比戎语更为正式。

他停顿下来，扫视了一遍所有人，见节领们都屏息静听，接着说道："我回来几天，已经分别掌握了他各项罪行的证据，全都证据确凿。今天，便是要请各位乡老来给个意见，如何处置这个败类。"

王化吉高声说道："我没有私运盐铁！"

"你贩运盐铁的证据确凿，"姚晃冷笑了一声，说道，"你敢说你没有贩卖人口么，没有僭称归顺王么？"

王化吉哑了一下，说道："三年前酋长到榆中巡视，曾经和我谈过委托我暂代归顺王一职的事情，期限虽然过了，但归顺王的任命就快要批复下来了。"

他说的其实是两件事，其一是姚苌三年前要他筹集五百万钱，许以三年后由他正式接掌榆中赤亭戎的归顺王职，由代酋长成为正式酋长，另一件是姚苌后来一直不理不睬，王化吉自己在长安通过雷家宿老的活动，也接近达成由朝廷敕封榆中归顺王的程度。这两件事极为繁复，他急切辩白，说得个不伦不类。节领们听得更糊涂三分。

姚晃冷笑，说道："我哥哥还没死，归顺王的官位什么时候轮到你？"

他的诘问十分有力，比王化吉所说的复杂要容易让节领们容易听懂得多了，连他自己也感到绝望，觉得事实的确如此啊，他望着自己被绑着的妻子、女儿、女婿和四岁多的孙儿，张口结舌，说不出话来。

第八节　杀人立威

姚晃接着说道："贩卖人口的罪证，是金城郡刺史吕逊提供给我的，过去一年，你运了十一批人口共七百四十余人到扶风郡周至的人口市场，卖得的钱你一个人独得了大半；运送途中还有二十三人死于途中，这都是斩首灭门的罪；至于贩卖盐铁么，你以为这四周的骑兵是来做什么的？"

王化吉见那些可说不可说的事情都被姚晃掌握，正经地当众指控，心中终于绝望，他猛地对着节领们用戎语大声喊道："姚将军又要来抽壮丁了，这一次他要抽四千人，一家人要出超过一人，姚家这是要把我们赤亭戎逼到绝路上去！我不肯配合他们，他就冤枉我贩卖人口，私运盐铁，要把我置于死地。我死了没关系，我一家人死了也没关系，几千个壮丁抽走都没关系，只剩下老弱妇孺，打不到孢子，收不下麦子，水源草场保不住，牛羊都保不住，其余的人就老老实实地坐在这里等死吧。我们赤亭戎要灭绝了，就要灭绝了！天上的神仙，山上的众神，水神，火神，列祖列宗，我们赤亭戎要灭绝了吗？"

姚晃毫不阻拦，任由他大喊大叫，只是冷冷地看着他。众人听了王化吉前面的话，顿时群情激愤，也预备好了看守着王化吉的侍卫会上前狠抽他一刀背，然后堵住他的嘴，然后节领们或许会有人站起来……可王化吉说了许多，长安来的姚晃，酋长的幼弟却什么反应也没有，任由王化吉说，说到他说不出什么为止，这下两相形成巨大反差，心中觉得疑惑，心中的激愤变成沉默不语。有些人不免想，王化吉说的这些怕都是无中生有的胡扯，不然，何以姚晃不阻断他呢？

王化吉也预备好了看守他的侍卫上前来堵他的嘴，剩下的不说大家也都懂了，所以挑最紧要的先说，但能想到的都说完了，却见姚晃和卫兵仍只是漠然旁观，而节领们纵然有人有些疑惑，但大多都只是冷漠的样子，顿时张口结舌，喊不下去了。

巩美人站起身，开口说道："姚先生对王节领的指控，多数我都不知情，不好判断，但是贩卖人口这一条，本来是族里沿袭下来的生意，这算不得王节领自己所为的作恶。"

姚晃转过身来，面对巩美人，略施了一礼，大声说道："如果这些贩卖的人口里就包括本族的子弟呢，又或是拐来别的戎族部落人口呢？以前赵国册封我父亲为大单于，就是戎人所有部落的酋长，大秦天王苻坚也封我哥哥为大单于，统帅所有戎人部落，天下的戎人都是一家了。在这样的情况下，贩卖自家的人口，贩卖戎人兄弟的人口，收入中饱私囊，这也算是沿袭的人口生意么？"

贩卖人口从来都是戎人部族不光彩的生意，所有人都知道这一点，在战乱期间盗抢拐骗敌对部族的人口算是战功，但在和平期间就非常可议。有些婴儿从外面偷来当成自家的孩子养，但养大了受困于赤亭戎自己田地山林日益缩减，分不了田地立不了户，便被当作掳掠的人口卖掉，这并不稀奇。还有私生子，以及被父母所抛弃的子女，都被交到酋长手上卖到汉地去，可谓屡见不鲜。姚苌许多年前就被朝廷冠以戎人大单于的称号，即便是个虚衔，但理应把所有戎人部族都视为本族，赤亭戎自己是没法用沿袭的历来生意来做遁词了。

巩美人叹了一口气，说道："那既然如此，请各位节领发表自己的意见，我们该把王节领如何处置。"

围坐着的节领们没人响应，相对于赤亭戎原本最大但已经出走多半的几个大姓如彭、党、毛、王而言，留在这里的都是相对的小姓，每姓不过几十户，过百户的一个也没有，素来没有发言的资格。何况这是由外来兵马镇守的会场，更没人会自讨没趣。等了许久，打谷场上仍是一片静寂。

姚晃开口说道："既然大家没有意见，我就按照老规矩来。"

他从腰间抽出匕首，走到王化吉面前蹲下，撕开他的上衣，露出胸膛，姚晃用匕首抵住王化吉的胸口，问道："王兄弟，你还有什么话要说？"

匕首尖陷入王化吉胸前的肉里，但还没有刺破皮，王化吉脸色铁青，他忍住恐惧，对姚晃说道："小时候我们是好伙伴，求你放过我的外孙。"

姚晃摇头，说道："等他长大以后也同样用匕首指着我的胸膛，我再对他说，求你放过我的孙子？"

王化吉恨恨地瞪着姚晃，终于泄了气，说道："那随便你吧。"

匕首猛地刺进去，王化吉大吼一声，目光死死地瞪住姚晃，向前倒下。姚晃身后有个年轻女人发出了悲怆的尖叫，但戛然而止，愣愣地望着姚晃。

姚晃没有拔出匕首，他将王化吉的身体轻轻地放落在地上，拍了拍他的肩，好像是在勉励他一路走好。然后，他站起身，怜悯地看着被绑缚着的王化吉一家其余人，他特意在那个小孩子脸上扫了几眼，觉得他呆呆的有些笨拙，还不懂得死亡是什么。

他挥了挥手，几个侍卫走过来将他们拖走，拖到远处，一个个用匕首割喉杀了。没有人发出声音，连被杀的人也没有，连小孩子也没有哭泣，只有沉闷的刀子割破喉咙的声音，躯体倒地的声音。风将血腥味带回到人群，人群都沉默不语。

姚晃回头看了看雷良芹，她表情漠然，倒是她身前的巩美人，诡异地笑了一下，好像在嘲讽他拿自己无可奈何，这让姚晃心中极其不快。他站在原地愣愣地呆了许久，走到姜月仪面前，大声说道："阿娘，王化吉有罪已经伏法，但候任的大神官也有罪，该怎么处置还得要你拿个主意。"

姜月仪盯着姚晃看了一会儿，脸色平静。

她站起身走到彭启静身边，牵起她的手，让她站起来面向众人，她牵着她的手高高地举起来。这是她表达她对这个人支持的态度。接着，姜月仪走到巩美人的面前，牵着她的手从座位上离开，然后走过去将彭启静牵到那个座位上，扶着她的双肩，让她坐上去。

做完这些，姜月仪对巩美人低声说道："跟我走。"

巩美人有些错愕，有些愤懑，但她立即就接受了这变化。姜月仪走在前面，她跟在后面，两人没再对众人和姚晃说一句话，自顾自地往外走，走到骑兵围成的阵线时，骑兵们自动让开道路，让两人走了出去。

姚晃一直盯着姜月仪的动作看，对于她的反应，他不是那么满意，但也不至于需要去纠正的地步。待姜月仪走出人们的视线，他回头看了一眼被安放在座位上的彭启静和她身后的雷良芹，觉得这件事已经成了一半。

他自嘲地摇了摇头，开口对众人大声说道："刚刚，王化吉当众对大家说，说我要抽走四千兵，这都是谎话。"他冲着王化吉尸体的方向唾了一口，接着说道："我这次来，不是我哥哥要征四千人走，他委托我来，是要以极好的条件抽两千人，以现在户数，大约两家才抽一人，大家不必担心。另外，所谓极好的条件，请大家听好。抽到当兵的，族里每年给谷五石。"

他的话在人群里顿时激起反响，人们交头接耳地议论起来。五石米相当于凉州本地两亩不好也不坏的田地出产，每年给谷五石，大体上等于一个劳力干活所得的产量，考虑到天气叵测，田里实际的收成还不一定有五石，而去当兵在军中另有钱粮所得，所以这个条件确实算得上极为优厚。榆中赤亭戎此时到底有多少户数，众人也没人说得清，一时觉得这个条件怕是甄选的标准要提高才能被抽中，顿时觉得有喜有忧。

也有人想，这个条件对于农户而言是很不错，但对于猎户和牧户而言，粮食交换不成问题，但皮毛的收入等于减少了，所以这条件有利于农户，而不利于牧猎。还有些人想到王化吉说赤亭戎要被姚氏灭绝了，而实际情况却恰恰相反，他过往不知道从中截取了多少利益，不由得怒从中起。

另外有人也想到，王化吉一家灭亡，姚晃亲自主持征兵的事情，征兵事情一了，他自然要离开榆中，那么谁又来担任代酋长一职呢？姚晃亲手杀死了王化吉，多半就是他来坐这个位置了。

姚晃接着交代各姓各户报名抽丁的规则，交代完毕，见群情激越，根本不在意远处已经冷透的那些尸体，心中越发地高兴起来。

交代完抽丁的事情，等众人散去，姚晃走到被困住的城兵面前，令侍卫将围住城兵的绳索解开，侍卫们给每个城兵手中塞了一百钱。

姚晃大声对众城兵说道："今天，我姚晃算是得罪了大家一番，不过总比大家被人蛊惑要好些，如果和从金城来的军马厮杀一场，状况恐怕要糟糕得多了，而各位死死伤伤，也无改于最后还是一样的结果。对于这一点，各位没什么异议吧？"

坐在地上的城兵们纷纷点头称是，姚晃接着说道："刚刚说抽丁抽到的人族里每年给谷五石，诸位想到外面去从军，可以报名，留在城中不走的，族里也每年给谷一石。"

城兵众人先还有些拘谨，有人在人群中高呼朵奇，众人也高声呼喊起朵奇来。

这是赤亭戎表达最高尊敬的用词，姚晃离开部族多年，听不懂大部分戎语，但他在众人脸上看到感激的表情，也猜到是怎么回事，他颔首微笑，指派几名侍卫分别将城兵带开，重新编队。

姚晃最后走到彭启静面前，他对这个女人没有丝毫兴趣，甚至为她将要在这个位置上待不了多久就会被轰下台而感到一丝怜悯。他没有向她施礼，也没有称呼她为阿娘，直截了当地说道："从今天起，我就是赤亭戎的酋长。"

他说了这么一句，视线掠过雷良芹，不看她的表情，转身离去。

第九节　爱与家庭

姚竞已经有好几年没有踏入过老院子，但他听说姚玉茹回来，顾不得许多，亲自骑了马过来，会同李氏一起，将玉茹唤到正厅讲话。

姚玉茹知道会有此刻，一早穿得整齐，预备接受他们的任何安排。她站在正厅前面，姚竞坐在主人位置，李氏仍是如以前一样，坐在他的旁边次座上。

姚竞尽量语气平和，开口问道："这几天，你跑到哪里去了？"

姚玉茹低头说道："我说了，爹你也不信，所以不如不说，不过我没做出什么出格的事情来，娘也检查过，这一点爹请放心。"

姚竞盯着女儿看了一会儿，感觉她此刻态度谦恭驯服，李氏说她处女之身仍在，并没出什么意外，心中稍安，说道："有你娘看护着你，你向来都很乖，我是放心的。不过，你年纪已经不小了，我和你娘都希望你早点儿定下亲事。"

他略微停了一下，接着说道："前天我知道吕绍去了却没找到你，便设法去拜见他，和他说明，说你为了奶奶那边突发的事情，连夜赶回榆中去了，预计要过几天才回来，等你回来我再安排你们俩见面。吕绍虽然有些不忿，但看来也通情达理，说有机会再安排相见。"

姚玉茹有些诧异，问道："奶奶那边有什么事情么？"

"并非奶奶那边发生了什么事情，这是我编出来给吕绍解释你爽约的原因而已。你总是这样心不在焉，我实在担心得很。"

"奶奶一直说要我去陪她，你总是不答应。"姚玉茹有意把话题往其他的地方去引。

姚竞面色严肃，说道："奶奶之前要你回去陪她，是预备让你做部族的神官传人，我自然是不肯的，你如果真的回归了部族，便只能在部族里招一个男人上门，在天水郡你都这样挑三拣四，始终不满意，怎么可能受得了那些不开化的野人。"

姚玉茹幽幽说道："野人也好，贵族也好，大臣也好，大臣的儿子也好，反正无论在哪里，都是你们在安排，有什么区别。"

姚竞提高了声音说道："自然是要我们安排，岂能由你自己拿主意。几个月前，我在长安城里买了一处院子，原想如果你在天水郡始终找不到合适的人家，我就带你去长安住一段时间，让你开阔一下眼界，也好过让你回到榆中的乡下去。这次吕光的行营设在天水，给了我们一次机会，如果你和吕绍能成，我也就不必再带你去长安了。"

长安，姚玉茹对长安有着奇怪的遐想，她觉得那儿的人个个都相貌清隽，说话儒雅，有着不同凡俗的气质和品位；她见过几次由长安来的人，吕安算其中很好的，其余的人则和她想象中全然不同，要么平庸，要么酸俗，模样也都不及她的预期。

姚玉茹叹了一口气，说道："爹，我不明白，你为何一定要逼我嫁人？"

"这其中的道理，我可以说上一天一夜，可是我每说一句，你总有不同的见解，听起来都是强词夺理，矛盾混乱的理由，我已经懒得再多说什么了。你一定要问的话，我就只有一句话，这是为你的将来考虑。"姚竞说道，毫无新鲜一点的话。

姚玉茹垂头不语，她想起几天前小四对她香水的恭维，说她的香水这样好，一定可以赚大钱的话来。父亲要自己出嫁，作为女儿，她没有继承权的问题，但隐然有非嫁人便不足以养活自己的潜台词。而更多的，是他要用女儿作权势上的联姻，前者自己固然或许可以不动声色地坚持贫淡，调制的香水也许可以广受欢迎，换钱来养活自己，而后者，则需要公开主张自己的命运，而这疑似叛逆，疑似不孝，实在无从下口。

姚竞沉默了一会儿，又开口说道："有一席话，我之前和你说得少，你也从来没有意识到，所以凡事都由自己的喜恶来做决定，但你要知道，并不是一切都本来如此的。"

姚玉茹听了，有些轻蔑地心想，这一次他又会有什么新意么？连"说得少"这句话本身也是不新鲜的。

姚竟放慢了语速，言辞恳切地说道："玉茹，我是这个家的家长，我最念念不忘的，是让这个家里所有成员安定富有，今天比昨天好，明天比今天好，如同上山一样，快也好，慢也好，一直向上走着才好。我又是个做买卖的人，愿意投入本钱去赚取利益。我的本钱除了钱以外，我的每个女儿、儿子，也都是我的本钱。你也是其中之一。自古以来，婚姻就是一种稳定而可信的联结方式，使有钱有权的人相互支撑，各取所需，共得长久利益。你生在这个家庭，所谓与生而来，就是没有任何道理可讲，便被赋予了生在这个家庭的命运：这命运就是你要安享你所拥有的一切，不论你觉得好还是不好，不要得意，也不抱怨，同时完成自己的责任。现在，去让吕光的儿子喜欢你，能让他想娶你，就是你为这个家庭，为你的妹妹、弟弟，和为我，为你娘所尽的责任。"

他猛地咳嗽了一下，嗓子变得有些沙哑，但还是接着说道："每个人都应该认清自己的命运，去做自己应该做的事情。如果你认识不到这一点，还以为婚姻完全是你自己的偏好喜爱，可以一直挑三拣四，那只说明在你心中除了自己，并没有这个家庭别的成员！"

姚玉茹心中哑然失笑，心想：这哪儿是什么说得少，或许有个别言辞是新的，但大体上都是以前多次说过的陈词滥调罢了。

姚竟停了一下，又接着说道："我们住在天水太久了，常忘记自己是戎人，而今日国家的权力在氐人手中，戎人想要安稳，与氐人的结合至关重要，我没本事把你嫁给苻家，但吕家也足够强大。我们成为吕家的姻亲之后，他们可以庇护我们的生意，保护我们的安全，连同也保护着金城郡榆中赤亭戎部族的安全。如果不是嫁人，你身为一介女子，单凭自己的能力，怎能做这么大的贡献！"

姚玉茹不动声色，说道："二叔公不也是在朝廷做官，而且是不小的官。他还不够保护榆中么？"

她说的是正是时任大秦步兵校尉的姚苌。姚苌实际并非排行老二，而是她的太爷姚弋仲的第二十四个儿子，只是几十年南征北战下来，所有兄长都已亡故。姚苌自称排行第二，并非存者的第二，事实上他已经是最年长的一位，他把姚襄尊作老大，自己屈尊其下，姚襄战死也有二十几年了。

姚竟叹了一口气，说道："二叔公和我们家可没那么亲近，他离开榆中几十年了，难得回去几次，谁知道他忘记了自己是一个戎人没有。"

姚玉茹低声说道："爹爹你也是从榆中出来，不愿意再回去的。"

姚竟脸上似乎红了一下，说道："我从没忘记自己是一个戎人，所以我愿意把你，我的女儿，嫁给氏族人，不过，必须是一个位高权重的氏族人。"

姚玉茹感觉到极大的讽刺，不过开头她便已经预备好了让步，刚刚略微抵抗了几句，算是抗争过了，继续说下去不过是无尽的纠缠，便说道："既然爹连这样不寻常的话也说出来了，我还能说什么呢？我会好好地和那个吕绍见面，奉承他，讨他的欢心，希望他能顺顺利利地把我娶了，这样爹爹高兴，生意好做，一家安好，部族也就安稳了。"

姚竞对姚玉茹的揶揄语气感到恼火，但他更看重她答应去做的事情。他一边想，大前天她也这样答应得好好的，可是竟然和吕绍失了期，到底是出了什么岔子？一边勉励说道："那就好，不枉我和你娘的一番苦心。"

姚玉茹这时瞅瞅娘亲，又看看爹，两人虽然并排坐着，但脸各自侧向一边，觉得"我和你娘"几个字的嘲讽意味更胜过自己的话，不由得轻笑一声，说道："我尽量装出淑女的样子，但要是别人看不上我，那也是没法子的事。"

姚竞不去管姚玉茹的唐突失笑，接着说道："不用装淑女，吕家是武将世家，我已经想好了，几天后我邀请吕绍去太皇山中打猎，你也随行，展示一番你的弓箭之艺。你们俩能成就成，不能成，我也就不再逼你。"

说着，他站起身来，仍是不看李氏，茫茫地在院子里四处踱了一会儿，出门骑马走了。

待姚竞走了，李氏对姚玉茹说道："那天晚上你没回来，第二天仍然没回来，我还以为你像你舅舅那样消失了，我很害怕，又有些高兴，希望你和舅舅能碰见，相互有个陪伴。可是你又回来了，我不知道该说难过，还是高兴。"

大概是在姚竞身边坐了一会儿，李氏没有平素那么凶狠，似乎有些十来年前姚竞还没有搬走之前的那份柔软。但她说的话颠三倒四，姚玉茹有些不寒而栗，心想，她居然希望我别回来？

姚玉茹低着头，说道："娘，你别难过，我没事，舅舅也一定没事的。"她后悔自己没向神仙提出交换的条件，自己愿意去做神仙们要自己做的事情，而她可以做一件让母亲高兴的事情。

李氏摇了摇手，神疲体倦地起身回屋去了。

姚玉茹回到自己房间，看见那枚棋子还在桌上，她拿起来握在手中，先是有微微的悠凉之意，很快便和她手心的温度一样了，和别的石子没有任何不同。她想，真是难以想象，这枚棋子里竟然住着一位名叫弈秋的神仙。可是，等了许久，他和她并没有任何的交流，她什么也感觉不到。她也不知道他是不是真的隐藏在这枚棋子之内，还是在仙境中给她玩了一个障眼法，只是为了让她惊奇一番。他说有千年的禁锢，等于说她不可能再见到他出来的那一刻，那么，对于她而言，这枚棋子和一块普通的石头又有什么不同？

这使她想到，我只是个普通的父亲的普通的女儿，为自家家庭去嫁一个人，是再普通不过的事情，为何自己始终不肯就范，究竟在等待着什么？

第十节　姐　妹

第二天早晨，风和日丽，是个适合外出打猎的好天光，姚玉茹换好素色紧身短衣，犹豫了一番，还是穿上粉色襦裙，略微梳妆一番，将当中一绺头发编成小辫子，盘在头顶，这是她见到有别的小姑娘这样编，显得俏皮可爱。她想，自己已经过了一个女孩最好看的时候，须要在这样的地方取一些巧。

她将棋子揣在怀中，想了想还是将新制的香水揣了一小瓶在身上，将弓箭别在枣红马身上。和母亲请安道别，骑着马来到城西的姚家大院，远远看见大门口停着两辆大车，车旁已聚集了许多人。

她一眼瞥见妹妹姚玉黛也在其中，身披青色绒氅，里面穿着红色长裙，骑着白马，说不出的清新动人，她的贴身侍女冯婉儿也骑着马，站在她身边，心中不由得咯噔一下，她策马走到妹妹身旁，问道："爹爹呢？"

姚玉黛见姐姐来了，兴奋地说道："爹爹到行营那边去接吕将军的公子去了。姐姐你今天真漂亮。"

妹妹的恭维出自真心，姚玉茹也开心了一下，但她很快就有些暗淡下来。因为她觉得姚玉黛在人群中比自己更加明亮，相形之下，自己和冯婉儿差不多的朴素，像是姚玉黛的另一个侍女。她心中有些低落，但又想，这有什么关系呢，如果吕绍不喜欢自己，而更喜欢自己的妹妹，也没什么不好；如果这本来就是爹爹的想法，那更加没什么不好了。

姚玉茹扫视了一番人群，除了一人以外都是姚家的门客或仆役，有些人熟悉，有些人生疏，数了一下有十来人，其中唯一不是门客的人是姚竞的挚友，名叫李柯，比姚玉茹大七八岁，但姚玉茹喊他叔叔。他不是中原人氏，不是氐戎面孔，也不是鲜卑、匈奴、羯人的面孔，他深目高鼻，满面褐色的浓密胡须，身材高大，骑着一匹黑马，马屁股一侧悬着一面长形的圆盾，另一侧挂着一把短剑，这是他最为显著的标志。

眼前看到的和姚玉茹出门时的预计完全不一样，她还以为连同父亲在内总共有四五人而已。她侧身问妹妹道："今天的阵仗挺大，难道是要去打豹子么？"

姚玉黛微微笑着，说道："打什么猎物我可不知道，不过据说会出门好几天，不会今天就回来。"

姚玉茹哦了一声，说道："你还没出过这么远的门，你娘居然舍得。"

姚玉黛略有些幽怨，说道："我娘舍不得的是小尹，爹执意也要带他出这趟门，还好她有小青陪着，不然肯定不放我走了。"

姚玉茹吃了一惊，说道："小尹也要去？爹真是……"她本来想说志在必得，又觉得这句话没头没脑，便生生地咽回去。

姚玉黛凑近姐姐，低声问道："姐，我听说你前几天没回家，你是去了哪里，可以给我说说不？"

姚玉茹从仙境回来一天多，心中有许多话，想要倾诉的愿望无处释放，憋得难受，自己的妹妹是再合适不过的倾诉对象，见她问起，便说道："你相信姐姐的话不，相信就给你说，不信就不说了。"

姚玉黛笑着说道："姐姐每一句话，我都相信个完完全全的。"

姚玉茹心中的皱褶都被妹妹的笑容熨帖得平顺，感激莫名，说道："我那天和你们道别之后，不想马上回家，便骑着枣红马在城外的野地里撒欢儿奔跑着解闷，大概真的是跑得很快，又或者恰好在什么地点，总之我忽然闯入了一片仙境之中，仙境并不像是在天上，而是在地上，只是望着天水郡像是墙壁上挂的图画一般。我在仙境中遇见了两个仙人。一个像童子的模样，一个是青年儒生的模样，但年轻儒生是那个童子的弟子，童子说他不喜欢老去的模样，所以变成了童子的模样，十分奇怪。"

她这样叙述，觉得经过的事情更加分明，更能够加以理解；童子的模样并不奇怪，那反而会是常人所冀望的情景；弈秋并不因为弟子的身份而把自己变得比童子更小，同样也是合乎情理的。从这个角度而言，神仙和人没什么不同。

"我闯进去的时候，他们俩正在下棋，我就在一边看。他们下到一局残棋解不开，于是要我帮手。你知道我并不会下棋，他们要的不是我能下出比他们高明的棋来，而是要我去捣乱，把棋盘搅乱，也算破了局。可是，我没答应，因为他们同时说，他们所下的棋局预兆着人世间的变化，我不能那么做。他们很生气，可是也没拿我怎么样，然后，他们就把我送了出来。天上一日，地上一年，我在天上待了一会儿，差不多就是地上三天。我回来时，还以为就是当天的夜里，没想到已经过去了三天。"

姚玉黛听得心驰神往，等姚玉茹讲完许久，才猛醒过来，说道："就完了？"

"就只有这么多。"姚玉茹有些抱歉地说道，"不然我现在也许都还没有回来。"

"仙境是什么样的，一定美丽极了。"姚玉黛有些失望，嘟着嘴。

"当然是很美的，可惜我没法说给你听，我说得再好，也比不上真正的仙境。"

"姐姐，要是你带出来一块石头、一朵花就好了，我就可以想象了。"

姚玉茹心中一动，从怀里取出那枚棋子，递到玉黛面前，说道："实际上，我带出来了

275

这个，从仙境中带来的。而且，它不是一块普通的石头，我刚刚说的两个仙人里，那个年轻的儒生便藏身在里面，他说请我带他行到尘世中来看一看。"

姚玉黛满脸的不信，她小心翼翼地接过棋子，摩挲了两下，仔细地瞧，还举起来对着阳光仰头细瞧，可终究看不出什么端倪来，心中又疑又气，不过她的生气轻微得如同撒娇，对姐姐说道："这看起来和普通的棋子似乎没有什么两样。要是不小心掉到一堆棋子里，它自己不会说话，也不会动，混进去我们就再也找不到它了。姐姐，你要好好地收好它。"

她看起来好像有些愁闷的样子，将棋子递还给玉茹。

姚玉茹接过棋子，说道："你说得没错，把它混在一堆棋子里去，就再也找不到了。"

姚玉黛低头沉思了一下，问道："姐姐，我问你个问题，那个儒生喜欢你吗？"

姚玉茹吓了一跳，压低了声音说道："你在瞎说什么呢！"

姚玉黛脸上有些红扑扑的，微笑着，笑容中又有些惘然，说道："他最好没有。他是神仙，又寄寓在一块石头中，他们的寿命很长，也许是永生不死的，但姐姐，我们人类却只有几十年的寿命，还可以喜欢不喜欢什么人的时间就更短了，或许只有几年的时间。对神仙来说，世界是一种模样，对于我们来说，世界是另一种模样，有句话是这么说的，夏虫不可语冰，我们就是夏虫。我们平时不知道这一点，但假设有仙人的话，那么同时我们就该知道自己的局限有多大。"

姚玉茹晕眩了一下，顿时觉得醍醐灌顶一般，又仿佛被浸在了冰水当中，她冷得咬紧了牙关；但并不是感到难受，而是说彻骨之甚，仿佛被仙界的泉水洗过骨髓一般，从内到外地变得新了，而这只是在一瞬之间。

说这话的人是她最为熟悉不过的妹妹，而不是什么陌生人，她说完这句话，神态立即就轻松多了，好像浑然没意识到自己对姐姐说出了多么醒觉的一句话；又好像刚刚那句话根本不是她说的，而是有人附在她身上说的，说完之后那人就离开了。

姚玉茹怜爱地伸出手去，抚摸妹妹的辫发。在此刻前，她没想到姚玉黛也长大到情思萌动的时候，而且那么快就觉察到了其中的悲哀；姚玉黛并没有见过神仙，可对时间的理解和情思交织在一起，浸透了深沉的思索和顿悟。姚玉茹禁不住想，听到这句话之前的自己，和听到这句话之后的自己，已是不同的两个人。

一阵马蹄声响，远处一队人马轻快地奔过来。姚竞策马奔在最前，他左边是一位锦衣男子，身材魁梧，相貌英俊，眉宇宽阔，神情有些威严，又有些倨傲。姚竞另一边则是只有九岁的姚尹，身穿白色袍衫，骑着一匹棕色的小马，既神奇，又稚拙，三人身后还有一名三十来岁的便装军官，身后是几个身穿皮甲的军中侍卫。

姚竞在姚玉茹面前停下，那名锦衣男子也跟着停下，三人围成一个三角。姚尹和姚玉黛欢快地交头接耳，谈论骑马的趣味和行将打猎的期许来。

姚竞勉励地看看姚玉茹，对那锦衣男子说道："这便是我女儿姚玉茹，她昨天刚刚从榆中返回到天水。"他又对姚玉茹说道："这位便是你吕伯伯的公子，太子洗马吕绍。"

姚玉茹对吕绍微微颔首为礼，吕绍看见姚玉茹，略微惊讶了一下，也点头致意。但两人拘谨得很，一时找不到话说，只好脸上僵硬地四下张望。

他们又等了一会儿，姚竞的门客车戎引着另一人从另一条道上赶来会合。姚玉茹认得那是天水郡郡守李赟的儿子李勃，之前父亲也曾经想撮合他们来着，心中想，父亲操办的这次狩猎，比预想的规模还要大些，他究竟是在做何打算呢？

姚竞抬头见到李柯，两人在马上探出身躯相互拥抱一番。姚玉茹见了，心中暗想，爹和别人没这么亲密，他们俩的情谊可谓独特。

姚竞飞快地策马在整个队伍前后跑了一回，和门客首席沟通一会儿，检查俱无纰漏，这才打马回到吕绍和姚玉茹的面前，打个哈哈道："让大家在此久等了，我们这便出发吧。"

门客们预先已经规划好出猎的线路，姚竞一声令下，两三个门客策马当先，走在前面领路，仆役们牵着猎犬，擎着猎鹰跟在后面，姚家父子女四人和他们的客人行在中间，仆人赶着的两辆马车堕在最后，整支队伍二三十人，从姚家大院门前出发，出天水郡的西门，朝太皇山行去。

第十一节　狐狸之狩

吕绍被有意安排在姚玉茹的身旁，开始两人还拘谨，没什么话说，离城远了，玉茹预备好开口说话，问吕绍在军中所司何职时，吕绍先开口问道："你常常打猎么？"

姚玉茹能想象到他这样问，是因为他看见她的坐骑后面别着弓箭，而同时姚玉黛的马上却什么也没带，她有些感激他的观察入微，答道："大约每年都会出来一两次。"

吕绍有些受了鼓舞，接着问道："你打到过什么猎物？"

姚玉茹喜欢这些具体的问题，说道："我射到过兔子、羚羊、鹿、麂子还有野猪。跟着大伙儿一起射中过一只熊，不过我那一箭只算凑个热闹，不算起了什么作用。"

吕绍笑着说道："也不错，我从小到大，还没到野地里打过猎，只在上林苑中跟过皇帝围猎的队伍，只是起起哄，把野兽赶到一处，由皇帝和大官们射杀，我看那也不怎么像打猎，而是屠戮罢了。"

姚玉茹安慰他道："这次是真的打猎了，都是野物，不是圈养的。"

"这次出来，你有想打什么猎物的预计么？"他们沉默了一会之后，吕绍又问道。

"自然是看见什么就打什么，不会为了打某个猎物才出来，那样多半就会找不到，小时候我曾经这么想过，但凡你想着打什么，它们便专门躲着你，让你怎么也遇不到。"姚玉茹咬着嘴唇，觉得这句话浸透着讨好的意味，简直不像是自己说出来的。

吕绍有些腼腆地一笑，说道："是我表达得不对，我是问，你这次出来是希望能够打到什么猎物？"

姚玉茹想了一想，说道："这有什么不同么？让我想想啊——我知道那山中有一种白色皮毛的狐狸，要是这次能碰上就好了。不过，我们未必要经过狐狸出没的地区，因为狐狸出没的地方，既没有大一点儿的动物，也没有小点儿的动物，打起猎来单调无趣。"

"如果我们专门为了白狐而来，那就是这次打猎的趣味了。"

姚玉茹心中感到一丝甜，说道："那我可要多谢你，沾了你的光。不过狩白色狐狸，说起来容易，做起来很难。"

"有什么难的？"

"白色的狐狸极其聪明，寻常人等很难接近它。而且狩它须不能用箭射，箭射在它的身上，这样好好一张皮毛便毁了。"

"那我们如何去捕捉它，难道用捕兽夹么？这样似乎更加不妥。"

"兽夹当然也会损伤毛皮，而且在危急时候，它会用牙齿利爪，抓破全身上的毛皮，让猎人只得到血淋淋破残残的一件皮。古人说匹夫无罪，怀璧其过，狐狸也不知道哪里来的聪慧，知道世人捉它是为它的皮毛而来，所以宁愿毁伤自己的皮毛也决不让人类得逞。这样虽然它自己性命不保，但是让猎人知道得到它的毛皮极其艰难，也就打消了追猎它的同类的主意。"姚玉茹说道。

吕绍想破了头，才说道："那剩下只有下毒一途了？"

姚玉茹上面所说，尽都是胡诌，不过是道听途说来的一些东西，加上她沉溺于想象，能够把一点意象也编造得入情入理，只是这样越说越入魔。她接着说道："下毒不好，毒素会进入到狐狸的皮中，过后没法鞣制，鞣制了以后色泽也和正常剥的皮有所不同，即便这一面通常在皮毛的内面，但这和毁了这张皮还是没什么区别。"

吕绍为难地说："照你这样说，要么我们根本没法拿到完整的白狐狸皮，要么就算是拿到了，真的要价值连城才行了。"

姚玉茹点了点头，说道："猎户用平常的方法是绝对没法捉到它的，我们什么时候见到有人活捉到它？极为罕见的白狐皮毛偶尔见于世间，那是极高明的猎手，守在白狐必经过的要道，埋伏于树叶堆积的掩盖之下，用尽一切时间等待它放松警惕，自己全神贯注一息，一箭射出，须得要恰恰正好射穿过它的双眼，这样才能一击毙命，取得它完整的毛皮。"

吕绍想象着猎人藏身在树叶之中，射出的那雷霆一箭，心驰神往，说道："有这样为同族搏命的狐狸，狐狸一族的智慧和勇气真是令人顿首羡慕，而一箭射穿狐狸双眼的，也只要世间曾经有过这一箭就好，一为神乎其技，再多就是血腥了。"

姚玉茹完全赞同，她觉得吕绍的品位也算不俗，心里略有了一些好感。

旁边姚竞一边和李柯闲聊关于罗马语通译的事情，一边暗暗留意姚玉茹这边，见吕绍和女儿聊得还算投机，心中总算略微放宽一些，对身边李柯接着说道："这么说来，你是一点儿罗马语也不会的了？"

李柯有些气呼呼地说道："你家小尹连戎文也不会，何况我不会罗马语。我的祖先来到这里，已经四百多年过去了。"

姚竞扭头看看姚尹，笑着说道："他其实会一点，小孩子学起戎文来会很快，未到其时罢了。你家乡里的人，难道也没有还懂得罗马语的人么？"

李柯鼻子里哼了一声，极为不满，但还是说道："据我所知，没有，最后一个据说还懂得罗马文字的老人，两百多年前就去世了。何况，你始终没搞清楚一点，你的商队要是过得了波斯，离罗马越近便越容易找到懂得罗马语的人，要的酬劳也不会很多。现在你还没启程，已想着几千里之外的事情去了，要从中国带着懂罗马语的人去罗马，就和你要去东海捕鱼，在长安就雇好了渔夫一样可笑。"

姚竞仍是笑着，说道："你说的没错，但我的担心也有道理。如果我找不到懂罗马语的人，就不得不受粟特人的摆布，心里便是毛毛的，害怕他们十句话里有一句是假的，于是迷途失路，货物丢失还算好，人去不了也回不来，那可糟糕之至。为了不至于此，付出什么代价也不算贵。"

李柯耸耸肩，说道："我愿意跟你一起去罗马，那儿是我的根源所在。你能带我去，我还要额外感激你，但是通译这个忙，我是真的帮不上。"

姚竞有些怅然，说道："我们现在还只是玄谈而已，但愿吕将军征讨西域的大军早日开动，不然，想绕过粟特人自己组建商队去罗马，实在是太难了，我估摸着能走到泰西封已经是极限了，但泰西封的价格比喀什噶尔高不了多少，真正的利润在泰西封往金仕堡的路途上，过了金仕堡往罗马城的利润据说也不怎么高。"

两人又说了一会儿话，讨论波斯境内的情势，对他们而言尽都是传言而已，前面门客回来禀报，说已经到了太皇山山脚下，随后，原本跟在最后的马车加速赶过众人，向前奔驰而去。

姚竞一干众人骑马缓缓到达山麓的时候，在两扇山壁的入口之处，门客们已经搭建好了几个帐篷，卸下了进山要用的物资，随后马车又往天水郡城赶，要运来更多的补给物资。见如此调度有序，吕绍赞许说道："姚先生打猎的布置，也和行军打仗一样，大军未动，粮草先行，如果姚先生没有经商，而是从军，现在也一定和我父亲差不多。"

姚竞听了，心中高兴，说道："公子谬赞了，这种筹划的水平，最多也就是给吕将军做个随军主簿，抢段贤弟的饭碗，不过段贤弟做生意，一定比我强。"他所说的段贤弟，就是随吕绍来的吕光军中的主簿段安。

段安一笑，说道："我之前什么也不懂，进了军中才慢慢学到的，而军中自有制度，出了军营，一切都要自己操持，谁敢说有姚老爷的本事。"

姚玉茹听了三人相互吹捧，油然而生出厌恶，刚刚对吕绍有一点的好感也飘散了。她策转马头走开，和妹妹站到一起。姚玉黛没有骑马走过那么远的路，不仅疲劳，身上各处又酸又痛，脸色有些难看，而帐篷还没有完全搭好，她只能强自硬扛，在马上有些摇来晃去，姚玉茹贴近她，让她略微依靠在自己肩膀上。冯婉儿去催促仆役尽快收拾出一个可以休憩的帐篷来。

正在这时，平地里忽然卷起了一阵怪风，风中好像还夹杂着些腥臊之气，众人都感觉到有些不祥，不由得面面相觑。车戎对姚竞说道："这像是行虎风，现在进山，不大妥当。"

姚竞想了一想，有些懊恼地说道："这风虽然诡异，可未必有虎，但我实在不该带尹儿还有玉黛来，否则，以我们这么多人，哪怕有虎，进山猎虎也是可以的。"

姚尹在旁边听了，胆气十足地接话说道："爹，我不要回去，等下马车来了，派两个人护送黛姐姐回城就好，我们还是可以进山打老虎的。"

众人一听，都觉得好笑，可是都忍住，姚竞对姚尹说道："你还小，再有十年，就可以进山打虎了。"他抬头看看吕绍，看看姚玉茹，对车戎说道："车贤弟，麻烦你带两个人，护送姚尹和玉黛回家。"

姚尹一听，嘟起了嘴，大声说道："爹，我不回去，我要跟进山去猎虎。"

姚竞脸色一沉，说道："你如果不回去，我们这一行人便都回去，你要以自己的一己随意，耽误许多人的事情么？"

姚尹满脸不痛快，但他已经十分懂事，低头想了一会儿，嘟囔说道："那我和姐姐回去就是了。"说完，他神情寥落地策转马头，往来时路走去。车戎连忙点了两个人，一起追上去。

姚竞走到姚玉黛身前，对她说道："你这个样子不能再骑马了，等一下马车过来，你乘马车回去。不过，让婉儿留下，帮着照顾一下你姐姐进山。"

姚玉茹刚刚想拒绝，姚玉黛已经拉住她的手，说道："刚刚我在一边听你说猎狐狸的事情，我多想跟你进山看看那白色的狐狸，你说要是捕捉它们，它们就非死即伤，我不要捕捉它们，我不想那样，我只要看看它们就好了。"

姚玉茹安慰她说道："你平时骑马太少，回去以后勤加锻炼，明年便可以进山了。"

姚玉黛点点头，靠在姐姐的肩头。过了许久，帐篷收拾出来，冯婉儿扶着玉黛下马，进帐篷休息。时候已经是正午，仆役们做了饭端上来，众人草草吃了，单等从天水郡来的车马来接姚玉黛，然后才开拔进山。

姚玉茹这时候才有空看看太皇山的面貌，山脉绵绵莽莽，如巨浪波涛定型在一瞬，满目苍郁杂错，不知有几百里宽，顿时心生惶恐，她想，若一个不小心，迷失在里面，便会像舅舅那样在这里忽然消失不见了么？

第十二节　往事如烟

姜月仪的静室内有一块黑曜石，大约有拳头大小，形状不规则，看上去勉强像是一个头像的模样，黑曜石前有一座小香案，香案里积了厚厚的灰，插着点燃了的三炷焚香，烟雾缭绕。姜月仪一个人坐在静室的地上，望着黑曜石，内心翻滚起许多陈年旧事。

这块黑曜石是姚襄在他最后一战的前个晚上交给她的。那时候东归的戎人部族被氐人阻挡在三原，进不能进，而退亦难受。姚襄不肯退，他不听众人的建议，执意在此决战。他对她说："如果明天决战不利，你和竞儿今后就以这块石头来拜我。"

"为什么我们不能退？哪怕再退到南方，建康那边还是有许多人同情我们，愿意为你申辩。"姜月仪怀着最后一线希望，说道。

"我不愿意和一帮腐儒去对质什么忠义，更不能容忍赤亭戎的部众分拆开了去给他们做奴隶。"

"可是，战败了的话，情况会更糟糕。"

"不会更糟糕了。"

"你是部族的首领，你要忍得了屈辱。"

最后的战斗会议已结束，将领们率领着各自的部众赶赴出发地，这时候劝姚襄要忍受屈辱显然太晚。姚襄看起来有些生气，但他仍然和颜悦色地对妻子说道："也许是别人，但不会是我。要么骑马率领大军回到南安，要么葬身在前面的沟壑当中，这是我的选择。"

一语成谶，他战死在第二天，死在一条沟壑中，身上中了三箭，刀枪伤不计其数。

那一天是姜月仪一生的分割点。

姜月仪还记得那块石头原本并不像姚襄，根本不像任何一个人，但后来拜得久了，却越来越觉得和姚襄相似，无论是外表，还是质地，像到骨头里，像到痛心流泪。她还疑心说这难道是专门雕琢出来不成？只有回忆起那夜的情景，她才意识到这只是一块用来寄托思念的普通石头。

姚氏是赤亭戎的领主，姚弋仲是英雄，也是中性的角色，他有些事做得很好，也有遗臭万年的烂事，好坏相抵消，功过相折冲，总体而言他是个合格的酋长，领着部族出走，沿途吸纳慕名而来的各族人等，使赤亭戎壮大到前所未有的程度，但长期征战，也使得新的赤亭戎损失惨重，陷于远离故园的陌土，周围尽是虎视眈眈的异族。临死之前，姚弋仲嘱咐姚襄带着戎人回归天水。

姚襄从姚弋仲身上继承了刚毅与善战，多了仁德和乐观，少了阴狠和残暴，在姜月仪看来，这和他们生长在滠头有关。滠头，是姚弋仲带着六万户三十万戎人从天水迁往关东后的落脚所在，在那里他们垦殖、打仗，生儿育女，接受汉人的教化，为时近二十年，年青一代几乎抛弃了所有戎人在故土的传统，而像纯粹的汉人一样了；这是姚弋仲决定选择投向晋国的原因。

但他们只是像汉人而已，而不真的是，归附晋国后姚襄屡被排斥，动起了刀兵，不得不再往西返。

姚襄和他父亲完全不同，他对部族只有深切的爱，从无索取，他的勇敢和睿智来自对部族的爱；他辗转苦战，不计自己荣辱得失，来自对部族的爱，他最后的冲动与殒身正根源于此。

当他们中少部分人终于辗转回到凉州故地的时候，除了还保持着姓户的建制，还能说一点混杂了口音的戎语之外，留在本地的戎人部族已经视他们为汉人。他们又流了许多血，才重新在故土围起生存的篱笆。

姚襄身上的一切好，来自滠头，湮灭于三原。接下来，就是他的弟弟姚苌对赤亭戎永无止境的榨取和掠夺，从人口到财产，小小的赤亭戎供应了姚苌三十年来绝大部分的兵源和支应，使得姚苌看起来始终保持着一支还算有力的戎人部队，让外人觉得姚苌是整个戎部而不仅仅是小小赤亭戎的领袖。

今天，他最小的弟弟姚晁也向族人们展示了他可以多可怕。苻坚允许赤亭戎重新在榆中安顿下来的时候，还有一万多户接近八万人，二十多年后，反倒只有不到四千户三万人了。王化吉所说的赤亭戎就要灭亡了，当然不是危言耸听。

姜月仪常想，姚襄挑选一块黑曜石留给她，必定经过了深思熟虑，因为即便生长在关东之地，姚襄也知道戎人是尚白色、崇拜白石的，他留给她一块黑色的石头，是对传统隐秘不言的对抗，是他对她的期许。作为赤亭戎的大神官，她不敢将黑石暴露在众人眼中，只能藏匿在静室里，悄悄地祭拜。

姚竞没有留在族里继承他父亲的位置和封号，是因为那时候他还幼小，姚苌先继承了它们，姚竞长大后不喜欢戎族习俗，不顾一切地脱离而去，居住在汉地，穿汉服，说汉话，娶了汉人女子为妻，姜月仪也不加阻拦，也与此有关。哪怕她经常流露出想要姚竞的女儿姚玉茹回到榆中，成为一名神官，而姚竞强硬地拒绝，她也并不强硬地坚持。

　　等三炷香燃尽，姜月仪出了静室，走到在白石堂前跪着的巩美人身前，对她说道："你回去休息吧。"

　　巩美人磕头站起来，说道："师父，难道你就容忍他这么胡来？"

　　姜月仪想也不想，说道："你已经输了这一仗，要懂得服输。"

　　"我输赢不可怕，但是让姓姚的这样下去，赤亭戎一定会垮掉。"

　　"他改掉了条件，还算好，不算很苛刻。"

　　"这是他的权宜之计，他先拿回酋长的位置，接下来几个月找各种理由变更条件，坚持要抽更多的丁走，我现在就能看到。"

　　姜月仪默然，她想，这几乎是一定的。但姚晃决心这么做，敢于这么做，自然一定是姚苌坚持这么要求的。以姚氏此时在榆中微弱的存在，神官祠联合几个大的节领，想办法将姚晃驱赶甚至杀掉并不难，但往后呢，姚晃没了之后姚苌一定会来，他不把赤亭戎最后一个男丁抓走是绝不肯善罢甘休的。不对抗姚苌，赤亭戎十几年后也许会消亡，但对抗姚苌，也许一两年内就会灭亡。

　　巩美人接着说道："彭启静也是站在我们这一边的，等那些骑兵一走，我们想怎么弄他就可以怎么弄。"

　　姜月仪有些怫然不悦，说道："既然如此，你说给我听做什么？"

　　"我怎么敢擅自做主，当然要向师父请示的了。"

　　"请示我？你让彭启静透过动物来监视我，有没有请示过我？"

　　巩美人有些慌神，说道："那个不关我的事，是彭启静自己做的。"

　　姜月仪心中冷笑，说道："你几个都是我教出来的，你们会什么伎俩难道瞒得过我，真当我已经老得快死掉了么？"

　　巩美人慌张地否认说道："弟子怎么敢，那真的是彭启静自己做的，绝非弟子指示。她还透过鸟儿去偷窥到小雷与姚晃私通，还好师父今天选了彭启静做候任大神官，如果选了小雷，那就糟糕了。"

　　姜月仪手抖了一下，说道："小雷和姚晃私通？她不是有个兄弟在长安朝中，还在帮王化吉上书乞求归顺王的封号，她怎么会和姚晃私通，她是马上要完婚的人，怎么会看得上那么一个坏坯子？"

事实上她知道所有这些，她这样说，只是要接着说出下面一句话来，"你不也和王化吉关系暧昧，羊烨知道这件事么？"

　　而这实际也毫无必要，许多年前她就知道所有这些，但从来没有当面说破，更谈不上指责，她这些年来寡淡如水，只有今天才略微动了一些无名的火气。

　　巩美人垂头说道："弟子做错的事，今天已经得到了报应，以后还会一直有报应，弟子一天不死，就一直要受到这个报应。但这不重要，重要的是我们不能让姚晁猖狂下去。"

　　"说得好。但，你有什么好主意？"

　　巩美人迟疑了一下，神情有些恍惚，面目扭曲地说道："我们应该先下手，杀掉他。"

　　姜月仪怜悯地看着巩美人，轻轻地说道："我懂了。"

　　她没有说出来，但她已经知道，巩美人说的先下手并不是说接下来的事情，而说的是过去某个时间，他们早就有过想法，也许已经做了安排，只是恰巧被姚晁赶在了先手，顿时毫无还手之力。当然，她也许在想接下来仍然可以先下手。先下手杀死姚晁，仿佛姚晁是一切罪恶的源头，但该怎么告诉他们自己对姚苌的担心呢？

　　她厌倦这些勾心斗角的争斗，这和她的本性完全不符。何况她已经这样老了，就算她的权威和术法可以战胜每一个对手，包括这三个貌合神离的弟子，正在兴风作浪的姚晁，乃至还隐藏在长安的姚苌，但战胜之后又能如何，她甚至没法把这些胜果保持得稍微久一些，在她的大限到来之时，这显然就在一年以内，她能够取得的所有胜利都会变成更加无法收拾的溃烂，加速赤亭戎的崩溃瓦解。

　　她想，这也是一种寿极则辱，她决心退缩到自己的房间里去，不再管这凡事俗务。她对巩美人说道："回去以后喝点米酒，好好睡一觉，有什么事情都明天再说。"

　　夜里，她喝了点米酒，以为可以一觉睡到天亮，但合上眼便看见姚襄。他依然那么年轻而光鲜，像一枚刚刚铸出来的钱币那样，咬在嘴里会有一种甘甜的味道，而她已经老朽得可以做他的祖母了。她想，将来在地下相见的时候，他大概会嫌弃自己的模样了。一个小女孩的形象忽然出现在她和他之间，她糊涂了，甚至一时没想起这是谁。

　　半夜有人来敲她的门，这是在榆中从未有过的事情，但并不唐突，当有大事发生的时候就不唐突，敲门进来的祠官告诉她，雷良芹死了。

第十三节　偷　听

　　姜月仪披上衣服，随着前来报信的人赶到雷家大院。

　　雷家灯火通明，许多人守在院外，院内有几个人围在一起，他们愤恨地围着一个被捆绑成粽子一般的年轻人，一片巨大的石磨将他压在地上。

姜月仪认出了那个年轻人是谁。她来的路上已经想过各种可能性，见到的是最为俗气的一种。

雷家人已经将雷良芹的尸体收在床上，覆盖上被子，她的父亲雷震守在旁边。巩美人已经到了，守在屋外，见姜月仪到来，她没说话，跟着她进了屋。

姜月仪走到床前，揭开被子，见雷良芹面上血色全无，皮肤苍白而暗沉，一看便是身上的血都流光了，姜月仪不忍心细看她身上的刀口，盖上被子，问雷震道："这是怎么回事？"

雷震脸上十分疲惫，声音沙哑，说道："是王若嘛，他半夜里来找她，我都睡了，不知道他们说什么，王若说了几句不对就提起刀子杀她，我们都睡了，听见喊闹才起来，起来都已经晚了，成这个样子了。"

姜月仪看了一眼巩美人，巩美人也正看着她。

姜月仪又问道："小彭还没有来？"

"早就派人去请了，还没有来。"雷震说道。

姜月仪对雷震说道："辛苦你了，你去安排其他事情，我和小巩在这里守着。"

雷良芹舍身为神官，和家里人关系不如神官祠关系密切，雷震听了，忍住伤悲，谦恭地行礼告退，使唤两个仆人搬进一把躺椅给姜月仪用。

姜月仪并不坐下，待只剩她们两人，问巩美人："不是你给王若说小雷和姚晃有私情的吧？"她问得和颜悦色，并不把巩美人视作杀害雷良芹的帮凶，但也要问过。

"不是我。"巩美人说道，语气坚决。

"那就是小彭？"

"可以是小彭，也可以是姚晃本人，究竟是谁，王若就被绑在那里，一审就知道。"

姜月仪闭上眼睛，沉思了一会儿，长叹一声，说道："是小雷自己犯了错，已经连累到王若，我们追究谁给他报信，又能如何呢？我们给小雷发殡，让雷家人杀了王若，不要再去骚扰他的姐姐弟弟，这事情就算过去了。"

"如果是姚晃在背后捣鬼，那的确无法可想，但如果是小彭捣的鬼，她为何这么做，那就值得好好想了。"

"没什么值得的，你别再多嘴了。"

巩美人并不停下，接着说道："我不是要编派彭启静的坏话，她做了我十几年师妹，感情一向很好，我还以为她什么都为我着想呢，就在最近，她还怂恿我逼着师父你尽快让我就任大神官，说候任已经三年，谁知道还等多久，或许是师父另有所图呢。"

她的语气尖挑，是想要模仿出彭启静对她说话时的语气，姜月仪却立即听出"或许是师父另有所图"不一定是彭启静说的话，更像是巩美人本人的心思。她心中五味杂陈，放低了声音，问道："你怎么想？"

"师父，她说得有些偏颇，但也有几分道理，师父这几年场面主持的事情很少，多数都由王化吉和节领们自行商议就定了，我本来应该站在神官祠的立场上参与更多，但我只是候任的大神官，大体上只能附和，而没有权威否定，长此以往，神官祠在部族中就越来越不重要了。"

"你为何不能否定？"

"因为我只是在候任，正式的大神官是师父你啊！"

姜月仪有些踌躇，巩美人所说的话可谓牵强，但也并非完全站不住脚。一个女人在都是男人的议事桌上，没有坚固的名分作为支撑，的确可能会变得软弱。

巩美人接着说道："我这是为部族着想。师父当初选择我，自然是因为我有足以胜任大神官的资质和品德。现在姚晃已占据了酋长位置已成定局，如果再没有一个为部族着想的大神官和他制衡，如果是彭启静谋害了小雷，师父你放任不管的话，赤亭戎就真的危险了。"

姜月仪心中沉痛，问道："我该怎么管？"

她有些不明白巩美人究竟在想什么，很明显，巩美人因为和王化吉的关联，已经被褫夺了候任大神官的名衔，接任的是彭启静。这一点在雷良芹死了之后，甚至姜月仪自己也无能为力了。

"小雷虽然和姚晃私通，但她是不会出卖族人利益的，这一点师父、我，乃至彭启静都知道，而没人知道彭启静是不是也和姚晃有所交换。我现在已经被废，等彭启静就任大神官之后，小雷再一死，就没人可以掣肘她了。"

姜月仪也在想这个问题，再次问道："那你说，我该怎么管？"

巩美人沉默了一下，说道："师父已经当着众人的面支持了彭启静，没有重大的理由确实不应该换她，但是如果查出她谋害了小雷，师父就应该找更合适的人来传授神官之道，由更合适的人来继承大神官之位。"

成为神官不是那么简单的事情，戎族部落原先的组织规则与中原的世家体制暗合，以姓氏为部族的基干，人多的姓氏主导族里的事务，酋长由军功卓著的大姓的家长担当，一旦担当便成为世袭，非经重大的变动而不能改易。而神官则由其他大姓家所出的年轻男子或女子担当，也不是随便什么人可以担当，得由上一代大神官挑选，最具有通灵体质的男女才可以成为学徒，大神官传授他们术法，传唱历史，历经十年以上的学习，才可以被授予神官的称谓，而要成为大神官，则要由前代大神官以性命传授的方式，前后相继。大神官生前可以指定继任者，但只有当大神官死去，通过灌注仪式将未尽传授的术法和记忆传授给继任者，新的大神官才正式产生。

所以，巩美人所说表面上看似乎合情合理，但实质上并没有什么可行性，听起来更像是要求姜月仪运用她的权威，又再罢免彭启静，而恢复巩美人的候任之位。

姜月仪觉得这毫无可能性，只是巩美人的痴心妄想罢了；但另一方面，难题也分明地摆在了自己面前。她忽然觉得无边的疲乏袭来，令她失神摇曳，眼睛虚成一条线，摸索着找到刚刚雷震令人搬进来的躺椅，说道："我困了，睡醒了再说。"

她坐上躺椅，睡倒下去。很快的，她觉得自己几乎已经睡着了，是那种无梦的酣眠近在咫尺，她渴求已久。但仍然有一点点灵智顽固地存在，正在权衡到底要不要安睡下去。

她听见门外有人推门走进来，她知道那人就是彭启静。

彭启静带着些怒意，对巩美人说道："你为什么要在师父面前编派我的坏话，你知道我和小雷关系很好，绝对不会想去杀害她；我就不该告诉你小雷和姚晁有私情。"她的声音里有一丝丝的哭腔，"我的确害了小雷，就是因为我告诉了你。"

巩美人冷冰冰地说道："师父已经睡着，你不用再装了。"

"我究竟有没有装，你是最明白的。"彭启静也同样冷冰冰地说道。

"我昨天之前还是明白的，昨天以后就不明白了。"

"就因为师父选择了我？如果她选择小雷，是不是此时死的就是我？"

"你又把矛头指向了我。"巩美人尖声说道，她似乎没有料到彭启静每一句都直接抵了回来，这大出她的意料，语调不由得高了起来。

彭启静平和地说："自打十多年前做了你的师妹，我就一直是你的跟班，你对我如何你心里清楚，我是全心全意为你好，盼你做了大神官，我也沾光，我从没想过自己来做。师父选择我的时候，如果我可以选择，立即便拒绝了。"

"你不做了，谁来做？"

"这个问题，是师父要考虑的问题，我又何必操心？"

"原来着眼点还是你此时不能选择，自然就没有这个问题。"巩美人冷笑着说。

"我没泄露小雷的事情给王若，这事情怪不到我身上，别的你说什么就是什么，我也不多说了。"

巩美人有些怒意，沉声说道："你没一句实话，你说没泄露就没泄露么？"

"谁素来没实话，师父都知道。"

姜月仪听见一声巴掌响的声音，她知道巩美人打了彭启静一掌，她总是这样，得理不饶人，不得理也不饶。她知道她们俩还会一直吵下去，此刻，已经听到了所有她希望听到的内容，师姐妹两个不会再吵出什么新鲜来，她放下心，安稳地睡了过去。

姜月仪第二天醒来的时候，已经是正午时分，巩美人和彭启静都不在，姚晃坐在躺椅旁边等着，一脸不加掩饰的悲哀，看起来并不像是假的。

她先开口问道："你杀了王化吉一家，为何不连王若一起杀掉，他是你有意留下的伏笔吗？"

"你说过，杀得少有杀得少的好处。"

"不会再有人死了吧？"姜月仪问道，听起来好像在讨价还价的时候最后的试探。

姚晃盯着姜月仪的眼睛，说道："希望王若就是最后一人。"

姜月仪想了一想，又问道："打谷场上说的话，你不会再更改了。"

姚晃没有立即回答，低头沉思了一会儿，才说道："嫂嫂，我不能骗你，哥哥要征兵的数量，我一个也不能少了他的。打谷场上我所说的话，实在就是朝三暮四，和朝四暮三的区别。"

姜月仪还不甘心，说道："那么，这会是最后一次来征兵么？"

姚晃怔怔地望着她，说道："我希望是，但……我哥哥是个什么人，你也知道。"

他看起来完全不是无辜的样子，姜月仪吁了一口气，心中的压抑反而少了许多。她记不起姚晃小时或年轻时的形象，前天见面只算是头一次见面，头一次见面的许多虚伪客套，第二次就少了许多，但彻底揭开客套的，靠的是雷良芹的血，也许还有王化吉一家的血。她见惯了血，血是最真实的。

雷家将雷良芹的尸身装好了棺材，停在中庭，姜月仪从中庭走过，略微摸了摸棺柩，没有停留地走了。

第十四节　化　豹

回到神官祠中，姜月仪在密室中坐了许久，左思右想，思量再三，终于拿定了主意。

她脱下靛蓝罩袍，穿上便装，带上姚裹的黑石，带上一把砍柴刀，一个人悄悄地离开神官祠。出了城砦南，继续往西南方向走，走了不远便进入兴隆山的山野之中。她虽然年逾六十，腿脚倒还灵便。她避开猎人常行走之道，专捡险要的山梁翻，走了半日来到一处山崖下面，这里有山壁可以遮风避雨。

她在四周砍了竹子和藤蔓，搭成一处神龛，在神龛下捻土为香，又用藤蔓套住一只山鸡在神龛下草草杀了，将山鸡颈中鲜血滴成一圈，她坐在其中，禁水禁食地念咒祷念。

夜里，她从祷念中的入定中醒过来，月光朗照，地气最盛的时刻，她念咒召来丛林中游荡着的一只狐狸，对着那狐狸叽里咕噜地说了许多话，狐狸听懂了，驯顺地朝东边跑去。

召唤完狐狸，姜月仪感觉又饿又渴，疲惫已极，同时她的听觉、视觉十分敏锐，脑子转得飞快，宛如她少女时代一般。她知道这样兴奋是不好的，这些都在白白地消耗她本来已经不多的生命。她侧躺在地上，想要尽快地平静下来，最好是能睡过去。

但她始终没法真的入睡，山中各种昆虫发出的声响不断，还有野兽踩踏在枯枝上发出的断裂声，发情动物发出的嘶鸣，此起彼伏，似乎永不止息。过了不知多久，她听见细细的蚊子声音，由远而近，由细而变为轰鸣，几乎要将她的脑子炸裂开来。在所有的声音当中，她识别出其中独特的一种来，心中略有警觉，但她心中坦坦荡荡的，没做什么；事实上她这时候也做不了什么。

不知过了多久，她猛地坐起身来，抬头看见了彭启静，站在十步之外，刚刚可以由月光照亮着看清楚她的面容，她表情复杂，一只手藏在身后。

两人对视了一会儿，姜月仪开口说道："有什么事情，需要你找到这里来，明天在祠里来说不好么？"

彭启静沉默了一下，才说道："师父，我并不是贪恋大神官的位，我未必能做好，可是我心里乱得很。"

姜月仪轻轻哂笑，说道："你背后的手上藏着什么？"

彭启静愣了一下，但她也没怎么犹豫，上前几步，将手伸到姜月仪前面，摊开手掌，姜月仪看见她掌中是一条蜿蜒盘绕的红色小蛇，咝咝地吐着舌头。

姜月仪仍然笑着，说道："你的心，乱得有如这条蛇一样么？"

彭启静又是一愣，她朝自己手中看去，既惊讶又慌乱，好像手中的毒蛇并非她所意料到的那样，她退了一步，将手缩回藏在背后，喃喃说道："不是这样的，不是这样的。"

"你是个老实人，你说你对大神官之位并不贪恋，这些我都相信，现在你处在这个境地或许超出了你的能力，你为这个心乱，但如果你担负不起，就由我另外想法子来解决，岂不更好？"姜月仪慢吞吞地说道。

彭启静低着头，问道："师父打算用什么法子？"

姜月仪叹了一口气，说道："身为大神官，对部族前途必须有深切的顾虑，而不是为了某家人的利益，牺牲部族的前途，如果两相冲突，要当机立断，有所为，有所不为。"

"要有什么所为？"彭启静问道。

"要打破姚苌和姚晃的妄想，要让他们知道，他们和赤亭戎已经没有了关联，他们不能再从赤亭戎征兵，甚至不应该让他们再担当酋长。"

"师父打算怎么做？"

"昨天我在众人面前选择你来做下一任的大神官，是我还对姚晃心存侥幸，我没想到他随即就设法杀害了雷良芹。我一退再退，仍然看不到他们有约束自己的可能性。"

"师父，我现在是唯一可以阻挡住姚晃的人。"

"你会吗？"

"我当然会。"

"也许你会，但你不也担心自己没法胜任。这是你心乱的原因么？"

"我想要部族好，我会做一切我能做的，去阻止姚晃。"

"可是你不知道该怎么做，你没有准备好。"

彭启静的脸色有些惨白，说道："这就是我为何跟着师父到了这里的原因。"

姜月仪哦了一声，说道："你有了什么想法？"

彭启静没有说话，几十条蛇从四周游来，昂首立在彭启静身边，对姜月仪吐着舌须，姜月仪这时候才意识到刚刚听到的所谓蚊声，大概听错了，那是蛇群游动的声音。

姜月仪望着彭启静，企图看出她的犹豫来，一边说道："你此刻杀我不难，但没有灌注仪式，很多人不会承认你是大神官的。何况，有许多术法和历史将失去传承，你在未来始终会显得名不符实，众人会一直质疑你。这样做，是否值得？"

彭启静低着头，说道："师父，你召唤了狐狸使，想必是已经有了神官人选，虽然我还不知道是谁，可我不想以后像巩美人一样，被人取代。"

姜月仪轻轻摇了摇头，叹息说道："我始终还是看错了你，以为你是个老实人。"

"师父，你在接任大神官之前就没有遇到过类似的情况么？"

"没有。"

"师父，你很幸运，没有经过这种煎熬。"

姜月仪是赤亭戎前一任大神官巩祝的第三位弟子，地位犹如此时的雷良芹，戎人的大神官向来由男人来做，女人本来没有接任大神官的可能性，但巩祝和姚弋仲闹翻，在姚弋仲的胁迫之下，由姜月仪继任了大神官之职。

从根本上来说，她是姚襄的妻子这一点使她最终胜出，但她不知道该如何向彭启静说明自己并没有动用过什么卑劣的手段去排除两位排名在前的师兄，或许身为部族酋长的儿媳这一点，在别的神官看来就是卑劣的。她也没有候任很长时间，候任时她没有感觉到什么煎熬，她向巩祝证明了她做得比男人更好。

姜月仪对彭启静所说的煎熬很感兴趣，如果有更多的时间，她满可以就这个词和彭启静说很久，吐一吐胸中的块垒，但是她没有时间了。

姜月仪平静下来，对彭启静说道："你已经下定决心了吗？"

"既然已经走到这儿了，我没法退回去。"

"别为难你的师妹。"

雷良芹已经死了，彭启静并没有别的师妹，但她听懂了这句话，问道："她是谁？"

姜月仪略微迟疑了一下，还是说道："她也姓姚，她小的时候来过榆中，你见过她，还抱过她。"

"我知道是谁了，你想要召唤回你的孙女，名字好像叫姚玉茹，我没杀雷良芹，但我也许应该杀了她。"

"她不是和你争大神官的位的，我召唤她来，是为了保护赤亭戎。"

"师父，我以前没意识到，我其实也是个权欲熏心的人，甚至会嫉妒为保护赤亭戎而牺牲更多的人，我现在发现了。我没法忍受这一点，否则我现在也不会在这儿。我要一个人击退姚晃，以及任何人。如果姚玉茹来到榆中，我会为难她，必要的情况下还会杀死她。"

彭启静一句一句地说，她原本脑子里乱成一团，但她说出来的话语仿佛在引导着她逐渐灵智澄明，具备了条理，使她看起来变得可怕。

姜月仪身体颤抖，恨声说道："你并没有那么大的力量，你高估了自己。"

"我会证明，师父，你选择我是对的，我才是你选择对的那个。"

彭启静跪下来，冲着姜月仪磕了几个头。

毒蛇一拥而上，爬满了姜月仪的全身，蛇头攒动，蛇身涌动，使姜月仪看起来像是一个坐着的怪物，一条最毒的蛇咬在她的脖颈上，她感觉到一丝疼痛，先是伤口火热，然后瞬间全身仿佛置身于冰窟。其他的蛇也纷纷咬在她的肢体上，这些毒液都已经聊胜于无。

在意识变得模糊之前，姜月仪默念咒语，从自己的躯壳中逃了出来，看见彭启静站在蛇群的前面，怔怔发呆，而蛇群包住的那个老妪，慢慢地软倒在地上。

蛇群逐渐散去，彭启静接着在姜月仪的尸体旁待了许久，姜月仪也在旁边默默看着。她有些惊讶于自己居然那样衰老。自姚襄死后，她就没有照过镜子，她早忘记了自己长什么样子，眼前的这人，和自己预想的已迥然不同。她有些惭愧，惭愧自己为何没有在二十年前姚苌成人后就死去。

然后，她不再理会留在那里的彭启静，悄悄地游移开去，在山林中乱走，她逃出身体之前已经有了后续之策，但是否能够在魂魄消散之前就找到合适的躯体来寄居，这是无法预料的，因为这个术法固然有其自身的定规，但也要靠炽烈的情绪来支撑，而她的情绪其实已经没有那么强烈了，并且会快速地继续消沉下去。

她走得越来越快，几乎变成飘移，快得几乎要飞升起来，这是一个危险的去向，她必须要自己坠在地面上，这才能找到合适的躯体。她希望遇见一只虎，或一只熊，在三原战役之前，巩祝就寄寓在一只熊身上，在夜里突入氐人的中军大营，咬死了苻坚的弟弟苻柏，冲得氐军阵型大乱，使得姚襄几乎扳回一阵。而她这次并不是要突入什么战阵，而是要护佑新的大神官顺利接任，让她能够对抗姚氏兄弟的蛮横，让赤亭戎休养生息，妥善地传承下去。这个愿望倒算是坚固，坠住了她飞升的危险。

她在山林中行走了半夜，终于遇见了一只云豹。云豹不是最好的选择，因为和虎与熊相比，它太小了。如果需要她扑杀姚晁，虎和熊可以容易地做到，但云豹就很难，一个士兵就可以舍命挡住她，两个士兵就可以擒杀她。

她犹豫地在那只云豹周围徜徉了许久，希望嗅到一丝虎或熊的气味，但她最终失望，在最后不得不做选择的关头，她投入了那只云豹的身体里。

第十五节　巫　法

那只云豹正在饥渴当中，又累又饿，脚下乏力，跑不起来，只勉强地走着，姜月仪花了一点时间熟悉这个新的身体，即便没能附身在虎熊身上使她失望，这只云豹的身体也比原先人的躯壳要有力而灵活得多了，这让她欣喜。

但她的思索不那么灵光，这是她逐渐发现的一个问题，即便她早已经是垂垂老者，头脑已经大不如前，但此时附身在这只云豹身上，思考的速度更要比在人身上时的一半的一半都没有。

那是在思索作为姜月仪在接下来的榆中局势时所感到的迟钝，而并不是作为一只云豹所感觉到的迟钝。她依然可以扑进山涧中如熊一样抓鱼来吃，稍微解了饥渴，她踞立在岩石之上，像老虎一样睥睨四方；她攀上大树的枝杈，又如飞一般跳落下地。这是她年轻时都不曾拥有的活力，觉得自己能和这个云豹的身体相处得好极了。

不管怎么说，她还活着，还具备形体，可以自由地行走，即便她同时也没法再说话，没法再执笔写字，甚至连和人做眼神的交流似乎也可望而不可即的了。

她朝着山下走去，但又有一种执拗的力量在努力使她朝另一个方向行去，似乎比她要往榆中城去更为坚决。她向山下榆中城的方向走上几百步，又控制不住地往山中的方向走上几百步。她有些迷惑，决心先放弃前往榆中城的坚持，顺从着这只云豹身体里本来的意愿往山中行去。

她，或者是它在山林间穿行了许久，来到一处山岩下灌木丛中，它情不自禁地快速跳跃进去。灌木丛中有两只幼小的豹子头尾相衔，还在酣眠中。姜月仪顿时明白过来，心中又喜又悲。

她伏在幼豹的旁边，脸挨在一只幼豹的脸旁边，望着它合上的眼睑，湿润的鼻尖，娇小的鼻梁，像是憨笑的面颊和嘴，身体蜷曲作一团，随着呼吸而起伏韵动，毛发还有些粘结在一起，说不出的惹人怜爱。

姜月仪猛地想起什么，她一躬身站了起来，跳出了灌木丛。她跑回到刚刚抓捕到鱼的山涧间，又捉了两条鱼衔在口中带回来，丢在幼豹们睡着地方的一边。然后她意识到自己的乳房发胀，不由得轻轻地叹了一口气。

她又趴在一只幼豹的头边，心中想，我究竟是姜月仪，赤亭戎的大神官，还是一只母云豹，正当壮年，才刚刚生下两只小豹？

这两只小豹大概连眼睛都还不能睁开，一步也走不了，还要母亲在原地哺乳。哺乳，这是一个多么遥远的记忆，姜月仪生下姚竞那是四十年前的事情了。

她情不自禁地想，姜月仪已经死在了兴隆山的山中，猎人们不消几天便可以发现她的尸体，我不是姜月仪，我是这只云豹，我有两个孩子要哺育。或许十天半个月，或许三个月半年，姜月仪的魂魄最终也会消失得无影无踪。这样很好，戎人部落和我有什么关系，我已经死去了，我应走的路已走过，应尽的职责都已经完结。

她怀抱着这样的结论，几乎安定下来睡着，但她又想起了姚玉茹，那只狐狸使已经出发了半天，也许在半天后它就可以找到姚玉茹，传递出自己的消息，而她在几天后便会来到榆中，找寻她的奶奶。

彭启静说，也许她会杀死奉了自己的召唤而来的姚玉茹。这使姜月仪浑身发冷，念想到这一点，使她不得不又回到了姜月仪的身份中来，同时也回到赤亭戎大神官的身份中来。她望着就在自己脸前不远处酣眠的两只幼豹，心中被左右撕扯得疼痛。

天色渐渐放明，她站起身来，将两只幼豹衔成一排，使它们醒来。它们果然还不能睁开眼睛，她将奶头凑到它们的嘴边，两只幼豹张开嘴，咬住她的奶头开始吮吸。

她能感到奶头一松一紧地被吮吸着，生命力从自己身上转移到幼豹的身上，这是多么令母亲感到心满意足的一刻。对她而言，上一次类似感受的时刻是上辈子的事情了，这辈子像做梦一样，但又无比真实，有着无可推卸的责任要履行。

两只幼豹吸饱了奶，各自打了半个滚，又浅浅地睡着了。

姜月仪站起身来，跳出灌木丛，在山间走了许久，拿不定主意该在山中觅食，还是走回榆中城去做点什么。戎人喜爱狩猎，但对动物灵性最为敏感而尊崇，她回到城中，只要表现得如同神兽一般，不会有安全的问题，反而会取得被敬爱和保护的特权。她是所有戎人里最懂得神兽该如何表现的人。

她行到一处山梁上，朝榆中城望去，城中神官祠冒起了滚滚的黑色浓烟，心中不由得一慌，神官祠中全无火种，不会有什么意外，起了火一定是有人放火。不过，放火的人是为了烧死我，还是因为发现我不在而放的火？

虽然她现在脑子转得极慢，但也很快想到，我要尽快地去，然后尽快地回到幼豹身边。

她依稀记得此处不远有一个山坡，她快速跑到那里，选了一条路线，朝下飞奔去。

前几步还好，但随之身体便失去了平衡，变成了朝下的滚翻。她有些意气用事地并不减低速度想法先站住，还腾出爪子尽可能地推一把，让自己滚得更快些。这样一直从几十丈的山上，直滚到山下，浑身疼痛，灰头土脸，但总算身上没有大伤。

她躺在地上好一会，等待疼痛退去，终于有力气站立起来，继续摇摇晃晃地往平地的方向走。到山中砍柴的伢子发现了她，吓得飞跑回城告诉大人，不多时十几个猎人骑马手持弓箭赶来，看见一只黑色斑纹的云豹庄严地坐在空地上，目光悲悯，望着众人，不闪不躲。

猎人们狐疑地望着云豹，谁也不想张弓搭箭。

姜月仪低吼一声，站起来缓缓朝去城里的道路走去，猎人们更加惊讶，分成两列将云豹包夹在中间，好像府仪随扈一般，护送着云豹走入城中。

入了城，云豹直往神官祠走去。

神官祠外聚集着许多人，地上积着不少水凼，是附近居民救火时泼洒留下的。围观的众人猛地见一只云豹出现在街头，全都吓了一大跳，又见猎人们就在云豹两边随从，不由得惊诧莫名。

姜月仪进到神官祠中，见到被火焚后的狼藉，心中又是悲伤，又是疑惑。

神官祠的大火是凌晨才起的，火从白石堂前而起，火势迅猛，焚毁了整个白石堂和毗邻的十余间房屋，连同大神官的静室和卧室在内，直蔓延到庭院才停，只剩下了四层高的神官塔和神官祠的后堂保持完好。火被救灭之后，人们在火场内找到三具尸体，一人是神官塔的侍卫，另两人都被烧得焦脆，萎缩成一团，看不出是谁，人人以为其中一人就是姜月仪。

姜月仪走到祠官毛青的面前，一只前爪轻轻地搭在他的草鞋上，微微低吼。毛青先是一愣，随即隐隐猜到大致。他虽然不修习术法，但对神官术法知悉甚稔，其中有一种投魂术正是人死后将魂魄投射到近旁的动物身体里；他猜想这定是大神官，她遇难之后魂魄不散，寄寓在这云豹体内又回到这里。

他"扑通"一声跪下来，抱着云豹的脖子，悲恸地低泣起来。跟随进来的猎人们，以及其他人见状，不明白也明白了，都垂头默哀。

姜月仪没法说话，只是简单地低吼。毛青悲恸过后，使另外两名祠官一起，将进到神官祠中的人们劝离，然后带着云豹走到神官祠中烧得最严重的一处，正是神官祠的白石堂前厅，黑色的灰烬中有三具尸体，全都被烧得焦黑，面目难辨。

毛青试探着问道："阿娘，是你么？"

姜月仪低吼了一声，点了点头。

毛青接着说道："这三具尸体里，有一个我能辨出是束延东，另外两个我认不出来，不知道你的真身是否在其中。"

束延东是四名祠官中的一人，和毛青算是同僚。

姜月仪摇了摇头，低吼了两声。

毛青稍微展颜，说道："我懂了，阿娘，真的是你。但你的真身不在祠里，在哪里？我去给你找回来。"

这个问题姜月仪却没法通过摇头或点头来回答了。她只是摇摇头，走到三具尸体前，仔细地观看。看不几眼，她已经认出其中一具是束延东，猜出一具是巩美人，一块玉坠落在身体的下方，那玉是许多年前姜月仪送给她的。

巩美人身形比姜月仪高大得多，但是在焚烧后，身体蜷缩成一团，竟然变得和姜月仪差不多大小。

但另一具尸体，姜月仪既认不出，也猜不出究竟是谁，只看得出那是个男人。

她用爪子挑着那块被烧毁绳子的玉坠递给毛青，毛青接过玉坠，仔细地瞧，略微思索了一下，恍然大悟，说道："原来这是巩美人！"

毛青接着说道："阿娘，火扑灭之后，彭启静和姚晁先后来过，并非同时来，是一前一后地来，都是略微看过之后便走了，我想还有巩美人未到，原来她在这里被烧死了。"

姜月仪觉得疲乏，她焦躁地低吼了几声，侧身躺在了空地上。

毛青说道："阿娘，这里我们立即便收拾，你先到塔上去休憩一番。"

姜月仪又站起身来走到白石面前，见那白石正面有许多被烧成黑色焦痕，手指甲一抠那黑色便掉，焦痕下面白石好好的，并没有什么异样。她顿时明白过来，愤恨地高声吼了十数声，绕着巩美人的尸体转了三两圈，仍不解愤恨，又咬着她的臂膀，将她的身体拖拽着走了好几步，最后跳开，跳开之后还冲着尸体怒吼三声。

毛青和另两名祠官心惊胆战地看着这一切，猜想这次大火是因巩美人做了什么而起，但巩美人到底做了什么，只有姜月仪才知道了。

她抬了抬手，让侍卫把三人的尸体收殓起来。毛青同时派人去通知巩美人的丈夫。另一名侍卫在神官塔上收拾出一个房间，请姜月仪过去休息。

出了白石堂，姜月仪站在神官塔前，此时天色晦暗，她的心中也怪异至极，宛如回魂时刻，只是回的不是自己的魂，是神官祠死去了，它的魂魄回到自己面前。

她如同平时那样来到自己的房间，趴在房中，一点儿倦意也无，脑子里一直在想，我始终还是姜月仪，山中的豹子无足轻重，重要的是戎人，是赤亭戎，是姚玉茹。既然姚玉茹卷进来已经无可挽回，那么要做的就不是妥协忍让，而是一定要达成召唤她回来的目的，击退姚晃和他背后的姚岜，而姚玉茹自己，也要最终平安无恙。

姜月仪这么想着，觉得浑身热血激荡，希望姚晃和姚岜就在自己眼前，自己可以扑将上去，将二人撕扯个粉碎。

她很快又冷静下来，她似乎听见门外有人在走动，那是祠官，还是彭启静亲自来窥看自己的动静？

彭启静真的会加害姚玉茹么？我拼了性命也要保护姚玉茹，我的可爱的孙女。

就怕牺牲了自己，甚至牺牲了姚玉茹之后仍然于事无补，那样对得起姚竞么？姚竞选择置身在赤亭戎的事外是对的。姚襄必定不会允许他这么做，他不会喜欢这个儿子。但姚襄已经死了三十年，而姚竞还活着。

唆使王若杀死雷良芹的人是谁难以查明，查明了于榆中的角逐也毫无意义。巩美人身死和神官祠的火灾却代表了反对姚氏支配赤亭戎又一次挫败。姜月仪知道，那是巩美人绝望之余，在白石之前自刺十三刀所施的血祭，以焚月之法烧毁自己，发愿让时光倒转，回到过去某个时刻。这是戎人千百个传说中的术法中的一个，她十几年前给巩美人讲过这个术法，也告诫她说，从来没听说这个术法是有用的，用它形同自杀。

如果有用，姜月仪自然会它用来拯救姚襄，那个天上地下独一无二的姚襄，而不是让一个愚蠢的徒弟为了拯救某个贪污腐化的俗人而自杀，同时烧毁掉大半个神官祠。

忽然，她感觉到了自己五脏六腑对鲜血的渴望。

第十六节　围　猎

到下午几近申时，返回天水的马车才又赶来，载来许多蔬菜水果木炭，接走姚玉黛。姚竞专门询问和叮嘱，要马车赶上先赌气回去的姚尹，确保他平安到家，行车的门客应诺而去。

接着姚竞清点人数，预备入山的人有吕绍和主簿段安，以及他们随行的三个侍卫，自己这边有父女俩及侍女婉儿，李柯和李勃，合计十人，以及姚家仆役和门客合计十三人，共二十五人。留下一人看守营帐之外，其余二十四人及三十匹马列队入山。

山口林木繁茂，一行人鱼贯而入，进入山口不远，队形便扇形展开，门客们仍是行在前列，打探瞭望，路上偶尔遇见一两只野猪穿行而过，众人都没有动手的意思，均想，这明面上是狩猎，实则不过是姚家姑娘和吕光公子的结交仪式而已，自己只是陪衬，何苦去招惹凶狠的野猪，受了伤就十分不明智了。

林子入得深了，野兽渐多，众人散开各自物色猎物，姚竞射倒了一只獐子，仆役们一拥而上，将獐子分割干净装入皮口袋中。段安跟着射了几箭，但一只猎物也没射中。李勃射了两只山鸡，倒挂在自己马匹后面。李柯压根就没带弓箭，也不找仆役索要，只跟在众人背后乱窜，看别人射杀，兴奋得大呼小叫，别人烦他惊扰野兽，都是一脸的嫌弃。

姚玉茹骑在马上一动不动，对此间猎物没什么兴趣，吕绍陪着他，有一句没一句地找话说，可没有先前聊到白狐那会儿的有趣，反而常有抵牾之处。

姚竞正追寻猎物，偶然回头望见姚玉茹和吕绍两人在一起说话，先是欣慰，可又觉得两人似乎并不太热络。他左右看了一番，瞥见两只梅花鹿在远处吃草，一大一小。他骑着马轻轻地绕到另一侧，指挥着门客占住几个方向，然后猛地朝大鹿身前的地上射出一箭，大鹿一惊，略一愣神，转身朝姚玉茹和吕绍在的位置奔去，小鹿也跟着跑过去。

吕绍冥思苦想，搜刮话题，抬头见两只梅花鹿朝这边奔来，他心念转动，反手飞快地取出弓箭，开弓搭箭，朝大鹿瞄了一番，立刻放了下来，任两只鹿从自己身前跑过去。姚玉茹也没有抬起手中的弓箭。

待梅花鹿跑远，他对姚玉茹说道："孔子说，不射杀正在哺育后代的野兽，是狩猎中体现出的礼，如果射死了母鹿，小鹿也活不了多久。刚刚在要开弓的一瞬，我才忽然想起，还好没做出糟糕的事情来。"

姚玉茹点了点头，微笑着说道："你说的话是没错，可你看，那是一只公鹿，公鹿长着长角，母鹿的角很小，一眼便可以分辨出来。那只小鹿也没那么小，就算没了父母，它也已经可以自己生存下去了。"她见吕绍满脸懵懂，既快意，又歉疚，忙补充了一句，说道："你说你第一次打猎，看来是真的。"

吕绍尴尬地笑笑，说道："我在上林苑的时候见过许多鹿，可没人教我这个简单的分鹿的公母的法子，丢丑见笑了。"

姚玉茹对吕绍这个动作的意图差不多猜到，但不能说穿，微笑说道："你心存仁厚，是很好的，我很赞同。"

吕绍被夸，心中先是一喜，又觉得姚玉茹说这话时语气平淡，并没有明显的赞许，心里不由得气沮，讪讪说道："那我们还要不要捕那白色的狐狸？"

姚玉茹叹了一口气，说道："还不知道能不能遇见呢，我只是听说这山里有，可并没来过这儿，只有等我爹空下来的时候带我们去狐狸出没的地区了。"

吕绍期期艾艾地说道："可惜，我，并没有能一箭穿狐狸两只眼睛的箭法。"

"那是我说着玩儿的，世上哪有这样的箭法。"姚玉茹歉疚地说。

吕绍如释重负，又稍微有些愤懑不平，口中说道："真的么，我竟然当真了。"

"完整的白狐皮毛其实也没有什么意义，那是我胡说八道来的，箭孔藏在皮毛之下，哪里看得出来，何况用在服饰上怎么也要经过许多的裁剪。所谓皮毛的完整，本身就是一个奇怪的说法，是我自个儿想象出来的，你可别见怪。"

吕绍口中漫应着，心中却不免想，她这是在逗我玩儿么？他平素是个贵族公子哥儿，身边从不缺女人，不论是春风一度的，还是巴结婚姻的。他也不急着结婚，是吕光在筹划西征时，结识了雍州天水的富商姚竞，有人撮合两家联姻，吕光看重和戎人姚氏的结合，此时吕光庶长子吕纂已婚，嫡长子吕绍尚未婚配，这才有吕光拜会姚竞之事。

先前吕绍肯按照姚玉茹要求的方式上门拜访，是听说姚玉茹是天水郡乃至雍州最漂亮的未嫁女子，又是雍凉之地最杰出的姚襄的孙女，贵胄之气不可言喻，结果却失望而退，还被一个精神有问题的老女人啰唆许久，十分气恼。后来姚竞求见解释，才算是略略消了火气。

姚竞再次邀请打猎，他原本不愿来，但还没见过姚玉茹又让他心有不甘，勉强过来，见到姚玉茹，证实传言非虚，一心刻意讨好，他开始觉得姚玉茹并不讨厌自己，本来信心有所升腾，可与姚玉茹的几番对话却让他迷迷茫茫，常觉得她和自己根本不同调，常有被戏弄的感觉，这感受少有，他不由得心生报复的念头。

山中的时光倏忽，天色转瞬黑了下来，打猎的人们回到仆役们提前搭好的宿营地，围坐在几堆篝火前，仆役们早拆洗了打到的獐子，野兔涂抹香料，烤好之后由姚竞亲自分割给每个人。男人们席地吃肉饮酒，姚玉茹和婉儿有一个小帐篷，和其他人单独隔开，除了烤肉和蔬菜，也分得一壶甜酒，她给婉儿分了一半，相对而酌，有一句没一句地聊天。

婉儿喝了几小口甜酒，有些醉意，说话也随意起来，问道："我看老爷对姐姐很好，为何姐姐没有自己的使唤丫头？"

姚玉茹淡淡地说道："本来有，后来她要嫁人，由她去了，后来一直也没再找。"实际上她的使唤丫头竹青是被她娘亲给打跑的，玉茹一直歉疚于她，这说起来话长，也不适合对妹妹的婢女说，所以玉茹便随口撒了个谎。

婉儿是个莽撞的姑娘，接着又问："可还是要有才行啊，以后姐姐出嫁的时候，没陪嫁去了夫家被看不起不说，还要受欺负。"

姚玉茹哑然失笑，说道："存心欺负的话，丫头又能做点什么？那种要看不起，欺负嫁过来的姑娘的人家，就不该去嫁。"

婉儿想了一想，说道："可是，你怎么知道那家人是不是不会看不起，欺负你呢？你要嫁了才知道啊，但是知道以后就已经晚了，这岂不是撞大运？"

"女人知道这一点之前，就不该去嫁。"姚玉茹这么说，心里轻轻叹息，心想，我真是病入膏肓了。

婉儿若有所思，说道："那位吕公子，我看他对姐姐很殷勤，姐姐会嫁给他么？"

"大概不会吧。"

"我也觉得他不太好,不只是会欺负姐姐的样子,他看起来不太好。"

姚玉茹叹了一口气,说道:"其实,我刚刚说的并不对,女人嫁给谁不嫁给谁,并不是由自己来决定的,是由父母来决定的,父母也是计算了婚姻的利益才决定的。所以,归根到底,婚姻是由利益来决定的。和婚姻的利益相比,看不起看得起,欺负不欺负,好像就没那么重要了。"

婉儿也学着叹了一口气,说道:"所以,如果老爷决定姐姐要嫁给吕公子,大概姐姐也不会反抗的吧?"

姚玉茹苦笑,说道:"你和玉黛也会聊这些话题么?"

"我才不敢和她说这些呢,她……我觉得姐姐要亲切些。"

"既然如此,那我回头给老爷说,把你换给我,给玉黛再找一个陪伴的丫头,你看如何?"

"不是我不愿意服侍姐姐啊,但是玉黛她会伤心的。"婉儿担心地说道。

"我是开玩笑的,你可别紧张。"姚玉茹觉得自己甚至连女伴的欢心也难讨,自己怪怪的,总是不对。

婉儿哦了一声,只管慢慢饮酒,再也不敢出声了。

夜渐渐地深了,婉儿起身给姚玉茹奉上柳条和漱口水,姚玉茹正在洗漱,帐篷外不远处有人轻轻地说道:"茹姑娘睡了没?"

婉儿探出帐篷去看,回来对姚玉茹说道:"是吕公子。"

姚玉茹略思索了一下,站起身来走出帐篷,借着星月之光见吕绍背着手站在帐篷几步之外,便说道:"我还没睡。"

"我睡不着,姑娘也没睡的话,一起出外走走如何?"吕绍转过身来说道。

姚玉茹有些慌张,怔了一下,说道:"也好。"

吕绍做了一个请的手势,姚玉茹脚下懵懂地走了几步。婉儿忙也要跟过来,玉茹用手制止了她,说道:"你守在这里就好。"

两人走在一起,朝营地外方向去,走了二三十步,便到营地边缘,被仆役看见,忙跑过来递了一个火把给吕绍,吕绍接了,姚玉茹对那仆役说道:"我也要一个。"

吕绍说道:"一个就够了。"

姚玉茹坚持说道:"我也要有一个。"

仆役忙跑回篝火堆,又取了一个火把过来递到姚玉茹手中,姚玉茹接了,擎在手中。

吕绍的计划里最极端的情况是,把姚玉茹引到僻远处,直接将火把往草丛里一丢,不论它灭还是不灭,无非就是漆黑一片和有亮光的区别,而自己空出双手,便猛地将正在错愕的她扑倒在草丛中，扒光她的衣服，将她狠狠地奸污。事后就算是这里姚家人多，自己这边人也不少，都是军中之人，火并起来胜算更大；何况对方根本不敢动手，原本出来狩猎的目的不就是想要讨好自己娶了他家的女儿么？即便婚娶之前就动了她的身子确实算是有所冒犯，可长远来看，又有什么区别呢？所以姚竞大概是会隐忍不发的。只是，这么做了之后，鉴于父亲大人的愿望，自己很大程度上就只有娶她了，这是他稍微会犹豫的地方。

但姚玉茹的反应超出他的预想，她自己也拿了火把，既显得独立，又满可以在自己企图扑倒她时用来防身，不知是她无心之举，还是有意识来防范他的。想及此，吕绍心中极端的预期已经落空了大半。他的秉性和父亲吕光截然相反，性格毫不坚定，做过许多坏事，也做过不少为人称道的好事，好事与坏事之间，谈不上什么善恶，只是随波逐流而已。

他知道自己这个毛病，心想，且看看这个女人是什么路数，或许她就是我的指引，是我的克星和福星。男人各不同，有些男人是女子塑造的，我是我自己，还是必须经由一个女人才塑造出最终的我，她是这个女人么？

第十七节　伏羲祠

两人各自擎着火把，挑林木没那么茂密的地方往外信步地走，各自想着心事。

离营地远了，吕绍才开口说道："其实今天在这里，我和你是主角，其他人只是陪衬。"

姚玉茹点了点头，说道："是的。不过狩猎这件事，自有其滋味，我家每年都会外出狩猎，我爹说是为了保持戎人的狩猎传统，也是为了锻炼身心。"

"看你的装束行为，哪儿会想到你是戎人。"吕绍微笑着说道。

"你是氐人，也看不出来，都像是汉人一般了。"

"戎人原住的地方，服饰和汉人还看得出区别来，可是我们氐人，似乎连原住的地域也没有了，我去过几个氐人部族，和汉人的乡野村落完全看不出区别来。"

"是吗？"

"是啊。"

说完这句，两人又觉得好像无话可说，除了各自都并非汉人之外，简直找不到还可以聊下去的共同话语，只好沉默下来。

俩人没头没脑地走了很远，吕绍才又强行说道："狩猎队伍人多眼杂，不利于我们相互了解。"他的话有些唐突，算是始终打不开局面时的突破一点之举。

"现在就只有我们两个人。"姚玉茹不以吕绍的话语为唐突，语气中略有些不耐烦，又像是在挑衅着吕绍。

"没错。"吕绍的语气胆怯而不确定,他恨不得扇自己两个耳光,他似乎在她面前完全落在了下风。

"我见过你父亲,他是个很好的人。"姚玉茹不经意说出这句话来,两个人似乎都松了一口气。

"我国出兵远征西域这件事,已经筹划了几年,可一直没有合适的时机,朝廷一直在犹豫,我爹带着好几万人屯在雍州、凉州一线,白白耗费时光,空自等待。直到最近有了鄯善这个向导,才使出兵西域这件事落到实处。"

"我是在说你父亲,不是在说出兵西域。我不懂这类事情,你对我说这些和对牛弹琴也没什么区别。"姚玉茹说道,随即觉得自己说话实在是冲;经过三番几次地强起话题,她能觉得不惟吕绍不适合自己,自己也不怎么适合吕绍,心中又是惶惑,又感觉释然。

吕绍尴尬地致歉,又问道:"你平时都做些什么?"

姚玉茹想了想,说道:"读书、刺绣、调制香水。"

"香水,香水是什么东西?"吕绍有些惊讶,他只用固体的香囊和用来点燃的焚香,从未听过香水这个名词。

"我们平时闻到的花的香味,香木的香味,香料的香味,只有手持着这些香物,或者把它们研磨碎装进香囊里,挂在身上才可以闻到香味,十分不便,而且要么只有一种香味,过于单调,要么多种香味混杂无章,很多时候受了潮,就近于臭味。而如果把各类香物的香用酒和水把它们提取出来,按照一定的比例混合在一起,就会得到具有无穷变化的香水,装在瓶子里好好地储存,要用的时候倒一点出来,抹在皮肤上,洒在衣物上,那感觉就好像整个人置身在花丛间、香木前一样,甚至更好,因为没有一种花、一种香木或者一种香料,能够发出比香水更加芬芳的味道。"

姚玉茹说起香水来,忽然放开,一下子眉飞色舞,说完,又灰心地说道:"不过,我还没有调制出真正满意的香水来。"

"香囊和薰香我是常用的,但没有听说过香水这样的东西。"

姚玉茹叹了一口气,说道:"是我自己调着玩儿的东西,知道的人还不多。"

"听你的说法,西域出产很多香料,等打下了西域,你调制香水的原料就不愁了。"

"我有用一些来自西域的香料,很好,不过,用得也不太多,大部分都用在尾香上,延长香水的余味。"

吕绍看着姚玉茹,她认真而专注的神情令他着迷,这和两人浅浅淡淡地说一些普通而乏味的话时完全不同,心里有些犹豫,说道:"不过,你爹倒是等着我国的大军征服西域,他才好组建去波斯和罗马的商队,你爹是真正知道世界有多大的人,这样的人不多。"

姚玉茹听吕绍这样赞誉父亲，心中触动，觉得他说出自己从未想到的话，看起来又很像是发自真心。不论他本意是什么，都是在加深她对父亲的新认识。

吕绍说父亲"真正知道世界有多大"，这真是一句高明极了的吹捧，姚玉茹心里叹一口气，觉得吕绍并非全然的纨绔子弟，而是有着独立见解的人。

她又想，爹爹想把自家的商队拓展到最远的地方，这当然是为了增益财富，可多半也有财富以外的东西，虽然是什么还不确定，但如果我能帮助到他，那该是多好的事情。

"等大军拿下了西域，我爹就是西域都护，他本来领了凉州牧，我是我父亲的嫡子，将来要继承他的爵位，我爷爷是太尉，这西域、凉州，乃至雍州之地，我大概也就仅次于苻宏了吧。你听过苻宏的名字么，他是当今的太子。我担任他的洗马卫，和他交情很好。他未来即位当了天王，我就是全国仅次于他的人。"

姚玉茹没有说话，吕绍这一番夸夸其谈使她对他的印象又急转直下；她想，即便他说的大体不假，这份自矜也过于流俗，令人不喜。

吕绍原本想说了姚竟有求于吕家的事实之后，夸耀自己的潜力地位，便让姚玉茹对两家结姻的好处有坚定的认识，从而在态度上更为随和，自己便可乘机亲近。谁知道姚玉茹听了，态度却反而好像冷却了下来。

他等了一会儿，心情开始焦躁，意识到身边这女人确实是那种卓尔不群的女人，寻常的手段对她无用，禁不住又在想走得再远一些，便施行那极端之策。

不远处树丛中传出窸窸窣窣的响动，两人立即觉察到了，一起举火把朝那边看去，树丛略晃动了一瞬，却不见有动物蹿出。吕绍说道："也许是路过的什么小兽。"

姚玉茹却有些心惊，说道："进山的时候，有人说山里有老虎，别是那只老虎。"

吕绍被说得也有些害怕，但嘴硬说道："你怕了么？"

"当然害怕，我们手头只有火把，连猎弓和小刀也没一把，遇见老虎只有死路一条，你不怕你一个人往前走好了，我先回去了。"姚玉茹说道，掉头就往回走。吕绍无奈，也只好跟着往回走，刚刚走了没多远，林子里卷过一阵风，吹得他蓦然胆寒，也庆幸自己没接着往前走。

又走了几步，姚玉茹忽然停下来，说道："不对，这条路我们刚刚没走过。"

"你怎么分得出来？"

"我自然分得出来。"

吕绍不说话，又凑近姚玉茹一些，两个火把凑在一起，光似乎更亮些。

姚玉茹火把略微指向前面，说道："这里有一条道路，我们过去看看。"

吕绍往地上看，却看不见有什么道路，只是矮树似乎比别的地方少些，他也不说话，便跟着姚玉茹往前走。

走了一会儿，姚玉茹惊讶地咦了一声，说道："前面竟然有一座庙宇。"

吕绍抬头看去，开始没看到什么，他不好意思问，跟着姚玉茹又往前走了几步，才看见草丛中有一块石碑，石碑旁有一条略微分明的小路。

两人快步来到石碑前，拨开遮挡的枝叶，仔细端详。那石碑上有许多刀劈斧痕，碑头被削掉多半，碑面的文字被刀斧涂抹得相当干净，除了个别字，几乎辨识不出语句来。石碑背面有四个大字，也有两个字被刻掉了，只剩下羲字认得清楚，另外那个字被削去一半，只看得见下面是个土字。

姚玉茹说道："这里竟然有一座伏羲氏的庙宇。"

吕绍不知道伏羲是谁，但他不好意思问，只含混地跟着说道："原来是伏羲氏。"他看着石碑底部的怪兽，心中颇为奇怪，问道："这里如何压着一只乌龟？"

姚玉茹叹息了一下，说道："这并非乌龟，只是形似乌龟，民间叫它为龟趺，实则上是龙的一种，名作赑屃，这两个字太过难写，你只要记得'比戏'的读音便好。这种龙没有别的用处，它善于负重，专门用在礼仪建筑的外面，驮住石碑。"

吕绍恍然大悟："原来如此。"

他原本觉得自己在长安宫中的经学书院里读过一些书，比许多人要博闻好学得多，可是在姚玉茹面前不学无术，活像个草包，不由得心中怒火轻轻地烧。

姚玉茹忘记了老虎的威胁，她举着火把朝前探索，吕绍也只好跟着她。两人顺着石碑旁的道路又走了几十步，来到一段丈许高的残壁前，火光一照，看见这些断墙已经倒塌了许多年，表面都被植物爬满。除了这段残墙，周围几十步以内再无他物。姚玉茹原以为这里面会是一座伏羲庙宇，没想到已经完全毁灭，只剩下这一段遗迹，不知道建于何时，毁于何时。

她将火把凑近那段残墙，拨开植物藤蔓仔细观看，墙上土块剥落，中间有一幅壁画，隐隐看出两个人头蛇身的男女，下身交缠在一起。姚玉茹叹息道："果然是伏羲氏。"

吕绍决心不问伏羲氏是谁，但他对那幅画的内容产生了奇特的感应。他想，如果没猜错的话，这一男一女的形象其实是在交媾，公然将交媾的图画绘在寺庙最显眼位置的，自然是一个可以公开宣淫的所在。那么，自己在这里将姚玉茹推倒并奸污，正是上天注定。想到这里，他眼神陡然尖锐起来，乜斜望着姚玉茹的背影，看着她曼妙身姿，粉色裙裾，轻香摇曳，只觉身体里的恶念蠢蠢欲动，已呼之欲出。

他朝斜后方退了半步，站在姚玉茹背后，举着火把的那只手朝后挪开，他的眼神放在了姚玉茹的腰间。

姚玉茹举着火把，仔细辨认壁画中图画以外的残留文字，聚精会神，一时忘记了身在何处，忽然听见吕绍啊的一声惊叫，然后"扑通"一声闷响，她转身一看，见身边吕绍姿势奇特地摔倒在地，双手慌张地到处乱抓，想爬起来，但跌得太狠，一时竟然爬不起来。火把掉落在草丛中，火光映射着不远处一只青色的狐狸，像人一样直立站在草丛中，口中发出吱吱的声音。

第十八节　狐狸传声

　　姚玉茹先是惊得心头一颤，随即便似乎明白过来，她快走几步到那狐狸近前，好奇地盯着它。那狐狸直立起来有半人多高，除了站立的姿势奇特之外，模样和寻常狐狸并没有什么不同，见姚玉茹走近，也不逃走，仍是直立着，口中持续发出吱吱的叫声，前肢忙乱地伸张，好像是一个人，在焦急地对她说着什么。

　　姚玉茹听了一会，听不出它在说些什么，不由得说："你要对我说什么么，但我什么都听不明白，我不懂你的语言。"

　　那狐狸却似乎立即便听明白了，它停下叫声，四处张望了一番，又对姚玉茹吱吱地发了几声，然后悻悻地身体向前落下，前爪着地，恢复了狐狸本来姿态，摇着尾巴，蹿入草丛中消失了。

　　吕绍从地上爬起来，拾起火把，走近姚玉茹，心有余悸地说道："刚刚被那东西吓了一跳，还好不是老虎，可是它站起来跟个人似的，是不是什么邪灵附在它身上？它刚刚在说什么，对你说了什么？"

　　姚玉茹对吕绍刚刚倒地的姿势有别样的看法，并不认为他是被直立的狐狸惊吓而摔倒在地，她闪开一步，淡淡地说道："我听不懂它在说什么。"

　　说着，她往刚刚过来的道路走去，找到颙颛的位置，在那里又张望一番，才找到从营地过来的道路。吕绍紧跟在她后面，心中犯难，不知道她是不是发现了自己正要扑到她身上的意图，还是因为突然出现的狐狸而分了心神，所以才不想和自己说话。他左右思量不定，便已经望见了营地的篝火。

　　回到营地，姚玉茹自顾自地走向自己的帐篷，连道别也懒得给吕绍说一声。

　　吕绍觉得没趣，又担心她第二天向她父亲告自己的状，便回到篝火堆前，假作无意地惊醒了姚竞，想要提前说点什么来占据先机。

　　姚竞睡得迷迷糊糊，见吕绍唤醒自己，知道他有话要对自己说，赶忙坐起来，双手用力搓脸，让自己赶紧清醒过来，先开口问道："玉茹和你说了什么？"

　　先前吕绍去找姚玉茹的时候，姚竞是知道的，他不确定吕绍是不是个规矩的人，当然他最好是，但如果不规矩，他也是不在意的。照戎人的标准，女子的贞操并不如汉人看得那么重要，二来姚玉茹年龄已经很大，即便不出嫁，保留处女之身也并非荣耀的事情。何况如果她竟然肯就范，以他对吕光的了解，姚玉茹和吕绍这桩婚姻便成了十之八九，即便有点儿屈辱，忍忍也就过去了。

见吕绍没有立即说话，模样颇为尴尬，心中隐隐猜到一些，又欣慰，又惶然，于是又问了一次。

吕绍迟疑了一下，才说道："她倒是没说什么，我们很好。不过刚刚我们在外面林子里遇见了一只狐狸，那只狐狸能直立起来，和人一样。它吱吱地叫，给玉茹说了许多话，不过玉茹说她也没听懂。"

姚竞听了，一下子愣住，说不出话来。

吕绍问道："这是有什么预兆么？"

姚竞抓了抓头，说道："并不是什么预兆，我明天早上问她是怎么回事，现在夜已经很深了，赶紧睡觉，不然明天打猎精神不济。"

他冲吕绍点点头，做了个安慰他的手势，就又打着哈欠躺下去，倒头就睡。

吕绍听了姚竞的话，心头更是烦躁，他回到自己铺上，翻滚了一夜，始终半梦半醒，一会儿梦见自己和姚玉茹相拥而嬉，姚玉茹并没那么反感自己，虽然有一点点抗拒，但也一步一步地让步，眼看就要成就好事；一会儿梦见一只站立的狐狸凑在自己面前，说些自己听不懂的言语；一会儿梦见父亲忽然待自己态度大变，改立吕纂为世子，不一而足。

早上天蒙蒙亮的时候，他才觉得睡意渐浓，可又被先起来的仆役们干活的各种声音所惊扰，没法沉沉入睡。段安起来给他请安时，他烦躁地将刀连刀鞘一起投段安身上。

姚竞不在附近，他更早一些便起来洗漱，洗漱完来到姚玉茹的帐篷，支开冯婉儿，问姚玉茹道："昨天夜里吕绍说你们一起出去，遇见了狐狸？"

姚玉茹边自梳，边说道："是。"

姚竞又问："那狐狸能够像人一样站立起来，见了你们也不躲闪，还和你们说话？"

姚玉茹想了一想，说道："是，可是它说的话，我听不懂。但我说的话，它似乎立即便懂了。"

姚竞又问道："它懂了以后做了什么？"

"它就跳回到草丛中去了。"

姚竞轻轻叹了一口气，说道："如果真的都如你所说，那应该是奶奶从榆中遣来的狐狸使，来给你或我传递什么信息，可是不要说你，即便是我也听不懂狐狸使说些什么了。"

"听不懂怎么办？我们立即就赶去榆中，去看看奶奶出了什么事？"

姚竞闭目沉思了一会儿，说道："不去，我不去，也不准你去。"

"为什么？"姚玉茹有些发急，梳发的手停住了。

姚竞思忖一下，说道："她知道我们都没法听懂狐狸使的传信了，可偏要用，可见事态很严重，但你或我回到榆中去，又能做什么呢。我们什么也做不了。勉强的事情，我是不肯做的，我对你也是这个要求。"

姚玉茹有些忧心地说道："你也说事态严重，不回去难道任由奶奶着急么，她年龄那么大了，有个意外，爹，你会后悔的。"

"我宁愿回去的时候，她已经不在了。"

"那我回去。"

"我说了，你不许去！"姚竞有些动怒地说道。

"为什么？"姚玉茹既怯又勇，反问道。

"因为你奶奶她难免一时糊涂，强行要把你拉回戎部去，把你重新变回一个戎人，这是我绝对不许的。"

"为什么？"姚玉茹又问，语气已经减弱了许多。她的确也不想再变回戎人。

"走到哪儿我也是戎人，但我不会回到那种部族中去，也不允许你回去。"

姚玉茹懂了父亲的意思，她仍然抗拒说道："可这是奶奶发出的召唤！"

"你奶奶是个开明的人，但老年人难免一时糊涂，也许这一次她是老糊涂了，我不允许你回到榆中，你回去榆中有危险。"

"有什么危险？"

姚竞轻叹了一声，忍不住伸出手去抚摸女儿的头发，说道："你是我的女儿，你爷爷的孙女，你到榆中去，当然有危险。这不需要说得很具体，你知道就够了。"

"我们真的不理会奶奶的狐狸使么？"

姚竞沉默了一会儿，反问道："你和吕绍聊得如何？"

姚玉茹直截了当地说道："爹，我不喜欢这个人，他是个坏人。"

这个回答既不出乎姚竞的意料，也大出他的所望，他有些愤恨，但又还没有愤怒到当着女儿的面表现出来的地步，他觉得自己好像被悬在半空中，茫茫然不能着地。他原地站了许久，还是说道："我再给你们两三天时间相处，如果始终还是不愿意，我也不勉强。"说完转身便往回走。

姚玉茹见父亲背影颓然，心中十分不忍，不由想，不喜欢也可以嫁啊，但为何父亲总是问自己喜欢不喜欢，而不问自己要不要嫁？他如果不是问自己喜欢不喜欢吕绍，而是问同意不同意嫁给吕绍，答案就容易得多，而且也不会让他失望。

这些年，姚玉茹越发感受到一点，那就是女人的命运天然悲怆，要么成为男人觊觎的对象，要么成为父母交换的筹码，自己的所欲所好并不重要；不仅不重要，更时常成为自己难以负担的重压。姚竞要是更像寻常父母，轻易地就解开了这个结，可他又那么的开明，一点也不像一般的父母。

仆役和门客在后面拆除营地，吕绍虽然睡眠不足，还正烦恼着，也不得不起身上路。

狩猎的队伍先继续往深山中走，没走多远，他们路过昨天夜里姚玉茹他们所见到那个破残的伏羲庙，许多人好奇地又探索一遍。

姚竞仔细看了石碑和残墙，对众人说道："这庙宇大概兴建于张重华占据天水时，那时张重华少年得志，还奉着晋朝的正朔，所以兴建了伏羲氏的庙宇，纪念汉人传说中的先祖伏羲氏，来鼓励人心。后来石虎屡次攻击凉州，这里或许就是交战的地方，所以毁于战火，也不奇怪。但出手毁掉它的，一定是羯人。"

李柯端详墙上的图案，说道："汉人说伏羲是他们的始祖，但我看这伏羲和女娲人头蛇身的模样，造型装束都非常蛮荒，和后代的汉人可不大像，更像你们戎人一些。"

姚竞笑笑，说道："幸好这不是戎人建的而毁于汉人，否则，不免要说我们篡夺汉人的祖先了。"

吕绍说道："我从前没听过伏羲氏的故事，听了姚先生的讲述，实在有感于心。我预备回去以后请我爹重建伏羲庙，要使人们知道，汉人、氐人和戎人都出自伏羲氏，永久地尊崇伏羲氏。"

他话音未落，姚竞鼓掌叫好，队伍里其他人也跟着鼓掌叫好，一时鼓噪之声大作，像是这里不仅仅是二十来人，而是有数十百人一般。

吕绍昨夜还以为这座庙宇是淫祀，几乎出手侵犯姚玉茹，幸而被狐狸干扰，似乎又被姚玉茹瞧出端倪，心中始终惴惴不安。听姚竞说伏羲庙事迹，心中又是惭愧，又是庆幸，便说了这么一句，却见众人纷纷点头鼓掌，知道说得很妥当。他目光偷偷瞥向姚玉茹，见她似乎并没流露出厌恶的神情来，心中稍微安定。

第十九节　楚　生

姚玉茹对这些男人的对话丝毫不感兴趣，她骑着马在伏羲庙的遗址四周信步由缰。火烧伏羲庙的年代久远，墙边和里面平地上已长出半人高的矮树杂草。她有些惊讶于自己既不在天水的母亲身边，也不在赶往金州郡榆中城的路上，而在此时此处。

多年以来，她一直想知道自己究竟想要什么，既不肯随波逐流，同时也无所定向，就像现在这样，而这样的时刻似乎凝滞着。

她不喜欢母亲被父亲遗弃后的悲情与疯癫，也痛恨父亲对母亲的薄情寡义，她不想像他们任何一个人，可父母给她定下的道路，她却看得分明，正是走向她不喜欢和痛恨的两者兼具。

她大概总有一天会成为某个人的妻子，并在稍后一段时间内成为一个母亲，她免不了想会在这之后的某一天，被那个喜新厌旧的男人所抛弃；即便不被公开地抛弃，也会被冷落在一边，另一个更加年轻的女子将会占据丈夫的大部分时间和金钱。这是身为女人的悲哀，即便自矜如她，也想不出有什么办法可以避免这一点。

她早过了对男子相貌和气质单纯的迷恋阶段，照这个标准的话，仙境中的白衣儒生是很好的恋慕对象，吕绍也不错，他们都比天水城兵军营中的那个人要更加好。

那个人，喜欢上那个人，既是因为那个人偶然投在她家门前的茉莉花的事迹所激起的一点浪漫而温柔的遐想——如果换个角度看，未尝不可以说是狂妄无礼，很大程度上也是逆反于和父亲一直谋划着的婚姻联盟所重视的标准。父亲看重权位和门第，她就去喜欢一个平民的子弟。寻常少女爱慕俊俏的容颜，她就喜欢粗犷得多的样式。与其说她喜欢那个名作王楚生的人，她实际上设法打听到了他的名字，但她常想他没有名字，没有名字，也就没有定见，她喜欢没有定见的感觉，正如她喜欢镜中的自己，既美丽，又从容不惧。

她在化身做一个人，喜欢着自己。既不会喜欢别人，也不准别人喜欢自己。她承认自己的怪僻和任性，心里祈愿自己会安心地让它结束在某个时刻。

正思绪弥漫时，她眼睛里忽然有什么东西一跳，前面有个白色的东西猛地闪过，心头不由得一动，转眼仔细瞧去，三四十步外，有一只成年的白色狐狸。那白色狐狸侧对着她走了几步，坐下来望着她，坦然而雍容，毫不惊怕。

这不是昨夜遇到的青色狐狸，而是一只白色狐狸，体态也要略大一些，但不怕人的情状仿佛相似。姚玉茹回头看了一眼正围在一起的人们，心头犹豫要不要呼喊他们过来。她之前并没见过一次白狐，所谓白狐，以及抓白狐的方法云云，纯粹是她平时读书时不知从哪儿看来的山野故事，加上一点梦里的遐想，自圆其说地想象出来的。

现在有一只白狐就立在她面前，她不由得踌躇。

她轻轻地解下短弓，取箭搭在弦上，仍犹豫不知如何是好，这时白狐懒洋洋地起身，掉头朝林中走去。眼见白狐已经隐没在树丛中，姚玉茹心念转了十几遍，大急，转身冲着伏羲祠那边的男人们大声喊道："白狐在这里，你们快过来。"

姚竞听姚玉茹喊叫，挺身纵马疾奔过来，他先见着姚玉茹，再望见姚玉茹马前二十几步外果然有一只白色的狐狸，正在加速朝前逃跑，心中又是惊讶，又是欢喜，也叫道："果然是在这里。"

说罢他取弓搭箭，略微一瞄，"嗖"的一声，已经射出一支箭去，射在那白色狐狸前面几步的位置，目的是要吓唬白狐，使它放慢速度，以及调转方向。随后他又是两箭射出，都是射在白狐跑动方向的前面泥土上。那白狐并不像一般的野物一样仓惶乱跑，跑得慢了，但还是有些从容有度的模样。

这里树林并不十分茂密，段安和吕绍也骑马追上，跟在姚竞的后面。两人虽然并没看见白狐，但根据姚竞追击的位置判断，也两下分展开队形，形成围捕的圈子，争取用马的速度超过猎物，再反过来逐渐缩小包围。

姚玉茹被姚竞赶上，她也不当先追击，跟在姚竞后面，眼睛紧紧盯住在树丛与深草之间跳跃奔逃的白狐；白狐在草间隐现，让姚玉茹感觉到了险恶和揪心。

狐狸虽然敏捷，但是速度不及马匹，擎鹰的门客放出猎鹰，飞在它的上方，虽然并不能抓捕到它，但时而俯冲吓阻，也让白狐疲于应对。猎犬也调动过来，展开围捕的队形，眼见白狐奔跑的空间越来越窄，距离由相距五六十步，缩小到二三十步，再缩小到十余步。众人眼瞧得那白狐在阳光映照下皮毛欺霜赛雪，熠熠生辉，心中感慨姚玉茹先前所说的不可用弓箭射坏它的皮毛，理固如此。

姚竞招呼门客，要收回猎鹰和猎犬，免得在扑倒的时候，爪牙抓坏白狐的皮毛。但究竟如何捕捉，姚竞却有些踌躇，他们这次出来，单单忘记了带捕雕用的大网。

眼见白狐已经慢慢落入包围圈中，姚玉茹心中却变得没滋没味起来，她有些想央求父亲放过白狐，又觉得这要求实在唐突无理。姚玉黛也不想捉得白狐，可惜她人不在这里，不能亲眼看到白狐的样子，也没法和她站在一起，反对人们射杀。

那白狐见人马越来越近，越发全力奔跑，狐狸原不擅长途奔跑，惊慌之余，跑没多久速度便放慢下来。众人见白狐已在掌握之中，前面树林越发稀疏，草坂开阔，众人均想，若是能让它累瘫，便于捕捉，强似射杀。白狐又疾跑了几步，干脆停下来站住不动，喘着粗气，狠狠盯住姚竞。追它的五骑人马赶上几步，相隔六七步，将它团团围住。

姚玉茹下定决心，拍马追上父亲，说道："爹爹，我不想要它了，我们放过它去吧。"

姚竞惊讶地问道："白色的狐狸难得一见，为何要放过？"

姚玉茹迟疑了一下，说道："它会不会也是狐狸使？"

"狐狸使不会见人逃走的，你昨天见过狐狸使，难道是像这样？"

"不像。"

姚竞紧盯着那只陷于慌乱的白狐，自言自语地说道："不如我们仍是用弓箭吧。"说罢他搭箭上弦，慢慢将弓弦拉得饱满，瞄准了白狐的颈项之处。

姚玉茹急忙喊道："父亲，不要……"

箭射出的同时，白狐猛地跃身而起，倏地从吕绍和姚竞之间的空隙奔出，姚竞那支箭还未落地，白狐已经跑出了十余步外去。

李柯手中牵着的一只猎犬不待命令，猛然挣脱飞奔出去，衔尾紧紧追着白狐。吕绍惊讶之余，掉转了马头第二个追击出去。姚竞收弓拍马，已经落了十余步，李柯叫道："猎犬到底放是不放？"

跟在他身旁的门客忙打一声呼哨，叫回猎犬。李柯冲着那人大吼道："笨蛋，我是让你放出猎犬去。"

那人懵懂了一下，又打两声短呼哨，正在往回跑的两只猎犬反身又朝白狐追去。

李柯这才打马去追姚竞，姚玉茹也策马追上去，她的马快，还赶在他前面。段安跟在四骑的后面。

这次变起突然，一时间，五骑人马依次纵列追击，比起先前队形包抄的默契阵形来大为凌乱。姚玉茹心想要抢在前面拦住吕绍，其他四人心中都在想：等会儿再追上，究竟是用弓箭直接射倒，还是要猎犬上去撕咬扑倒？决计不能像刚刚围而不捕了。

马蹄翻飞，情势如迫，赶在前面的几人见白狐狸脚下越发乏力，越跑越慢，最后干脆停了下来，各自心中喜悦，都觉得捕获一张没有缺憾的白狐皮毛近在咫尺，都加紧催马朝白狐奔去。

忽然听见最前面首当其冲的吕绍"哎呀"大叫一声，仰身跌下马来，后面姚竞的马正赶到，慌忙往旁边一拉缰绳，这才闪过。姚玉茹本在第三位，从容避开。几个人跳下马一起围住落地的吕绍，看得分明，一支白羽箭深深钉在他的胸前，只有少许血水渗出，染红胸前衣襟。吕绍脸色苍白，双手张开垂在地上，身体不住抽搐，眼白上翻，呼吸断续，命已经危在顷刻。

姚竞吓得腿也软了，他勉强支撑着跑过去，搂起吕绍，查看他胸前的伤势。

姚玉茹朝四下看去，只见那只白色狐狸放慢了脚步，慢慢往前踱，扭过来的面目阴险地看向自己这边，其余什么异常也没有，心中不由得大为骇怪。

第三卷

微信扫码,
加入《风之影:人间浮图》读者圈,
与广大书迷一起梳理剧中复杂人物关系

| 第一章　若　恩 |

第一节　关于角斗的梦

这一天晚餐过后，阿里斯托给其他人都安排了活计，单单让若恩和卡里乌斯一起留在帐篷里，他们喝了一点点啤酒，进入到浅浅的飘浮状态。阿里斯托对两人说道："这几天的变化对你们见识与感受的增长，大概要超过过去的好几年，说说看，你们对当前的状况有何等感受。"

酒杯举在嘴边，卡里乌斯说道："至少我们还是很幸运的，如果在路上莱昂修斯和我们错过，也许我们现在又死了一两个人。我们可能永远也走不到科洛内。"

"我觉得，格雷戈里和跟随着我们的刺客并不是一起的，格雷戈里可能并不知情。"若恩说道，他和格雷戈里有过几面的交道，感觉他并不是一个凶狠的人，他相信谋杀五元素派的主祭这样的事情并不是一个教区主祭所能主持的。

"追随托德阿卡夏的道是纯净的，简单明白，并不复杂，谁都可以轻易地听懂，走上正确的道路，唯一难的是牺牲的勇气。"阿里斯托说道。

"我们都有为道牺牲的勇气。"卡里乌斯的话充满真诚，但在若恩听起来有些耳热的感觉，这像是某种近乎谄媚的表白，他想自己决计不会这么说。

阿里斯托闭上眼睛，好像在回味着什么，过了一会儿，他才说道："牺牲是一个可做多元解的感觉，如同托德阿卡夏献出自己的血和肉是牺牲，为了坚持托德阿卡夏的道而被人灌下毒药，铁钎插胸也是牺牲。但灌毒药的人，用铁钎插死别人并将尸体吊在树上的人，毫无疑问，他们违反圣诫，残害生命，他们是恶人，将受到惩罚，但他们会不会认为自己背上恶人之名，被世间的律法所惩罚，乃至于如果他们在行恶的路上殒身，也是一种牺牲，为了慕道而做的牺牲呢？"

"如果我们是真的异端，是恶魔，那他们即便做出了恶行，即便遭受到世俗人等的诽谤和法律的惩罚，但他们就是殉道的牺牲者。"若恩说道，这是他一直以来的怀疑，除非是不止一杯的啤酒，以及阿里斯托的引导，否则他不会说出来。

阿里斯托说道："谁可以判断我们是异端或恶魔呢？"

"没人可以。"

仍然是若恩这么说，卡里乌斯有些跟不上阿里斯托和若恩的节拍，他选择闷下声来，大口地喝酒。

"所以我们不必以为自己在奉道而牺牲？"阿里斯托问道。

若恩也有些疑惑，阿里斯托超出寻常的提问超出了他的极限，他忍不住问道："你到底想说什么？"

"我内心有一道准绳，这准绳由我们对托德阿卡夏与主的爱而生成，但我内心又有许多盘算，认为凡事按照准绳而行事，是不利于自己，也不利于主的意旨在地上的传播。"

若恩闭上了眼睛，说道："你是想说，我们应该按照俗世的因果来行事。"

"莱昂修斯和他的人民，为何会放弃自有的信仰，而愿意全体信仰阿卡夏教？"

若恩想了一会儿，说道："或许是因为他们和我们一样，是被驱逐了。"

阿里斯托点了点头，说道："也可能是他们意识到了他们所受到的压力，而同时他们也意识到新的巨大趋势，他们意识到自己的困厄，所以果断地决心抛弃过去，加入到新的洪流中去。你说的他们和我们一样被驱逐了，这可能是事实，也可能不是。接下来我会问出更多的事情，但这些都不重要，重要的是，我们愿意做什么样的改变？"

若恩有些警惕地问道："你不会想说，我们也会改易自己的主张吧？"

"当然不是。我想说的是，长期以来五元素派以一种更高的道德来约束自己，使相关的争论保持在慕道的范围之内。想想看，如果我们在过去几十年里做出这一两年来四元素派所做的事情，那会如何？"

"这个问题你很早之前就讲过了，我记得你说过，那样我们就不仅消灭了四元素派，也消灭了五元素派自己。获胜的并不是理论，而是权力，具体的几个人掌握了权力。"

阿里斯托做了一个鬼脸，说道："你不提醒我，我都忘记了，或许我说那句话，感受并不和现在一样。"

"现在你是怎么想的？"

"前几天你问我，如果你到了塞里斯，建立了新的教区，而君士坦丁堡接踵而至，你该如何面对？这个问题一直萦绕在我心中，现在，我有了结论。"

"结论就是你对莱昂修斯所说的，新的教区既是服从君士坦丁堡的，也是独立于它的？"

"独立于它是更主要的一面。"

若恩吁了一口气，说道："这也就是你说的我们应该按照俗世的逻辑来行事？"他随即意识到，说："不，这句话是我说的，我才是把这句话直截了当说出来的那个人。"

阿里斯托同情地看着若恩，说道："美酒让我们更接近主，我们都喝得有些醉了，你记得我几个月前说的话，却不记得几分钟之前自己说过的话。不过，你说得对。"

卡里乌斯又灌了自己一口酒，说道："我们已经有了结论了么？很好，若恩，请你回头给我讲解一下。"

阿里斯托对卡里乌斯说道："你将不会留在这儿，你将回到你的部族中去。"

卡里乌斯被吓了一跳，他紧张而虚弱地问道："我是被放逐了么？"

"不，我们将要重新集结力量，我们不能被君士坦丁堡的专制和暗杀所吓倒，更不会屈服。我们能做的，是把正确的阿卡夏教传播到各个方向，让它成长起来。如果说以前我们选择了一种言辞上争辩的方式，这是不对的，现在，我们要奉行的是，以对抗的方式来探索接近神，让神的意旨明辨于世上。"

卡里乌斯有些沮丧，他说道："你第一次肯说我们是正确的阿卡夏教，而君士坦丁堡则是错误的阿卡夏教？"

"我不会这么说，这需要时间来分辨，但我们应该让我们认为正确的东西成长起来，而不是任由它被扼杀，这不是对神敬爱的方式。"

卡里乌斯摇了摇头，依然疑惑地说道："我对此还毫无准备。"

"现在我们大约有点儿喘息之机，但是你在下一次危机来临之前要准备好，要用他们的方式来战斗，甚至比他们更凶狠，而若恩，我要你明天就离开这里，塞里斯太遥远了，你要立即启程。"

若恩也有些慌神，说道："我难道在这儿帮不上忙了么，也许应该等到你们的新神庙建立起来。你之前说我可以挑选一个伙伴，事实上，我心目中就是预备要卡里乌斯跟我一起走的。"

阿里斯托摇了摇头，说道："我感激你的好意，不过这事情不容商量。你将一个人前往塞里斯，因为我们这里每个人都将会成为一个单独的种子，朝着不同的方向去。"

他停了一下，似乎以上说的话都只是为了接下来的话而做的酝酿："我做了一个梦，梦见罗马的斗兽场，我就在斗兽场里，手持着一把短剑，我这边的伙伴们都死了，每个都死得很惨，接下来就会是我。我可以放弃战斗，既然其他人都已经倒下，我还依然面对着六七个凶狠的战士，尤其是，他们中有三个人都还握着长枪，而我连盾牌也没有。

"我没有那么厌恶暴力，也许在我内心的深处，我始终渴望着战斗，神给我安排的死亡方式是战死，但绝不是束手受戮。有一个看起来像是卡利亚里的战士冲向我，他以为我认输了，但我躲开了他的链锤，然后一刀斩在他的手臂上，他的手臂就这么和他的身体分开，还握着匕首地掉在地上。我搂住他的身体，把他的身体整个地荡起来，朝着其余的人荡去，我松了手，我和他的身体一起飞了出去。我落在一个色雷斯人的身上，我杀死了他，我的短刀砸碎了他的额骨，他没哼一声地跪在地上，还没倒下之前就死掉了。"

若恩和卡里乌斯听得毛骨悚然，这好像阿里斯托被一个什么邪灵附身了一般，他讲的梦境，他的神态都和往常的他截然相反。

"接下去我就不说了，那真是一场很不错的战斗，我活了下来，这是最重要的。"

"你是想说，之前我们都是在怯懦地放弃战斗，放弃用暴力的方式，而接下来我们如果像在角斗场上一样地斗争，我们就可能活下来？"若恩问道，这是一种老生常谈的调子，可能会出自任何人的口中，唯一奇怪的是它现在竟然出自阿里斯托主祭的口中。

"某种程度上，我希望简化所有的纠纷，哪怕是角斗场的方式，失败者接受失败者的命运，不再奢望。"阿里斯托说道。

若恩心想，这依然是他，他知道刚刚布置的都只是奢望而已。

一阵轰隆隆的闷雷声滚过，他们觉得脚下的地忽然震动了两下，接着又是一下，然后听见女人的惊呼，营帐外人们在奔跑、叫喊，然后是马蹄奔过的声音，刀与盾格挡的声音，以及人们发出的惨叫声。

阿里斯托凝神听了一会儿，说道："他们在说，多耶特打进来了。"帐篷里另外两人都不懂得伊苏利亚语，均想，多耶特是什么人？

阿里斯托对两人说道："我们往莱昂修斯的帐篷去。"说着站起来招呼两人跟随着他，若恩掀开帐篷，看见外面已经是火光一片，乱作一团。一把长矛从不知何处飞过来，嗖地掠过他的肩膀，飞进帐篷。

阿里斯托分辨方向，朝莱昂修斯的帐篷走去，卡里乌斯从地上拾起一根削尖了的木棍握在手中，紧随在阿里斯托身边。若恩略微迟疑了一下，赶紧奔跑追过去。还没跑两步，一匹马从他们横地里杀出，马上的骑士挥刀朝阿里斯托的头上砍去，卡里乌斯瞥见，将木棍用力向马上的人刺去，瞬间将那人的胸膛刺穿，跌落在地，他骑着的马呼啸而过，他手中的长刀脱手，余力未消，飞着打了两个转，插入到阿里斯托身前的泥土中。

第二节　临阵的洗礼

若恩快跑两步，将那把刀从地上拔起，握在手中，一边也护在阿里斯托的身边。三个人跑过十余个帐篷,被脚下躺着的死伤者绊倒两次,这才接近莱昂修斯的帐篷前,只见有二三十人手中持约一人高的盾和投枪,背靠帐篷,将帐篷的正面紧密地封住。

他们的盾牌有木质有铁质,质地不一,形状也各有参差,但都接近一人高,每张盾牌又都有一名专门的持盾者,他们须用上全身的力气才可以使盾牌保持稳固,不少人还要自备木棍,抵在地上协助支撑,不论是对上步兵还是骑兵都是极好的装备。

盾墙的两边,另外还有许多人手持长短刀或铁锤、斧头,以及少量弓箭,保护着两翼。他们的前面,许多帐篷被抛来的巨石荡平,有人在外面投掷火把,帐篷和堆放在地上的杂物燃烧起来。许多人在火光照亮下相互砍杀,若恩分不清谁是谁的一方,只见不时有人倒下,他不知道其他教友此时身在何方,是否安全,心中又惊又急。

阿里斯托冲着莱昂修斯的帐篷方向大声叫道:"是我们。"盾墙开了一个缺口,三个人急忙地冲进去,盾墙又再合上。

莱昂修斯站在他自己的帐篷外,与他身边的两个副手,摩尔和耶希尔,正在交代着什么。他很快交代完,摩尔和耶希尔先后走了,莱昂修斯这才看见阿里斯托,走过来说道:"主祭大人,非常抱歉,我还没来得及讲我们这里的事情,这是我姐姐的人,他们拿安纳托没办法,就寻机攻击这里。我已经安排人手预备反击了,请不要担忧。"

阿里斯托面色凝重,说道:"神与你同在。"

莱昂修斯接着说道:"主祭大人,之前你说让我成为第一个洗礼的人,但那要等到安纳托的聚集地的神庙建好以后,现在太遥远了,我们也许今天晚上就会死,至少我会抱着这样的信念。我请求你立即为我和我的士兵们洗礼,这样当我们击败对手之后,可以将荣耀归于神,有了这样的事迹,在安纳托的人们会更容易地接受托德阿卡夏。"

阿里斯托有些犹豫,他回头望了望盾墙外面的天空,实际上他什么也看不见,说道:"真的已经到了必须这样做的时刻了?"

莱昂修斯说道:"我姐姐掌握的人民依然信凯尔特的旧神,如果我在这里败给她,安纳托也会守不住,那时候一切就真的晚了。"

阿里斯托很感激莱昂修斯没有说出如果这里被攻陷,连阿卡夏教诸人也都会被杀掉这类似的话,他以为他会说,而他没有,这使得他看起来是一个谨言慎行的领袖。他决意按莱昂修斯的话去做,对莱昂修斯说道:"请你安排人找一些水来。"

水很快就找来了,用木桶装着,整整一桶。将要接受洗礼的人围成一圈站在外面,阿里斯托让若恩和卡里乌斯站在他身边,他垂手静立了一会儿,口中念祷:"因土、气、水、火和以太之名。"

"亚里斯由水和土、在阿卡夏内使我们获得生命,借着祝福水的仪式,使我们回想活水的阿卡夏和诸元素的号角，在这乐韵内我们借着水和土得以重生。用这水画十字圣号时，我们感谢亚里斯，祈求他的助佑。

他低下头，默祷片刻，伸开双手，继续念道："全能的亚里斯，愿你降福我们，从内心重塑我们，求你恩赐那些借洒圣水礼的人，借亚里斯的大能，洗涤罪恶，恢复灵魂。"

若恩和卡里乌斯最后念道："迪利西亚。"

这是简易得不能再简易的圣水制备方式，他们祈祷已毕，阿里斯托请莱昂修斯和他选好的卫士站在一起，有三十来人，包括七勇士除了摩尔和耶希尔之外的五人。阿里斯托用手指在圣水中蘸一下，在莱昂修斯额头上画了个十字，说道："莱昂修斯，我奉土、气、水、火、以太的名为你受洗。"

莱昂修斯谦恭地受洗完毕，接着是他的五勇士，然后是其他卫士一一受洗。

洗礼完毕，莱昂修斯请阿里斯托站在他的旁边，他对他的卫士们大声说道："我们，刚刚已经成为光荣的阿卡夏徒，我们抛弃了过去，绝不回头向后看。那些昔日的鬼的影子依然追踪着我们，希望将我们绞杀，接下来，我们将决定我们祖先的后裔，人民的未来。"

他举起了手中的长剑，亲吻刀柄上的宝石，说道："这是我的最后一战。"

"我们的最后一战。"卫士们肃穆地举刀，低声说道。

莱昂修斯肃穆地朝前走，卫士们给他让开一条道，他走到盾墙的后方，五勇士和卫士们跟随着他，排列成剑头冲锋的阵型。

中间的盾墙一起朝外推进了十码，莱昂修斯和他的卫士们也朝前推进十码，接着又是两个十码，他们踩踏过许多尸体，救回了十几个受伤的自己人，包括卡恩和纳加尔。在第五个十码处，他们终于停了下来，他们望见了不远处多耶特人的本阵。他们人也不多，一百多人，十来张盾，守卫着一具简陋的抛石机。见莱昂修斯他们结阵冲出来，抛石机的操作者们匆忙地抬起抛石机的后基座，调校角度，预备射击盾墙的正面。

盾墙朝两边猛然撤开，莱昂修斯大吼一声，率先冲出阵线，卫士们也都大吼着，紧紧跟随在他身后，朝着对方冲去，对方阵型犹豫了一下，原本结成盾墙的却又散开，散开后又被人大声叱骂，要求重新组成防御阵型，在他们犹豫不决的瞬间，莱昂修斯的人已经冲到他们面前。

莱昂修斯冲在最前，瞬间砍倒了他正面前的两人，冲击之势稍被阻碍，他身后的卫士便越过了他，如同狂潮一般卷过去，立即斩杀了二三十人，并且将对方阵型分割成两半，多耶特人右侧的数十人立即崩溃，转身就逃，左侧数十人因为有更多的盾牌和指挥官在，勉强多撑了一会儿，也是不支，接着崩溃了。

莱昂修斯一边砍杀，一边大声招呼着，约束着卫士们保持阵型，不要轻易地追出去。果不其然，很快就有几十支投枪在夜空中划出呼啸声投了过来，三四名卫士被洞穿身躯，惨呼着倒地，其他人赶紧伏地，等着后面的持盾者赶上来。盾墙赶上来护住正面的同时，他们发现自己陷入了多耶特人的重围中。

莱昂修斯稍微犹豫了一下，便做了决定。他要持盾者背靠着抛石机，布成一个极小的圆阵，他和二十几个卫士守在其中。刚刚他在让耶希尔带着五十名弓箭手从后门退出营地，迂回绕到营帐的右侧，他们如果能够及时赶到，在多耶特人的背后发起攻击，那么局势还会朝着一场不小的胜利扭转。

多耶特人投掷了一会儿投枪，投枪擦过盾牌飞进黑暗中，他们慢慢地进逼上来，近得只有十几码的距离，这时候莱昂修斯可以数得出对方有三四百人之多了，而他这边大约只有四十来人。他心里一沉，刚刚决定就地固守而不是向营地的方向冲回是个巨大的错误。

他勉励他的战士们说道："我们要坚守这座城，直到最后一个人。"他身边的勇士们和卫士都齐齐地发出低吼，表示响应。他们一边将队形收缩得更紧。

多耶特人从八方围攻上来，他们也以盾牌为墙，缓慢而坚决地压上来，直到双方盾牌相抵在一起，相互死命地推。后面的人抵住前面的人，一起发力往前推。持盾人之后的人挥舞着短兵器在盾牌罅隙间互刺互砍，当前面的人被刺中，陡然失力而倒下，他身后的人必须用向前更大的力挤住他，使他不倒，然后接过他的盾牌，才让他倒下。地上的尸体多了，持盾的人下脚惟艰，盾墙看起来有些摇摇欲坠。

外面包围的人往里面投掷投枪，但没什么效果，作用并不大，有人从外面踩着同伴的肩膀跳进圆阵中，这恰好遂了守在圆阵中的人的愿，立即便被残暴地击杀，尸体被扶起来，推出盾墙之外去。

莱昂修斯的人越来越少，被压缩成一个更小的圆阵，他们一直后退，受到脚下尸体的干扰要小一些，显得越发坚固，但盾牌后的人们脸上都现出愤恨的神色来，因为像这样死于盾牌后面不是他们想要的方式，事实上，他们如果不是被逼在这个圆阵里，而是像刚刚那样交战，他们完全可以获得更好的伤亡交换比，即便死亡也会降临得快得多。

莱昂修斯挥舞着手中的刀，他刺死了三四名多耶特人，他身边的卫士也因为护卫他而被刺中倒地。他不知道过了多久，觉得已经坚持了许久，气喘吁吁，力气耗尽，连刀也举不起来，哪怕再有一次格挡，手中刀就会塌陷下来。他心中感到绝望，猜想要么耶希尔的弓箭队已经被歼灭，要么他们老老实实地接替了原先盾墙的位置，守在了营门口甚至最初的营帐门口，并不清楚这边发生了什么。

事实上，这不太可能，他们此时的坚守的位置距离营地并不太远，满打满算也就一百多码，什么人才会听不见这边的厮杀声音呢？

他不停地大声喊道："坚持，坚持，坚持住。"手中的刀几乎已经抬不起来了。

圆阵的中央已经不剩下什么人，所有卫士都顶在盾墙后，五勇士中的四个已经顶到盾墙后，护卫在莱昂修斯身边的只剩斯考特一人。盾墙背后没有人支撑，被顶得东倒西歪，阵线的崩溃就在须臾。

莱昂修斯几乎要准备弃刀投降了。

第三节　亚里斯的审视

多耶特人的后方突然出现了一阵骚乱，有一支小队从后面冲进了他们中间，砍瓜切菜一般，瞬间砍倒许多人，将正围住莱昂修斯的队伍冲散一个缺口，瞬间便接近圆阵的边缘。莱昂修斯这边剩下的人都是战技熟练之士，他们见情势忽转，立即做出调整，面向来人的盾墙断开，反向朝多耶特人压去，同时，中间空出一条缝隙，首先由莱昂修斯挥剑接住对方的压力，随即那一小队人也冲了过来，以这条缝隙为突破口，猛力楔入进去。

多耶特人乱哄哄地挤在一起，武器和手臂完全伸展不开，当前面持盾的人倒下，后面的人毫无招架之力，接二连三地被刺中或砍倒，再后面的人被混乱的局势迷惑，为身前忽然倒下的伙伴而恐惧，纷纷掉头往后跑。

在几十码宽度的阵线上，不用全线受压，有几个出血点就够了，向后奔逃的人比任何挥舞着武器的战士都更为有效地摧毁了整个多耶特人的队形，他们由退却变为奔逃，进而变成四面的溃逃。

莱昂修斯及时地下达了终止追击的命令，他让剩下不到二十名卫士列队，分配任务，摩尔回到营地取马，追踪逃走的敌军去向，艾克托尔领着卫士打扫战场，以及派出兰伯特回营查看耶希尔队的状况，而斯考特回营重整还可以战斗的人力，防备多耶特人意识到莱昂部落的援军实际上是一支只有十来人的小队而可能重新发起的第二波攻击。

安排完这些，莱昂修斯才朝帮助他们脱困的那支部队走去，那支部队停在不远处自行整顿，他们人数很少，头戴狼皮头盔，身穿罗马轻步兵的链甲，手中持着半人多高的圆盾和短剑，背上背着几只投矛，为首那人身材高大，头戴着一顶百夫长的羽饰头盔，脸上的胡须剃得干干净净，气势威严。

莱昂修斯走到他面前，单膝跪下，他略微权衡了一下，用希腊语开口说道："我是莱昂部族的首领莱昂修斯，我必须要感谢你出手相救，不论你是谁，你拯救了整个莱昂部族，我有幸被告诉你的姓名，以及你们是谁么？"

那个人冲着莱昂修斯行了个礼，说道："不必介意，你们保护着我的朋友，我也非常感激，不必介意我们出手，这下只是两清而已。"

莱昂修斯心中一动，问道："你的这位朋友是阿卡夏教的朋友么？"

那人点了点头，说道："他们有危险，我跟在他们后面，悄悄地保护他们。他们现在到了你们手中，应该就更安全了。"

"危险，什么样的危险？"

"恕我不能说得太多。"

莱昂修斯轻轻嗯了一声，又问道："你还没告诉我你是谁，你是罗马的军官么？保护着的人，是来自君士坦丁堡的某种安排么？"

那人摇了摇头，说道："你可以叫我塞纳，我曾经在军团服役，但已经除役。你回去之后别和他们说我在跟着他们。我是他们中某个人的朋友，并不是他们整个队伍的护卫，这不是一次官方的安排。"他指着莱昂修斯的卫队，接着说道："你同时也要约束他们，不能对营地的人说。"

莱昂修斯站起身来，又失望，又释然地说道："那么说，我也不能邀请你回到我的营地喝一杯。"

"大概不行。"塞纳礼貌地回绝。

莱昂修斯对他深深行了一个礼，转身向营地的方向走去。

天亮之后，莱昂部族的人仔细地清理了战场，莱昂修斯得知他们在营地内失去了三十三人，在离营地一百码的距离内战死了四十九人，两者合计死亡八十二人，连同伤重而无法治愈的人一起，差不多损失了这个营地大约一半可以战斗的人。

他们当然也取得不错的战果，合计收殓了一百七十四具多耶特人留下的尸体，其中有六十几个人是重伤无法行走的，被打扫战场的人就地了结，另外还俘获了十余人。莱昂修斯命令副手拷问俘虏，知道多耶特人直接从他们的奥克塔营地出发，路上没有经过任何搜索，也没有走冤枉路，直接找到了这里。

莱昂修斯知悉这一点之后，没有任何犹豫，下令对全营地进行了大搜索，没多久，卫士们揪出三个人来，被怀疑是向多耶特提供了营地准确位置的奸细，其中两个是牧羊人，因为身边搜出了多耶特人近期的手工制品，他们因此被指控为多耶特人的奸细，另一个则是指挥弓箭手的队长耶希尔，逮捕他是因为他贻误了战机。

他从后门离开之后，鬼使神差地走错了路，不仅没回到营地的前门，走得很远，还被多耶特的溃兵袭击，白白地送了七个弓箭手的性命。如果不是塞纳小队突然出手相助，莱昂修斯和其他五位勇士的死亡大概不可避免。

莱昂修斯简单地决定了耶希尔和两个牧羊人的命运，他们都会被当众处死，并且尽可能用残忍的方式。

耶希尔为自己的错误感到羞愧难忍,他不指望活下来,但希望不要白白地受死,他提议自己率领一支敢死队用和对方同样的方式杀入多耶特的某个营地,他不谋求活着回来。但莱昂修斯的想法和他相反,耶希尔想要的是名誉,而莱昂修斯不愿意给予。

斯考特和艾克托尔都为他求情,他们求的也不是耶希尔被宽宥,而是希望给他获得体面去死的机会,但莱昂修斯坚持不许。

相比起来牧羊人更冤枉得多,多耶特人和莱昂部族本来就系出同族,他们身边有多耶特那边的物品,无非是证明过去一年他们之间有过物品交换,但要证明他们向多耶特人泄露这个秘密营地的位置,实在做了幅度过大的推论。他们大声喊冤,但没人在意他们说什么,因为营地里死了很多人,多数人的愤怒需要个发泄的口子。牧羊人们喊了一阵,只好认命。

三人被锁在营地中央空地的柱子上,接着莱昂修斯命令召集营地所有人聚集起来,准备当众斩杀这三个奸细。莱昂修斯因为自己已经在前一个晚上受洗成为阿卡夏徒,以及希望借此建立阿卡夏教的威望,他邀请阿里斯托等人站在他的身旁。

在等待人们集中的过程中,莱昂修斯微笑着,对阿里斯托说道:"主祭大人,我感觉受洗过后,我们确实感觉到身体里更有力量,我想我们之所以能活下来反败为胜,应该归功于托德的庇护。"

阿里斯托茫然地点点头,不置可否,在阿卡夏教在罗马的合法化过程中,有许多类似的故事,他并不感到惊讶,同时也并不相信。

他踌躇了一会儿,终于下定决心,对莱昂修斯说道:"关于这几个人是奸细这一点,我们是否找到了确切的证据?"

"确切的证据很难找到,但有很多不那么直接的证据指向了他们,都是无法解释的,这已经足够了,我们不能在这个问题上花太多时间,不能给人我们在犹豫不决的印象。"

阿里斯托不合时宜地提出建议道:"亚里斯爱世人,不愿意见到柱杀,与其有可能杀错了人,不如把他们流放出去,离开这儿,或许是一个更好的法子。"

莱昂修斯面色一沉,但他依然谦和地说道:"统治建立在赏罚分明的基础上,一件坏事发生了,而我连明辨实情的能力都没有,这很糟糕,明辨实情而不加以赏罚,这就更坏了。"

阿里斯托还企图坚持,说道:"除了亚里斯,没人可以保证明辨实情,我们总会不停地犯错。是否可以由我来主持一场对他们的审判,审判过后,再来惩处,这是有好处的。"

莱昂修斯抬起手制止住他,示意阿里斯托不必再讲。他表情严肃,并没有一丝一毫打算更改主意的意思,从另一个角度讲,莱昂部族营地死了八十二个人,但阿里斯托一行人只有一人受了轻伤,这使得他说话没什么底气。

若恩站在阿里斯托身旁，他既关注阿里斯托和莱昂修斯的争论，也不在意，因为事情明摆着不会改变。他在逐渐聚集起来的人群里面找寻克洛伊的身影，很快找到了她。克洛伊身穿着灰色的长裙，双手环抱在胸前，头略微歪着，神情有些疲惫地站在侍女的队伍里，好像对过去这个晚上和眼前即将发生的事情漠不关心，无动于衷。

若恩略有些喜悦地想，自己和她是一样的神态，就好像同一个人呈现的两个体态：一个是男人，另一个是女人；一个人在台上，一个人在人群中。

两天前的那个晚上，克洛伊说亚里斯主持的报复很快就要来到，而她已经做了她应该做的一切，这使若恩怀疑实际上是她设法向多耶特人通报了具体的位置信息，她才是他们正要惩罚的奸细，而并不是被绑起来的那三个人。如果说死去的人已经无法挽回，那么这几个即将死去的人，是否值得他站出来提供公正呢？

这个念头只在他脑海里像浪花一样闪现了一下便消失了，他无法既证明这三个人是无辜的，又不可能让克洛伊被捆起来受到指控，或者任何其他无辜的人受到指控。实际上，他很高兴克洛伊没有站在人们的面前接受死刑。

那天晚上，克洛伊被他搂住强吻的时候，她只是稍微推了一下，接着便用手搂住他的脖子，生涩地回应他，嘴唇由冰冷变得火热，她的身躯由僵硬变得柔软，两个人滚落进山坡的矮树丛里，但接下来什么也没发生，一条穿行在草丛中的蛇阻止了他们，它一口咬在了若恩的手臂上。

那大概是条无毒的蛇，没有给若恩带来更多麻烦，只是适时地打断了他和克洛伊的热情与罪行，并且使他意识到，亚里斯始终是存在的，正在以某种方式审视着他。

不可奸淫。

第四节　惩处奸细

在众人当中，若恩单单凝视着克洛伊，希望在她脸上看到哪怕一丁点懊悔的神情，这会让他好过一些。但他记得她说的是希望报复这里的每个人，而不仅仅是特定的一些人。所以如果她真的是奸细，她不会为这三个人感到懊悔。但话说回来，如果她根本不是奸细，那就也没理由懊悔什么。这些在若恩脑子里一转再转，让他觉得头疼。

营地里所有的人都来齐之后，摩尔从莱昂修斯身边走到人群前，对着众人大声说道："昨天，我们应该感到幸运，我们抵挡住了敌人的偷袭，接着，感谢莫瑞甘的智慧，让我们也捉住了奸细，我们现在将目睹奸细的下场。"

莫瑞甘是凯尔特人传说中的智慧之神，当有人说依靠着莫瑞甘发现了什么，而不是提出具体的事证,听的人通常知道那都是出于自由心证,并没有确切的证据。很少有人会对此提出质疑,从经验来看,这么做的结果大部分都是对的,而严格的,像罗马的大城市里那种讲究证据和逻辑的法庭,这里的人们毫不以为然。

摩尔侧过身子,侧对着刚刚在他背后的莱昂修斯,说道:"公正无私的莱昂修斯接受了祭司的裁决,他要亲自发布这个裁决。"说完,他朝后退了两步,把莱昂修斯完全亮出在众人的面前。

莱昂修斯环视四周,使每个人都聚精会神地关注他,然后才大声说道:"安吉斯老爷子说,这些毒蛇,他们将淹死在自己的鲜血中,懈怠职守的人将会受到大树穿心的惩罚。"

人群爆发出了一阵欢呼,听得出多数人都是发自内心的真诚喜悦。若恩听到阿里斯托嘀咕了一句:"这不符合常规,他们不该按照他们的旧神的方式来做出判决。"安吉斯就站在他的身边,但他已经不打算再掩饰他的不满,而安吉斯也摇摇头,他从来都不是做出真正裁决的那一个。

当人群爆发欢呼的时候,若恩看见克洛伊脸上的表情变得冷漠,她后退了两步,似乎想距离行刑的场面远一些。这个微小的动作洗清了若恩对她若有若无的怀疑,他稍微松了一口气。

四个卫士将那两个牧羊人倒悬着挂起来,头下各放着一个木桶,一名刽子手用短刀分别在两人脖子上割了一刀,任鲜血汩汩地流出来,流进木桶中,但不至于流得太快。卫士调整挂男子脚上的绳子长度,使得他们的头整个地浸到木桶中,并且用两条木条卡住他们的脖子。

开始时是静悄悄的,好像只是简单的体罚,过了一会儿,两个被割喉的牧羊人开始挣扎起来,他们企图勾起身子来,但木桶口被卡在他们的下巴下,摆脱不得。随后,他们的身体绷直了,以捆绑住的脚为圆心荡来荡去,并且越来越厉害,动得像成了精的钟摆,发出呼呼的风箱混杂着水泡破裂的声响,这似乎持续了很久,久得几乎所有人都觉得这超出了人类的极限。最后,两个人先后发出一阵抽搐,归于安静。

对于耶希尔,莱昂修斯选择结束他生命的手段要更加残暴得多,他让人用一根尖木桩钉进弓箭队长的胸膛。

耶希尔没有被倒吊起来,而是头朝上的常规捆绑方式。两个人托着三尺长的尖木桩,削尖的一头对准耶希尔赤裸的胸膛。一个人手持大铁锤站在尖木桩的另外一头,抡起铁锤敲打尖木桩,慢慢地打,尖的那一头一点一点地刺入耶希尔的胸部。

托着尖木桩的人必须用尽全力,才使木桩保持着相对耶希尔胸部的垂直方向,而耶希尔虽然固定在木桩上,但也并非那么牢固地固定,绳索会提供一定伸展的余度,耶希尔虽然慨然受死，但也会因为吃不住痛而不自觉地朝后退缩，这柔性的悬挂方式形成了更加艰难，也更为痛苦的行刑过程。

木桩先是刺进耶希尔的皮肤，随后钻进他的胸腔骨头的缝隙，木桩越来越粗的部分先是受阻于胸骨，然后在铁锤的敲打下，一点一点地扩张胸骨的缝隙，将缝隙撑开来，超过骨头扭曲的极限，让骨头断裂变形，接下来才接触到心脏。

即便穿过胸骨的部分已经让耶希尔死过无数次，并非真的死，而是晕死又醒来，尖刺刺入心脏的那一刻，仍令他震颤，超越了前面骨头的慢慢断裂所带来的痛，仿佛全身的痛觉都被一起再次唤醒，并且争相不顾一切地绽放出奇异的花朵，像一簇闪电在他身体里狂乱地展开，使他真正地失禁。

这种痛也宣告了痛的终结，尽管在破开胸腔的过程中已经出了许多血，将耶希尔半边身子染红，刺破心脏仍像踩碎一粒浆果那样喷出大量的红色汁液，人人都认为自己听见了那极其轻微的，几不可闻的"噗"的一声，然后死亡来临。

心脏被木桩穿过，继而被劈成不规则的两半，木桩尖在另一头穿出耶希尔的身躯，花了整个上午时间，和着有节奏的铁锤敲击，弓箭队长开始时高声尖叫，随后变成撕心裂肺的痛哭，再往后则是沙哑的哀号，最后是若有若无的闷哼，像某种古代的歌谣一样，折磨所有人的耳鼓，让每个人呼吸时都带着一丝疼痛。

在酷刑进行的过程中，若恩忍不住想，要出于对于人多么深刻的憎恨，才会想出这样的方式。魔鬼也许并不以单独的邪灵形式存在，它就存在于憎恨人类的人身上，当憎恨存在人身上，人的所作所为不啻于魔鬼。莱昂修斯，这个人平时看起来和魔鬼毫无共通之处，他刚接受了洗礼，成为一个阿卡夏信徒，一个首要的阿卡夏信徒；而他正在他的人民面前做这样的事情。

若恩朝阿里斯托看去，他稍微仰着头，看向空中一个虚无的地方。

莱昂修斯的卫士们把三具尸体移开，空出中间的位置来，莱昂修斯走到中间，面对所有人，沉声说道："每个人都为他难过，他背弃了他的责任和岗位，带来了超过二十个人的直接死亡，他自愿接受各位所见证的极大痛楚，为了让我们都记得教训。"这是摩尔为他的好友所争取到的，死，但不是作为叛徒而死。

群众肃穆，他们被耶希尔的死亡所震撼，或者说，所恐怖着。

莱昂修斯沉默了一下，接着说道："昨天夜里的战斗，是多耶特人对我再次的开战，我们虽然伤亡不小，但他们死伤得更多。这是一场战争，关于我们每一条生命的战争，我们非胜不可。我们很快会赢得这场战争，因为他们甚至不敢堂堂正正地迎战，甚至他们在偷袭里也会比我们丢掉更多的生命，我们强大得多，想想看，当我们展开反击会如何？

"我们得到了亚里斯的庇护，昨天晚上奋战的每一位战士都会证明托德阿卡夏所代表的亚里斯在他身体里所起到的鼓舞和坚固作用，事实上，我视这次战斗为一次考验，很高兴我们通过了考验。接下来我们还会经历许多次战斗，每一次都是试炼，是亚里斯对我们决心的考验，证明我们对他的爱，我们必须要证明这一点。"

稀稀拉拉的掌声和欢呼表达了众人谨慎而拘束的应和。莱昂修斯准备让阿里斯托也说点儿什么，但阿里斯托明确地拒绝了。

回到自己的帐篷之后，阿里斯托对若恩说道："我们常把爱与仁慈等同起来，经常分不清它们的区别，但它们的区别其实很明显，爱是容易的，仁慈却很难。"

若恩也在考虑这个问题，他说道："这其实是可以理解的，我父亲大约是因为仁慈，所以丢掉了王位。这好像是一种自然的选择，倾向于做出仁慈决定的统治者都失败了，剩下来的就都是不仁慈的了。"这是他的继父告诉他的，在他还很小的时候。后来他回想起，觉得只不过是某种陈词滥调，但他自然地这样说出来。

阿里斯托点点头，说道："你这个说法说得通，尽管我对你父亲是否因为仁慈而丢掉王位感到怀疑，不过很高兴你不为这个问题而纠结。我们接着昨天晚上话题继续，你和卡里乌斯要尽快出发了，各自前往该去的地方，不应该长久地留在这里。"

卡里乌斯干脆地说道："我听你的，主祭大人，我最快今天就可以出发。"他略微停了一停，有些黯然地说道："但我会想念你的，我跟你学到了很多，你像我父亲一样，甚至比他更亲。"

"你们一走，就不会再见了，但我们可以彼此想念，在星空下，在亚里斯的注视下，即便是高卢，这里，还是塞里斯，我们相距得并不太遥远。"阿里斯托欣慰地说道，他似乎恢复了原来的平和和睿智，而不是像袭击发生前的偏狭，对暴力忽然充满了渴望的那个人。

若恩尽量压抑着自己的烦乱，说道："但我还没有准备好，我想在这儿多待一阵子。"

阿里斯托表示理解，说道："是的，去塞里斯的路途比去高卢更遥远，更加黑暗，但我们之前讨论过，准备得好不好是相对的，你永远也没法准备好，在事情变得糟糕之前，你还是要出发。"

事情还会变得怎样糟糕？若恩几乎要问出来，但他吞下了这个问题。

"他是有别的原因，不是准备好了没有的问题。"卡里乌斯不怀好意地提醒。

阿里斯托疑惑地问道："什么别的原因。"

卡里乌斯耸耸肩，说道："我不知道，你应该直接问他，也许是关于一个女人的。"

阿里斯托似乎明白过来，他问道："若恩，这是怎么回事，你是想念杰西蜜，不想走得更远，还是在这里发现了你的新欢？"他说出这句话时感觉到了一点愤怒，"这是真的么？"

若恩内心惭怍，但他一言不发，假装愤怒地转身离开帐篷。

第五节　存心的欺骗

若恩在营地里的一个角落里躲藏了一会儿，也说不上躲藏，只是不想让可能追出来的阿卡夏的人，阿里斯托或者卡里乌斯看到。

确信没人注意他，若恩这才走到营地中央，莱昂修斯的帐篷附近，女人们的帐篷也在这里。他等了一会儿，看见克洛伊从帐篷里出来，克洛伊也看见了他，似乎有些吃惊，但她似乎相当喜悦，嘴角含笑。

她放下手中的活计，和旁边两个中年女人交代了些事情，便走了出来，来到若恩的身前。像磁石一样，很难说是她推动着他，还是他吸引着她，两人保持着距离地走了几步，走到晾晒被服的位置停下来，这里可以避开营地里大多数人的目光。

若恩并没有准备什么问题，也没打算对克洛伊说什么，所有一切都在他内心纠缠着，他到这儿，是希望克洛伊对他说些什么。而看起来克洛伊同样也是如此，两人在一张床单后沉默相对了好一会儿，脸上的笑容都变得有些牵强起来。

若恩盯着床单，感觉自己和克洛伊都悬在空中，这并不是一个好主意，他想。

克洛伊终于下定了决心，说道："来。"

她走在前面，走了几步之后，若恩也迈开脚步，跟在她后面。两人有默契地一前一后走出营地，又来到那天晚上来过的山坡上，差不多正好是他们拥抱在一起滚下去的地方。

若恩站住，有些生硬地对克洛伊说道："昨天夜里的袭击，奸细什么的，不是你向多耶特人送出的消息吧？"

克洛伊没回答他的问题，反问道："你的伤好些了么？"

若恩准备了无数连珠炮的问题要问克洛伊，然而被她一个反问直接打乱了，他有些慌张地答道："差不多好了。你还没回答我的问题，不是你向多耶特人送的消息吧？"

克洛伊又问道："你觉得如果莱昂修斯抓住了我，他会怎么对待我？"

若恩有些迷糊，说道："他会怎么对付你？"

克洛伊轻轻地笑了一声，说道："女人总是会多活一段时间，他会把我丢给他的几位勇士之一，由那个人来强奸我，占有我，然后安排几个女人把我看得牢牢的，等我怀上那个人的孩子，生下孩子之后，就会把我杀死。"

若恩差不多会相信她的说法，但同时她这么说，好像仅仅是在说一个可能性，反而是在用这样的花样来说，我不是奸细。他紧逼着问道："但你到底是不是多耶特人的奸细呢？"

"是。"

克洛伊干脆利落地答道，脸上一点儿犹豫或畏惧也没有，甚至对那两个或许被枉死的牧人毫无歉疚的表情。

若恩眼前发黑，他说道："那今天被处死的那几个人，他们也是奸细，还是被冤枉了？"

"他们都是多耶特人的奸细，事实上所有人都是，莱昂修斯也是，莱昂部族是从多耶特部族里分裂出来的。"

"多耶特，就是他姐姐率领的那个部族？"

"是的，那是凯瑟琳。"

若恩觉得问题陷入了无趣中，这听起来好像是克洛伊讲的并不好笑、没有心肠的笑话而已，他对这些部族的分合争夺毫无兴趣，他只想把话题引导到让她知道他关心她，希望她放弃复仇，不要做危险的事情，以及他存有一点幻想，希望把她带走，一起离开这个地方。这既有善良好意的一面，也有邪恶的一面，而他设计好的话语在第一个问题后便迷失了。他只好一边思索，一边尝试。

"多耶特为什么会分裂，是莱昂修斯的错么？"

"凯瑟琳更受人民的欢迎，他们希望她来做部族的领袖。"

"重点是，昨天的袭击究竟是谁送出的情报，是你么？"

克洛伊炫耀地扬了扬头，说道："是。"

若恩心中一痛，说道："这究竟是你为凯瑟琳做的，还是你在复仇，报复这边的人们？"

克洛伊陷入到沉思中，喃喃地说道："这不是那么容易分清楚的。"

若恩叹了一口气，说道："不论是哪一种，我希望你别再那样下去了。"

克洛伊语带嘲讽地说道："听起来有些可笑，你知道吗，'我希望'，我希望我的家人都还活着，为什么我无法如愿，而你可以呢？"

"我爱你。"若恩脱口而出地说道，没有任何前奏和铺垫。

克洛伊愣住了，她的脸飞起红晕，慌张地垂下头，又扬起来，目光灼灼地盯着若恩，说道："那天你亲我之前，为什么没有这么说？"

她专注认真的神态，像极了莎拉，像正突然跃出乌云后的太阳一样令若恩难以目视，他躲闪开了她的目光，不完全是虚伪地说道："对不起，我不该那样，那天我太混蛋了，也许是喝了酒的缘故。"

"我随身带着匕首的，如果不是我正好也喜欢你，那天你可不仅仅会被蛇咬。"

若恩心里荡了一下，她也喜欢自己，这听起来像是在做梦，但也合乎情理，不如此她就不会来找自己说什么复仇的事情，那只是借口。他有些欢喜，有些厌恶，厌恶他自己，他知道自己在做什么，想做什么，并且那并不符合无论是阿卡夏教还是其他宗教的道德，但他难以控制自己继续走下去。

他看着克洛伊，说道："我恳请你，别再想着报复的事情了，好吗，我不希望你做了什么被他们发现，然后被惩罚，你这样美丽，不该受到那些肮脏的对待。这样想想都会让我感到十分难过。"

"真的吗？"克洛伊问道，认真地问。

对于若恩而言，这是一个尴尬的问题，最简单的问题最难回答，他知道这一点，尤其是他明知道自己并不那么诚实，另有企图的情况下。或者说，即便他决定撒谎，也应该是一个更加有格调，而不是流于俗气的方式。

"也许没那么显然，但行刑的场面使我恐惧，人不该这么对待人，那是荒诞的，也是邪恶的。同时我也不想陷于到底是谁先犯下罪愆的问题中去，我只想说，有些人就是比另一些人在受难的时候更令人感到绝望，美丽的脸总比平常的脸要不同，我不想那么绝望，不想看到你落到那样的境地，我希望你远离这些。即便你是个受害者，我也希望你别再怀着报复的念头，你现在很好，别再让自己进入危险之中。这是我这时候最大的愿望，我不知道自己有什么可以用来交换。"

克洛伊听着若恩的话，整个身体好似都变得柔和，像是笼罩在某种光芒之中，她低声地说道："若恩，可以抱住我吗？"

若恩上前一步，张开双臂，环抱住她的腰肢。

克洛伊把脸贴在若恩的肩胛上，双手也交叉在他的背后，觉得好像整个身体都压在了他的身上，轻飘飘的没有重量。她没有说话，她觉得这时候不说话才是对的。若恩也知道这一点，他也没有说话。他们的身体都感受到对面不同于自己的温度，即便隔着衣衫，彼此肉体也都因轻微的摩擦而得到了慰藉。两个人的呼吸和心跳开始是不同步的，一个人先慢下来，另一个人也接着慢下来，然后达成了呼应。

过了许久，克洛伊挣开了若恩的手，退后一步，她笑意盈盈，又有些歉意地说道："对不起，我欺骗了你，我不是姊姊养大的孤儿，事实上，我是莱昂修斯的妹妹，我的父母也是他的父母，所以我不会是多耶特的奸细，即便凯瑟琳的确是我姐姐。她年纪很老，比我大了二十几岁。我由莱昂修斯养大，我对他更亲近些。"

突如其来又看起来确凿无疑的转折令若恩有些恍惚，他先觉得放下心来，克洛伊不会再有危险，这很好，可随即便感到自己像个傻瓜，怒气稍微有一点升腾起来。

克洛伊没有看出若恩的变化，她继续说道："如果不是那条蛇，我们已经……"她羞红了脸，停了一下才说道："那个时候我的感受和现在不太一样，接下来，你愿不愿意换一种更尊重我的方式和我接近？"

若恩愤怒的同时，羞耻感也在折磨着他，两种抵牾的情绪使他错乱，他竭力维持住一个可以自圆其说的形象，他也不舍得遽然放开克洛伊，身体的接触是美好的，这样的距离是美好的，但他不能什么也不做，略带粗鲁地反问道："你还是处女么？"

"我当然是。"

若恩有些悻悻然，"对不起，是我太无礼了。"

克洛伊继续提醒道："你还没回答我的问题呢。"

若恩这时候想到了该如何报复克洛伊欺骗他的反击方式，当然，他依然不会告诉她自己已婚并且有女儿的真相，那似乎会把这个游戏无法挽回地直接结束掉，他要告诉她的是，他马上就要走了。

他迟疑着说道："我爱你，没骗你什么，可是接下来要说的也会和欺骗差不多，我没法真的爱你，我就要离开这里了。"

克洛伊听他说出这句话，一下子变得懵懂而迷惑，她推开了他，退后两步。

"我找你出来，本来就是和你道别的。明天，我要离开营地，出发往东而去，我的目的地是几千里之外的塞里斯国，而且不再返回。"

克洛伊的表情僵住，她不知道塞里斯究竟有多远，对若恩的话缺乏立刻的感受，但已经意识到这是很不好的。她盯着若恩，表情一变再变，由最初的温柔，到僵硬，到最后好像要哭出来，可是仍然说不出一个字来。

若恩感觉到一丝报复的快感，可这距离他想要的结果还是很远，他接着说道："我很难过告诉你这个。我本来应该一走了之，什么都不说，可出于自私，我还是对你说了，我没指望你恰好也喜欢我，你说你喜欢我，我很高兴，可知道这一点也将是我永世的悲哀。"

他的确有些悲哀，得到这样脱俗的女子的爱而同时就要失去，不论他本来怀着什么样的用心，这也是悲哀的；同时他在继续哄骗克洛伊的成分更多，他清楚地意识到这一点，厌恶着自己，可忍不住这么做，就好像肚子饿了要吃饭那么简单。

克洛伊终于说出话来，她气息微弱地问道："你是一个人走，还是和你的伙伴们一起走？"

"我一个人走。"

克洛伊咬着嘴唇，说道："真可惜。"

若恩没有问她可惜什么，他知道自己就站在悬崖边上，悬崖的下面是万丈火海，他仅存的一点理智让他后退了一步，又一步。他说道："对不起。"

克洛伊沉默了一会儿，说道："也许我可以和你一起离开这里。"

若恩说道："我是以阿卡夏传道者的身份去塞里斯，我是一个教徒，我本来不该喜欢上你,更不能带着你。"

阿卡夏教徒是可以结婚的,若恩自己就结了婚,只有那些更加虔诚或狂热的人,他们想用自己作为人的生活来向世人证明他们在苦修,在做世人做不到的事情,才自我标榜地保持独身,但即便保持独身,真正禁欲的人也不多。

"就好像阿里斯托主祭带着你,你也可以有自己的信徒和随从。"克洛伊最初并没有生出这个念头,但一旦生出,就好像伴生以她自己的倔强,非达目的不罢休。

"但你并不是。"

"我也可以是啊。"克洛伊认真地说道。

她满脸的恳求,似乎为了让若恩同意,她愿意做任何事情,愿意放弃复仇,愿意放弃作为部族酋长的妹妹的身份,愿意放弃作为一个正常女性追求幸福的权利,哪怕只是做神职人员的一个躲躲闪闪、遮遮掩掩的情妇都可以。

第六节　再见卡里乌斯

卡里乌斯收拾好了背包,向阿里斯托道别,他头一天晚上没睡好,眼睛有些浮肿,声音沙哑,说道:"主祭大人,我要走了。"

阿里斯托过去几天一再地催促卡里乌斯出发,此时道别,他却不舍得,说道:"路上多加小心,不要太急着赶路,时间漫长得很,在这里浪费的,会在别的地方追回来。不论走到哪里,都要做好自己行为行事的表率,这是最优先的,那是最好的方式。"

卡里乌斯听完阿里斯托主祭的絮叨,他弯下腰,亲吻他的手,眼睛有些发红地说道:"主祭大人,我会想念你。"

阿里斯托难得地露出微笑来,他有些沉醉地缓缓念出卡里乌斯的名字,说道:"卡里乌斯,林卡,卡里乌斯,噢,亲爱的卡里乌斯,你父亲送你来的时候,你还是多么小的一个孩子啊,现在我还给他一个多么棒的小伙子。感谢亚里斯。我也会想念你,但是你要知道,想念切切不可太多,太多就失去了它的本意。"他慈爱地望着他好一会儿,才转过身对若恩拜托道:"你替我送送卡里乌斯,你们会有一些想要聊的。"

若恩应了,他走到卡里乌斯身边,等他再三跟阿里斯托道完别,帮他背上行囊,卡里乌斯也背着一个行囊,一手拄着手杖,两人一起走出帐篷,走出营地朝北而去。

走了不远,卡里乌斯对若恩说道:"若恩,以后你会想念我么?"

"当然,这还用说么。"若恩装热情地说道。

如果他还没和杰西蜜结婚,他对待卡里乌斯的感受会截然不同,他的语气会更加热烈而单纯，但此时，他觉得如果诚实地回答这个问题的话，会是温暾得多的"也许会"，实质上几乎是"不会"。

卡里乌斯诚恳地说道："若恩，我从来没有请你评判过我，我现在想听听你的看法。"

若恩想了一下，说道："你是一个好人，你会成为一个好祭司，或者主祭。"

卡里乌斯认真地问道："你觉得我能达到主祭大人的期望吗？"

若恩迟疑了一下说道："我不想说你达得到或者达不到，我想我自己也同样如此。我们的成绩都差不多。当我们离开他单独去开创，我想他对我们并没有特定的期望。"

卡里乌斯有些不以为意，说道："你回答得太谦逊了。"

"除非你本身抱着什么期望，而认为那就是他的期望，你才会问这个问题。"

"好吧，也许的确如你所说，我应该看开点儿，我们仅仅是离开我们的学校，回到我们所来自的地方，一个陌生人回到了他的故乡，仅此而已。他如果认为可以改变什么，那是他太狂妄了。"

若恩争辩说道："我可没这么说。"

卡里乌斯提高了嗓门，说道："那你究竟说了什么，能不能干脆一回，你到底想说什么？用一句我听得懂的话告诉我！"他看起来有些怒意，好像有什么突然激怒了他，这是若恩和他同事快十年，即便不是最好的朋友，也是最亲近的那个，他从未见过他这样看起来好像失去了情绪上的控制。

若恩摇了摇头，说道："我想说，我们很幸运还活着，并且最重要的是接下来能仍然活着，如果你自信你对亚里斯的忠诚与信仰，那么，努力活到阿里斯托主祭的年龄，那就是最好的传道方式。"

卡里乌斯看起来有些怒意，若恩也不知道自己在说什么，他以为这是一次送行和道别而已，他根本没准备好要和卡里乌斯讨论这些。

"你是塞里斯王国的王子，虽说也许是废黜掉的国王的遗腹子，我是我父亲的儿子，他是维特瑞克部族的首领，按照主祭大人的意图，我们会向我们的人民带去托德的信仰。我感到疑惑的是，我们究竟应该按各自本来身份去走我们原本身份的道路，还是作为一个阿卡夏的使徒，同时又借助着本来身份来放大传教的效果。当一种身份在借助另一种身份获益的时候，这难道不是背叛么？我就不点名是谁对谁的背叛了，重要的是我想要厘定这究竟是不是一种背叛？"卡里乌斯借助手势，这么说道。

背叛，这是一个多么犀利的词汇，若恩心里猛的一跳，好像被一把匕首刺中了一般。他背叛了杰西蜜，背叛了莎拉，表面上是要去远方弘阿卡夏的道，但他自己知道，他更多的是为了去感受真正的父亲的形象。尽管他已经死了很多年，但去触摸他曾经的国，能够给若恩真实的感受，这毫无用处，但又是他心底里埋藏最深的渴望，这是他这么做的真正动机。这个动机只有他自己知道，在任何时候也不会拿出来和别人分享。

　　他也有另一层为自己背叛莎拉的行为做辩护的理由，那就是到一个完全陌生的文明中去再次认识阿卡夏教，这个理由是他在过去十来天的旅行中逐步形成的；显然这是一个好的动机，在必要的情况下，他甚至可以拿出来和阿里斯托主祭进行分享。

　　他没想到的是，卡里乌斯在他全然没有想到过的角度上走了这么远，他还以为卡里乌斯在听阿里斯托讲课时从来都是不假思索的，需要自己在私下给他讲析最终的结论。而他疾速地想到，如果我是一个部族的首领，如何看待一个回归的子弟，为部族带来完全不同于以前的信仰，我是该杀死他，还是帮助他；就他所知，阿里斯托对塞里斯的了解局限于丝绸，以及幅员和人口与罗马一样大，除此之外一无所知，即便他是以友善的口吻在部署自己回到塞里斯的事情，但按照卡里乌斯提出问题的思路来看，阿里斯托何尝不是在把塞里斯或维特瑞克部族当作是可以入侵他们的对象？

　　"我想我们各自的行程并不会因为我们的判断而发生变化。"若恩好一会儿才想出适当的答案来。

　　"但我们自己会发生变化，变成阿里斯托主祭初衷以外的那个人。"

　　这是当然的，若恩也这么想，但他没法出言附和，这对于阿里斯托来说太令他失望，而且这是两个人谈话，远远算不上什么决定，在他们这么讨论的时候，阿卡夏本身并没有被考虑在内，但实际怎么能做到呢？这是他们过去十年所潜心学习，奉为信仰的。

　　"也许。"若恩这么说，他既没有拂卡里乌斯的意，也没有附和他。

　　两人默然下来，他们只是在讨论一个可能性，并没有把这个可能性当成是实施概率很高的选择，甚至反过来，他们把它说出来，就是为了避免自己走到那一步。对于此刻的他们而言，他们是阿卡夏教徒远远多于他们本来的血缘上的身份，后者未来或许会随着各自接近故乡而被强化，这会形成某种冲突。卡里乌斯担心这一点，所以他提前说出来。

　　一条河流拦住了他们的去路，卡里乌斯决定朝左转，若恩本来想朝右，但他顺从了卡里乌斯的意。沿着河边两人又走了一两里路，才望见前面有一个小小的渡口，一条小木船停在河面上。

　　"就到这里吧，"卡里乌斯说道，"不然你回去就要走夜路，你容易迷路的。"

　　若恩没有解下自己背着的包裹，说道："至少让我送你过河。"

　　卡里乌斯摇摇头，说道："就在这里。"

　　若恩有些惊讶，问道："为什么？"

　　卡里乌斯的脸色变得严峻，若恩以为他会说令人感伤的告别的话，但卡里乌斯说的话让他大出意料："若恩，你知道吗，你是一个坏人。我不齿你的为人。我不想让你弄脏了我的行程。"他这么说着，一边摇头，脸上满是憎恶的表情。

若恩以为自己漏掉了什么，有些惊愕地望着卡里乌斯，说道："我不懂你在说什么，你到底在说什么？"

一记拳猛地挥出，重重地打在若恩的右脸上。若恩猝不及防，摔出好几步去，仰面倒在地上，他几乎晕过去，手捂住被打的地方，好一会儿才坐起身来，一手撑地，迷惑地望着卡里乌斯。毫无疑问，是他突然出手袭击了自己。他有些头晕，问道："为什么打我？"

卡里乌斯神情自若，但语气坚决地说道："原来你不知道我为什么要打你，你不知道你自己非常的可恨，有多令人厌恶。你是一个坏人，你知道吗，你是一个坏人。"

若恩一时气结，好一会儿才说道："我还以为我们是朋友。"

卡里乌斯轻轻地嘲笑了一下，说道："你太没有自知之明了，谁会把你当成朋友，谁都不会正眼瞧你一样，你这肮脏的、腐烂的下水货。"

若恩猛然觉得这一刻才是真实的，而不是刚刚之前的许多天是真实的，那只是被许多因素所制约而掩盖了本来的面目，卡里乌斯一直没有表达他真实的意见，此时才是。

卡里乌斯认识杰西蜜和莎拉，不只认识那么少，而是关系非常不错的朋友和叔叔。卡里乌斯在他们上路还未走远的那段时间，经常提起未来安顿下来之后，若恩应该派人去把杰西蜜和莎拉接到身边来；直到他意识到塞里斯远得不可想象。在莱昂部族这个无名营地，卡里乌斯对若恩接近克洛伊的举动自然也看得清清楚楚。是若恩没意识到这有多糟糕，直到卡里乌斯的这一拳打在自己的脸上。

若恩努力地爬起来，说道："好吧，我的朋友，随便你怎么说，反正我们不会再一起共事了。"

卡里乌斯抬起脚，做出要再踹过来的动作。若恩侧过身子，预备好了被踢，但卡里乌斯只是虚晃一下，伸手从若恩背上抢过了背囊，然后对他说道："希望你死在路上的时候，有一只渡鸦飞来给我报信，我会非常高兴的。"

若恩爬起身来，退后了两步，说道："好吧，再见，卡里乌斯。"

卡里乌斯冲着地上狠狠唾了一口，转身扬长而去。

若恩尽量拖得晚些才回到营地的帐篷里，他报告阿里斯托主祭交代做的事情已经妥善地做了，他讲述送别卡里乌斯的过程中所用的奇怪的语气让阿里斯托有些狐疑，他也注意到他脸上的瘀青，有些奇怪地问道："难道你们分别的方式是又打上一架？"

若恩耸耸肩，用不回答来回答了阿里斯托的疑问。

阿里斯托没再追问这个问题，而是说道："我不是在质疑你，但是你真的打算在这里长久地待下去么？我估计这里距离安克雷不超过三百里，你留在这里，对杰西蜜不公平。"他的语意如此含混而勉强，好像若恩远行到一千里或者三千里之外才和别的女人混在一起，就不是对杰西蜜不公平一样。

若恩听得懂他的意思，他说道："我明天就出发。"

第二天，若恩还是没有出发，因为莱昂部族放弃临时营地，开拔返回安纳托，安纳托在营地的东方，和他要前往的方向一致。他没有出发，也等于是向东方靠得更近了。

第七节　阵前祷告

他们回到安纳托的当天晚上，凯瑟琳派出的使节便到了，她给莱昂修斯带来口信，希望两方在附近的贝纳塔草原上决战，定出胜负来，莱昂修斯没怎么仔细考虑便同意了，他建议决战就在第三天，这样多耶特人也有足够的集结时间。

第三天的早晨，在贝纳塔草原上，莱昂部族超过一千二百名士兵分成三个部分，成一个三字形集结在哈特维尔山脉的一侧。

手持各式短兵器的步兵最多，有六七百人，由指挥官兰伯特带领，他的副手艾克托尔站在他身边，一百多人的持盾者站在前面，阵列在中间。他们身前是两百多名手持短弓的弓箭手，虽然还单独列队，但他们的指挥官已经不在了。杀死耶希尔的隔天莱昂修斯就裁撤了弓箭队的编制，他们实际分属于步兵队和盾墙队，只是出于来不及变更的习惯，仍然照往前的惯例列队。

在步兵的后面是两百多名骑兵，这是莱昂部族最精锐的士兵。他们身上赤裸着，几乎没有穿戴任何盔甲，手中握着短枪长刀或链锤与铁叉，虽然庞杂，但并不显得混乱。骑兵队由斯考特率领，他眯缝着眼，出神地盯着对面多耶特人的海神旗帜。

莱昂部族的历史非常短，是分裂出来的人们的自称，周围别的部族眼中依然视他们为多耶特人的一部分，或更加笼统的诺安人。莱昂部族没有沿用海神旗帜，几百年以后，除了口头传承的神话故事还和海有关之外，他们已经和海没有任何关系，莱昂修斯绘制了新的旗帜，一个对称的黄色五角星成为旗帜上的图案。斯考特对莱昂修斯的忠诚没有任何问题，对部族正在做的变革也没有意见，他只是觉得海神旗帜更加好看。

他们对面几里外，多耶特的士兵们也正在陆续赶来，结聚成阵，他们的士兵构成和莱昂部族完全相同，只是数量要多得多。事实上，到中午的时候，站在高处瞭望的莱昂部族的哨兵已经点算出，对方的兵力至少有两千人以上，而远处似乎还有部队在慢慢地赶来。

莱昂修斯走进阿里斯托的帐篷，他神情肃穆，单膝跪在阿里斯托主祭面前，说道："这是关键的一战，愿主祭大人能到战场上，给即将苦战的战士赐福，使他们相信，亚里斯将给予他们更多的幸运和勇气。"

先前在临时营地的夜袭中，莱昂部族的许多人都以为败局已定，结果莱昂修斯不仅守住了营地，还在营地外击溃了多耶特人的部队，取得了不俗战绩；这固然要归功于莱昂修斯卫队的强悍战斗力，但这份战斗力有多少是来自他们本身，有多少来自阵前的洗礼加入阿卡夏教，成为阿卡夏教徒，没人说得清，他们回到安纳托营地之后，这已经是一个热议的话题。

阿里斯托有些为难，他想了一想，尽可能用平缓的语气说道："亚里斯愿意赐福于那些信仰他，并且为他的事迹传播于世间而奔走，付出生命的人。他憎恨君王之间的战争，不会允许阿卡夏徒成为他们征战的矛和盾，所以，我不能为你的士兵施赐福礼。"

莱昂修斯依然恭顺如常，谦卑地说道："我们的战争就是亚里斯的战争，我们是亚里斯的矛，士兵们配得上主祭大人的赐福，不是么？"

阿里斯托闭上眼睛，他有些被说服。他想，如果亚里斯不仅仅靠信徒的忍耐和牺牲，如果说那是某种形式上的盾，那么能够有自己的矛，是不是会更好些呢？毫无疑问，阿卡夏的精神和教义可以得到更有效率的推广，而不必等待世俗君主的仁慈或觉悟。他有些着迷地回想了过去几百年阿卡夏教的历史，感觉几乎要答应下来了。但，他脑子里忽然如灵光闪现，一个可怕的景象出现在他眼前，使他立即否认了这个想法，并且为自己的软弱和堕落感到羞愧。

他对莱昂修斯说道："亚里斯并不需要在俗世的军队，亚里斯是万能的，他预先洞悉和安排了一切。问题在于我们自己，能否成为值得他拯救的对象。"

"可是在前进营地里，你已经为我和我的卫士们做了洗礼，结果很好，不是吗？"

阿里斯托有些无奈地辩解道："洗礼和赐福是不同的。"

"即便是我们会输掉这场战争，死成百上千的人，整个部族被消灭，我们也不能得到赐福么？"他的语气依然谦和有礼。

阿里斯托叹了一口气，说道："我不能这么做。事实上，教会没有这样做的先例，我也不知道该怎么做。"

莱昂修斯站起身来，说道："那么，请主祭大人至少在神像前为我们祈祷，祈祷我们战胜而归。"

阿里斯托不置可否地点点头，莱昂修斯看上去什么也没得到，但他保持着矜持的气度。

若恩追了出去，在莱昂修斯的背后说道："我来试试吧。"

莱昂修斯转身，看着若恩，有些不可置信，但他微笑着说道："你可以么？"

"我想试试。"若恩尽量让语气自然而坚定。

莱昂修斯转忧为喜，说道："当然好，你快去准备。"

若恩回到帐篷，把塞缪尔和卡恩叫到一处，把自己的想法简单地跟他们交代了一下，两人听得目瞪口呆，但都跃跃欲试，分别去制备用品。阿里斯托看着他们三人跑来跑去，虽然心知肚明，可也无心阻拦。

莱昂修斯和他的军事参谋摩尔最初的设想是依托他们目前占据的一处山坡做防御，利用反斜面的坡度将多耶特进攻部队尽可能吸附在这里，然后由斯考特的骑兵迂回到对方攻击兵力的侧后方发起攻击，在对方后续兵力上来之前吃掉对方的攻击兵力。

莱昂部族的部队人数处于劣势，但经验和斗志都高于对方，先防守再反击是顺理成章的逻辑。不过，斯考特的斥候似乎传来不利消息，他们判断有不少于五百人的部队正在往哈特维尔山东麓迂回，大约在中午时候就可能出现在他们的后方。

莱昂修斯不太相信这个消息，因为这超出了多耶特指挥官的胆识，而他很熟悉他们。他要指挥官们摒弃这个消息的影响，坚持既定战术不变。但一个显然不利的变化，或者说不变的情形是，对面的多耶特战线稳定不动，他们并不急于发起攻击，似乎在佐证他们的战术的确是等着包抄的部队到位之后再发动攻击，这使得莱昂修斯心中升起担忧，他没有兵力可分出去击溃甚至哪怕只是迟滞对方的迂回部队。

上午十点，莱昂修斯认为不能再等下去，决心主动发起攻击。他没和幕僚们再做商议便骑着马冲到阵线的最前面，三四名卫士紧紧跟随在他后面，他从阵线前的右侧出发，向左侧缓缓奔去，检阅了所有士兵之后再奔回到阵线的中央。

莱昂修斯调转马头，面向着自己的指挥官们，指挥官们的背后是一千多名士兵，大声地部署任务："兰伯特，你攻击多耶特的左翼，但是不要陷入太深，看中央的推进速度，把对方的右翼朝外带走。摩尔，你统帅左翼，中央部队前进的时候，你也向前推进，守住中央部队的左翼，不要越出战线，守住。中央部队的艾克托尔、徒利、基尔，看着我，跟上我，我冲进去的时候，你们也努力揳入，不要恋战，直接打穿敌军的正面。斯考特，你留在后面，一切都看你的，你知道该怎么做！"

被点了名的指挥官们都举起了手中的刀，表示响应，中间阵形的步兵们用刀背和锤敲打着盾牌，发出巨大的砰砰声响。

莱昂修斯举起佩刀，大声说道："我们曾经信仰的旧神们，他们的魔力在这片大陆上已经消耗殆尽，我们要寻找新的出路，这导致了多耶特和我们的分裂，彼此各执一词，相互无法说服对方。我尝试着对凯瑟琳说，让我们各走各的路，看看谁可以带领凯尔特人重新在安纳托崛起，然后我们再谈合并在一起的事情。他们不肯听，他们更愿意见到所有人遵守着不合时宜的传统，慢慢湮灭在这混乱的大陆上。我说，凯瑟琳，好吧，我们用刀和剑来解决分歧。

"三天前,我们在内尔森林地击溃了两倍于我们的多耶特人,斯考特率领的部队,每个人都击杀了十个以上的敌人。今天,我们将尝试更困难的事情。信仰巴洛尔的人们,我命令,在杀死三个多耶特人之前,任何人都不准倒下,杀死三个多耶特人之前就死去的人,不配得到巴洛尔的祝福,也不能升入阿卡夏的天国。

"当我们站在这里,我们已经死去,没顶在死亡之河中,但和对面的人不同,我们将竭尽全力,朝着生的河岸冲锋。"

他的刀指向战阵的右侧,所有人都顺着他指的方向看去。

塞缪尔举着由两截枯枝绑成的大十字架走在前面,卡恩双手捧着木桶,若恩穿着白色的大麦提袍,头戴罩帽,走在中间,这是他准备了许久但还没能正式穿上的祭司装束,手中握着摊开来的以太书,安吉斯和罗格走在最后面,分别用一根槭松枝条蘸着圣水,洒向站在最前面的士兵们的肩膀。

若恩一边走,一边用拉丁文低声念着"大卫胜利的歌"。诗篇很长,当他念到"我要打伤他们,使他们不能起来"的时候,他已经走过了几百名战士面前。

他转身朝着对面多耶特的战阵,继续把诗篇念完。

莱昂修斯观察着士兵们的反应,他们对这个新鲜的仪式有些好奇,看起来更加庄重了,被圣水洒到的前排士兵面色尤其庄重而凛然。他很满意这个效果,如果没有这个环节,再勇悍的士兵的眼神看起来也会空洞得多。

第八节　勇士的内斗

莱昂修斯扭转马头面向敌阵,手中的剑指向前方,他放松了缰绳,脚下轻踢,让座下的马开始跑动起来,他的二十余名卫士紧跟在他的后面两侧,形成一个剑尖的形状。

他们跑动得并不快,让身后的几百名步兵战士可以奔跑着跟上他们,包括一百多名持盾者。兰伯特领着一百多步兵在右侧也缓缓前行,但方向有意无意地略微偏向外侧。摩尔率领着的左翼两百多人速度忽快忽慢地策动,偶尔越过中央部队的战线,偶尔又退潮一般落后于战线。这样波浪般的阵型在二十分钟内推进了三百码,停在对方弓箭的射程之外。

斯考特率领的骑兵部队,悄无声息地跟在最后面。

与此同时,多耶特的阵型也在忙乱地调动着,和刚刚初始布阵不同,他们把骑兵从后面往前调动,弓箭手朝两翼撤去,而盾墙在阵型的中间布设起来。步兵集结在盾墙的两侧,看起来形成了足以冲锋的力度。

在等待左右两翼的部队到位的时候，两三块比水桶更大些的石头从多耶特人阵型后面飞出，重重地砸在莱昂修斯身后十几码的位置，滚出六七码的一道痕路，有差不多十个人被砸倒，非死即重伤，惨呼连连。所有人不自觉地略微蹲下了身子，但这毫无意义。

莱昂修斯再度举起马刀，大声喊道："我们在对岸相见。"

说完，他猛拽缰绳，双腿一夹，策动马匹朝前加速奔起来，他的卫士们也立即策马奔跑起来，两侧略微超越他，形成一个反向的剑尖形状，朝对面中间的盾墙冲去。他们身后的步兵队也发出狂吼，挥舞着手中兵刃，朝对面发足狂奔。几名步兵首领观察情势，深知不能直接带着大队冲到盾墙上贴着弹不得，便分出两队人朝着盾墙两侧冲去，决心在盾墙和对方步兵之间打开缺口。只有基尔带着一百多人紧跟在冲锋的骑兵剑头之后。

此时多耶特这边盾墙后和两侧有零星的箭射出，但凯尔特弓都是短弓，他们过早地合拢了盾墙，所有弓箭都是曲射射出，准确性远远比不上直射，几乎没有命中的。

右侧兰伯特也领着一百多士兵发起冲锋，他们尽可能地朝右侧侧动，做出要迂回包抄的态势，吸引多耶特的左翼不断地调整接敌面，藏在盾墙后的两队骑兵朝左翼运动，预备向左翼攻来的敌人。

多耶特人只射出了两轮弓箭，莱昂修斯已经冲到盾墙前面，他毫不减速，仍朝着盾墙冲去。这是不同寻常的，他们通常不这么做，除非是愿意牺牲这些骑兵冲撞开盾墙，并在对方能够重新集结起来之前，步兵冲上去扩大缺口。但这只适应于以多打少的战斗，而莱昂部落差不多在以一敌二或更多。具体在这一点上，莱昂修斯和他的二十余名侍卫更像是在以卵击石。在盾墙前不到两米处，莱昂修斯猛提缰绳，纵马跳跃过了盾墙，瞬时落在多耶特人的盾墙后。他身后的卫士也都毫不犹豫地策马跳过盾墙，他们跳过去了六七个人，其余十来人没能冲过去，重重地撞在盾墙上，有人摔下马来，而侥幸未摔倒的则立即拉开距离，重新集结。

越过盾墙的这七八个人，并不结队继续往纵深里冲，那太愚蠢了，他们随即反手清理盾牌后的持盾人。多耶特每个盾牌后除了一个持盾人之外，还有两人替补，但全都配备短刃，他们在盾牌后面无异于离开壳的蜗牛，他们被跳跃过来的莱昂修斯吓得魂飞魄散，惊慌之下毫无反抗之力，顿时被砍倒几十人。莱昂修斯和侍卫快速地肃清了十余面盾墙的宽度，这是一个并不算大的缺口，是战场上的一个转瞬即逝的风暴眼。

多耶特盾墙后面是分成若干队的几百名骑兵，最近的一队人距离盾墙背后只有几码的距离，但全被吓得目瞪口呆，不知道该直接冲上来接敌，还是结队反冲击。莱昂修斯的步兵队冲上来，和他们在比赛谁先占据缺口。

等多耶特的骑兵队终于下定决心，盾墙已经倒了大半，对面莱昂部族的步兵已经一拥而上，将首鼠两端的多耶特骑兵陷在人堆的泥淖中，在短短几分钟内被清除干净。

虽然第一波冲击取得了非常漂亮的胜利，但这和战前的部署产生了极大的出入，中央部队的步兵主力和对方的步兵主力纠缠住，莱昂修斯冲击队和约四分之一的步兵队轻易地击溃了对方的盾墙分队，但随即陷入了对方骑兵冲击威胁下，没法再遂行朝对方阵型中央继续楔入的意图。

莱昂修斯率领着卫队朝对方骑兵不断佯动，做出冲锋的姿态，然后折回到自己的步兵分队边上，拖延时间，等待着己方的持盾者转移到中间来，或者留在后面的斯考特骑兵队正确地判断情势——事实上，此时除了击溃多耶特的持盾者和一小队骑兵之外，不论是左翼还是右翼，都还没有出现可乘的机会来。

多耶特原本部署在盾墙两侧的步兵大约四倍于攻击他们的艾克托尔和徒利部队，他们几乎立即就把他们包夹起来，展开围攻，甚至右翼的部队还分出了一百多人开始攻击位于中央的基尔部队，迫使基尔命令士兵们捡起对方留下的塔盾组成盾墙，抵御来自左侧的攻击。

防御左翼的摩尔分队只有不到两百人，但面对对面的六七百人应对得很好，因为他们本身就是遂行防御指令，摩尔很好地组织了二十面塔盾和几十名弓箭手，击退了对面六七次攻击，还吸附住对方无法转向中央战线。

兰伯特的兵力最少，他们本来的任务是要吸引对方左翼偏离本阵，露出空隙来，但对面的指挥官似乎觉察到了这一点，他们除了调整一定的接敌面之外，主要兵力都留在原地不动，以四倍于兰伯特的兵力进行防御。这使得斯考特的骑兵队白白地留在战场外，难以投入到兵力本来就极大弱于对方的战局中。

莱昂修斯率队反复冲击了三四次，体力越来越不支，手臂酸软得几乎下一次刀若是被对方格挡的话就会脱手而去，马匹也疲乏至极，口鼻喷沫，嘶鸣悲怆，响应迟缓。他身边的卫士此时已只剩下不到十人。事实上，这是一个可怕的战损比，任何其他部队在折损五分之一的士兵后便会崩溃，而他们已经伤亡过半。他们的下一次冲击或许会被对方骑兵队所反卷吞没，这个恐惧出现在莱昂修斯心中，他掉转马头，朝摩尔的左翼后侧奔去。基尔随时观察情势变化，立即命令他的步兵擎着盾墙后撤，试图将中央行将出现的缺口补起来。

多耶特部署在中部的几队骑兵往回跑，将速度跑起来，如法炮制先前莱昂修斯冲击盾墙的方式，预备一举突破莱昂部族的中央地带。基尔望见对面骑兵运动，猜到他们的意图，心中绝望，冲着远处斯考特队大声呼唤，恳求他们前来护卫。

斯考特关注着战线各处的变动，他并没听见基尔的呼喊，只是望见莱昂修斯已经撤出了战线，预感到中路会有事，终于下定决心，他挥舞手中的刀，要身后的骑队随他冲击。他先朝兰伯特的背后运动，让骑兵加速，在兰伯特队伍背后实施方向变动，朝着正在试图冲破摩尔盾墙部队的多耶特骑兵冲去。

多耶特骑兵人数虽多，但质量远远不及莱昂修斯和他的卫队，只有不到一半敢于直接冲击莱昂人的盾墙，更别说敢于面对着盾墙跳跃他们。冲在最前面的骑兵们撞在盾墙上，他们冲垮了六七张盾牌，但远远说不上冲破，坠马的骑兵和马匹已经自己堵塞住后面骑兵的冲击路线，逼迫他们转向。一部分骑兵避让不及，踩踏在倒地的人们和马匹身上，他们也白白地扑倒在地，上百匹马摔倒在地。

偏移到盾墙两边的多耶特骑兵们不得不向空空荡荡的莱昂部族的出发阵地延展，企图跑出空间来整理队形。而此时斯考特的骑兵在右翼向中央横向冲出，正好将多耶特的几百名骑兵拦腰截断，恰如一刀砍在长蛇队伍的半腰上，将对方分割成两半，立即引发多耶特骑兵队的巨大恐慌。

斯考特骑队并不急于厮杀，而是全力运动，气势如虹地来回反复冲击，挤压，使得被截成两段的多耶特骑兵始终无法拉出空间来重整，伤亡越来越大，四散奔逃。

一队约二十几名多耶特骑兵朝若恩他们奔来，他们先还是不辨方向地溃逃，竟然接近莱昂部族最初的出发阵地上，见那儿只站着寥落的几人，顿时恢复勇气，在飞奔中形成冲击队形，直逼若恩他们而来。

若恩先还以为是有莱昂部族自己人回来，并不以为意，待骑队奔近了，才看出是冲着自己几个人来，他心中恐慌，但神情镇定自若，他知道，如果前面莱昂部族输了，结局和此时要面对的也是一样。他侧身对塞缪尔和卡恩说道："不能逃，不要逃。"

塞缪尔和卡恩都嗯了一声，将身躯站得更直。

多耶特的骑兵越来越近，近得若恩可以看到他们脸上扭曲的狰狞，他心中急速地念，亚里斯啊，求你赐予我面对死亡的勇气；莎拉，对不起，你的父亲就要死了，但愿你的一生顺遂，杰西蜜，请原谅我，克洛伊，请原谅我。

一根投枪在冲在最前面的那个多耶特骑兵面前一码处飞过，接着又飞过几根，有一根投中了后面一名骑兵的大腿，那人啊的一声大喊，从马上落了下来。骑兵队所有人朝投枪飞来的方向看去，他们放弃了马上的砍杀，瞬间已越过了若恩一行，朝着右侧方向奔去。

若恩呼吸停止，望着多耶特骑兵从自己身边掠过，又朝另一侧方向奔去，看起来是已经放弃了要攻击自己。他的目光跟着多耶特骑兵一直转，终于看见有一个十余人的小队正持盾面对着多耶特的骑兵。他正奇怪那个方向怎么忽的出现一队莱昂部族的步兵，随即看清他们所穿的服饰，并非莱昂部族或多耶特部族的野蛮人装束，而是标准的罗马军队装束，心中大为吃惊，再接着，他便看见了塞纳。

塞纳骑着一匹青马，手持着短剑，奔跑着和多耶特骑兵周旋，而那些罗马步兵，则有条不紊地朝多耶特骑兵投掷投枪，瞬间他们便投倒了三人。

这支从主力部队中散逸出来的骑兵小队，原本并非同一队的士兵，见对方有带盾的步兵守卫，且自己人已经倒了四人，无心再战，朝着各处奔逃。

塞纳的部队也不追赶，他们重新列好队，面向着多耶特人战阵的方向，既不向前推进，也不向若恩他们靠拢。

若恩第一眼认出塞纳，又是惊讶，又是喜悦，见他和对方骑兵奔跑周旋，闪躲着敌人的挥刀砍杀，心中极为不忍，见他们获胜，心中一宽，见他们列队，心中却又恐慌，害怕塞纳发现自己和克洛伊的情事，他一定会加以谴责的，而见他们并不向自己靠拢，又觉得怅然若失。

第九节　新的女王

多耶特的六七百骑兵未经过太激烈的血战，并没有死多少人，却最先在战场上崩溃，四散而逃了大部分，少数不肯逃的，也茫然奔跑，不知道该朝哪个战斗地点结聚。斯考特冲散了多耶特骑兵，并不恋战追杀，立即集结起来朝围住艾克托尔部众的多耶特步兵冲去。没有任何一种步兵可以用后背来面向骑兵的冲击，斯考特瞬间解了艾克托尔的围，接着是徒利的战团，但此时徒利已经战死了。

艾克托尔收拢了中线的步兵，集结成快速推进阵型，无惧两侧的风险，朝纵深前进。这下局势更加分明，败退的多耶特中路无法重新集结，演变成溃逃，指挥作战的坎贝尔被斯考特的骑兵击落马下生擒。战斗开始后不到一个小时，多耶特的中央部队已经全线崩溃。

这时多耶特人的左翼和右翼都还完好，见中央战争溃败，便停止攻击莱昂部族，整队朝后分别退却。

莱昂修斯见局势大好，策马朝斯考特的骑兵队奔来，和斯考特骑兵队会合后，他唤出两名卫士，要他们分别向两个方向传令，令所有步兵重整后仍由兰伯特和摩尔统率，继续朝前推进，对对面的多耶特两翼保持压力，阻止他们大退，但也不可过分接近，想尽一切办法吸附住他们。他和斯考特带着几乎没什么损失的骑兵，在中央方向全力追击。

莱昂修斯朝中路追击，并非为了追杀多耶特的溃兵，而是指望捉住凯瑟琳和她的指挥官坎贝尔，一举完全结束战斗。

他们朝前追击了大约五里之后，遇见了对方重新集结起来的大约两百名骑兵，本来两方人数相当，还可以一战，但这两百骑兵惊魂未定，指挥混乱，表现不堪一击，仅一次相向的冲锋便崩溃，留下十余具尸体而无法重新集结，又四散溃逃。

追出七八里之外，莱昂修斯的骑兵队遭遇了凯瑟琳的卫队，简单对冲交错过后，凯瑟琳的卫队确认了对方是由莱昂修斯本人亲自带队后，他们双手举起兵器朝上，倒下旗帜，向莱昂修斯投降。他们的队长比利向莱昂修斯交出了凯瑟琳和她的座驾。

莱昂修斯接受了比利的投降，并要他派出卫士，向分散各处的多耶特部队发出放下武器投降的指令。接着他让所有骑兵队的战士下马休息，警戒。一个小时后，派出去的那几个卫士汇报，说双方各部队都已经停止了交战，就地等待命令。

莱昂修斯要卫士在林中空处摆下两张凳子，他让所有卫士都退出到三十码之外，他先请凯瑟琳坐下，然后自己坐在她的对面。这是多耶特部族分裂六年以来，姐弟俩第一次见面。

莱昂修斯在反复的冲杀中已经快要脱力，但竟然扭转劣势，还一举俘获凯瑟琳，心底里的气力满满，他面色如常，神采奕奕。凯瑟琳比莱昂修斯大三岁，此刻面容衰老，神色沮丧，目光中透着晦暗，死死地盯着莱昂修斯，是囚徒的目光，而不是姐姐的目光。

莱昂修斯望着衰老的凯瑟琳，心中又是鄙夷，又是得意，以恭顺而不乏责备的语气先开口说道："今天这一仗，就是我们之间不同的地方。我带领着卫队冲在所有人的最前面，而你躲在离战场差不多十里之外，你依靠着坎贝尔，他是一个英勇的人，勇气和谋略毫不亚于斯考特，但他不是部族的首领，他的忠诚也不能代替你的位置。"

凯瑟琳表情冷漠，说道："你别忘了，你刚刚离开的时候，带走的人比留下的还多，可是我们现在的人口比你们多，士兵也比你们多。"

莱昂修斯嘲讽地回了一句："现在？"不过，他随即点点头，说道："我完全承认，我犯了一些错，而你一直很稳妥，在某些方面，你是对的。"

凯瑟琳扭头望向一处，说道："我本来可以倚靠你，但你不肯承认我的权威。"

莱昂修斯轻声说道："如果你愿意效忠于我，这对一切都好，我来掌管大的方向，你来辅佐我，做我做不到的那些事。过去几年就算是我们为了认识这个道理所付出的代价，虽然很沉重，但也不是不可谅解。"

凯瑟琳轻轻摇头，说道："我听说你接受了阿卡夏教的洗礼，并且打算让所有人都信仰阿卡夏教？"

"是有这么回事，这也是我们长期以来的争论所在，我们不能在阿卡夏教的海洋里还固守着凯尔特旧神的信仰，这会让我们和过去三十年消失的那些凯尔特人的部族一样。再过三十年，我们也会消失，不论是多耶特还是莱昂都只剩一个名字，五十年一百年以后，名字也不能剩下。"

凯瑟琳冷笑了一声，说道："你以为信仰了阿卡夏教以后就会剩下什么吗？"

莱昂修斯嘴唇绷紧，说道："信仰阿卡夏教，是让我们最快抹去野蛮人痕迹的做法，我们的后代可能会进入君士坦丁堡，成为罗马的皇帝，但如果我们还是野蛮人，那什么也不会发生。"

凯瑟琳厌倦而憎恶地说道："够了，我们已经吵得够多的了，你赢得了胜利，我尊重你作为胜利者的优势。"

"现在的确可以不用再争论了，但重要的是将来，你会服从我吗？"莱昂修斯问道。

"克洛伊好吗？我前几天做梦梦见她了，她依然是个孩子，伏在我的膝盖上睡觉。"

"等一下回去你就能见到她。她现在长大了，是个厉害的、有主见的姑娘，她也很漂亮，说句冒犯的话，不比年轻时的你逊色。"

凯瑟琳惨然一笑，说道："她当然会更好。但是我，我不想见到她了。我已经迫不及待地想要服下我的'美人'，它就放在我床头的红木匣子里，这是我从君士坦丁堡专门托人带来的毒药，我猜我会不忍心让你当众行刑，所以为你准备了这种名字好听的毒药。但现在它属于我，现在你能让我单独待一会儿么，不用多长的时间。接下来，你想怎样就去做吧，我已经认输了。"

莱昂修斯感觉到有些被羞辱，说道："我不会让你死的，我会在我座位旁边安排你的座位，你可以看着我怎么把部族带到安克雷，带到君士坦丁堡去，即便你现在仍然不肯认输，但等你老死的时候，你会诚心诚意地向我致歉。"

凯瑟琳头扬起来，无声地笑了许久，说道："莱昂，我真是小看了你的想象力。你知道吗，我是性别正好弄错了，而你根本不适合做一名领袖，我实在不想看到你带着我们的父亲留下来的人民，走向灭亡。"

莱昂修斯轻轻地附和着笑，他不能说内心没有一点恼怒，但他并不说话，他知道自己掌控着局面，即便凯瑟琳一心求死，他也能让她求死不得。他取得了重要的胜利，接下来，还有很多事情要做。

他站起身来，优雅地伸手拍了拍姐姐的手臂，表示安慰，然后转身朝远处守候着的斯考特走去。刚开始的时候，一切如常，走了没几步，他觉得浑身的疲惫一下子涌上来，身体好像飘在半空，脚下虚浮，眼前发黑，就好像童年时睡意忽然降临的瞬间。

他想扶住前面几步的树，但脚下被什么东西绊了一下，扑倒在地上。

斯考特奔跑到他身边，俯下身去扶他的时候，莱昂修斯已经失去了意识，他嘴里流出涎水，含糊地念叨着什么，斯考特不用仔细听也猜得到，那是他在念叨兰斯特的名字。

斯考特发了一会儿呆，他仔细检查了莱昂修斯身上，没有任何伤痕，掰开他的嘴和眼睛仔细看，也没有找到任何异样，他好像只是睡过去，没有呼吸地沉睡过去了。

斯考特绝望地坐在地上，感官似乎完全封闭住了，他能看见但什么也看不见，能听见但什么也听不见，像是被囚禁在笼子中的寒鸦。不知道过了多久，几个人匆匆地赶来，猛力地摇他，他才从麻痹中醒来。那是其他卫兵见势不妙，赶紧找来基尔和兰伯特。过没多久，艾克托尔也赶来了，他们几个围在一起，紧张地讨论着此时的格局。

多耶特部族原来有十名勇士，多年前分裂时，莱昂修斯得到了他们中的七位，凯瑟琳得到另外三位的支持，比利、坎贝尔和肯特。坎贝尔是凯瑟琳的军事指挥官，比利担任她的卫队队长，肯特两年前在战斗中阵亡了。公平地说，坎贝尔一个人就压制了他们七位，如果没有这最后一战的话。

战斗结束了，比利和坎贝尔被关押在一起，而斯考特、兰伯特、基尔、摩尔、艾克托尔开会商讨部族的未来。

斯考特目睹了莱昂修斯突然脱力倒下，守在他身边等待着其他人陆续赶到，接下来的会议也是由他来主持。虽然他因为震惊和悲伤而陷入失聪的境地许久，他仍然有比其他任何人都多的时间来咀嚼这件事。他口齿不清地讲述莱昂修斯和凯瑟琳的会面，他守着远处，所以什么也没听清，以及莱昂修斯走向他，在还有三十来步的距离时猛然脱力倒下。众人看过莱昂修斯的尸体之后，一致认为他死于过度疲劳和兴奋。

斯考特是莱昂修斯最为倚重的助手，部族最精锐的骑兵由他掌握，他和艾克托尔和兰伯特的关系也很好，他情不自禁地想，哪怕他们这几个人中有一个人提议由他来接掌多耶特的首领，同时哪怕其他人都反对，他也会毫不犹豫地同意成为莱昂部族的首领。但没人这么提出。

没有人提出其他人选，艾克托尔和兰伯特都没有，始终被拿出来讨论的只有莱昂修斯的大儿子兰斯特和妹妹克洛伊。兰斯特才六岁，在他可以正式执事前差不多会有十年以上的空白期，在异族环伺的大陆上，这是想都不敢想的风险，而克洛伊的身份，甚至作为女性，她都更容易让原先的多耶特人顺从。

经过简单讨论，多数人认可了由克洛伊来继承莱昂修斯的位置，统率这个分裂多年才刚刚重新合并的部族，兰斯特未来如何则由克洛伊来决定；不论她届时做什么决定，部族绝不再次分裂。而凯瑟琳一定要死，将会被简单地描述为死于乱军当中。

斯考特最后说道："我们真的就这么决定了么？"

没有人流露出犹豫的表示来，摩尔说道："除非你还有什么要说的。"

他当然没有什么要说的了，他也很高兴大家达成了一致，他只是对这个决定感觉到有些像在做梦。事实上，还有最后一个问题是，谁来动手？

艾克托尔站起来，走向不远处的凯瑟琳单膝跪下，朝她行礼。凯瑟琳有些迷惑，她猜测到了弟弟的死亡，她并没有得意，也没什么恐惧。当艾克托尔向她致礼，她猜到了自己的命运，不是被重新推举为领袖就是死亡。她微微地点头回礼，望向远方，眼中一片虚空。

艾克托尔站起身，走到凯瑟琳身旁，一只手固定住她的上身，另一只手将匕首刺入了她的胸膛。凯瑟琳接受了这个安排，她既没有挣扎，也没有多说什么。

两边开战的时候，克洛伊在安纳托营地中祷告，既为了哥哥，也为了跟随到阵前去做祷告的若恩，希望他能平安回来。她没有意识到会有别的结果。

经过漫长难熬的下午，她等来悲惨的消息，一名卫兵跑来告诉她莱昂修斯和凯瑟琳都去世了，一个下午她失去了两位亲人。虽然凯瑟琳和她已经多年未见，她甚至忘记了姐姐的样子，而莱昂修斯因为保持部族首领的威严而不令她感到亲切已经许多年，但听到他们去世的消息，克洛伊依然痛彻心扉。她为他们感到悲痛，为如何面对两人的尸体和身后的局面而恐惧发愁。

她的伤痛只持续了小半天就不得不让位于其他情绪。傍晚，她被卫士带到莱昂修斯生前的大帐篷，七勇士剩下来的五位聚集在她身边，由斯考特告诉她，战争结束了，部族将会重新合并在一起，新的多耶特部族将由她来统率，而他们五人将会竭尽全力来保护她，帮助她施行统治。如果她同意的话，之前追随凯瑟琳的比利和坎贝尔也可以赦免，一起辅佐她。克洛伊还来不及考虑，斯考特已经建议说这样做是绝对必要的，因为有利于部族内部的和解。

克洛伊立即同意了，她请卫士召来比利和坎贝尔。他们的表情仍然沮丧，但这也是他们所能面对最好的局面。

他们为两位死去的首领默哀，在熊熊燃烧的火焰面前，新的七位勇士重新对克洛伊宣誓效忠。莱昂部族虽然是战胜者，但莱昂修斯的部族消失了，所有人重新成为多耶特人。

第十节　五年的约定

战场局势差不多底定的时候，塞纳带着他的人撤出了战场。若恩心中充满了疑惑，但他并没有想过追上去问是怎么回事。他含含糊糊地想，也许塞纳重新返回了军队，并且正好驻扎在附近的城市，他们是来看看野蛮人究竟在做些什么，即便他恰好拯救了自己；那又能说明什么呢？他选择了不再继续想下去。

战士们兴高采烈地地列队陆续回到营中，除了一部分阵亡者家属感到悲伤之外，整个营地洋溢着欢乐的气氛，所有的灯光都点着，猪肉的香味弥漫各处，比最盛大的别列鲁斯节还要热烈，可不久之后莱昂修斯死去的消息也传来了，这使得营地一下子从别列鲁斯节跳跃到了亡人节，虽然灯火依旧，庆祝的人们也没有消沉，但气氛由欢快转为冷峻。

按照卫士的说法，莱昂修斯并非死于刀剑之下，他甚至没有受伤，而是在战斗结束后死于心力衰竭。凯瑟琳的死讯在不久后也传来，人们开始议论接下来的统治者将会是谁，是兰斯特还是克洛伊。若恩听见了这个说法，心里咯噔一下，顿时满心忧虑。

第二天一早，他的担忧就得到了证实，克洛伊穿着白色的长裙，头发被精心梳编盘在头上，由紫色的纱巾披盖着，神情庄重地站在首领的位置，那几位部族的勇士陪伴着她在营地里巡视，处理事务，慰问死伤者的家属，发放犒赏。若恩甚至没法接近她，因为她一直被人簇拥着，一刻也不得空闲。

阿里斯托对这一切看在眼中，心情沉郁，他想了许久，对若恩说道："如果你确实不想离开这儿，我不勉强你。"

若恩有些惊讶，说道："我会离开。"

这是阿里斯托想要的答案，他说若恩可以留下这句话的时候，指望的就是他开口确认他离开，而不是真的同意若恩留下；他可以不在意若恩多停留一些日子，但他得离开。

"离开好，离开你就不会一直受到良心的谴责。留下来也好，至少离莎拉近一些，也许几年以后你还可以回到安克雷。不过你最好别回去。"

阿里斯托想藏住他内心的愿望，但不由自主地流露出来，他说着言不由衷的话，连若恩也听出来了。

"我想到一个完全没听过亚里斯的名的地方去，在那儿，在不受干扰的情况下，我可以更好地证明亚里斯的存在。"

阿里斯托目光冰冷地看着若恩，心想，他没有说出来，但显然意思存在着，并且语句的重点在于省略掉的"或不存在"。阿里斯托经历过这样的阶段，但也早过了这个阶段，他想了许久，该怎么告诫若恩这样做是徒劳的。

"你假设每个人都可以看见善，但他们都只看到善的一部分，所以各有所持，每个人都是对的，但都不完善，你的思路建立在这上面，这是不对的。"阿里斯托说道，"现实比你想的要残酷，每个人和亚里斯的远近距离是不同的，有些人近，有些人远，我们的工作是告诉那些生来离亚里斯远的人，告诉他们亚里斯的存在，引导他们靠近亚里斯。"

"也许吧。"若恩不想争辩，他一点儿也不认为假如亚里斯真的存在，有些人和他离得近有些人则远得多的说法，因为除了阿卡夏教徒之外，别的人也有他们各自的信仰，这是一个基本的事实，若恩宁愿把这理解为对同一个至善的断章取义，也不愿意认为阿卡夏教徒占据了至善周围所有的尊位，而别的人都在邪恶的那边。

"我知道你在想什么，也许你要用你的一生去证明那是错的。"阿里斯托说道，他叹息了一声，"这也是证道的一种途径，我们并不是在赛跑，看谁跑得远，跑得快。也许我一不小心就会变成君士坦丁堡那里的人一样，我时时刻刻都在戒慎着。"

若恩感激阿里斯托这么想，也宁愿他不这么想。

到傍晚的时候，克洛伊身后跟着斯考特、坎贝尔以及摩尔来到了阿里斯托的营帐。阿里斯托表达了对莱昂修斯的悲痛之情，而克洛伊也表达了部族将继续阿卡夏化的意愿，随着更多的多耶特族人的到来，安纳托将请罗马的工匠来协助建城，同时新的神庙将会更快更宏伟地兴建起来。不过在此之前，她请阿里斯托为莱昂修斯主办阿卡夏徒的葬礼，而不是让莱昂修斯用凯尔特的仪式下葬。阿里斯托表示这是当然的，莱昂修斯已经接受了洗礼，是一名阿卡夏徒。

来访的对话看起来已经结束了，所有人都在等待克洛伊说出祝福阿里斯托主祭的道别词的时候，克洛伊说道："我和若恩有些话要单独讲，斯考特、坎贝尔、摩尔叔叔，你们和主祭大人一起出去一下。"

她的要求有些突如其来，所有人都大为诧异，但经过短暂的沉默，没有异议，她和若恩以外的人都离开了帐篷。

当只剩下他们两人，出于惯性，他们继续沉默了一会儿，克洛伊才先开口说道："对不起，我不能跟你去塞里斯了。"

"是的，这是当然的，我明白。"若恩好像犯了错一样，诚恳地说道。

克洛伊接着说道："你不知道，我有多想和你一起离开这儿。"

若恩心中感到一点点绞痛，但他说不出别的，只能喃喃地说道："我知道，我知道。"

过了一会儿，克洛伊说道："也许你要走了，即便你还留在安纳托，我们也很难可以像现在这样在一起，你有没有什么要对我说的？"

她的神情楚楚可怜、温柔，和她庄重的服饰、发型以及身份都形成极为强烈的反差，使若恩禁不住产生把她搂紧在怀中的冲动。但这里和山坡上不同，不仅是地点的不同，以及克洛伊身份的不同，也包括他自己，他立即撇开了这个念头。

"现在似乎说什么也没有意义。"若恩说道，假装只是因为克洛伊身份发生了变化，而不是卡里乌斯对他的斥责，塞纳出现在他的附近，这些都使得他没法像之前那么服从于欲望的驱遣，而避开"这是对的吗"的质疑。

克洛伊点了点头，又轻轻地摇头，说道："其实，我还没问过你，你为什么说去了塞里斯就不能回来？那边有个女人在等着你么，我只能想出这个理由来。"

若恩心中突的一跳，又有些慌张，对克洛伊为他想出的理由又有些想要失笑的感觉。他斟酌了一下，说道："塞里斯太遥远了，路上有许多我们所不知道的危险，我不该奢望能活着到那儿还能返回，让你有虚幻的期待是不好的，不论你是现在这个克洛伊，还是之前那个。"

这本来是他哄骗杰西蜜的理由，他告诉她会很快回来的，虽然措辞上是相反的，但实质却是一样。他说完之后，又想起卡里乌斯对他所说的话，"你是个坏人"。他从来不觉得自己是坏人，最多只是还不够好而已；但这些话和它们背后所指向的行为，是经不起稍微严厉的检验的，他承认自己的确是出了什么问题，但不知道这是他本性如此，还是最近发生的变化使他如此。

克洛伊眼睛泛红，说道："那为什么还要去？你可以不去，留下来，留在这里，你不用担心什么，我可以保护你。我是他们的首领，没人阻止我和你结婚，如果你愿意的话。"说到最后，她有些要破涕为笑的样子，可实际也没有。

若恩沉默了一下，说道："你说过我像异乡人，和其他人都很不一样，事实上，我的确是。我的根源是塞里斯，不是祖先从塞里斯来，而我已经是罗马人后代的那种，我的父亲在塞里斯，我是被人一下子带来到罗马的。我想回到那儿，看看和我一样的人，也许我还能得到我父亲的画像，我想知道他是个什么样的人，我想知道他的事迹。"

克洛伊垂下头，轻轻地说道："这里也需要你，为了我，你真的不能留下来么？"

若恩想过这个可能性，但诚如阿里斯托的责难，这里距离安克雷太近了，不必说被揭穿的可能性，即便不被揭穿，他留在克洛伊的身边会使他一辈子都是个骗子，一个厚颜无耻的骗子。他的脸抽动了一下，硬着头皮说道："正如你留下来是因为你有你的使命，你不能辜负你的人民，事实上我也是，虽然我不管辖我父亲留下的人民，但责任就是责任，是没有区别的。"

克洛伊用奇怪的眼神看着他，那眼神在若恩看来，不啻于在说：你是个骗子。这看起来像是谴责，可也像是在调情，最后的调情，也许他们可以继续发生点什么，至少一个吻，一个香甜而湿润的吻，或许更多。

但克洛伊很快转移开她的目光，盯在一块什么也没有的空地上，语气消沉地说道："既然如此，那你走吧。"

"你会是一个好的首领，甚至一个女王。"若恩搜肠刮肚地想赞美和感激的话，在最后时刻像溺水一样的人努力抓住点什么，同时又觉得如果真的抓住什么，不仅没什么益处，反而会导致真正的沉沦，他满心矛盾。

"你可能会活着到达塞里斯，你对你父亲的爱也会淡下来，你不会一直是个孩子，到那时候，你还可以再回到这里。我会等你，也许我可以给你五年时间，五年，我等你五年。五年过去之前，如果你回到这里并且心意不变的话，我还是会这个样子，我会和你结婚，成为你的妻子。"克洛伊说道，她的神情有些迷醉，好像是在问自己，"我为什么会这么喜欢你？"

"因为我也喜欢你，爱着你。"若恩答道。克洛伊曼妙诱人的身材，宝石一样澄净的眼睛，令人沉醉的嘴唇，呼吸芬芳，一切都很好，但一切也都不对。

"你不要马上拒绝，也不用马上答应，这是我给你的……礼物，我也只能给这么多。"

不知不觉的，她的额头就在若恩的嘴唇下方不远的地方，近得若恩如果稍微往前倾一些身子，就会吻在她的额上。若恩感觉似乎有一种力量在推动自己吻下去，但这力度又似乎太弱了，或者说另一个力量太强烈，他们最后还是没有碰在一起。

两人沉默了一会儿，他们不自觉地离得更远，克洛伊说道："我不能和你告别了，接下来，我也不会再单独见你，除非是你回来的时候。"

她说完，不等若恩说话，转身走了出去。

若恩盯着她走后留下的空隙，淡淡紫色的，是克洛伊身上披的纱巾的颜色，仿佛和周遭具有显著的界限，那是克洛伊刚刚站在那儿留下的印记，它顽固地存在了一会儿，逐渐地消散，归为虚无。

第十一节　迷失于危路

第二天，阿里斯托交代纳加尔看好卡恩和塞缪尔两个学徒，他要亲自送若恩出发，前往塞里斯。

纳加尔对若恩现在就走有些惊讶，但也没多说什么，他帮若恩打包行李。因为若恩走得远，沿途又大多都是对于罗马人和阿卡夏徒而言未开化的地方，所以为他备了一匹马；虽然使徒不能骑马，但驮运行李是必要的。

他对若恩谆谆叮嘱，教导他行路的方法，在荒野辨明星空的方法，他和卡恩和塞缪尔一起，把阿里斯托和若恩送出安纳托营地十里之外；按照阿里斯托的说法，他要送若恩到三十里才回返。

待纳加尔和两个学徒往西回返，若恩和阿里斯托两人默默行了有七八里，行在一片河谷地上，右边是一条接近干涸的大河。阿里斯托这才开口，对若恩说道："你一定会想，为什么我不送行卡里乌斯，而要把你送得这么远？"

"因为他行的路都在开化之地，前面还有无数的兄弟姐妹，而我将要走入蛮荒之地，往前走是孤身一人，你还有许多话要给我交代。"

阿里斯托点点头，说道："大体是这样，但也不尽然，你往东行去的方向，事实上并非全然的蛮荒之地，阿卡夏的福音早在许多年前已经传往东方，你不会全然孤单一人，一路上你会看到它们留下的痕迹，不过，大概只是痕迹而已了，你要小心谨慎，不要被人看破你的身份。你并不是向这些地方传教。"

"这是当然的。"

"阿卡夏教传往东方的路上发生了许多变化，好的，不好的，不一而足，你会一一地去见证；但你不用和它们辩明正统，你要去的是远得多的地方，据我所知那儿还没有任何阿卡夏的信徒。在那儿你面对的是无害的黑暗；在路途上的情况就复杂多了。"

"我已经准备好了听。"

"有一个传说，在罗马-亚历山大-君士坦丁堡的神学圈子里一直有这个说法，我不知道是真是假。那就是，这个故事我从未在你们面前说起过，托德的教义实际上来自东方，来自一个叫知子的智者。这当然和我们平常所说的托德、亚里斯乃至天国的说法是冲突的。这个传说我们平时并不用来讨论，乃至拿出来对信徒们说。阿卡夏教来自天授，而不是东方，这是我们所坚称的。"

若恩有些惊讶，说道："这个传说我略有耳闻，听过就算了，对于我，我无意深究，但你是要给我讲这个？"

阿里斯托耸耸肩，自言自语地，戏谑地嘟囔道："一定是格瑞姆和你说的，他是个异信徒、坏分子。"

他话锋一转，接着说道："不管怎么说，你还是留意一下，信仰和知识可以分开，并不矛盾。也许你得到了真相，即便不能回来转述给我，但是我想到你知道这些，也会让我感到欣慰。"

若恩哑然失笑，说道："主祭大人，我不能对你不耐烦，前面我们还有很多路，但我觉得这并非你要对我最后所说的话，我还是忍不住催促你快些进入正题。"

阿里斯托有些自嘲地说道："这还不算是正题么，我还以为我一直在正题上。"他停了一停，说道："那我们说说你那天回来的时候脸上的伤如何？"

若恩收起了笑容，说道："那是回来的路上我被绊了一下，摔在地上。"

"一块名叫克洛伊的石头？"阿里斯托有些戏谑过头地嘲讽道，"不只是卡里乌斯，其他人也这么说，我自己也看到了一些。"

若恩沉默不语，埋着头继续走路。

过了一会儿，阿里斯托说道："好吧，刚刚我们稍微活跃了一下气氛，下面应该是正题了。就在安克雷神庙附近有一大家人，想必你也认识，父亲叫马库斯，有三个儿子，都已经长大成人，各自分了家，毗邻而居。老大维比乌斯继承了他父亲的铁匠生意，勤奋肯干、头脑聪明，不仅自己打铁，有了钱还投资别的行当，甚至放高利贷，赚了不少钱，娶了门当户对的女人，人丁兴旺，乐善好施。"

"是的，我认识他，他去年捐献了三又四分之一个金币，是安克雷教区平民里捐献最多的几个人之一。"若恩说道，他认为自己又想到了斯汀，他认为斯汀的死和他掌管的捐献款项有关。

阿里斯托接着说道："马库斯的二儿子阿多尼斯是个虔诚的教徒，他没有继承家业，甚至不被允许做铁匠买卖，所以他没什么钱，甚至常常要借钱度过困厄之时，但他为神庙出了许多力，在大部分人眼中，他是模范的阿卡夏徒，既贫穷，又慕道，身体力行。"

若恩说道："是的，他是。"

阿里斯托继续说道："马库斯的三儿子迪尼斯，是个远近闻名的恶棍，他做了什么你可能也都听说过。"

若恩点点头，说道："我知道他，他最知名的事迹是和他大哥的妻子通奸，被抓到的时候，他拿刀子和他大哥对峙，几乎弄出人命来。"

阿里斯托问道："在你看来，马库斯的三个儿子，哪一个距离亚里斯最近？"

"这是个简单的问题，但你把它放在这个时候来说，那你一定不是指通常的意思。按照这个逻辑，距离亚里斯最近的人既不是维比乌斯，也不是阿多尼斯，而是迪尼斯。你然后会告诉我这样判断的道理。"若恩说道，他觉察到阿里斯托的话里隐藏着的陷阱，以及在他避开这些陷阱之后又容易掉进去的地方所设置第二层的陷阱。

阿里斯托愣了一下，说道："好吧，我以为我们的谈话还要经历两三个回合才能进入正题呢，你倒是直接。你说得没错，是恶棍迪尼斯距离亚里斯最近。"

"当然了，接着你会告诉我为什么是这样，因为我并不这么认为。"若恩在说理中占了上风，有些洋洋得意。

"我们常说，世人都爱走那大路阔门，阿卡夏徒所过的是窄门，所行的是小路。我想引申一下，传教者尤其是使徒，因着他们所奉的使命，他们所行的是危路。"

"你是打算说，迪尼斯是一个传教者？"

"这取决于我们怎么定义传教者，只有教职才算是传教者么？如果一个人的行为使他周围的人戒慎罪行，恐惧欲望，而变得更能够听进去我们的传教，毫无疑问，他是，甚至比我们都更加是传教者。事实上，你很难看出我们和迪尼斯这样的人的相似之处，你能么？"

若恩摇了摇头，说道："我在听着你说呢。"

"我们自认为距离亚里斯最近，而这些人也是，他们不服从世俗的规范，听从自己内心的驱遣，我们何尝不是这样。"

若恩觉得费解，他沉思着说道："我当然不会把你的这个观点视作简单的惊人之语，但我的确看不出这之间的逻辑关系。"

"那些迷失的人，他们服从于自己的欲望，拒绝遵从于世俗的道德和法规，愿意做任何事情来达成他们自己的意愿。在我看来，我们想要这个世界变得更好，引导世人信奉托德的道，这就是我们的欲望。欲望看起来有分别，实质是一样的。"

若恩觉得自己的呼吸有些紧迫，他知道阿里斯托会对他做相当的劝勉，甚至有些劝勉会很严厉，会拿最近的克洛伊来说事，而阿里斯托没这么做，但另一个近似虚拟的故事却更加击中他的心，令他震颤，说道："你这句话，听起来很像是魔鬼的观点。"

"这是君士坦丁堡常用的攻击与具有他们不同观点的人的策略，但你拿它没用，何必拿来限制自己的思维？"阿里斯托轻描淡写地化解了若恩不自觉的反击。

"但我不认为迪尼斯距离亚里斯很近，如果是那样，为何亚里斯不感化他，教化他，令他醒悟？事实上，他从来不信托德阿卡夏，他也没有任何接近信教者的言行。"

"距离亚里斯的远近，并不是用这些表面上的亲近来衡量，这种表面上的亲近是会变化的，也可能是虚假的。而亚里斯知道真正的亲近是什么。恶棍们，因为他们的罪而更接近亚里斯，毋宁说是亚里斯更接近他们，注视他们，这并不是重点；重点是，他们使罪变得可见于人们的肉眼，是人们轻易地识别罪行和惩罚，同时也认清了惩罚和奖励。罪是一种特别的东西，是联结人和亚里斯的特殊中介，就好像酒是联系人与希腊的神的中介一样。"

若恩若有所思，说道："亚里斯知道……你好像提出了一种无法测量的标准，表面上看起来是从亚里斯的视角来看的，实则可能是你自己的。"

"这就是亚里斯的本质，你还没有意识到吗？"

若恩有些惊慌失措，说道："我当然不同意四元素派的主张，但我依然觉得我们此时的对话是亵渎的。"

"亵渎本身才是亵渎的，亚里斯更愿意世人用智慧的度量来理解他，而不是用少数人主持的神圣规则来理解他。"

"也许格瑞姆和卡斯托姆两位祭司才能和你做这样的对话，我只是一个助祭，我对神学的理解还没有到这一步。"若恩说道，他只想尽快结束这样的话题。

或许并不是这样，阿里斯托一向欣赏若恩在神学上的学习和自省精神，他觉得若恩在很多方面已经完全达到了教士的学识水准；若恩知道这一点，他的话与其说是谦逊，毋宁说是和对卡里乌斯时不肯挥拳打一架一样，他们的坐标相差太多，辩论不过是各说各话。

阿里斯托露出微笑来，他轻轻地摇头，好像在为什么事情而自嘲，然后他说道："你别再说自己是一个助祭了，你早就该升为祭司了，也许是我出于私心，想把你多留一段时间在我身边，请原谅我。"

若恩耸了耸肩，说道："我还以为我是有哪里做得还不够好。"

阿里斯托说道："你已经做得足够好了……但你应该理解这一点，神学不是一种已经完善到无须修订的知识，而是一种思维的方式，你带着它上路，就不至于迷失。"

接下来他们陷入了沉默之后，都不知道该说什么好，许久，若恩打破沉默说道："我不知道未来会怎么样。"

阿里斯托点点头，说道："只有亚里斯才会知道。"

他们所行的河谷地慢慢地接近一条青条石铺设的大道，若恩想起刚刚他们才说到的世人走大道而传教者行的是危路，心里不由得有些惴惴然，他偷偷地看阿里斯托。阿里斯托浑若不觉地往前走，走上了石头大道也没有什么表示。片刻的奢逸享乐，远离于磨难，看来并不等于堕落，若恩学理上无碍，但见阿里斯托的躬行方式之后，暗暗松了一口气。

第十二节　母亲的怀抱

走了几里路，青条石路朝北弯去，他们两人离开大道，走进森林，回到崎岖的路上。行到黄昏，他们估摸着已经走了三十里路，便在林中就地歇下，预备第二天一早出发，阿里斯托往回走，若恩继续朝东行。

他们晚上简单地吃了些酸面包，就分别躺下入睡。躺了许久，若恩还在为白天的问题所困扰，越想越心乱，坐了起来，望着月亮发呆。

阿里斯托听见若恩的响动，也起身来，问道："你是为终于要一个人前行而兴奋得睡不着么？"

若恩自嘲地一笑，说道："差不多是这样。"

"当你一个人的时候，你可以想象一个人，你和这个人像现在我和你一样。这个人和你的观点大体上相反，但和你一样博学而诚恳，注重事实和逻辑，你并不会偏袒自己，也不会糊弄他，他和你对话，你和他对话，这样就不会觉得孤单；独自一个人不会孤单，在人群中也不会。为了真实，你甚至可以给他起个名字。"

若恩立即在脑子里塑造了那么一个人物，但他面目全非，也没有他自己的观点，看上去只是一团影子，一片虚空。若恩有些沮丧地挥散了这个形象，向阿里斯托问道："主祭大人，你说罪是一种特殊的中介，意在说明有罪的人距离亚里斯更近，那这是宽宥罪行，甚至是鼓励罪行的理解么？"

阿里斯托严肃地看着若恩，好一会儿才说道："只要你不是真的这么想，我会回答，是的。有罪的人更容易感受到亚里斯的宽宥和仁慈，但'鼓励'是一个超出必要的表达，因为世界上现已经存在的罪孽本身已经足够多了。我们何必鼓励呢，我们只要愿意正视它们就足够了。"

若恩叹了一口气，说道："是的，当然是这样。但是，你同时提到了危路，危路是一条什么样的路？"

阿里斯托忽然沉默下来，过了很久才说道："危路在于我们有多热爱亚里斯，以致我们愿意做出一些我们明知道是违反他为我们所指引的道路的事情来；当我们这么想的时候，就已经走在危路上了。"

"那么，我们都在危道上，是么？"

"事实上，我们所有人，我和你，包括从君士坦丁堡来的人，那些正在君士坦丁堡神庙里谋划的人，都行走在危路上。这不是一种和稀泥的说法，而是指出我们自身的危险。"

"引导人认识和接近亚里斯，这是危险的么？"若恩有些战栗。

"我们都想做对的事情，但没人知道我们正在做的究竟是什么。我们说交给亚里斯来裁决，实质上就是我们不知道。我们按照某些既定的道路去行走，去说话，劝诫人，我们自以为这是对的，但把这些放到一个被拉长的时间里去看，我承认不知道是一个更接近真实的答案。"

"但在不知道之下，我们仍然是有戒律的，愿意约束自己。"若恩用陈述的语气发问。

"当然是。"

若恩倒头睡下，阿里斯托的话让他既迷惑又澄明，既犹豫又果断，既绝望又坚信，像一团火焰并不知道自己为何燃烧而依然燃烧一样，他盯着这团火看，火光跳动，困意快速地来临。

早晨若恩醒来的时候，阿里斯托已经不见了，若恩知道他夜里便已经离去，他恍惚中听到他的响动，收拾离去的声音，还觉得是个梦，但并不是。他知道阿里斯托不想和他俗气地道别，他不会拉着他的手，说对卡里乌斯说过的那些充满感情的话，那会把他和自己的感情降低到一个更为俗气的层面上。

行走在危路上，是一种富有意味的激励和启示，也许还是一种原则。若恩收拾背囊，重新上路后，很快意识到这是自己第一次真正地单独旅行，没人商量，没人帮他做决定，所有事情都必须自己来。阿里斯托告诉他可以想象一个伙伴和他对话，但这个伙伴既还没有塑造出来，看起来也不适合用在日常的行为举止上。

语言是首要的问题。他会希腊语和拉丁文，听得懂犹太语，但他不懂凯尔特伊苏利亚人的加拉提亚语，也不懂弗里吉亚人、卡帕多西人、波斯人的语言，这是他所知道这片大陆上居住的人们所使用的语言，也许还有别的他连听都没听过的语言，他唯一的指望是对方至少会希腊语。

若恩找了一根树枝当手杖，牵着马，往东行去。走了十余里，他找着一个讲希腊语的小村庄，在这里略作停留，补充了些草料和水。然后问着向东方去的下一个村庄的位置，不做停留地向那里行去。

村子里的人不多，除了若恩随便敲开的一户人家为他提供了免费的井水，另一个养马人收取了若恩两枚铜币才肯提供三天的马匹吃的豆料，以及在快走出村子农地范围之前遇见的一户耕种劳作的人家之外，他差不多没有碰见别的成人。

一个六七岁的小男孩带着一群孩子从若恩进村子起便一直盯着他，事实上也许是盯着他的马，他们好奇为什么一个人牵着马而不骑着它，他们议论着，仿佛若恩是奴仆，而主人在不远处，或者干脆是个隐形人。有个孩子甚至朝马背上投去石头，想要证实那儿实际上坐着一个人。

如果是在安克雷，若恩会向这个孩子头施舍两枚铜币，让他用这些钱去买些糖果分给别的孩子，但在这儿，他不敢这么做。纳加尔告诉他，不要向任何人展示你是慷慨的，而应该显得好像只剩够一天用的钱和口粮，不能靠装出来，而要内心真的这么认为。若恩听从了他的建议，也因此什么也没做。

他这样走了一天多，下一个村庄仍然遥遥无望，他小心节约地喂那匹马豆料，按照纳加尔的交代，在不奔跑的前提下，一份豆料加四份路边的野草就可以保证它的健壮，他携带的豆料足够接下来十天之用，但他就是觉得紧张，因为不是每个村庄都有养马的人。

晚上他睡在山林里，认真地想起斯汀和格瑞姆来，他们的死被活着的人刻意避开，好像根本不是什么问题，但要说这是什么问题，他所知的很有限，只能想，这很不幸，幸运的是死的不是我。

第二天正午过后，若恩又疲又累，本想歇下，忽然望见一条小河，河只是寻常的河，但他心中似乎得到什么启示，便放弃了往东方去，而是顺着流水的方向逆流而上。走了好几里路，来到一处从山壁上垂落而下的山泉，看起来山泉要比井水清澈甘甜，若恩欣喜地取下皮袋去接水，这样他即便接下来一天里都走不到下一个村庄，甚至两天，也不用到水流缓慢的小河里去饮水了。

他想好了今天不再走，就宿在这里，好好地整理一下。

一个皮袋刚刚接了一半，一枝箭嗖地飞来，将他手中皮袋射个对穿，箭杆留在上面，袋中水汩汩地流出来。若恩第一反应是这水袋破了可该怎么补，随后才意识到发生了什么，他惊慌地转身四顾，看见六七人悄没声息地出现在他周围，将他围个严实；这些人都手持兵刃，眼神凶狠地望着他。

若恩花了一点工夫才想起来，他们的服饰和诺安人一样，他一个人也不认识，但看起来他们就是原先莱昂部族的人。为首的一人手持短弓，用戏耍猎物一般的嘲讽笑容对着若恩，用希腊语说道："你就是那天给我们祝福的人，你的名字叫若恩。"

若恩心里一沉，说道："我是。"

"感谢你的祝福，虽然我不信你们的亚里斯，但我宁愿相信这使我们获益不少，也许你就是那场战斗中我们能够获胜的关键所在，但很抱歉，你没有奖赏，我是来杀死你的。"

"我能有幸得知这是为什么么？"若恩搜肠刮肚，除了这个想不出该说点什么。

"你的亚里斯如果真的存在，会让你知道原因的，不用我来告诉你。"

若恩呼吸紧促，说道："我可以知道你的名字么，我想知道是谁杀了我。"

那人有些警觉，但还是说道："乐于告诉你，我叫摩尔，是莱昂修斯的参谋，我有幸和他战斗到了最后一刻。"

若恩十二岁以前在君士坦丁堡，继父教他练过简单的格斗术，但他早已经忘光，到安克雷之后他没像卡里乌斯那样碰过刀剑，任何兵器也没有，他在厨房帮忙时用过小刀，仅此而已。他没有任何反抗眼前这人的可能性，他知道这一点。

他朝围住他的人们身后望去，希望看到任何获救的希望，比如说，塞纳，两天前，他刚刚救了他。但他没看到什么隐藏着的人。这也使他心下沉，但也略松了一口气。

过了一会儿，他觉得有些奇怪，对方并没有下手，好像仍然在等待着什么，又或者对他而言时间变慢了。

"是因为克洛伊的原因么？"若恩问道，他没再指望什么，随心而问。

他的这句话让摩尔有些生气，他背好短弓，从腰间抽出一把匕首，走到若恩身边，挥手打掉若恩手上带着箭的皮袋，说道："跪下。"

若恩顺从了，他跪在地上，脑中快速地闪现各种适合死亡前的祷词，但他觉得一个也不适合此时此地。

"最后的时刻了，你还有什么话要说？"摩尔问道。

若恩抬头望了摩尔一眼，说道："是的，当然有，不过不是对谁说的，而是我自己的祷词。"

他垂下头，将双手捧在胸前，口中无声地念叨道：

"我是我父亲的儿子，但我从未见过他；我行走向他的国，但永远不会到达；我轻率地离开我的女儿，不能陪伴她的成长，这是我的罪，但愿这罪不再延续在她的身上；我沉溺在欲望与虚荣中，我让别人以为我是那个我实际不是的人；主啊，我从未真正接近过你，只有到了我生命的最后一刻，我才意识到已没有时间修正我的罪。我不愿意，但我只好接受这一切，请给我平静，请接纳这个罪人走近你。迪利西亚。"

匕首刺进若恩的胸膛，并不怎么疼痛，他甚至没意识到已经发生，直到匕首整个没入他的胸膛，他呼吸不上来，这是一种别样的疼痛，甚至有些舒畅，口中多了怪异的甜味，身体不自觉地朝前佝偻，无法伸直；匕首又很快猛地抽离，鲜血喷涌出来，若恩立即感到身体出现了一个巨大的缺口，生命通过这缺口正急速流出自己的躯体，这种流失如此真实，以致他感觉自己像一个沙漏，可以数得出剩下的时间来；而这个沙漏不会再翻转过来。

若恩睁大眼睛，想要看清楚并且记得这个世界上最后的光影。很快，他失去了力气，甚至连维持眼帘睁开的力气也没有，光影变得模糊，无情地褪去光泽，使他坠入黑暗，耳边的声音重叠在一起变成混响，失去它们本来的意义。他向前扑倒在地上，像是睡回母亲的怀抱之中。

第十三节　保护者

仿佛从黑暗中脱离出来，若恩被胸口的疼痛撕扯醒来，他看见的是一个陌生人的脸，正在上方关切地望着他。他感到口渴，嘶哑地说道："水，请给我一点水。"

一个皮质的水袋尖尖的硬口凑到他嘴边，他含住袋口并稍微压下去，清凉的泉水流淌进他的口中，像蜜水那样的甜，他喝下一口又一口，那水飞快地补充进他的身体，就好像他的胃直接连通着四肢百骸，他的身体顿时有了力量。他有些舍不得地吐出水袋尖口，对那个陌生人说道："我还活着么？"

那个陌生人有些欢快地说道："你当然还活着，不然你以为这是在哪里？"

若恩挪动脑袋，朝四下里看，他发现自己大概是躺在一块石头上，四周都是松树，树冠几乎遮蔽了所有阳光，林子里有些发暗，但仍然看得出绿色来。两匹马被拴在几步外的树干上，其中一匹是他的。他问道："是你救了我么？"

那个陌生人郑重地点了点头，说道："我只是发现了你。你的伤很重，本来这种情况你一定会死的，但也许是侥幸，也许是别的什么原因，你并没有死掉，血被止住了，接下来我就发现了你，感谢亚里斯，你还有一口气。"

若恩又积攒了许久的力量，才有力气问道："这里距离你发现我的地方有多远？"

陌生人想了一想，说道："也许是十里，也许是两天的距离，我不确定。"

"原来我昏迷了两天。"他还没有力气做两天和十里的换算，只是对两天时间更为敏感。

"可不是么，昨天你和死人没什么区别，今天起你肚子里就一直在叫，我想你的生命力很旺盛。"

若恩愣了一下，才回过神来，说道："的确，我很饿。有什么可以吃的么？"

陌生人将一小块面包递在他嘴边，若恩咬下一块，慢慢地用口水将面包泡软，咀嚼，吞下去。

"我叫洛里斯，我是做陶瓷业工人，也许说工头、商人更合适，我正往安条克去，你呢？"

若恩想了一想，觉得没什么可隐瞒的，说道："我叫若恩，我是一个阿卡夏徒，是以前安克雷教区主祭的助祭。"

"我看得出你是一个阿卡夏徒，你怎么会一个人行在这里？我看这不像是劫道的盗匪所为，首先，这不是道上，其次，你的马匹和行囊似乎都在，除了水袋被射穿之外。"

若恩权衡了一下，说道："我往科洛内去，我受了阿里斯托主祭的委托，前往科洛内地区去建设新的神庙。杀害我的人，也许是来自君士坦丁堡，这是教会内部的分歧。"

他很自然地把摩尔归类到杀害格瑞姆的那类人中去，他知道这并非事实，但这是简化事实的一种方式。

洛里斯吹了个口哨，说道："这倒是司空见惯的事情，你现在仍然要去么？"

"我不明白你的意思。"

洛里斯轻轻地笑，说道："你伤成这样，可没法一个人往科洛内去。"

若恩叹了一口气，说道："我会很快恢复的。"

洛里斯收起笑容，关切地说道："我已经耽误了两天时间，很抱歉，我把你从去科洛内的方向带着往安条克的方向走了一天，我没法让你平静地躺在那个地方。要么我丢下你，要么我能带着你继续往安条克去，或许路上能遇到可靠的人家让你慢慢恢复，恢复到差不多的时候，你再往科洛内去。"

若恩伸手摸了摸胸口，那里被包扎得很好，能看到亚麻布绷带上渗出黑红的血块，伤口隐隐作痛，但并不算很痛。洛里斯看出他在想什么，说道："但是你现在没法翻身，也没法坐起来，如果像那样动一动，就会很疼，更坏的是，动得太厉害伤口崩裂的话，谁也不知道会怎样。"

若恩仍然打算冒险，他将双手撑在地上，用力想要试着稍微欠起身来，胸口立即就好像被一支长矛再次戳穿那样，痛得他涕泪俱流，骨头和肉全都痉挛地搅在一处，已经愈合的伤口似乎被撕裂，鲜血又流淌出来。他赶紧松手躺下去，疼痛才稍微减轻一些。

他忍着疼痛喘息了一会儿，才能说话，他说道："那你是怎么把我移到这里来的？"

"我做了一个拖板，把你平躺着放在上面，由两匹马拖着，只能走非常平坦的路，遇见一点儿坡地都得绕着走，开始时走得很慢，后来稍微快一些，但事实上我们大约一天才走了大约十里路。"

若恩心情澎湃，说道："我不知道该怎么表达感激，我欠你的情，永远也还不完。"

"千万别这么说，上一个对我这么说的人，他后来可是对我做了仇人才会做的事情，你不会也这样吧？我不会假设你这样，但我宁愿你把这视为平常，我也不惦记你的感激。这是我的处世之道。"洛里斯摇着头，诚恳地说道。

"希望我可以快点好起来，你可以越走越快。我愿意跟你去安条克，我时间很充裕，不像你赶时间，而我的最终目的地也并不在科洛内。"若恩语气有些急促地说道。

洛里斯像是在思索着什么，停了一会儿，才问道："你最终的目的地是在哪里？"

若恩咽了一口口水，说道："我被赋予的使命是去塞里斯，一个遥远的国度。"

"我知道塞里斯，如果你要去塞里斯，还往科洛内走那就是彻头彻尾的大傻瓜，那条路线野蛮人的部落众多，根本不适合一般的人。据我所知，往来罗马和波斯的商队根本不经过科洛内。恰恰相反，安条克才是你要去的地方。安条克是个大城市，在那里你可以找到很多去过塞里斯的人，很容易找到伙伴。"

若恩哑口无言，隔了一会儿才说道："出发之前，我还没有仔细研究过这个呢。"

洛里斯嘲讽地看着他，说道："或许是因为你们在很匆忙的情况下做了这个决定。"

若恩不加抗拒地说道："是的。"

"那我们就说定了，你改变了你的方向，你不再往科洛内去，而是去安条克。"

"除非你的信息并不准确。"

洛里斯笑了笑，他喂若恩就水吃完半个面包，自己也吃些东西，把两匹马牵来，将若恩抱到两匹马之后拖着的铺着毯子的拖板上，说道："也许今天我们还能走上十里，不过实际能走多远要看你的状况。"

他们上了路，慢慢地走出松林，暴露在阳光下。太阳光照得若恩头昏眼花，即便他闭上眼也是如此，他不得不用手将眼睛掩住。不过，阳光照在身上令他非常舒适，好像他是一棵植物一样，可以在阳光中汲取养分，恢复活力。

拖板在他身下发出咔拉咔拉的声响，时而颠簸起伏，震动或扯动他的伤口，有些时候还很痛，但都不足以和他之前尝试起身的那次疼痛相比。他心想着，感谢亚里斯，我竟然活了下来，我没什么可以抱怨的。

洛里斯牵着马在前面走，他必须小心地引导马匹走在尽量平坦的路上，还要照料两匹马不至于走散开或者撞在一起，这并不是太难，但非常繁琐，大概是他这辈子做过最艰难的事情。

若恩在拖板上醒着又睡，醒了又醒，每一次转换都只能维持很短的时间，有时候，他分不清自己到底是醒着还是睡着，即便他在梦中，也做着躺在拖板上的梦。

他梦见走在前面的人是克洛伊的某个勇士，虽然摩尔是来杀他的，但另一个勇士救下了他，他没有要去安条克，而是拖着他返回安纳托。当他下一次睡着，再醒来睁开眼睛时，眼前的人就会是克洛伊。

他也梦见了父亲，父亲在前面牵引马，正走向一个林中小屋，母亲在那儿等着；而自己只有十一二岁；他分明地记得，或者说知道，这是他离开君士坦丁堡的年龄，而非离开生身父亲的岁数，他不可能记得他，因为那时候他还没出生。

除此之外，他也在琢磨这个自称洛里斯的陶瓷工头，他看起来很精干，乐于助人，是个典型的加入阿卡夏教，但那只是出于利益上的需要而并非真心信仰的富庶阶层，而若恩同时有一种感觉，认为洛里斯看起来并没有那么简单，他恰好出现在这里，并出手救了自己，这本身就是一个不小的疑点，正如他自己说的，若恩被杀的地方并不是在路上，他为什么在那儿？有那么若干个闪回，他觉得自己曾经见过这个人，只是一时想不起来。

夜里，他们在一条只剩下中间十几码宽还有缓缓流水的河床边缘歇下，洛里斯点燃一堆篝火，在水中捉了几条鱼烤了，撕开来喂给若恩吃。虽然没有盐来佐味，但还是很美味，若恩小心地将鱼刺嚼软，混着鱼肉一起吞下。

洛里斯先喂若恩吃完，自己才吃。他给若恩讲述如何制备陶瓷，以及在安条克与君士坦丁堡之间贩运陶器的许多逸事。若恩听不太懂洛里斯所说的这些，但这些故事和陶瓷工艺上的细节打消了若恩不少的担忧，使他觉得洛里斯就是如他自己所说的，是一个陶瓷行业的工头兼商人。

若恩一直盯着他，想要找些话来说，或者记起他之前怎么出现过，但他心中混乱，什么也想不起来。他看着洛里斯吃完，清洗餐具，设置防御蛇虫侵入的毒药灰线，垫他自己的铺位。若恩觉得洛里斯行走时，手上做什么动作时，姿势实在有些怪异，可又说不出来到底哪里怪异。

洛里斯注意到若恩观察自己，他一笑置之。

第十四节　活的锁链

第二天若恩感觉稍微好些，他不再是一路上睡了醒，醒了睡地交替，而是一路清醒。

他们沿着河流的方向向南而去，渐渐看见人烟，河上有小船在漂。若恩忍不住问洛里斯："今天我们走了有多远？"

"你累了么？"洛里斯停下来，走到若恩身边反问道。

"我不累，我只是想知道还有多远能到安条克。"

"啊哈，到安条克还远着呢，照这个速度十天半个月也到不了。我们前面的目的地是一座小镇，德亚。最好我们在那儿歇两天，等你的伤好得足以骑马。"

"我不能骑马。"若恩说道。

"为了你们的什么戒律,还是你没骑过马?"洛里斯站起身来,叉着腰瞭望远方。

"我会骑马。"若恩简单地说道。

"你不可能一直这么走下去,没有商队会带你,甚至你会不会骑马都不重要,多数商队都有骆驼,坐在骆驼上不需要学。但如果是戒律的话,你最好想法打破它。"

若恩不说话,他略微想过这个问题,以前他陷于自己去塞里斯到底是一个人独行还是找伙伴一起的纠葛。经历了重伤和洛里斯的搭救之后,好像答案不言自明起来,但随即便陷入第二个问题,是尊重使徒的戒律始终不乘坐骑,还是顺应长途旅行的习惯乘坐坐骑?

纳加尔为他准备了一匹马,不知是他自己的主意,还是阿里斯托的主意。若恩有些懊悔地想,和阿里斯托主祭最后的一天时间,居然没有向他问起这个问题。这个问题留给了他自己,这是他需要做的第一个决定。

晚上他们仍然宿在河边,河边更为凉爽,有利于若恩的恢复。

洛里斯睡下之前又对若恩谈论起陶器来:"我是做陶器的,罗马的陶器不错,君士坦丁堡的陶器更好,可是都比不上塞里斯传来的陶器。他们的陶器表面上有一层类似玻璃一样的光泽,上面有着各式各样的美妙花纹,比玻璃更美。"

若恩对这个话题不感兴趣,只是漫应说道:"我听说过丝绸。"

"是的,还有丝绸。那应该是个美丽,优雅的国度,稍微对此有所认识的人,都会想那是个什么样的国度。"

他深深地叹息了一下,似乎陷入了遐想之中,过了一会儿才接着说道:"塞里斯的陶器虽然美,可贩运到罗马的并不多,因为陶器太沉了,欣赏的人也不如欣赏丝绸的多,陶器没法卖到合适的价位,商人的利润也不理想。"

若恩略微产生一点好奇,他直截了当地问道:"你想说什么?"

"这两天我一直在想,也许我碰见你并非出于偶然,而是某种冥冥中的安排。我懂一点刀法,技击术还不错。你是孤单的一个人,我可以和你一起去塞里斯。我想看看他们的陶器到底是怎么生产的,工艺和我们究竟有什么不同,如果可以学来,我回到君士坦丁堡就等于君士坦丁堡也有了塞里斯的美丽陶器。在技术普及开来之前,我应该已经赚了不少钱。"

若恩似乎听过类似的话,但他懒得在记忆里去搜寻,他问道:"为何丝绸没有这么变成罗马也有的,你肯定那只是一种技术么?"

洛里斯语塞,说道:"我听说也有人去塞里斯,想把制造丝绸的技术带到罗马来,但他们还没有成功。因为制造丝绸是一种这边全然没有根基的技术,那涉及一种树木和树上的虫子的养殖。他们事实上已经做了许多,树木和虫子都带了过来,在克里特岛上试制,他们还没成功。我熟悉制陶术，塞里斯的制陶术究竟在哪方面比我们的先进，我猜我看段时间就能学会，没有养蚕抽丝那么麻烦，毕竟，我们自己的制陶术也是很不错的。"

若恩沉思了一会儿，先前的疑惑逐渐汇聚成形，他说道："这听起来有些奇怪。"

洛里斯本来已经躺下了，听见若恩这样说，他探起身来问道："有什么奇怪的？"

若恩说道："你搭救了我，我不能拒绝你；而事实上是我需要一个伙伴多过你需要一个伙伴，这事情有些奇怪，但也说得通。或许正因为如此，才算奇怪。"

洛里斯宽宏地笑，说道："我听不懂你在说什么。"

"我想说，万事万物，没什么偶然可言，你遇见我，救了我，而我们或许将要一起去塞里斯，都是某件重要的事情中的一环。"

洛里斯表情谨慎地说道："兄弟，我向你保证，这里并没有什么阴谋。我是君士坦丁堡的陶匠，我的确出于偶然才救了你，这种偶然或许是君士坦丁堡的工匠之神安排的，为了成就我对工艺和财富的追求。你实在是想得太多了。我并不了解你，但我想，是不是你把自己的使命想得太重大了？"

若恩猝然地问道："那么，你的双手双足之间是什么？"

洛里斯好像被人推了一把似的偏了一下身子，随即他沉默下来，眼睛盯在地上。若恩见洛里斯长久不语，他接着说道："我其实没看见什么，只是觉得你走路的姿势，手上的姿势都很奇怪，好像有一根看不见的锁链把你的手和脚都锁了起来，你可以走动，双手可以做任何动作，但姿势非常局促。你是一个奴隶，虽然不是通常意义上的奴隶。"

洛里斯猛地蹿起来，他快步走到若恩身边，伸出双手，扼住了若恩的脖子。篝火的光亮都被洛里斯的身子阻挡，若恩眼前为之一暗，感觉自己又陷入危险之中，他倒一点儿也不惊慌，反而有些庆幸洛里斯并没有冲着他胸口的伤口来，又或者是他有意避开了这一点。

洛里斯手上并没有用力，只是牢牢地扼住若恩，他发了一会呆，才说道："也许你不相信，事实上我是受命来保护你的。可是连同我，也被你所说的某种我们所不知道的大势所左右着。你说得没错，万事万物没有偶然可言，一件事是另一件事的一部分，那一件事又是更高一层的那件事的一部分，即便我们不了解，但它存在着。"

若恩没有说话，事实上他也说不出来。他同意洛里斯的说法，他之所以走到这里，和洛里斯以这样奇怪的姿势僵持着，从根本上来说，是因为几百年前就开始的神学分歧；而神学上的分歧也定然只是另一件事的一个组成部分。

他怀着些怜悯望着洛里斯，没有任何抗拒。

好一会儿，洛里斯松开了手，颓然地坐在地上，说道："可是杀你的另有其人，并非我的伙伴，这不是安排好的。如果说我跟着你是安排好的，但刺你的那一下，和我无关，我甚至以为你已经死了，这也是真的。"

"你还有别的伙伴？"

"这并不稀奇，也没什么可隐瞒的。"

"塞纳和你是一伙的么？"

洛里斯听了，脸色略微温和，说道："我见过那个家伙，他不算机敏，但很忠诚，不过他不是我的伙伴。"

"你肯定不会向我透露是受谁的要求来保护我的，是吗？"

他猜想会是克洛伊，心里有一些微微的甜和涩，他指望着洛里斯说出来，又但愿他赶紧跳过这个问题。"

"这是一个坏问题，你更有阅历的话，就应该知道问了也是白问。"

若恩叹了一口气，说道："你是来保护我的，可是在你的双后双足之间究竟有什么？"

洛里斯瞪着若恩，像是又被激怒，但是他坐着，不肯再扑过来扼住他的脖子。过了一会儿，洛里斯欠起身，将双手伸在若恩的面前，一边挑衅地看着他。

若恩抬起手在洛里斯的双手之间探去，他轻而易举地碰到了什么东西，但他的确看不见那东西的形状。他摩挲着，觉得那东西似乎像一条蛇，轻轻地蠕动，表面微有凉意。想到这一点，若恩禁不住胆寒，背脊发凉，他强行忍住了抽回手的冲动，一直摸到那东西和洛里斯的手连接的地方。那东西好像从洛里斯的桡骨中生长出来。他摩挲往另一边，也是如此，可以肯定的是，这不是一副锁链，至少不是通常的锁链，它是活的，它也是不可见的。

若恩缩回了手，他让自己从震惊中恢复过来，过了一会，他问道："脚上也是这样，是么？"

洛里斯脸上现出痛苦的神情来，他没有回答若恩的问题，而是站起来，走回到自己的铺位，坐了好一会儿才说道："关于这件事，我不怪任何人，一切都是我自己的罪。"

"你可以讲讲你的故事吗？"若恩问道，如果说通常了解一个人需要经年累月，但如果是他最为重要的一件事，他讲述一件事的长度也差不多足够了。

"我……"洛里斯张开嘴，但立即喑嗄起来，"这不是一件荣耀的事情，甚至相反，但同时我也很骄傲，你知道这一点就够了。"

若恩能够想象这样的事情，或许以前不能，但最近一个月他经历了许多，尤其是发生在他自己身上的事情，他和阿里斯托主祭所讨论的问题也差不多和这相关。

他忍住了问洛里斯有没有试过用斧头来劈开锁链的念头，那实在是太言不及意了；他情不自禁地摸自己的双手桡骨处，在两手之间摸索，看是否也有这么一副锁链。没有，他甚至有些失望，然后他惊觉自己感到失望而不是庆幸。他哑然失笑，肺部的动作使他的伤口又是一痛，想要抑制住咳嗽却反而猛烈地咳嗽起来。

伤口内部好像又撕裂开来，血水从亚麻布包扎下泅出，若恩能分明地感受到，他又惊又惧，又觉得迄今为止发生的事情可笑至极，他情不自禁地哈哈大笑起来。先是痛，接着便感觉不到痛，伤口突突地跳，血液在身体里飞快地流动，使他具有了一种飘浮的晕眩感，他从未有过的快活与兴奋，醉酒也不能及其十分之一。在周遭光影的明明灭灭之间，他好像看见一个人正朝自己跑来，并且看得越来越清楚。

他喃喃地说道："妈妈，妈妈。"他伸开了双手，想要接受母亲的拥抱。

洛里斯跑过来，他用力压住若恩胸口的伤处，怒道："你不要命了么？"

若恩喘着气，喊道："别挡着我，别挡着我，妈妈，妈妈，我在这儿。"他喊着，拼命地挣扎，招手，没意识到自己用的是洛里斯听不懂的语言。情绪越来越激动，动作幅度也越来越大，眼泪从他的眼睛里滚落出来。

洛里斯听不明白若恩在喊什么，但他听得懂妈妈这个词，也看得出若恩并不是在向他挥手，而是在招呼着一个他看不见的人，显然，若恩陷入了幻觉之中。洛里斯没有犹豫，挥拳重重地打在若恩的脸上，让他晕厥过去。

第十五节　背叛者

好不容易安顿好若恩，给他重新包扎伤口，敷上药膏，确认他昏睡过去，洛里斯回到自己的铺位躺下。他很疲惫，几乎立即就要入睡，但他忍住了睡意，细细回想检视这几天来发生的事。

这几天过得糟糕极了，混乱得几乎濒临失控，似乎只是出于一件小得不能再小的事，他避开了去想它，他宁愿再等一段时间，等更多的变化发生之后再做判断。现在，他已经犯了一个小错，他还不知道是不是一系列更大错误的开端，他告诫自己，要冷静，耐心。

事情总会是这样，不是以这样的方式出现，就是以那样的方式出现，经验告诉他，检讨只适合放在事情完结后才来做，现在做的，不过是徒乱人心而已。他这么想着，但又完全不赞同这个结论，因为经验同样告诉他，要随时检讨问题的所在，做出必要的变化。

若恩的重伤和陷入高烧当中，还只是混乱事态之外的事，甚至可以说是混乱事态的某种补偿，洛里斯仍然掌控着整件事的进展，这令他欣慰。

在睡着之前，一阵凉风带来一丝若有若无的泥土腥味，像是有人用锄头在旁边挖起了湿润的土，他有些疑惑，他们睡在干涸的河边，视力所及没有人烟和农田，不该闻到这样的味道。但他脑子里纠缠的东西太多，他实在太累，懒得去想，也无力去追究，就这么让自己趴着睡着了。

半夜的时候暴雨忽然降临,洛里斯分不清自己是被雨水打醒还是被马的嘶鸣惊醒,他腾地爬起来,发现篝火已被浇灭。雨水倾泻而下,打在地上噼啪作响,似乎根本没有任何前奏就直接到了这个程度,地上低洼处已经积了水。

洛里斯摸着黑找出一块毛毡,草草搭在仍昏迷不醒的若恩身上,接着他赶忙去安抚惊慌乱走的马匹,重新拴好缰绳,等马匹安宁下来之后,他回到若恩身边,探看他的鼻息。若恩的鼻息浑浊而细微,暴雨带来气温的下降使他的体温略微降低,睡得反而更加安详。

洛里斯自嘲地一笑,他收拾卧具,大部分都打湿了,没法再睡下去,即便没湿,他也不可能睡下去;他就坐在若恩身边,头上搭着一件衣服遮雨,佩刀刀鞘的一头抵在地上,另一头抵在肩上略作支撑,等待着雨停。

将近黎明的时候,雨渐渐地停了,他听见河水潺潺流淌的声音。他脑子混沌,在回忆昨天宿营的时候距离河心究竟有多远这个问题上纠缠不清,竟然坐着便睡了过去。

醒来的时候天已经大亮,而河水涨起来,虽然距离他们仍然很远,但已经由十几步拓宽到一百多步。他站起来四下张望的时候,发现两匹马消失得无影无踪,夜里起来他确定将马缰绳系在了河边的矮树上,看起来更像是被人盗走,而不是缰绳松开受惊逃掉的。他迷茫地朝两边各走了几百码,只找回被拖走很远的拖板。

洛里斯回到若恩身边,发了一会儿呆,慢慢清醒过来,意识到马匹走失的严峻性。他吃了些东西,把行李归拢到一起,捆在拖板后,然后将若恩小心翼翼地抱起来放到拖板上。然后,他站在拖板前,把绳子套在了自己的肩上,拖拽着拖板,朝前走去。

这么走了一百多步,他已经累得气喘吁吁;他毕竟不是马。

他之前预计有两匹马,一匹马拖拽着若恩前行,走得相对不那么慢的情况下,可以花两天时间抵达最近的城市德亚,狄图斯在那里等着他们,他们可以在那里休养几天,等若恩可以乘马再上路去安条克,可是现在马跑失了,不是几天可以到达的问题,而是还能不能到达德亚的问题。

日光开始曝晒,淋湿的衣服很快就被蒸干,也带走了许多精力,洛里斯感到虚弱,他跪在地上踌躇再三,决心将若恩留在原地,他要乘自己体力仍在,快速赶往德亚,也许他可以在一天内返回这里,带来更多的人和马匹。但如果在这一天里,无人照料的若恩死去,这是有可能的,或是被路过乃至追踪他的人劫持走,鉴于马匹丢失,判断有人在跟着他们这是很可能的,但那超出了他此时能力所及,无法兼顾。

他想清楚了此事的关键,便立即这么做了,他把水和干酪放在若恩的嘴边和手中,如果他能醒来,神志清醒而有求生的意志,可以毫不费力地喝到水以及吃到干粮。他自己什么也没带，仔细地记忆了此地四周的景观之后，辨别方向，朝德亚快速地奔去。

他沿着河流快走了二十来里，逐步见到人烟，他在一户农家讨要了一瓢水喝，询问状况，但这里的居民十分贫穷，除了鸡和羊之外没什么畜力，自然更不会有马匹，否则他会用农民绝对不会拒绝的价码向他们买马，无论是前往德亚还是折返到若恩停留的地方都可以。

他休息了十分钟，又继续上路，快走了十来里路，终于走上了青条石官道，路上行人渐多，甚至还有马车经过，洛里斯动了一下念头，很快放弃了，那马车根本离不开道路。最终在夜幕降临之前，他到了有两千多居民的德亚小镇。

洛里斯在城中唯一的酒馆里找到了在这里等候的狄图斯，这是四五天前的约定了。

狄图斯衣着闲适，平静地坐在一张墙角的小桌上，面前一罐葡萄酒和一个杯子，一碟渍鱼，他见到洛里斯一个人到来有些惊讶，但没有说话，等着他先开口。

洛里斯在狄图斯对面坐下，这些天他一直在为某件事发生之后该怎么和狄图斯交待而犯难，他说道："路上出了一些状况，也许没什么，也许很糟糕，我还不那么肯定，但我们需要立即动身，需要三匹马，你跟我一起走。"

"盖娅没和你在一起，她出什么事情了么？"狄图斯沉静地问道。

洛里斯脸色微微变了一下，说道："我让她去做其他事情了，她没和我在一起。"

"我有一匹马。"狄图斯说道，他显得比往常更加沉稳，不只是沉稳，更多了几分诡谲的城府；他没有接着说下去，而是悬停在了这里，显然后面还有话，但他没打算说下去，而是留给对方去猜想他的用意，以及应对。

这不是洛里斯所认识的那个狄图斯讲话的方式，洛里斯有些迷糊，但他太疲惫了，又渴又累，无力深入思考下去，酒馆里的味道刺激着他的胃和舌下，他说道："那么，还需要另外两匹马，要快，我们立即就走，不过夜，不能等到明天早上。"

"另外两匹马？"

"我是步行到这儿的，另外还有个人在城外。"

出于奇怪的感觉，洛里斯没有先给自己要一壶酒和吃的，他觉得要先确认狄图斯的态度之后，才适合做这样的事情。

"盖娅去做什么了，她离这里远吗？"狄图斯没有急于起身去做事。

"她……"洛里斯预备了两个回答，但没想到要说出来有这么难，"有其他人在追踪着我们，她去引开他们了。"

"还有这样的事情？"狄图斯现出了些好奇。

"不然你觉得呢？"有人在追踪着自己，这是洛里斯长久以来的真实感受，不管盖娅发生了那件事与否，他都对此深深忧惧。他反问过后，觉得自己脚触及到了一点实地，更加多了一点自信，"这是真实的。"

"那么，赫克托呢？"

"到安纳托之前他就失联了，这事情你知道。"洛里斯说道，刚刚脚下踩实的那块石头又滑走了，"他是个老家伙，他或许有他的想法，改变了主意，或者他没什么想法，只是遇到了意外，解决之后他就会追上来，他知道怎么追踪我们。"

"也许我不该问那么多，但我还是想再问一个问题，我们去哪儿？你说的那个人又是谁？"他实际问了两个问题。

"北边山里，河边，去接若恩，他受了伤。"洛里斯不想再撒谎，反正狄图斯会跟着自己去，他会看见若恩，受伤的、濒死或者已经死去的若恩，最坏的是，他不在那儿了。

狄图斯慢吞吞地站起身，说道："好的，我没有更多的问题了，谨遵红龙的命令，我这就去马厩，给你偷两匹马来。"他摇摇晃晃地穿过众人，出了酒馆。

洛里斯坐在凳子上，顺手将狄图斯留下的酒罐抄了过来，对着嘴灌了两口。那酒味非常淡，好像兑了三分之二的水，洛里斯有些好奇地张望，很想知道这里的人是否都乐意喝这样寡淡的酒，还只是狄图斯自己这么做的。但酒馆里非常热闹，污言秽语和狂放的笑声看起来和兑水的葡萄酒毫不搭调，洛里斯逐渐恢复到他本来的面貌，琢磨起狄图斯刚刚话语中暗藏的玄机。

狄图斯是一个关心单打独斗远远多于行动统筹的人，早先是这样，后来愈加如此，但刚刚他却在关心每个成员的下落，甚至包括之前就有结论的赫克托，这看起来好像是在找理由怪罪自己，洛里斯想，他在发起某种攻击，这是为什么，想要达到什么样的目的？

洛里斯还来不及得出什么结论，酒馆外忽然起了骚动。先是马匹的嘶鸣声，随后是嘈乱的人声，有人在大声叫喊和咒骂，随即洛里斯感受到了火光闪动的反射。他心里一惊，朝门外冲去，一出门，便看见酒馆外一侧的马厩被点了火，冒出了滚滚浓烟和火焰来。

许多人朝一个方向奔去，叫喊的声音大体上是"抓住那个混蛋"。随后又有几个人骑着马赶来朝那个方向追去。洛里斯有些明白过来，又似乎完全不明白，站在原地怔了好一会儿，脑子才能开始重新思量。

即便洛里斯并没有目睹，但事情很清楚，狄图斯放火烧掉了马厩，骑着马逃走了；他不想为自己效劳，同时尽可能地破坏了洛里斯可能借用的资源。

洛里斯觉得自己应该感到愤怒和失望，但他甚至没有力气这么做。

他随意走入一条小巷，藏身在黑暗之中，预备做一次伏击。这种回归到刺客最原始的形态使他像是回到母体的庇护下，感到平静，精神集中。

等了许久，追出去的人们陆续回来，高声咒骂把马厩烧掉的人。四下逐渐归于平静，洛里斯终于等到孤身一人骑着马经过，他从暗中悄无声息地走出来，抓住那匹马的缰绳，什么话也没说，挥刀砍倒马上那人，然后翻身上马，朝城外飞奔而去。

第十六节　死亡来临

正是莱昂和多耶特交战的那一天，距离战场大约一里地之外的林中，洛里斯在和盖娅交谈中忽然发现了他一直悬在心中的问题的隐秘所在。

他们骑在马上，望着山下的战局，一边低声地聊天。他们什么都说，从一个话题跳到另一个话题；他们的年纪差上十几岁，但共通的话题并不少。从出任务时遇见的状况到针对组织里对某人的评鉴，从罗马到君士坦丁堡的地理到天气，从男人到女人。

洛里斯并没那么想说话，但盖娅是一个擅长诱导的女人，洛里斯在并没多感受到被强迫的情况下说了不少。

不过，盖娅不经意间提到了一个人的名字，让洛里斯仿佛如坠冰窟中。她的原话是这样的："盖雷不同，凯恩也赏识他的剑术和谋略。"

盖雷是当时他们正在闲聊品评的几位即将毕业的学徒之一，他差不多所有的科目拿到前二的成绩，为众人所看好；洛里斯与盖娅算是正行往塞里斯，言谈话语中都以大约不会再回到君士坦丁堡为意，说起这些有前途的学徒，伊文、盖雷、皮内托，以及乔伊，已经与他们差不多毫不相干，纯属故事了。

"不，未来这一行会以谋划为优先，剑术并没那么必要，反而会带来额外的负担。"

洛里斯说道，这是他一向以来的观点，他自己的剑法不错，但不算同辈里最出色的，而比他剑术更出色的刺客都已经死了。

"如果剑术够好的话，很多事情可以独自完成，独自完成意味着减少配合的失误，成功率会提高。"

"这是错误的。"洛里斯简单扼要地做出结论，他停了一下，才说道："你会发现，今后我们执行任务，最终环节需要用到刀剑的时候会越来越少。精心布置，使刺杀变成隐蔽的谋杀更为重要，在良好的配合下，一个普通人也可以胜任最好的刺客才可以做到的事情。"

盖娅感觉到心脏猛地跳动了一下，仿佛之前和之后她的心都没跳过，她想起了斯汀，斯汀是个普通人，他没能胜任要他做的那件事。

"所以，你提到的这些人，他们的成绩不错，但很难真正成长起来。"洛里斯盯着山下的变化，莱昂的军队正在朝多耶特那边慢慢移动过去，这和他们的预计相反，进攻者明明应该是人数多得多的多耶特人。

"盖雷和其他人不同，凯恩也赏识他的剑术和谋略。"盖娅说道。

洛里斯自从在安克雷见到格雷戈里之后，每每有被人暗中窥探设伏之感，但他又找不到任何实际的事情足以佐证。而他从来不是一个指望侥幸的人，常有身在漆黑中的感受，则非要找到光的位置才能安心。在盖娅口中听见凯恩的名字，虽然令他如坠冰窟，可也忽然觉得漆黑中看到了光亮。

他斟酌了一下，追问道："你说的是丹·凯恩么？你知道吗，你的话听起来很奇怪。"

盖娅立即意识到说漏了嘴，她缄口不言，甚至阴沉得没有找别的话题来掩饰，而这更加增加了洛里斯的怀疑。

山下的战局再跌宕起伏，也没法让两个人的注意力从凯恩的名字挪开。

当天夜里，他们在临时营地里，要入睡之前，洛里斯又提起这件事来，他直截了当地问盖娅道："'凯恩也赏识他的剑术'，关于这一点，你是怎么知道的？"

"我是听说的。"盖娅即便为这个问题准备了半天，说出来仍然显得慌张，她在二年级时也不会犯这样的错误。

"听谁说的？"

"这个并不重要，我可以说出一个名字，难道你还要回到君士坦丁堡找他对质么？"

"如果这个人真的存在，你当然可以说出来，因为我们已经距离君士坦丁堡很远了，他不会有危险；但如果他不存在，你反而没法凭空地指控一个伙伴，这不是我们的习惯。所以……"洛里斯没有说下去，但两人都知道所以后面接着的是什么。

"我可以说出他的名字来，"盖娅仍然顽抗着，"但你要相信才行。"

"你说吧，是谁。"

盖娅沉默下来，好一会儿才说道："莱克尔。"

洛里斯记得莱克尔，几年前就离开了互助会，走之前他并没有被认定是凯恩烈士团的成员，也许是走之后才和凯恩那边联系起来，而同时和互助会的成员有着联系，这的确是一个很好的人选，既可以撇清直接的联系，看起来又具有可信度。

洛里斯没有说话，他在想该怎么处置这件事。

"我不是凯恩烈士团的成员，你尽管放心好了。"盖娅柔和而肯定地说道。

洛里斯的眼神变得凶狠，说道："你比我想象的要危险，即便你不是烈士团的成员，但至少离他们很近；甚至我不确定这一点都只是你的说法而已。"

盖娅先前好像感觉自己失言犯了错误，语气一直略显游移，为的是息事宁人，听了洛里斯这句话，忽然变得坚硬起来，说道："那又如何？"

"我犯了错，我对你根本不了解，如果我知道你和烈士团有关，你根本就不该进这个任务。"

盖娅也同样狠狠地盯着洛里斯，说道："在安克雷当我要离开时，是你不愿意让我走的。"

洛里斯摇了摇头，轻轻地问道："说说看，你带着什么任务而来？"

盖娅冷笑了一声，说道："如果我真的带着什么任务，而你还什么都没做，就指望我交代，和你的名声太不相称了。"

"我以为我们已经可以开诚布公地谈谈了，既然我们都确定要去塞里斯，不会再回到互助会的局里，我为什么要用残酷的方式来对你呢，我们不能更坦诚地交谈么？"

盖娅迟疑一下，她好像准备开口说些什么，但她抬头望了一望洛里斯的身后。洛里斯猛地一惊，扭头朝后看去，什么也没有，回头之前，他手中的刀飞快刺出，没入盖娅的小腹。

盖娅闷哼一声，瘫坐在地上。

洛里斯回过神来，他松开了握着刀的手，说道："你为何要这样？"他没说出的后半句是——引诱我犯错。

盖娅右手撑地，左手反向握住刺入她小腹的刀，试了一下，把右手也握上去，猛地将刀拔出，鲜血涌出来。她丢弃了刀，双手按住伤处。同时弓起腰，压迫伤口不再流血。

洛里斯心中歉疚，但他仍然没法释然，接着说道："凯恩，像你这样的人，绝大多数都以为他两年前已经死了。烈士团，更是一个从未证实过的说法，而你都知道。以及，'凯恩也赏识他的剑法'，这要何等接近，才能连他怎么想都知道？"

盖娅的脸色苍白，她怒视着洛里斯，说道："你犯了一个大错误。"

"是的，我犯了一个大错。"

他们就这么僵持了一会儿，盖娅的语气转为哀伤，恳求地说道："你相信我好吗，我没有做任何你值得担心的事情。"

不用她说，洛里斯也相信了这一点，即便她和凯恩或烈士团有关，他也觉得并不是她在威胁着自己和正在进行的任务，这是一个尴尬而愚蠢的冲突；自己也许反应过度了。

盖娅仍然在流血，她的脸色苍白，身体摇摇欲坠。

洛里斯走到她身边，拉开她的双手，给她腹部的伤口做了清理和包扎，然后将她双手拉到背面，在背后绑缚起来，接着将她推倒在地，搭上一块布当被子，对她说道："如果你问心无愧，那么就接受这些。"

盖娅既没点头，也没摇头，她侧着身子，背着洛里斯躺下，过了一会儿，她开始低声地啜泣起来。

这声音令洛里斯心烦意乱，他满怀心事地睡下。他不担心半夜盖娅起来刺他一刀，反而有些期待如此；他清楚盖娅被捆绑的方式，刀落在地上的位置。他和她没有特别的过节，他也不是负责追缉凯恩烈士团的负责人，他只是出于过度敏感的反应而刺了她一刀。

他脑子里回忆着过去几年和凯恩烈士团相关的片段，既愤慨，又困惑。尽管他睡得并不踏实，而在他没听到任何响动的情况下，第二天早上盖娅如同露水般地消失不见了，只留下用刀割断的绳子和地上渗进泥土的血迹，看起来并不很多，但洛里斯知道，这差不多是致命的量。

他好像迷失了几天，甚至丢失了若恩的踪迹，直到不知什么引导着他偶然遇见垂死的若恩，使得这个最初的任务又延续如缕。

洛里斯在德亚杀人夺马，连夜赶往若恩停留的地方。在路上，他满脑子都在想着盖娅和狄图斯这件事。他的这个队伍是临时组建的，盖娅和狄图斯在组织里并不亲密，是同伙的可能性并不大，但在这里狄图斯忽然变成另外一人，直接抗拒乃至破坏了他下一步的行动，却让他不得不怀疑他们都是凯恩烈士团的成员，从年龄上来看，这的确是可能的。

简单地说，凯恩"死于"诺提斯组织在刺杀行动中首鼠两端的掣肘所造成的事故，他非常有可能是在"复活"过来以后对诺提斯做了深入的调查，产生了新的见解，于是结合互助会的一部分年轻人，形成了一个隐秘的反诺提斯的势力。

这些都没有非常可信的直接证据，是依靠繁冗的事件碎片所推测出来的，如果没有互助会在卡瓦拉省的训练营的哗变，甚至都不会有烈士团这个名词。

清晨的时候，他只用了比预计少得多的时间，洛里斯已经策马回到了他留下若恩的地方附近，每接近一步他的担忧便增多一分，尽管他知道这毫无助益，但他无法摆脱悲观。

这悲观的预感不久便得到验证，他找到若恩的时候，若恩已经死去多时。

若恩的脖子上被割了一刀，足有两指深，血管塌陷下去，气管的断口兀突在外。血水淹留在他的身下，像一个诡谲的黑水荡，让洛里斯只能相信若恩身体里的血已经全部流光。他的脸色苍白而僵硬，毫无气息，看上去已经死去了很久，根本不需要洛里斯多此一举地俯下身去听他的心跳。

或许就在洛里斯离开不久，意识到疏忽并且追踪在后的刺客立即就扑上来补了关键的一刀。

洛里斯非常失望，虽然此时太阳升起，阳光普照，照在身上暖洋洋的。他说服自己这是一个满可以接受的结局。他不用再往塞里斯去，他可以立即动身回到君士坦丁堡，着手调查关于凯恩烈士团的问题，这对于诺提斯更好。但在阳光下他却觉得身上越来越冷，冷得如同寒冰覆盖，既冷酷，又沉重，使他难于呼吸。

他知道自己会走出这个困境，因为加诸在他身上的诅咒还等着他去承受，他还远远没有付清他的债，他想到这一点，失去的力气重新在体内一点一点地收拾结聚起来。

第十七节　复　活

就在这个时候，他眼帘中闯进一个微小的黑影，那黑影在几百步之外的森林中，在河的对岸。那人走出了森林，走下河滩，涉水过河，慢吞吞地朝他走来。

洛里斯第一个念头是，那便是最后刺死了若恩的刺客，按照此前发生的种种，也可能是凯恩或者他的同伙。如果他们的任务是刺杀若恩，那么他完全可以不现身，反正他们已经击败了自己；但他既然决心出来，说明还有余韵未完，也许自己才是真正的目标。

他这样勉励自己，让肌肉紧绷又放松，调匀呼吸，预备应对这决定生死的一战。

洛里斯一直盯着那个来人，那人越走越近，他忽然觉得有些异样，因为他看见那人并非涉水而行，而是走在水上。

他的视力比平时要清晰得多，眼睛里的光线更为柔和多彩，山光水影充满了祥和。这使他想到，我变得更年轻，同时又更睿智了，这两者通常不可兼得。

即便他并非阿卡夏徒，他也听说过托德的神迹，行在水上。他有些嘲讽地想，他不是凯恩殉难团的人，因为凯恩的人是比诺提斯更加疯狂地反阿卡夏教的一伙人，那么，这个人是谁，是托德本人么？是他杀死了若恩么，他为何要杀死他？他目睹了有人杀死若恩么，他为何没有阻拦？

他脑子里飞速地转着各种念头，直到那人走到近前，看清楚了那人的容貌，他不知道内心是被巨大的惊骇所震动，还是那个人带着强烈的力量所致。他整个身体都变得麻木。因为来的这个人，正是他们之前在安克雷诱捕用来预备替换阿里斯托的那个流浪老头儿，只是他看起来比先前被他们所捆绑起来丢在地下室时更具有威仪；洛里斯毫不怀疑他们是同一个人，而绝非面貌相近之人。

这一刻，他心里所有念头都停滞了，只在想，这不是真的，这一切都不是真的，这只是一个梦，而当这个梦醒来，睁开眼第一眼会看见谁？

那个人走到他面前站住，开口说道："我有许多不同的名字，那都不重要，但你知道我是谁。"

洛里斯下意识地说道："是的，我知道你是谁。但，你是谁？"

那个人皱了皱眉头，说道："你可以叫我阿伽门农，也可以叫我托德，或者干脆叫我为戈德。"

洛里斯回过来一些意识，说道："是的，很抱歉，我当时没有问你的名字。"

那个人，戈德说道："赫克托也没有问，你们都觉得我这个人并不重要，连名字也不必知道，就可以任意处置，派上你们的用场。"

洛里斯喃喃地说道："说起赫克托，他怎么样了？"

"他感到很惭愧，说以后再也不干这一行了，然后，他应该回到他高卢的老家去了，祝愿他一路顺利。"

洛里斯叹了一口气，说道："我不是一个阿卡夏徒，但我听说亚里斯没有形状，为什么你用凡人的形状现身，为什么是这一个？"

戈德轻轻地笑了一下，说道："谁告诉你说亚里斯没有形状的，是摩西吗？"

洛里斯耸了耸肩，说道："不知道是谁告诉我的，我只是胡乱听来的。如果你真的是亚里斯的话，那确实证明了亚里斯是有形的。"

"这个证明会让亚里士多德笑掉大牙，一文不值，或者说，只值一文，毫无意义可言。"

洛里斯觉得身上的麻木之感渐渐消失，他不自觉地摸了一下自己的双肩，说道："你比那些阿卡夏教徒有趣多了，你说的话，我能听懂，而且不反感。"

"我不是一个阿卡夏教教徒。"

洛里斯哑然失笑，说道："如果你真的是戈德，或者亚里斯，你当然不会是阿卡夏教的教徒，但你又是谁呢？"

戈德没有回答洛里斯的诘问，他走到若恩的尸体旁边，一只手抚摩着他的脸，说道："这个孩子，他是一名使者，不应该这样死去。"

洛里斯内心触动了一下，他脱口而出地说道："你可以复活他。"

戈德点了点头，说道："是的，如果我不能复活他，你怎么会相信？"

洛里斯有些迷惘，他想了一下才问道："我相不相信，是问题的关键么，为什么会和要不要复活他关联起来？"

戈德用手在若恩的身上不停地按摩，这让洛里斯在旁边看了稍微有些羞耻感，同样的动作只出现在公共浴池里，有些浴工会为了四分之一个银币而这么按摩别人的身体；要么就是更加羞耻的场合由一些女人来做这样的事。过了许久，戈德抬起头来对洛里斯说道："你去打一壶水来好么，那边的河水就好。"

洛里斯像个第一次看见吐火戏法被震惊的孩子那样猛地蹿出去，一边飞快地跑，一边掏出腰间的水袋，同时摒弃内心闪现的任何想法，而像一个毫无知识，也没有任何见识的孩子一样。跑到河边，他将水袋沉在河水中，满满地汲了一袋水，接着又飞快地跑回到戈德的身边，将水袋递给他。

戈德接过水袋，将角口塞到若恩的口中，轻轻地按着水袋，一会儿水袋就全瘪了，显然一壶水全灌进了若恩的肚子里。

洛里斯屏住呼吸，盯着戈德和若恩的每一个变化，他心里不断地问，这是在做什么，这是在做什么，同时又说，这不是真的，这不是真的，他不会真的喝下这袋水，他不会真的喝下这袋水，他不会醒过来，他不会醒过来。他也不会真的活过来，这是一个梦，这只是一个梦。

若恩肚子里发出咕咕的响声，他僵硬的身体随之变得显而易见地柔和，肉眼不太容易看得出来，但又分明能够感受到区别。他恢复了气息，开始还像是眼中的蚊蝇扰动般的，但一点一点地变得明显，若恩胸部开始微微起伏，洛里斯感觉到这一点，他激动得不能自已。

戈德用手臂揽住若恩的肩膀，将他扶着坐起来。洛里斯看见若恩睁开了眼，确凿无疑地睁开了。洛里斯的心脏几乎停止跳动，或者说跳动得非常慢，像在嗓子眼不远处跳动，想从胸腔中蹿出来一般。

若恩的脸色由灰白变为苍白，随后变得有了一些血色，他的脖子像木偶人一样机械而僵直地转动，看了看洛里斯，看了看戈德，微笑着，开口说道："感谢亚里斯，我好像死过一次，又回到了人间。"

洛里斯不自觉地退后一步，他立即觉得不妥，又朝前走了两步，蹲下凑到若恩眼前，说道："你的确要感谢亚里斯，你确实已经死了，我向你保证，不是那种晕死过去的死亡，是真的死亡，在他的手下，你又活了过来。"

若恩点点头，扭头对戈德说道："我知道你是谁，我能感受到。"

戈德将若恩整个扶起来，然后试着丢开手，让若恩靠自己的力气站稳，接着才说道："这并不是一次事先安排好的见面。"

洛里斯看着在片刻之前还是一具已经僵硬了的尸体的若恩，但此刻已经像是并没有受到致命伤害而只是轻伤的人那样可以活动自如了，心中澎湃起伏，他想要大声地呼喊，但他很明智地意识到在此时此地，他是一个见证者，而不是当事的主角之一。他睁大眼睛，认真地看着，垂手站在一边，满怀惊叹和悲悯。

若恩原本站直了身体，他听了戈德这句话，谦卑地跪下，亲吻着戈德的手，说道："那么，请你告诉我，我应该怎么面对这一次的见面？"

戈德把跪下的若恩扶起来，说道："这样的会面虽然很少，但不足为奇，每时每刻都有千百个我行走在世间，这是神和人交流的方式。多数时候人们觉察不到我，他们不知道。有些时候我不得不现身，像这次一样。按说你和洛里斯都不会意识到这一点，以及很快会忘掉我，这是我的规则。只有你在这个过程中内心发生的变化实际成为你的一部分，使你变得和以往不同。"

他的话又含蓄，又生涩，但若恩和洛里斯都听懂了。

戈德继续说道："你是我的使徒，你不能这样死去，而我也如约定的那样使你复活，并且赋予你我更多的馈赠。"

"我成为阿卡夏的使徒，是因为我更加虔诚，还是因为我是我父亲的儿子的缘故？"若恩问道，他有许多问题要问，但这是最优先的。

"你是一个虔诚的阿卡夏徒，这毫无疑问，你不该对此有所疑惑。"

"可阿里斯托主祭比我更虔诚。"

戈德皱了一下眉，说道："他是一个好的阿卡夏教徒，但他并不比纳西恩更聪明，也不比他更虔诚。归根到底，这不是一个比谁更虔诚的游戏；要我说，虔诚和愚蠢是具有很大的相关性的，更虔诚约等于更愚蠢，仅仅除了少数人之外。当然，我不应该这么说。我对阿里斯托主祭个人的评价是，他有一些内心的框框在束缚着他，使他感到困惑，但这种困惑并不是真理本身。而我，也不会介入到他们的争论中去，要我说，我实际上不会说出来，他们都是错的。"

"我也有很多困惑。"

戈德粗犷地哈哈大笑，说道："我知道你想说什么，我喜欢你的这些……困惑，如果它们被正确地表达为欲望的话会更好些。"

若恩想起了前两天他指责阿里斯托的话近乎魔鬼的观点，他抬头看了看戈德的脸，看起来不乏狡黠，如果说这是亚里斯的面容，那么他相信多数阿卡夏教徒不会认同；但他先说了千百个我行走于世间的话，这等于抵消了他看起来并没那么庄严的瑕疵。

第十八节　千百个我，行走于世间

时间在白白地流逝，若恩和洛里斯心中都充满了感激，尽管各有不同。

若恩说道："那么，如果我是你的使徒，你有什么话要对我说，这是最重要的。"

戈德沉思了一下，这使得他看起来不像真的亚里斯那么全知全能，他说道："现在你的身体里充满塞伊汗的河水，这是另一种洗礼的方式，你在水中得到了重生，这不只是一句祷词，而具有实际的意义。也许你从未想过，全世界的水是共通的，你因此具有了全世界水体的记忆和智慧。"

若恩有些迷惑，他诚实地说道："请你进一步启迪我，我不明白这话的含义。"

戈德说道："我想这可以帮助你理解，人类本质上也是共通的，他们共同的记忆和智慧是什么。"

若恩觉得领会到了什么，但无法用语言表达出来，他说道："我还是不太明白。"

戈德没有再停留在这个问题上，他接着说道："你是我的使徒，不能这么简单地死在荒郊野岭，你的死法应该更加崇高，足以感动世人，使他们震惊，给他们带去信仰的力量。"

若恩喃喃说道："这是当然的。但这是否有些有意而为，甚至并不是真实的？"

戈德轻轻笑了一下，说道："什么是真实？"

若恩被诘难住，他想了一会儿才说道："我们常说的真实是指亲眼所见，但在这里意涵应该被理解为，不是有意安排的。"

戈德怜悯地看着若恩，说道："你没我想象的那么聪明，有意的安排不是一种过错，它本质上和你在神庙里一次为五个人做饭而不是每次为一个人做饭一共需要做五次一样。这是一种基于效率的考虑，它和真实与否毫无关系。"

若恩垂下头默默思索，认可了戈德的解释，尽管他认为这不是最好的解释。

戈德进一步说道："所有关于阿卡夏的神迹显现，本质上都是为了更快地向人们产生说服的效果，有些阿卡夏徒甚至会因此造假。我想说，不要造假。"

洛里斯这时候插了一句，说道："我还以为所有的神迹都是伪造的呢。"

戈德流露出尴尬的神情来，说道："有些不是。"

洛里斯以为他会更加强硬地否认，但戈德的回应使他感觉到了一丝温暖，他想，这个亚里斯是我所喜欢的；但"这个"该如何理解呢，如果每时每刻都有千百个亚里斯行走于世间与人对话，他们究竟是同一个，还是无数个中的一个，他和别的并不相同，这之间的区别非常大，甚至是根本的。

洛里斯更喜欢亚里斯只有一个，就是眼前的这一个。他怀着歉意说道："若恩他终将会死去，但时间、地点和方式都是由你安排的么？"

戈德有些惊讶地抬头看着洛里斯，洛里斯想，他并不是真的惊讶，而是为了让我知道他对这个问题感到了惊讶。

"你把我看得太高了，我做不了这样的事。"戈德说道，"甚至我自己也是被安排的，这是更高一层的秘密，我就从来不去想这些。"

洛里斯喜欢这个答案，他觉得自己更喜欢眼前这个人了，或者说这个以人形出现的神。

若恩脑子里的问题有很多，他恨不得这个戈德成为自己旅途中的伙伴，他可以把所有的问题一一问个遍；这本身是违反神学的，同时，他也知道这毫不现实。戈德出现是为了救活自己，然后他就会消失，随时会消失，他必须要把握戈德还在的时间，把最重要的问题问到。

这些问题多得排成了看不到尽头的长队，在若恩脑子里，他飞快地翻检它们，有些问题只消若恩看着这个狡黠又慈祥的老头儿就有了答案，或者说至少若恩自以为得到了解答，而更多的……四元素和以太的位格的争论是他首先想到的，因为是这个问题送自己来到了这里，是此时此刻的本源，戈德又说四元素派和五元素派都是错的，这该怎么理解呢？

他想得头昏眼花，开口问的是："我会真的到达塞里斯吗？"

戈德没有立即回答，而是盯着他一会儿，对一旁的洛里斯说道："你们会活着到塞里斯，这是我的意旨，但也不那么容易。他需要你的陪伴和保护，如果你做到了这一点，你所遭受的诅咒将会被解除，同时也无损你的骄傲。"

洛里斯轻轻地点了点头，内心毫无波澜，仿佛他过去三十多年奔波与挣扎，刀口舔血，坚忍求生，甚至单身不娶，都是为了等待这个得到允诺的时刻；他并不是一个阿卡夏徒，而他也不觉得这会成为什么障碍。

若恩字斟句酌地问道："神，为什么不直接在塞里斯降临，启迪塞里斯人认识神，尊崇神，而要凡人攀山涉水地将福音送过去？"

戈德有些诧异，他审慎地说道："你这是在质疑我么？"

"阿里斯托主祭送别我的时候，他提到许多教士在讨论，关于亚里斯的教义实际上来自东方，一个名叫知子的智者，这不是真的么？这和我们要把福音送到塞里斯是矛盾的。"

戈德有些懊恼，既好像是被若恩的无知而懊恼，也像是被拆穿了谎言而愤怒，说道：

"我前面不是说过，阿里斯托他不比纳西恩更聪明，他有许多虚妄的困扰，虽然他也会做出一些正确的判断，比如发现了你。回到所谓知子的身上，又或者为什么神不在塞里斯降临，这的确很难解释。这涉及到一些神学上不那么准确的说法，这些不准确的说法和人本身在知识和逻辑上的局限一起，形成了这些诘难。这些诘难乍一听起来是挺有力的，但这些诘难对我不会造成什么伤害，但会阻挠你们对神的理解。简而言之，在以后的路上，你依然可以谨慎地保留这些问题，但别试图立即解决它们。

"不要试图立即解决它们，一劳永逸地解决难题。知道吗，这是所有的关键所在，时候到了它们自然会变为可知，就好像冰雪消融那样。我帮助不了你现在就理解这一点，就如同我可以帮助一只乌龟站起来撒尿，但我不会那么做。"

戈德最后粗俗的玩笑让若恩和洛里斯忍俊不禁，气氛猛然地转为和煦。

若恩恭敬地说道："你的话让我学到了很多，而我也没什么要问的了。"

他想问的问题还有很多，但在乌龟撒尿这个譬喻下，统统都打消了。

戈德点点头，说道："你从死亡中复生这件事的本身，令你学到了更多。事实上，你同时获得了我的祝福，你将长生不死，并且具有复活死人的能力。"

若恩打了一个寒战，他脑子里像是被打蒙，又转得飞快，瞬间他问出许多问题但立即自己便解答了，他真正问出口来的是所有问题的最后一环，他说道："我必定要克服和减少擅用这种能力的冲动，但我该如何克制自己，克制我自己不去用这种能力？"

戈德露出满意的微笑，说道："你说得没错，阿里斯托对你的信赖是有道理的，而你比他对你的期待要更为出色。复活死人的法术，最好永远也不要去用它。由死亡之泉复活而来的人，并不是通常意义上活着的人，他们经历了极致的黑暗，即便心脏重新开始跳动，内心的腐化也不会恢复，不是你们平常轻率地用来批评人时常说的那样，是真正的腐化。不论他们生前曾经是一个多么善良正派的人，死亡永久地改变了他们，他们比常人更强大，但这种强大只会使他们像瘟疫一样给世间带来和传播死亡，你可以想象，这不是个别的死亡，而是更加巨大的。"

若恩感觉自己的心好像被冰冻住，他说道："那么我……也会这样么？"

戈德轻轻抚摩若恩的臂膀，说道："你可以不用担心这个，你的重生是经由我来的，你是真正的重生。"

若恩稍微感到一点暖和，但他依然无法释怀，他说道："那么为什么要使我获得这样的能力，就好像给予了我一种与我自己背道而驰的能力，我绝对不会去使用它，如果我不使用它，所谓的能力又有什么用呢？"

戈德挠了挠自己的脸，然后把手递在若恩的面前，让他盯着，说道："你的手有正面，也有背面，你能否发愿自己的手只有正面，没有背面，或者说，消灭它的背面？"

若恩对这个例子有些失望，说道："我注定要成为一些罪恶的源头么？不论我多么努力地想要避免它们，同时我还是你的使者，付出一切为了传播你的福音。"

戈德的声音好像飘浮在半空之外那么远，他说道："差不多是这样，每个善的下面都有恶隐藏着，而反过来则未必。"

洛里斯似乎觉察到什么，他飞快地扭头朝河边的林中望去，但什么也没看见。

| 第二章　姚玉茹 |

第一节　反复再三

　　神官塔被烧，姜月仪化身为云豹回到神官塔中的消息很快传遍了榆中全城，神官塔中被烧死的女尸为巩美人也一样流传开来，一件怪事和两件异事让榆中城的人们十分惊骇，相比起来前两天王化吉一家被姚晃杀死，雷良芹被害，在前些年可以萦绕几年的大事，似乎都已成陈年旧事，一下子褪了颜色。

　　姚晃和彭启静并不相熟，也不喜欢这个女人，但他始终要和这个女人携手共进，只是他尚犹豫，没有立即找她。而这两件事相继发生之后，他尤其害怕听说变成云豹的姜月仪，所以他赶快找到彭家，和彭启静单独会面，为的是加快和新任大神官的融合进程，也为了商议一番接下来的局势。

　　彭启静抱着她不足三岁的小儿子，独自坐在床榻上，不知看向何处。她的小儿子未足月出生，身体很弱，常常只有在母亲怀中才可以安睡。

　　姚晃坐在客座上，盯着彭启静，感觉她仍惊魂不定，安慰道："你现在的处境是挺尴尬的，神官祠的四位主官，死了两个，一个变化成了野兽，只剩下你一人。不过这没什么，至少你已经是候任大神官，各姓各家的人很快会忘记发生的事，你入主神官祠后，挑选新的神官，新一代神官都是你的人，不会有人再有所非议。重建神官祠的钱，我想办法来筹集。"

　　彭启静听了，冷笑着说道："有人在非议我，我自己怎么不知道？难道是我杀害了雷良芹，烧死了巩美人，将师父变成野兽的？大概不会有人说是我杀了王化吉一家吧？"

　　姚晃宽展笑容，仍是温和地说道："不好说全城都在非议，但我确实是听到了一些。这其实很说得通，因为你现在还好好地活着，又成了大神官，你是所有变化的受益人。"

　　彭启静身体轻微地抽搐一下，说道："我从没想过要成为这个人。"

姚晃微微一笑，附和说道："我也从没想过有一天会成为赤亭戎的酋长，小时候我的哥哥可多了，怎么也轮不到我，可慢慢地我的哥哥越来越少，最后不小心就轮到了我，你不也是这样的么，我们俩正是同病相怜啊。"

这话含着许多挑逗的意味，彭启静听出来了，心中一阵翻滚，她虽然不觉得自己和姚晃有什么同，但病字安在自己身上却是不假。

"我是来结盟的，我需要你，你也需要我，谁缺了谁也不成，我们大可以开诚布公，唯有这样，我们才可以存活。"姚晃接着说道，真心真意地这么说，他的神情使人想到，即便他是个坏人，说的这话也是真诚的。

彭启静认可姚晃的话，这时候她待立的权威需要姚晃来支撑，而姚晃也没别人可以来替换她；她内心有一点点自毁式的探索欲念，犹豫许久，还是平静地说道："不错，是我杀害了我师父，她死后寄在云豹身上，又回到神官祠。我还没想好怎么去见她。"

姚晃觉得毫不意外，点了点头，肯定了彭启静的坦诚，说道："那么我猜，小雷是巩美人唆使王若杀害的，而她自己则死于非命。"死于非命四个字他一字一顿，说得郑重，好像他确认了其中藏着许多已经被证实的故事。最后，他拍了一下手掌，说道："好了，这下便都说得通了。"

他见彭启静不说话，站起来走了两步，说道："你师父是变成了云豹，猎杀云豹可是相当容易，我派人将她杀掉，你就可以无碍地入住神官祠。我们接下来好好配合，未来的日子还有好几十年呢。"

"好。"彭启静口比心快，飞快地吐了那么一个字出来响应。

但她立即否定了自己，说道："不行，我后悔了，我不该杀害师父，我不该担心她找寻新的神官来接我的位，是我一时鬼迷心窍，我说这个好字也是鬼迷了心窍，但我说出这个好字，就把这个鬼吐出来了。我宁愿她再找人来替换下我来，我才不用这么受罪。"

姚晃一怔，说道："可是赤亭戎始终需要一位大神官啊，难道我可以信任一只豹子所挑选的新的大神官？"

彭启静的脸色恢复了些许红润，目光也变得清亮，说道："我猜到师父要找的人是谁了。"

姚晃有些疑惑，说道："是谁？"

"她很快就会到来，到了你自然就知道。"

"小雷说起过你，她说你并不贪恋权位，看起来的确如此。"姚晃有些难掩失望地说道。

两人陷入到沉默当中，刚刚取得的进展似乎一下子全被推翻了，姚晃知道并非如此，这倒退只是让彭启静的心绪略作起伏，她权衡利弊之后，便会振作精神再往前行。

彭启静忽然开口问道:"姚先生,我有一件事不太明白,你可否讲给我听?"

"请讲。"

"赤亭戎此时人口不过三万多人,所据不过榆中一地,不要说凉州,即便只是金城郡的其他戎族各部人口超过十万,赤亭戎现在已经弱得很了,我不解为何你的哥哥,我们的老酋长姚苌被朝廷任命做归顺戎王,戎族各部大单于,要征兵,要征收,都大有来源,却单单挑赤亭戎一部来吸血,这是为什么,一定要把赤亭戎逼上绝路么,难道是姚家和赤亭戎有什么仇怨,是我所不知道的?"

姚晃没想到彭启静问出这样的问题,愣了一下,才说道:"我哥哥历年来的作为,的确有些要检讨的地方,但是赤亭戎是姚家历来做首领的部族,这是自然而然的,没有姚家,也就没有赤亭戎的鼎盛,现在赤亭戎是积弱一些,不可否认,但此时正是关键时刻,大家努力一把,过了这个难关,就会否极泰来。姚家在朝中说得起话,赤亭戎也才能够在金城超越群戎,恢复荣光。不然,就真的沦落了。"

彭启静微微冷笑,说道:"抚养一个孩子长大要十四五年,放给大人们去当兵,在战场上不论是一刀、一枪、一箭,一瞬间就可以丢掉性命。怎么会有一个当父母的人,赞同这样的交换?大人所谓的辉煌、荣光,所谓超越群戎,对于那些丧失儿子的父母来说,又有什么意义?他们辛辛苦苦十几年,付出无数心血和爱怜,只是给你们提供一个极为庞大的死亡数字中的一个?我算了一下,过去三十年赤亭戎由姚家征走的青年,合计有四万三千多人,比现在总的人口数还多。所以我才问,赤亭戎究竟欠着你姚家什么,你们要如此穷尽力量,一定要置它于绝境死地。"

姚晃身子晃了一晃,他没想到一番努力之后,忽然碰上最坚硬的墙壁,一时说不出话来。

"赤亭戎不是谁家的私产,我现在成了唯一的神官,以前我是个矮子,天塌了有比我高的人担着,我不必担负什么责任,但现在只有我了,我必须得担负起来。这一点,还望姚先生明鉴。"

姚晃面色严峻,沉声问道:"你要如何担负起来?"

"赤亭戎要和别的戎部一样,不能成为姚姓一家的私产。姚将军可以在别的戎部征多少兵,才可以在赤亭戎征多少兵。在赤亭戎征的兵,条件要比别的戎部所出的兵优厚三成。不然,赤亭戎不会再有一人为姚家而死。"

姚晃压抑住胸中的怒火,说道:"征募兵力向来是酋长所定的事情,并不需要和神官商议,你可别越过你的分际。"

"其一,这个酋长过去劣迹太多,无法服众。其二,赤亭戎已经损耗过度,这是关乎部族死生的大事，大神官有权参与定夺。"彭启静冷着脸，凌厉地反击。

"你要知道自己在说些什么才好。"姚晃厉声说道，甚至有些失声。

彭启静毫不畏惧，说道："我自然知道。"

"已经死了许多人，我不忌惮再多死一些。"

"我猜师父化成一只云豹是她情急之下找到的次选，她更愿意化身为猛虎，不是为了报复我杀害了她，而是为了在必要的时候可以和你拼个死活。她魂魄脱壳的术法我没学着，不过驱遣野兽是我的专长，如果姚大人没有在第一时间先杀死我，我会召集几千条毒蛇、几百头狼、几十只豹子、山中所有的老虎，来围攻姚大人，姚大人就算有千军万马又能如何？"

"等一下，我们刚刚说得好好的，怎么突然变成这样？"姚晃急切地摇手，语气缓和下来说道。

"在我向你供出我师父是由我杀的那一刻起，我就改变了主意。"

姚晃被噎住，他皱着眉，说道："我不逼你，你还有些时间再想想，不过假如真的走到那一步，你我各有职责，我死在你的手上，我不会怪你。你死在我手里，你也别怪我。"

他强作镇静地起身告辞，出门时在门槛上绊了一下，几乎摔倒。

彭启静捏了捏怀中小儿子身下藏着的一把短剑，冷汗涔涔地下来。她呼唤了一声，招呼候在外面的丈夫野利元进屋说话。野利元刚刚在隔壁听了彭启静和姚晃的对话，进来坐在床边上，对妻子说道："这事情闹僵了，可怎么好？"

彭启静脸色平静，说道："你收拾一下，带着孩子们去金城郡中避一避，这里留下我就好。"

她口中的孩子们自然指的是她和野利元的三个孩子，十四岁大的儿子野利岙，十二岁的女儿野利红以及怀中的野利胜。几年前，彭家是赤亭戎第四大姓，后来有一半多的人出走金城郡，留在榆中赤亭戎的人反而不多，在金城郡有几家野利氏和野利元家血缘亲近，可以投靠。

野利元想了一想，说道："你留在榆中不论担当神官也好，大神官也好，我们走了，你说话可就没人肯听了。我们还是留在这里不走为好，平时小心些便是了。"

"王化吉一家的结局你也看到的，这哪儿是平时小心的问题。你们走了我才放心，不会受姚家的挟制。"

野利元正色说道："我觉得你这么做是对的，你为了部族好，敢和姚家对抗，并不是为了自家的好，凡事顺着姚家。有了这个本心，就不必担心受什么挟制。如果姚家真的把刀架在我们一家的脖子上，而你仍然不肯退让，那时候大家才更肯听你的话，姚家也才更不容易得逞。这个道理，你不会不懂。"

彭启静鼻子一酸，眼泪流下来，说道："可是，他的刀会真的砍下去的啊。"

野利元笑着说道："我本是个庸人，你原本也没想过要做什么大事，现在恰好在这个位置可以为部族谋长远，死在哪里不是个死。此刻要是逃了，以后终有一死，死的时候会恨为何不在此刻死。"

彭启静带着哭腔轻轻说道："你我当然可以这样想，可是小昝小红小胜，你怎么能忍心？"

野利元拍了拍妻子的手，说道："你做这样的决定，就已经包含了这些牺牲，不必以他们进退失据，想要为他们好，实际也没好到哪里去。我现在带他们走，他们以后长大，会憎恨他们的父母此刻贪生怕死，让整个部族陷于灭顶之灾。"

彭启静有些迷惘，说道："我又有些后悔了，我是不是不该这么做？"

野利元倾过身子，抱了抱妻子，说道："话已经说出来，就不必再收回，总而言之，你做的是对的。"

彭启静将头靠着丈夫的肩膀上，休憩了一会儿，将野利胜递给野利元抱着，野利胜察觉到变化，立即哭了起来。彭启静叹了口气，又抱了一会儿，才放在床上，给丈夫叮嘱几句，便穿衣出门，往神官祠而去。

第二节　接任大神官

到了神官祠，知她来意的祠官不用多说，便直接引她到姜月仪临时房间，退了出去，留下两人单独在里面。

彭启静跪在姜月仪所化身的云豹面前，开口说道："师父，我错了，求你宽宥。"

云豹低低地吼了一声，但彭启静没法听懂她在说什么。

彭启静想了一想，接着说道："师父，虽然我错了，愿意接受师父对我任何的惩罚，可是此时族中神官暂时只有我一人，不该是我也是我了，还望师父帮我，帮部族一起渡过此时的困厄。"

云豹猛地一跃，冲到彭启静面前，猛地张开口咬在彭启静的右手臂膀，尖牙顿时洞穿彭启静的手臂，彭启静疼得几乎晕过去，但她强忍疼痛，跪着不动，任由云豹咬住。云豹轻轻地撕扯了一下，便松开了嘴，鲜血从创口涌出，立即染红了彭启静半边身躯。云豹伸出舌头舔舐着她臂膀上的鲜血。

舔了一会儿，创口渐渐凝固，血不再流出，云豹轻轻跳回到床上，面对彭启静坐好，似乎在等着彭启静接下来讲什么。

彭启静觉得手臂倒不怎么疼痛，只是流了许多血，脑子里嗡嗡作响，她来时预备好的许多话，此时忘记了大半，一边搜肠刮肚，一边说道："姚家是赤亭戎的世袭酋长，姚家从赤亭戎征兵本来是天经地义的事情，但是我计算了一番，发现近三十年来姚家征走的青年已超过四万人，这积少成多的数字让我吓了一大跳，这使我想到师父之前配合姚家的做法是不对的。所以刚刚我同姚晃讲，如果姚家不能在别的戎部征兵，则赤亭戎也不会再给姚家提供一个青年。"

她的脸色泛红，心脏突突地跳，迟疑了一下，又接着说道："这是我作为候任大神官对姚晃做的答复。但我知道师父决心征召新的神官，在新神官就任之前，我会坚持我的做法，还望师父体谅，以及不加干扰。"

姜月仪吸了鲜血，心中毛躁消减，彭启静的话，字字打中她的心坎，让她反复思索，有些话算是在指责她，而她觉得她说得并无不妥。但是她思索所得，无法表达出来，这让她感觉焦躁，她能做的只有微微地点头，但点头能够表达的意思极为有限。

彭启静接着说道："我这样做，姚家自然会很愤怒，接下来或许会有腥风血雨，各姓的节领或许各有所想，不免会被姚家分化瓦解。所以，接下来师父的表态就很重要。如果师父肯站在我的背后，让众人知道，则我们的胜算高，如果师父不肯站在我的背后，则姚晃的胜算更高。"

姜月仪又点了点头，这次彭启静明显感觉到了，喜悦飞上眉梢。

她接着说道："我猜想师父选择的新神官是师父的孙女，似乎名叫姚玉茹。她从来没到榆中来过，我猜想师父其实也未必确信她肯担当部族的神官，她对部族是否有感情，愿意为部族牺牲奉献，也未可知。不过，师父选择她自然有师父的道理，我先前为这事鬼迷了心窍，冲动出手害死师父，这是我一生的罪愆。师父现在讲话不便，我愿意帮师父传授她各项术法和传承。之后玉茹出了师，她愿意留在部族中，师父尽可以将大神官之位传授给她，我甘愿让出。"

彭启静说到这里，猛然想到一点，说道："我之前还没有想到，师父挑选孙女，是不是还有另一层的原因，或许她并不一定要做大神官。她是之前大酋长的孙女，由她来继承酋长的位置，成为一位女酋长，也是选项之一。相比起来，她比姚晃更有继承的权利。而她是女人，女人的行事逻辑和男人不同，她会更加为部族所有的生命着想，不会只为了自己的权力与爵位就白白地牺牲生命。这是最最根本的。"

姜月仪听了，内心又是感激，又是后悔，后悔自己挑选了三个徒弟，没想到最终得她的心的，竟然是最被忽视的彭启静。戎族历来传统，大神官挑选弟子原本以男性为限，先大神官巩祝打破这个规矩，挑选姜月仪为神官，后来更指定她继任大神官，形成了一个微妙的新格局，因为姜月仪有意无意地，挑了三位弟子都是女子，所以继任者自然也是女子。如果酋长也变为一位女子，这是从未想过的事情，那真是翻天覆地的变化。

她又立即想起，在戎人的口传历史中，显然是有过不止一位女性酋长的，只是年代久远，神官之外的普通人都已经毫无记忆了；而神官与酋长之间相互支撑，这个传统也未尝不能够恢复一二。

姜月仪又点了点头，她走下床榻，来到彭启静面前，右手搭在她的肩上，轻轻地拍了两下，作为勉励。然后她踱出房间，过了一会儿，回到房内，祠官跟在她身后。她咬住彭启静的衣袖，拖拽着她站起来，走到床边，示意她坐下。

祠官开口问道："阿娘的意思是，让小彭此时便接任阿娘的位么？"

姜月仪点了点头，她看彭启静在床边坐好，便匍匐在她身旁的地上，俨然是彭启静的守护一般。

彭启静有些慌张，欠身对祠官说道："真的要现在么？"

祠官点了点头，说道："就现在吧，阿娘的魂魄附在豹子身上不能讲话，她虽然在，可也不在，祠里不能一日没有主官啊。"

彭启静坐在床边，祠官把绿松石扳指拿来戴在她手指上，将红花节杖敬奉在她手中，给她披上靛蓝裙褂，这便完成了第一步的交接仪式，至此她正式成为赤亭戎的候任大神官，而不是口头上的，之前巩美人也走到过这一步。

传统上需前任大神官死之前对候任大神官施行灌注仪式之后，她才会真正成为新一代的大神官。可此时姜月仪介于生与死之间，她又属意在一个即将到来的新人身上，彭启静虽然坐在了床上，成为候任的大神官，但看起来她最终并不会被施行灌注仪式，也很有可能不会成为真正的大神官，虽然她内心为师父宽宥了她的弑杀而感激、惭愧，也下定决心为部族殒身不恤，可因着这所处位置的摇摆，让她如身在穿行于九尺浪高的小舟中，不胜悲惶。

傍晚，彭启静召集榆中城各姓的节领在打谷场上开会，公告自己成为候任大神官，云豹威严地趴在她的身后。姜月仪化身为云豹的传闻在她回来神官祠之后早传遍全城，但亲眼见到云豹模样的人并不太多，此刻众人得见，知道那并不是寻常野兽，而是由大神官化身，其中的奥妙，虽然难以言表，但一定有莫大的启示，许多人群情澎湃，一扫过去几十年的沉郁庸常，有着即将一扇大门要朝戎人打开的隐隐兴奋。

彭启静抬了抬手，众人平静下来，屏息静气地望着这个新就任的候任大神官。许多人禁不住想，姜月仪现在是豹子的形态，那彭启静究竟算还在候任的大神官，还是算已就任？所有人都注意到，前两天自行宣布成为酋长的姚晃，并没在打谷场上出现，这意味着什么，也是所有人想从彭启静接下来的话语中得到答案的。

彭启静开口说道："今天召集各位来，是有一件重要的事情跟大家讲一讲。"她开场的声音不大，语速有些慌张局促，第一句话也毫不出彩，在座的许多节领不由得有些失望，望向彭启静身后的云豹，心想，是谁第一个说云豹就是姜月仪阿娘化身，传至大家都相信，而实际或许并不是，这其中会不会是什么阴谋？

彭启静喏嗫了一下，才继续说道："我们戎人没有文字，历史靠口口相传，我们戎人的故土并不在这里，是在更南边的山地河谷之间，两百年前我们被迁到金城郡，五十几年前又被迁到汉人聚居的中原去，直到三十多年前，才又迁回到这里。颠沛流离，我们经历了许多苦难，榆中是我们新的土地，我们生活在这里，不想再受迁徙的苦，如果是自愿的也就罢了。这些年来，许多人都走了，但如果是再次被人强迫迁走呢？我年纪小，没经历过迁徙的磨难，我出生在迁徙的路上，我爹娘给我起了彭七斤的名字，是说我出生时有七斤重。我是一个戎人，我爱我的部族，忠于我们的传统。"

她说得磕磕巴巴，东一句西一句，可也都切实亲近，席间节领们听了，都觉得新任大神官质朴无华，和之前姜月仪不同，也和巩美人明显不同，这不同到底好还是不好，还有待观察。

彭启静不自在地摸了摸头发，接着说道："最近几天，灾星出没在天顶，地上也出了许多人祸，先是王节领一家被杀，然后雷良芹被杀，神官祠被烧，巩美人死于非命，接下来是我师父，大家所尊崇的大神官，我师父姜月仪化身为豹，虽侥幸活着，但是口不能言，这才让责任落在我这个讲不来话，从没想过站在大家面前说话的笨人身上。我没什么才干，勇气也不如我的师姐师妹，但是既然天上山中水下的众位神仙令我站在了这里，我便也没什么可顾忌的，不怕丢丑，不怕得罪贵人，我也有幸有了报效部族的机会。"

她越说思路越清晰，口语越少，逐步回复到受过多年神官培养的话语中来，给人以先谐后庄的感受，已经是她能够达到的最佳亮相的效果。而她这时候才敢偷看一下台下席间正听着自己讲话的节领们，见节领们大体认真地听，并没有轻蔑的体态姿势，心中悬着的心这才逐渐放下。

第三节　舌战群雄

彭启静扫视了一番全场，最后盯在一个仿佛缺口的地方，停了一会儿，席间节领们也鸦雀无声地等着她。

"有个人不在这里，他本来是这个会议的主人，但我没邀请他。"彭启静神情自若，语气沉稳地说道，"他才来没几天，就用杀人的方式立威，这不是我们的方式。"

席间众人都默默点头，觉得即便彭启静撇弃有待确认的酋长姚晃，单独召集会议，在规则上有明显不妥,而姚晃当众处决王化吉一家,虽然众人不敢言,但心中愤怒难掩,都觉得他实在不配当赤亭戎的酋长,彭启静这个说辞足够说得过去。

彭启静见众人赞赏,心中更为自信,继续说道:"姚家是赤亭戎的主家,已经有许多代,谁也无法否认,先酋长姚弋仲、姚襄,使部族壮大,有了自决的能力,可以自主地从漯头迁回到金城郡,在榆中建城,这是我们要感铭在心的。之后姚苌大酋长,我们尊重他作为酋长的权力,但赤亭戎几十年来为姚家已经付出了四万多个男丁的牺牲,比我们此时榆中城所有的人口还多,缴纳的金钱与物资更是我这样的人算不过来的数目。姚晃说要来接任酋长,又要向我们索取四千个男丁,这等于要在榆中全城,不到四个男人就抽走一人。他们在长安,不痛不痒,感觉不到任何痛苦,他们索求无度,不知道这是灭绝赤亭戎的举动。人为刀俎,我为鱼肉,鱼肉该怎么办?"

节领席次内有人高声说道:"姚晃不是说只募集两千人?"众人齐扭头看去,认得那人是井氏的管领井健,他们一姓人氏多在山野之地狩猎,出的善骑射之士众多,除了野利氏之外便要数井氏,但井氏人口稀少,不过十来户,几乎是在席次内最小的节领。他向来也不在节领会议上发言,极为低调平凡。

"那是他当众说谎,为了宽抚大家的心,先征两千,两千到手之后,再征两千。他对我师父、对王节领,说的都是四千人。因为王节领反抗,他才改口说两千,来欺骗各位。"彭启静冲着井健大声说道。

井健脸上有些疑惑,他想再发问,可似乎先已经更信任彭启静而怀疑姚晃了。他便也不多说,以双手扶额表示感谢,然后坐了下去。

管领席次内另一个人高声说道:"彭姑娘,我们怎么知道不是王节领说谎?"这话惊得众人又扭头看去,也都认得说话的那人是姜回,是赤亭戎姜氏的节领。姜月仪也出自这个姜氏,辈分比他还高。姜氏以牧户为主,因着出了在任大神官的关系,几十年来部族中地位仅次于姚氏,节领说话极有分量。

"有巩美人、大神官阿娘,都可以证明。"

姜回看看周围,摊摊手,冷着脸说道:"可是他们都不在了啊,能如何证明?"

彭启静心平气和地说道:"虽然巩美人没了,但阿娘还在,她现在困于法术之中,但又不是永久如此,等上一些时日,她会找到跟大家说话的方法。"

姜回旁边一个人腾地站起来说道:"巩美人和王节领勾搭在一起,说的话根本不可信,何况她已经死了。大神官阿娘变成云豹,你先别说她能不能证明姚晃说谎,先证明她就是大神官阿娘再说吧!"

这人所说的话,正是众人抱有的疑惑。何况,他是此时赤亭戎部族中人口最多的雷氏人家唯一节领雷申,地位尊显,说话极有分量,众人纷纷点头。同时他也是雷良芹的哥哥,因为雷良芹之死,既对姚晃生气,也对神官祠诸人都有愤愤不平之意。

彭启静没有立即回答,而是站起身来,对着云豹拜了一拜,然后束手站在一边。

她拜过之后,那只云豹缓缓地站起来,走到雷申跟前,伸出前爪,搭在他的腰间,轻轻地使力,迫使他坐下来,双目和他凝视一番,用爪子轻轻虚画了一下他右腿膝盖,然后施施然转身,走回到彭启静背后坐好。

雷申早年从马上摔下山谷,膝盖骨头外露,用尽草药也无法痊愈,由姜月仪给他剖开创处,敷草药治疗,加以术法的辅佐,才没有留下残疾。这事已经过了许多年,彭启静那时候怕还没出生,雷申被云豹指出了昔日受伤的部位,立即就明白了过来。

他有些尴尬,迟疑了一下,继续说道:"就算的确是这样,为何阿娘当时没有出来揭穿姚晃撒谎?"

"我师父有她的考虑,没有立即站出来揭穿,事后她极为后悔,她现在化身为豹,正是她试图弥补错失所付出的代价。"

她说了这话,打谷场上一片静寂,过了许久,有人问道:"你刚刚说我们该怎么办,你是真的这么问,还是已经有了想法,要给我们说?"

说这话的人是王氏的节领王若桦,他和王化吉同出而异支,是多年的老节领,并非递补王化吉而来,王化吉的缺,暂时还没人补上。两个王氏合在一起的王姓人在赤亭戎人中人口算是第二多,但全是农耕的人口,素来低调,对于征兵也最为抵制。

彭启静朗声说道:"姚晃声称这次只招募两千人走,实则他募满两千人后,还会再提出两千人的索取。也许有人觉得两千人并不离谱,我们可以提供,四千人的确就多了些,而我的意见是,不论是两千,还是两百,不,我们一个人也不要给他。"

她越说声音越高亢,最后一句把在座众人吓了一跳。

彭启静停了一下,接着说道:"于理,我们付出的牺牲已经够多,我们现在需要的是休养生息;于情,我们不能一再放纵姚家对赤亭戎的蔑视和无度索取,我们真的要放任这一切走到不可收拾的地步么?这是我们生死攸关的分野。"

众人听了,都觉得彭启静说出他们心中想说而不敢说,和此时已经走到一半的征兵事项完全相反的话,不敢说全然赞同,但大体上觉得思路很好,耳目一新。有些少壮一些的节领更是群情激愤,深深认可彭启静的说法,心里都在想着要如何做才能让姚家看清榆中的决心来。

姜回先已经坐下,但此刻又站起来,说道:"我不明白,你的意思难道是说即便姚晃真的只征募两千人,又或者一千人,乃至八百人,我们也不出?"

彭启静简练地答道："不出，一个也不出，除非他在别的戎部募到不少于这个数字的兵。"

姜回眉头微皱，说道："这样也不妥当，虽然我们现在人口降得厉害，但绝大多数减员乃是来自迁出的户数，留在榆中本地的人户有相当生养得都不错，现在年纪适合去当兵的男子不少，如果他们不去当兵，就有不少人户要面临田地不够，草场不够的窘迫。现在榆中地盘内山地也极为不足，猎户的少年如果不去当兵，山中野物打得多，长得没那么快。野物也就要枯竭了，猎户怎么办？"

彭启静轻轻哂笑，说道："如果我们有足够的人，又怎么会持续退出博中、浪沓、坪山这几块土地，让勒姐、当煎部族占走？是我们人手不够，所以才让出那几块土地的。如果我们再少几千男人，或许榆中城下的地也要被当煎戎占掉一块，那时候，剩下的土地越发养不活余下的人口，所以我们干脆各自逃生为好？赤亭戎也就败灭了。"

场面又陷入沉默，有些人想，彭启静说得没错，如果赤亭戎不是一直在抽走最好的年轻人，怎么会在争水争地争山林的械斗中连续败给周围的戎部，这些戎部实则都比赤亭戎要更落后，本来应该是自己欺负他们才对；而因为有这些挫败失了许多土地，剩下的土地养不活那么多人，这才有部分姓氏的出走，这乃是一个恶性循环的链条。

另一些人则想，部族出一些男丁去当兵是历来惯例，忽然中断，难道留在部族里由大家供养着，而为一些有心人利用，酿成内部的争斗？

姜回哑了一哑，说道："彭家出走的人户最多，如果他们能回来，我们自然有实力再把博中、浪沓拿回来。"他不由自主地出言嘲讽彭启静，说出口之后，又略微后悔，因为这摆明了毫不现实，而自己攻击彭启静的意识太明显。

"大家同心协力，不出壮丁给姚家的话，我保证说服彭藏回来。"彭启静傲然说道。

彭藏是先前的赤亭戎彭氏的节领，带走八十余彭姓人户，几乎有两千人之多。她这话一出，席次上一片哗然，每个人喜忧各不同，纷纷交头接耳。

有人站起来，厉声说道："阿娘，你这是想要改换我戎部的体制，将大神官和酋长合二为一，是你要做赤亭戎新的酋长么？"

众人又被这人的话惊住，见那人正是打猎为生的弥姐氏的节领弥姐鹿。弥姐氏比井氏人口更少，平素议事完全隐身，有些人甚至还不认识他。不过弥姐鹿正当壮年，气势汹汹，看起来比井健更为咄咄逼人。有人望着汹汹不忿的弥姐鹿，脑子里已经想象出他下一刻便取出弓箭，一言不合便张弓搭箭朝彭启静射去的画面来。

彭启静平静地说："你没听我刚刚所说的话，我说姚家是赤亭戎的主家，谁也不会加以否认。我说姚晃是灾星，但姚家就只剩下姚晃一人了么，换一个姚姓来做如何？"

弥姐鹿望了一眼井健，气焰稍挫，接着说道："那我要问，是什么时候起大神官可以决定酋长由谁担当了？"

彭启静摸了摸手指上套着的绿松石扳指，将它松动了一下重新套紧，这才说道："接下来赤亭戎的酋长是不是姚晃，或由姚家的哪一位来接掌酋长之位，我实在不关心，这不关我的事。但这儿有个法子，如果未来的酋长是由各位节领推选而出的呢？喜欢姚晃的人可以推举姚晃，喜欢姚家别的人也可以推选别的姚，最后以得到推选多的那个姚胜出，岂不是最好？"

姜回这时候站起来，说道："身处乱世，酋长之位有力者居之，有力才可以保民。由众节领推选，这成什么体统？如果推选出一个笨蛋来，譬如蜀汉的阿斗那样的角色，我们也要承认他是我们的酋长么？"

彭启静叹了一口气，说道："有力可以保民，有力也可以无尽地掠夺人民，直到虐待致死。当酋长的，自以为有力，它偶尔保民，实际上长期害民，这有力二字，不知由多少鲜血写成。何况，阿斗并不是推出来的，他是继承而得的皇位，所以继承是不好的。"

站着的两人哑口无言，一前一后地坐下，席次内众人也都陷入沉思。这些节领中最小的人也有四十几岁，思虑早已成熟，大部分在潆头时代便已经记事，对姚弋仲和姚襄如何保民护民就算有点儿印象，也印象不深，但近三十年来，尤其是在三原败北之后被安置在榆中以来的历来种种，无不都在印证着长期害民这四个字，字字沉痛。许多人想，如果自己推选一人来做酋长，决计不会选出错的人。

第四节　选贤与能

雷申开口说道："除了姚苌和姚晃之外，我们并不认识其他姓姚的人，该如何推选？如果推选他们两人之一，和什么都没做，又有什么区别？"

彭启静说道："我师父，大神官姜月仪已经做了妥善的安排，各位静待变化就好。在此之前，我想要在座的各位答应，不被姚晃开出的条件所诱惑，不被他的威压所屈服，坚持不出一人的立场。"

众人都听出即将会有一个姚氏成员来到榆中，多半的人都想，所谓安排难道是姜月仪的儿子姚竞？姚竞早已脱离部族，虽然听说经商有方，成了远近闻名的巨富，可这又算什么妥善？年纪较小的人不知道姚竞，想到的是姚苌的长子姚兴，姚兴虽然年少，但听说聪明仁慈，行事有方，早已经名声在外。即便他父亲令人憎恶，但姚兴会是一个好的选择。有些人想如果是姚兴，则姚苌也不会太动怒，至于姚晃，更是赶紧滚一边儿去，所以这的确是妥善的安排。另一些人则想，即便姚兴是姚苌的儿子，真要由部众推选，怕还是会激起不可消弭的争端来。

其中又有人想，推选酋长这事闻所未闻，到底是吉是凶？还有些人想，既然是推选，为何不能推选姚氏以外的人，姚氏以武力得部族，可现实每况愈下，但现在换了选贤与能的由头，难道只有姚氏才算贤能，我可不这么认为。

还有人想，赤亭戎也并非从来都是姚氏当权，在姚氏之前还有别姓的节领做酋长，决定某个人是不是做酋长，什么时候会用到选的方式？又或者本家武力强大，这本身也是不言而喻的推选方式，虽然不是众人推选，而是由他们自己推选，但都是推选，有何区别呢？在乱世之中，在急用之时，谁有更强的谋略武功，可以保护本族的利益，当然是唯一的选项。

打谷场上场面虽然沉静，可各人内心所想，直如一锅腊八粥一般，各样东西咕噜噜地翻腾不止。

忽然有一个人站起来，大声说道："敢问大神官授徒，以何种方式授？"

在座各人正在想这推选新的酋长一事，忽然听见后席有人问出离题万里的问题，全都扭头看去，见发问的是姜氏另一个分支的节领姜成焕，他们这一支是近十几年来才开的新节，位次靠后。他这一脉距离姜月仪血缘极远，几乎毫不相关了。不过，虽然他在部族中威望不算靠前，但他担当榆中城守备校尉，在王化吉之后，数百名城兵由他统御，算是榆中重要的实力派了。

彭启静对先前发问的人们并没有成见，她对姜成焕原本也没成见。但姜成焕提出的问题却让她陡然紧张，她心绪乱了一下，勉强使自己镇静下来，说道："大神官挑选弟子，将传统的术法分别传授给不同的弟子，每个弟子学不同的术法，足可独当一面。而最后成为继任大神官的弟子，则由大神官以灌注之术将所有术法和族史唱词，整个转移给他。通过这种方式，保我戎部的血脉与历史传承不绝。"

姜成焕接着问道："敢问阿娘，你从你师父那儿学到的是哪些术法？"

彭启静脸色微寒，说道："师父传给我的是驱遣野兽的术法。"

姜成焕哼了一声，大声问道："这听起来真是有些启人疑窦，你杀害你师父以后，把尸体藏在了哪里？"

他此言一出，会场顿时静寂无声，空气也似乎一下子冷了下来。姜成焕不问彭启静谁谋害了姜月仪，是不是她谋害了姜月仪，而是直接问姜月仪的尸体被藏在了哪里，使彭启静弑师似乎已成了不辩自明的事实，他不过是在追究后面的末节而已。

年纪小一些的节领顿时糊涂起来，对此刻情势陡然变化摸不着头脑；年纪大的节领们懂得这是一种问话法，对于善于隐瞒的罪犯而言常有奇效。多数人都觉得彭启静新登大位的表现既扎实又诚恳，但毕竟年纪尚轻，这孩子一向处事清白，根本不可能做下姜成焕所指控的事，而要是在姜成焕的突然袭击之下乱了阵脚，那才真是可惜得很呢。

有人在想，姜成焕这样一个平日里的好好先生，怎么此刻提出如此尖锐的责难来？这可太奇怪了。

彭启静听了姜成焕的指控，先是脑子里嗡的一声，大出意料，但随即便沉静下来。

她转身望向云豹，眼神中流露出恳请的神色来，这是她们之间可以交流的方式。云豹立起身来朝姜成焕方向踱了两步，似乎有些迟疑，稍稍迟疑了一会儿，她终于转回到彭启静的面前，和她对望着，仿佛想说些什么。

此时彭启静脑子也快速转动，她知道此刻重点并非要去正确地理解姜月仪想说的话，而是自己说得要合乎情理，即便不合事实，但合乎情理最为重要，说服节领们不被这指控所扰乱心神，她但愿姜月仪也能够理解。

彭启静轻轻摇头，表示自己对姜成焕质问的失望，提高声音，面向节领们说道："我师父在野外遇害，不得已附身在云豹身上，但并非我所加害。如果是我害的她，她此时断然不会站在我背后支持我。有人会说既然我学的是驱遣野兽的术法，何以见得这云豹不是我使的障眼法呢？这一点，一来刚刚雷叔叔已经证明这就是大神官阿娘本人，二来，姜伯伯也不必担心，在几天之内，我师父便要施灌注之法在我身上，届时，我会受传到我原本不会的术法，和我师父生前所会的一般无二，这就该足以证明我的清白。"

她转过头来，又望向云豹，盯着它的眼睛。说话时彭启静语调微微颤抖，猜想姜月仪会以大局为重，不当众揭穿自己的谎言；如果姜月仪一时不忿加以否认的话，它也并不需要说什么，只消明显地摇头，或作出暴烈的否定姿态来，人们自然就知道她彭启静所言非实。

彭启静想过，如果真的那样，我就认输伏法，抛却这时抱着的所有贪念；这贪念才兴起不久，要破除也容易，她不想背着长久的重负活着；而话说回来，这个可能性极小，哪怕姚晁都可以不要她来协助支撑他的计划，但姜月仪为部族的传承着想，势必不会让部族所有的神官都付之一炬，至少在姚玉茹到来之前是这样。

云豹的眼神既清澈，又混沌，同样看着彭启静，一动不动，什么神态也没有流露出来。

彭启静松了一口气，又转向众人，说道："此刻，你们心中有疑惑的人尽可以怀疑，但等看到证明之后，请各位别再一直抱着成见。我们有许多困难要克服，唯有齐心协力，否则只有任人宰割。"

她话说得沉痛，席间许多人都觉得姜成焕提出这个问题十分无礼，即便用震撼拷问的方式或许可以得出真相来，但姜成焕怀疑的情形并未出现，眼前真相已经十分清楚，就是事实如彭启静所说的那样，姜成焕只剩下无礼而已。

姜成焕紧盯着彭启静良久，忽然泄了气，勉强哼一声，气呼呼地坐下，坐下立即又弹起来，说道："刚刚这个问题不是我提出来的，是有人要我提出的，当众给你难堪的，那个人是谁，我却不敢说。你说以后的酋长要由众人推选，这个主意不错，何止不错，简直很好，我老姜第一个支持。"

这奇异的转折让所有人啼笑皆非，有人认为这所谓有人指的就是姚晃，又有人觉得前后语境看起来并非姚晃，应该还是坐席中的某人。经历了一会儿尴尬之后，又有几个节领站起来纷纷表示支持推选酋长的变革，以及在推选酋长之前，既不承认姚晃自称酋长，也绝不提供一名男丁给他。

姜成焕三度站起来，宣称自己掌管着的三四百名城兵将会被妥善地调度起来，势必不会再出现上一次被姚晃从外地借兵来整个拿下的情形，要严加戒备，以城为据守，做好战斗的准备；也呼吁各姓各家做好准备，预备好出人出钱，组织一支更大的部队，保卫这个新的推选机制的运行。

彭启静听了稍感惊讶，她没想得这么远，也没想得这么严峻，她不认为这需要动用到城兵，更遑论组织更多的兵力来，因为即便是用推选的模式来和姚晃博弈，新的酋长大体上也仍然姓姚，怎么会需要打仗？

席间节领们议论纷纷，彭启静一一看去，只觉得节领们对姜成焕的提议大体上都颔首赞同，并没有异议，大概只有自己才是困惑的。

这时候雷申忽然又站起身来，他神色严峻，开口说道："我并非要唱反调，只是要提醒一句，我们并不是和姚晃在对着干，姚晃不足为论，他在长安都只是一个小人物而已，如果不姓姚的话，我们这儿没人会搭理他。但他姓姚，他代表了姚苌。这是关键所在。"

他停了一下，又接着说道："以上次姚晃在金城郡借兵，如果我们有预备的话，满可以将金城的兵击溃，诚然这就像姜先生说的，下次我们必须要戒备不大意，守卫策略得当，那样保卫榆中不是问题。但姚苌亲自来的话呢？姚苌骁勇善战，他的兵又都是我们的子弟，尽数出自榆中，大体上都是我们这里的兄弟叔伯，我们能如何抗衡？我们真的能和他打一仗么？我们既打不赢，也没有勇气自相残杀。而在义理上，我们这也算是作乱，不会有人同情我们，支持我们。"

节领的席次里所有人都停止了交头接耳，场面忽然静寂下来，人人都望着雷申，等着他接着说下去。

雷家算是赤亭戎姚家之外的另一个豪强，甚至在长安势头一度比姚苌还要强劲，虽然后来失势而沉寂下来，但就论和长安朝廷的联系，对外面局势的观察而言，雷申在榆中城内不作第二人想。

"刚刚大神官讲的都很好，我心有戚戚焉，但我的结论也很简单，我们改变不了这个局面。我们可以抗拒征兵，可以向姚苌陈情，恳求，据理力争，但我们做不到用这样激烈的手段，以改变这个机制的方式来改变这件事，似乎是小题大做！"

众人听了他的话，都觉得忽然被泼了一盆冰水，顿时回到现实中来。

彭启静刚刚想说，这并非以改变机制的方式来阻止姚苌征兵，而是向姚苌提出的一个博弈，使得姚苌忌惮，而双方各让一步，又觉得在众人面前这么说出来，岂不是愚蠢？正犹豫间，有人在人群中问道："雷申，你这么说，是不是已经听到了什么风声？"

雷申循声望去，却看不出是谁在问，叹了一口气，说道："不是风声，是姚苌已经在路上了。"

第五节　生死进退

姚竞蹲下去扶起吕绍的头，伸手去探了探他的鼻息，见吕绍鼻息尚浑厚，便把手换给段安，自己翻身上马，拔出腰间的佩刀，循着箭来的方向奔去。奔了四五十步，想想已经超出了弓箭的射程，又掉头换个方向搜索，奔出几十步去，看到前面林中有三个人影往吕绍坠马的方向奔去。他拔出佩刀提在手中，策马冲到那三个人影近前。

见有一骑横地里提刀冲过来，三个人一下跪倒在地，举手示诚，为首那人高声说道："我们是山中的猎户，前面可是有人中箭？"姚竞听是猎人，见为首那人和自己差不多年纪，身后两人都是少年，三人穿着破旧的常服，手中各持着弓箭，也都是惊慌失措的样子，看起来绝非说谎，这才收刀入鞘，斥道："你们这可是犯下大罪，射中了贵人，但愿他没事，你们身边可携带着金创药？"

为首那人说道："有，有，我们这就过去。"

姚竞策马走在前面，三个猎人一起奔跑着跟到吕绍面前，见果然是猎人射出来的箭，李柯冲着猎人大吼道："你们连人和野兽也分不清楚便放箭的么？"

领头那个猎人也不辩解，冲到吕绍身旁，跪在地上撕开他的衣服查看箭伤，两个少年一声不吭地在他身后跪下。姚竞也跳下马，问道："伤情如何？"

猎人说道："箭头被胸骨挡住了，没有伤及内脏，不会有性命之虞，不过，箭头上有少许毒素，就算马上上药，也会对脏器有所损伤。"说罢，回过头来一拳，挥在跪着的一人脸上，那人闷哼一声，捂脸软倒在地，但强忍疼痛，立即用手撑起身体，仍旧跪着。

猎人从怀中取出一个青瓷小瓶，倒了许多药末在吕绍中箭创口周围，然后从背后取出水囊，放在自己左手掌中，右手握住箭杆，说道："我先取出箭来。"说罢，猛的往外一拔。

吕绍身躯疼得向上弹起，但仍然没有从昏迷中醒来，只是茫然无措地张手乱抓，李柯与姚竞赶忙将他按住。

箭拔出来后，先是没什么动静，随后伤口涌出许多鲜血，猎人用清水冲淋伤口，瞬间吕绍整个上身已被染红。耐心地冲洗过后，猎人取出一种黑色药膏，用竹片刮下，仔细地填在创口上，堵住血水不再流出。然后他取出一块麻布条，盖在涂抹了药膏的创口上，又用另一根布条，给吕绍紧紧地将胸口包住。

姚竞在一边说道："你这处理倒也老到，难道你们总是射伤行人么？"

猎人打了个寒战，强笑着说道："怎么会呢，动物咬人的伤口也是一般的处置方法。"

他包扎完毕，转过身来对着姚竞，跪下磕头道："今日是我第一次带我的两个儿子进山打猎，他们冥顽不化，我教导无方，伤了贵人，我愿意接受任何处置，要打要杀，悉听尊意。"

姚竞说道："奇怪，你们放箭的位置，至少有四五十步远，箭虽然射得到，但绝不是射猎物的距离，不论它有多大，你们看不见那么多人，原本瞄的是什么？"

猎人转身，询问两位少年："这到底是怎么回事？我说过不能朝着有人的方向射，难道你们忘记了？"

先被打的那名少年嗫嚅了一下，才说道："我没看见人，我只看见那只狐狸。"

姚玉茹心头一跳，觉得匪夷所思。姚竞看了姚玉茹一眼，自言自语说道："难道真的是一只狐狸使？"他转而对那猎人说道："我们也是进山狩猎，你们住的地方在哪里，赶紧将受伤的人送去将息，总不能这样停放在山中。"

猎人忙不迭说道："是是，我们住在山麓下，距此有四五里路，我这就叫他们砍下树枝绑成一副担架来。"说罢又转身一记耳光抽在另外一个少年脸上，说道："混账东西，还不赶紧动起来，去给贵人砍出一副担架好用。"

姚玉茹先见这中年猎人反身一拳打在一个儿子面上，心想他不经意流露原来是那个儿子射出的箭闯下的祸事，这下见到他一掌打在另一个儿子脸上，心头不由得疑惑，难道两人都射了箭么？

这时吕绍喉咙咕咚响了一声，吐出一口气来，呻吟说道："这是在哪里？好冷。"

他眼睛仍然微闭着，只是显然已经醒来，姚竞忙脱下外衣，给吕绍盖上，凑在他的耳边说道："你中了箭，伤无大碍，我们马上将你送到山下猎户家中休养。"

吕绍声音虚弱，问道："是什么人射中我？不要为难他。"

姚竞说道："嗯，这个你放心。你不要说话，这时说话容易走失元气。"

李柯在旁边嗤笑，轻声说道："哈哈，你也十足地相信汉人的那一套说法。"

猎人在旁边听了，小心翼翼地问道："原来二位不是汉人？"

姚竞心绪烦乱，说道："我刚才都给你说过你射中了贵人，闯下大祸来，这是当今大秦太尉之孙，骁骑将军吕光大人的世子殿下。"

吕绍抬起手摇了摇，说道："你不必担心，你是无心的。"他说得格外诚挚而自然，姚玉茹在旁边听了，觉得这人忽然变了一个人似的，毫无之前的纨绔之气了，又是惊讶，又是怜惜。

吕绍刚刚被箭射中倒地之时，身体并没感觉到疼痛，而是感觉自己陡然落入了一个完全黑暗无光的虚空，身子飘浮在空中，上不着天，下不着地，周遭茫茫无际，静寂无声。他慌张了一瞬间，便顿悟过来，这里便是永恒的死亡之境。他有些庆幸，也有些迷糊，不知道自己是怎么到了这里，但他排除了自己是被向来觊觎自己位置的哥哥所害，这令他感到一丝欣慰，因为如果是那样，父亲该有多伤心，多羞辱。

其后他想到姚玉茹，她是一个多么美丽的姑娘，和往前他见过的所有女子都不同，这几天为她纠缠的各种念头，如果说彼时理所当然，此刻也变得卑劣而污秽，令他惭怍无匹。前者令他喜，后者令他忧，喜与忧之间，是一支折射着彩色光晕的冰糖葫芦，和连串的孩子的笑声，这是他记得的最初的欢悦。

随后他才想起从马上跌下来的情形，以及之前胸口如何猛地一紧的局促疼痛，他模模糊糊地想到这是中了箭，射他的人是谁？可以是任何人，或许就是吕纂派的奸细在暗中射出的箭。想到这一点，吕绍先前放松的心猛地揪紧。

他在黑暗中，眼前大部分都是黑色的，在眼球的顶部一小块的地方，陆续过着这些脑子里正想着的念头的形象，透出微微的光，光在越加黯淡，他的心也在消沉，他知道当所有的光都熄灭，自己一定就是死了。

死了原来是这样，死了如熄灭的灰，无知无觉，既广袤无垠，又微如尘埃。谁是我，我是谁。

在长安生涯趾高气扬时，吕绍听到过从南边传来的一句话，男子不能流芳百世，亦当遗臭万年；他被这句话震撼得不能自已。他知道自己德行不足，爷爷和父亲都是一时人杰，自己除了有一点福荫之外，毫无流芳百世的可能；反过来，遗臭万年看起来是容易得多，一时他以桓温的这句话为期许，凡事朝另一个方向去想，按人们所不喜欢的方式做，没想到的是这也很难，他的名声虽然不好，连臭的程度也达不到。这使他感到又好笑，又无奈。

他去问一个迦南行者，用桓温的这句话问为什么自己求善不得，求恶也不可得？那迦南行者看了他两眼，反过来问他道："你是谁？"

吕绍被问得愣住，那行者又接着问道："谁又是你？"

吕绍摊开手来，表示无从说起。

迦南行者说道:"在生的时候你是你,在死的时候谁是谁。"

那行者勉强地笑,为言辞不能尽意而感到歉意,吕绍则如果不因为他是苻宏的客人早把他打得鼻青脸肿了。

光像发亮的云一样黯淡,飘远,黑暗成了全部,吕绍仍有意识,他感觉不到身体,但能感到自己鼻梁上有微微的凉意,那是他自己流出的泪水。

不知过了多久,有一丝光从远处突如其来亮起,照射在他的身上,吕绍觉得自己通体透明,像个初生的婴儿,骨骼、血管、五脏都看见,纯净无邪,宛如新生,所有他成年后而具有的矫揉、偏见、懊悔和内疚都消失不见。他变得坦然而充盈,意识又重新回到自己身体的时候,他忽然想起迦南行者对他说的这番话,他有一种顿悟的感觉,觉得自己完完全全改过自新了,变成新的一个人,除了身上的虚弱与疼痛还在之外。

然后他醒了过来。

他眼睛只能撑开一条缝,余光瞥见猎人磕头,听见他说道:"在下原是邺城逃难到此地的汉人,姓陈,名钟,石虎放他的野兽到城中,只许野兽伤人,不许人犯野兽。我们猎户没有活路,一直向西逃避到这里,我儿子射伤大人,我甘心负罪。大人宽宥到这样程度,我真是羞愧难言。"

吕绍笑着说道:"求求你们快些把我送到有棉被的地方去,我已经快要冷死了。"

没过多久,猎人的两个儿子已经抬来一副藤条树枝绑成的担架,几个人小心地将吕绍挪到担架上,两个儿子一前一后地抬起担架,猎人在前面引路,其余三人骑马跟在后面,吕绍的马匹由姚玉茹牵着,段安原路折返,去找还在伏羲神庙附近的成员。

四五里山地,他们一行人行足了半日,等到了陈钟家中的时候,已到下午。

吕绍醒来又昏去几番,发起烧来,陈钟让妻子给吕绍煎服草药退烧,他自己外出再去采药。姚竟得空四处看看,见到这里山势险要而隐蔽,段安半途而返去找其余人,未必能很快找到这里。附近还有若干人家,但并不聚居在一起,远远望见几家人,都远在数百步距离以外,不知道这个村庄到底有多少人,说是猎户,但实际是什么人还不清楚,不由得担忧涌上心头。他有心要凭记忆骑马往回赶,可也不放心将姚玉茹和吕绍两人留在这里,李柯一人未必能保护他们周全,算及这些,令他十分踌躇。

第六节　冉兄闵弟

姚玉茹守在吕绍床边,看到他又陷入昏迷之中,也觉得心疼和歉疚。她在床前祷告吕绍的伤情快些好转,可是对这个人终究没什么感觉。凝视良久,她有些害怕,怕吕绍又醒来的时候，第一眼望见自己产生误会，忙起身走出房间，到厨房想给张氏帮忙，可张氏正在研磨草药，那味道浓烈得使她快睁不开眼睛。张氏也笑着催她赶紧到院子里避一避。

姚玉茹出到院子里，看到陈钟两个儿子正在院子里坐着，给打来的野兽剥皮上硝。她走到两人近前，和他们说话。知道两兄弟名叫陈冉与陈闵，陈冉是哥哥，十六岁，比弟弟陈闵大一岁。姚玉茹有心问上午是谁放箭误伤的吕绍，又恐怕让陈氏兄弟为难，话在嘴边半天始终没问出来。但分辨清楚了陈钟先一拳打的是哥哥陈冉，后一掌打的是弟弟陈闵。

姚玉茹一边看着两兄弟干活，一边心想，都说人容易偏爱幼子，若陈钟爱幼子的话，那么多半他打出一拳时，已经决意让我们疑心那一箭是陈冉射的，所以反而陈闵射箭的可能性更大。但如果陈钟并不偏爱幼子呢？先一拳打在陈冉脸上，可能这一箭就是陈冉射的，后一掌掴在陈闵脸上，是因为他这时反应过来，打那一拳等于承认长子伤人，所以再打小儿子来做迷惑，让旁人难辨状况，不要记恨和追究陈冉。虽然其实打不打都没什么意义，因为他们并不会追究谁伤了吕绍，但做父亲的心态，总归耐人寻味。

姚玉茹脑子里陈冉陈闵地转个不停，猛然想到，原来陈氏兄弟的名字连起来正是冉闵。

冉闵在三十几年前杀掉石鉴，推翻羯赵，颁布杀胡令，天下震动，长期受羯人压榨迫害的汉人愤怒猛然爆发出来，黄河以北，从军官到普通百姓，见羯人便杀，不论男女老幼，不论身份贵贱，数月以内，中原的几十万羯人被屠杀一空。

戎人和氐人与羯人并无关联，相貌差不多毫无相似之处，但因为一个"胡"字，也有不少人被牵连诛杀。这个名字已经消失了几十年，姚玉茹并没有亲身经历过其事迹，但它忽然出现，仍是让她猛然一惊。

陈冉见姚玉茹突然沉默不语，问道："姐姐怎么了？"

姚玉茹黯然说道："没什么，我怪我不该出主意来抓那只白狐，这就没这回事情了。"说罢转身走进房间，离吕绍的床榻远远站着，心中沮丧。

陈闵见姚玉茹忽然神色变化，走进屋里去，心中怪异，说道："这个姐姐在猜测我们俩是谁放箭伤的吕大人。"

陈冉不解，说道："刚才说了半天的话，也没觉得她多么怪罪我们，怎么谁放这一箭反而如此重要，让她突然心烦意乱？"

"爹爹告诫我们不能说，说了恐怕有性命之忧，这个姐姐也是胡人，胡人说是不怪罪我们，谁知道他们真正是怎么想的。"

"我瞅着这些人和我们并没区别，服饰相貌模样都是如此，说话更听不出不同来。"

"这是我们中原沦陷在胡人手中，我们被逼迫改了服饰，在南面的晋朝，我们汉人的服饰并不是这样的，峨冠博带华衣美服裙裾摇摆，那才是我们汉人的服饰。"

陈冉叹了口气，说道："你怎么那么幼稚，富贵的人才是你说的那种穿法，我们是山中的猎户，自然就只能穿短衣襟裤。你看，他们相貌和我们没什么区别。"

"听杨叔叔说，我们这里人从前都是富贵人家，又不是天生的猎户，他们从前穿的就是宽大的衣裳，高耸的帽子。你说他们相貌像我们，那是你眼拙，我一眼就看出他们和我们完全不同。"

陈冉似乎没想到陈闵会那么说，接着说道："言语呢，也是一样的。"

"胡人比我们落后许多，自然只有学习我们汉人说话，这又有什么稀奇？"

"我说不过你，不过我们射伤吕大人，总归之是我们不对。"

"我明明瞄着的是一支白色的狐狸，就在二三十步的距离，怎么会射中了五六十步以外的人，这真是咄咄怪事。"

"你没射中狐狸，箭飞到了远处射中了人，自然不是你瞄着射的，这是失误，也不怎么怪啊。"

"你啊，我该怎么说你，难道你认为我瞄准了狐狸射，没射中之后箭竟然不下坠，还能飞出一倍远的距离，射中马上的人？你想想箭的轨迹好吧！"

陈冉稍微想了一下，叹了一口气，说道："是的哦，这箭毫无道理，可当时只有你射出了一箭，那支箭是我们家的，我和爹都没射箭。"

"所以我才说咄咄怪事啊，我只能想是那只白狐成了精，我其实射得大致不差的，差不多射中了它，然后它使用法术，让箭稍微转变方向，力道不减，直直地飞向另一边正在追着它的人。"

"这也有可能，只是好巧不巧，我们之前从未遇到过成精的野兽，这次让我们碰见，就伤了人。"

"我们现在虎落平阳，被胡人欺负，这是没法子的事情。"陈闵懊恼地说道。

陈冉脑子有些糊涂，不知道弟弟怎么忽然跳到这一步的，正想开口争辩，见一个人从院子外快步走进来，走到两兄弟面前，说道："我也想知道那箭是谁放的，现在我知道了，"他指着陈闵，"就是你射的。"

陈闵见那人是和吕大人一起来的人，以及他说的话，顿时吓得哆嗦，口齿含混说道："不是我。"然后他放松下来，心想这人或许听到最后几句，但没有听到前面的，又或者只在墙外听见，并不能分辨两人的声音谁是谁，决心鼓足勇气赌一把，对那人说道："你有什么证据？"

李柯哈哈一笑，说道："我没有证据，是猜的，我猜是你射的，是因为我听你说话不诚实。"

陈闵大声说道："我哪句话里有假？"

陈冉站起身来，对李柯说道："李伯伯，是我射伤了吕叔叔，都是我们不对，我给你赔不是了，现在重要的是把吕叔叔的伤治好，别落下什么不便才好，我给你赔不是了。"他说得情真意切，满是愧疚，说着他就要跪下给李柯磕头。

李柯忙拦住他，说道："孩子，别傻了，我只是开个玩笑，人已经伤了，追究是谁射的有什么意义，我只是忍不住开个玩笑，我也不好。"

他看看陈冉，又看看陈闵，说道："但是，我还是忍不住要说，那箭是……"他飞快地打了自己一巴掌，"我的心性就是这样，你们别见怪。"

陈闵轻蔑地看着李柯和哥哥，冷哼连连。

陈冉赔笑说道："李伯伯，吕叔叔的情况好多了，你去看看吧。"

李柯微微颔首，稍微凑到陈冉的近前，轻声说道："我知道，箭不是你射的。"他轻轻地叹了一口气，放开陈冉的手，转身往吕绍的房间行去。

院子里又只剩下兄弟两人，陈冉舒了一口气，对陈闵说道："我早就说过，他们不会追究到底谁射的箭，你何必专门撇清。"

他坐了下来，又开始鞣一块狼皮，一边举手说道："赶紧忙你的，还有一大堆呢。"

陈闵脸涨得通红，他将手中的小刀狠狠投在地上，转身走出院子。

陈冉有些疑惑，但随即便想明白了弟弟的情绪所在，他也沉着脸，一言不发，手中仍不停下给剥好的皮毛上盐，揉搓。

姚竞快步走进院子，越过陈冉，直接到房间里去，见李柯在，忧心地对他说道："段安到现在还没找到这里，他们要是在山中迷路就不妙了。我们来时我就觉得来这里的道路布设颇有些名堂，那时候没多想，现在才回过味来。"

"那我出去找他们。"

"你也未必能找回来，"姚竞说道，他拉着李柯出到院子里，到陈冉面前，对陈冉和颜悦色地说道："小兄弟，我们是外来的人，对山里的路不熟，你可否带我去找我们的人，不然吕大人伤重，送不出去怕是有危险。"

陈冉立即站起身来，说道："好，我带他去找人。"说着，将地上的皮毛归拢在一起，便要和李柯一起出门。

院门忽然被猛的撞开，陈钟满脸惊慌地闯进来，衣衫破损污秽，脸上有许多伤痕，见众人都在，唯独缺了陈闵，对陈冉吼道："你弟弟呢？"

陈冉不知所措，说道："他刚刚出门去了，去哪里我也不知道。"

陈钟目光慌张，对陈冉说道："赶紧把弟弟找回来，找不回来，你就也别回来！"

陈冉哦了一声，飞快地跑出门去。

姚竞先还以为陈钟采药在山中摔着了，见他神态又不像，待陈冉出去，姚竞这才开口问道："陈兄弟，你这是怎么了？"

陈钟犹豫了一下，对姚竞说道："这都怪我，退烧药里要用龙牙草，家中存货不够，我出去转了一圈，始终没找到，这玩意儿用新鲜的也不如用陈制的，心想这事耽误不得，便去问隔壁贾老三借，贾老三却要我和我长官报告，我正想说出了事情不能不向长官报告，就去了长官那里报告，说我儿子射伤了外来打猎的人，急需用龙牙草来敷伤口。但我不该多说了一句，说你们是氐人，长官非常气恼，要聚集许多人来杀你们。"

姚竞一惊，说道："因为我们是氐族人，就要来杀我们？"

陈钟脸色惭怍，说道："我先前说我们从邺城来，没说我们是先前大魏国平皇帝冉闵的一群近卫。冉闵皇帝战死后我们一路流落到这里，隐姓埋名，不与外人接触。我的老长官名作杨乾，痛恨一切胡人，所以听说你们在这里，立即就要点兵来杀。我原以为许多年都过去了，他应该没那么恨胡人了，你们也不是羯人，这才莽撞地说出你们是氐人来。我想这事情是我先做错，射伤了吕公子，又要带累到先生几人，所以坚决不肯，他们便把我捆起来。我瞅个空子逃了出来。他们此时正在集结人手。"

姚竞思忖说道："原来是这样，你认为，我们现在应该怎么办？他们集结人手，能有多少人？吕公子他现在的状况，是没法走动的。"

姚玉茹先前在屋里，见父亲来了又走，在院子里说着话，她也不自觉地走出屋了，在屋檐下听着院中的对话，心想，原来世界上真的有人把族类分得那么清，那么绝，无事也非要拼个你死我活，而不是我要活，也让你活。对于这样的人，该怎么办呢？

第七节　一户一城

"总该有二三十人。山里居住得分散，许多人外出打猎，不一定都在，聚集二三十人就是极限了，也要小半天时间。这就快入夜了。或许夜里他们便会攻过来。"陈钟说道。

姚竞心中有些焦躁，低头沉默不语。

陈钟唉声叹气，说道："我们原本是军人，定居下来以后，养成的习惯也没全丢。我们每户人的院子都埋下了尖木为院墙，墙的走向都精心设计，易守难攻，守是能守一阵子，你说你们的人很快就到，但愿在他们攻破院子之前，你们的人已经到了。"

姚竞心想，幸好刚刚只说自己一行人是氐人，并没说还有戎人，自己还没有告诉对方自己姓姚，父亲姚襄当年便是击败冉闵的赵国大将，估计一说都知道，反而氐人和冉魏并不算有直接的仇恨。沉默了一会,他说道:"我见用作院墙的尖木,还以为是用来防御野兽,原来你们是以前魏国的军人。"

"都是三十多年前的事情,我都五十几岁,谁想到还会发生这样的事。"

李柯冷不丁在一旁问道:"你刚刚让哥哥去找弟弟,他们还会回来么?"

陈钟一愣,随即便明白李柯问这话的意义,涨红了脸,说道:"他们自然还要回来,我绝没有让他们偷跑的意思。这祸是我闯下的,我不要了性命,不要了我一家的性命,也要保护你们周全。"

"你说,找不回来,便别回来。"李柯说道,他有点儿愤怒,也满怀怜悯,并没有要责怪陈钟的意思。

姚竞抬手制止了李柯,叹了一口气,对陈钟说道:"不然这样,你带我去和你这位杨乾聊一聊,现在外面的世界已经变了,你们不该还这样抱着仇恨躲在山谷中,仇恨一切外人。"

陈钟摇了摇头,说道:"我们一起过来的兄弟怎么会没人这么劝他,但几句话不合,甚至把人家杀了,就埋在他家的后院,后来就没人再敢提。你是外人,他又知道你是氏人,不会给你开口的机会的。"

姚竞吃了一惊,问道:"如此蛮横,你们也不逃出去?"

"除了在这件事上苛刻了一些,他倒也没对我们不好。何况兄弟们几十年都在一起,相互帮忙,不忍心离开。"

这时院门又被推开,陈冉一个人走进来,脸上阴晴不定,说道:"我没找到弟弟,所以一个人就先回来了。"

他见父亲回来时表情怪异,所以便没有走远,躲在院外听,听了原委,他猜父亲的意思实际正是要自己找着了弟弟以后便别再回来,心中略微斗争了一番,决心还是跟父亲站在一起,承担责任。

陈钟见陈冉回来,神情复杂,口中说道:"好,好,随他去吧,你回来也好。"

"陈闵不知道咱家是遇到了这样的事情,他出门是自己有什么事情,如果他知道原来是这样,当然会站在自家人边。等下他自己回来,你就知道不该这么怪他。"陈冉说道。

陈钟叹了一口气,说道:"你把钩镰枪都取出来,都放在院子里,放地上。"

陈冉听了,小跑着到小屋去,不久便抱出一捆长枪,他挨个儿摆在院内地上,每支长枪都尖刺冲着墙壁,一见便知是为了方便随时抬起,刺杀攀墙的敌人。又将几副弓靠屋子的墙立着,箭插在地上。

刚刚才到陈钟家中时,姚竞见到柴门的两边墙上各有一个方形的开孔,猜想是从这里朝外放箭,一直不得暇问。后来陈钟说他们原本是军人,这一切便不奇怪了。他把李柯和姚玉茹拉到一边，仔细地给他们讲解晚上轮流执勤，以及如果敌人来袭，如何应对的法子。他自小跟在父亲军中，受过姚襄的亲自指点，虽然年纪尚小，未经历战阵，但耳濡目染，仍然有许多印象。李柯虽然只是一介平民，也有若干行军作战的家传，但和姚竞说的完全不同，两人又争执许久。

陈冉回来时，姚竞曾想过请陈冉再出去找寻段安那一队人马，只是觉得已为时过晚，与其那样，不如让姚玉茹去，不为真的找来帮手，是为了能逃出去一个是一个；但她在夜里行走，万一失足坠下山崖，而这边又侥幸没出事的话，那种可惜又会无以言表。他略微迟疑了一下，天已经完全黑了下来。

晚饭过后，姚竞让李柯先睡，他在院中值守。院中挂着两个风灯照明，陈钟也在，两人沉默无语了一会，姚竞对陈钟说道："等这件事一过，我想邀你搬到天水郡定居，我还没给你说过，我在雍州凉州一带做生意，略有一些家产，你不打猎了，想做什么我帮你。"

陈钟眼中闪动了一下，又黯然下来，他看看四周，说道："今夜没那么容易过去，或许我们都死在这，不然就是几个军中的兄弟，又或者他们的儿子死在这里，无论如何，这里都住不长久了。"

"可惜吕公子伤重，不然我们该连夜赶出去，不必和愚昧的人冲突，隔得远远的，各自相安无事。"

陈钟苦笑了一下，说道："这应该就是天意。"

姚竞听了心中一动，心想此事虽然颇多巧合，但看起来始终像是狐狸使在作祟，而狐狸使很可能是自己母亲姜月仪的法术所驱使，她未必对此地猎户村庄的情形有所了解，也绝对不会舍得让自己和孙女陷难于此，然而事情竟然这么发生了，自然是天意。戎人以为自己可以役使动物，却不知道天道另有自己的循环。

他笑着对陈钟说道："你这里一户人就是一座城，这景致别的地方看不到。今夜我们便是一家人，但愿今夜过后，我们还是一家人。除了这个大女儿，我还有两个女儿，二女儿和你家老大年纪相近，我不敢为她指定婚姻，但我确实很喜欢你家大的这个。出了这里，未来什么都有可能。"

陈钟脸上现出极大的愉悦来，但又被惶恐所拘束着，只说道："那自然很好，可是，我们要先活下来。"

姚竞说道："这个自然，不过我们不论谁活下来，都要这么做，我想和你做这个约定。"

他看上去有些过于动情，以致并没考虑如果是他死在这里，陈钟哪有可能找到天水姚家去，找到辛夫人说姚竞和他有过这个约定，帮助他一家到天水生活，乃至于把姚玉黛嫁给陈冉；他没注意到，而陈钟注意到了，他即便不完全把这当成是姚竞在糊弄，但很大可能是在糊弄的。

夜深了，月隐星显，山风轻吹，凉爽宜人。姚竞忽然感觉到远处有火光闪现，他望向陈钟，陈钟也正看向他，说道："他们来了。"

姚竞站起身，拨开门缝往外看，果然远处有火光游动，他转身走进屋子，叫醒了李柯和姚玉茹，两人都和衣而眠，立即就起了身，聚到院子里来。陈钟到另一间屋唤醒了陈冉和妻子张氏，陈冉醒来第一话便是："弟弟还没回来么？"

六个人在院中，院墙有四面，其中一面和屋子合为一体，陈钟自己拿了两三支长枪和一副弓箭，爬上屋顶守卫，张氏和姚玉茹手持弓箭也上屋顶，跟在他身边。其余三面，陈冉守左侧，李柯守院门，姚竞守右侧，姚竞和陈冉手持长枪，贴墙根站着，李柯一手持盾，一手握着短剑，站在门后。

姚玉茹半蹲在屋顶，见远方火光越走越近，到院墙外十余步才停下，围成一条火线，这时才看得清火光下的人，簇簇拥拥，有二十来人，手中所持兵器各不相同，有铁叉、长枪、短刀、弓箭、链锤、木盾，还有两三人托举着一条木梯和一副撞棰。虽然人数不多，但隐然的军队之势丝毫不减。

为首一人高声对陈家院子喊话道："陈钟，我知道你已经回家，有所准备，但你以为可以抵挡得住大伙儿多久？你吃了什么药，要为了外人来和自家兄弟开战？"

陈钟在房顶上，大声说道："各位兄弟明鉴，是大伙儿打到我家门上，怎么能算我对自己兄弟开战？现在外面已经是太平盛世，只有我们还躲在山中，还在继续抱着仇恨不放，大伙儿仔细想想，这是对的事情么，值得再为这死人么？"

为首那人又说道："既然你如此决绝，那兄弟们和你没什么可说的，等下刀枪相见，不必留情。"

陈钟也说道："各位是打到我家来，不是我打到各位家中去，我也不留情的。"

张氏手中弓箭已经拉开，瞄准了一人，她有些局促，低声问陈钟道："我们真的要射么？"

陈钟轻声说道："上墙头的才射。"他对姚玉茹也重复说了一遍："上墙头的再射。"他叹了一口气，又补充道："放箭时稍微抬高一分，别真的伤了人。"

火把又向前移动，聚集到陈家院子的前门，不一会儿，咚的一声撞在门上，门猛烈地摇晃了一下，看起来第二下便会被撞开，李柯沉不住气，上前拉开门闩，将门大敞开来。门外人似乎没想到院门忽然大开，惊得退后两步，然后才重新围成半圆，六七把弓一起对准着当中而立的李柯。

李柯侧面向院门，身体微蹲，长盾几乎将他的全身都遮挡在盾后，盾牌右侧略微朝内倾斜，使他可以观察敌方动静，而暴露给对方射中自己的范围窄至一线，他右手持着的短剑，藏于身后。

双方只对峙了一瞬间，弓弦一阵响，六七支箭射向李柯，都奔着他的脚和侧脸射去，但都毫无悬念地射在了盾上，三两支钉在了盾上，三四支箭落在了地上。一个拿着链锤的人发一声喊冲向李柯，奋力地将链锤当头砸下，李柯身体低蹲，盾牌往上一顶，将链锤荡开，那人的胸前露出巨大空当来，李柯右手短剑抢个半圆，朝那人肩胛之间斩去。将要劈中的时候，他略收了力，只在那人肩胛划了一下便收回，没有真的斩下去。即便如此，那人也顿时被喷涌而出的鲜血染红半身，身子一软，向后倒在地上。

立即有人上来，将他从门前拖开，又恢复到刚刚对峙的局面。

一个人猛地飞扑过来，撞在盾上，便贴在盾上，以李柯的盾为自己的掩护，手中刀往盾后乱砍去，他刀才递出，李柯手起一剑，已将他的手腕斩断，鲜血喷涌，断手连着刀一起坠地，那人似乎不觉得痛，脸上布满惊慌，叫也叫不出声来，颓然坐在地上，右手紧紧捏着断腕处，仍是一副不相信的神色，又有两个人跳出来，赶紧将他拖开。

接着三人一起向前，手中长枪刺向李柯的盾牌，都扎住了，合力往里推，想要将李柯从门口推开，李柯被退后了半步，他一边拼命抵住不退，一边奋力一剑，斩断了一根长枪的枪杆，那人用力过猛，几乎要栽向李柯的盾牌，他跟跄一下，生生止住，连忙往后退，另外两人顿时失了用力推的勇气，拔枪退后。

其他人不再蠢动，只刀枪剑戟指着李柯，谁也不想首先冲上来，一时形成对峙。

"啪"地一下，一架木梯搭在了陈冉守的这边墙上，一个火把丢进来，落在地上照得院内明亮，陈冉心中一沉，握紧了手中长枪，姚玉茹看见，注意力也到这边，弓弦半拉，预备好了射箭。但等了一会儿，不见有人攀爬。姚竞见另一边有梯子搭在墙头，不由得留神注意这边，没想到他这边墙壁上已经有人口衔钢刀，徒手攀爬上来，小心翼翼地避开了尖刺，猛地在他背后跳下来，挥刀朝他砍去。

姚竞听见耳后呼呼风声，心知不妙，才转身看见一个人手中刀已经劈在半空，自己已无力躲闪。他满心绝望地掉转长枪，却听"噗"的一声闷响，那人软倒在地，手中刀顺势落下，仍然削掉他面上一块肉，他似乎感到了疼痛，又觉得没有。他怔怔望着那人，原来那人胸口被射中了一箭，立即倒地殒命。这时候另外两人也翻过墙，跳了下来。

第八节 夜 战

姚竞退后半步，将长枪指向两人一阵乱舞，将两人逼退两步，陈冉在另一边看见，却不敢过来协助，因为他这边墙上搭着一副梯子，一个不留神，便会跳进来许多人。陈钟同样也不敢离开屋顶，他也取了一把弓，和姚玉茹一起朝已经突入墙内的那两人射去。射了两箭都没射中，取箭时他转身看妻子，发现她僵立在原地，并不放箭，眼中有泪流出。

他问道："怎么了？"

张氏的手指了指刚刚她射倒的那人，声音颤抖地说道："那是昭文。"

陈钟叹了口气，眼见院内两人已经靠近姚竞，射箭不便，他丢下手中弓箭跳入院中，拾起地上一把短刀，向其中一人砍去，两人缠战一团，他一边对那人说道："郑兄，你原路退回，我不追你。"那人话也不说，挥刀连砍三刀，陈钟格挡了两刀，退后一步，又说道："难道杨乾这样做得对？"

这边姚竞有陈钟帮他分担了压力，局势一缓，但现在院子里人已经多了起来，长枪挥舞不开，他直刺一枪逼退对面那人，也在地上拾起一把短刀，护在胸前。对面那人见他换了短刀，欺身近前，一刀砍来。姚竞横刀格挡，堪堪荡开，但手臂发麻，他知道自己疏于格斗已经太久，力气和对方差得太远，于是又躲闪过对面一刀顺劈后，即挥刀抢攻，攻击对方面部和胸口，连绵不绝。戎人刀法强调直入就里地攻击敌人要害，一击不中迅速再次攻击，用连续的攻击代替防御。

姚竞空有攻击姿态，而对方身法也极为娴熟，他无法砍中对方，几刀过后，力气便不济了。对面那人见姚竞放慢出刀的速度，他的刀较长，于是改劈为刺，刺向姚竞的胸口。姚竞用短刀荡开对方两次刺杀，脚步被迫后退了三步，已经被逼退到墙角。

陈冉一边看了，他荡起长枪，朝那人的背后敲来。那人听见背后有动静，脚步往旁边一滑，身体闪过枪头，冲上两步，反手一刀柄打在陈冉脸上，陈冉顿时满脸鲜血，仰面倒下。

姚竞看准这个机会，欺身而上，一刀硬生生的砍入那人的背部。那人闷哼一声，忍住痛回斩一刀，但已经失去力度，姚竞轻轻闪开。那人倒在地上，口中说道："如果不是我顾惜这个小杂碎的性命。"他话说一半，气上不来，被口中涌出的血呛得咳嗽不已，身体委顿缩成一团，眼见也是活不了了。

姚竞赢得侥幸，上前扶起陈冉，查看他的伤势，并无大碍，只被刀柄打在脸上，鼻子出血，掉了几颗牙齿。院中地上躺着两个，陈钟对住一人，李柯一人堵在柴扉门口，外面的猎人们挤在院外，进退两难。

这时，忽然墙外传来一个声音，声音惊惶而颤抖地说道："爹，你们不要顽抗了，杨伯伯说你们现在放下兵器，可以饶你们不死，如果抵抗下去，我们全家都要死。"院内人都听出那声音正是陈闵的。显然是陈闵傍晚前外出的时候，正好撞入杨乾的人手中，被捉来用作此时当人质。

陈钟快攻一刀，撩飞他对面那人手中的刀，横过刀刃拍在那人脸上，那人见陈钟并不动杀手，便也配合地软软躺倒在地上。制伏了对手，陈钟又爬上屋顶，看见有几个火把孤零零地落在在二十来步远的位置，隐约看见其中一人是杨乾，手中持刀，身前一人被绑缚着，正是自己的儿子陈闵。

陈钟怒气上冲，冲着杨乾喊道："杨乾，你这个不要脸的贱人，你忘记了我爹在长芦怎么把你从死人堆里背出来，你忘记了我牵着你弟弟逃出邺城，你现在要来杀我全家，好，今天不是我死，就是你死。"说完，他张弓搭箭，瞄也不瞄，满弓射出一箭，正落在陈闵脚前两步的地上。

他也不多说，飞快又射出一箭，落在杨乾面前一步的地上。然后他再搭箭上弦，却开始仔细地瞄。他所处的房顶，并没有放置火把，投在院子里的火把已经奄奄一息，照不出什么光亮。杨乾看不到陈钟在做什么，只看见一支箭射在自己三四步以外，紧接着一支箭距离自己只有一步，不由得心惊，他朝左边跨步，藏到陈闵的身后，刀架在陈闵的脖子上，大声喊道："你如果还不悔悟，放下兵器，交出氏人来，我先杀了你儿子。"

陈钟听了不动声色，瞄了一下，手指优雅地松开，箭破空而去，被杨乾身边一人用肩膀兜住，箭尖对穿出来，那人先往后飞出去，半空中才啊的惨呼出来。杨乾见自己这边又倒下一人，心中惊慌，手上用力要割陈闵的喉咙，忽然听见背后风声，一只不知道何物的野兽搂头盖脸扑上来，他猝不及防，顿时被扑倒在地，刀也从手中跌落。杨乾另一个随从挥刀想要赶走那野兽，但那野兽死死咬住杨乾喉咙，一边还能腾出爪子来逼退随从。

围攻正门的十几人听见后面有响动，扭头看去，看见一只像是狼般模样的野兽正在撕咬着杨乾，这里虽然是山中，但野兽敢于蹿入猎人聚居的地方已经够骇怪的了，居然主动对拿着火把的人发起攻击，这种奇事闻所未闻，所有人一时呆住，不知道该怎么好。

随后有人才喊道："有狼，快去打狼。"一干人这才纷纷跑过去，挥起手中的武器，想要把那怪兽赶开，那怪兽动作从容，应付杨乾的随从绰绰有余，见众人聚过来，松开嘴将杨乾丢在地上，钻入矮树丛中，消失了踪影。

众人围过去看，见杨乾已经被咬得血肉模糊，面目全非，虽然还有气息，但也不知道能不能被救活。有人说道："我们还要接着打陈钟他们么？"一人立即接口说道："还打个屁，我都不知道为何要打陈钟。"另外一人说道："我们已经伤了好几人，这账怎么算？"他旁边一人马上说道："打到别人家中去的账又要怎么算？"又有人说道："奇怪，那是什么野兽，我看既不像狼，也不像豹子。"他身边一人说道："只能是狼，豹子怎么会和他纠缠那么久，直接便拖走咬死了。"

众人一时众口纷纭，争论不休。

李柯对面还有三人和他僵持着，他对三人说道："要不，我们就收手吧？"说着，他退后一步，敲开盾牌，将短剑收在盾牌的后面。那三人见了，也撤回手中的刀枪，对李柯做了一个请让开的姿势。李柯知道他们要搬回院中突进来的三人，他便退后几步，让三人进来。

三人进来，见陈钟和张氏已经从屋顶下来，张氏坐在她最早射倒的那人身边，无声地啜泣着。陈钟和陈冉站在一起，茫茫然，不知道该出去找陈闵，还是该陪在张氏身边，三人中的一人走到陈钟面前，拍拍他的手臂，说道："我们又做荒唐事情了，真糟心，我去帮你把陈闵找回来。"说完，那人转身出去，走到人群中找出陈闵，拖着他带回院子中，交到陈钟的手中。

这边另外两人已经将倒在院子里的三人都仔细查看了，一人被射死，一人重伤，一人无伤，四个人分别抬和背着两人，走出陈家院子。不一会儿，院外的所有人都走光，只剩下院内外四摊血迹。

姚玉茹从屋顶上来，站在院中，看着陈钟安抚妻子和两个儿子，心想，刚刚张氏口中说的昭文是谁？她可不敢去问张氏，猜想多半是张氏的叔伯兄弟，他们几十年封闭住在这里，所有人非亲即故，然后忽然就这样打起来，死伤许多人。

姚竟走过来和姚玉茹站了一会儿，相对无语许久，才说道："今夜应该就这样了，没事了，但愿明天一早后面的人能找到这里，然后我们就回天水。"

姚玉茹有个问题一直在心中萦绕，她此时忍不住问出来："原本玉黛也要来，爹你是预备好了我不喜欢吕绍，就把玉黛推给他么？"

姚竟有些没转过神来，但他马上说道："是的。"

姚玉茹又接着说道："吕绍说你要倚仗着他爹征服西域以后，才能组建商队到罗马，这是你要我或者玉黛嫁给吕绍真正的理由么？"

姚竟被问得有些蒙，说道："他这么对你说？"

姚玉茹心中有些愤恨，愤恨父亲为了自家的生意，不惜出卖自己也就罢了，连还未到出嫁年龄的姚玉黛也加入进来，只为博取吕绍的欢心，甚至对吕绍的品性都不加考察，对待自己和妹妹如同货物一般。

但这个愤恨她没法表露出来，因为她知道世间父亲皆是如此。自己的父亲根本不坏，他不过在尽量做好他的角色而已。

"刚刚那只野兽，它咬伤了那个坏人，救下来陈闵的，爹，你看清了么？"

姚竟在等着姚玉茹说出吕绍对她究竟怎么说的，但姚玉茹避开不答，而是问出了另一个问题，他轻轻叹息，说道："我被挡住了，我没看清。"

"那是一只野兽，可好像知道谁是好人，谁是坏人似的，它没有乱咬人，而是刚刚咬中

409

了正要伤害陈闵的那个人，它知道什么是对的，什么是错的。"

"真的有这么神奇，你看清了么，它或许就是狐狸使，那实质就是奶奶，它报了信，但还没走远，仍然护佑着你。"

"比狐狸要大一些。"姚玉茹并没那么确定，黑暗中影影绰绰的，她只是看到了那只野兽扑上去咬住坏人的那个动作，别的都和黑夜差不多融在一起，只能靠想象才能完成。"体态更像一只豹子。它不是为了伤人而扑上去的，它是为了救人。"

"不管它是什么，它帮了我们。"姚竞有些心不在焉地附和道。

"狐狸使来找到了我，我应该立即去奶奶那儿，对不对？"姚玉茹按捺住激动，表面平静地说道。

"等我们回到天水，你再去，我派人送你去。"

"我想马上就走，现在，立刻。"她稍微流露出了一点热情，"奶奶那里一定有重要的事情，而这里已经没有了。"

姚竞稍微为难，但他很快做出了决定，说道："好，你去吧。"

"我是说现在。"

"为什么？天黑路滑，辨不清方向，该有多危险，至少等到早上天亮再说。"姚竞有些不满地说道。

"狐狸使在等着我，它就躲在树林中，它会引导我去榆中，去奶奶那儿。"姚玉茹想过这个可能性，但没有证据，她把推论当事实这么说出来，她恳求道，"我不要你派人，我一个人去，不会有事的。"

姚竞觉得这个情景似曾相识，分不清是自己这么走出榆中时留下的印象，还是以前姚玉茹就这么请求过，而在这时浮起来；他有些恍惚地点点头，说道："也好。"

姚玉茹绽放出笑容，她长久和母亲生活在一起，姚竞这些年来并没怎么管束她，她本来是有着不小的自由，但那种自由始终局促。她有一个念头，觉得今夜从这里走出去，才是属于她自己自由的开端。

"路上要小心，如果狐狸使并没有出现，你就赶快回来；这里是山里，迷路了可不是闹着玩儿的。"姚竞交代道。

"我知道。"

"不要逞强。"

"当然。"

"奶奶交代你做什么，也别答应得太快，要好好想一想再说，就好像这些年你一直想得很多一样，别忽然去了就答应她所有的要求。"

姚玉茹心里忽然有些空落落的，说道："爹，你也要保重。"

"你娘我会请人照顾，你不用担心；但最好是知道了奶奶交代什么事，遂了她的意之后就赶紧回来。"

"哦。"

"我不会逼你嫁给谁，"姚竞的语气有些落寞，"以后你都自己拿主意。"

姚玉茹心中柔肠百结，正想要说点什么，姚竞有些迟钝，又说道："好。"还微微地点了点头，好像他产生了幻听，听见姚玉茹说了什么。

第九节　路遇良人

姚玉茹走回到屋内吕绍的床前，见他还在熟睡中，心中默念和他道别的话。在吕绍中箭落马之前，她对此人的厌憎已经到了顶点，在那之后，不论是想到他中了箭这件事，还是吕绍醒来之后的言谈，都使她忽然对他有了不同的感受。她也说不上是因为同情，还是因为他之所以中箭是为了要捕捉自己想要的白狐所致，还是他醒来以后说的第一句话，"我这是在哪里，好冷"，激发了她的共情之心。

后面吕绍表现出对猎人陈钟的宽容更是让姚玉茹觉得他恍然变了一个人似的，像是有了好的心肠，宽容的胸怀，这是她所欣赏的。

姚玉茹常想，如果父亲像别的父亲那样，不管女儿怎么想，强硬地将她嫁给某个人，这个人只要不怎么坏，大体不差，她即便没那么喜欢，心怀怨恨，但多半早已接受安排，而不是这么白白地过去了许多年。可父亲姚竞并不是这样的人，他也安排，也逼迫，但远远谈不上强迫，这样是好还是不好，她心中既感激，又埋怨。

她默默为吕绍念祷天官赐福文疏已毕，走出院门外，取了马，翻身上马，观望星象辨别方向，朝东行去，行没多远，那只青色的狐狸从杂树中蹿出，默契地行在她马前十一二步的距离。

跟着青狐所带的路，姚玉茹离开猎户所住的釜底地带，越走越高，当山势越高，气温便越来越低，行了一夜，天色亮起来，姚玉茹才发现自己已经行在雪线以上，四周郁郁苍苍的林木间夹杂着白色的雪。山下此时是七月天，她穿得不多，姚玉黛之前把自己披的绒氅留给姐姐，她此时披着，仍然冷得瑟瑟发抖。

不知是何时，雪开始纷纷地落下，积在树枝上，一眼望去，好像白色的花海，随风轻轻摆动，说不出的凛冽磅礴。姚玉茹想起插在门前台阶缝隙里的茉莉花，腮边仿佛有夏季温润的淡淡香味。这香味让她暂时忘记了寒冷和逐渐而来的饥饿，她就这样行了一个白天，天色渐沉，积雪下树枝尤露出的绿色变为灰黑，灰黑连缀成片，白色也逐渐黯淡下来，慢慢地她觉得困倦，眼皮也在打架。

她好像在马上睡着了，也许是一瞬间，不知道有多久，猛地惊觉醒来，看见右边不远处有几十只白狐缓缓地结队行走，像是移动着的军团一般，华丽无匹。

狐群的左边有一条河，河水大部分冻结成冰，中央涓涓细流，汩汩而动，河流这边是黑压压的丛林，积雪被顶在树冠上，斑驳杂陈。自己的左边是望之目眩的千丈深沟，浅草穗花在边沿摇曳多姿，毫无临渊之惧。

醒来之后，她感觉得到腹中饥火中烧，可她什么吃的也没带。她看看周遭，看起来也不像可以找到食物的样子。她拍拍枣红马的脖子，心想马儿随处有草吃，有水喝，我现在还不如马。

她正胡思乱想，忽然听见一声野兽低吼，就在自己身后不远处，她扭头去看，看见了一只棕黄皮毛黑色条纹的老虎，跟在她的身后。她释然地想，原来那不是豹子，而是老虎。她刚放心地转回头，看见前面引路的青狐已经不见了，忽然心中一慌，下意识地猛扯缰绳，枣红马一惊，向前蹿出几步，正好躲开老虎对准她后背的一扑。

躲开一击，姚玉茹冷汗迸发，心跳如雷，拼命地打马狂奔。老虎在后面追了几步，眼看距离拉近，又扑了一扑，被枣红马轻轻闪过。那虎扑的速度虽迅猛，但耐力不足，跑了一段距离，已经赶不上枣红马，眼见距离越来越远，悻悻然地放慢奔跑，停了下来。

姚玉茹一口气奔出几里去，听见背后已经没有什么响动，扭头看了一番，确实已经没了老虎的踪迹，这才慢慢地放松缰绳，让马慢了下来，走了几步，才感觉自己身上已经汗水湿透。

山风将姚玉茹身上的汗吹冷，她刚刚奔跑过而发热的身体也渐渐冷却下来，狐狸使没再出现，天完全黑下来，饥饿像野火一样在身体里燃烧，她开始忧愁这个夜里该怎么对付，必须要找个避风的山洞歇息，否则大为不妙。

正思量间，前面远处忽然传来极微的马蹄声，姚玉茹拉住马，犹疑地看着前方去路，不知该躲起来或是照常前行。她还没拿定注意，马蹄声渐大，避开反而显得可疑，她想那就不如对面擦身而过也好，便放开缰绳，让马儿缓缓前行。同时尽量放松身姿，显得自己是行夜的老手。

过了一会儿，已望见对面行来一骑，姚玉茹的心跳加快。

对面那骑在她前面不远处停下，姚玉茹稍微迟疑，也勒马停住。对面马上那人优雅地拱了拱手，说道："项羽说得胜不还乡，犹如锦衣夜行，没想到夜行的人除了我，还有姑娘。"

刚入夜的光线暗淡，姚玉茹看不清对面那人模样，只隐约看出是个二十来岁的青年，骑着一匹不辨颜色的马,虽然夜行算是切题,但何来锦衣呢,还扯上项羽,这让她觉得他十分浮夸,本来有话要问,有请求帮助的需求,但都卡在喉咙里说不出,只淡淡地说道:"请了。"

两人马头交错,擦肩而过,行不几步,姚玉茹猛然惊醒,勒住马转身对那人说道:"公子前面往哪里去?"

对面那人勒马停住,转过身来说道:"我才要返回山中,姑娘因何有此一问?"

姚玉茹有些惊讶,问道:"你是山里的猎户?"

那人看了看自己的穿戴,反问道:"我看起来像是山里的猎户?"见姚玉茹没有接茬,这才接着说道:"我就住在山中某处,算是一个隐士,隐士一个。"

姚玉茹略微迟疑,说道:"前面几里的道上,刚刚有一只老虎在那附近出没,我刚刚来的时候便遇见,幸好我的马跑得比它快,这才逃了出来,你过去的话,要小心些。"

那人听了,拱手作礼,说道:"多谢姑娘的提醒。不过我带着弓箭,昔日李广射虎,又勇又怕,射出的箭力透石头的感觉,我要是有幸遇见,希望可以体会那种感觉。"

姚玉茹觉得那人说话轻浮,又继续卖弄典故,照自己平日里的脾气,便要转身就走,但此时腹中又冷又饿,她只好接着说道:"我是要去金城郡,半路上迷了路走到这里,已经一天没吃东西,公子可带有吃的,分我一些可好?"

对面那人策马走近姚玉茹,说道:"我身上没了多余的吃食,不过我的族人距离这里不远,姑娘不嫌唐突的话,可以随我同去,吃点东西,睡个好觉,明天一早再出发。"

姚玉茹虽然心中不情愿,直想转身便走,但此时饥寒交迫,先前引路的青狐又忽然消失不见,不知道路该往哪里走,令她不由自主地说道:"那也好,我跟你去。"

"鄙人姓张,名延,魏延的延。"那人说道,语气郑重起来,没有了先时说话的繁冗浮夸。

姚玉茹也介绍自己,说道:"我姓姚,名玉茹,玉石的玉,含辛茹苦的那个茹。"

她介绍完自己,掉转马头,与张延并肩立着,张延先催马而行,姚玉茹这才跟随着。

走了一会儿,天完全黑下来,星星无光,路途昏暗,张延掏出火石,点了个小灯笼,悬在马颈套头处,略微照亮前面的路。

姚玉茹这下才看清张延的面貌,二十岁出头,身形魁梧有力,面貌白皙,横眉星目,嘴角带着浅浅微笑,头戴金缕织成的合欢帽,上身穿灰色褶夹,下身穿青色缚袴,脚踏五色软靴,一把佩剑挂在马背。他这身像是凉州以西的装束,容貌却毫无西域人的模样。

她奇怪地问道:"我瞧你是汉人,但服饰不怎么像汉服,你刚说你的族人,汉人又怎会有什么族人可言?"

张延笑着说道:"确确实实是汉人,先人在邺城,近二十年来才迁徙到这里。"

他说到这里，毫无征兆地停了下来，不再说话。姚玉茹等了一会儿，忍不住问道："迁来这里和你穿着西域那边的服饰，以及你的族人又有什么关系？"

张延想了一会儿，才说道："这说来话长。"

"反正路上也没别的事情，能在到达你家之前说完便好。"姚玉茹说道，她一边困倦至极，一边又一天多没跟人说话，这会儿只想不断地说话，又或是听有趣的对话，不然她担心自己会睡着过去，一头从马上栽下来。

张延又是思量了一番，反问道："姑娘应该是汉人？"

姚玉茹心里咯噔一下，她常年住在天水郡，几年也遇不到一次来问她是哪一族的人，最近两三天，却成了翻来覆去的问题，她有些生气，也有些想躲开整个话题的念头，但飞快想了一番，还是如实地说道："不是，我是戎人。但我娘是汉人。"

张延轻轻赞叹了一声，说道："无怪乎。"

姚玉茹追问道："无怪乎什么？"

张延被问得有些不好意思，说道："是我说错话了，该是说我原本应该想到的。"

他咳嗽了一下，整饬声音，重新开口说道："那我开始讲了哦？"

"嗯，你讲吧。"

"我父亲自然也是汉人，但他在之前羯人所建的赵国的朝廷里做过小官。三十年前冉闵反叛赵国，新建了他自己的魏国，便颁布杀胡令，要杀尽羯人，邺城和周围许多地方都沦为杀戮屠场，羯人不论男女老幼，有没有做过坏事，抓住的一律杀死。邺城周围的羯人已经差不多被屠杀一空。我父亲于心不忍，于是带着一些同道中人，一起尽力保护刀下余生的少量羯人。"

"羯人，你们居然保护的是羯人？"姚玉茹感觉到无以复加的惊讶。

"羯人也是人啊。"

"他们名声很坏，滥杀无辜，人人都痛恨他们。"

"哎，坏人总是很少的一些，多数人并没有作恶的能力，羯人是这样，每个部族都是差不多的。你对他们的印象很坏，不过是道听途说而来，我想你或许没见过一个羯人。"

"因为他们都被杀光了。"

"大部分人只是藏起来了，隐姓埋名地藏起来，他们大概再也没有翻身的机会，但是他们也会一直传承下去。和其他人一样。"

张延说的，姚玉茹直觉上觉得不爱听，但稍微一咂摸，又觉得何尝不是如此。不惟羯人藏起来了，杀戮羯人的人们也藏起来了，恰恰就是陈钟他们；他们不自觉地藏身在这连绵的山里，相距很近，但彼此大概都不知道对方的存在，这是一种什么样的命理？

"你接着讲吧，"姚玉茹有些意兴阑珊，"我不该打岔。"

"他们在上党的山中建了一个坞堡，专门收留逃散出来的羯人，抗拒外面世界的杀戮浪潮，坚持了几年以后，局势终于还是维持不下去。于是我父亲带领所有人一起辗转迁移到此，在这里山中重新建立了坞堡。前面我说'我的族人'，说得也不太对，这些羯人并非来自羯人的某一个部族，而是各地各部族都有，混合地居住在一起，汉人和匈奴人也都各有一些，算是一个具体而微的小小城市。"

他一口气说了许多，姚玉茹有些惊讶，问道："这山里还藏有坞堡？"

张延说道："自然有，而且是一座前所未有的坞堡，你要不要去看看？"

他双腿一夹，座下马朝前冲出，冲出几步便立即勒住缰绳，把马策转回来，他面向着姚玉茹，左手按在胸口，右手面对着姚玉茹伸出，做了一个邀请的手势，姚玉茹看了，心中没来由地一慌。

第十节　天水故事

姚玉茹没说好，也没说不好，只是越过张延继续前行；张延见姚玉茹不接受，脸红红地策马跟上，一时不知说什么好。

两人并肩而行了好一会儿，张延带着些歉意，才说道："我的说法有些歧义，你开始已经答应了，我郑重其事再邀请你一次，反而……好像有些不对。"

"是啊，你不这样还好些。"

"那我们还是按照预先说好的。"

姚玉茹心中轻笑，说道："我知道坞堡是什么，但难以想象的是，坞堡竟然会建在这深山里。这山中的猎人，他们正好是你们的敌人，但他们似乎不知道山里有坞堡。"

张延轻轻一笑，说道："他们不知道我们的存在，但我们知道他们在哪里，也知道他们是谁。那些人不太有资格称自己为猎人的。"

姚玉茹不自觉地为猎人辩护，说道："他们是军人，的确并非猎户，而且，这山的确太大了，他们人又不多，没有找到你们的坞堡，并不太奇怪。"

"正常情况下，没人能找到我们的坞堡。"

姚玉茹叹了口气，莫名地沉默下来，她又想起舅舅来。她本来想在陈钟那儿问问在过去几年有没有遇见过一个名叫叶帆的男子，一则后来发生的事情太快无暇问及，二来她也深深害怕正是舅舅就死在这里，与其证实，不如不问。

张延见姚玉茹忽然沉默下来，头微微下垂，看上去很是消沉，一时不知道说什么，两个人默默不语地走了许久。

张延绞尽脑汁，终于有了主意，开口说道："前面路还远，不如我讲个故事，从前有个地方，山水秀丽，林木茂密，土地肥沃，牛羊遍地，民风淳厚，百姓在这里安居乐业。"

姚玉茹忍不住笑，抬起头来对张延说道："这个故事开头也太俗气了。"

"不俗不俗。这地方后来被周王分封给他亲信的一个养马臣子，这臣子当上这地方的国王，苦心经营，经过几百年扩张，竟然统一了华夏。"

姚玉茹听到此处，笑着说道："仍然很俗气。"

张延也笑道："不是不是，正题还不在这里，正题是，这王朝统一了没多久，便陷入战乱。而这地方忽然数十年之内都不落一滴雨水，河水干涸了，树木花草枯萎死掉，肥沃的土地变成黄沙遍野。农业与畜牧概不能行，便生出许多盗贼来。"

姚玉茹听着张延讲述，心生怜悯，叹息说道："这故事接下去若是不有趣，我等下原路返回，就不去你家的坞堡了。"

张延略微收起笑容，点点头，说道："且听我道来。这地方盗贼四起，打家劫舍，很快原本富庶的地区便变得残垣断壁，十室九空，人烟罕见。前面我说这地方是这个国家的发祥地，君王如何能让它沦落到这种地步？原来这王朝统一不久，那位雄才大略的君王就一病不起，国家在他儿子昏聩治理下，激起遍地反抗，国内处处烽火。原本那千古一帝留下的骁勇善战之军，虽然强大，但也在无尽的作战中消耗殆尽。这地方出的一支军队，损失惨重，为首的军官思念家乡，于是擅自带队回到这里。"

"他们回到家乡，便在余下百姓配合下整顿郡治、清剿盗贼。他们虽然军力尚在，清剿盗贼有余，却没有办法让老天爷下雨。数百军马要吃要喝，也给本地带来沉重负担，惹人厌恶。待盗贼敉平，城中人密谋害死他们。一天城中最大的地主到军营设宴给军官和士兵们庆功，在酒中下毒，将这几百名军人全毒死，有些中毒不深的人也被乡民一刀刀杀死。这数百名军人原是本地子弟，为此地戍守服务，然而竟被本乡人所害，其愤懑可想而知。冤魂不肯散去，整日游荡在这城中，在生的人们只好纷纷逃离，昔日繁华的市镇，渐渐变成鬼城。"

"那名军官有个幼子，因为年纪尚小，未随军而行，听见父亲被毒死的消息，从他的家乡赶来，看见活生生的鬼蜮，思量三日，服毒而死，化为魂魄恳求他父亲解开怨念，率领众士兵鬼魂飞升，放过本土本乡。他父亲说道：'若是有人能忍死九次，我们便魂飞魄散。'他父亲原本是说此事绝无可议，但恰巧这个幼子曾经习得蛮荒巫术，他请求别的伙伴帮忙复活自己，然后又跳入河中淹死，在梁上挂绳吊死，闯入火中烧死，埋入土中窒死，以及自刺而死，自饿而死，自渴而死，自病而死，如此这般九次，凑足了忍死九次的誓言，然后去见父亲，他父亲哑口无言，如约和众士兵魂魄一起消散。"

"这之中的坚忍牺牲,终于感天动地,一个夜里,云端中忽然红光蹿动闪耀,大地猛烈震动,尚留在此地还未离开的人们看见,正想不知又有什么灾难要降临到自己头上,瞬时间红云破开,天上河水倾泻直下,落在地上,汇集成一个巨大的湖泊。这个湖泊滋润四方,终于让黄沙变回良田草坂,树木花草重新生长出来。自然不用说,离开的人们也纷纷迁回,重新形成繁华的市镇。"

不知是冷,还是恐惧,姚玉茹打了一个寒战,说道:"这个故事有些恐怖,不过也算有趣。换了是我,我一次也舍不得死。我……也许是我没经过那么悲惨的事的缘故。"

张延接着说道:"你可知道这地方是哪里?"

姚玉茹心中朦朦胧胧想到,但还是摇头说道:"不知道。"

张延说道:"便是天水郡。天水郡名,便是来自有水自天而降形成湖泊之意。"

姚玉茹心头狂跳,说道:"那么那个湖呢?"

张延说道:"这湖现在已经湮灭不存。传说这湖的水来自天河,所以又叫银汉湖,既然与天河相通,多半就不是真实的了。"

姚玉茹心思乱转,点头说道:"这是你编的,还是真有其事?这故事说明了什么?"

张延笑而不语,良久才说:"我忘记在哪里看来的了,不是我编的。"

"那说明了什么呢?"姚玉茹追问道。

"说明了什么,哎呀,这个可把我难住了,"张延微笑着,想了一会儿,说道,"我不喜欢王侯将相、文人骚客的故事,而喜欢和自己差不多的人的故事,并且越恐怖瘆人,我越能把自己想象进去,想象我在这样的情形下,会作如何的感想,会做如何的应对。"

这句话熨帖着姚玉茹的心,她喜欢极了,她觉得这句话就是为自己量身而作的。

"但是,我们都很平常,不会遇上什么故事。"姚玉茹说道。

"有人说不能流芳百世,也要遗臭万年。这当然是故作惊人之语,不论流芳百世还是遗臭万年,能做到的人少之又少;而我也不认为自己那么平常,不会遇上什么困厄。"

"你说得也没错。"

两人有一句没一句地搭话聊天,并肩又走了许久,姚玉茹原本期待又遇见那只老虎,也好见识一下张延夸耀自己的箭术究竟如何,一转念又想,那不过是年轻人的口头夸张,千万还是别再遇上。

在姚玉茹来时所经过的路边的一片茂密树林处,张延带她走入其内,变成一路向下,虽然时候已经半夜,但走到了雪线之下,空气一下子温润起来,行到树林尽处,前面是陡峭不能行走的连绵大山。而张延仍然一直前行,直到两人走到一面山壁之下。

姚玉茹一天没有合眼,走到此时,已经有些恍惚。她定定地盯着山壁,心中想的是,这人难道带着我撞入这大壁中？唯有如此，才合乎情理和事理，若是张延还要她跟着一起翻越狭窄的山道，她宁愿立即让枣红马就地侧身卧下，她好蜷缩在它的肚子下睡上一觉。

张延跳下马，走到山壁近处，在什么地方按了一下，山壁当中一块岩石轰隆隆升起，现出一处洞口来。借着张延手中的火把，可以看出那山洞极深，里面漆黑一片。

张延做了一个请姚玉茹跟随着自己的手势，牵着马走进洞口，姚玉茹学样下了马，牵着马进了山洞。山洞虽然深，但并不宽敞，仅能容纳一人一骑，张延在前引路，姚玉茹在后面跟着。她有些如梦似幻的感觉，心想，这和一步跨入仙境之中，能有多大的差别？

张延在前面说道："这洞是我父亲率领部众一斧一凿地开辟出来，为的是营造一块真正隐秘的所在，羯人在隐居地完全自给自足，不和外界有往来，除了少数不得不到外面办的事情，又或是有更多的幸存者须接引进来，不过已经多年没再有新人进来了。"

没走几步，在洞里转过连续两个大弯，忽然亮堂了许多，只见洞壁上斜斜插着一个长明火把，前面再没有转折，姚玉茹看到差不多二十步便有一支火把，视力所及，已经数出五六支火把来，这样算来这个洞最少也有一百多步深，不由得赞叹道："这要多少人力，花费多少辛苦才能挖出这样长的一条洞道！"

"我生在山中坞堡内，我记事的时候，这山洞已经是如此。这个问题我小时也问过我父亲，我父亲当时如何回答的我都已经忘记了。不过后来我自己有了更好的答案，那就是开凿这个山洞有多困难，就说明我们想要逃离这世界的决心有多大。"

姚玉茹心中对这个答案不以为然，说道："开凿一个山洞或许不太难，难的是你们怎么知道这大山之后有一个可以藏身的避难之地，下这个决心可不容易。"

张延转头看了一眼姚玉茹，眼中满是赞赏，他没停下脚步，说道："你的这个说法，比我的答案更好，我爹会喜欢你的。"

姚玉茹心中一动，嗔怪地说道："我干吗要你爹喜欢我？"

张延被噎了一下，随即哈哈笑道："我又说错话了，我总是说错话，你可别见怪。"

姚玉茹没有做声，想着心事。

张延接着说道："这世界虽大，但对于我们羯人已成一个死囚牢笼，我们在这里挖出隐蔽的洞，形同自囚。坞堡内虽然天地狭小，却是我们能安身立命的所在，这洞道有多长，花费了多少辛苦，反而毫不足道。"

姚玉茹对中原旧事本来所知不多，对羯汉两族的深仇更是难以理解，不过她刚刚才经历了汉人猎户围攻陈钟一家及自己的事情，许多瞬间的感受还历历在目，所以对张延所说的也算是感同身受，觉得这些一心藏起来的人，不论如何，都其情可悯。

第十一节　射　虎

她想了一想，忽然觉得哪里不对，她知道这不对是哪里，以及张延又会怎么说，她急切地想把自己的想法讲出来，便问张延说道："你不是汉人，怎么说我们羯人？"

张延立即便说道："这倒不是口误，我们和羯人已经算是结为一体，说我们并没有错。"

"我觉得，羯人两字去掉岂不是更好，就说我们也就够了。我们的后面还接着羯人、汉人、戎人，始终是念念不忘自己和他们是不同的。"

张延沉默了一下，说道："没错，你说得很对。我多多少少还是不忘自己和他们是不同的。这和我们所标榜的义理相比，实在令人羞愧。"

姚玉茹见张延认可自己的看法，心中欣慰，也安慰他说道："我这大概只是旁观者略微清一些。"

张延突然想起什么，说道："我忘记了，还没请教姑娘贵庚。"

姚玉茹觉得心猛地一跳，微微有些针刺一样的痛，以及有些狼狈，她沉默了一会儿才说道："我二十三岁了。"

张延上下打量一番姚玉茹，笑着说道："那我要叫你一声姐姐，我比你小一岁。"

烦躁一下子布满姚玉茹的心头，狼狈感更甚，她语气僵硬地说道："不许叫，我只是向你要一些吃的，不用那么亲密。你敢这样叫我姐姐，我立即就走。"

张延叹了一口气，说道："你和我姐姐一般儿的脾气。"

姚玉茹迟疑了一下，问道："你有个姐姐？"

张延笑道："何止有个姐姐，简直有两个姐姐。"

姚玉茹心里略微松开一些，抓住张延的话，调笑说道："你是何止，还是简直？"

张延装作对着他面前并不存在的人拱了拱手，说道："鄙人姓张名延，又名何止，字简直，也不错，多谢……"他生生地把姐姐两个字吞下去。

两人又走了一会，才到洞道尽处。出了洞，虽然黑暗，但看得出面前一片平坦，姚玉茹心中狐疑，正在想山后是什么地方，怎么会如此平整？这时吹来一阵风，带来些湖水的气味，她才想到，原来这是一个巨大的湖泊，就藏在山壁之后。她顺着张延手中火把的亮光仔细地瞧去，隐约分辨出湖水就在十几步以外，说道："原来还要乘船。"

张延微笑说道："且等船来。不过马是载不过去的，这周围水草丰富，就把它们留在这里，它们自己会照顾自己。"说着他解下马身上的缰绳马鞍，取下佩剑抱在怀中，放任马儿慢慢走开。姚玉茹也解开枣红马的缰绳，还没解马鞍和弓箭，有些不舍地说道："你可别跑野了，明天一早，我就来找你。"

枣红马轻轻嘶鸣一声，也不知道它在说些什么。

姚玉茹心中有一个问题，问张延道："这山洞是你们开凿出来的，湖泊莫非也是你们开挖出来的？"

张延笑道："是。"

姚玉茹想了一想，说道："有了这湖泊，那山里的猎户即便偶然找到山洞，穿过山洞来到这里，也不怀疑这里有人烟，没有渡船的痕迹，便是望洋兴叹，知难而退了，这样的保全，的确万无一失。"

张延轻叹了一下，说道："这里并非全为了保全，而是别有缘由。"

姚玉茹好奇地问道："是什么原因值得如此花这许多工夫？"

张延含笑不语，他张开手臂，将手中的火把朝上举了七次，又横摆了三四次。等了一会儿，又在空中画了个圆圈。他对姚玉茹说道："再有一炷香的工夫，船就来了。"

姚玉茹想象得到湖面的远处有个对岸，对岸有人在观望着这边的灯火，她这时候困倦又涌上来，手捂在嘴边偷偷打个深深的哈欠。

这时她忽然隐隐听见有雷声滚过，姚玉茹初没有留意，然后心头发毛，往背后一看，顿时吓得汗毛竖立，睡意全消。一只老虎此刻正站在几步之外的山梁上，比他们要高两三丈，对着他们眈眈而望，作势欲扑。

张延也转身瞥见老虎，他抢前一步站在姚玉茹的前面，拔出手中的剑，和左手持着的火把构成双剑抱月之势，一边对背后的姚玉茹说道："你慢慢地移动，移动到马的背后去。"

姚玉茹哦了一声，瞅见枣红马并未跑远，后悔自己没解下弓箭带在手边，只好边看老虎的动静，边朝青骢马移动，心中祈求枣红马千万不要惊了跑开，又祈求老虎不要看向自己。

姚玉茹才挪出两三步，老虎便留意到她，低吼了两声，掉头向她，弓起身磨砺爪子，看起来便要朝姚玉茹扑来。张延连忙侧向移动两步，遮挡住老虎上扑的路线，挥舞火把，把老虎的注意力吸引回来。

姚玉茹轻声说道："要不我走你也走，你一直掩护我走过去。"

张延想了一下，说道："也好，我刚刚还在想我们分散两处，是不好的。"

姚玉茹朝自己的马走了两步，又回头看去，见老虎和张延对峙着，都没有动，便猛地发力朝枣红马奔去，老虎见姚玉茹跑远，咆哮一声，小跑两步到张延面前，起身扑来，张延小退一步，左手火把朝老虎面门戳去，右手剑朝老虎的脖子刺去。老虎被火把晃了一下，中途站住，往侧面落下，张延手中的剑已刺到它颈项处，但老虎已快速地落下，剑尖刺中时已经全无力道，朝旁边滑开，刺了个空。

老虎落地后立即扭身再扑，张延来不及收回格挡，只好不管身后情景跳开两步，总算躲开一击，再举剑护在身前。他这几个动作虽然幅度极小，可差不多耗尽全身力气，手臂酸软脱力，只勉强支撑。

老虎见两扑皆空，掉头转了几圈，又靠近到张延身前两步，试探着上扑。

张延心思如电，猛地挥剑朝老虎的前爪横斩去，老虎立起身，半张着身子避开，一边横挥爪牙来拍张延手中剑，张延左手火把又朝着老虎的面门送过去，几乎要戳中它的鼻子，老虎半立着往后跳退了半步，立即便自己绊倒。但它极为机敏，打了半个滚，又四爪立地站起来，在两三步以外瞪着张延。

张延刚刚闪躲时悟出主动对老虎发起攻击，比自己招架闪躲更加省力，他这样试了一次，果然有效。他再作势要挥剑斩去，老虎却毫不示弱，扬爪做出反扑的样子。一人一虎形成瞬间的僵持。

姚玉茹已经冲到枣红马前，她庆幸枣红马没走远，取下弓箭，她本想拉着枣红马接近一下老虎，以它为掩护，让自己从容施射，迟疑了一瞬间，还是决定只靠自己，凑近老虎放箭就够了。

她见张延一时逼退老虎，距离不远不近正好，忙搭箭上弦，瞄准老虎的腹部，飞快地射出一箭，那箭"嗖"的一声轻响，在黑夜中如同消失了一般，没有让老虎激起任何反应来。她心中有些发慌，又趋前两步，距离老虎只有五六步的距离，再搭箭上弦，可不直接放箭，而是心想，最好老虎朝自己扑来，等只有一两步的距离，自己才放箭。她一想到要离老虎那么近才施射，顿时脚底战栗，既不能进，也不敢退了。

张延急促地对她说道："放箭，不要怕射不中！"

姚玉茹立即松开了弓弦，箭飞了出去，似乎射中老虎的脊背，听得很轻的一声啪响，箭没有射进去，而是被弹开飞了出去，落在地上。即便是这样的紧张时刻，姚玉茹还是羞红了脸，她飞快地又取出一支箭，搭在弦上，发誓这一次只有在最近的距离最有把握的时刻才全力射出。

老虎被姚玉茹射出的箭打中背部，虽然没有受伤，也惊吓了一下，它放开张延，转身朝姚玉茹走来，张延再怎么冲它摇晃火把也不理。那老虎走到姚玉茹近前，只有一两步的时候，猛地蹲起，扑向姚玉茹。姚玉茹眼见着老虎扑上来，先是惊慌地要逃，可随即灵台清明，静定下来，目光注视着老虎张开双爪暴露出的胸口，呼吸匀净，手上飞快开弓，一箭射出。

张延动作稍慢，老虎已经接近姚玉茹，眼见须臾便要扑倒姚玉茹，他心中绝望，使出全身力气朝老虎侧后面扑来，要将老虎推开。

只听"噗"的一声闷响，老虎在空中忽然失去了向前的力量，像是石头被抛高到了顶点，再也无力向上，但余势未消，拍向姚玉茹的一只爪子仍然张开挥来，从她额头轻轻划过。张延扑在老虎的身上，如同撞入一块柔软的山壁，似乎毫不起作用。不过实际上还是起了一些作用，老虎的身子被略微推偏半尺，在姚玉茹身旁少许落下，重重摔倒在地。张延也跟着扑倒在地，双手还死死抱着老虎的右爪。

老虎落地之后，似乎醒了一些神，四肢乱蹬，左边前爪试图来拍张延的头，张延将头贴在老虎的脖子上，一点点地将身子翻到老虎背上，仍然环抱着老虎的脖颈，他伸出右手，探在老虎的嘴的上方，老虎张开嘴要来咬。只听"咔"的一声，老虎立即停了动作，只剩下些许的间歇抽动。

姚玉茹呆在原地，鲜血从她额头流下，染红了她半边脸，她也不觉得疼，见张延和老虎都在地上一动不动，不知道该如何是好。过了不知多久，张延身子动了一动，然后猛地从老虎脖颈处抽出另一只手，坐了起来，长长地呼出一口气来。

姚玉茹见他坐起来，心中喜悦得想要哭出来。

第十二节　潜水之舟

张延看了看自己的右手，对姚玉茹说道："杀死这只猛虎，你分七成功劳，我占三成。"

他站起身，将老虎躯体翻转朝上，指着胸前的那支羽箭，说道："你这支箭射得妙到毫巅，我会一直念念不忘，惦念着它不是我射的。"他又揪住老虎的头想要提起来，可手臂酸软，只算略微掀向姚玉茹这边，指着老虎的一只眼睛说道："我的这支袖箭射在老虎的眼睛里，这里是它全身最薄弱的地方，可以直接贯进它的脑中，才能完全制住它，不然它死之前的挣扎，也差不多足以杀死我俩。"

姚玉茹这时候才觉得精疲力竭，她努力站住，勉强笑着说道："袖箭也是弓箭么？我还记得你说带着弓箭，想要学李广射虎，刚刚你手里没有弓箭，我还想质问你来着。"

张延这时才留意到姚玉茹脸上的血，走到她身边凑近仔细地看，说道："还好，只是几道划伤的抓痕，应该没有大碍。"他从自己衣襟上割下一条布来，先将血污擦拭干净，再给姚玉茹包扎，一边说道："你是我见过最勇敢的女子。"

姚玉茹安然地随他摆弄，只是偶尔抗拒一下，因为张延将布条包得遮住了她的眼睛，她指挥他调整布条的位置，这让她想起画眉的张敞故事来。她偷偷看张延的神情，不知道他是否也有同样的感受。

张延包扎好，端详了一番，说道："先这样包一下，回到家里我请杨先生重新给你洗一下伤口上药，不然结痂之后留下疤痕，就不美了。"

姚玉茹在别的时候或许会反唇相讥不美了这句话，但此时没有，她反复地想，我刚刚和这个人一起杀死了一只老虎啊，这一生里，除了父母之外，再没人有过这样深切的关联，这真是无可比拟的奇妙。

张延忽然开口说道："船来了。"

姚玉茹举目张望，在黑暗中虽然看得不是很远，但几十步距离里并不见渡船的踪影，奇怪地说道："在哪里？"

张延慢慢数道："五、四、三、二、一。"

"一"字话音未落，只听哗啦一声巨响，面前不远处湖水陡然破开，水波中一只巨大之物浮出水面来。姚玉茹看得呆住，在火把照耀下，逐渐看清那巨物像是一只乌龟浮在水面上，向岸边游来，她失声叫道："这是伏羲庙的赑屃，怎么到了这里来？"

张延笑道："这哪里是什么赑屃，这是我家的龟船。"

说话间巨龟已经冲到岸边停下，龟壳侧面掀开，现出一个方形的门，一个人从里面探出头来，对两人招手，张延引着姚玉茹走到近前，借着火光，姚玉茹见那人深目高鼻，面上多须，姚玉茹并没见过羯人，但一看便知是羯人。眼前这人的相貌和李柯相似，但还是有着显著的差别。

那人惊讶了一下，开口问道："大师兄原来不是一个人回来，她是汉人么？"他见姚玉茹头上缠着布条，更是惊讶，问道："姑娘受了伤？"

张延答道："没有大碍，不担心，只要找杨先生换换药就好。这位姑娘也并非汉人，是戎人，姓姚，姚姑娘。我在回来的途中遇到她，邀请她到坞中做客。我们刚刚合力杀死了一只猛虎，受了些小伤，不碍事。"

他转身向姚玉茹介绍说道："这是桑达，是我的羯人师弟。"

姚玉茹不知道该怎么和羯人打招呼，她挤出笑容，行了一个她自己也觉得很陌生的福礼。

桑达以手按胸前为礼，然后跳下舟来，立在水中，恭候两人登船。

姚玉茹还在惊诧，这从水下冒出来的船比老虎还让她感到震惊，她不敢登船，问张延道："这到底是什么东西？"

张延看了一眼桑达，答道："刚刚我给你说我们的坞堡前所未有，或许你经过山洞的时候还不觉得如何神奇，神奇的在这里。我们的坞堡不以险固为我们的倚仗，而是以常人难以到达为倚仗。这里原来没有湖水，只有在北边还有一座山，这座山山形陡峭，其内部有一小块中空，所以我父亲指挥大家将那山的内部上下挖通，在山体内部石壁上开凿石阶，爬上山顶。山顶上地面起伏不大，但泥土只有薄薄的一层，又不适合耕种，所以我们从山下运来泥土，将山顶上的起伏用泥土填平，增厚土壤，形成一个小小的沃土平原，而山下的平地开挖成了一个巨大的坑。我们引山中的泉水灌入其内，便形成这个湖泊。我们就是这样以山壁为坞堡的城墙，靠填土形成田地，种植五谷粮食，以大湖做我们的护城河，以龟船在水下连通内外的交通。相比之下，外面的那条山道只是个障眼法罢了。"

张延边说，边指着湖水和远方看不见的山，和言语一同做着解释。

姚玉茹听得如坠五里云，指着巨龟，说道："我倒是听懂了，不过这东西真的可以潜入水下，而我们不会被水淹着么？"

张延笑道："这个自然。它本是木头制作的一个潜水大桶而已，只是桶口被妥善地封闭起来，不会进水。外面用木工工艺装饰成海龟的模样，它的四肢便是在水下形式的舟桨，我们在龟壳下的木桶内通过机械操纵它的四肢，我们就可以去水下想去的地方。"

姚玉茹觉得这是个梦，感叹道："真是闻所未闻。"

她把手伸过去，拉住桑达，踩上一块垫木，稍一借力，便跨进了巨龟内部。进去才看到里面并非漆黑一片，有两三盏油灯挂在内壁上，比之外面的黑暗，这里已经算是亮堂。张延先灭了火把然后再进来，巨龟外形虽然巨大，内部却极为狭小，桑达跨进船舱，坐在他前面的位置上之后，便连转身也没了空间。

桑达坐下之后，按了一下什么地方，巨龟的侧面便轰然关上。他座位旁边有一串结构复杂的横杆和一根从一个圆弧缺口中伸出的纵杆，姚玉茹见他次序有度地摆弄那串机构，不由得头皮发麻。张延在旁边指点着说道："这是操纵巨龟的四肢滑水，掉转方向。"那人又推动纵杆从圆弧缺口的一端到另一端。张延说道："这便是潜下水去。"

只听得水声轻微地响动，过了一会儿，姚玉茹问道："我们已是在水底下了吗？"

张延笑道："不错。"

姚玉茹叹息一声，说道："如果刚才不是见这巨龟从水下冒出来，我是不会相信现在我们在水下的。"她东看看西看看，又说道："可惜不能身在水下，同时看看水下是什么样子。"

张延说道："如果是在海边，我们就会想在龟船一侧开一个窗户，用琉璃来密封住，里面的人便可以欣赏外面的景色，可这是我们自己挖的人工湖，连鱼也只是寻常的鱼，实在没什么好看的。"

姚玉茹心驰神往了一番，说道："如果能去海上，哪怕是在海边看看也好。"

张延想了一想，说道："说起来，我接下来正要去扬州办事，不如我们同去可好？"

姚玉茹心中一荡，她开心了一下，立即自己冷却下来，说道："我要去金城，去海上只是说说而已，临时起个意，过一会就忘记了，你别放在心上。"

她话一说出来，立即便后悔了，心怦怦地跳，脑子飞转，想要回忆起刚刚说话的语气如何，会不会太过冷淡，让张延误会。

张延却毫不为意，仍是说道："山中还有许多好玩的物事儿，等你吃饱了睡一觉，我带你去看。"

姚玉茹有些发愁，说道："本来就为了讨点吃的，我以为几步就到，可是路上已经耽误了半天时间，睡个半天，出去又是半天。再有好玩的物事，这可怎么办？我还要赶去金城郡见我奶奶。"

张延笑着说道："不急不急，反正已经耽误了这么长时间，只能从后半程的精简上来着手了。我们墨家有个好东西，可以帮你极快地赶去金城。"

姚玉茹奇怪地说道："你们墨家？"

张延说道："坞堡我已经给你解释过了，还来不及说我自己，我父亲是墨家的传人，自然我也是。"

姚玉茹更加奇怪，说道："你不是姓张吗，怎么又是墨家后人？"

张延有些尴尬，说道："墨家并不是姓墨的一家人，最开始是，但后代已不是了，而是一个组织。"

姚玉茹哦了一声，这事超出了她的知识与阅历，她便不再问，呆呆地想自己置身在一只巨龟腹中，潜行于水下这件事。

张延见姚玉茹不解的神情，便继续说道："墨家在华夏已经有好几百年历史，在春秋战国时最为活跃，不过后来华夏归为一统，我们墨家就再难存在下去，只好转为分散，减少活动，逐步便销声匿迹了。"

姚玉茹对这话题毫不感兴趣，只是她听出张延话中的毛病，忍不住挑刺，说道："你说华夏归为一统，你们就难存在下去，那岂不是说华夏分裂，你们才能够活跃在世上？"她沉吟了一下，心想问也无妨，便继续说道："那岂非就是说你们墨家专擅长浑水摸鱼，火中取栗？"

张延听了呵呵轻笑，说道："没错，历朝历代的朝廷官家正是这样谴责我们墨家，一边在朝在野攻讦，陷我们于不义，一边武力清剿，所以墨家就只好由公开转为暗中。我们墨家和儒家法家不同，他们的学说要专门依靠君王才可推行，最好是大一统的君王，而我们却是根本上反对大一统的。有这样的命运，也算是求直得直。"

姚玉茹叹了一口气，问道："这里山中有什么香气独特的花草树木么？"

张延张口结舌，想了一想，说道："这个，我倒是不知，或许可以问问我姐姐，看她们知道不知道。其次，独特是指什么？"

姚玉茹还没来及回答，这时那操纵龟船的桑达转身说道："我们已经进了釜底。"

张延笑道:"釜底就是刚才我说的那座山的底部,我们接着便要浮出水面,然后便到了坞堡的入口。"

姚玉茹此时却想的是,我不小心进的那仙境就是天河源头么?狐狸使究竟是真的还是假的,怎么把自己引导到了这里?她有些迷惑,有一种不真实的飘浮感,但她知道这绝不是梦境,因为额头上的伤口正火烧火燎地疼。

她先是听见刚才听到过的龟船分开水面的哗啦声,然后又是突的一声,龟船撞入岸边泥沙中停下来。桑达打开水密门,张延先跳下去,伸手过来接引姚玉茹下船。

姚玉茹下了船,周遭一片黑暗,只有张延手中又点起的火把照亮不大的一圈,可视范围比刚刚在那边岸边还要小。她要靠想象才能感受到自己此时的境地,宛如置身在一个天井的下面,头顶上有圆形的天空,底部极为宽阔,一半是湖水,一半是陆地,龟船伏在岸边,脚边水波轻轻地拍打岸边,四周岩石嶙峋围成,岩石上长着晦暗的植物,岩石壁上一边是一条蜿蜒盘绕而上的石阶,另一边是一道竖直到顶的木架。

张延指着石阶说道:"寻常我们是顺着这石阶爬上去,一共三千二百一十三级;不过你并非墨门弟子,又是在夜里,走起来十分危险,我们便坐升降梯上去。"

说着他引着姚玉茹朝木架走去,跨进木架当中的一个大木框中,桑达也跟进来,在木架上一个地方按了一下,先没有动静,忽然姚玉茹便觉木框晃动了一下,随后听见顶上传来轰隆隆的响声,木框便开始往上升,她心中骇怪,强行压抑着不喊叫出来。她看见周围石壁飞速向下滑动,很快变作模糊一片,心跳加快,头脑晕眩,耳鼓嗡嗡作响。

张延笑道:"忘记给你交代了,初次坐这个东西会有些不适,你口中做下吞咽的动作便好。"

姚玉茹勉强笑道:"不劳你吩咐,刚才不由自主便做了。不过你还没说这是什么东西。"

张延说道:"这是升降梯,我们搭来运送物资,主要运送泥土。"

姚玉茹刚刚要问升降梯是什么,木框已戛然停住在一个石台外。

张延说道:"到了。"他引着姚玉茹一起走出大木框,跨上石台。石台对着石壁上的一个洞口。姚玉茹有些脚软,勉强随着张延走进洞口,洞内通道极短,不过十来步,就出到了洞外。

洞外视野开阔,月光似乎比平时要亮堂一些,风柔柔地吹拂。姚玉茹眼前是群山包围着一片平地,平地上树木错落有致,远远望见许多民居和田地,安然沉睡,恍然觉得自己已经回到天水郡城外的那些村庄前。这令她感觉亲切,可仍然有一些不同的地方,除了民居的屋顶是平平的不太一样以外,姚玉茹还隐隐感觉得到,这里看起来并不那么如它表面那样遗世而独立,反而似乎由某种压抑的气氛笼罩着,诡谲而危险。

这感觉正仿佛桑达假装没看他又偷偷瞄着她的戒备眼神所带来的诡异。

这时候，张延在她耳边轻轻地说道："欢迎来到云中坞。"

第十三节　云中的坞堡

姚玉茹在谷中一处小屋醒来的时候，已经日上梢头，她昨夜太累，和衣睡下之后，好像只眨了一下眼睛，睁眼便是亮堂堂的白天了。她有些恍惚，不知道自己身在何处，仔细地回想了一会儿，才厘清头绪，但头绪里所历所见，她不能确定哪些真实，哪些是梦境。

屋内简朴而干净，只有一张床，一个案几，两个草垫，窗户朝南，阳光透进来，洒在床上，晒在玉茹的脚上暖乎乎的。

她一下子翻身起来，见案几上摆着一碟荷花酥，瞬时肚子便饿了。她瞅瞅四下无人，下地赤脚走到案几前坐下，拿起一块荷花酥，轻轻咬了一口，想起昨天夜里来的时候，张延让人端上一碗鸡汤一碟小笼包。他守着她吃完，然后给她额头上的伤口清洗敷药，一举一动小心翼翼，又贴心又有分寸。可是他告辞走了，此时不在，不知道何时才又出现，她竟然有了一丝牵挂之感。

姚玉茹正沉思着，忽听窗户上吱扭响动了一下，她装作没听见，过了一会儿，才突然转身看去，一个少年探出半个头正看着自己，见被发现，顿时呆住，不敢动弹。姚玉茹有些失望，对那少年说道："你进来。"

那少年愣了一下，灰溜溜地走进小屋，在门口站住，有些拘束地说道："我不是有意偷看姐姐的。"

姚玉茹严厉地看着那少年，语气却轻柔，说道："我没说你偷看。"

少年吁了一口气，展现出笑容来，说道："我听说有个姐姐从外面来，所以过来看看。"

"你们这里很少有陌生人来？"有张延的解说在前，姚玉茹觉得自己不该感到疑惑，但仍然疑惑。

少年摸了摸头，说道："很少。"他迟疑了一下，接着说道："实际上，我没见过从外面来的人，我没出过云中坞。"

姚玉茹觉得有些怜惜，说道："这里很好，外面也很好，你以后有机会一定出去看看。"

少年身体微微后倾，有些紧绷地说道："我不会离开这里的。"

姚玉茹有些迷惑，不过也没问下去，只是说道："我姓姚，名玉茹。"

少年笑着作了一个揖，说道："我姓宋，单名衍，是大师兄的师弟，排行第六，是我师父最小的徒弟。"

姚玉茹哦地漫应了一声，问道："张延是你大师兄？"

宋衍点点头，说道："是啊。姐姐是怎么认识我大师兄的，他有没有给你讲这云中坞的情景，姐姐这次来，打算待多久？"

宋衍问了一连串问题，姚玉茹不知从何说起，只好说道："他讲了一些，但是也没说多少。我和他本来不认识，只是在路上迎面遇见，我带的干粮没了，于是找他讨点儿东西吃。"

宋衍有些失望，说道："我还以为你们……"他及时地闭上了嘴，停了一停，仍笑着说道："不过这样也挺好的。"

姚玉茹忍不住问道："什么挺好？"

宋衍的表情瞬间变换了许多，姚玉茹猜得出那是他脑子里不停地转，想到什么都形于表情，甚是可爱，不由得想起弟弟姚尹来，感觉姚尹在七八岁的时候也是这般模样，现在年纪稍长，已经老成得多了。这个宋衍看起来十六七岁，却天真无邪得仍像个七八岁的孩子。

宋衍笑着说道："姚姐姐是我见过最漂亮的女子，头上的包扎，照我看，一点儿也不影响容貌，反而更好看了。"

姚玉茹才觉得宋衍天真无邪，就听他忽然冒出这么一句，又好笑，又好气，她不自觉地摸额头上包扎着的布条，说道："这有什么好了，这当然不好。"

"我说不出来，就是觉得漂亮，单纯地喜欢姐姐这样。"宋衍坦然无忌地说道。

姚玉茹先吓了一跳，随即觉得他说这话并不带邪念，即便喜欢这个词对于初次见面的女性而言十分唐突，她也觉得稍微熨帖，很是受用；而她情不自禁地想要说出，但愿有个人喜欢才好，她恍恍惚惚地，几乎以为自己已经把这句话说出来了，猛然一吓，又猛醒过来，心血翻腾。

"承你的吉言，那我以后伤好了，也可以多一种装扮。"

"姐姐，我认真说的，你可别敷衍我。"宋衍诚恳说道。

姚玉茹不置可否地东看西看，她不知道接着说下去会变成什么样子。

"但愿姐姐你能在云中坞多住些日子才好，这里有很多外面没有的新鲜玩意儿。"

姚玉茹觉得稍微回到正常上来，说道："我不会待得太久，我手头有急事要办，就是你大师兄说这里有好东西，可以帮我很快地赶往金城郡，我才进到这里来；也许办完了事我再回来也不一定。"

宋衍露出失望的神情来，说道："我不知道金城郡在哪里。不过应该很远，大师兄多半说的是郑师兄所做的火气球，不是我做的机关人。"

姚玉茹好奇地问道："火气球是什么，机关人又是什么？"

宋衍瘪了瘪嘴，说道："大师兄说这些都是雕虫小技，不足挂齿的。看起来他还挺看重火气球的啊，不过，我还是坚持我的机关人更为有趣些。"

姚玉茹假作随口问道："你大师兄，他现在在哪儿？"

宋衍想了一想，说道："我刚刚好像看见他往尚同屋去了，大概是给师父汇报他这次外出办事的结果。他忙完了，便会来见姐姐。"他停了一停，接着说道："我就不耽误姐姐休息了。"说着他拱手便要告辞。

姚玉茹心念转动，说道："没耽误，我在这里坐着也是坐着，如果不耽误你的话，你带我四处转转可好？"

宋衍略一沉吟，笑道："自然好。"

姚玉茹穿好鞋，跟着宋衍走出小屋，小屋外一棵垂柳，垂柳下有个小小池塘，池塘中游着几尾金鱼，一道院墙围住这精致小筑。出得院子，看见四周许多青砖瓦房和窨楼，看起来散乱而建，走在其间的道路上，才感觉房屋与道路纵横往来都有定规，像是整个村庄都按照八卦之数排列着。

昨夜刚刚来到这里所感觉到的那种诡谲，似乎在这里找到一部分答案，姚玉茹心想，他们建筑如此布置，本身就含着许多生克的力量，相互制约，也无怪乎令人感觉紧张。

路上行人不多，多是穿着栗色长袍的羯人，他们见到宋衍，都谦和地侧身行礼。宋衍见到其中几个羯人少年，兴奋地用羯语和他们拥抱问候。羯人望见姚玉茹，怯生生地并不打招呼，眼神之中流露出殷勤讨好来。

姚玉茹对羯人先前的历史了解不多，只知道这里的羯人算是劫后余生，对他们都抱着亲切的感受。她觉得其中有几位羯人的姑娘十分靓丽，绝不逊色于自己，有一个她叹为观止，忍不住反复地回望，不由得暗暗想张延怎么看待这些墨家所保护的羯人姑娘，有没有喜欢上其中的一人，而这些羯人姑娘，又怎么看待张延。

两人围着八卦的卦心，朝南方向走不多远，姚玉茹望见远处有几十个大木匣，那小木匣个个形状整齐划一，排成两个接近半圆的弧形，大感惊奇，问道："那是什么东西？"

宋衍嗯了一声，解释说道："这是厢车，平时撑起立木就可以用作生活起居，有事时收起立木，竖起车轮，就变成一件车辆，套上马匹便可以转移。若遇到敌人侵袭，将这些厢车围起来，便天然是一个木砦，可以抵御弓箭与骑兵的冲击。不过现在我们住在山顶，它们和废了也没什么差别。"

姚玉茹由衷叹道："这想法真不错，你们虽然遗世而独立，独到的地方可太多了。"

宋衍有些得意，说道："这就是我不想出去的原因。厢车都是百年以上的老东西了，并不有趣，云中坞里有趣的东西还有很多，你都一一见了，保不准便不想出去了。"

姚玉茹笑着说道："你是想把我留在这里么？"

宋衍脸红了一下，说道："姐姐肯留在这里，那是再好也没有的事情了。"

迎面跑来一位汉人装束的少女，十四五岁，明眸轻盈，走到两人面前猛地停下，对着姚玉茹问道："这位就是姚姐姐吧，师父和大师兄请姚姐姐到兼爱轩用午膳。"她见姚玉茹头上斜包扎着布条，略微一惊，说道："姐姐，你受伤了？"

姚玉茹还来不及回答，宋衍有些不高兴，上前一步，挡在那少女面前，说道："现在时候还早，不用赶着去吧？师父说要请姚姐姐用午膳，并非指定立即要去，而是指临近午时才去的，对吧？姚姐姐想要四处转转，等会儿才去！"

那少女被宋衍抢白，也有些怒气，说道："我也没说要姚姐姐立即就到，只是来通报引路的，就算要陪姚姐姐四处转转，也是我来陪，你从哪儿冒出来，你有师父和大师兄的吩咐么？"

宋衍被噎住，转身看了看姚玉茹，眼神露出求救的神色来，又转回对那少女说道："我自然有大师兄的吩咐，不信你回去问大师兄。"

姚玉茹觉得啼笑皆非，她绕过宋衍，上前拉住那少女的手，说道："一点小伤，不必在意，我是姚玉茹，不知道妹妹怎么称呼？"

那少女对姚玉茹微微行了个福礼，笑盈盈地说道："我姓聂，名叫聂沫，姐姐叫我小沫最好了。"

姚玉茹也笑着说道："小沫，小沫，你的名字真好听，要不这样，你和宋衍一起陪我逛逛这里好么，你们这里很有趣，但我不能在这里待太久，我想快快地把这里逛完。"

聂沫露出失望的神色，但她立即掩饰住，说道："好啊，我带姐姐去我练剑的隐谷去逛逛。"

姚玉茹有些奇怪的感觉，但又说不上来这感觉由何而来，该如何询问，只笑着说道："原来你练剑，你练的是什么剑？"

聂沫表情恢复了一点点灿烂，得意地说道："我练的是隐剑，隐藏不见的剑。"

宋衍在旁边奚落地说道："既然隐藏不见，还练个什么劲儿啊。"他猛然想起一事，像是抓住聂沫把柄似的说道："有吴师叔在，你也敢带姚姐姐去隐谷？"

聂沫张口结舌了一下，嗒然说道："不敢。"

宋衍得意地说道："姚姐姐到我的机关坊去看看，那儿只有我说了算。"

聂沫瞪大眼睛，说道："那我也只好陪着姚姐姐一起去。"

宋衍回瞪了她一眼，一时不知怎么言语堵回去，但总归去他的地方，是他占了上风，便宽容地哼了一声。

姚玉茹见两人斗气，心中好笑，说道："那就去机关坊好了。"她心想宋衍对火气球不以为意，对机关人偏爱自重，两者定是等量齐观的东西，来不及见着或许能帮她快速去到金城郡的火气球，先看看机关人也是很好的。

第十四节　机关之术

宋衍走在前面，姚玉茹和聂沫并排走着，走出八卦格局的村屋不远，有一处又宽又高大的大棚子，一半在外，一半在林子中，有好些人正担着资材进出。

宋衍带着两人进了棚子，棚子里和寻常民居全然不同，房顶很高，足有两三人高。房中极为宽阔，就好像一个上了顶的大院子一般，中间空空的，四个角分别有小的隔间。

棚子当中躺着两具巨大的人形器物，四肢身躯头颅俱全，小的一个有两人多高，大的一个差不多有四五人那么高。姚玉茹心中有些发毛，虽然她从机关人这个词汇早想到可能是这般的状况，亲眼一见，仍有些悚然。

宋衍并不在棚子当中停留，而是带着两人进了边厢一个小房间，小房间里杂乱无章，各种器件堆成许多小山，小山当中有一张大桌子，桌子上也乱糟糟地放满各种什物。桌子边上坐着一人，半身匍匐在桌子上，手中摆弄着一个小器件，正在精细地雕琢。

宋衍对那人问道："飞将军的枢纽做得如何了？"

那人抬头看宋衍，看见他身后还跟着两人，眉头微皱，说道："近来天气潮湿，炉温有些上不去，钢丝拉丝就没拉好，大概达不到枢纽的要求，所以就暂时搁置未动了。"

宋衍有些生气，说道："那你在做什么，还不去修炉子？"

那人眯缝着眼睛，将宋衍身后两人仔细瞧了一眼，说道："原来是小沫，还有一个人是谁？"

聂沫说道："魏大哥，这位是姚玉茹姐姐，是大师兄的朋友。"

那人从桌边站起身来，对姚玉茹作揖行礼，说道："原来是大师兄的朋友，鄙人姓魏名鸣，是大师兄的师弟。"

姚玉茹赶忙还礼，说道："我姓姚，名玉茹，我和张延昨天才认识，进山来看看。打扰了你，实在唐突得很。"

魏鸣轻轻笑道："大师兄目高于顶，肯带你进来，定然把你视为最尊贵的朋友。"

宋衍一点儿也没在意他们的寒暄，盯着桌上的钢丝，痛心疾首，说道："我一天没紧紧盯住，你就出这么大纰漏。"

魏鸣呵呵憨笑，摸着头，冲聂沫做了个鬼脸，聂沫也对他做了个鬼脸。

姚玉茹见魏鸣年纪大概三十几岁，却称呼二十二岁的张延为师兄，他甚至对年纪只有十五六岁，自称最末的宋衍以师兄的姿态对待他，他也不以为忤，心中奇怪，但也不好问，便对宋衍笑着说道："机关人不是在外面么，我们在这里看什么？"

宋衍还是一副对魏鸣不原谅的生气模样，忍了又忍才和缓了语气，对姚玉茹说道："外面你看到的机关人身体，不过是木匠铁匠的手艺，毫不稀奇，机关人真正的奥妙都在这个房间里。"

姚玉茹有些惊奇，但也不是很惊讶，顺着宋衍的语气问道："机关人的奥妙，是什么样的奥妙。"

宋衍并不立即回答，低头沉思，好一会儿才抬起头，说道："说了你也不知道，这东西平素看不到，是放在机关人胸躯内的，就是机关人的心。"他说话的语调似乎突然一变，好像变成了另外一个人，先前天真烂漫的宋衍，变成了机诡深沉的宋衍。

姚玉茹心中一动，脱口而出地说道："机关人也有心？"

宋衍语带讥讽地说道："难道你以为墨家的机关人和寻常街头巷尾耍戏的木偶人大致一样的么？"

"这个，我倒是没往那儿想。"姚玉茹不喜欢忽然变化了的宋衍，但她也能够理解，如果有人问起香水的奥妙来，同时对香味又一窍不通，她差不多也是这样的。

宋衍哼了一声，转身走到房间的一角，从堆杂物中翻出一具小小的人体，抱着对姚玉茹说道："屋外那都是魏鸣造的，这才是我的。"

姚玉茹眼见宋衍抱出一具人体，虽然极小，还不如一岁的婴儿高，身躯四肢垂在宋衍怀中的模样，和真人一般无二，惊得手脚发软，听他说这也是机关人，才放下来心。

她还不敢相信，忍不住伸手去触摸那机关人的手臂，触手之后发现真是由木头制作，事实上仅是木头简单雕琢，木纹犹在，单独看去断然不会有那是人体的联想，之所以感觉和真人一般无二，是来自手足关节弯曲垂下时的灵活逼真。再看那机关人面容剑眉朗目，栩栩如生，只有胸口打开着一个圆形洞口，露出里面未漆的原木色泽。

姚玉茹由衷地赞叹道："这制作真是巧妙。"

宋衍说道："这只是个外壳而已，毫不巧妙，即便是寻常木匠，十天也可以做出这样一个来。我们墨家的机关人，当然不只你看到的这样。"说着，他从桌子上拿起一件方形匣子，从那机关人胸前的洞口塞入，然后在洞口下一个凹下的地方轻轻按了一下，那洞口便立即封上了。

宋衍接着把机关人放在地上，在它的腋下某个地方按了一下，那机关人宛如忽然有了生命，垂下的头先支起来，不待宋衍继续使力，它双手撑住地面，猛地从地上跃起，一下子站住了，接着便如人一般向前走。

姚玉茹啊的一声,退后半步,说道:"它居然还会走路?"

说话间,那机关人已经在屋内走了两三圈,猛地撞在墙上,朝后趔趄了两步,又重新站稳定住,这才停止下来。

宋衍说道:"这又有什么稀奇,周穆王遇到西域人偃师,偃师已经会做会舞蹈,会与人调情的机关人,后来他们那一支机关术失传,直到我墨家开始研究机关之术,墨子在公输班的帮助下,制作出可以与人格斗的机关人来。"

姚玉茹惊道:"可以与人格斗?是与人格斗,还是与别的机关人格斗?"

宋衍看了姚玉茹一眼,语气赞许地说道:"姐姐你问得真好。是与人格斗,先前我师父做的机关人还只能与别的机关人格斗,是按照编好的套路做的表演,与舞蹈相比只不过进了半步而已。而我做的机关人则是与人格斗,说来也不复杂,其实无非是借用机关人力量准度远远优秀于常人,事先设计好套路,一味展开攻击,使敌人难以招架,而不是见对手出什么招自己再考虑出什么招因应,这便不是机关人,而是真的人了。"

姚玉茹心中一动,说道:"也并非只是进了半步,如果机关人可以用来打仗,可以少死多少人啊。"

宋衍有些惊讶,喃喃说道:"机关人用来打仗,可以少死多少人?"

姚玉茹赶忙补充道:"我说的是双方都用机关人来打仗,不是用机关人去打真人。"

宋衍略微思忖,说道:"这仍然很难,除非双方约定,打仗输了的一方便认输,绝不再做更多的机关人继续打;这样的确可以少死很多人。"他口中念叨,心中似乎有所得,又黯然下来,说道:"不对,这个道理说不通,制造机关人需要许多金钱物资,大国可以制造更多的机关人,获胜的自然是大国,小国可就一点儿机会也没有了。"

他陷入深思,一边说道:"除非大家公平起见,即便我有一千个机关人,对手如果只有一百个机关人的话,我也只派出一百个机关人,然后我输了,我并不再接着派出其余的九百个机关人。但如果是这样,我干吗去造另外九百个机关人?"

他双手抓头,面目有些狰狞起来,脸涨得通红,说道:"这些都是问题,但我想这些问题都可以解决,能这样是很好的!可我造机关人,不是为了打仗,也不是为了让它去做什么事情,为了什么挽救生命,而只是因为我可以,我可以把它们造出来。"

姚玉茹见宋衍情绪激动,面目可怖,她倒不害怕,只是心中怜悯。她刚才想起那个在天水军营中做传令檄的人,她不想他在无谓的战争中无辜地死去,见到机关人有感而发,没想到触发宋衍的情绪陡变。她求助地望了望聂沫和魏鸣,两人也是一副束手无策的样子。

姚玉茹搜肠刮肚地想了好一会,总算找到个问题问宋衍道:"木偶人是有人操纵,你的机关人是怎么动起来的?"

宋衍瞪了姚玉茹一眼，说道："动起来毫无难度，不外乎就是简单的发条或者复杂一些的发条，组合在一起而已，难度在于怎么看见，怎么反应。撞了墙可以再站稳，但这远远不够，我想要它可以看见，可以看见以后思考该怎么做，我便卡在这里，没了进展。"

魏鸣在一旁说道："装一个人进去，便什么问题也解决了，你非要舍近求远。"

宋衍勃然大怒，吼道："我修机关术的，不是修巨人术的。你何不自立门户，去做你的巨人？"

魏鸣噤若寒蝉，闭嘴不言。姚玉茹见宋衍进屋谈起机关术之后，先骤然变得老成，继之以动辄动怒，场面一下子冰冷，不知道该说些什么好。

宋衍闭上眼睛，知道自己有些失控，有意冷却自己的怒意，接着说道："几百年前，墨子认为机关人对人类有极大的危害，若落于墨家之外的人手中，结果难以预料，所以在墨家技法中机关人被列在末等，限制大伙儿研究，几百年过去了，机关术了无进展。我认为不该是这样的。"

姚玉茹想的却是天水湖畔仙境中的那个弈秋，自动禁锢自己在棋子之中，据他所说，可听可闻不可动，如果能够给他一个机关人的躯体，他是否就能动起来呢？想到这里，她觉得怀中揣着棋子的地方猛地一跳。她先错愕了一下，随即想到那多半是错觉。

宋衍接着自言自语说道："近来，我的脾气很怪，各位，对不住。"

聂沫小心翼翼地哼了一声，轻声说道："原来你知道啊。"

宋衍又瞪了她一眼，说道："偃师给周穆王做的那个机关人，所谓眉目传情，朝着像是人的方向在模仿，不过是表面功夫而已。我墨家的机关人路数和他不同，重在实用，并不怎么追求模仿人。而我又不想太遵循着墨家的精神，至少在机关人一途上是如此。我追求使机关人接近真人，真正地接近于真人，会像真人一样观察、思考、自行动作。"

魏鸣忍不住说道："大师兄不在，你不是要第一个给他报告的么？"

宋衍又有些暴躁，说道："大师兄在自然很重要，可是姚姐姐在这里待不久，若是让她觉得我们的机关人就是这样，她走之后便以为机关人也就是如此，岂不是，岂不是……"他连说两个岂不是，不知道该接什么话，有些茫然起来。

第十五节　仙人的启示

姚玉茹安慰他说道："你的机关人已经很好了。"

宋衍走到机关人面前，在机关人胸口处一拍，又打开一个洞口，却并非先前放进机关枢纽那个，然后在桌子上取起一个小巧的人形木偶，举给姚玉茹和聂沫两人观看，再把它塞进打开的洞口。

聂沫好奇地问道:"这莫非又是一个枢纽,你难道预备给机关人两个心?"

宋衍冷笑一声,关上这个洞口,将机关人放在地上,按动它的腋下,使它开动起来。只见那机关人先是向前走了几步,忽然停下,歪斜脑袋,若有所思的样子。

姚玉茹不太明白,又似乎有些触动,好像站在大彻大悟的门前,不得登堂入室,但也只差一步;而这一步就是智者和傻瓜的分野。看她迷惑茫然,宋衍露出促狭的微笑。

等了一下,那机关人转动脑袋,似是四处搜寻什么,一边走,一边到处乱碰乱摸。姚玉茹心突突地跳,心想,这机关人竟然在找东西?它为什么要这么做,它是怎么看见的,又是如何思考的,这是器物,还是真的一个人?她浑身发麻,一下子堕入极大的恐惧当中。

聂沫也紧闭着嘴唇,眼神定定地望着机关人,显然她也是既疑惑,又抵触。

那机关人四处转四处搜索触碰,似乎越来越快,先是宋衍有意躲开它,随即其余的人也意识到正确的做法是躲开它,为它让出空间来。那机关人虽然动作迅速,但终究体形小,屋中的几个人躲闪着它倒也不费力。

最后机关人在地上碰触到一块长方形木头,它先是在快速的移动中将它踢开,随即放慢脚步地走近,将它整个拾起,摩挲了两下判断长短粗细,钳在手中,另一只手从腰间抽出一把小刀,低头在木头上切削雕刻起来。机关人力气极大,运刀如飞,只见木屑如雪花般,纷纷洒洒飞起又落下,不到一刻工夫,机关人左掌中那块木头已经变成了如宋衍刚才展示并且塞入它胸中一模一样的那个人形木雕。

姚玉茹忍不住击掌赞叹道:"你这机关人,实在是太神奇了啊!"

魏鸣有些不安,提示说道:"这个木雕还和那个木偶并不相同,只是外表相似而已,内部可完全都不一样,它还是实心的,就是一块木雕而已。"

姚玉茹大体明白,但也满心钦佩地说道:"以前我们说机关人是木偶,就算外貌如何惟妙惟肖,那也只是表面的功夫。你却让它能够做出这样精巧的手工来,实在是叹为观止,所谓巧夺天工也不过如此了。"

宋衍听了姚玉茹的赞赏,却并不这么开心,说道:"天工是什么?我们人类就是神仙所造的作品,那才叫天工,天工可以造人,我却还不能造出更像人的机关人来,这怎么能叫巧夺天工呢?"

姚玉茹觉得宋衍的话和几天前妹妹说的话尽管内容不同,却有相似之处,她明白了一些,却又有了更多不明白的地方,心里懵懂着,说不出话来。

聂沫冲着宋衍撇了撇嘴,说道:"又来了。你又不知道真正的仙人是什么样,我们和仙人差得又有多远,你怎么知道你的机关人和真人的差距比我们同仙人的差距大多了?你对不知道的东西成天忧虑，以前我不懂什么叫杞人忧天，现在懂了，你这就是杞人忧天。"

聂沫说得颠三倒四的，她责怪宋衍杞人忧天，实则是想要打消宋衍对自己作品要求太高而导致的失望，其他人大概都明白了，但宋衍听不明白，他说道："我和你们不同，你们总以为自己是人，是万物之灵，只有自己最聪明、最高明，其他都等而下之，然后都浑浑噩噩的，不知所谓。"

聂沫扭过了头去，不去看宋衍，她对宋衍这套说辞听得都腻了，她也完全赶不上宋衍的言语，索性便不听，也不再说什么。

姚玉茹有些魔怔，她专注地听宋衍说，宋衍见姚玉茹听得认真，接着说道："如果说仙人塑造了人，他们一定想把人塑造得比他们更好，而不是比他们自己更糟，或者哪怕一时不如他们，但他们内心总想把人类塑造得比自己还要好！这是我所有所有所有想法的根源所在，因为我自己就是这样，我以己度人，我自己想把机关人建造得比我自己还好，所以我想神仙也是如此。"

姚玉茹想点头，实际却在轻微地摇头，她觉得宋衍的说法太过惊世骇俗，又或者并不惊世骇俗，而是世人根本不关心，没想过的一处；而她摇头也并非否定宋衍的说法，甚至她是赞许的，肢体语言却和内心相反。

宋衍见姚玉茹摇头，心中失望，说道："总算姐姐愿意听我说完，我就说完，不然藏在心里，也很难受。"

姚玉茹见宋衍如此，想起弟弟姚尹来，姚尹也一般的聪明伶俐，不知道他几年之后会是什么样子，对宋衍更加怜惜，说道："你慢慢地说，我慢慢地听。"

宋衍轻轻叹息，说道："我们墨家信鬼神，但不信人是神的造物，不过是用了人们的迷信来借鬼神而言志罢了。我和墨子观点也不同，墨家的机关术不会说话，但它自身的发展在启迪我，假使人是神造，那么人要比鬼神更好，因为我们制造机关人，无时无刻不在想机关人更好，甚至比我们自己更好。我们是这样想，神仙也一定是这样想。"

姚玉茹对机关术略感一点兴趣，她喜悦的是神造人，但人比神更好的这个说法；即便这说法有许多和常识，和她自己亲眼所见存在许多不同，但这是一个好的说法。

宋衍停顿一下，接着说道："一两年前，我造出了手头这个机关人的枢纽，它比之前的机关人要好多了，行为有度，非常可观，但我始终郁闷不乐，因为我知道它始终只是我设定好的步幅动作，它自己一点儿灵魂也没有，一点迹象都没有，让我觉得这条路根本就是一条死路。

"有一天我做梦，梦见一个神仙对我说，如果你能造出比自身更好一点点的机关人，便跨越了此刻的限境。我猛然惊醒过来，冷汗涔涔，知他点出了我的心病，但我能造出能制造机关人的机关人么？"

宋衍轻轻摇头，沉溺在幻想中似的微笑，接着说道："梦见这个梦之前，我不过是徒逞好强的小孩子罢了，虽然能用巧手做出许多精巧的关节枢纽，也知道自己想要做什么，但对于这个'想要做什么'，却从来知其然，不知其所以然。神仙的指点让我想明白这一环，使我明白机关人的精要，便是让机关人能够自行制造比它本身更好的机关人，不要好很多，只要好一点点，不断地进展下去，总会达到真正的创造，以前所有的制作将全都黯然失色。

"我直到现在仍然做不到这一点，还要亲自设计它动作的每一环节，给它提供模仿的样板，它也只能模仿着制作出一个稍微复杂的部件形状，谈不上制作组件，更遑论内部的枢纽核心，接下来还有拼装的各样难度，总之还差得很远，不过我得仙人的启示想通了道理，还是十分得意。"

宋衍越说越激动，"十分得意"四个字几乎一字一句挤出，说罢他有如虚脱，伸手搭在机关人肩膀上，掩面而泣。

聂沫伸手轻轻搭在宋衍的背上，轻轻拍着，说道："你最近太辛苦了，好好地睡一会儿吧。"

宋衍身子一软，聂沫将他扶住，交给一旁的魏鸣。姚玉茹看得出是聂沫手上用了什么手法，把宋衍猛然催眠，心中略觉得不妥，但也不便说什么。魏鸣将似乎已经沉沉睡去的宋衍轻轻抱住，走进另个屋子。

聂沫有些歉意地对姚玉茹说道："衍哥最近太辛苦了些，有些沦入魔道，姚姐姐，你可别怪他。"

姚玉茹虽然不懂得宋衍所说的究竟含义，但他提及有仙人指引他，以及更前面她想到弈秋被禁锢之事，心中隐隐涌起个愿望，却一时想不出该如何确切地表达出来，心中又迷惑又焦躁，不胜烦乱，对聂沫只勉强点头微微而笑。

聂沫见姚玉茹表情奇特，像是入了什么魔怔，心中正想该怎么解，听见背后风声，有人走进来。她转身一看，开心地说道："大师兄，你到得恰好。"她先是开心，随即却觉得心下一沉，也不知道是为什么。

走进来那人正是张延，他朝聂沫点了点头，走到姚玉茹面前，开口说道："我去你房间找你，你没在。"

姚玉茹才半天多没见张延，此刻一见，心中有说不出的感受，既不是欢喜，也不是感到满足，她略带歉意地说道："我让宋衍带我到处走走，于是走到了这里。"

张延看了看屋里四周，见魏鸣正从里屋走出来，说道："衍哥只会带你到他这儿，看他的机关人。如何，他有什么新进展么？"他这后半句，倒是朝魏鸣问的。

魏鸣面上有些为难，说道："大师兄回来了。衍哥近来是捣鼓出了些新花样，进境什么的不好说，回头他演示给你看，我就不掠他之美了。"

张延微微一笑，说道："不急。"他转而对姚玉茹说道："谷中多年没有外人进来，所以你来了，大家都风吹草动地欢喜，才来叨扰你；我也是一定要跟我爹报告的，他听了之后执意设家宴来为你接风，怕又要多耽误你半天时间。"他摸了摸鼻子，接着说道："希望别让你为难才好。"

姚玉茹第一感受的确有些为难，她向来以见陌生人为勉强，无非是遵听父母的安排，但此时一个人在外面，父母的安排是谈不上了，所以情感上是排斥的，但是她又想，这是张延的父亲，怎么能拒绝？她微微低头，避开张延的目光，笑着说道："也不为难，只是耽误的行程，你要给我补起来。"

张延眨眼点头，他本来担忧姚玉茹不答应，见她慨然允诺，心中顿时十分欢喜。

他的余光扫到聂沫在一边落落寡欢，猜想她原本奉师父的指派来接姚玉茹，没接到人却浪荡到这里，看起来像擅作主张，便安慰她说道："时间还早，你带姚姐姐到这里来看看是对的；这次我经过长安，给你带了胭脂水粉，回头拿给你。"

聂沫听了，眼睛一亮，但只高兴了一瞬，随即又耷拉下去。

第十六节　心事重重

张延领着姚玉茹出了机关坊，朝谷中卦心方向走去，两人并肩而行，先是都不知道该说什么好，沉默了一会儿，张延才问道："宋衍带你看他的机关人，你觉得如何？"

"很有趣，而且不止于有趣。"姚玉茹说道，她觉得自己原本只是来简单过访一下这云中坞，不经意地却沉浸得这么深。

"他是我们不世出的天才，但他和他想做的事情之间，仍然相差得很大，就好像一个人要举起万斤的巨石一样，他越有进展，我们越为他担心。"

姚玉茹想起宋衍有些癫狂的神情，和跑去偷窥自己的那个少年宋衍判若两人，而她也忽然分不清宋衍先前给她说的话，到底是出于纯真，还是出于痴促。

她情不自禁地为宋衍辩护，说道："他很好，不会有事的。"

"但愿。"张延转接着换了语气，说道："他给你看机关人，不用说，他同时也给你提到了火气球，我前面说到可以让你快速赶到金城的，就是这个火气球。火气球并不简单，要用它须预备个一两天，我已经去安排了。实际上我遇见你之时，你走的方向是错的，顺着那条路一直走的话，你会走到安定去，虽然不算南辕北辙，但也差不多。"

姚玉茹愣了一下，说道："怎么会，是有人指引着我去金城的。"

张延也惊讶，说道："有人给你指引，那人一定在有意给你指错方向，又或者你半途经过什么岔道，走错了。"

姚玉茹回想了一下，说道："并不是指错方向，我是跟着它走的。那也不是一个人，是我戎族的一个术法，役使了狐狸来传信，狐狸引着我去金城。只是我半途遇见那只老虎，狐狸被惊走了。也许我逃的时候，走错了方向。"

提到老虎，张延扭头看了一看姚玉茹额头包扎处，问道："伤口感觉如何，是麻痒的感觉，还是疼痛的感觉？"

姚玉茹想起宋衍说这个包扎令她更好看的说法，心头一跳，手摸着额头上布条，说道："没再疼了，早上有些麻痒，现在什么感觉也没有。"

张延眉头微皱，说道："没感觉这不大好，待会儿我们拆开重新清洗上药。"

倘在平时，姚玉茹千般爱惜自己的容颜，如果眉额处有了伤处，一定紧张得用尽各样手段来努力医治，唯恐留下疤痕，这时候感觉却不同，她不在意额头上有一道疤痕，甚至觉得有一道更好。那是她射死一只老虎，并且是和张延一起射死老虎的标记，人人都会看到，没人问也就罢了，有人问的话，她偏偏不说，而会心中甜蜜。

她此刻对张延要换药的说法也不置可否，心里有丝丝的甜意。

张延见姚玉茹不说话，也只好讪笑继续往前走，走了几步又说道："你说'我们'之后不要接汉人还是戎人还是别的什么人，我很赞同，不过就以术法来说，人和人之间并不是相通的，似乎不同的人们各有自己的神祇，各有自己的法门或技术，这事我始终想不明白；道理上说不通，相互有许多抵牾。"

姚玉茹忽然觉得张延是大一号的宋衍，宋衍是小一号的张延，觉得有趣，即便她不怎么喜欢道理的论述，也鼓励地说道："怎么说？"

张延见姚玉茹感兴趣，便说道："我不明白，为何戎人会有自己的术法，而汉人、氐人乃至别的人类，他们也有自己的神，自己的术法，但彼此竟然不同，这好像是在说天上的神仙也对应地存在，就好像地上的人们共存着一样。奇怪就在这里，在各族的传说中，这些神却都是唯一独立的，传说里并没有别族的神祇存在，也从未听过戎人的术法氐人的神官可以学得到的。这不奇怪么？"

姚玉茹听懂了一半，又觉得听懂的这一半也是不对的，问道："怎么奇怪？"

"也许各族的传说都是真的，但要有一个合理的解释，为什么除了自己的神之外，没有别的神存在；要么所有传说都是假的。"

"汉人的神是什么样的？"姚玉茹选择了一个最节省的问题来避开张延的话题，她希望这个问题讲完，他们也就到了要去的地方。

"汉人的神也是相互分歧的，不同的地方，不同的派别有不同的神。彼此不同，彼此都不认可对方的存在。"

"也许神是同一个，不同的人看来，看到的不同。"姚玉茹尝试说出自己的感受来。

"你说的也有道理，不幸的是，很难证明。"

"为什么一定要证明？"

张延怔了一下，哑然失笑，说道："没错，我们自己也没要证明。"

"哼……"姚玉茹得意地哼了一声。

"有趣，我墨家是信有鬼神的，但不信鬼神有神通，也不信人可以有神通。明鬼篇我能背诵，但我没见过鬼神，没见过神通，如果有机会能让我走近看一看就好了。"

"天上有仙境，仙境里是有神仙的，这个你也不信么？"

"墨家所说的鬼神，是和现实无涉的鬼神，虽然人偶尔能看见他们，但那是鬼神现出形象来启迪活人的，人鬼殊途，神于人也一样，只有启发启迪的作用，人可以敬鬼神，但是没法求鬼神，鬼神是不会应答人类的祈求的。"

"你怎么知道？"

张延对这个问题早已经纯熟，说道："我墨家所有的主张和技术，都建立在这之上，如果有鬼神之术，我们所发展技术就都是幻象。"

姚玉茹吁了一口气，说道："不瞒你说，我奶奶是戎人部族的大神官，即是专门祈祷作法，和神灵沟通的人，她派出狐狸使便是引导我回归部族，或许，她会要求我也成为一个神官。"

张延眼中掠过一丝愁容，他强笑着说道："要是我们没碰上，你往安定去了，或许会晚些成为神官。"

"这样不好么？"姚玉茹有些慵懒地问道，明知故问。

"你要是个普通的女子就好了。"张延脱口而出，话一出，他立即便后悔了。

姚玉茹听了，心中一酸，她沉默下来不说话。张延想要补救，可是不知道从何说起。两人闷闷不乐地走了一会儿，来到一座大院门前。

姚玉茹在门前站住了，望着张延，对他说道："要不然，我就不进去了。"

张延叹了一口气，轻声说道："我知道我说错了话，向你赔罪还不成么？"

姚玉茹先前在谷中和宋衍同行，见到谷中的羯人对宋衍尊敬无比，而宋衍、聂沫与魏鸣在言谈举止中对张延又既亲且敬，当作大哥一般对待，此时张延低声向她认错恳求，她心中立即便柔软下来，毫不迟疑地点了点头。

点头过后,又觉得张延仅仅说到这个程度,她心中的委屈并未解开,走进院子前厅的时候,泪水在眼眶中积攒,仿佛就要漫出来。

一个老人,正站在前厅屋下,背着手沉思着什么,他看起来比姚竞年纪大得多,须发皆白,面容矍铄,几乎让姚玉茹生出这是爷爷辈的念头。这也容易理解,姚玉茹是姚竞的大女儿,而张延还有两个姐姐,同样是父亲,这便能差出少则几岁,多则十几岁;再者老者常年身体力行地奔波劳作,比之姚竞中年富贵后保养勤快又差了许多。

他见张延领着一个年轻女子进来,顿时换了笑容,走前一步拱手问候道:"姑娘光临寒舍,我实在是高兴得很。我是张延的父亲,姓张名玄。"

姚玉茹心中慌张,微微侧身施礼,说道:"伯父平安。小女子姓姚,名玉茹。小女子不懂规矩,愿伯父海涵。"她没单独经历过这样的情境,不知道说话施礼是否得当,心里发毛,见张玄和颜悦色地对她,仍战战兢兢,不敢松口气。

前厅当中摆放着一张长腿方桌,方桌各边摆着六七个高腿的坐榻,桌上中央六七个大碗盛菜,边上摆着几副碗筷。张延领着姚玉茹进了前厅,指着一个坐榻请姚玉茹坐上去。姚玉茹没见过这样的桌椅板凳,一时蒙住,不知道是进是退。张延猛省,抱歉地笑笑,自己先坐在一个坐榻上,然后再站起来,示意姚玉茹也学他一般坐在坐榻上。

这并不太难,姚玉茹立即便学会了,可腿挂在空中,虽然可以着地支撑,但垂腿而坐的感受终究十分别扭,她虽然绝不想那样,但不自觉地有些沮丧。张玄也坐下来,正要和姚玉茹找话说,见姚玉茹脸上似乎忍着委屈,几乎要落泪的地步,他立即想到她或许不习惯这胡人的桌凳,他歉然地说道:"山中向来没有客人来,我们入胡随俗,都快要忘记了汉家的习惯。"

他敲了敲桌子,有弟子模样的人跑进来,张玄指挥他在院中重新摆设坐席,坐席设置好之后,张玄帮着张延将方桌上的菜肴分由小碗重新盛好,分别摆在各张案几上。然后他请姚玉茹重新入席。

三个人坐下来后,坐在当中的张玄面色和蔼,沉稳地说道:"本来我有许多话要说,可是我们的习惯是先吃饭,吃完饭再慢慢儿地说。"说完,他拿起碗筷,先开始吃起来。

他既然这样说了,姚玉茹本来想问许多问题,也只好闭嘴,拿起筷子来,先夹了一块炒鸡蛋放在碗中。张延偷偷瞥见姚玉茹动起筷子,也才跟着动起筷子。

菜肴不算精致,两荤四素一汤,荤菜有清炖羊肉、葱烧猪肚;素菜有白水煮萝卜、捣茄泥、韭菜炒蛋、炒苋菜、青菜汤,虽然样式普通,但摆在一起各色各样,浓淡相宜,既质朴又勾人。吃了两口,味道异常鲜美,不知道是这里的厨艺很高,还是姚玉茹好几天没有正经吃饭,格外饥饿,动起碗筷来,瞬间便将面前各色小碗中的菜式吃了个干净。

吃完之后她还觉得肚子不饱，依照往日习惯，会忍耐一下就算了，可此时不只是饿，她还觉得面前的大小碗都空着十分难看；她鼓起勇气，低声对对面的张延说道："喂，刚刚分菜的那位小哥该怎么招呼，我想烦请他来再给我盛一些。"

　　张玄也听见了，他的眉头皱了起来；张延脸一下子涨得通红，他匆忙地站起来，小跑着将姚玉茹面前的空碗再去一一盛满端回来，然后偷偷看看父亲的表情，见父亲一口饭一口菜地吃，似乎没什么变化，悄无声息地坐回自己位置，继续夹菜扒饭。

　　等三人都吃完，刚刚帮张玄摆坐席的那人又进来，将所有的碗筷收走，擦净桌面，姚玉茹这才感觉到张家内院有着和自家不同的规矩，先前张玄留意观察她的表情，立即便为她做了调整安排所激发的感激之情，消退了大半。她感受到即将要受到盘问，而她为了让张延不至于难堪，决心不论何种问题，也要心情兼语气平和地回应。

　　我可千万别搞砸了，姚玉茹心中肃穆地想。

| 第三章　端木宏 |

第一节　虚与实

　　麻泽脱掉道士的装束后，便没有再穿起，这会方便他巡视竹枝馆的内外，预防接下来可能对季子推发动的袭击，无论是要活的，还是要死的袭击。

　　当他选择让他们看不见的时候，这个世界上的人们都看不见他，而他也可以让自己变得略微具有那么一点点形态，从完全透明到宛如一点点红色的氤氲，这看起来很像是这个世界的人们所想象的鬼魂的模样。这也是很长时间以前他们在关键的进化点上所做出的选择下的变通，完全非物质化，以及在形态上还是留那么一点点痕迹。

　　他以完全不可见的形态，像一团清气那样，走出太一居。王恭走的时候，留了六名守卫，手持短刀长枪，两人守在出岫居外，两人守在中庭道中，两人守在竹枝馆外。麻泽经过他们时，这些人毫无察觉。

　　麻泽走出竹枝馆，进入松林中，绕着竹枝馆转了一圈，没有发现什么异样。他选了一棵树，攀爬上去，找到一个位置，可以俯瞰竹枝馆和太一居，院墙通道，都看得清清楚楚的。选好了地方，他稳稳地挂在上面，休憩以待。

　　天黑了之后，他看见麻桓在服侍季子推进食，吃完饭活动一会儿，净手焚香，帮季子推入定。守在各处的六个人由外面赶来的六个人替换，仍然保持着精神抖擞，警惕十足。

　　某个时刻，麻泽听见松林的枝叶轻轻作响，他扭头看去，看见几个人慢慢地从稍远处的松枝上攀爬过来，和他一样，也在松林树冠中选了几个隐蔽的位置，小心翼翼地藏好，并不动作。他们藏得真是好，如果不是看着他们一棵树一棵树地慢慢挪过来，麻泽也几乎要看不见他们。观察他们服饰装束、背着的弓弩箭矢，不难知道这就是白天王恭所说的王国宝的门客，白天他们折损了几人，夜里又来隐藏着环伺，自然有所企图。

麻泽没有动，只是看。

夜深了以后，一匹马载着一人，咔嗒咔嗒地从道路远处走来，走到竹枝馆门前停下。那人骑在马上，盯着门前立着的两名侍卫好一会儿，这才下马，自顾自地将马系好，走到侍卫面前，笑着问道："什么时候竹枝馆有了守卫？"

两名侍卫中的一人说道："今日馆舍已经闭了，你不论何人，还是另找个栖身的地儿去。"

那人哈哈轻笑，说道："我不住馆，我找人。"

两个护卫站得警惕，一人说道："找人就更不应该，现在不是找人的时候，什么人这时候也睡了。"

那人坚持不退，说道："我找张昭成。"

说话间那侍卫从腰间拔出刀，作势拒住来人，说道："找谁也不行，你赶紧回头，我便不给你为难。"另一个侍卫见他拔刀，也忙退后半步，将手中长枪握紧，枪尖直指来人。

来人身子微微侧了一下，似乎没见他什么动作，持刀侍卫像忽然晕眩了一般，直挺挺地倒在地上，他手中的刀随后当啷落地。持枪侍卫手臂一挥，手中枪扫向那人的腰际，那人退了一步，轻松躲开，对那持枪侍卫说道："你们不是我对手，何苦阻拦。"

持枪侍卫一击不中，大惊失色，才要高声喊人，只觉眼前一花，喉咙已经被来人紧紧扣住，发不出半个音来。那人对他道："你们拦不住我的，又何苦送死呢。我没杀你的伙伴，他只是被我敲晕过去，你带着他走，你们就都不会死。如果你执意要拦我，你们两人就一起死。"

说完，他松开捏住那侍卫喉咙的手，潇洒至极地飘开两步，背手而立。

持枪后卫蹲下身去，摸了摸倒地那侍卫的胸口，稍微犹豫，话也不说，丢下手中长枪，抱起倒地侍卫的身躯，扛着走了。

那人似乎很满意这个处理，他目送两人走进黑暗之中，这才转身迈进竹枝馆。他如法炮制，再击倒一人，让剩下一人拖着伙伴退走，过了中庭，来到太一居门前。

他并不上前叩门，而是来回踱了几回，才立在门前，对门内喊话："鄙人陈通，武陵人士，受南郡公所托，来给张天尊带个话，还望天尊开门一叙。"他的声音不疾不徐，语调温和，像是寻常串门一般，谦谦有礼，和之前击倒三人的迅如闪电宛若毫不相干的两人。

麻泽记得陈通的名字，端木宏在船上提到过这个名字，是他列入要在建康和他比试的剑法高手之一；此刻陈通来了，他自己却不知道到哪儿去了。

太一居的门紧紧关着，火烛也没有变化。麻泽知道季子推和麻桓都没有睡，想必麻桓正趴在门后看外面的动静，他有些担心麻桓又像白天一般站出来，那样很难救得了他了。

陈通很有耐心，他立在原处，隔了一会儿又说："陈通受南郡公所托，想给张天尊带个话，还望天尊能开门一叙。"

　　树丛中隐藏着的一人，骑在树干分杈处，轻轻立起身躯，向着陈通的背后，张弓搭箭，弓弯成满月一般，气息沉稳，只听"嗖"的一声，一支轻细的黑影脱弦而去，越过两重院墙，划出美妙的线条，准确地射中陈通的背。陈通猝不及防地中箭，身子猛地向前踉跄，眼看便要扑倒在地，忽地扭身站定，右手已经抽出腰间短剑，奋起全身力气，朝箭射来的方向掷去，只见剑身翻滚，映出许多道弧光连缀成一条线，飞了十数丈远，"噗"的一下，贯穿了发箭那人的前胸。将那人从树上打下，这人身躯落在地上，陈通也同时倒落地上。

　　麻泽见过许多次端木宏的剑法，端木宏的剑法靠快，他的快由合一道道法所培固的精神力来支撑，对于寻常武者而言，近乎所向披靡，但端木宏的快，在麻泽看来并不如这个陈通的手快。何况，端木宏的快往往指向对手致命处，以使对手立即丧失能力为优先，而这个人不仅比端木宏更快，更以不伤人的方式制住对手，孰高孰低，不需要比就可以看出来。

　　然而陈通就这么死了，不论他之前有过何等绚烂的战绩和故事，他还没出手的剑法有多高明，也没能逃过这背后射来的一箭，端木宏没法再找他比剑了。

　　麻泽忍不住想起一种人类称之为叹息的感受来，他想，如果我是人类，这个时候该有的感受是叹息，但他心里空空的。这是他喜欢这个世界所处的阶段，亲近人类的原因所在。

　　射手们显然没有意料到中箭之后的陈通有如此快捷的反击，一击毙命了他们中箭法最高的萧鸳，他们看看太一居门前倒在地上的陈通身体，不知道他究竟死了没有。近处地上的萧鸳肯定是死了。他们面面相觑，既震惊，又不知道接下来该如何是好。

　　有个人终于想起来，他立稳身姿，张弓搭箭，"呼"的一箭又射出，准确地射中已经伏倒在地的陈通的肩头。另外两支箭随后分别射出，一支落在陈通的背上，另一支落在他的腿上，但三支箭都只如射中稻草人一般，稻草人毫无知觉，毫无反应。

　　随后他们一个一个地从树上坠落了下来。松树枝杈对他们这些娴于弓术的人而言根本不算高，但他们毫无准备，被人在身后推了一把，嗯嗯呀呀地掉落在地上，每个人都摔伤了腰或腿，他们勉强爬起来聚在一起，面面相觑，有一肚子火和恐惧，却懵里懵懂地无从发泄，为首两人简单扼要交流了一番，一人扛起萧鸳的尸体，伙同其他人飞快地逃走了。

　　麻泽还在树上，他望着陈通的尸体，心中感觉极为复杂和怪异。他想起先前在西明门外自己杀死的那人，两个人的尸体连成一条线，再连到自己身上，构成三段线条，这三段线条连接和叠加所构成的一个怪异形状让他感觉到某种实体化在他灵魂内萌发。如果说祖先花了一千年才使自己的身体由实体走向虚化，在他心中，这并不存在的连线使他虚化的身体似乎怀念起实体来，并且这种对实体的怀念不同于历史上任何一种担心实体复辟的实现，而这只花了一天的时间。

在他所来自的那个星球上，他自己用这个星球的文字称之以化境世界，虚化首先用来对抗的是死亡，其次是伦理和情感，这事实上仍然有争议。有些人认为虚化首先对抗的是邪恶，有实体的存在，就有恶，要根除邪恶，最终都会回到去实体上来；克服死亡，只是虚化革命的一个次生效益而已。

他们中的几个来到这个星球上，仿佛返回到自己的蛮荒时代，身体的虚化与这世界格格不入，更不用说观念的鸿沟。毫无疑问，就文明与进化而言，他们简直可以说是这个世界上人们的亚里斯，但亚里斯与人无法真正地交流。交流的前提是理解，而这个世界的人们无法理解他们，因为他们无法想象虚无的存在，他们绞尽脑汁，臆造了许多名词与神迹，构建了许多不同的虚无世界，在麻泽看来，所有都是荒诞而虚假的，有些出于善良的愿望，而多数则是出于恐惧和贪婪，但没有一件是真实的。

季子推意识到他自己的死亡即将来临，因为他一直感受到身体局部逐渐死亡，如果不是许多年前麻泽一时好奇，在山崖的半中救下跳崖的他，他早就已经死去。那之后的种种，犹如再以后的种种，都是时光未曾镌刻的痕迹，既不存在，也可能存在于一个重叠的世界中，那个世界他从未有缘拜访。

那两具尸体在麻泽的意识里纠缠不去，要是他当年没有救下季子推，并且通过他进入人类生活中，与他们近距离接触，他不会有此刻的轰然倒退。毕竟，套上衣服以人形展示，不论他想通过什么方式改变人类，影响人类，还是仅仅观察人类，又或仅仅是避世而索居，都必须以人类的逻辑来行事。否则，人们会群起而攻那些和自己截然不同的人，他会成为人类的公敌，这是他仓促决定救下季子推时没有想到的，后来想到了，同时他便成了藏在套子里，一言不发的人。

坐在松树上，他开始想念冰天雪地里的基地，想念星际航行中的空间感，漫长的星际旅程中的壮美景观，想念和伙伴们宛如低语般的交谈，想念红色的母星，绵亘无际的土地，长久旅行中所见过的形形色色的文明和灵魂。

他想，和季子推一样，我也需要一个退场，从这个世界上。

太一居的门打开，麻桓从屋里走出来，跪在陈通的尸体边上。他俯下身去，在陈通的耳边，为他轻念祷语。念到后来，他趴在陈通的身体上，肩膀耸动，无声地哭泣起来。

季子推没有出门，他透过微小的门缝，心中坦荡而怜悯地望着麻桓的背影。

第二节　又见明月

一阵独特的香气让端木宏醒来，他听见潺潺的水声和咕咚的琴音，睁开眼，看见自己躺在一袭素色流苏锦帐之下,一床轻软的被褥搭在身上。他也立即发现自己浑身除了包扎在腹部伤处的布条之外,赤条条地裸着,身上血迹污渍都被清洗得干净,就好像他是一个误入刀丛中的贵公子哥儿,而并不是一个肮脏无形的小道士。

随后他意识到窗外天色明媚,他有些饿,推断此时差不多是隅中之刻。

他环顾四周,屋内墙壁上悬着几幅大小不一的字画,他识字有限,看不懂写了什么,也不觉得字形有多曼妙。窗下一张雕花案几,案几上摆着一盆兰花,许多纸张乱作一团,由一方碧玉镇纸压着。案几有数个圆形褥垫,一个鹤立香炉,一个盛满了卷轴的瓷缸,玄关处一张镂空隔断,上面摆设着各种精巧的小什物。透过隔断可望见门外的花圃,流水声和琴音便自门外传来。

端木宏头一次置身在这样雅致的地方,既惊且怯,他浑身赤裸,也不敢轻易地下床四处探索,只能静静地躺在床上,等待主人现身。不知等了多久,琴声停下来,他听见外面有人说话,说的什么他没听清,接着另一个中年女子的声音他听得清楚:"你自己回去吧,我是不会回去的。"那声音柔和中透着冷淡。

然后就是一片沉静,等了许久,琴声又咕咚地响起来,像是先前说话那人并不纠缠地走了,而先前弹琴的女子又不成调地重新弹奏起来。

一串轻微的脚步传来,一个着灰色宽袍的中年浓须男子走进屋内,见端木宏醒来,对他说道:"你醒了。"说着他在床边坐下来,若有所思地瞧着端木宏,他知道端木宏会有无数的问题要问。

端木宏开口说道:"我的衣服呢?"

那人嘴角轻笑,走到门口对着外面招呼了一声,两个仆人捧着一叠干净的袍服走进来,将衣服展开放在被子上,鞋子放在地上。

"你的道袍破损得厉害,又脏得厉害,我让他们烧掉埋了。"脏字他咬得重些,意思显然是专指血污之处。他指着那几件干净衣服说道:"这是我家大公子的旧衣裳,你先将就穿着。"

端木宏也不避讳,掀开被子飞快地穿好衣服,下到床穿好鞋,这才对那中年人拱手说道:"多谢阁下搭救,在下端木宏,乃是龙虎山天尊府张昭成的弟子,昨日随师伯来到建康,遇海贼攻击,掉入江中,漂流到此,不知此处是何处?"

那中年人也拱手还礼,说道:"原来是合一道弟子,久仰。我姓耿,名鹄,此处乃是建武将军谢玄府上,我是谢将军的幕僚。昨夜将军的女公子谢熏将你救回来。正好我在,我学过几天医,你身上的伤口便是我清洗包扎的,伤口流血虽多,倒没伤及要害,静养几日,就没有什么要紧的了。"

端木宏说道："鄙人山村野夫，不闻世事，不知道谢玄和谢安有何关系？"他一会儿自称我，一会儿而自称在下，一会儿自称鄙人，连山村野夫也用上，耿鹄听了直皱眉，答道："谢将军是谢安大人的侄儿，建武将军，这会儿正掌管着北府军。"

端木宏想了一想，问道："你能给我一把剑么，我想要一把桃木做的剑，我的剑弄丢了。"

耿鹄略有些惊讶，他原没想问端木宏和谁交手，因为关涉到杀人，背后无非就是恩怨情仇，利益纠葛诸事，以端木宏的年纪看起来更像是被人当作死士来用的，他阅历甚多，早已不奇怪。但端木宏穿上衣服之后第一件事就是找他要剑，还是木剑，这可有些稀奇。他摇了摇头，说道："如果你安心待在这里，就没有性命之虞。"

端木宏轻嗤一声，说道："昨夜和我交手的是杜子恭手下剑士，我虽然受伤，但也杀了对方两人，追查到杜子恭的踪迹。他此刻正藏身在甬东岛，我要一把木剑，为的是到岛上去捉他。"

耿鹄轻叹一口气，微笑说道："你说得有板有眼，我几乎都信了。"

端木宏心里一慌，问道："你不信？"

"甬东岛又不在秦淮河上，你要如何去甬东岛？"

端木宏试探着问道："你是谢玄将军的幕僚，可以给我派艘船么？"

"自然是可以的，但我想他大概不信你有这个本事，而我怀疑你受伤另有缘由，可不是什么杀了两名杜子恭的手下。"

端木宏不服气地说道："子非鱼焉知鱼那什么来着，你不是谢玄，你怎么知道他不信？他若不信，我可以在你们面前演示我的剑法，看值得一艘船不。"

耿鹄带着些哂笑，说道："将军平日里多在京口大营，难得回到建康家中，你赶巧遇上，不知是谁人之福，谁人之祸。你如果是认真的，我这就和将军说去。"

端木宏斩钉截铁般说道："我自然是认真的。"

这时只听见一个女子声音在身后问道："你们在说何事认真？"

端木宏扭头看去，一位身姿绰约，淡雅怡人的中年女子，身穿白色裙襦，微微倚靠在门上，目光深邃地盯着自己。端木宏有些慌乱，张口结舌了一下，才想起说道："多谢夫人搭救，我说我要给谢将军演示我的剑法，求赐一艘船上甬东岛去找杜子恭。"他有些震慑于那中年女子的气度，说话时不自觉地便滑了音，把"捉"字变作了"找"。

那中年女子听得出端木宏对自己的敬畏，莞尔一笑，说道："你并非我所救，救你的是谢熏那孩子，我是她姑姑，我是谢道韫。这里原本是我读书的地方。"

她走到端木宏和耿鹄近前，对端木宏说道："你很好，爱憎分明。"停了一下又说道："他刚来南方不多时，还不知道杜子恭就是朝中许多人的师宗，我父亲和兄弟们也是如此，你说要去捉杜子恭，他们就算表面和你应和，答应得好好的，暗中却是会给你拆台的。"

她口中的这个他，自然指的便是耿鹄，他们则自然包括了谢玄的许多人。耿鹄在一旁面上露出些难为情，像是被抓住偷糖果的孩子一般。

端木宏问道："杜子恭已经在江上攻击官军，为何去捉他还要被大人们拆台？"

谢道韫轻蔑地说道："毫不稀奇，这个朝廷，尸居余气，没有出息。是大部分人都没有出息，这个朝廷才没有出息的。"

耿鹄接口说道："也未尝不可以说是尸居而龙见。"

谢道韫瞪了他一眼，说道："龙见？那你试试带着这位小友去给谢玄说，说他要去杀杜子恭，看他如何处置。"

耿鹄微笑着说道："谢玄或许担心的是杜子恭未必那么好杀。"

"谢玄并不正对着杜子恭，他才不会担心什么，五叔才关心，但五叔一定不会搭理你们，他宁愿姑息养奸，也不会实际做点什么。"

谢玄领着北府军，防御北方秦国在扬州方向的进逼，谢道韫的五叔指的是谢石，统领大晋的水军五万人计一二百艘大小战船。

"他能而示之不能是有的，说不上姑息养奸。"

谢道韫眉毛一挑，嘲讽说道："对小小海岛上的一群匪徒，示之不能为何？谢玄对上秦国的铁骑，也没示之不能什么的。"

"尚书自有其韬略，我们不在其位，不能理解他的艰困。"耿鹄仍然微笑，毫不以谢道韫的呛声为意。

谢道韫冷笑一声，说道："你什么时候才能想说什么就说什么，不想说什么就什么也不说？"

耿鹄温和地笑道："这就是我想说的。"

谢道韫嘴唇轻咬，面现愠怒，定定地盯着耿鹄，也不说话。

"我们北方有一首歌谣，男儿欲作健，结伴不须多，鹞子经天飞，群雀两向波。我常想若是能嵌入你的'时哉不我与'，意境更好，可是我想不出该如何加进去。"耿鹄忽然转了话题，轻柔地说起诗歌来。

谢道韫一动不动，但目光变得柔和，明媚一些了。她思索一番，说道："已经写出来的诗，再搬进不同的意象，即便有可取的地方，也不大好，最好别这么做，还是重新写一首更好些。"

"那你下一首诗就以结伴不须多为题。我也学着作诗，就以时哉不我与为题，到时候你来批阅一番。"

谢道韫眼波流动，跃跃欲试，又想要拒绝，微笑着沉吟不语。他们两人这一席对话旁若无人，浑然忘记了端木宏在旁边。

端木宏好像听懂了，又好像没懂，他看看耿鹄，看看谢道韫，想起刘裕与他的妻子臧爱亲来。刘裕夫妻之间的眼神动作与眼前两人全然不同，可又极为神似。他觉得自己不该在这儿，可又往哪里去？

正想间，忽听见有人在窗外轻笑一声，一个娇柔婉转的女声说道："姑姑，你又在和耿主簿对诗了么？"端木宏转身看去，看见一个黄衣少女不知什么时候走进来，倚在窗栏上，笑靥如花，明眸似星，肌肤白皙，身穿黄色心字罗裙，腰系紫色如意结，脚踏彩云绣鞋，模样竟和幻境中孙玥一般无二，他心如锤击，脱口而出道："明月！"

那黄衣少女好像才看见端木宏，她转过头来，收敛笑容，冷冰冰地看着端木宏，说道："我还没给你说我叫什么名字呢，哪儿就给我起这样的名字。"

端木宏有些魔怔，只听见对面黄衣少女说"起这样的名字"几个字，前面的全没听清，他心中不住地想，天底下哪有这样相似的人，是她忘记了自己是谁，还是明月托附在她的身上？他又想，不对，附身并不能改变人的形容，否则这位姑娘的父母亲友就该认不得她了。

又或许，天底下竟然有两位长得一模一样的姑娘，生在两地，彼此不相识，没人知道。

念及于此，他心里又是猛地一震，心想，我又何尝记得幻境中明月的模样，莫非是我见着了这位姑娘，将她的模样套在了那个印象已经变得模糊的女子身上，再反过来认为她长得像她？我原来已经忘记了明月的模样。

他在心中又否了这个念头，不对，她眼神里隐藏着的一丝哀愁，和明月确实一模一样。他想，我虽然没有见过明月真人，但那哀愁，却是刻骨铭心。

第三节　木　剑

耿鹄见端木宏脸色迷惘，张口结舌，在一旁说道："这是我家小姐谢熏，昨夜便是她在路上遇见你昏迷在地，将你救回来的。"

谢熏哼了一声，从端木宏身边擦身而过，走到谢道韫面前，对她说道："姑姑，你可别给我爹说是我把这个孩子捡回来的，要是我爹看到他，问起来，你就说是扫地的仆役看见他可怜，容留进来的。"

她年纪和端木宏相仿，似乎还小些，却称端木宏作孩子。她背后跟随着一个丫鬟，机敏伶俐，眼睛骨碌碌地转，盯着端木宏上下地看。

谢道韫说道："正好，那你要拿一样东西来交换。"

谢熏微微笑道："好。"

但谢道韫接下来并没说要用什么东西来交换，两人心意相通，似乎早已经在什么事情上达成了一致，然后两人自顾自地走到一边去，讨论起头饰手环一类的杂物琐事，不再理会端木宏和耿鹄两人。

端木宏想上前向谢熏致谢，可谢熏正眼也没瞧他，感觉到是有意倨傲，心中也生出些许傲骨来，便也不去看她，目光扭在一边。

耿鹄看见，顿时明白，他引着端木宏走出房间，来到外面的露台上。端木宏见露台上有一张木琴，露台下有一座假山，假山上一注清泉蜿蜒地流下来，在低洼处聚集成一汪潭水，水潭四周种满芍药，此时还没有到花期，还只是满眼的绿意，心情忽然有些失落压抑。

耿鹄先开口说道："谢熏并不是傲慢，她很是关心你，但不好意思说出来。"

端木宏哦一声，说道："我有些慌张，忘记了给她道谢，找个时机我去补上。"

耿鹄微微而笑，问道："明月是谁？"

端木宏有些恍然大悟，又有些难受，说道："是因为这个她才不怎么高兴的么？"

耿鹄轻轻摇头，说道："你刚刚的眼神也不怎么像样。"

端木宏脸腾地一下通红，期期艾艾地问道："不大像样子么？"

耿鹄忍住笑，说道："照世家子弟行立坐对的规范，是不怎么像样，可你并非世家子，这么要求你也就不妥。好了，你别再担心这个，我觉得谢熏并没生气，就是也有些拘谨。我有和她年龄差不多的女儿，还不止一个，我能懂得的。"

端木宏松了一口气，又觉得这轻松和前面的郁猝来得都没有道理。

耿鹄见端木宏不说话，手指轻轻点了一下他的肩头，说道："我在问你呢，你可别避开，明月是谁？"

端木宏并没有要避开这个问题，只是选择了更关心问的那个。他想了一下说道："是一位旧友，是个女子，我没见过她，只是梦见了她，她使我梦见她的。"

耿鹄沉吟，说道："有趣。"

端木宏接着说道："就是这样，没有更多的了。"

耿鹄问道："你梦见的明月，和谢熏模样相似么？"

端木宏迟疑着，说道："我只梦见过明月一次，没有见过真人，不知道她们是不是相似。"

耿鹄思索了一下，又问道："你说去甬东岛上，就是去见这个明月姑娘么？"

端木宏觉得悲伤陡然袭来，动容说道："她在梦里说，她已经不在人世了。"

耿鹄稍微悚动，说道："可怜。"

端木宏有许多话要说，可统统堵在胸口，不知该说哪个。

耿鹄拍拍端木宏的肩，说道："我不是要劝你把她看成一场梦，而是事已如此，就让它去，别再挂怀太多。"

端木宏点点头，说道："只除了一件事，我要上甬东岛找着杜子恭，向他当面询问明月是如何死的，如果明月是他杀害的，那么我就要取他的性命，为明月报仇。"

耿鹄若有所思，问道："这是明月托梦给你，委托你做的事么？"

端木宏说道："不是。"

耿鹄唔了一声，问道："那你为何要立这个愿？"

端木宏忽然也心生了些迷惘，低头叹息，说道："我也不知道。"

"你是一名道士。"耿鹄说道。

"算是，我不能说我不是。"端木宏有些困惑，但也十分坦然，为了一柄剑，一条船，他情愿展现出耐心来。

耿鹄看了看左右，凑近一点端木宏，轻声说道："先前还在北方时，我认得过一个人，这个人是北朝一位将军，也是一名知教高僧的受戒弟子，他向北朝的皇帝提议，要所有人民都信奉知教，组建知军，以知子的名义征讨四方，建成在地上的知国。北方是那样，我看杜子恭也是在行差不多的事，他是要立天尊道的国，只是现在还不知道，他们是要开辟海外，还是要回到陆地上来。"

"你会支持我去杀掉他么？"端木宏对耿鹄说的这些听而不闻，只是直接问他最关心的问题。他一直就没有仔细地想这件事，杀掉，为什么要杀杜子恭，为谁而杀？过去和现在似乎通过一个已经不在，甚至从未证明她存在过的人联系在了一起。

耿鹄没有回答他，自顾往下说道："那个皇帝和国家因为别的事情败亡了，如果他不死，或许此时北方遍地都是知所、迦南行者、行者组成的军队。剃度的皇帝和大臣们和一位地上的知子，一起总管天下的运行，除了赋税徭役之外，所有人还要按照知教的教义来过活。"

端木宏仿佛一脚踏空，心里烦躁，他默念定字诀，想了想，说道："听起来也没什么不好，但若有选择的话，我情愿是我师父张昭成来总管天下，可不能是杜子恭这个妖道。"

耿鹄轻轻摇头，说道："他们有什么不同？"

"当然不同，我师父是好人，杜子恭是妖道，这还用说么？"

"如果你是另一个人，就不会这么想。"

"我为何要假设我是另一个人，而不能就我是我？"

"不错，你就是你……"耿鹄似乎显出些茫然来，他被端木宏的稚拙绕糊涂了，"我就是我，我不是别人，别人也不能是我。"

端木宏有些不耐烦，急切地说道："所以，你会帮我去杀掉杜子恭？"

耿鹄平静的脸上现出一点点疑惑，他说道："你是合一道的道士，杜子恭也是天尊道的天尊，你去杀他，这算不算是你们这一宗为了统一教派而为？表面上看起来你是做了一个梦，一个名叫明月的姑娘要你去为她做件事。"

端木宏摇了摇头，说道："我去，是我自己要这么做，不是为了什么教派。"

耿鹄稍微自迷惑中恢复过来，恢复到中军首席幕僚耿鹄的身份中来，说道："我昨天才第一次见你，也不好装作和你很熟悉，但你或许可以听我的劝告，谁去杀杜子恭也好，但是你别去。"

"我不一定要杀他，是当面质问他是不是杀害了明月，然后我再做我该做的事。"

"我也不是倚老卖老，我甚至希望和你一样稚嫩，但我要说，依我的经验判断，明月不是杜子恭杀害的。"

端木宏气结，说道："我要杜子恭亲自这么说才算。"

耿鹄略有些受挫，说道："是的，以他宗师的地位，谅必不会撒谎。"

"所以，你是北府军军中的主簿，你当然是可以调派一只船给我的。"

耿鹄又沉吟一番，说道："还是不行。"

"为什么不行？"

"你受了伤，伤你的人未见得多么厉害。你一个人去甬东岛质问杜子恭，如果他是杀害明月的凶手，我不担心你杀了他，我担心你会白送性命。"

端木宏傲然说道："你是没见过我的剑法，你给我一把剑，我演给你看。"

耿鹄拦住端木宏因激动而挥动的手臂，说道："我有过像你这样大的年纪，我也有强大的自信，相信自己的文韬武略足以斩杀恶龙，我也真的干成了许多事，一时间也算名动天下，但直到最后才明白，并不是我有那样的能耐，只是我适逢其时，适逢其事，才得了不符实的名。我是个幸运儿，也是个倒霉鬼；成为倒霉鬼之前，我就是那只恶龙。有不少像你这样的少年想要取我的性命，但都枉送了性命。"

说这些话时，耿鹄面容严峻而威严，一扫之前的温和，端木宏听了不由得心惊，一时语塞。

"庄子说剑，说有所谓天子之剑、诸侯之剑、庶民之剑，虽然都是剑，但彼此的境界不同。你的剑法就算已经到了妙绝巅峰，也只是庶民之剑。杜子恭手中或许并不擅长使剑，但他这个人本身已算是诸侯之剑，庶民之剑怎么堪比诸侯之剑？"

端木宏听得又是懵懂，又是叹服，又是失落，他心想，我原以为剑术冠绝便足以行走于世，从来目高于顶，谁也瞧不上，从在浔阳上船以来，那姓张的渔夫不过是乡下粗人，说话也出人意表，有在山外见山之感。落水后遇见刘裕，才知道在谋划行事上，自己宛如儿童一般，此时面前的耿鹄虽说年纪大了许多，但自己无以言对，更近乎痴呆了。

耿鹄见端木宏不语，又说道："庄子又说，不知我是蝴蝶，还是蝴蝶是我，蝴蝶与我，物与两化。做梦的事有如天马行空，又怎么能当得了数呢？"

端木宏心里越发地糊涂，倔强地说道："我有勇气去面对他，他要是肯让我接近三步之内，我就可以击杀他。"

耿鹄轻轻摇头，正要再说些什么，一个人匆匆跑上露台，见耿鹄身边的端木宏，略微愣了一下，在耿鹄耳边轻声低语，说了好几句话。耿鹄一边听一边点头，面色收起严峻威严，又回到雍容和缓的表情。

那人说完，戒备地看了一眼端木宏，低下头将耳朵附在耿鹄嘴边，预备倾听耿鹄的交代。

耿鹄轻轻推开那人，只是放低了声音说道："这是端木宏小兄弟，不妨。我下午处理完谢将军的文书就去，你在厢房等着我。"

他抬起头望着端木宏，微笑着说道："下午有件有趣的事情，你要是不那么急着上岛，不妨跟我去走一遭？"

端木宏迟疑一下，说道："反正也没什么事。"

耿鹄手指着那人，对端木宏说道："这是我的好兄弟梁子平，他也使剑，是个好手，你有空的时候可以和他切磋一二。"又对那人说道，"我们的事情，不必避开端木宏兄弟。"

梁子平匆匆地扫了一眼端木宏，有些忧心忡忡地对耿鹄说道："我先出去，在厢房等着，你空了就来找我。"

待梁子平走后，耿鹄对端木宏说道："我想起来了，你先前对我说，你要一把桃木剑，而不是一把正经的钢剑，这是为什么，是为了少些杀伤？"

端木宏心里一宽，说道："我自小练的就是木剑，木剑轻灵，和木剑更有心灵相通的感受，实在用不来铁剑，铁剑在我手中，威力大减，差不多是废铁一块。"

耿鹄面容郑重，说道："明白了，我就去帮你找一柄木剑来，一定要桃木的么？"

端木宏心中大喜，说道："最好是桃木的。"

第四节　为人之父

谢玄的午饭很简单，主菜是一盘清蒸鲈鱼，盘子里有几根油焖的春笋，一小碟豆干，一壶黄酒，主食是一叠面饼。他一个人吃饭，就叫厨房这么随意地搭配。他慢慢地吃，心中一边合计着晚上面见皇帝要说的事情，先说什么，后说什么，预计皇帝要问哪些问题，自己又该如何回答。

耿鹄轻轻地走进来，束手站在案前。

谢玄点了点头，示意他坐下，开口说道："去年春月中，桓冲在建康见我，送了我一对纯金的象摆件，按说我应该要回礼，但我一时没想好回什么礼，随后彭城的战事告紧，便把这事情给忘记了。这次我回建康，昨日桓玄来访，他不知道他叔叔这事情，但我由此便回想起了还欠着桓冲一个回礼。"

他从案子下面取出一个锦盒和一封书信，递给耿鹄，说道："这是一段南海出产的沉香木，我把它作为回礼送给桓冲。你明日一早，便亲自带着它赶去江陵，为我把它当面交给桓冲。"

耿鹄接了锦盒和书信，略有迟疑，说道："京口营中许多事情未了，我明天就出发的话，这里无人可以移交。"

谢玄面无表情，好一会儿才说："我一时不回京口，就留在建康。京口的事，我让罗政赶回去传信，让他们自行安排。你忙了许久，这也算是个假期，你好好地去，不必担忧大营里的事。"

耿鹄颔首说道："好，那我明天一早便出发。"

谢玄嗯了一声，问道："你懂得我送沉香木给桓冲的含义？"

耿鹄点了点头，说道："还望将军提点。"

"桓家于我家有提拔的情义，我和叔叔谢安都在桓温的手下做过参将，不忘旧恩是应当的。此时桓冲受桓温旧事拖累，不待见于朝廷，他忠心耿耿，忍辱负重，我既代表我自己，也代表谢家，感激桓家旧恩，不使好人心冷，使他体念到忠义总有回报。另一方面，江淮的防御离不开荆州与扬州的犄角协作，我个人除了以个人的名义感激他桓家恩情之外，还殷切地期待两军在战事上密切配合，不要再有荆州军出动攻秦，而扬州这边甚至并不知情。这两点意思，你务必要妥善地传达给桓冲。我想我这边也没有别人有比你更好的言辞和态度了。"

耿鹄面色平淡，说道："好，定不辱使命。"他还稍微停留了一下，等待谢玄有更多的事情交代。谢玄挥挥手，让他离去。

看着耿鹄离开，谢玄忍不住想，很好。任何人都看得出，耿鹄作为当事人自然更加懂得，出使面谒桓冲这件事，本身是一件极为难的差事，而同时还有若干线外之意；自己做出这样的事情，简直是不近人情，近乎刁难；而耿鹄并没有多余的话，一声不吭地便接下来，足见其一番澹澹兮的风骨，这是谢玄所乐意赞赏的将领品质。

相比之下，此时北府军中刘牢之、诸葛侃这些悍将，虽然作战勇敢、果断，战功颇著，但大多聒噪、贪婪、结党营私。谢玄常担忧自己对将领们的品德关心太过，以致影响了对实务的判断，但在他内心的某个地方，始终觉得这些人是远算不上什么良将的。

他最近这段时间，脑子里除了给这些寒门出身的将领在重视世家谱系的大臣前，在皇帝前邀功封赏，为北府军争取扩编加饷的事之外，想得最多的便是这个耿鹄。

耿鹄是叔叔谢安推荐来的人，据说一年前才从北地辗转来到南方，说在北边时是某个坞堡的首领之一，坞堡被秦军攻破，这才渐次流离到江南。他求见谢安，只一番攀谈便被谢安视为奇才，推荐给谢玄。谢玄让他从幕僚书记做起，这半年以来，他幕僚工作做得出色，渐渐地升迁成谢玄幕府中的首席。

他所琢磨的也不是这些，问题在于谢道韫。谢道韫是谢玄的长姐，嫁到琅琊的王家快二十年，子女差不多都成年，但谢道韫和她丈夫王凝之关系时常不谐，常回到建康谢家的宅邸居住，这已经有许多年，两家人都习以为常。

但这一年有所不同，北府军中军主簿耿鹄常往来京口和建康之间，便和常回建康谢将军府居住的谢道韫产生了交集，一来二去，两人关系由寻常变得不寻常，在众人眼中由不疑而成了疑。

成疑大概也不是问题，问题是谢玄担心他们会不知足地把这疑团捅破。

谢玄想，他们都是聪明人，不是聪明人也一眼可以看出自己派耿鹄出使江陵，就是为了让他们两人分开。如果他们更加聪明，会猜测到自己多半会另外写信给桓冲，请他设法留住耿鹄。不管用什么方法，好的法子或歹的方式。总之，耿鹄是不会再回到建康或京口，回到谢道韫身边的了。这是他作为仅存的亲弟弟可以为姐姐所能做的最好的事情。

耿鹄没有任何表示在谢玄意料之中，他从来都是遇大事而不惊的神态，谢玄也准备了姐姐听到消息后冲到自己面前来质问自己，一来她要更聪明些，二来她是姐姐，没有什么顾忌。但她能说什么呢？他既有些好奇，心中又祈愿不要真的出现这一刻。如果真的来问罪，他已经想好，就硬着头皮装傻到底，姐姐虽然刚烈，眼中不揉沙子，但毕竟只是女人。

等了许久，不见谢道韫的踪影，等来的人是谢熏。谢熏蹑手蹑脚地走进屋，在他案几对面坐下，神情严肃。谢玄心中猜疑，难道姐姐自己不好意思来说，却让谢熏来给自己说？他心中微生怒气，但他不动声色，和颜悦色地问谢熏道："最近书读得怎样，有什么要给爹说的？"

谢熏欲言又止，听谢玄问自己读书的事，迟疑着说道："还好，不过我找爹要说的不是这个。"

"那你好好地给爹说。"

谢熏忽然红了脸，她轻轻地说道："我好像喜欢上了一个小子。"

谢玄有些眩晕,这是他万万没预计到的一个答案,他脑子飞快地转,但唯一能想到的是,不可露出表情来,既不能发怒,也不可嘻哈,他既不威严,也不宠溺,万分谨慎地说道:"是就是,不是就不是,什么是好像?"

谢熏吐了吐舌头,说道:"那就是吧。"

谢玄字斟句酌,缓缓地说道:"你年纪也快到出阁时候,你的婚事爹原本是有所考虑的,只是还没和你商量。你说说看,你喜欢上的那人是谁?"

"爹在考虑的,我大体上也猜得到,不过,我不喜欢。我不要充当家族用来交换利益的棋子,爹其实也是极反感这样的吧?不然也不会娶了母亲,才有的哥哥和我。我喜欢的人,是一个不知道哪儿来的破落小子。我看见他的第一眼,就喜欢得不得了。"

谢玄的原配,也就是谢庆与谢熏的母亲,并不是出自世家名门的女子,而是门第很低的邹丽芳,那桩不顾一切的婚姻使谢玄在家中长期抬不起头来。邹丽芳病逝后,谢玄续娶了不止一位妻子,都算是痛改前非,为了巩固家族利益而联姻所做的加倍弥补。去年荆州刺史桓冲前来拜访示好,希望安排他的儿子桓谦娶谢熏。谢玄没有同意,他心目中谢熏理想的联姻对象是王恭的儿子王简,不过这计划不仅谢安摇头,而王恭也还没有表态。

谢玄心想,谢熏此言,实在值得玩味,既以她母亲事例为范例,力图唤起拉拢自己的情感,又清楚地表明了她不做联姻交换的立场,一句不多,一句不少,这个女儿虽然十分乖巧伶俐,但是能说得出这样攻守兼备的话来?是自己一直小看了她,还是有她姑姑在背后指点?

谢熏一边观察父亲的表情变化,一边接着说:"姑姑这样蕙质兰心的女子,却不能操纵自己的命运,爹是一个男子,没法体会到她内心有多么痛苦煎熬,但我能够体会到。"

谢玄心头有些无名火起,他想到姐姐果然和自己的女儿相勾结,一起来拂逆自己的意,但他立即就自己按捺住,浇灭了它。他想,可不就是这样的么?

他不是女子,在学诗上没什么造诣,但他年轻时是体会过情感与礼法之间深刻冲突的。他和邹丽芳的婚姻,婚内幸福无比,但在婚外则是亲族中众皆嫌弃的范例;这状况虽然糟糕,但总算是已经过去了。现在的他有这样一番想法,男人和女人的区别在于男人或许年少荒唐,但年长之后总会成熟些,不再受困于情欲,而会选择服从于礼。但女人,至少一部分女人,年轻时随心所欲,年纪大了仍然被情感驱遣作弄,被情欲捆绑挑拨,最要命的是,她们不认为这样有什么错。

谢玄有些消沉地想,没错,是很痛苦,可这是不对的啊,你们单看见痛苦,但看不见错误。想要操纵命运,但谁能操纵自己的命运?王献之可以操纵自己的命运么,司马曜可以操纵自己的命运么,桓温可以操纵自己的命运么?谁也不能。这样一番复杂的道理,该如何说给谢熏听？他不知道。

谢熏见父亲沉默，说道："我想过一种和姑姑、姐姐们完全不同的人生。我现在没法和爹说具体那是什么样的，但我想要不一样的。"

谢玄开口说道："那小子在什么地方，我想见见他。"

谢熏吃了一惊，她没想到父亲说出这么一句，又是欢喜，撒娇说道："爹，我可没想到你是这样说得风便是雨的人，我又没说自己一定要嫁给什么人，我只是央求你，你答应我，我可以有不嫁给某个人的选择。"

谢玄心中涌起一点暖意，他想，谢庆是个愚鲁之人，自己常以为憾，要是谢熏和她哥哥能调换个位置就好了。这是他打心底里的愿望，虽然这并经不起推敲；生在此时此地，聪慧究竟是不是一件好事呢？就以本朝的历史来说，稍微聪明一点的司马氏往往不得善终，白痴而为皇帝者不止一二，世家子也大体如此；依足这个规律的话，自己应该为谢庆感到欣慰，而为谢熏感到担忧才对。

谢玄情不自禁地想，王凝之是个笨蛋不假，姐姐谢道韫明白事理的话应该尊重他才对，同理，谢熏是个聪明的孩子，她看上的人，应该要有点笨才好。

他心情激荡，微笑着说道："原来你在吓唬爹，其实还没有这个人，你只是来谈条件的。但你要谈条件就谈条件，我们谈妥了条件，你才又说有个人，到时候就别怪爹翻脸。"

谢熏毫不示弱，梗着脖子，说道："没有。"

第五节　为人之弟

谢玄有些贪恋地望着女儿，她才刚刚长大没多久，举手投足，一颦一笑，以及模样都有许多像她母亲的地方，但更漂亮。她妈妈已去世十多年，而她才情窦初开。谢玄心想，如果她真的有了自己心爱的人，我必做不出逼她嫁给什么狗屁世家子的事情来；但愿她已经有了令她动心，又终其一生对得起她的人。

他这么想着，心底更加柔软，但不形于色，坚持地说道："我再给你个机会，如果这个小子是你虚构出来的，用来换取你所谓的选择权，那我就什么也不能答应。"

谢熏单手托着腮，气鼓鼓地盯着父亲。谢玄见她的眼神里既有些欢欣，又有些失神的样子，心中怜惜极了，他想到她母亲当年喜欢上自己时，是不是也在她父母面前显示过这样的优柔与悯然？

谢熏权衡良久，才说道："是有的，那小子当然是有其人的，可他并不知道我喜欢他，我还没告诉他。"

谢玄点头说道："没告诉是对的，你让他来，我见见他，我见过了也未必你一定要嫁给他。你要不要嫁人，嫁给谁，爹都给你选择的自由。"

谢熏眉头绽放出笑意来，说道："那我也不合适去叫他来见爹，他此刻就在我们家中，在姑姑书房外的露台上，爹装作不小心走过去，就和他见着了。"

谢玄立起身来，说道："我这就去会会那小子，看他有什么好。"

"爹，你不会为难他的吧？"谢熏忽然又有些为难。

谢玄已经走到门口，转身对谢熏说道："男人总要经过些磨砺才行，如果他被我吓到了，他就不值得你托付终身。"

谢熏一个箭步奔到谢玄身前，拉住他的胳膊，说道："可是……"她太急了，一下不知道说什么。

谢玄怜爱地看着女儿着急，耐心地等着她说出来。

谢熏急了一瞬间，平静下来，说道："爹，你可以为难他，但别刻意为难他，要比外公以前对你容易一些。"

谢玄哑然失笑，他都忘记了岳父第一面怎么为难自己的，谢熏也绝不可能知道外公曾经怎么为难过自己，那最多只是她的想象而已；他喜欢谢熏这样的想象力，以及说出这句话所显出的谋略来。他忍住笑，说道："好，那我多看些他的优点，你说说看，他有什么优点？"

谢熏琢磨了一下，说道："他啊，他有点儿呆，这好像不算优点，我直觉上他的剑法可能不错。"她忽然想起什么来，顿足说道，"我忘记说了，他是个小道士。"

"不管他是道士也好，迦南行者也好。"谢玄说道，说完他已经穿上鞋，自顾自地走出房间，朝中庭右侧的露台走去。他一边走，一边琢磨，谢熏此番动静，究竟是她本身的原因，还是和谢道韫与耿鹄的事情有什么关联呢？猛抬头，他看见露台的扶栏上有个人定定地望着自己，正是他的姐姐谢道韫，他的步伐一下子变得沉重。

他硬着头皮走上露台，看见露台上并没有旁人，他走到姐姐身边，略有些尴尬地说道："谢熏要我来这里见一位小道士，姐姐可见着他了？"这情景看起来很像是谢熏在给姑姑打前阵，但有了一个具体的小道士，谢玄宁愿不那么想了。

谢道韫面无表情，说道："他刚刚和耿鹄一起出去，不知道去哪里了。"

谢玄本想问"姐姐觉得这个人怎么样"，才要开口，又咽回去，说道："露台风大，姐姐早些进屋，小心着凉。"说着，他便要转身离去。

谢道韫叫住他，说道："我有一件事要和你讲。"

谢玄心中一惊，立住了说道："姐姐请讲。"

谢道韫稍微沉默，开口说道："你不用担心我，也不用担心耿鹄，我和他之间并没有什么逾矩的地方。"

谢玄轻声说道："我并没担心姐姐什么，姐姐多虑了。"

他当然是在撒谎，而他怀疑姐姐也同样在撒谎。她没撒谎当然皆大欢喜，如果她肯撒谎，谢玄便也心安理得地同样撒谎以对。

"我们只是……略微谈得来而已。"谢道韫说道。

这听起来不像是真的，在谢玄看来，耿鹄自然是一个深具魅力的男子，但他大概并没有写诗作赋、清谈阔论的能力。

"当然。"

谢道韫表情严肃地望着谢玄，并不说话，胸口微微起伏，有如火山将要喷发。

谢玄硬着头皮，再开口问道："姐姐要说的就是这件事么？"

"我打算同叔平离婚。"谢道韫没有任何缓冲地说出了这句话，一边冷峻地望着谢玄。她做什么固然不需要谢玄的同意，但如果没有他的支持和祝福，事情也会难为得如同搬山。

谢玄心中又是一惊，搜肠刮肚地想了一番，说道："姐姐像现在这样，想回来住就回来住，不也是很好，何必多此一举，无谓让众人议论。"

这是他的做法，他不怎么喜欢现在的两位夫人，在京口居宿在大营中时间多，很少回到府邸，一个月也未必见她们三两天。

"我的身体是回来了，可是心仍然被囚禁在那里，人的自由，是心的自由，只是身的自由不值一哂。只有离了婚，我才能重得自由，才算重新活过来。"

谢玄低下头，说道："叔平没犯什么大过，姐姐执意要和他离异，我想，他心里也会难过得很，侄儿侄女们他们又会怎么想，叔叔伯伯这些长辈那边，个个都很难交代。"

谢道韫身躯微微颤抖，泫然欲泣，她压抑着，在喉咙里低声说出："只有我是你们所有人的人质么？我不要，我要为我自己而活着。"

谢玄沉默了一会儿，说道："父亲这一脉下的兄弟姊妹十一人，至今只剩姐姐和道辉妹妹，男丁只余我一人。姐姐如果决意要同王叔平离婚，我不敢说不，姐姐以后的日子就由我来奉养，姐姐不必担心。"

这是他早已想过的问题，既是最后的让步，也是将欲夺之，先固与之的折冲。不只是女人，很多人心心念念，孜孜所求者，不过是内心执着的幻象，与其阻拦，不如让他们真的碰触到幻象，他们反而会惊悚而退，退回到合乎情理的程度。谢玄见谢道韫言语表情丝毫不相让，便亮了这个底牌出来。

他想，如果这样姐姐仍是不让的话，那就是真的没办法了，只能这样。

谢道韫黯然说道："别人漫说我有诗才，我却只怜悯自己不靠丈夫养，便要弟弟来养。"她说的这话，却既没有让步，也没有再坚持，让谢玄犯了糊涂。

谢玄脑子里有两个小人在吵架，一个小人怒斥："你不守妇德，以特立独行为荣耀，居然还有脸抱怨，真不如死了算了。"另一个小人则说："我常爱说每个人有每个人的命运，但女子的命运就应该依附在父兄与丈夫身上？我爱我的儿子和女儿一样多，决计不承认他们天生便有贵贱之分。"

他悚然于自己竟然有让姐姐不如去死的那个念头，情感好像是偏向了同情姐姐的一边。

谢道韫沉默良久，接着说道："我不要你来养，我预备回始宁去，在娘的墓旁边结一座小庐，自个儿居住，谁也不往来。"

谢玄内心黯然，说道："姐姐不妨先回始宁，结庐住着，离婚的事情可以徐徐而来。"

"我是自己拿主意，给你说一声，并不是和你商量，要你同意。"

谢玄心情复杂，说道："我知道。"

他不知接着该说什么，又不好立即就走，便找话说道："那个小道士，姐姐也见过了？"

谢道韫叹了一口气，说道："那个小道士名叫端木宏，虽然是个道士，人倒不算讨厌。但身为道士终究不妥，你可以将他编入军中，给他些事做，让他逐步地还为俗家。"

谢玄想了一想，说道："谢熏这孩子能看上的人，不是什么驯良之辈，怕不会接受安排。"他顿了一顿，接着说道："而且最近北边动作颇多，恐怕一两年内就要有一场大战，现在参军不是太好的时机。"

谢道韫若有所思，问道："你是说，很快就要大打起来，好像永嘉之乱那样？"

谢玄点点头，又摇了摇头，说道："此时的形势和永嘉之乱并不相似，倒是可比太康元年时候，只是我们处在了东吴的情势，大厦将倾。"

谢道韫叹了一口气，说道："但愿知子解世间苦厄，不要再来一次浩劫。"

"苻坚这人并不嗜杀，听闻他的事迹，倒似乎过于仁慈了些。"谢玄有些奇怪地问道："姐姐，你口称知子，什么时候信了知教？"

"我只是听了一些知法，觉得有可取之处，几个名词挂在嘴边，算不得信。"

谢玄心中稍宽，笑着说道："今天晚上会稽王在他的钟山别院开设知法大会，主讲人据说是慧远行者。他前日就递了帖子邀请我，我已经确认要去，不过不是为了听讲知法，是为有一道文书想亲自拜托会稽王帮我说，姐姐对知法有兴趣的话，可以一同去听听。"

谢道韫怫然不悦，问道："你什么时候和司马道子搭上了线？"

谢玄有些尴尬，说道："是王国宝，我和王国宝有些交际，王国宝是会稽王的人，自然就……有了联系。"

谢道韫脸色阴沉下来，说道："王国宝，他是王家人里最坏的那个，你与王国宝结交，就不怕近墨者黑，就不怕别人对你的风评变差么？"

谢玄赔笑道："好歹是表亲，走动一下也无妨。"

一个北府军随扈领着一个卫将军府使者气喘吁吁地从前院跑上露台来。使者躬身行礼，对谢玄传了谢安的口谕道："卫将军有急事，请将军即刻前往卫将军府谒见。"

谢玄应了，心中却是一惊，心想，明天就有朝会，这是什么急事，竟然不能等朝会见面再说？

第六节　各言己志

耿鹄和端木宏走在前面，梁子平牵着一匹马稍微堕在后面，三人离了建武将军府邸，朝南面的建初寺行去。

端木宏不到两日内已经历了许多事情，心中落落寡欢，不爱说话。耿鹄见他情绪郁结，便笑着说道："我最喜欢的一个情景并不是我经历的，而是在书里读过的。孔子对他的弟子们说，盍各言己志。意思是说，小子们，何不说说看，你们各自志向是什么。当然了，弟子们各自说各自的，不一而足，孔子最后说，我还是赞同点啊。他说的是曾点。曾点说的什么？他说，天气暖和的时候，和几个朋友一起到河里去洗个澡，在山梁上吹吹风，然后唱着歌回家。"

端木宏有些走神，有些迷惑，说道："我不太懂。"

耿鹄耐心地解释，说道："我们可以假装正走在去秦淮河的路上，心情难道不应该也很快活吗？"

端木宏摇了摇头，说道："我不解为何到河里洗澡会是一件很快活的事情。"

耿鹄眉头微皱，说道："那你因为什么事情会很快乐？"

端木宏脑子里一闪而过孙玥的样子，嘴角不自觉地向上翘起，即便同时也备极了悲哀，可随即他便不确定那是孙玥了，看起来更像谢熏，有些冷漠的样子，喜悦顿时黯淡下来，说道："我喜欢和人斗剑，喜欢遇见剑法很好的对手，更喜欢战胜对方之后的那一刻，那是我最快乐的时候。"

他轻轻地叹息，有些意兴阑珊。战胜对手的那一刻，的确是他曾经觉得很快乐的时候，可他这一年来伤了有三四个剑客，即便都伤得不重，对方也没怎么怪罪于他，但他的喜悦也变得不那么单纯；以及在水下幻境中遇见孙玥，接着又遇见谢熏，这些之前未有过的经历都使得他感觉迷惘。

耿鹄嗯了一声，问道："如果你败了呢？"

"我猜想，那会很悲伤。"端木宏说道，语气看起来好像只是虚应故事，他想，我还从未遇见过失败，真的遇见一位敌手击败了自己的话，失败，自己到底会悲伤，还是更觉有趣？

耿鹄咦了一下，说道："当然会了，可你这话听起来好像是说你还没有败过？是你比得太少么？"他促狭地笑，一边看向身后的梁子平。

端木宏点点头，说道："比得也不算少，我十四岁开始和人斗剑，比了有三四十场。"

耿鹄退到梁子平身旁，笑着说道："三四十场绝不是运气，端木兄弟是个天才，你可以和他比比看，不论胜负都有益处。"

梁子平没在听前面耿鹄和端木宏的话，被耿鹄说得一愣，说道："什么？"

耿鹄假作不满地说道："嗬，你原来没听我们的话，我本来还想问你的志向是什么呢。不过那是其二了，其一是，端木兄弟是个剑术天才，已经几十胜而无一败，你也是剑术高手，你们何不比一比，你胜了算是指教他，你败了的话，"他捏着自己的鼻尖沉思，说道，"也算是为端木兄弟的剑法做了鉴证。"

梁子平微笑，说道："我的志向是不再用剑，你能不能容忍我不再用剑？"

"我当然可以容忍啊，我也期望我们都不用再使剑，可那要在你和端木兄弟比试了以后才算。我这样算是强你所难了么？"

梁子平无奈，说道："好吧，那找个机会，我和端木兄弟比试比试，满足下你的好奇心。"

耿鹄又对端木宏说道："事情来得有些仓促，我还没来得及找桃木剑，不过这也很快，最多一天时间。你有了剑，和梁兄弟比一下。对了，梁兄弟，你用钢剑，端木兄弟用木剑，这样公平么？"

梁子平略微思忖，说道："斗剑讲个意会，钢剑木剑也没什么差别，哪怕用树杈子也能比剑。"

端木宏心里默默盘算了一下，说道："好，我和梁大哥比完之后，不论输赢，你帮我再找一条船，我还是要上甬东岛去。"

耿鹄手一摊，说道："你看看，不管我们说什么，你总会回到这上面来。按知法的说法就是，你是陷入了执念之中。"

端木宏强打精神，反击说道："那么，耿大哥，你的志向又是什么呢？"

耿鹄的目光闪亮了一下，又恢复如平常，说道："我的志向在一开始就说了，孔子赞同曾点，我赞同孔子。春时暖日，与朋友一起，沐浴吹风，歌唱而还。那就是我此时的志向。"

"我现在算是知道了，人的志向是会发生变化的。"端木宏神色黯淡地说道。

"可不是么。"耿鹄微笑着。

他抬起头，已经远远望见了建初寺不甚高的大门，说道："谁知道接下来会发生什么呢。"

梁子平牵着马走在前面，推开寺院的门，走了进去，他熟门熟路地到一处马厩处拴马喂马。耿鹄从左边走，拾阶而上，端木宏跟在后面，心想，原来耿大哥常常来这里。

一个小沙弥见了耿鹄，笑盈盈地迎上来，行了一个礼，说道："法显行者正在方丈间中等候着檀越。"他转身指了指一个去处。他又见耿鹄身后还跟着一人，忙又补充说道："法显行者说只见檀越一人，不可有第三人在场。"

耿鹄愣了一下，也并不坚持，对端木宏说道："这事情不寻常，只好麻烦端木兄弟在外面等一等。"

端木宏点点头，也略微失望，他本来不想来的，听耿鹄说这里是寺院，小道士正应该到寺院去看看，增长智慧与识见，才勉强跟来。这会子进来了，却不得见有智慧的行者，没法把修知法的行者拿来和师父张昭成或是季子推做个比较，十分可惜。

他盯着小沙弥看，那小沙弥比他还小好几岁，眼睛骨碌碌地转，极为聪慧。

那小沙弥对端木宏说道："这位小檀越第一次见，请跟我到客堂去坐一会儿，饮些茶水，还有糖果子。"

端木宏抢白说道："我不吃糖果子，你看我像是还要吃糖果子的样子么？"

小沙弥一笑，说道："甜味是世界上最好的东西，没人会不爱。"

这小沙弥的话大出端木宏的意料，他心中一动，才要说什么，梁子平已跨上几级台阶，问道："你怎么不进去？"

小沙弥扭头对梁子平说道："法显行者今天只见耿檀越一人，连你也不能进去。"

梁子平哦了一声，问道："今天有什么不同么？"

"今天一大早，有一个人来送了一封信。"

梁子平又是哦了一声，他并不问下去，对端木宏说道："那么，我们在外面等，闲着无事，可以来论一番剑道。"

"那你们自便，我还有功课要做，有事就叫我，你知道我的名字的。"说完，小沙弥飞快地跑开了。

端木宏有些啼笑皆非，说道："在龙虎山天尊府里，有几个师弟和这个小孩子年纪差不多大，也有功课做，也帮手迎来送往，原来知教和道教都差不多。"

梁子平领着端木宏来到一处大树下的阴凉处，和他相对而立，说道："你手头还没有剑，正好，这里是知门净地，不动刀剑是最好的，我们就以手为剑，大致地比画一下。"

说着，他侧过身，抬起右臂，以手为刃，指着端木宏的面门，指尖距离端木宏不过一尺之遥。

端木宏也学梁子平的动作抬起右手，侧过身子，心想，剑是手的延长，没有了剑手只是手，怎么能有剑意？

梁子平微笑，他手腕转了几下，掌刃也随之翻转腾挪了若干转。

端木宏明白过来，也同样地转了几下手腕，脑子里已有了剑形和剑意。

他们静静地对峙了一刻，都还没想好如何出招，梁子平忽然开口说道："刚刚他说得不对。"

端木宏一愣，问道："什么不对？"

"耿主簿他说错了，他把论语的公冶长篇目和先进篇目混淆在一起去了。"

端木宏越发糊涂，说道："那是怎么回事？"

梁子平不答，目中精光大增，手刃一变，朝端木宏的右手手腕切来，速度不快也不慢。

端木宏一惊，手上也不慢，他并不躲闪，手腕向前略展，手刃反朝梁子平的手臂攻去；眼见梁子平的手刃将要划过端木宏的手腕，而同时端木宏的人刃也将切在梁子平的桡骨处。梁子平躬起手刃，手背在端木宏手腕上一撞，将他手刃撞开，随即手刃挽一个花，又朝端木宏手腕切来。端木宏有样学样，手臂下沉，手肘朝外击去，也撞在梁子平的手掌背部，将他的手撞开。

梁子平退回半步，收回手刃做防御状，才说道："我明白了你的剑法，你在剑法上的见识很好。"

"合一道的剑法本身平平无奇，我是加进了快字。"

"快是一件容易想到，却难做到的事情，你是怎么做到快的？"

端木宏有自己的猜想，但没法说出来，或者他容易对别人说出来，对眼前的这人却难于启齿。他想了一想，说道："手掌还是太短了，手臂和手掌之间的关联过于拘束，不算很好的剑形。"

梁子平也思索一番，说道："听起来，你认为如果换了真剑，就会胜过我。"

端木宏胃里略有些翻腾，说道："我上建康来还有一件事情想做，找个地方设比武场，和扬州的剑术高手逐一过招，有几个人尤其想会一会，这些人是知名的剑法高手；我也希望暗藏不露的高手，比如梁大哥这样的人，也能现身，和我一比。"

梁子平收起姿势，面向端木宏，说道："你此时的志向就是公冶长篇的立志，想要战胜所有人，而当你赢了你想赢的人，你的想法就会变，变成先进篇中的志向。志向和愿望，是一回事，也不是一回事。"

端木宏也收起身形，琢磨梁子平的话语，问道："耿大哥他已经赢下了所有他想赢的对手了么？"

梁子平长久地看着端木宏，有些愤怒，又有些嘲讽，最后坦然地说道："他是曾经赢得了许多，但此时输掉了所有东西的人。"

第七节　密　道

小沙弥三步并作两步，从台阶上飞快地跳下来，跑到端木宏和梁子平身前，气息匀净地说道："耿檀越请两位跟我走一趟。"

端木宏和梁子平有些惊讶地对视一眼，跟着小沙弥走了许久，上了许多台阶又下了许多台阶，在两处大殿之间的厢房中的一间侧室里，又见到耿鹄。和耿鹄在一起的还有一位三十来岁的行者，身穿红色镶金的袈裟。

耿鹄见梁子平和端木宏来了，对二人说道："事情可比我们来之前预想的要麻烦得多了，这会儿寺外已经被重重地围了起来，我们先脱身，出去之后再说。"

梁子平点点头，问红衣行者说道："这里可有隐秘的出口？"

那红衣行者说道："有一条密道。"

梁子平问道："密道有多长，通向哪里？"

红衣行者说道："有五十来丈长，通向寺院外的一处民居中，那户民居没有人住，是空着的。"

梁子平又问道："这条密道有几人知道？"

红衣行者迟疑了一下，才说道："应该没有几人知道。"

梁子平转向耿鹄，说道："我看他们并不知道是怎么回事，不会遽然闯入，不如我们在寺里藏起来，等明天进来的香客多了以后，混杂在香客里分散出去。"

耿鹄也一直在思索，听了梁子平的话，说道："今夜有个司马道子的法会，建武将军要我陪同，如果我不在，恐怕显眼得很。"

"如果地道那边有人埋伏，可比我们直接开了寺门走出去还要危险得多。"梁子平沉吟说道。

"也可能什么人都没有。"

梁子平摇头，说道："没有必要冒这个险。"

耿鹄语气坚定地说道："长安那边情势有变，接下来还有许多险要冒，这只是第一个，我们就从地道里出去。"

梁子平愣了一下，问耿鹄说道："什么麻烦……"他说到一半便消了声，转身对那行者说道："麻烦指引。"

行者点点头，走向房中一处，推开角落的香炉，掀起地上的席子，用力地拉起一块木板来，随之地面上现出一个圆形的大洞。

行者做了个请进去的手势，梁子平什么也不说，走到那洞近前跳下去，对洞口之上说道："灯。"

红衣行者取一盏油灯点燃递给他，梁子平接了油灯，又往里走几步检查一番，回到洞口边上对上面说道："可以了，下来吧。"

耿鹄对端木宏说道："我回头给你解释，你紧跟着我。"说完，他蹲在洞口，率先跳了下去，在洞里对端木宏挥手，说道，"端木兄弟，下来。"

端木宏看了看红衣行者，还想说点什么，身体已不由分说地随着耿鹄的招呼跳进了地洞中。红衣行者口宣知号，合上了木板。

洞道狭窄，仅够一人通过，端木宏还好，梁子平身躯魁梧，几乎要侧着身躯才能走动。三人鱼贯而行；脚下泥土坑洼不平，都走得不快。

耿鹄忽然开口说道："子平，我们回长安好不好？"

梁子平手一抖，手里的油灯几乎跌落，说道："好啊。"

耿鹄扭头对端木宏说道："端木兄弟，也随我去长安，好不好？"

端木宏心中有许多疑惑，却问不出来，不愿意说不好，说好似乎同样情非所愿，口中嗫嚅了两三回，只呃呃的，答不出话来。

耿鹄哈哈大笑，说道："对，我忘记了，我忘记了，你还有自己的事情要做，你不能跟我一起去长安，我不该提这个的。"

端木宏叹息了一下，说道："我做完这些事情，就去长安找耿大哥。"

耿鹄也叹息了一下，说道："我其实不姓耿。"

梁子平猛烈地咳嗽起来，耿鹄问道："怎么了？"

梁子平立即收住了咳，说道："快到了，小声些。"

其实还并没有，他们又走了好一会儿，梁子平才停下来。他脚踩在地道壁上的小坑试着朝上攀，把身体升高，手臂够到地道的顶部，用力一推，光线透进来。

梁子平先爬了出去，他仍是稍微走动查看一番，才伸手来拉耿鹄，接着是端木宏。

端木宏爬出地道，发现自己身处在一间民房之内，地道洞口是一张床的中央。除了这张床被掀开床架和被褥而显得凌乱之外，房间里陈设雅致，窗明几净，看起来像是女子居住的地方。梁子平拍打着身上的尘土，端木宏口上自然不会说什么，心里却觉得相当唐突。

"看来还是我猜对了，这里没有人。"耿鹄略有些得意地说道。

"走出去之前，谁知道会发生什么。"梁子平立即便呛了回来。

他推开了门，门外是个院子，院子里晾晒着许多衣服被单，遮住了半个院子，被单后面是两棵林檎树，正盛开粉白色的花朵，散发出淡淡香味，夕阳斜照，略有些凉风吹来，让人又散淡，又心慌。

耿鹄也走出来，随后是端木宏，他有些迷惑地望着天空中的云彩，不知该说什么好。

梁子平见院子里没人，心里总算放下悬着的石头，对耿鹄说道："发生了什么，现在说，还是回去以后再说？"

"是苻融的信，他向我认错，请我回去。"

梁子平看了一眼端木宏，对耿鹄说道："也许是陷阱。"

"是陷阱我也要跳，就和刚刚跳进地道里一样，根本不会有其他的选择。"

梁子平若有所思，他又警惕地看看四周，凝神静气地听，然后说道："你大概赌对了，是个好兆头，我们真的要回去吗，什么时候走？"

"过了今夜，连夜就走，我先去钟山法会，你中途来接我。"

梁子平吁了一口气，说道："好。"

他身躯忽然一震，扭头朝院子的角落看去，在被单的缝隙里，在林檎树后，一个人影悄无声息地滑出来站定，他离院门有四五步之遥，比梁子平他们距离院门更近一些。

梁子平拔出剑，朝那人走去，在他三步外站住，厉声问道："阁下是谁？"

那人并不看梁子平，他的目光越过梁子平的肩，看向耿鹄，对着耿鹄颤抖着声音说道："陛下，怎么会是你？"

耿鹄紧走两步，赶在梁子平身边，看向那人，略有些讶异地说道："魏无咎。"

魏无咎脸上的表情又是欣喜，又是怅然，又是愤恨，扭曲在一起，极为怪异，声音颤抖，说道："陛下，真的是你么？"

耿鹄走前一步，似乎想要去抱住魏无咎安慰他，但又站住了，手悬在半空中，说道："是我，发生了一些事情，但现在不是说的时候。你还好吗？"

魏无咎"扑通"一声跪在地上，说道："我犯了大错，几乎害了陛下，陛下快走，这里也不太安全。"

耿鹄惊疑地望着魏无咎，点了点头，越过他就往院门走。梁子平狠狠瞪了一眼魏无咎，收起剑疾走几步，赶在耿鹄前面，去开院门。

魏无咎对着耿鹄的背影，大声说道："求陛下回长安之后，赦免我的家人。"

耿鹄拉开院门，脚步猛地停住，院门外两三步处站着一人，三十来岁模样，身披淡灰色长氅，手中握着一把长剑，虽然只有一人，但身上的气势将门口堵得严严实实，一滴水也泄不出去。

梁子平抢前一步站在耿鹄身前，又拔出剑护在胸前，对挡在门口那人说道："阁下是什么人，可否借一条道走？"

身披长氅那人表情淡漠，说道："我是顾渐。"

端木宏本来跟在耿鹄身边，心里正有十七八个疑问混在一处挤压得胸口作痛，听见顾渐的名字，不假思索上前两步，超过梁子平，对顾渐说道："你是谢安门客的那个顾渐么？你的剑法很好，我一直想和你比剑来的。"

顾渐略微吃惊，看着端木宏，说道："你手中没有剑。"

端木宏转身对梁子平说道："梁大哥，我想借你的剑。"

顾渐打断了他，说道："我今天不比剑。"

梁子平丝毫没有要把剑递给端木宏的意思，他目光如电般盯着顾渐的手，怀抱剑势，蓄力待发。

顾渐哂笑，说道："你太紧张了，连说话的神都不敢分。"

魏无咎听见外面动静，起身从院内奔出，被梁子平挡在身后，说道："我来对付这人，你们走。"他拔出腰间的匕首，挤到端木宏身边，把端木宏推到一边。

顾渐叹了一口气，脚下向后退了一步，让开些空隙，梁子平赶忙抢前一步，和魏无咎并肩站在一起，剑尖一抖，指向顾渐。顾渐此时面对着三人，梁子平手持长剑居左，魏无咎手握匕首站在正面居中，端木宏两手空空，也茫茫然地站在右侧。

他目光如炬，已经看出这三人手中兵器虽然不同，但皆是顶尖高手，自己对付其中两人的任何一个，也未必有大的胜算；另一个则有莫测之感，似乎是深藏不露的绝顶高手，也可能只是个幌子。自己唯一的机会是这三人看起来彼此并无默契，如果一个一个地上前和自己交手，会消耗自己极多的体力，最终大概凶多吉少。但要是他们看不穿这一点关键，以多打少，挤在一起递到自己面前的杀招有限，却相互掣肘，自己穿梭在他们之间，乘机击杀一两位，似乎是水到渠成的事情，再动摇剩下的人心智勇气，此战还是自己赢面更大一些。

他想到这里，将身躯松弛下来，将门户更为敞开。

魏无咎手腕一抖，手中匕首反握，扬起手臂朝顾渐面门撩去。顾渐不动如山，待魏无咎匕首已经到自己面门近处，才斜跨一步，身体朝右侧平移一分，堪堪躲过魏无咎的匕首锋刃，同时逼近梁子平一步，几乎将自己的胸膛凑到梁子平的剑尖上去。

梁子平退无可退，振剑刺向顾渐的胸膛，顾渐身体偏转，稍微停滞毫厘，手中剑划出一道弧线，从下向上递向梁子平的喉头。梁子平刺向顾渐那剑原本是虚招，逼对方使出实招来再变招以对，没想到顾渐竟停顿一下，梁子平的招式便使老了。

眼见一点寒芒从下而上朝自己喉头刺来，手中剑又已经偏了准头，势必刺空，梁子平脑子急转，感觉已闪无可闪，手腕猛转，奋力变刺为斩，斩向顾渐的腹部，拼着自己喉头中剑立毙，也要击伤对手，让端木宏和魏无咎来解决残局。

魏无咎一击不中，立即扭转手臂，反手刺向顾渐的背部。顾渐腹背受敌，发现轻许了对方，心中拾悔。他反应也是极快，脚下一蹬，窝腰让过梁子平的剑，手中剑撤回反斩魏无咎。

夕阳似乎猛地黯淡了一下，魏无咎手中匕首刺入顾渐右肩，深入三分，同时顾渐的剑也斩在了他的脖颈上，锋刃劈入近半，深入颈骨中。魏无咎哼也没哼一声，顿时瘫软摔倒在地，眼见是不活了。

顾渐手中剑一时没有从魏无咎脖颈上拔下来，梁子平弓身蹿起，手中剑直向顾渐肋下刺去。此番他和顾渐两人极为接近，顾渐身体展开，肩部中刀，手中的剑也被卡住拔不出来，毫无抵抗之力，梁子平的剑已经刺入顾渐的衣服，刺破了他的皮肉。顾渐觉察到肋下来自剑尖的寒冷和刺痛，心里呼叹闪念，一生倨傲，终于还是毁在了这上面。

忽然一股力量朝梁子平撞来，他身子一歪，朝外摔了出去，手中剑也摔在地上。他怒目看去，见撞开自己的人是端木宏。

端木宏面对着顾渐，口中嗫嚅说道："我，还是……想和他比比剑，再说。"

第八节　此何人哉

谢安坐在床沿上，脚泡在木桶的热水中，神经逐渐松弛下来，昏暗灯光中热水散发的氤氲，让他思绪回到快四十年前的那个茑萝盛开的无名山谷中。

那时他才刚刚过二十五岁的生日不久，一个人离开家游历在路上，这是他第一次单独外出，既寂寞，又慌张。阳光强烈，光线在他眼中投下斑驳，新鲜得好像刚刚绽开的黑色花瓣，而这也是他第一次见到那个人时，给他留下的惊鸿一瞥。

那一年他二十岁，也正是穷极而蹒跚的时候，血气方刚，无人管束，君子慎独的时刻。在路的两边，他看见他，他也正看他，所谓相视一笑，莫逆于心。

于是结伴而行，他们在山中点燃篝火聊了一夜，说的尽都是离经叛道之学，荒谬奇特之论，第二天相互送别不舍，终于决定停下脚步，各自在山中结庐，毗邻而居。

说是毗邻，其实隔了好几个山头，他们各自要在山中步行三千三百步，才可以到达一处中点。坐在岩石上的松荫下，一个人出题，一个人论述，一个人反驳，然后无限地反复下去。

开始他们谈易，谈经，谈剑，谈骑射，谈庄，谈墨，谈纵横，谈阴阳，谈儒，后来他们谈时事，谈人物，谈未来，谈玄奇，谈虚无，最后他们谈男人，谈女人，谈礼教，谈生死。

山中多雨水，雨水冲洗万物，阳光照射下来，蒸腾的泥土腐味常令人蠢蠢欲动。

高谈阔论之余，他心念一动，说道，我每次赶来看你，都像是第一次见到你。他心中也略有触动，迟疑地说，你非你，我非我，我们是两团虚空，我既没看见你，你也看不见我。他针锋相对地说，既是虚空，便容易两团融为一团。他思索一会儿，说道，虚空无界，谈何融合。

又过了些日子，他们在论述人物时，提到董贤。他突然伸出手，拉住了他的手，他一惊，但也没缩回来。而是挑衅地说，你自诩勇气，胆子足够的话就来亲我一下。他有些吃惊，但始终凑了上来。这回轮到了他为难，稍微犹豫之后，他也没有躲闪。两人心惊肉跳地，别别扭扭地碰了碰嘴唇。

他穿上不知哪里找来的绿色襦裙，学女人一样涂脂抹粉，言语如司马懿。他见了有些想笑，但忍住了没笑。第二天他穿上红色的襦裙，这次他倒没穿，轮到他笑得前仰后合，而他也并不怎么生气。

他们在山中泉水里沐浴，裸裎相对，比较彼此的长短，哂笑刘伶，嘲笑历来的种种禁忌，身体滚烫。在几乎要发疯的边缘，他们甚至有些想尝试一下那些听来的，男人之间相互取悦的法子，但终究还是忍住，与其说是忍住，不如说他们都想再压抑得再久一些，引而不发，跃如也。

他们也比剑，从开始一起各自行剑操，到一起舞剑，到一招一式的比画，再到凝神静气的比剑，从相让三分到一步不让。有一天他走神，一剑刺穿了他的手臂，他失魂落魄地丢下剑，抱着他大哭，犹如被刺穿了身体的是他。他拍拍他的头，说，有一天我活够了，但愿能死在你的剑下。

他喜欢讨论天下大势，指点江山，挥斥八极，他只想躲避政事，抱残守缺，这一点他们完全谈不到一处去，但他理解他的感受，他也理解他的用心。

他们想过一起出山的可能性，一起投奔某个贤主，但这像是一颗针，最后戳破了皂泡。一个清晨他醒来，心里发慌，飞快地跑到中点去，却不见他来。他等了他三天，并没去他的居处去找他，而是逃也似的回到了建康。

他不知道是他遗弃了他，还是他遗弃了他。

与这个男人的故事，他没给任何人提起，他深信他也不会给任何人说起。那之后他完全封闭了这一段回忆，几十年来，他娶妻生子，过上了寻常的世家子的生活。他偶尔会想起他，对他而言，那段时光，是庸常的生命中一个怪诞的幻想，封存在所有记忆的三尺之下。

几年前，他在邸报里看到了他的死讯，并没有激起他心中任何波澜，他只是吁了一口气，什么话也没说，什么也没做，第二天早上起来，悄悄地流了一滴眼泪。

半年前在六安行营，有一个人自称是谢安的旧识，在辕门外求见。彼时他正好身披盔甲，所以也就直接召见了他。

他并不认识这个人，正要斥退再加一点惩戒，那人先开口谢罪，说自己并非谢安旧识，而是谢安某个旧识的子侄。谢安耐心尚好，便问他的叔伯是谁，那人说道，叔叔姓王，几年前才去世。谢安听了一惊，冒险让随扈退出，待帐中只剩他二人，他才问那人道："王什么？"

那人说道："王猛，王景略。"

有那么一瞬间，他身子如筛糠一般地抖。他极力按捺住突如其来的情感，使自己镇定下来，才问道："景略已经死去几年了，你是他的什么人？"

那人说道："我母亲是他的姐姐，他是我的舅舅，我是他的外甥，我姓耿名鹄。"

谢安盘问道："景略虽然去世，但他是秦国的大将军，深得苻坚信赖，一门数十人都在苻坚的朝廷做官，你为何不在其列？"

耿鹄答道："我母亲不认同舅舅辅佐异族，我和几个兄弟都不在秦国出仕。"

这是谢安有所听闻的，他信了一半，又把心中的许多疑惑浓缩成一个问题："你来找我有什么事情？"

耿鹄答道："我因为母亲的缘故，未在秦国出仕，三十岁前一直在渭南一处坞堡中做头领，七年前坞堡被秦军攻破，我被秦军俘虏，舅舅将我提审，我才知道有他这个舅舅。他要我加入秦军，我谨守母亲遗命，不敢答应。他便把我软禁在他府上。五年前他病危，去世之前单独见我，说与这边卫将军有些旧情，要我投奔卫将军。不过他一去世，我又被王休关押，不久前才侥幸脱身，辗转来到扬州。"

谢安听见旧情二字，心中咯噔一下，面上表情仍然平静，说道："他有什么话要带给我？"

耿鹄想了一想，说道："他说，他刺了你那一剑，始终不知道该怎么弥补。"

谢安听完，再无怀疑。

他问了耿鹄在渭南坞堡中所经历之事，细细考察他的文韬武略，虽然算不上顶尖之辈，但也历练充分，正是北府军所需的人才，便修书交与耿鹄，让他去京口找谢玄。自然，他只说此人为可造之才，不提王猛旧事。之后谢玄回建康述职的时候，谢安还问过耿鹄的情况，也算不负所望。但从那以后，谢安便再也没去过京口大营，也没召见过耿鹄。

谢安听魏无咎密报秦国有大员潜入建康，第一个想到的人便是耿鹄，他想，这人如果并不是自称不仕秦国的王猛侄儿，他究竟会是谁？他知道谢玄此时正在建康，耿鹄自然也在。要控制住耿鹄不难，但他确实是由王猛授意来投奔自己这一点，实在值得玩味。

他想，莫非这个老朋友，竟然是装死的么？

不对，他立即否决了这个想法，因为已经五年过去了，秦晋交战频繁，秦军战力较之王猛在时，陡然降了许多，这些年襄樊战场和淮南两个战场，晋胜多败少，杀伤的秦军几乎要以十万计，若说这是什么阴谋，深谋远虑不去说它，秦国所付出的代价未免太大；代价这样大，以致根本找不到可以对付的目标。

谢安又想，以王猛和苻坚君臣的关系，他即令不如自己口风严实，最多也只会告诉苻坚一人，用自己的事例劝讽传说中嗜好男风的苻坚，这是有可能呢的。苻坚把王猛所述再告诉别人，这一点可能性是有，但也绝对范围有限。苻坚以下，如果有人知道这样的故事，而又没有传得沸沸扬扬，那范围便只在苻坚本人和一两名心腹以内。

他忽然晕眩了一下，情不自禁地呻吟了两声。他想起耿鹄的年纪来，耿鹄的年纪和苻坚正当仿佛。单单以此做最简单的推论的话，大秦的天王苻坚竟然此时此刻正在建康城内，充当建武将军身边的一名小小幕僚。

他一边觉得自己推论坚实无误，一边又在想，自己竟然老朽天真成这样，会相信这样的奇谈。这固然是奇谈，相比起来之前没有对耿鹄做进一步的调查，仅仅是凭他的一面之词就相信了他，也是不遑多让的。

他揉着太阳穴，心里不由得懊悔地想，这是多么可怕的老来孟浪。

当然，耿鹄可能是并没有装死的王猛的真侄儿，秦国潜进建康的大员另有其人，也许放到建初寺的那封信可以等来收信的人，他们之间根本就没有关系。

他这样安慰自己，侍妾老婢们端走洗脚水，服侍他躺入锦被之中。他在心里对自己说，我一生从没出过差池，这次仍然也不会。他反复地念叨了好几遍，确保自己不会陷入恐慌中。

夜里，他始终无法安睡，直勾勾地盯着屋顶一夜，到早晨，倦意才姗姗来迟，猛然地坠入梦乡。他又梦见王猛，王猛还是当年的模样，对他说道："我送给你的那副琅玕呢？"为了这个，他慌慌张张忙忙碌碌地找了许久，没有找到。醒来以后，他形神俱疲，像是老了好几岁。

有人匆忙跑进来报告崔泽被刺死，这给他的侥幸心理踢开了脚下的板凳，他的心又被提起来。

他随即便安排其他人手去盯住建初寺。他给领头的中郎将王瑗交代，带两百名甲士埋伏在建初寺周围，让人攀在高处，盯住寺中走动的法显，凡是与法显行者接洽的人一律拿下，同时不得走漏风声。

安排已定，白天已经过去大半，他慢吞吞地吃了点东西，请舍人来陪自己弈棋。平时为精力计，他绝不会在下午下棋，但魏无咎的消息以及崔泽的遇刺实在乱了他的分寸。

和舍人下了半局棋，他心神始终不宁，干脆拂乱了棋局，派人去请谢玄。

谢玄一来，他先问道："你觉得耿鹄是个什么样的人？"

第九节　后　裔

谢玄来时路上以为谢玄要问京口营中事，或是谢道韫的事，没想到还未坐下，劈头盖脸问的却是耿鹄。他愣了一下，才说道："耿鹄这人，依我看有大将之风，不论才智、德行、涵养都有士族之风，可惜他非世家子，在本朝没有根基，难以出头。"

谢安点了点头，赞同他的观点，然后说道："昨日我接到密报，说秦国有一位重要人物已经潜入建康，意图不轨，我去了解了一番，这消息看起来很像是真的。现在小子们已经调查去了。"

谢玄不说话，等着谢安把话说完。谢安停顿了一下，才接着说道："我有些担心此人就是耿鹄。这人是我推荐的，我要给你提个醒。现在时局敏感，为稳妥起见，你把他先软禁起来，等待各方面情况调查清楚，再做处置，不知道意下如何？"

谢玄听完，脸色微变，说道："他如果不是秦军细作还好，他如果是，那可不得了了。他现在职务虽然不高，但差不多是全军最枢纽的位置，军中大小事务都要经过他手，若此时秦军来攻，两军交战，他掌握了调动、协同的情报，报给秦军，我军的覆没就在眼前。"

他沉思一下，接着说道："叔叔因何而信任他，又因何而怀疑他？"

谢安叹了一口气，说道："我怀疑他的地方，正是当时我信任他的地方。"他陷入沉思，不知道该如何对谢玄说出自己和王猛结交的事情。王猛在世时，与自己各为南北两朝最位高权重的大臣，之前从未披露过两人在微末之时有过交情，此时若是公开，其启人疑窦之甚，怕是比耿鹄可能是秦国细作还要耸动。

他沉思许久，终于想到一个人，开口说道："这人说了一件事，是当年王猛和桓温之间的旧事，桓温只交待给过我，其他再无传出，这人却知道，所以他虽未见得是王猛的侄儿，可也是王猛唯一信任的人。"

谢玄脱口而出："苻坚，王猛最信任的人是苻坚。"

谢安表情复杂，说道："苻坚自然是我们所知道王猛最信任的人，但苻坚又自有自己最信任的人。"

"这样说倒也是讲得通的，不过若是在这个位阶上的，那可不是寻常的细作，大概不是为了具体的军情而来，而是有别的目的。"谢玄边琢磨，边说道。

"据我所知，苻坚最信任两个人，一个是剑士张子平，一个是苻融。苻融是他的弟弟，掌管着秦国全国军马，是王猛死后的继承者，他你是熟悉的；另一个张子平你或许没听过名字，此人乃是苻坚的贴身卫士，是秦国大将张蚝的弟弟，位置既隆重，也是一名剑术的高手。耿鹄会不会就是张子平？"

听了剑术高手几个字，不知为何，谢玄心中想到的是端木宏，谢熏说端木宏可能擅长剑法，他印象深刻。他想起耿鹄弓马虽娴熟，可完全不是使剑的高手，所以，耿鹄并不是张子平。

"我看不是。"

"王猛死后，我所知道的苻坚就以这二人为最亲密。但这二人如果口风不紧，进一步散布开来，知道那件事的人可就无法胜数了。"谢安说道。

谢玄听谢安说这件事事关王猛和桓温时就隐隐觉得有哪里不对，说了几句之后心中已经勾勒清楚。这事情并不事关桓温，所谓一件王猛和桓温的旧事，实则是王猛和谢安之间的旧事，桓温是个无辜的幌子，当事者就是谢安自己。谢安将假设全立足在"桓温只交代给我"上面，全没注意这句话本身毫不周延，以他素来的缜密绝不该犯这样的错误，而竟然犯了，自然是在全力掩饰一个谎言。

但他没法给叔叔这样指出来，他说出来的只是："我想法去查一查。"

谢安岔开了话题，轻轻说道："我听说王恭本人信知教，为何他却在奔走撮合皇帝与龙虎山的合一道，这事情不可奇怪的么？"

"我不知道这件事，愿闻其详。"

谢安目光定定地盯着半空中某个位置，许久后，才说道："我也不知道。"

两人陷入一阵沉默，又过了许久，谢安开口言道："我已经老了，去日不多，我的兄弟辈除了石奴还在，都已经飘零离世。你这一辈里，封、胡、羯、末，都说蔚为一时的俊才，现在也只剩你和谢琰，谢琰才能远不如你，就不必说他。你虽然性格恬淡，但我看你的面相，担心你不能长寿，接下来谁可以把谢家撑起来？或许是像王家那样萧条下去。"

谢玄听谢安说亲人凋零，类似的话他才和谢道韫说过，心中难受，说道："一个家族的兴衰没落，本来就是常理，该当没落而苦苦支撑，力图挽狂澜于既倾，貌似勤勉，实则有违天理，是为不祥。"这是他一贯的想法，若在别处他是不会这样说出来的，但在谢安面前，他以为如实托出才是敬爱的表现。

谢安点了点头，说道："但家族兴衰如果换成国运的兴衰呢，你怎么看？"

谢玄想了一想，说道："我以为国运兴衰并不在疆场上，而在庙堂之上。我是一个带兵的人，带兵的人只想带兵的事，所有要想的只是为了战胜阵前的敌人，在不得不死的时候去死。北府军可以打赢一场战争，但挽救不了国运衰亡。什么兴衰的责任，我不去想它，也不背这个责任。"

谢安想了一会，叹了口气，说道："你说得对，你有谋略，也有勇气，可惜你没有生在汉武帝光武帝的年代，此时的朝堂上坐着的，并非汉武光武。"

谢玄笑道："我可不敢自比卫青窦宪。"他本来想说霍去病的名字，又觉得有些孟浪，生生地吞咽了回去。

谢安的神情有些倦怠，他眼睑垂下，以手支颐，口中嘟囔着说道："耿鹄这件事你想好该怎么做了么？"

他这样问，并没有要谢玄真的立即回答出来，而是确认耿鹄这件事便交给谢玄自行处置，处置的边际是提防如苻坚身边最亲密的人这样重大的嫌疑，谢玄自然懂得该如何去做。

谢玄点头称是，起身告辞。

辞了叔叔谢安，离开卫将军府，谢玄骑马回自家，一路思索该如何处置耿鹄。原本他已经派遣耿鹄去往江陵，离开他的岗位，于北府军的潜在威胁已经不存在，可如果他真是秦国的奸细，就这么送到江陵去，其后果是大有可议之处的。

而按谢安的主张，将耿鹄软禁起来的话，他预感到最后可能什么也证明不了，却折进去一个难得的名士，殊为不值。谢安没说他为何怀疑耿鹄，谢玄猜想无非是因为他新近才南归，嫌疑最大。但事实上北府军几乎所有人都是北方人，无非是几十年或几年前来到南方的区别而已。要安插一个奸细进来，收买比派遣要来得快得多，他坚持这么认为。

再者，谢安无意暴露了他和王猛相互认识的秘密，且企图掩饰，这代表了什么？

谢玄想着这些问题，只恨路途太近，计议未定，已经到家。

进门下马，谢玄见耿鹄已经先回来，正和一个少年人在前院雨廊下说话，纵然他心中为耿鹄做了千百番辩护，见到他，他仍然不由自主地绷紧了面容。

他目光越过耿鹄，落在那个少年身上，他一眼认出他穿着谢庆的旧时衣裳，看起来好像是另一个谢庆。他觉得又亲切，又有些被冒犯。

耿鹄看见谢玄，点头致意，他眼神中有些奇怪的意味，就好像已经知道了自己的秘密被揭穿，也知道谢玄为他翻来覆去地掂量，而他认为自己已然可以高枕无忧。他拉着少年的手，给谢玄介绍说道："将军，这便是端木宏。"向端木宏介绍道，"这是建武将军，谢熏的父亲。"

谢玄不太喜欢端木宏的模样，但还是冲他点了点头，笑着问道："你姓端木，是端木子贡的后裔么？"

端木宏一下子怔住，问道："子贡是谁？"

谢玄见到端木宏的呆相，已料到他如此反应，解说道："端木赐，字子贡，是春秋时孔子七贤弟子中的一人，姓端木的人极少，你姓端木，多半是他的后裔了。"

端木宏哦了一声，便不再言语。谢玄心想，此人看起来似乎比谢庆还要木讷，何以谢熏会看上他？如果他真的是端木子贡的后裔，也算得上一个无形中的高门第，配得上谢熏无疑。他是不是真的木讷，难道谢熏看不出来么？有些人精光掩藏于内，也是有的，所谓大巧若拙就是如此。谢玄想到这里，顿觉世事的精妙。

只是，他又看看耿鹄，心中仍是充满了困惑。

傍晚，司马道子派来的马车到了，谢玄此前已经想了又想，还是天性中的赌性占了上风，他把耿鹄叫在自己身边，一起登车，而端木宏，虽然合起来话还没有说上三句，倒是一早被他拉在了左手边，先登上了车辇。

正此时，一骑快马飞奔而来，在门前停下，骑者飞快地翻身下马，跑着给谢玄递上一封书信。原来是谢庆从始宁寄来的。谢玄展开书信，借着门前的灯笼火盏匆匆一览，信上谢庆说妻子已经怀孕，想要举家迁回建康来住。谢玄想到即将可以抱上孙子，谢家又要增添新人，想到过去几年，谢家离世的人比新生的人多得多，心中不由得百感交集，牙关紧咬，身上微微颤抖。

第十节　正本清源

第二天白天，无事发生，季子推师徒只好等待着。夜里撤走的守卫早上也没有人来换防，好像两军角力不分胜负，便都撤出了战场，只剩下空空荡荡。

一直等到入夜时分，陈卓才又再来，他引季子推师徒在竹枝馆外登上马车，离开松林，一路向北朝皇城行去。入皇城时马车不停，又行了不远便到宫城，他们在玄元门前下了马车，由陈卓引着，步行进入宫城，穿檐过廊地往里走。

宫城中行道虽然平整，但灯火稀疏，几不辨路，有台阶上下的地方，陈卓便停下来提示一下。季子推走得艰难，不自觉地抓住麻桓的手。

走过不知几重黑压压的宫殿，来到一处烛火通明的两层高的偏殿之前，偏殿外空地上数十名身披甲胄的长刀侍卫列队站立，队列之外不远处站着一人，季子推仔细瞧去，认出那人正是白日里见过的王恭。

见陈卓领着季子推走来，王恭又向外挪了几步，离长刀侍卫队列更远。陈卓走到他近前，低声问道："莫非是卫将军在。"王恭点了点头，轻声说道："本来是我先到的，倒被他赶了出来，站了快半个时辰，脚都有些麻。"

陈卓说道："大人不妨到厢房里坐坐，这里我来候着就是。"

477

王恭摇了摇头，他从怀中掏出一物，是个白玉小瓶，先从中倒出一丸，先吞进口中咽下，再将瓶子递给季子推，说道："师尊如果还在山中修行，这个时刻应该已经睡下了，不过在宫中，这时候才算上半天。我昨天忘记叮嘱师尊颠倒睡眠了，如果师尊等下感觉困乏，便服用此丸抵挡一下。这是海外舶来的香丸，效果很好。"

季子推还想推辞，说道："贫道已有意料，白日里打坐静思，应该捱得过去。"王恭硬将小瓶塞到他手中，他只得收下。

"昨天我有一件事情踌躇未讲，走后我反复思量，还是和师尊说明为宜。皇帝和他的亲弟会稽王司马道子从前颇信知教的知子摩尼，已拜了慧远行者皈依三宝知法，成了住家居士。只是他俩都嗜好饮酒，从未奉行五戒，所以我以为他并算不得知门弟子，他默认我沟通龙虎山，也是以此为前提。"王恭说道。

"酒为百药之长，养祭扶衰，行气走神。道家不忌酒。"季子推不自觉地为司马曜兄弟辩护。

王恭皱眉说道："我倒以为他还是忌酒为好，不必不饮，但师尊至少可以劝他少饮一些。"

季子推点头称是。说话间，只听大门吱呀一声打开，一行几人从偏殿内走出，走在前面的是一位精光内敛的老者，步幅却有些蹒跚，他见到王恭还立在殿前，走过来开口说道："孝伯辛苦了，今日事情实在是太急，迫不得已，打断你的事情，还让你等这么久，容我改日登门赔罪。"

王恭躬身行礼，说道："都是为了国家情事，不怪大人。"

那人点了点头，匆匆扫了一眼陈卓与季子推师徒，也不多问，转身便走。他的卫队也即开拔而去，剩下殿前空空的王恭四人。

王恭目送卫队走远，才转身对季子推说道："那老者便是闻名天下的谢安。"说着，他做了个请的手势，引着季子推进殿。

季子推打起精神，紧跟在王恭身后；一进殿门，他便觉一股热气迎面扑来，鼻息为之一滞，深呼吸几次，才稍微习惯。进门后见殿内雕梁画壁，仙草翠绿，香炉袅绕，侍女往来，弦乐隐约，就好像画中的仙宫一般。

王恭走到一处转身便不见了，季子推稍迟疑，硬着头皮赶上几步，才看见前面有一个转角，转角之处有一条阶梯，通往楼上，王恭已经走在了上面，他忙拾阶而上。

二楼之上，是一个宽阔的敞厅，地上铺着厚厚的地毯，敞厅尽头只有一人一案一只香炉，季子推见一个华服青年盘腿坐在案几之后，正批阅案上一堆散开的文书。王恭走到案前坐下，示意季子推坐在他旁边。

坐下来之后，王恭对那青年说道："陛下，这位便是天尊道大祭酒季子推师尊。"

季子推知道这便是当今大晋的皇帝司马曜，便伏身而拜，那青年伸手制止，微笑说道："不必行礼。"

季子推起身坐好，抬头见司马曜年可二十许，面容苍白，悦色和颜，但神情略有些倦怠，他形体瘦削，身躯微微颤抖。那青年先说道："我读过一位高僧所写的《沙门不拜王者》，深以为然，天尊道也是沙门，沙门中人，不必向我行礼。我便是司马曜，乃是当今不成器的皇帝。"

季子推没听过沙门一词，不解其意，心中有些落落不欢，若在别日里他不闻不问也就放过去，不过此刻事关重大，不可随意放过，便开口问道："贫道没听过何谓沙门，不知陛下何以将天尊道归为沙门。"

司马曜也是一惊，有些不自信地问道："沙门不就指的是修道之士么？"

"陛下说得不错，沙门确是修道之士的意思，僧道都是沙门，不过这个词语本是梵语，是知教的名词，逐渐所指才扩散到所有修道之士。师尊没听过，并不奇怪。"王恭稍微皱眉说道。

司马曜兴致勃勃地说道："今日请师尊来，正是想要讨教一番天尊道的真义。"

"说到名词，我教实为合一道，天尊道不过是因为我教的首领名作天尊而得的俗称，久而成习，合一道反倒是被人提得少了。"季子推说道。

司马曜哦了一声，若有所思道："我觉得正一这个名字比天尊要好听些。"

王恭说道："正一固然好，但天下之人还是知道天尊道的更多些。"

司马曜低头沉思了一会儿，说道："合一道是实，天尊道是名，我这样来理解不知道对不对？"

季子推正思忖，王恭先说道："陛下说得不对，合一道就是天尊道，天尊道也就是合一道，两者应该合二为一，不是名实的分别。"

司马曜困惑地看着季子推，问道："如何合二为一？叫正一天尊道么，或是天尊合一道？"

王恭说道："陛下，容我们花点儿时间，来溯源正流。"

司马曜点点头，做了个请讲的手势。

王恭看了一眼季子推，季子推仍然沉思状，没有要开口的意思，说道："据臣所知道的，合一道乃是奉汉代在蜀中鹤鸣山修行的张陵为祖师，张陵求长生之道，修行成仙。成仙之路在后来繁难不可复求，只留下修行的范式，驱鬼的形式。二代天尊张衡正式兴道，提出以合祛邪，以一统万的宗旨来。第三代天尊张鲁在汉中建政，行五斗米之法的统辖，后来做了曹魏的将军。张鲁的儿子张盛是第四代天尊，为了避曹丕的迫害，才回到龙虎山重建宗坛，直到此时的张昭成天尊。"

季子推点头，说道："没错，沿革上大致如此，这是合一道的正干。"

司马曜问道："龙虎山合一道和杜子恭的天尊道如何区别？"

王恭这次却没说话，场面小小地冷却了一下，季子推才意识到该由自己来说，忙开口说道："杜子恭原本是合一道余杭治的祭酒，我这里带来了他当年在先代天尊手下授将军箓和祭酒箓书时签下的名字，足以证明这一点。"

说着，季子推从怀中摸出一卷纸来，展开来看是一本小册子，他翻开到一处，身体倾前，将小册子递到司马曜面前的案几上。

司马曜接过那边沿稀烂的书册，拿到眼前仔细看，口中轻轻念道："杜灵，杜子恭原来名叫杜灵。这是什么时候签下的？"

季子推说道："差不多八十多年前。"

他没看到王恭脸色一下变得极为难看，看见了也会视若无睹。

司马曜悚然而惊，问道："传说他已经有一百多岁，果然是真的？"

季子推迟疑了一下，说道："大概是。"

司马曜又问道："那么，关于他已经成仙的传说，也是真的啰？"

"成仙难，难在超脱世间俗务，只做世人的导引，而不涉入俗世的贪欲，不在其中上下其手。杜子恭不像是在登仙路上，我看他是成了妖。"

司马曜哦了一声，仿佛恍然，又仿佛更为烦恼。

季子推看了看另一侧空着的位置，在一点稍微呈现出蓝色的空处，他看到麻泽站在那里，心下稍安。他转向司马曜，对他说道："杜子恭到底是成仙还是成妖，贫道愿意为陛下做出切实无虚的证明来。"

司马曜微笑着点点头，笑容却有些怠懒和疑惑。他打起精神来，又问道："我还有担忧的地方，如果杜子恭算是天尊道，不，合一道的一部分，那么我听说江东之地的道教传承自于吉，于吉又被传说是太平道的余绪，那么，太平道和合一道之间，又是何种的关系？"

季子推心里转了许多念头，他想起一个名字来，那个名字就是抱着他从建康城中一直逃到龙虎山上，将他托付给前任天尊的人。他懂得他们之间的区别，但关联之处更显而易见。他略作思忖，说道："太平道是邪道，和合一道没有关系。"

"张角虽然算是自创道统，但他是二代天尊张衡的弟子无疑，自创道统，仍算天尊道分支。太平道起兵作乱，后来虽被剿灭，香火道统传承并未断绝，在吴地就是由于吉继承，于吉之后，就是杜子恭、孙泰。"王恭插嘴说道，他感觉季子推的说辞有些超出他的预料，不自觉地站出来抵牾一番。

季子推摇头，大声说道："合一道所奉的道统源起于黄帝，继之以汤、文王、武王、周公、老子、庄子、管子、汉文帝，至张道陵天尊集大成为一家，一脉相传下来到了今天，承继分明，中间就算有些枝杈的败坏，不该和主干混为一谈。"

王恭有些震惊地望着季子推，说不出话来。

司马曜点头说道："的确不该混为一谈，只是应该让所有人都清楚这个辨别，我看可以由我昭告天下，此后凡是非出于龙虎山天尊道亲授符箓的天尊道，不论其奉天尊道名义与否，都是太平道的余孽。不知师尊以为如何？"

季子推沉吟一下，说道："贫道以为陛下此举是一番激浊扬清的善举。"

司马曜点了点头，用笔在案卷上写了几个字，又说道："现在四下流言纷飞，说杜子恭是天尊道的水官大帝，水官大帝的神通是真实的么，流言说洪水将至，将要淹没大地，这虽然听起来像是谣言，可会稽、永嘉、临海三郡，的确连续被飓风海水灌城，死伤无数，看起来又不全是谣传，这是怎么回事？我又该怎么做，才能让人民免受苦厄？"

王恭闭上眼，有些认命地放松了躯体，脊背塌下来，像他平素所厌憎的那些世家子那样坐着，脑子里加倍飞速地转起来。

第十一节　水官大帝

季子推面目紧绷，但语调越发地从容，说道："水官大帝是合一道供奉的三官大帝中的一位，主解厄。凡人妄称自己是水官大帝，一望可知为僭越，若他声称自己是水官大帝之下的水官将军，倒还有可以几分取信的余地。至于海水倒灌陆地，贫道以为那是自然的变化，有人牵强附会而已。"

司马曜好奇问道："三官大帝？除了水官之外另外两官是哪两个？"

"合一道供奉的三官大帝，除水官之外，分别是天官和地官，分别主赐福、赦罪。三官大帝所主的赐福、解厄、赦罪，既代表了天上的神灵愿意与世间生人的沟通联络的方面，也是生人之所欲。"

司马曜微微点头，说道："不错。"他随即又问道："如果说杜子恭僭称自己是水官大帝，而实际只是主管水官大帝祭祀的水官将军，那么在龙虎山上，师尊是负责祭祀哪一官的主祭？"

季子推稍微躬身，说道："贫道专司祭祀地官大帝，得授地官将军箓。"

"原来师尊是主赦罪的，在赦罪上，师尊有什么可以教我的？"

"合一道所说的罪不仅仅是寻常所指的罪行，诸如偷盗、抢劫、淫欲、杀人、贪污等，这些都是罪，但并不尽然，而是一切因懈怠、邪念、妄想而起的行为，哪怕是极小的动念，我们都称之为罪。人生而为人，只有在呱呱坠地的那一刻是纯善无邪的，随着身体生长和智识增长，懈怠、邪念和妄想也都在生长，等他可以站立走路，手中有了握力，罪之于人也就成为显然。再随着年龄增长，力气增大，也就有了做下具体罪恶的能力；我们假定这些能力和罪恶之间有着具体的关联，所以忏悔是人类最为重要的自治的手段。"

司马曜皱眉说道："这是不是有些太过了呢？"

季子推不为司马曜的情绪所动，接着说道："婴儿之所以长大成人，是因为在每个婴儿的身体里都有生长的力量，这力量使人由无变有，由微变大。这种生长的力量总的来说是好的，但它也有邪恶的一面，它使人成长，也使人渐渐远离婴儿的赤子之心，使人生出邪念与妄想。罪恶从人脱离婴孩的那一刻起，纯粹出于本能的，为了使自己长得比别人更好，而做出各种各样不好的事情来，小到嫉妒，大到谋逆，无不出于这种罪恶的本能。认识到这一点的各种圣人们想出许多方式，企图用教化来匡正这一点，但很可惜的是，后天教化的力量没法匡正绝大部分人的生长力，而只让人们变得更加虚伪，他们学会了用虚伪的行为来使自己看起来像是无邪无妄，勤恳勉进，但实际恰恰相反。虚伪会加剧他们原本的罪行，打个比方说，没有教化就没有虚伪，没有虚伪的话他们本来会杀死十个人，但因为有了虚伪，平常忍得辛苦，他们最终敢于杀死一百个人来掩盖罪行，而不以为自己在作奸犯科。"

司马曜陷入思索当中，好一会儿没有说话，季子推感觉也不能继续长篇大论地讲下去，要留一点时间来给司马曜领会，于是也就停了下来。

王恭脸色变了又变，季子推看在眼里，心想，他显然在生气，生气自己违反了约定的说辞路径，但自己说的话，有些他也听进去了，他的理解力比司马曜好多了。

司马曜思索了好一会儿，问道："既然无人不罪，那该怎么办？"

季子推赞叹说道："陛下说的无人不罪这句话说得太好了，正是这个问题恰如其分的概括。既然每个人都有罪，差不多也就是每个人都无罪，但要说无罪，则又是掩耳盗铃的自欺。究竟怎么办？合一道认为，首先，要使世人承认这一点，每个人身上或多或少都有罪；其次，忏悔自己的罪行，第三，破除那些圣人的迂腐教化。循着这样的路径，世界不会立刻截然变好，但至少是会慢慢变好，而不是慢慢变得更坏。"

司马曜觉得季子推的说理未免迂腐，可听起来又是那么的精密细致，环环入扣，又是沉默许久，才开口说道："师尊这一番话对我启迪良多，但我还要好好消化一番呢。"

"每个人只有对自己有了认识，有忏悔除罪的决心和行为，站在地官大帝面前才是有意义的，否则徒具形式，开药治病也没有治疗的效果。"季子推说道。

司马曜长吁一口气，说道："合一道有什么有趣的方面么？不是像师尊刚刚这么说理的，而是更加离奇的故事，哪怕牵强附会，人们喜欢自己被取悦，或被吓唬，哪怕是被蒙骗，这就是为何杜子恭可以啸聚数十万之众的原因。"

季子推以为自己听见司马曜在说"而龙虎山合一道此刻只能躲藏于一隅，只有可怜巴巴的数十百人"，又觉得这是幻听，司马曜并没有这么说。两相为难的同时，他有些被羞辱的感觉，说道："三官都不怎么有趣，都是极为严肃的事。在三官之外，合一道还有隐秘法门的鬼官，鬼官在教外不传，主死生，所以知道的人不多，但其内容大概合乎陛下所说的有趣故事。"说到这里，他又想起端木宏来，心中隐痛，不知道他此刻是生是死。而不知此刻是生是死这句话本身，又像是在嘲讽自己刚刚说出的那些话。

司马曜沉思念叨："解厄，赐福，赦罪，死生。"他思索了一会儿，说道："这三官大帝所主于人都很有用，容易理解，但死生有什么可主的呢？"

季子推说道："生是一世界，死也是一世界，人的生只有短短几十年，而死亡则是永恒不变的。鬼官主死亡，生也是死亡的一部分。"

司马曜呆了一下，说道："这显然和知家说法不同，知教说凡有生息者都要经历死生轮转，永不止息。"他闭目沉思许久，说道："就我们所看见，的确生是一世界，死是一世界，生死轮转是没法用眼睛所证实的。"

季子推忍不住稽首，说道："陛下真有灵性，生是可以看见的，死亡是我们看不见的一切。"

司马曜有些茫然，说道："既然看不见，那也说不上有趣。"

"本来是这样，不过陛下有心要看的话，我会想法使陛下看见，必要的话，也可以展现给世人。"

季子推为自己说出这样的话感到羞耻，可似乎也好像没有更多的办法，他又看了一眼刚刚麻泽站立的地方，他这会儿已经离开了，不知道到哪里去了。但他总会在自己需要的时候去到他该去的位置，这一点季子推算是有信心的。

司马曜沉吟了一下，说道："去年苻坚攻下我国的襄樊，劫走了行者道安，拜为了他们的国师。道安是慧远行者的师父，慧远行者又是我的师父。这事情十分可恼，倒好像我们落在了下风一般。"

季子推不太明白司马曜此话的关隘，正踌躇想要发问，忽听得楼下人声吵吵，司马曜抬头看去，见一人大步流星地闯上楼来，隔得远远地大声说道："如此良辰美景，你竟然在这里闷坐，真是对不住我从西域买来的葡萄美酒！"说话间那人已经来到司马曜身边，他不拘礼仪，便径直坐在了桌案之上。

司马曜不以为忤，笑道："昨晚我已经喝得过多了，幸好今日不临早朝，你可别再要害我，这会儿手头还有一大堆事情。"

王恭不动声色，立起身来，走到那人面前，沉声说道："皇帝正在审议要事，擅闯宣和殿者死罪，你不怕我奏明有司，拿你治罪么？"

那人不理会王恭威胁，干脆头枕双手，躺在案上，身体压住了司马曜正在批阅的案卷，对他说道："悍妇有悍兄，悍妇现在是死了，悍兄还在。哥哥，你到底还要忍他们多久？"

王恭愤恨地望着那人，藏在袖子里的手已经握成拳头。

司马曜无奈地说道："道子，休得胡说。"

季子推听了，这才知道那进来的人正是会稽王司马道子。

司马道子对司马曜说道："好，我不胡说了。我听母后说，今日你这边有个重要人物要来，神神秘秘的，那人是谁？"

司马曜脸上现出些失望之色来，说道："那人没来。"

此话一出，季子推心头一跳，原来司马曜所等之人还并非自己，不由得心情稍微有些失望低落。

司马曜觉察过来，笑道："这位龙虎山来的天尊道祭酒季子推道长，就是今天夜里的重要人物。季师，这位便是我的弟弟，会稽王司马道子。"

司马道子枕起头看了一眼季子推，接着说道："这几日，我在淮水上做的水陆大法会，请到了慧远大师主讲。今夜慧远行者在我钟山馆府邸设道场讲法，馆中有十来年葡萄陈酿，皇兄不去，下次要饮，怕是要好几年后去了。"

司马曜喜不自胜，说道："慧远行者也来了么，我对他想念得很，不过，慧远和美酒二择一的话，我还是不选他。不过单单只有慧远，我也随你去。今天的事情还没完，孝伯、季师，你们就随我一起去走走吧。"

王恭重重地哼了一声，傲然说道："我明日来催陛下早起。"说罢，转身便走。

司马曜起身追了两步，见王恭已消失在楼道口，停下来走到季子推身边，拉起季子推的手，苦着脸恳求道："孝伯万般皆好，就是这样的倔脾气，不易通融，我都拿他没办法。季师你可不能拂了我的意。"

司马道子在一边吃吃笑道："此刻长安城里在做什么？"

司马曜愣了一下，随即会意，笑道："你可不就想说那苻坚在为我哥俩修筑官邸的事情么？"

司马道子笑道："我只是想到建康此地园林颇好，我们若到长安去，百官就要废一半，迁一半，这些宫殿园林难道都荒废了不成？不抓紧时间游乐一番，浪费了真是可惜。"

司马曜叹了一口气，对季子推说道："师尊别听他瞎扯，他习惯了信口胡来。"

"不瞎扯，今夜让这位季师和慧远行者辩论说法，分个胜负，让我看看到底他知法厉害，还是他天尊道厉害。"

司马曜笑道："胡闹，让行者与道士斗法，只有你能想得出来。"

"早些年我信天尊道，后来听了东林知法，又觉得知法无边，好像更有道理些。孔子说，三人行，必有我师，择其善而从。你敢说不对？"

"当然对，但那水陆法会，我听说办得太奢侈了些，可是于眼前的困厄，不知道能有多少助益。"司马曜边摇头，边说道。

"倒是不费，各种花销花了两百多万钱还不到。此事原本因天尊道而起，解铃还须系铃人，原本就应该求诸道长这样的真道人才好，知门讲法倒是漂亮，天花乱坠，梵唱也好听，可是翻来覆去离不开来世。来世来世，那今生怎么办呢？我也是听得烦了。"

季子推听两人一番说话，怀中五味杂陈，说道："大道不出，伪法横行，杜子恭也好，慧远大师也好，我倒愿意会他们一会。"

司马道子大笑，说道："我的车驾便在宫外，我们速速赶去。"

司马曜吩咐下去不久，天子銮驾已经备好，司马曜牵着季子推的手，坐上自己的车驾，从华林园北门出了宫城，往钟山赶去。几十名甲士骑乘随着后面。

此时刻的动静和前番季子推从竹枝馆到宫中乘的牛车大有不同，马嘶人吵，轮声辚辚，旗展猎猎，车上细软熏香，车外冷风吹绉，夜凉如水，浮生若梦。

第十二节　根本之辩

车驾才进钟山不远，季子推已听见远处隐隐传来歌声，听不清在唱诵什么。越往山中走那歌声越大，音律奇特，人声怪异，仍是一句也听不懂。司马曜见季子推面露不解神色，便解说道："这是知教的迦南学徒在歌唱，他们唱的是梵语，梵语是天竺语言，是知家所传来的地方的语言。"

季子推上车之前便在想和慧远大师的辩论，他听司马曜这么说，心中一动，发现了可以攻击知教的点，但他又觉得似乎此时不适宜说出，便只点了点头。

司马曜停了一下，又接着说道："我前段日子做了一个怪梦，问过许多人，他们都不能解，还想请师尊给我指点一二。"

季子推有些倦乏，他本想推辞说梦是不可解的，但口中说道："陛下请讲。"

"我梦见自己站在海边，忽然海中波澜大起，波澜之后，看见黑森森的岩石，从水下生出，不是一块两块，而是连绵不绝的黑色岩石，从海底升起，瞬时间，我面前立起了万仞山，我惊得股栗欲坠，顿时醒了过来。"

季子推想象司马曜描述的那场景，忽然觉得头晕目眩，胸中恶难想吐，他强自压抑了一番，才说道："若照先前给陛下讲述的三官大帝的含义来讲，这个梦预示了地官克水，是一个吉兆，但陛下在梦中觉得惊吓，那就并不是吉兆，看起来倒更像是有巨大的邪恶将要降临在华夏。"

"难道是指秦国要举大军而来了么？"

季子推想了一想，说道："贫道并非故作玄虚，但感觉所指另有他事。陛下这梦的意味为何，贫道还得多思索一番，不敢遽然解说。"

说着话车行得快，不多时一行车驾到山中一处府邸之前，府邸门前灯火通明，站立着许多守卫，车銮略做停留，进大门之后，又走了不知多久，车銮这才停下，正是停在了那歌唱之处的旁边，侍从搀扶司马曜和季子推下车。

季子推下得车，借着幽暗的灯光，感觉到自己身处在雅致的庭院之中，他转身张望，见在楼阁之间有一块极大的空地，地上黑压压坐着的都是人，有数千人。这些人光头缁衣，双手合十，口中发出呢喃之音，时而高，时而低，混在一起便是那听不清楚的怪异而宏大的歌声。

见这许多人，季子推不免有些心惊，龙虎山天尊府上弟子不过数十人，放在这里真如沧海一粟，淹也淹死了。

数千人围着的空地中间，有一座十丈高的塔台，由半抱之木搭建而成。塔台也有十丈宽阔，上面灯火通明，又有十数个峨冠博带者盘膝坐着，他们所围坐着的，是一个一丈多高的小小莲台，莲台中坐着一人，正在讲经。

司马曜抚掌笑道："道子你可真会玩，难不成我们也要爬上去？"

司马道子笑道："皇兄，你没见那高台四周有彩索系着的吊篮么，我们只消坐进去，自然有人把我们拽上去。"

说笑间他们已经到了高台之下，司马道子拉着司马曜，司马曜拉着季子推，三人跨进吊篮，一起如腾云驾雾般升上高台。麻桓第二篮才上去，护卫司马曜过来的几十个甲士随从，列队立在高台之下。

那高台的台阁之上，身穿华丽袍服的行者说法不止，行者的正对面，台阁下最显贵的位置，自然是留着给司马道子几人空着的。三人分别坐下，听那行者讲法。季子推听那迦南行者在高台上讲法，每个字都听得清清楚楚，他差不多一句话也不明白。

说不明白也不尽然，当那行者讲说"我是谁"之题，季子推愣了一下，仿佛一掌打在自己脸上，有些火辣辣地痛。他没想到知教会问出这样的问题来，既简单又直切入人心，不由得便听了进去。那行者讲说形神二分，每个人有自己的形体，形体之内寓居着灵魂，形尽而神传，人死之后灵魂不死，灵魂会一直传承下去；神传又有轮回和不入轮回之分，轮回为苦，不入轮回而涅槃成道。

季子推思绪如同年轻时那么快，行者每讲一句，他已经提前做了四面十方的推论和质辩，俄而心中十分怅然，只恨自己为何没在年少时听到这样的道理。那行者的论述未必多么漂亮，但也有质朴的力量在，只是季子推知道自己时间已经不多，没法再去验证这样的论调是真还是伪了。

另一方面，他又隐然觉得这行者所举例子并不超出"薪火相传"的范围，而"薪火相传"出自《庄子·养生主》，自己读了几百遍，自己和之前的合一道道士，却似乎全没想过形神二分，而过多地纠缠在此生的形状之上，是在于道家的著述过多地放在了物我之分上，而少了对"我"的解牛之观吗？

季子推想到这里，扭头望了望坐在身后的麻桓，心想，他还年轻，还有足够的时间去学习知法，补充到合一道的论述中去。但愿他听这行者的讲授，能够有所得，能比自己的境界更为宽阔。他见麻桓眼神中似乎有些疑惑，可更多的是麻木迟钝，心里不由得一痛。

那行者连续说了好几个季子推没听过的名词，打乱了季子推的理解，他又变得听不懂了，听不懂更好，他心绪略微平和了一些。

此时夜已其半，他精神还好，不过想起先前王恭的叮嘱，便从怀中摸出王恭递给他的小瓶，从中倒出几粒药丸来，药丸略有不同，一种是红色的，一种是蓝色的，他有些迟疑，但也没迟疑多久，他拣了红色的药丸吞下，把剩下的药丸倒回瓶中，把瓶子放回怀中收好。

好容易等台上讲谈的人说完："一切众生，无论贤愚利钝善恶，只要坚信知子的愿，念知子的名，便定能证西方净土世界。"

台下所谓迦南学徒梵唱高涨，直如潮涨潮落，摄人魂魄，令一切人如痴如醉，待一切宁静下来，台上有人高声喝道："会稽王已经回来了。"

司马道子起身，对台上众人埋怨说道："诸位单单看见我，却没见当今皇帝也到了，还有这一位天尊道的师尊，一起都来听慧远行者的法。"台上众人这才看见司马曜，全起身来拜。司马曜摇手拒道："不拜，不拜，在修行者面前无君臣之礼。"

众人既已经起身，这下重排座次，依官职高低亲疏远近重新坐好。司马曜认得在座之人有冠军将军谢玄，左将军王凝之，秘书丞王国宝，还有才到束发之年的南郡公桓玄，这几人之外还有几人，服饰略微粗鄙，像是大臣们各自的幕僚。

侍从从台下搬上许多坛酒，以酒壶分了，给各位座前酒杯斟满，司马道子得意洋洋地说道："皇兄明鉴，这便是我不辞辛苦寻来的西域美酒，只有十来坛，我便拿出了一半，不算藏私了吧。"季子推见那葡萄酒色如玫瑰，晶莹剔透，心中痒痒，立即便饮了一口，感觉比之龙虎山本地酿的黄酒气息芬芳，入口更为舒缓绵长，并且激活了身体里的血液，不由得叹了一口气。

随后，侍从们从塔下取来四个香炉，分四角放下，瞬时间一股奇特的香味四散开来，被夜风偶然吹拂，有如波涛般在鼻息间起伏，仿佛有所形状，司马道子语带得意地又说道："这是东海龙涎香制成的熏香，即便是我自己也不常用，只今日皇兄赏脸过来才点上，各位可谓有福沾光。"

司马曜和行者慧远寒暄了几句，指向季子推，说道："朕一直有个问题种在心田之中，未得机缘发问，现在难得两位俱在，但愿两位能够一解我心中疑惑。不知门的知子与天尊道的神仙之间，相互可有往来。"

他的话音刚落，慧远禅师便欠身作答道："知子在西方极乐世界，道家的神仙却在此娑婆世界。彼此不相往来。"

司马曜看向季子推，季子推一脸茫然，说道："贫道不知。"

他这话一出，台上众人均感失望，一个声音朗声说道："连《老子化胡经》都不知道，这位天尊道的师尊，真是令人啧啧称奇。"司马曜转头看去，原来是桓玄，他的声音本来稚嫩高昂，却强行装出一副老气横秋的语调来。

司马曜素来不喜欢桓玄，又兼护着慧远与季子推，说道："道士们说老子是佛祖之师，行者们说老子是佛祖弟子，也算是各在本位，各为其主，扯来扯去，但各自可有什么证据？"

慧远行者接口说道："贫道说彼此不相往来，便是说老子不是知子之师，知子也不是老子之师，谁前谁后，既非事实，也无意义。"

桓玄笑着说道："两家彼此不相往来，但是他们的信众彼此往来，这算不算是一件啧啧怪事？"

慧远行者淡然说道："见怪不怪罢了。"

王国宝身边一人起身说道："听闻知教自天竺而来，敢问天竺国国土有多大，人口有多少？"

众人见那人四十来岁，面相沉毅，神气耿直，一副恃才傲物的神情，穿着寻常舍人的服饰，但浑身透着不修边幅之意，仿佛祢衡再世一般，都觉得正是可以煞一下慧远威风的人的模样，不由得暗暗期待。

慧远行者说道："天竺国原本盛世，后来穷兵黩武，兵戈不止，现在分崩离析成如我东土之前东周各国一般了。"

那人点头，诘问道："原来知教于天竺国不利？"

慧远行者答道："知子悟道的时候，天竺国已经城邦林立了。"

那人接着问道："知教传开之后，天竺国可又重新弥合在一起了么？"

慧远行者说道："知法不是纵横之法，知门不问娑婆世界中诸事，知子现身于世只为指引众生通过修行，往生极乐世界，脱出苦厄轮回。"

那人又问道："道家的神仙里无知子，佛家诸多神佛中也无道家的神仙。若我等凡人也便算了，但全知全能的神仙与知子之间，他们相互都不认识的么？他们的国之间没有疆域边界？行者花了大把的时间来翻译天竺传来的知经，那我要问，知子的教化为何先眷顾那区区天竺人民，用梵语写来，不直接教化我国的智者，以我东土文字书写，而还有待译者来翻译，就不担心翻译过程中扭曲真意么？"

这本来是季子推在来时车上所想到的，预备在可能的辩论中闲闲一用的，却被这个人抢先用上了，心里暗暗称奇的同时，不知这人是敌是友，心下也忐忑。

第十三节　死

慧远行者想了一想，说道："知子的行为举止，不可以以此娑婆世界的常理来做推断，困在此时此地的常理之中就难以理解知子的真情，未达其境，不解其理。只有放开心胸，脱离此时知识的桎梏，善加揣摩，才能得证大道。"

那人冷冷一笑，又接着问道："胡图澄当年辅佐石虎，施展过许多神通，如喷酒灭火，掌中见视，听铃断事等。石虎以胡图澄为国师，有事必先问胡图澄而后行，却嗜好杀戮，不知道这是知学的常理，还是异象？"

慧远行者答道："凡所有相，皆是虚妄。这既是常理，也是异象。"

那人笑道："若是常理，那么还请大师如胡图澄那样降下神通，让我等亲眼见识一番，我等自然心悦诚服。若是异象么，那可是真的没法佐证了。"

慧远行者看上去有些为难，答道："贫道不如胡图澄。"

那人鼻子里重重一哼，说道："要我看，知子并非真神，知经也非普适真理，只是那天竺小国寡民的迷信罢了。"

司马曜听了沉默不语，心中觉得这人问得高明，慧远行者从来妙语如飞，今日所答开始还算刚强，后面却未免一路走弱；今天头一次才见的季子推则开始便示弱，到后来干脆一言不发，虽然符合老庄之学知雄守雌，唯不争，而天下莫能与争的道理，但如此活生生地呈现在众人之前，落于下风的尴尬感，使他心里陡然犹疑起来。

王恭建议要尊崇道教，建议他弃知从道，道理说得都很好，可是经不起这浅显的一比，一比就戳破了岸然，司马曜禁不住有些恼怒，已经在想着回头见了王恭，该如何责问于他了。

司马道子开口问道："国宝，此人是谁，说话倒挺有意思，可没见你介绍。"

王国宝欠身答道："这是为臣门下的一名清客，名作何海。"

司马曜开口言道："辩得十分犀利，朕印象深刻，可赏绸缎百匹。"

何海并不拜谢，对司马曜拱了拱手，说道："我天尊道博大精深，可那位季道长看上去修为浅薄，不值一提。陛下要以他为师，十分荒唐，不如拜在我的名下做我的弟子可好？"

一言既出，满座皆惊，王国宝吓得一下子爬起身来，按住佩剑，压低了声音对何海说道："何先生，平日放荡不羁我不怪你，今日此处你可别犯浑。"

何海哈哈大笑，说道："我许你做会稽王之时，你也称那叫放荡不羁的么？"

王国宝心头一震，倒退一步，颤声说道："你是谁？"

何海不理他，对着司马曜，厉声说道："你司马氏一朝得国不正，国祚不久，君命如悬，你若是肯拜我为师，奉天尊道为国教，或许可以逃过六十年换九个皇帝的厄运。"

司马曜沉声说道："你既不是王国宝的门下舍人，你到底是谁？"

何海解下头巾，让头发散披于肩，说道："我便是天尊道的杜子恭。"

他这话一出，台上各人大多均觉一阵目眩心跳，连嘈杂声也没发出来。

谢玄以手支地，便要站起身来，脚下竟然有些麻木，一下子没站起来，随即肩膀上有人搭上，意思是请他别动。按住他肩膀的那人先站了起来，哈哈笑道："原来你便是杜子恭，我就不用到甬东岛上去找你了。"

季子推正埋头饮酒，听那声音心中一颤，抬头看去，那人正是前日在石头津外落水的端木宏，手中的酒登时便洒了。

端木宏跳过来给季子推作了一个揖，说道："弟子早就看见师伯，师伯却没看见弟子。"他乜斜了一样自称杜子恭的那人，问季子推道："这人真是杜子恭么，怎的年纪轻轻？我听说他和师祖年纪差不多才对。"

季子推有些茫然，说道："我也不知道。"

杜子恭笑道："我若是再年轻一些，你就更加不信了。"

端木宏凑近季子推耳边，轻声说道："师伯，我的经历回头跟你细说。"

接着他立起身来，对杜子恭笑着说道："我年纪小，说话可不是没人信？随便一个人自称是杜子恭，他就是杜子恭了么？"

杜子恭仍是微笑，说道："我有一百种方法证明我便是杜子恭，不过，连我自己都不解的是，我干吗要冒充他？"

"我听说杜子恭的剑法冠绝江东，不知是真是假。你若能在我剑下走过三招，我就相信你是杜子恭。"端木宏冷冷地说道，"你输了就要回答我一个问题，必得要诚实作答，答对了我随你强迫皇帝拜不拜师都好，要想杀了谁也好。若答得不对，我就取你的狗命。不过若你在我剑下连三招都捱不住，你自然就是假的。"

季子推在一旁听了，莞尔而笑，他想在座各人都不知"杜子恭剑法冠绝江东"这句话从何而来。

杜子恭收起笑容，说道："你也是天尊道门徒，什么是剑法，什么是术法，你可别傻傻地分不清。"

端木宏说道："剑法也好，术法也好，有什么区别，都是置人于死地，交手之后还站着的那人就是胜者。"

杜子恭眼神严厉地看着端木宏好一会儿，轻轻摇头，叹息说道："你是个不同凡响的人，也很有趣。你这样的人，居然称季子推为师伯，想必你是张昭成的弟子，我是看错了你，还是看错了张昭成？莫非他居然不是凡夫俗子，莫非他以你们为障目之叶？"

端木宏忽地想起什么，转身在季子推耳边问道："我麻泽师兄没在附近么？"

季子推轻声说道："他在。"

端木宏放下心来，朝谢玄环手作揖，说道："烦请将军借剑一用。"

谢玄看了看司马曜，起身将佩剑解下递给端木宏，然后背朝司马曜身前坐下。他这一挪位置，另外几人也当即起身，换到司马曜身旁坐下，将司马曜围了个严严实实。

端木宏抽出谢玄的佩剑，观看剑身的纹理。谢玄的佩剑是皇帝御赐的宝剑，剑身纤细，花纹华美，和他惯用的桃木剑相比，还是太重，但此刻也挑剔不了许多。他仔细地展剑看了一番，蹲下将剑鞘轻轻放在地上，起身对杜子恭说道："我只会使剑，不会术法，没有神通。你会什么可统统使出，我不怕你本领高强，你也别怪我用剑欺负你。"

杜子恭开口说道："天尊道不以剑为长，早些年我倒学过一点皮毛的剑法，也早忘了个干净。不过你出来阻拦我收徒，我也只好边想边用了，看那点儿皮毛能不能在你剑下走个几招。"

端木宏挑衅地说道："你带剑了么，要不要找那什么国宝借一把？"

杜子恭微微笑道："这倒不必，我便从你手中来借。"

端木宏手一抖，挽出一个剑花来，说道："你还没问我尊姓大名呢。"

杜子恭说道："敢问小哥儿尊姓大名。"

端木宏叹了一口气，正色说道："我的名字唤作死。"

杜子恭叹了一口气，说道："外边传说我今年一百四五十岁，那不是真的，我今年才刚刚八十九岁，虽然有很大的夸张，但我见过的死，比建康全城的人还多。"

他这话一出，司马曜心中想起先前季子推拿出的授箓册上杜灵的签名来，不知道是季子推计算时间的错误，还是那个杜灵和眼前的这个杜子恭并非同一人，心中的迷惑不知是减了一些，还是又增加许多，只觉得今夜从皇宫来到钟山确实唐突，像是梦游一般。

"今日是不是你的死期，要看待会儿你怎么回答我的问题，想必像你这样地位的人，定不会为了苟延残喘而屈尊撒谎。"端木宏唯恐得不到杜子恭回答问题的承诺，变着法子来诱使他答应。

杜子恭呵呵冷笑，说道："如果是你输了，我也懒得要那个什么狗屁皇帝当我的徒弟，你就当我的徒弟好了，我和张盛差不多同年，也不算羞辱张昭成。"

他一再提起张昭成，是因为他原本以为张昭成平凡无奇，即便皇帝召见，也只躲在龙虎山不敢来建康。而他先是听闻季子推身边有异人，此刻又见到眼前这位别具一格的少年，不由深深怀疑自己对张昭成看走了眼，不知他此刻是否潜伏在附近什么地方，正要来破自己的局；反复提起张昭成的名字，正是为了观察季子推和眼前这位少年的反应。

端木宏撇了撇嘴，说道："这有何难。如果你真的如传说般厉害，我也巴不得拜你为师。不过先到的事情先了，我们还是先比剑，比完剑我要问你一个问题，接下来怎么样，再说。"

杜子恭见端木宏神色无异，说的话似乎对张昭成并没什么恭敬，他余光瞟见季子推也神光嗒然，全没在意周遭的情景，心中又是疑惑，又是宽慰。他说道："那就这么一言为定了。"

端木宏说道："若说借剑，便该是你先出手来借，我才好向你出招，否则始终我手中有剑，你手中无剑，就这么一直闲聊下去么？"

杜子恭笑道："我这一生收了三百多名弟子，刁钻如你，还是第一次见。"

端木宏打了个激灵，抱着双臂，说道："你这阿谀的神通我已经领教了，还好，我经受住了。"

杜子恭更不多话，伸出手，手指朝端木宏隔空一弹，端木宏便觉得手中剑"当啷"一声被震开，倒好像是一件无形的兵器狠狠地砸在剑身之上，几乎脱手。

端木宏心中大惊，将剑握得更紧，横在胸前，眼睛一眨不眨地盯着杜子恭。

杜子恭向前走了两步，双手收在胸前，作势就要双手一起弹出，端木宏忙掉转剑尖朝下，改为双手牢牢握住，那佩剑剑柄并不甚长，两手并排不下，左手倒有多半搭在剑格之上，用不上力。他心知这样极为不妥，容易为敌手所乘，心思快转之下，顺势双手用力，将剑重重地向下刺入地板之中。

杜子恭却引而不发，快走两步，欺近到端木宏面前。他伸出左手，俯身来抓佩剑的剑首，右手握拳，似乎里面隐藏着一个什么利器，随时向端木宏胸前发出。端木宏来不及拔剑，双手揽住剑柄，将剑身拉得弯曲，教杜子恭抓了个空。然后猛地松开双手，那剑身倏地反弹回去，剑柄狠狠地砸在杜子恭的手上。

端木宏如猿猴一般，飞蹿到王国宝身前，伸手从他腰间下抽出佩剑，打一个滚朝杜子恭冲去，手中剑朝杜子恭空着的另一只手刺去。杜子恭左手才被剑柄弹中，砸得生疼，还来不及后退，右手手掌已被端木宏的剑刺穿。他狠命地抽回右手，踉跄着倒退三四步才站住，血已经溅了一地。

他面色变得煞白，狠狠地盯着端木宏。端木宏将手中王国宝的佩剑轻轻投到杜子恭面前，浅浅地插在地板上，然后双手用力去拔谢玄借给他的那把佩剑，先前刺入地下的时候用力甚猛，此刻费了好大的力气才拔出来，重新单手握在手中。

第十四节　载沉载浮

高塔下的歌唱之声忽然在长久的平息后又漾起，听在众人耳中，说不出的别扭。

杜子恭开口说道："在皇帝与众大臣面前，如此血腥的搏杀，未免不雅。"

端木宏说道："你那弹指的神通，我瞧着不错，若是我不幸落败，不得不拜你为师的话，那一招我倒想学学。"

杜子恭脸色苍白，勉强挤出笑容，说道："那不过是偷鸡摸狗的小伎俩罢了，学了也没什么用处。倒是接下来的，你要仔细地看。"说着，他双手上下虚合，放在胸前，闭上眼睛，口中默念咒语。

端木宏正琢磨杜子恭要使什么样的咒法来对付自己，忽然听得一阵蚊子般的细声嘈杂，先是几不可闻，逐步由远而近，辨认出是轰隆作响的水声，他还茫然不知是怎么回事，高台之下的人群忽地爆出地动山摇般的惊呼声，有人高呼道："水，大水，这是哪里来的洪水，水淹上来了。"

饶是台上众人先前已经被各种变化刺激到头皮发紧，纷纷在高塔上探头往下看去时仍不免大惊失色。

浩浩汤汤的大水在黑暗中，以不可言喻之势，从山谷之间冲来，漫过宫墙，从地面下涌过来，从四方八处涌来。冲在最前面的浪头，将高塔下面黑压压的迦南学徒冲得东倒西歪，不能站立，无法逃离。不多时，水流汇集成巨大的湖泊，把地面之上所有人都漂浮起来，水上人们救命之声，震于天际。

多数人很快就沉了下去，浮着的人们顺着水流激起的漩涡流转，相互挤压、碰撞，浮在水面的人越来越少，呼救的声息慢慢地沉寂下来。

护卫司马曜的那几十名甲士，开始还能相互支撑，屹立不倒，水渐渐地漫过他们头顶，有几个人想攀爬高台，被指挥使强行扯拽下来，落入水中，他们的盔甲重，不多时全队人连同指挥使一起，全沉在水下，都没了声息。

那水面一直升高，直淹没司马道子府邸中所有亭阁檐顶，淹到高台支柱顶部的高度才止住，此时高台倒像是山谷中平湖里的一座水上阁楼，孤零零地立在水中央。只是这阁楼之下的湖水中，浮沉着数千具亡魂的躯体和命若游丝的生灵。

司马曜扶在塔楼边缘，往远处看去，视力所及，已尽是一片泽国。他脑子里一片空白，鼻子酸楚，眼泪涌出来。他手指着杜子恭，对着端木宏大声吼道："杀了他，杀了他，杀了他！"

端木宏看了一眼季子推，季子推却呆呆地不发一语，好似陷入迷思之中。端木宏也不犹豫，滑步向前，逼到杜子恭近前，举剑疾速刺向他的胸前，杜子恭毫不躲闪，只听呲的一声，剑尖已从他的胸前穿背而出。

杜子恭睁开眼睛，咳出鲜血来，抓住端木宏的手，虚弱地说道："不用担心。你要问的问题自然会有答案。"说完，他全身一松，倒在地上。

端木宏从杜子恭身上拔出剑，正要用杜子恭的衣衫擦拭剑上的血，忽然听见身后有人说道："这人你倒是杀不杀呢？"

端木宏心中发毛，转身一看，见说话的人是谢玄，已从地上站起来，阴气森森地对着自己说。

端木宏脑中念头急转，已然明白过来，说道："你是杜子恭那妖道？"

那个人低头看了一眼自己的身躯和穿戴，说道："这人你到底杀不杀呢？若是不杀，这洪水再有一刻时间便冲到建康城下了。此时城中居民都在酣睡之中，要是水淹了城池，死亡的人数，只怕百倍于此。"

端木宏说道："我只杀杜子恭那妖道。你是谢将军，并不是杜子恭。"

那个人点了点头，说道："我便是杜子恭，只可惜闹到这一步，不论是我收你为徒，还是我拜你为师，都不太妥当了。"

端木宏恨声说道："我杀你毫不费劲，只是我杀了你，你便立时附身到另一人身上。你敢告诉我，我要如何才能杀了你么？"

杜子恭哈哈轻笑，说道："慧远敢于承认他不如胡图澄，我也敢承认，你的剑法了得，我此时此刻不敢告诉你怎么才能杀了我。"

端木宏心中焦躁至极，强忍住，问道："那此时此地，你要怎的？"

杜子恭仰头望了一眼天空中的明月，他既是对着端木宏，也是对着司马曜，慢慢说道：

"我听说这个糊涂的皇帝要拜那个无用的季子推为师,便着急得很,忍不住来毛遂自荐一番。若是糊涂皇帝忽然头脑澄明起来,换了主意拜我为师,还是一样的天尊道为国教,就不会再死更多的人了。连同那甬东、夷洲,海上群岛三十万军民,一千多艘战船一并归顺。我做他的师父,保他少说三十年皇位不坠,不必再担心权臣加害,疾病伤身,你说,这样的好买卖,到哪里去找?"

司马曜还未说话,旁边一人已经开口说道:"听起来确是个好买卖,可要在一刻之间便做出决断,未免急人所难。"

司马曜朝说话那人看去,见那人四十来岁,留着南人少见的络腮胡须,倒和自己有三分相似,仪表威严,有一种说不出的亲近之感,心想此人是谁,从坐席位置来看,像是谢玄所带之人,定是北府军的将领。他想,我平时待在宫里的时间太多,和大臣们交际不出司马道子、王恭的圈子,对谢安那边就不怎么亲近。今夜我如果能平安脱厄,定要在谢安谢玄这边好好结交一番。

杜子恭说道:"糊涂的人给他三年也不够想明白,聪明的人给一刻也便足够。"

那人笑道:"你才说糊涂皇帝这,糊涂皇帝那,可此时却当他是聪明人,只给一刻时间做决断,岂不是前后矛盾?"

杜子恭也笑道:"待到建康城被水淹了,才知道这皇帝是糊涂还是聪明。"

那人接着说道:"你说司马氏得国不正,所以国祚不久,那你这样水淹僧众,水淹建康城,杀死这许多无辜之人,哪怕迫使他就范,他以后皇位能坐得安稳么,就不受众人的非议么?"

塔上众人一齐朝这人看去,觉得他说的话别具一格,又精妙,又无忌。但除了端木宏之外,众人都不认得这人是谁。

杜子恭抬手,手指搓在一起在额头上停了一下,这是天尊道表达哀悼的手势,然后说道:"这里淹死不过几千人而已,如果水淹到建康,死亡大约要以十万计。可朝廷要兴兵讨伐甬东、舟山乃至夷洲,我天尊道和乞活军两部,一定会拼死抗争,最后就算被平定,双方死亡的军民大约要以百万计。两相权衡,如果仅死千许人便能够消弭战事,功德无量,这杀人的罪我背得起。"

慧远行者这时候开口说道:"杀一人,救十人,并非慈悲之法。"

杜子恭嗤笑,说道:"手握刀剑的,哪一个又算得上慈悲之士?你们这些秃驴依附手握刀剑的人,对他们的恶行视而不见,换得田地和金钱,自以为独立于世外,这又是什么慈悲之法,不过是掩耳盗铃之法罢了。"

先前那人说道:"你讲得也不错,但为何不先把条件摆出来,便径直用这样杀害无辜的法子来强迫接受你的条件,就算是你提的交换确有某些合理的地方,也变得无法接受了。"

杜子恭哈哈大笑,说道:"腐儒之见,只会说不会做。"

季子推安静地坐在一边,耳中轰隆作响,眼中黑影越来越大,只嫌这些说话的人聒噪。他觉得自己很快就要什么也看不见了,他从未想过要作为一个盲人继续活下去,苟延残喘,他宣判此刻就是自己终结之时,只是要死得有价值。

他杵着木杖站起身来,对杜子恭说道:"你马上退去洪水,我便不与你为难。"

杜子恭盯着季子推看了一眼,说道:"为难二字,便是张盛活过来,也不敢对我这么说。"

季子推对他怒目而视,手中杖用力地捶在地上,大吼一声:"破!"

他的话音未落,杜子恭忽然像被一个隐形的人掐住脖子,从地面提将起来,悬在半空。他拼命地挣扎,可是除了双脚乱蹬之外,毫无办法。端木宏见状,急忙开口喊道:"不要伤他的性命。"

季子推举起木杖,指向悬在半空中拼命挣扎的杜子恭,他口中念着咒语,猛地将杖一挥,那人的身躯从空中跌落下来,重重地摔在地上。端木宏冲过去扶起那人,仔细辨认了一番,对季子推说道:"师伯,那杜子恭不在谢将军身上了,他逃掉了。"

季子推步履蹒跚地走到近前,用手触了触谢玄的身体,黯然说道:"不对,他还在。"

端木宏急道:"那该怎么办?"

季子推死死地盯在半空某处,说道:"待水退了再说。"

端木宏朝季子推看着的那地方望去,那儿什么也没有,心中惴惴,问道:"那我们该怎么退水?"

季子推说道:"他昏过去了,洪水无所听命,已经在消退了。"

他看不见洪水在消退,他只是感受到在钟山山间蔓延着奔向建康城的水势,猛地一滞,由刚猛的狮子般的奔流速度,化为一片柔情,凝噎下来。

第十五节 屠 龙

在眼中黑影与周遭光影交错的空隙间,在众人纷乱当中,一个绛衣女子忽然出现在季子推的眼前,她旁若无人地站在季子推面前。

不知是三十年前还是四十年前,季子推一个人在山中独行,阳光透过树枝照射在他身上,又燥热,又昏沉。前面山道忽然走出一个绛衣的女子,使他猛地清醒。在还来不及想任何事情之时,两人已擦肩而过。

那女子对他嫣然一笑。他浑若不见,走过去了几步,心里忽地一动,才停下来转身去看。那女子停在原地，正望着自己，手中抱着一个小小的箩筐，箩筐里盛满了草药，还有星星点点的黄色和红色的野花。

那女子脸上亦笑亦嗔，欲语还羞，比所有鲜花加在一起更美丽。季子推呆呆地没有说话，那女子望了他一会儿，像是期待他先开口说话，然而他没有。不知过了多久，那女子失望地轻轻摇头，惆怅地转身就走。

望着她远去，季子推不自觉地迈出脚步跟随，翻了许多山，走了许多路，来到山梁一处茅屋外。那女子正要推开柴扉，猛地回头，见季子推跟着她，脸顿时飞上红霞，她停下来，招呼他说道，来。

来，也许是给他一瓢山泉滋润他流汗而干渴的身体，也许是给他一个柔软的身体使他心中无名的火凉爽下来，也许是设下的一个污秽的陷阱，将要拘役他的灵魂和身体。

季子推没有动，他面红耳赤，想走过去，和那女子一起跨进茅屋去，然后一起关上那扇门，他可以想见那会是他的归宿之地。但他站在原地，不知犹豫了多久，终于一指按灭了心头的欲念，没说一句话，转身就走。他头也不回地一直走了十来里山路，回到龙虎山天尊府内。

眼前这个女子形象和山中那个女子仿佛相似，脸上略多了些风霜，更富有四季轮回的静谧。她甜美地笑，身体依然那么柔软，对他说："如果那天你没那么呆板，没走该有多好。"

季子推牙关紧咬，仍然禁不住浑身颤抖，他语不成声地喃喃说道："如果没走会怎么样？"

那女子情深款款地望着他，说道："就不会有现在的一切。"

季子推有些灰心，又有些不甘心，问道："你是真的，还是我的心魔造就的幻影？"

那女子凑到季子推的近前，在他耳边轻轻地说道："什么是真，什么是幻？如果你回到那一刻，会选择我，还是选择你后来经历的这一切？"

毫无疑问，季子推会选择她。他伸出手去，想要抓住那女子的手，那女子容他握住了自己的手，温暖而纤细的手，具体非虚。

正此时，季子推闻到一股异香，说是香味，倒不如说是腥味，若有似无，他的呼吸紧迫起来。那女子的形象闪动了几下，化成清风消散去。

季子推疾步走到高台扶栏旁边，四下张望，水中除了漂来荡去的尸体之外，什么也没有。此时月亮从云中露出来，朗照山野之中，没什么风，山谷中的积水却都轻轻晃动起来，开始只是一点点，然后幅度越来越大，很快所有人都觉察到了。

水中就好像有一条巨大的阴影在游动，在水中搅动起波涛，冲刷着支撑高台的八根木柱，发出呼呼的声响，好像底座被一个巨大的力士在缓慢而坚决地摇动，高台的摆动幅度越来越大，梁木榫卯处发出吱吱呀呀的摩擦声响。酒杯酒坛从案几上滑翻摔在地上，倾出暗红汁液来，狼藉一片，也无人去管。

塔上所有人不自觉地伏低身子，或者抱住围栏，人人均想：这高台也保不住，要沉入水中了。司马曜望着远方，抓住司马道子的手，心中想的是，这下我兄弟二人都折损在这里了，司马德宗才刚刚出生不久，王恭和谢安是会尽心合力地辅佐德宗长大，还是另立新君？

　　端木宏有些茫然，手持利剑守在谢玄的身体旁边，不舍得离开，也不知道敌人在哪里。

　　季子推举起木杖，高声吼道："杜子恭，你从哪里豢养的妖孽，休得无礼，速速离去，否则休怪我季子推来降你！"他连吼了三遍，那水面的震动仍是不息，季子推大笑一声，飞身跃入水中。

　　季子推才一入水，水面的震动陡然而止。他屏住呼吸，一直沉下去，瞬时便站在水底的土中，举目四望，找寻在塔上所看到的那条阴影的所在，那看起来像是一条巨大无匹的蛟龙。

　　他的一生好像都是错的，走在错误的、似是而非的道路上，惟在最后时刻，他接近了自己隐秘的命运终点。他没学过屠龙之术，屠龙的技法来自他身体的深处，所有他经受的苦，看起来都是为了这一刻而经受的磨砺。

　　他的视力一下子变得像鬣狗般明亮，耳朵像蝙蝠般锐利，身体也像鱼儿一样灵活有力。即便如此，在水中目之所及不过一两丈的距离，除了半浮在水中的尸体之外，什么也看不见。一口气耗尽，他以杖点地，浮出水面，长吸一口气之后，又潜入水中，这次他隐隐看见一团黑影在水中蠕动，奋力地搅动着水流，形成了一个不大不小的漩涡。

　　他冲着那团漩涡奋力游去，进入漩涡之后，俄而被流水卷着沉入漩涡，俄而又抛上浪头，在浪头上时，望见十几丈之外一条巨大的蛟龙盘在漩涡当中，丑陋的蛇头半身立在水面之上，狠狠地盯着自己。

　　那蛟龙立在水面之上的高度有两三人高，在水下不知还有多长。头如鳄鱼的巨头一般，嘴尖如钳，獠牙丛生。躯干如长蛇一般，鳞甲遍体，背脊处生出许多尖如匕首的倒刺。

　　他按住水花，使自己浮在水面上，也盯着那怪物，并无恐惧。在无所畏惧之外他也担心自己遽然倒下。他在心中积攒着决死一战的怒气与力量。他眼中的阴翳已经大到让他几乎看不到别的东西，但仅余下的那一点点光线让他安心。

　　蛟龙朝他低吼，水下的身躯猛烈地搅动水流，季子推被水流卷得东倒西歪，但他稳住上半身，死死地盯着蛟龙，盘算着如何发出自己全部精力所聚集的一击。他知道自己没有第二次的机会。

　　他忽然想起他的那个弟弟来，此刻应该正高枕酣眠于建康城中，不论坏不坏，始终是他父母的儿子，他的弟弟。

　　良久，他决定放开这一切，所有令他厌倦又迷恋的尘世之事。

　　他脚下踩水，双手分开水流，朝着蛟龙游去。蛟龙在水中翻腾了一圈，冲着他怒张大嘴，像是要一口将他吞噬，又像是要朝他喷出火焰或毒汁来。然而那只是恫吓，它的身躯弓得更弯曲，甚至在微微地退缩。

近到一丈多远，季子推奋起全身力气，挺杖反手刺向蛟龙的头颅。蛟龙头轻轻一甩，让开季子推刺来的杖，随手一爪，拍飞他的木杖，落在十几丈外的水中。季子推并不退让，一个猛子扎到那怪物近前，张开双臂，搂住它的身躯。他手头没有别的兵器，只好双手相互扣紧，死死地箍住蛟龙的上身。

蛟龙驮着季子推在水中扭滚，想要把季子推甩开，但季子推双手扣得极紧，甩开不得。蛟龙两个前爪拼命往季子推身上刮划，插进季子推身上，死命地一扒，季子推身上登时多了六七条深痕，鲜血喷涌而出。

乘着蛟龙前爪松开的一瞬间，季子推双脚一夹，也相互扣在一起，这样他便将全身都紧贴在了蛟龙身躯之上，前爪再抓他不到，要用后爪来抓则颇有难度。蛟龙翻滚了几番，见无法甩脱，便驮着他冲入水中深处，在水中兜着圈子不再浮起，显然是想将他溺毙在水中。

季子推只能紧扣着双手双脚，他没法再腾出一只手来插入喉咙下的那个孔洞，那里可以穿进半臂的长度，摸到蛟龙的气管；如果他剩下足够的力气，就可以握住它的气管，生生地朝外扯断。但他到了想要的位置之后才发现，这比想象中要难得多了。

季子推有些绝望地想，爷爷一定是怀揣着另一把匕首，他和自己一样抱住蛟龙的上身，用匕首杀死了那条蛟龙；自己还是太莽撞了些，什么尖锐利器都没带。

他只能将全身变作一条铁锁一般，全力地抱住蛟龙。他屏住气息，心中默念往生之咒，他身上已经没有了疼痛之感，身体里的力量飞快地流逝，耳中轰鸣，水里的光影流动，就好像一个随时会醒来的梦境。一生中那些美好的片段，在眼前一一演过，既无遗漏，也不可太匆促，一切像嫩芽那样清新而清晰，他有些惊讶，也为之感激。

他预料着一柄长剑从天而降，他想，端木宏从龙虎山来到建康，又从江面上来到这里，不是没有道理的。他等着，他希望来得不太迟。

不知过了多久，就在他几乎绝望之际，一柄剑终于从水面上飞击而下，刺入蛟龙的颈项，也从他的胸前透过。

季子推欣慰地吐出了最后一口气。